تمہارے بِن ادھورے ہیں

سُباس گُل

القریش پبلی کیشنز
سرکلر روڈ چوک اردو بازار لاہور
فون: 042-37652546, 37668958
www.alquraish.com email: info@alquraish.com

بہترین کتابیں.............
جدید انداز اور معیار کے ساتھ

ناشر: محمد علی قریشی

بار اوّل.............2015ء

مطبع.........................نیر اسد پریس

کمپوزنگ.......................القریش گرافکس

قیمت...................../400 روپے

انتساب

اپنے انمول رشتوں

امی، بابا

بھائیوں اور بہنوں کے نام......

کیونکہ ہم

"تمہارے بِن ادھورے ہیں"

حرفِ گل

دنیا فانی ہے۔ آسمان فانی ہے۔ زمین پر موجود ہر شے فانی ہے۔ زوال اور اختتام اس کا نصیب ہے۔ کمال اور لازوال تو ربِ ذوالجلال ہے جو اس کائنات کا خالق، اس دنیا کا مالک اور اس عالمِ دو جہاں کا مصور ہے۔ لاکھوں کروڑوں شکر اُس پاک ذات کا جس نے ہمیں قلم پکڑنا، لکھنا اور پڑھنا سکھایا۔ علم سیکھو تو سکھانے والے کے احسان کو مت بھولو۔ نعمتیں پاؤ تو عطا کرنے والے کے لیے شکر کے سجدے لازم کرلو کہ یہی زندگی کا حُسن اور تقاضا ہے۔

''تمہارے بِن ادھورے ہیں'' واقعی ہم اپنے رب کے فضل وکرم کے بِن ادھورے ہیں۔ آج اگر ادبی حلقوں میں سُباس گُل کے نام کی مہک محسوس کی جاتی ہے تو یہ سب ہمارے ربِ کریم کا فضل وکرم اور انعام ہے جس کا ہم جتنا بھی شکر ادا کریں وہ کم ہے۔

محبت، مزاح، خلوص ہمارا مزج ہے۔ دُکھ سُکھ، ہنسی خوشی، تُندی نرمی زندگی کا مزاج ہے۔ لالچ، بدلہ، غرض، انتقام، بے حسی معاشرے کا مزاج ہے۔ کبھی خوشی، کبھی غم، آزمائش، سزا، ثواب، عذاب یہ سب انسانی اعمال کے گرد گھومتے ہیں۔ ''عزّا اور حسن'' کی اس کہانی میں آپ کو یہ سارے رنگ نظر آئیں گے اور آپ کو محسوس ہوگا کہ یہ ہمارے ہی معاشرے کی کہانی ہے۔ ''عزّا، حسن'' اس ناول کے مرکزی کردار ہیں اور کردار وہی زندہ رہتے ہیں جن میں وقار ہو، ایثار ہو، پیار ہو۔ باقی سب فراموشی کی گرد تلے دب جاتے ہیں یا دبا دیئے جاتے ہیں کہ زندگی کو دُکھ، ذلت و اذیت سے دوچار کرنے والے

اس لائق نہیں ہوتے کہ ان کی ستائش کی جائے یا انہیں یادوں کے البم میں سجا کے رکھ لیا جائے۔

کسی ایک سانحے یا برے تجربے کو اپنی پوری زندگی پر مسلط نہیں کر لینا چاہیے۔ عزم و حوصلے سے، بہادری سے، یقین اور اللہ پر اعتماد و بھروسے سے آگے بڑھنا چاہیے۔ آپ کی خوشیاں اور کامیابیاں آپ تک ضرور پہنچتی ہیں۔ یہی پیغام ہے اس ناول میں۔

میں خاص ہستیوں کا شکریہ ادا کرنا چاہوں گی جن کے خلوص، محبتوں اور دعاؤں کی میں ہمیشہ مقروض رہوں گی۔ چند نام۔ پیاری آپی فریدہ جاوید فری، خوش مزاج شاعرہ آپی شگفتہ شفیق صاحبہ، پیاری شمیم ناز صدیقی، آنٹی نزہت جبیں ضیاء، نگہت غفار آنٹی، فاخرہ گل، پُرخلوص لبنیٰ خالد، مہرین رحیم، نازیہ اقبال (یو۔کے)، شبنم علی راجپوت (دہلی)، طوبیٰ شاہ، فیم انجم، شمع زیدی اور مرحومہ ہماری بہت پیاری دوست فرحانہ ناز ملک۔ آپ سب پر اللہ پاک کی رحمتیں نازل ہوتی رہیں۔ آمین!

آخر میں بھائی محمد علی قریشی کی ممنون ہوں اور اُمید کرتی ہوں کہ اِن شاء اللہ ''القریش پبلی کیشنز'' کے تعاون سے میرے مزید ناول بھی آپ کو پڑھنے کے لیے ملتے رہیں گے۔

خوش رہیے، خوش رکھیے۔ آپ کی آراء اور دُعاؤں کی منتظر!

سُباس گل

16-2-2015

''مما! جلدی سے آئیں ایک خوبصورت سی آنٹی آپ سے ملنے آئی ہیں۔''

آٹھ سالہ سمیر نے کچن میں کام کرتی ثمین کو آ کر بڑے جوشیلے انداز میں اطلاع دی۔

''کوئی نے بر (ہمسائی) ہوگی نا۔'' ثمین نے چکن کڑاہی کی دیگچی کا چولہا بند کرتے ہوئے کہا تو وہ فوراً بولا۔ ''نہیں مما' وہ نئی والی آنٹی ہیں پہلی بار آئی ہیں آپ کا پوچھ رہی ہیں۔ انہوں نے ہم چاروں کو بہت پیار بھی کیا ہے اور ہمارے لیے بہت ساری چیزیں بھی لائی ہیں۔ ان کے ہاتھوں میں شاپرز بھی ہیں۔''

''ایسی کون سی آنٹی ہیں بھئی، یہاں تو چیزیں لینے کے لیے آتی ہیں، ہمسائی آنٹیاں۔ اچھا تم چلو میں آ رہی ہوں۔'' ثمین نے ہاتھ دھو کر خشک کیے اور اپنے حلیے پر ایک نظر ڈال کر ڈرائنگ روم میں چلی آئی۔ اور بچوں کو اس لڑکی کے اردگرد بانہوں کے حلقے میں بیٹھے دیکھ کر حیران رہ گئی۔

''ہیں کون ہے یہ جو آتے ہی میرے بچوں سے اتنی بے تکلف ہو گئی ہے اور بچوں کو بھی تو دیکھو کیسے اس کے ساتھ چپکے بیٹھے ہیں۔ جیسے برسوں کی شناسائی اور دوستی ہو۔'' ثمین جو آنے والی کی پشت کی جانب کھڑی تھی۔ اس کی شکل اب تک نہیں دیکھ پائی تھی۔ اُلجھ کر سوچ رہی تھی۔

''کون ہیں جی آپ؟'' ثمین یہ کہتی ہوئی سامنے آ گئی تو وہ اسے دیکھ کر کھڑی ہوتے ہوئے مسکراتے ہوئے بڑی ادا سے بولی۔ ''پہچان پر ہے ناز تو پہچان جائیے۔''

''او مائی گاڈ! عزّہ یہ تم ہو۔ تم میری بیسٹ فرینڈ عزّہ مجھے اپنی آنکھوں پر یقین نہیں آ رہا۔'' ثمین نے اسے لمحے بھر میں پہچان لیا اور پہچانتی کیوں نہ۔ سکول' کالج میں ایک ساتھ پڑھیں تھیں

دونوں چھ سال کی تعلیمی رفاقت تھی۔ دوستی الگ تھی۔

''جلدی سے یقین کرلو ورنہ میں ابھی واپس چلی جاؤں گی۔'' عزّہ نے دھمکی دی۔

''ایسے ہی واپس چلی جاؤ گی۔ ظالم گلے تو مل لے پورے دس سال بعد تیری صورت نظر آئی ہے۔ کیسی ہے تُو اور یہاں کیسے آئی ہے۔ کیا سیر سپاٹے کی غرض سے نکلی ہے اپنی فیملی کے ساتھ یا کوئی اور چکر ہے؟'' ثمین اس کے گلے لگ کر مسلسل سوال پر سوال کیے جارہی تھی۔ عزّہ ہنس کراس کی کمر پر حسب عادت دھپ لگا کر بولی۔ ''تمہارے اتنے سارے سوالوں نے تو مجھے سچ مچ چکرا کے رکھ دیا ہے۔ اللہ کی بندی سانس تو لے لے۔ میں کوئی بھاگی تھوڑی جارہی ہوں۔ اب تو یہیں ہوں تیرے اس شہر دوستاں میں۔''

''واقعی کیا تم اسلام آباد شفٹ ہوگئی ہو؟'' ثمین نے اس سے الگ ہوکر خوشی سے پوچھا تو وہ ہنستے ہوئے بولی۔ ''ہاں اور مجھے یہاں تمہارے گھر سے کچھ فاصلے پر جو گرلز کالج ہے نا اس میں لیکچرز شپ مل گئی ہے۔''

''او دیٹس گریٹ۔'' وہ خوش ہوکر بولی۔ ''تم بیٹھونا۔''

''آنٹی! آپ ہی مما کو وِشنگ کارڈز بھیجتی تھیں ناں۔'' سمیر نے کہا۔

''جی بیٹے! لیکن آپ کی مما ایسی بے وفا اور بے مروت نکلیں کے شادی کے بعد مجھے صرف ایک بار فون کیا تھا۔ نہ کبھی کوئی خط نہ کارڈ نہ دوبارہ کوئی فون۔'' عزّہ نے سمیر کے گال کو چھو کر مسکراتے ہوئے شکوہ کیا۔

آئی ایم سوری عزّہ' گھر داری میں ہی اتنی مصروف ہوگئی ہوں کہ اپنے لیے ہی وقت نہیں ملتا اب تو۔ تمہارے سارے کارڈز میں نے بہت سنبھال کر رکھے ہوئے ہیں۔ عزیر اور دیگر رشتے داروں کو، کزنز کو بھی میں بڑے فخر سے بتاتی ہوں کہ میری دوست عزّہ مجھے اب تک کتنی محبت اور کتنے خلوص سے یاد رکھتی ہے۔ قسم سے تمہارا اتنا ذکر ہوتا ہے گھر میں کہ عزیر اور میری کزنز عزیر کے کزن تم سے ملنے کے لیے بے چین ہو جاتے ہیں۔ آج کل کے اس افراتفری کے دور میں تم جیسی پُرخلوص دوست کسی نعمت سے کم نہیں ہے۔'' ثمین نے اس کا ہاتھ تھام کر ایمانداری سے کہا۔

''اور تم کفرانِ نعمت کرتی رہی ہو اب تک، بے مروت لڑکی! بلکہ اب تو خاتون ہو، تم نے دس برس میں صرف ایک فون کیا تھا مجھے۔ بندہ فون تو کر ہی سکتا ہے۔''

''کہانا سوری میں بہت شرمندہ ہوں تم۔ سے بس کچھ میری سستی بھی آڑے آتی رہی۔ عزیر

تو مجھے اکثر کہتے ہیں کہ عزّہ بہن کو فون کر لیا کرو۔ وہ تمہیں ہر موقع پر وشنگ کارڈ بھیجتی ہیں تمہیں ان کا شکریہ تو ادا کرنا چاہیے۔ مگر میں ہی ٹالتی رہی۔ خیر مجھے یقین ہے کہ تم مجھ سے ناراض نہیں ہو سکتیں کیونکہ تم میرے پرابلمز میری ذمہ داریاں سمجھتی ہو۔'' ثمین نے سنجیدگی سے کہا۔

''ٹھیک کہا تم نے شادی کے بعد لڑکی کو دوسروں کے لیے جینا پڑتا ہے۔ اپنی گھریلو ذمہ داریاں ہر حال میں نبھانا پڑتی ہیں۔ یہ بتاؤ عزیر بھائی کیسے ہیں اور تم خوش تو ہو نا اپنی اس زندگی سے۔'' عزّہ نے سنجیدگی سے کہا۔

''ہاں اللہ کا شکر ہے میں اپنی زندگی سے، شوہر سے، بچوں سے بہت خوش اور مطمئن ہوں۔ عزیر بہت اچھے ہیں اور تمہیں تو معلوم ہی ہوگا کہ میں ان کی پسند اور محبت بھی تھی اور الحمدللہ اب بھی ہوں۔''

''شکر ہے مجھے یہ جان کر بہت خوشی ہو رہی ہے۔ عزیر بھائی ہیں کہاں؟''

مارکیٹ تک گئے ہیں۔ سنڈے کو ہفتے بھر کی خریداری کر آتے ہیں۔ آج تو میں نے چکن کڑاہی اور پلاؤ بنائی ہے۔ اچھا کیا تم آ گئیں۔ ابھی کباب بھی تل لوں گی۔ اور کسٹرڈ کیک بھی منٹوں میں بن جائے گا۔ پہلے میں تمہیں چائے پلاتی ہوں۔'' ثمین نے مسکراتے ہوئے کہا۔

''چائے نہیں اسلام آباد کے اس سرد موسم میں تو کافی پینے کو دل چاہتا ہے۔ اگر گھر میں کافی موجود ہو تو وہی بنالو۔'' عزّہ نے مسکراتے ہوئے کہا۔

''عزیر بھی کافی پینے کے شوقین ہیں۔ میں ابھی کافی بنا کر لاتی ہوں۔ ارے ہاں بچوں سے تو میں نے تمہارا تعارف ہی نہیں کرایا۔'' ثمین نے اُٹھتے ہوئے کہا۔

''مما آنٹی کو تو ہمارے ناموں کا پہلے سے پتا تھا۔ انہیں ہم سے ہمارا نام پوچھنے کی ضرورت ہی نہیں پڑی۔'' سمیر سے چھوٹی نمرہ نے بتایا تو ثمین نے مسکراتے ہوئے کہا۔

''بیٹا یہی تو کمال ہے تمہاری آنٹی کا۔ یہ مجھ سے میلوں دُور رہتے ہوئے بھی میری خبر رکھتی رہی ہیں۔ اور میں حیران رہ جاتی تھی کہ عزّہ کو کیسے معلوم ہو جاتا ہے۔''

''مائی فرینڈ میرا اپنا بی بی سی ہے اور یہ جو ہارٹ لائن ہے نا اس پر ہارٹ میں رہنے والوں کی سب خبر رہتی ہے۔'' عزّہ نے مسکراتے ہوئے کہا۔

''تم ایک حیرت انگیز اور شاندار لڑکی ہو۔''

''بڑی نوازش ہے آپ کی' آپ یہ کیک اور مٹھائی بھی کچن میں لے جائیں کافی کے ساتھ

رکھ کر لائیں اور یہ گفٹس عزیر بھائی سمیت تم سب کے لیے ہیں یہ بھی سنبھالو۔'' عزّہ نے میز پر رکھے شاپرز کی طرف اشارہ کر کے کہا۔

''عزّہ، تم ہمیشہ یہ تکلف کرتی ہو کیا ضرورت تھی ان سب چیزوں کی؟''

''اوّل بات تو یہ ہے کہ میرا تم سے تکلف کا نہیں، بے تکلفی کا رشتہ ہے۔ دوم تحائف ضرورت کے تحت نہیں محبت کے تحت دیئے جاتے ہیں۔ سوم میں تمہارے سسرال پہلی بار آئی ہوں۔ خالی ہاتھ آنا نہ تو رسماً درست ہے اور نہ ہی مجھے پسند ہے لہٰذا آپ یہ سب چیزیں خوشی سے قبول کر لیں۔'' عزّہ نے ثمرہ اور عمیر کو اپنے ساتھ لگائے اسے دیکھتے ہوئے کہا تو وہ ہنس پڑی۔

''تھینک یو سو مچ عزّہ، تم بہت اچھی ہو۔''

''تھینک یو آنٹی۔'' چاروں بچوں نے بیک وقت ایک زبان ہو کر کہا۔

''یو آر ویلکم بیٹا۔'' وہ مسکرا دی۔

''ہم کھول کر دیکھیں۔'' سمیر نے گفٹ پیک لے کر پوچھا۔

''ضرور کیوں نہیں آپ سب کی پسند کے گفٹ لائی ہوں آپ کو پتا نہیں پسند آتے ہیں کے نہیں۔'' وہ اُٹھ کر ثمین کے ساتھ کچن کی طرف آتے ہوئے بولی۔

''تمہاری پسند ہمیشہ لاجواب رہی ہے۔'' ثمین نے اس کے ساتھ کچن میں داخل ہوتے ہوئے کہا۔

''اچھا۔'' وہ ہنس پڑی۔

''عزّہ! تم پہلے سے کافی کمزور نہیں ہو گئیں۔ کیسی بھری بھری ہوتی تھیں اب تو کافی سلم ہو گئی ہو۔ لیکن تمہارا حسن آج بھی بے مثل ہے۔'' ثمین نے سر سے پاؤں تک اس کے سراپے کو جانچتی نظروں سے دیکھتے ہوئے کہا۔

''حسن تو اللہ کی دین ہے۔ اس میں میرا کون سا کمال ہے۔ ہاں البتہ وہ اپنی دی ہوئی نعمتوں کی حفاظت کی تاکید ضرور کرتا ہے۔ حالات ایک سے کب رہتے ہیں کہ حسن پہلے سا دمکتا رہے۔'' عزّہ نے سنجیدگی سے کہا تو وہ کریم کافی مگ میں ڈال کر پھینٹتے ہوئے بولی۔ ''جاب تو تمہیں کالج میں مل گئی ہے لیکن تم رہو گی کہاں؟''

''کالج کا ہوسٹل ہے نا۔ وہیں دوسری لیکچررز کے ساتھ رہوں گی۔''

''کیا مطلب ہوسٹل میں رہو گی تم اور تمہارے شوہر اور بچے کیا وہ تمہارے ساتھ نہیں

آئے؟''ثمین نے حیرانگی سے اسے دیکھتے ہوئے پوچھا۔

''وہ ہوتے تو ساتھ آتے نا۔''

''تو شعیب بھائی کہاں ہیں؟''

''وہیں ہیں جہاں تھے۔''

''انہوں نے تمہیں یہاں اکیلے آنے کی اجازت کیسے دیدی؟''

''مجھے یہاں وہاں کہیں بھی جانے کے لیے ان کی اجازت کی ضرورت نہیں ہے، نہ پہلے کبھی تھی۔''عزّہ نے گہرے اُداس لہجے میں کہا۔

''حیرت ہے انہوں نے تمہیں روکا نہیں یہاں آنے سے۔''ثمین کی حیرت مزید بڑھ گئی۔

''وہ مجھے روک بھی کیسے سکتے تھے؟''عزّہ کے لبوں پر مجروح مسکراہٹ اُمڈ آئی۔

''آخر وہ شوہر ہیں تمہارے۔''

''وہ کبھی بھی میرے شوہر نہیں رہے۔''

''کیا کہہ رہی ہو عزّہ! تمہاری تو اپنے ماموں زاد شعیب ظفر سے شادی ہوئی تھی۔ تمہاری اور ندیم بھائی کی شادی کا دعوت نامہ مجھے موصول ہوا تھا۔ تب ہی میں نے تمہیں مبارک باد کا فون کیا تھا۔ اور اس کے ایک سال بعد تمہارا فون آیا تھا۔ تم نے تو کہا تھا کہ تم بہت خوش ہو اپنے سسرال میں۔''

ثمین سے یہ بات ہضم نہیں ہو رہی تھی اس لیے کافی کا مگ اسے دیتے ہوئے حیرت اور اُلجھن آمیز لہجے میں پوچھا۔

''تو اور کیا کہتی میں، دل کی طرح زباں بھی سنبھالے رہی تھی اب تلک۔ اک ہتھیلی پر ارمانوں کی حنا، ایک ہتھیلی پر زخموں کا لہو تھا کیسے دکھاتی میں؟''عزّہ نے کافی کا گھونٹ بھر کر دکھ بھرے لہجے میں کہا۔

''عزّہ! میری جان! کیا ہوا ہے تمہارے ساتھ کچھ تو کہو، میں تو تمہاری دوست ہوں۔ مجھ سے تو کہو۔''ثمین نے اس کی ٹھوڑی پکڑ کر چہرہ اُوپر کرتے ہوئے پیار سے کہا۔

''کہوں گی اس وقت تو مجھے اجازت دو۔''وہ کافی کا مگ میز پر رکھتے ہوئے بولی۔

''تم کہیں نہیں جاؤ گی۔ ہماری انیکسی خالی پڑی ہے اپنا سامان ہوسٹل سے لے آؤ اور یہاں رہو۔''ثمین نے فوراً حکم جاری کیا۔

''اپنے میاں سے تو پوچھ لو ان کی اجازت کے بغیر اتنا بڑا فیصلہ کر رہی ہو۔''

''عزیر کو کوئی اعتراض نہیں ہوگا بلکہ وہ تو تمہیں یہاں دیکھ کر خوش ہوں گے۔ کئی بار ہم نے انیکسی کرائے پر دینے کا سوچا مگر قابل اعتبار بندہ نہیں ملتا اس لیے کب سے بند پڑی ہے۔ مہمان آ جائیں تو کھل جاتی ہے۔ اب تم اپنا سامان لے آؤ اور ہمارے ساتھ رہو۔ کوئی ضرورت نہیں ہے ہمارے ہوتے ہوئے اکیلے اس شہر میں رہنے کی۔'' ثمین نے سنجیدہ لہجے میں کہا۔

''السلام علیکم' سنا ہے بچوں کی مما کی دوست آئی ہیں۔ کیا یہی ہیں وہ دوست؟'' عزیر سبزیوں' پھلوں' دالوں اور کچن کی دیگر اشیاء کے سازو سامان سے لوازمات سے بھرے لفافوں سے لدے کچن میں داخل ہوتے ہوئے ان دونوں کو دیکھ کر بولے تو ثمین نے آگے بڑھ کر ان کا بوجھ کم کرتے ہوئے لفافے میز پر رکھنا شروع کیے اور بولی۔ ''جی ہاں یہی ہیں میری دوست پوچھیں تو کون ہیں کیا نام ہے ان کا؟''

''السلام علیکم عزیر بھائی!'' عزّہ نے دوپٹہ سر پر رکھتے ہوئے انہیں سلام کیا۔

''وعلیکم السلام عزّہ بہن۔'' عزیر نے سامان سے آزاد ہو کر اس کے سر پر ہاتھ پھیر کر کہا۔

''ارے آپ تو فوراً پہچان گئے۔ یقیناً بچوں نے بتایا ہوگا۔'' ثمین نے مسکرا کر کہا۔

''جی نہیں ہم نے عزّہ بہن کو خود پہچانا ہے۔ ڈرائنگ روم میں تحائف سے بھری ٹیبل دیکھ کر اور عزّہ کو دیکھ کر مجھے یقین ہو گیا کہ یہ عزّہ ہی ہیں۔ کیونکہ آپ کی یہ واحد دوست ہیں جن کا آپ کی زبان سے ذکر سُن سُن کر ہمیں بنا دیکھے ان کی پہچان ہو گئی ہے۔ یہ بہت اہتمام سے آپ کو یاد رکھتی رہی ہیں۔ ہمیشہ بھئی عزّہ' میں تو آپ کو یہاں دیکھ کر بے حد خوش ہوں۔'' عزیر نے مسکراتے ہوئے کہا۔

''شکریہ عزیر بھائی! مجھے بھی آپ سے مل کر بے حد خوشی ہوئی ہے۔''

عزّہ نے اُونچے لمبے باوقار شخصیت کے مالک عزیر احمد کو دیکھتے ہوئے دل سے کہا۔

''عزیر' عزّہ کو یہاں کالج میں جاب مل گئی ہے اور یہ ویمن ہوسٹل میں رہنا چاہتی ہے۔ اکیلی آئی ہے، ہم اسے انیکسی میں نہ رکھ لیں۔'' ثمین نے کہا۔

''ضرور اس سے اچھی اور کیا بات ہو سکتی ہے۔ اجنبی شہر میں کسی اپنے کا ملنا بہت بڑی نعمت ہوتا ہے۔ عزّہ بہن آپ فوراً ہماری انیکسی میں شفٹ ہو جائیں چھوڑیں یہ ہوسٹل کا جھنجھٹ۔'' عزیر نے نرم لہجے میں کہا۔

''مگر عزیر بھائی، میں ....''

بس آپ نے مجھے بھائی کہہ دیا ہے نا تو بہن بن کر بھائی کے گھر آ جائیں۔ چلیں میرے ساتھ ابھی ہم آپ کا سامان ہوسٹل سے لے آتے ہیں۔''

عزیر نے اس کی بات کاٹ کر نرمی سے کہا تو وہ ان دونوں کی محبت اور خلوص پر روح تک سے شاد ہوگئی۔

''عزیر بھائی! کالج سے آپ کے گھر تک کا دس پندرہ منٹ کا واکنگ ڈس ٹینس ہی تو ہے میں ہر ویک اینڈ پر یہاں آ جایا کروں گی۔ یہ مناسب نہیں ہے کہ میں مفت میں مستقل آپ کے ہاں رہوں۔'' عزّہ نے نرمی سے کہا۔

''یہ کیا بات کی آپ نے؟'' عزیر احمد نے گاجر صاف کرتے ہوئے کہا۔ ''بھائی کے گھر، بہن جیسی دوست کے گھر رہنا کیسے مناسب نہیں ہے۔ اور کیا بھائی اپنی بہن سے اپنے گھر میں رہنے کا معاوضہ وصول کرتے ہیں۔ نو ناٹ ایٹ آل۔ ہماری انیکسی بیکار پڑی ہے۔ آپ کے کام آ جائے گی تو اچھا ہے نا۔ اور آپ کی دوست کا بھی جی بہل جائے گا۔ ان کا میکہ تو لاہور میں ہے۔ اور یہاں ایک آدھ رشتے دار ہے۔ اور پھر آپ کا کوئی نہیں ہے اس شہر میں۔ لیکن ہم ہیں۔ اس لیے ہم آپ کو ہوسٹل میں تو نہیں رہنے دیں گے۔ ویسے بھی ہوسٹل لائف کا تجربہ اکثر تلخ ہی نکلتا ہے۔ بس اب چلیں اچھی خاصی تقریر کر ڈالی ہے میں نے۔''

''مان بھی جاؤ عزّہ! دیکھو تم نے خود ہی کہا تھا کہ عزیر سے اجازت لے کر میں تمہیں انیکسی میں رہنے کی پیش کش کروں۔ اب عزیر نے خود ہی کہہ دیا ہے لہٰذا انکار کی گنجائش نہیں ہے۔'' ثمین نے تیزی سے کہا۔

''اوکے' اوکے لیکن میں ''ایز اے پے انگ گیسٹ آپ کی انیکسی میں شفٹ ہونے کے لیے تیار ہوں وِد آؤٹ رینٹ میں یہاں نہیں رہوں گی۔''

عزّہ نے ہنس کر اپنی شرط بتاتے ہوئے کہا۔

''بڑے افسوس کی بات ہے۔ بھائی بھی کہتی ہیں اور غیروں جیسی باتیں بھی کرتی ہیں۔'' عزیر نے سنجیدگی سے کہا۔ لہجہ خفا خفا سا تھا۔

''بھائی پلیز! خفا نہ ہوں' میں اپنا بوجھ خود اُٹھانے کی عادی ہو چکی ہوں۔ دوسروں پر اعتماد کرنا میں نے کب کا چھوڑ دیا ہے۔ اس لیے پلیز میری کیفیت کو سمجھنے کی کوشش کریں۔ میں اپنی خود

داری اور عزت نفس کے ہاتھوں مجبور ہوں پلیز۔" عزّہ نے سنجیدگی سے اپنی بات سمجھانے کی کوشش کی۔

"عزّہ! بہن' یہاں آپ کی خودداری اور عزتِ نفس پر کبھی آنچ نہیں آئے گی۔ ٹھیک ہے آپ ہر ماہ ایک ہزار روپیہ دے دیا کیجئے گا۔ لیکن کھانا تینوں وقت کا ہمارے ساتھ کھانا ہوگا۔" عزیر نے اس کی بات سمجھتے ہوئے کہا۔

"وہ تو بعد کی بات ہے اور یہ ایک ہزار اتنے پوش علاقے میں۔ وہ بھی اسلام آباد کے پوش علاقے میں بھلا کون کرایے پر اپنی انیکسی دیتا ہے۔ آپ میرا دل رکھنے کو کہہ رہے ہیں ناں۔" عزّہ نے مسکراتے ہوئے کہا۔

"ظاہر ہے آپ کی عزتِ نفس اور خودداری بھی ہمیں عزیز ہے۔ ورنہ آپ بہن اور دوست بن کر ہمیں کرایہ دے کر شرمندہ ہی کریں گی۔" عزیر نے کہا۔

"نہیں بھائی' اللہ نہ کرے کہ میری وجہ سے آپ کو شرمندہ ہونا پڑے۔ میں نے بتایا نہ کہ میں اپنا بوجھ خود اُٹھانے کی عادی ہو چکی ہوں۔"

"اوکے میں آپ کا مسئلہ سمجھ گیا ہوں۔ چلئے آیئے آپ کا سامان لے آئیں۔ اور ثمین!" عزیر کچن سے جاتے جاتے ثمین کی طرف گردن گھما کر دیکھتے ہوئے بولے۔ "تم کھانا لگاؤ ہم دس پندرہ منٹ تک آجائیں گے۔"

"ٹھیک ہے۔" ثمین خوش ہو کر مسکرا دی۔

اور وہ ذرا سی دیر میں عزیر کے ساتھ اس کی گاڑی میں بیٹھ کر ہوسٹل گئی اور وارڈن سے کہہ کر ہوسٹل رجسٹر سے اپنا نام خارج کرا دیا۔ عزیر نے خود کو عزّہ کا بھائی ہی بتایا اور چند منٹوں میں وہ اپنا سامان لے کر "عزیر ہاؤس" آ گئی۔ دوپہر کا کھانا سب نے اکٹھے کھایا۔ بچے بھی عزّہ کے آنے سے بہت خوش تھے۔ عزّہ اور ثمین انہیں اور عزیر کو اپنے سکول' کالج کے قصے سناتی رہیں۔ پرانی باتیں دہراتی یاد کرتی رہیں۔

"عزّہ! فی الحال میں نے تمہارا سامان بچوں کے برابر والے خالی بیڈ روم میں رکھ دیا ہے۔ آج تو تم وہیں سُونا۔ کل کام والی ماسی آئے گی تو میں اس سے کہہ کر انیکسی کی صفائی کروا دوں گی۔ یوں تو ہر ہفتے صفائی ہوتی ہے مگر گرد پڑ جاتی ہے۔ ڈسٹنگ وغیرہ تو کرنا پڑتی ہے ناں۔" ثمین نے رات کے کھانے کا انتظام کرتے ہوئے اس سے کہا۔

''کوئی بات نہیں ڈریسنگ تو میں خود بھی کر لیتی۔'' عزّہ نے انڈا چھیلتے ہوئے کہا۔

''ارے چھوڑو بھی اتنا لمبا سفر کر کے آئی ہو۔ اور کام ہی تو کیا ہے اب تک۔ ماسی کر دے گی صبح آ کر۔ بلکہ تم چاہو تو اسی کمرے میں رہ سکتی ہو۔''

''اتنی مہربان مت بنو' میں تمہاری پرائیوسی میں مخل نہیں ہونا چاہتی انیکسی ہی ٹھیک رہے گی میرے لیے اور ناشتہ وغیرہ میں خود ہی بنا لوں گی۔ اپنے لیے۔'' عزّہ نے انڈے کے قتلے کاٹ کر سلاد پر سجاتے ہوئے کہا۔

''اچھا زیادہ بکواس نہیں کرو چند دن تو مہمان بھی تین وقت میزبان کے ساتھ کھاتا پیتا ہے اور رہی بات پرائیویسی کی تو ماشاءاللہ گیارہ سال ہو گئے ہیں ہماری شادی کو۔ اب کس نے ہماری پرائیوسی میں مخل ہونا ہے۔'' ثمین نے کباب تلتے ہوئے کہا تو وہ ہنس پڑی۔

''عزّہ! سچ سچ بتاؤ تمہاری شادی شعیب سے نہیں ہوئی تھی کیا۔ آخر ان دس برسوں میں تم کہاں رہیں۔ کیا کرتی رہیں؟'' ثمین نے سنجیدہ ہو کر پوچھا۔

عزیر اور بچے لاؤنج میں کھیلنے میں مگن تھے۔ ہنس بول رہے تھے۔ اور وہ دونوں کچن میں باتوں کے ساتھ کام بھی کر رہی تھیں۔

''دس برس کی داستان تمہیں دو منٹ میں کیسے سنا دوں ڈیئر۔''

''تو پھر ایسا ہے کہ میں رات کو تمہارے پاس آ جاؤں گی پھر مجھے تفصیل سے بتانا۔'' ثمین نے کباب پلیٹ میں نکالتے ہوئے کہا۔

''ہاں اب کسی کو بتانے سے کوئی طوفان آئے گا نہ قیامت بپا ہو گی۔ ہر طوفان میرے شجر جاں سے ہو کے گزر بھی گیا اور ہر قیامت میرے جان و دل پہ بپا ہو بھی چکی...... اب یہ آپ بیتی میں تمہیں ضرور سناؤں گی۔ کیونکہ اس بھری دُنیا میں تم ہی ہو جو میری باتوں کا یقین کر سکتی ہو' مجھے سمجھتی ہو۔'' عزّہ نے ٹھہرے ٹھہرے دکھ بھرے لہجے میں کہا تو ثمین نے چونک کر اسے دیکھا۔

''عزّہ' مجھے لگتا ہے کوئی بہت بڑا اور گہرا گھاؤ لگا ہے تمہیں۔''

''دکھاؤں گی تمہیں یہ گھاؤ کچھ دیر صبر تو کرو' رات گہری تو ہو لینے دو۔ یہ گھاؤ رات کو لگا تھا اس لیے رات کو خوب چمکتا ہے لَو دیتا ہے۔ تم بھی دیکھ لینا کیسا انوکھا گھاؤ لگا ہے میرے دل و روح پر۔'' وہ معنی خیز لہجے میں بولی تو ثمین کو اس کی آپ بیتی سننے کی بے تابی ہونے لگی۔ رات کے کھانے سے فارغ ہوتے ہی اس نے بچوں کو ان کے کمرے میں بھیج دیا۔ انہیں صبح سکول بھی جانا تھا۔ عزیر

بھی دس بجے تک سو گئے۔ انہیں وہ پہلے ہی بتا چکی تھی کے آج وہ عزّہ کے ساتھ رت جگا کرے گی اس کی دس برسوں کی کہانی سنے گی۔ لہٰذا اسے بستر سے غائب پا کر پریشان نہ ہوں۔

عزیر کے سوتے ہی اس نے اپنے اور عزّہ کے لیے کافی بنائی اور دونوں مگ لے کر عزّہ کے کمرے میں چلی آئی جو نمازِ عشاء کی ادائیگی سے فارغ ہو رہی تھی۔ اسے دیکھتے ہی مسکرا کر بولی۔

''تو تم میری آپ بیتی سننے کے لیے آئی ہو۔''

''ہاں عزّہ! قسم سے تمہاری معنی خیز باتوں نے تو مجھے اُلجھا کے رکھ دیا ہے۔ تمہاری سیاہ چمکدار آنکھوں میں جو چمک ہوا کرتی تھی۔ وہ مجھے اب کی بار نظر نہیں آئی۔ تم جو بات بات پر پھلجھڑیاں چھوڑا کرتی تھیں۔ اب اتنی سنجیدہ ہو گئی ہو کہ مجھے یقین نہیں آ رہا کہ یہ تم ہی ہو۔ دس برس پہلے والی عزّہ سجاد۔ تم بہت بدل گئی ہو عزّہ۔'' ثمین نے کافی کا ایک مگ اسے تھما دیا اور بیڈ پر بیٹھ کر سنجیدگی سے بولی۔

''بدلنے کے لیے تو ایک لمحہ بھی بہت ہوتا ہے۔ میں تو پھر تم سے دس برس بعد مل رہی ہوں۔ ان دس برسوں میں تو بہت کچھ ہو گیا۔ تم بھی تو بدل گئی ہو۔ مجھے کہتی تھیں کہ کبھی ملیں گے تو تم سے قسطوں میں ملنا پڑے گا۔ حالانکہ موٹی تم خود ہو گئی ہو۔ موٹی نہیں خاصی بھری بھری ہو گئی ہو۔ پہلے تو بھنڈی جیسی ہوتی تھیں۔''

عزّہ نے آخر میں مسکراتے ہوئے کہا تو وہ ہنس پڑی۔

''ہاں یار! واقعی پہلے میں بہت دُبلی پتلی ہوا کرتی تھی۔ خیر سے اب تو چار بچوں کی ماں ہوں تو جسمانی اعتبار سے چار بچوں کی ماں مجھے لگنا بھی چاہیے۔ اور پھر عزیر کو بھی میں اسی روپ میں اچھی لگتی ہوں۔ شروع شروع میں مجھے اپنی پھیلتی جسامت نے بہت پریشان کیا تھا۔ مگر عزیر نے سختی سے منع کر دیا ہے کہ خبردار اگر کسی قسم کی کوئی ڈائٹنگ کی ہو۔ تم اس روپ میں پہلے سے زیادہ پُر کشش ہو گئی ہو۔ بس پھر میں بھی بے فکر ہو گئی۔'' ثمین نے مسکراتے ہوئے بتایا۔

''بہت چاہتے ہیں ناں عزیر بھائی تمہیں۔'' عزّہ اس کی خوشی پر خوش ہو کر بولی۔

''ہاں بہت زیادہ اور شعیب بھائی بھی تمہیں چاہتے ہوں گے نا۔''

''شعیب بھائی مجھے کیوں چاہیں گے بھئی میں ان کی لگتی ہی کیا ہوں۔ ویسے بھی میرے لیے شعیب بھائی نفرت کا سمبل تو ہو سکتے ہیں محبت یا چاہت ہرگز نہیں۔''

عزّہ نے تلخی سے کہا اس کے چہرے پر تناؤ بڑھ گیا تھا۔ جیسے وہ بہت ضبط سے گزر رہی ہو۔

ثمین نے نگ رکھ کر اس کا ہاتھ تھام لیا اور اسے اپنے پاس بیڈ پر بٹھا کر اپنائیت سے بولی۔ ''عزّہ' یہ تو مجھے معلوم ہے کہ تمہاری نانی کے انتقال کے موقع پر بیس برس بعد تمہارا اور تمہارے ماموں کا ایک دوسرے کے گھر آنا جانا شروع ہوا تھا۔ تمہارے ابو سجاد انکل تو شدید نفرت کرتے تھے ظفر ماموں اور ان کی فیملی سے پھر یہ انقلاب کیسے آ گیا کہ وہ تمہاری شادی ظفر ماموں کے بیٹے سے اور ندیم بھائی کی شادی ان کی بیٹی سے کرنے پر راضی ہو گئے۔ مجھے یہ جان کر بہت حیرت ہوئی تھی۔ مگر فون پر تفصیل پوچھنا مناسب نہیں تھا۔ بتاؤ نا یہ سب کیسے ہوا تھا؟''

''حیرت تو سبھی کو تھی کہ یہ انہونی ہو کیسے گئی۔ جو ایک دوسرے کا نام سننے ایک دوسرے کی شکل دیکھنے تک کے روادار نہیں تھے وہ رشتے داری بڑھانے کے لیے کیونکر تیار ہو گئے۔'' عزّہ نے کھوئے کھوئے لہجے میں کہا۔ ماضی کے سفر کا ایک ایک نقش اس کے ذہن میں اُبھرنے لگا۔ کتابِ ماضی کا ایک ایک ورق اس کے سامنے کھلنے لگا۔ جس پر جا بجا دکھ' درد' آنسو' اذیت اور زخم لگے تھے۔ بات تو کچھ بھی نہیں تھی مگر زندگی بھر کا روگ بن گئی تھی۔ صابرہ بیگم نام کی ہی نہیں مزاج کی بھی صابرہ تھیں۔ سجاد رضوی رنگین مزاج اور محفل کے آدمی تھے۔ کلی کلی منڈلانے والے' تعلیم ادھوری چھوڑ دی اور سیاست شروع کر دی۔ بھاوج کو ان کے کارناموں سے سخت نفرت تھی۔ وہ ان کے بڑے بیٹے کے ہم عمر تھے۔ بیٹوں کی طرح ہی پالا پوسا انہوں نے سجاد رضوی کو سو جب خاندان بھر کی لڑکیوں سے دوستی کے باوجود ان کے ماں باپ نے سجاد رضوی کی رنگین مزاجی اور سخت طبیعت' تیز غصے اور جذباتی پن کو بنیاد بنا کر اپنی اپنی دخترانِ نیک اختر کا رشتہ انہیں دینے سے انکار کر دیا تو بھاوج اپنے دُور پرے کے رشتے کے ایک بھائی نور محمد کی بیٹی صابرہ بیگم کے لیے سجاد رضوی کا رشتہ لے کر گئیں۔ سجاد رضوی کی تعریف میں زمین آسمان ایک کر دیئے۔ نور محمد نے ان کی باتوں پر یقین کر لیا۔ اور یوں صابرہ بیگم کے کئی اچھے اور اُونچے گھرانوں کے رشتے موجود ہونے کے باوجود نور محمد اپنی رشتے کی بہن بلقیس خاتون کو صابرہ کا رشتہ دینے پر رضامند ہو گئے۔ پہلے نکاح کیا گیا۔ نکاح کے بعد سجاد رضوی کے کچھ کارنامے ان کے سامنے آئے تو وہ گھبرا گئے۔ بلقیس خاتون سے بات کی تو انہوں نے حاسدوں کی چالبازی کہہ کر انہیں مطمئن کرا یا۔ صابرہ بیگم، نور محمد کی ایک ہی بیٹی تھیں۔ اور محمد ظفر ایک بیٹے تھے۔ یوں نکاح کے تین ماہ بعد صابرہ بیگم کو سجاد رضوی کے ہمراہ رخصت کر دیا گیا۔ اور صابرہ بیگم کو سجاد رضوی نے شادی کی رات جو باتیں کیں جو پابندیاں ان پر عائد کیں ان سے صابرہ بیگم کو لگا کہ یہ بیل منڈھے چڑھنے والی نہیں ہے۔ صابرہ بیگم اپنے اور سجاد

رضوی کے خاندان کی سب سے زیادہ حسین لڑکی تھیں۔ لہٰذا سجاد رضوی مغرور بھی بہت ہوئے اتنی حسین بیوی پا کر مگر انہوں نے صابرہ بیگم کو چار دیواری میں قید کر کے رکھ دیا۔ اگر میکے بھی جانا ہوتا تو خود ساتھ جاتے۔ برقع سر سے پاؤں تک ڈھکا ہوتا مگر سجاد رضوی پھر بھی اُن پر شک کرنے سے باز نہ آئے۔ سجاد رضوی کی اپنی شخصیت بھی کم نہ تھی۔ یہی وجہ تھی کہ وہ صنف نازک کو متوجہ کرنے میں کامیاب رہتے تھے۔ شادی کے بعد بھی ان کے کارناموں میں کمی نہ آئی۔ ان کے بیمار والد جو صابرہ بیگم کے سسر تھے بستر پر پڑے رہتے تھے۔ ان کی تیمارداری اور خدمت گزاری میں صابرہ بیگم نے دن رات ایک کر دیا۔ مگر صلہ پھر بھی نہ ملا۔ گھر اور سسر کے علاوہ والدین کی چھوٹی اور بگڑی اولاد سجاد رضوی کے ناز نخرے اُٹھانا بھی صابرہ بیگم کی ڈیوٹی میں شامل ہو چکا تھا۔ سجاد رضوی کو اچھا کھانے، عمدہ پہننے، باہر یار دوستوں میں بیٹھ کر روپیہ اُڑانے، شیخی بگھارنے اور سیاست پر پیسہ لٹانے کا خبط تھا۔ گھر میں بیوی کے کپڑے لینے کا خیال نہیں ہوتا تھا۔ صابرہ بیگم بہت عرصے تک اپنے میکے کے شادی کے جوڑے پہن کر گزارہ کرتی رہیں۔ پھر بچے پیدا ہونا شروع ہوئے تو سجاد رضوی نے بچوں کو بھی اپنے ظلم کا نشانہ بنانا شروع کر دیا۔ صابرہ بیگم کے بھائی سے وہ ملازموں کا سا سلوک کرتے۔ ساس سسر کو جوتے کی نوک پر رکھتے۔ انہوں نے شکایت کی تو بات طلاق تک جا پہنچی۔ صابرہ بیگم میکے آ بیٹھیں۔ خوب لڑائی جھگڑے ہوئے بالآخر صابرہ بیگم نے خاندان کی عزت اور بچوں کی بہتر تربیت اور کفالت کی خاطر سجاد رضوی کے سنگ ساری زندگی گزارنے کا فیصلہ کر لیا۔ اور سجاد رضوی کے حکم کے مطابق میکے سے ناطہ توڑ لیا۔ ایک بھرے پُرے خاندان سے آئی صابرہ بیگم ایک آوارہ اور خود غرض، مطلبی اور بے حس انسان کے سنگ چلی گئی۔ میکے والے اسے بھی بُرا بھلا کہنے لگے۔ مگر صابرہ بیگم نے انہیں یہی جواب دیا۔

''میں نے یہ شادی آپ لوگوں کی مرضی سے کی تھی۔ میری پسند، مرضی یا محبت کی شادی نہیں تھی یہ۔ اس لئے میں اسے قسمت کا لکھا سمجھ کر آخری دم تک نبھاؤں گی۔ مجھے طلاق نہیں چاہیے۔ آپ لوگ اگر سجاد کا دل جیت سکیں تو ٹھیک ہے۔ ورنہ سمجھ لیجئے گا کہ صابرہ مر گئی ہے۔''

اور پھر صابرہ کے میکے والوں نے چپ سادھ لی۔ پلٹ کر بھی نہ دیکھا کہ اُن کے ساتھ کیا گزر رہی ہے۔ وہ کیسی ہے۔ ایک ہی شہر میں چند گھروں کے فاصلے پر رہتے ہوئے بیس برس گزر گئے۔ اس دوران ایک بار صابرہ بیگم کی اماں جان اُن سے ملنے آئیں تو سجاد رضوی نے انہیں بے عزت کر کے گھر سے نکال دیا۔ صابرہ بیگم نے سترہ سال تک اپنے بیمار سسر کا بچوں کی طرح خیال

رکھا۔ وہ مرتے وقت اپنی جائیداد سجاد رضوی کے نام کر گئے۔ صابرہ بیگم کا حسن مسلسل ہر سال بچے پیدا کر کر کے ماند ضرور پڑ گیا تھا مگر ان میں اب بھی کشش باقی تھی۔ مسلسل چودہ بچے پیدا کرنے والی صابرہ بیگم کے نو بچے زندہ رہے۔ جن میں سب سے بڑی شائزہ پھر ندیم' تیسرے نمبر پر عنیزہ اور چوتھے نمبر پر عزّہ پھر فہیم اس کے بعد عائزہ' بیٹا عظیم اور منیزہ اور سب سے چھوٹا بیٹا نعیم تھا۔ سب سکول کالج تک گئے۔ سجاد رضوی نے بڑے بیٹوں کو بھی اپنی شان وشوکت کے لیے پڑھایا بیٹے دونوں قابل تھے۔ ڈاکٹر انجینئر بن گئے۔ اعلیٰ ملازمت پر فائز ہو گئے۔ سجاد رضوی نے صابرہ بیگم پر ہر ظلم وستم روا رکھا۔ مار پیٹ، گالم گلوچ اور میکے کے طعنے دینا روز کا معمول تھا۔ ان کے روز کے آنے والے یار دوستوں اور رشتے داروں کی خاطر مدارت کرنے میں صابرہ بیگم کی رگ رگ جوڑ جوڑ درد کرنے لگتا اور وہ گولیاں پھانک پھانک کر کام کیے جاتیں۔ ماں کے انتقال کی خبر انہیں بھتیجے کے ذریعے ملی۔ جانے سجاد رضوی کے دل میں کیا آئی۔ انہیں میکے لے گئے۔ مگر سارے راستے پرانی باتیں کرتے گئے۔ سال بعد صابرہ بیگم کے والد کا بھی انتقال ہو گیا۔ سجاد رضوی اُوپر اُوپر سے سسرالیوں سے ملتے صرف سالے اور ان کی فیملی سے اس کے دل میں نفرت بھری رہتی۔ وہ بار بار بڑے تکبر سے کہتے۔ ''دیکھا کیسے مرے تمہارے ماں باپ جس جس نے میرا دل دکھایا مجھے بُرا کہا میں اس کا انجام اپنی آنکھوں کے سامنے دیکھ کر مروں گا۔''

اب صابرہ بیگم انہیں کیا کہتیں کہ اسّی نوے کے ہو کے بھی نہ مرتے وہ بوڑھے وجود۔ جانے سجاد میاں کن ہواؤں میں رہتے ہیں۔ وقت گزرتا رہا۔ ایک دن اچانک ماموں ظفر کو ہارٹ اٹیک ہو گیا۔ مرتے مرتے بچے تھے۔ بڑی بیٹی کو وہ بیاہ چکے تھے۔ چھوٹی بیٹی بی۔ اے کر چکی تھی۔ تینوں بیٹے پڑھ رہے تھے۔ اب وہ چھوٹی بیٹی اور بڑے بیٹے کی شادی کرنا چاہتے تھے۔ ڈرتے ڈرتے صابرہ بیگم سے انہوں نے عزّہ اور ندیم کے لیے اپنی حمیرا اور شعیب کے رشتے کی بات کی۔ صابرہ بیگم تو بہت خوش ہوئیں۔ ان کا اپنے اکلوتے بھائی سے رشتہ مضبوط ہو جاتا اس طرح۔ ورنہ ظفر ماموں کے بعد یہ ملنا جلنا پھر سے ختم ہو کہ رہ جاتا...... صابرہ بیگم نے بہت منتوں' حیلوں بہانوں سے سجاد رضوی کو اس رشتے پر راضی کیا۔ یہ کہہ کر کہ ان کی بیٹی ہمارے گھر ہو گی تو وہ ہماری بیٹی کو بھی سکھ سے رکھیں گے۔ ٹیڑھی آنکھ سے نہیں دیکھیں گے۔ اور یہ بھی کہ بیٹے کے ولیمے کے روز بیٹی کا نکاح اور رخصتی کر دیں گے خرچہ بھی کم ہو گا۔ سجاد رضوی باپ کی زمینیں بیچ بیچ کر گھر اور باہر کے اخراجات پورے کرتے رہے تھے۔ کام ساری زندگی نہیں کیا تھا۔ بیٹے ندیم کی ملازمت لگتے

ہی انہوں نے خود خرچ دینا بند کر دیا تھا۔ اور اب گھر ندیم کی تنخواہ پر چل رہا تھا۔ لہٰذا انہیں رام کرنے میں صابرہ بیگم کو کئی دن کی جلی کٹی سننے کے بعد ہاں میں جواب مل گیا۔ صابرہ بیگم اس روز بہت خوش تھیں۔ پھر یہ ہوا کہ مہینہ گزر گیا ظفر ماموں اور راشدہ مامی کی طرف سے باقاعدہ رشتہ آنے کا انتظار کرتے کرتے صابرہ بیگم سجاد رضوی سے شرمندہ سی رہنے لگیں۔ وہ بھی انہیں طنز کرنے سے باز نہ آتے۔ عزّہ کو بہت غصہ آ رہا تھا۔ اور عظیم کو بھی کیونکہ ان دونوں نے ظفر ماموں کی بیماری کے دوران ان کی سب سے زیادہ خدمت کی تھی۔ عزّہ نے صابرہ بیگم سے کہہ بھی دیا۔

''امی! اُن کا مطلب تو پورا ہو گیا ہے۔ یہاں انہیں ہسپتال میں بھاگ دوڑ کرنے کے لیے ملازم چاہیے تھا۔ سو عظیم نے یہ کام خوب کیا ہے۔ صبح کے چھ بجے سے رات کے گیارہ بارہ بجے تک دس دن تک وہ کیسے گھن چکر بنا رہا ہے۔ دوائیں لانا' ڈاکٹر کو بلانا' گھر سے کھانا' پانی' برف' پھل لے کر جانا۔ اس کی پڑھائی کا بھی کتنا حرج ہوا ہے۔ وہ تو شکر ہوا کہ میرے امتحان ختم ہونے کے اگلے دن ماموں کی بیماری کا فون آیا تھا۔ میں بھی جب سے تین ٹائم گھر کے علاوہ ماموں' مامی اور ان کے مہمانوں کے لیے گرمی میں کھانے پکا پکا کر آدھی رہ گئی ہوں۔ انہیں پیسوں کی ضرورت پڑی تو تین مانگنے پر آپ نے چھ تھما دیئے۔ مڑ کر مامی جی نے نہ پیسے واپس کیے اور نہ ہی رشتے کی بات کی۔ سمجھتے ہوں گے ہم ان کے بیٹے کے لیے مرے جا رہے ہیں۔ بڑا گورنر لگا ہے نا شعیب۔ بدھو ہے پورا۔ کو بینک سروس کو فاسٹ ڈیوٹی کہتا ہے۔ میٹرک ٹو ایم۔ اے تھرڈ ڈویژن۔ رکھیں سنبھال کے اپنے برخودار کو خواہ مخواہ بات کرنے کی تک کیا بنتی تھی؟''

''تو چپ کر جایا کر حرام خور! اپنی زبان قابو میں نہیں رکھ سکتی۔ باقی سب تو ٹھیک ہو جائے گا مگر تو ٹھیک نہیں ہونے کی۔ تیری یہ جو ہاتھ بھر کی زبان ہے یہ ضرور میری ناک کٹوائے گی۔ اری یہی لچھن رہے نا تو دوسرے دن ہی گھر آ بیٹھے گی اور باقی بہنوں کی زندگی بھی اجیرن کرے گی۔ مجھے الگ اپنے باپ کی نظروں میں گرائے گی۔ پہلے ہی وہ بڑی مشکل سے اس رشتے کے لیے مانا تھا۔ تُو ساری کری کرائی پر پانی پھیرے گی کیا۔ چپکی نہیں رہ سکتی۔'' صابرہ بیگم اس کی صاف گوئی سے ہمیشہ سے نالاں تھیں۔ گھر بھر کی باغی بیٹی مشہور تھی وہ۔ جائز اور حق بات تو وہ اپنے باپ سجاد رضوی کے سامنے بھی بے دھڑک کہہ دیا کرتی تھی۔ اسی لیے سب کی نظروں میں وہ بُری اور بد زبان تھی۔ حالانکہ حقیقت یہ تھی کہ عزّہ بہت زیادہ حساس' خیال رکھنے والی' جذباتی اور مخلص لڑکی تھی۔ مگر گھر کے دیگر افراد پر باپ کی شخصیت کے گہرے اثرات مرتب ہو چکے تھے۔ لہٰذا وہ ہر ایک

کی طنزیہ اور تلخ باتوں کا، نظروں اور روّیوں کا نشانہ بنتی تھی۔ بولنا آدھا کر دیا تھا مگر گھر والے تب بھی اس سے ناخوش اور نالاں ہی تھے۔ وہ بہت کڑھتی تھی اپنوں کے اس منفی رویے سے۔ بہت کوشش کرتی کہ مکمل خاموش ہو جائے مگر غلط بات ہوتے دیکھ کر زبان قابو میں نہ آتی اور وہ دل کی بھڑاس نکال کر رہتی۔ اب بھی یہی ہوا تھا۔ صابرہ بیگم کو ہمیشہ کی طرح اس پر غصہ آ گیا تھا۔ غصیلے اور سخت لہجے میں بولی تھیں وہ۔

"رہ سکتی ہوں امی! میرے چپ ہو جانے سے اگر یہ مسئلہ حل ہو سکتا ہے تو۔ میں چپ ہو جاتی ہوں۔ مگر اتنا ضرور کہوں گی کہ جس طرح مامی اور ماموں نے اپنا مطلب نکالنے کے بعد آنکھیں پھیری ہیں ناں اس سے صاف ظاہر ہے کہ ہمیں اچھی اُمید اور توقع کے خواب نہیں دیکھنے چاہئیں۔" عزّہ نے سنجیدگی سے کہا۔

"اچھا بس چپ کر تجھے تو میں وہاں بیاہ کے بھی پچھتاؤں گی۔ کاش! عائزہ کا نمبر ہوتا تیری جگہ تو میں اسے اپنے بھائی کے گھر بے فکری سے بیاہ دیتی۔ وہ تیری طرح منہ پھٹ تو نہیں ہے کم از کم اوروں کے سامنے تو اپنی زبان پر تالے ڈالے رکھتی ہے۔" صابرہ بیگم نے غصیلے لہجے میں کہا۔

"تو بیاہ دیں عائزہ کو۔ آپ کی ساری بیٹیاں شادی کی عمر کو پہنچ چکی ہیں۔ جس کی مرضی شادی کر دیں مجھے چھوڑ کر۔" عزّہ نے تپ کر کہا۔

"یہی تو مسئلہ ہے۔ اوّل تو تیرا باپ نہیں مانے گا۔ دوسرا لوگ کیا کہیں گے کہ بڑی کے ہوتے ہوئے چھوٹی کو بیاہ دیا۔ ضرور بڑی میں کوئی عیب ہوگا۔ اور تُو کیا ساری زندگی میرے سینے پہ مونگ دلتی رہے گی۔ یہ اپنی پیروں تک کی زبان سنبھال کے رکھو۔ سسرال میں کوئی نہیں سنے گا تیری یہ بک بک۔ انہیں تو کام چاہیے کام...... اور تجھے نہ سلائی کڑھائی آتی ہے نہ ڈھنگ سے روٹی پکانا آتی ہے اب تک۔ سالن وہ ایسا پکاتی ہے جیسے چارہ پکایا ہو۔" صابرہ بیگم نے اسی لہجے میں کہا۔

"جی ہاں یہی چارہ آپ کے رشتے دار کھا کھا کر تعریفیں کر کے جاتے ہیں اور مجھے کام کرتے دیکھ کر ہی اور میرے اخلاق سے متاثر ہو کر ہی آپ کی بھاوج صاحبہ نے مجھے بہو بنانے کا شوشہ چھوڑا تھا۔ وہ خود تو کچھ کرتی نہیں ہیں۔ انہیں کام کرنے والی نوکرانی چاہیے بہو کی صورت۔" عزّہ نے سلگ کر کہا۔

"تُو خاموش نہیں رہ سکتی۔ وہ ایسے نہیں ہیں جیسا تُو نے انہیں سمجھا ہے۔ راشدہ زبان کی تیز ضرور ہے مگر تیری طرح بدزبان نہیں ہے۔ اور شعیب تو ہنس مکھ اور محبت کرنے والا لڑکا ہے۔"

صابرہ بیگم نے اپنے میکے کی حمایت میں زور و شور سے کہا۔
''باتونی تو وہ بھی بہت ہے اپنی ماں کی طرح۔'' عزّہ کی زبان پر پھر کھجلی ہوئی۔
''وہ جیسا بھی ہے تُو اپنی زبان بند کر لے ورنہ مجھ سے بُرا کوئی نہیں ہو گا۔'' صابرہ بیگم چلائیں۔

''ٹھیک ہے امی حضور! کرلوں گی میں اپنی زبان بند۔ آپ کے یہ رشتے دار اگر بُرے بھی نکل آئے تو بھی میں آپ سے کسی سے بھی کچھ نہیں کہوں گی۔ آپ اپنی زندگی میں مجھے اس گھر میں لوٹتے ہوئے نہیں دیکھیں گی۔ میں اگر اپنے باپ کی بیٹی ہوں تو آپ کی بیٹی بھی ہوں .... جس طرح آپ نے اپنے نام کی لاج رکھی ہے نا امی! اسی طرح میں بھی اپنے نام کی لاج رکھوں گی ہر زیادتی سہہ لوں گی پر کسی سے نہیں کہوں گی۔'' عزّہ نے پُر اعتماد اور فیصلہ کن لہجے میں کہا تو صابرہ بیگم غصے سے بولیں۔ ''ہونہہ' ایسی ہی تو ہے تو کسی سے نہیں کہے گی۔ گھر کی ایک ایک بات تو' تو سب سے کہتی پھرتی ہے۔''

''یہ الزام ہے امی! اگر یہ سچ بھی ہے تو آئندہ میں اپنی ساری غلطیوں کا ازالہ کر دوں گی۔ پہلے یہ رشتہ ہو تو لینے دیں۔ مامی تو جا کے سو ہی گئی ہیں۔'' عزّہ نے سنجیدگی سے کہا تو وہ غصیلے اور تیز لہجے میں گویا ہوئیں۔

''پھر بکواس کی تُو نے' ارے یہ رشتہ ہو بھی جائے تو لاکھوں روپیہ برباد کرائے گی تُو ...... تجھے جو جہیز دے کہ بھیجوں گی تو ضائع ہی ہو گا۔ تُو اپنی زبان کی وجہ سے تیسرے دن ہی کاغذ لیے آ رہی ہو گی۔ مجھے تو یہ سوچ سوچ کر ہی ہول اُٹھتے ہیں۔ تیرا باپ تو پہلے ہی پیسہ نکالنے کو تیار نہیں ہے۔ اب جو تُو ضائع کرائے گی تو جان سے نہیں مار دے گا ہم سب کو...... وہ تو پہلے ہی دو بیٹیاں اپنے رشتے داروں میں بیاہ کر شو بازی میں روپیہ لٹا کر پچھتا رہا ہے۔ اور تُو ہے کہ زمین پر ہی نہیں ٹکتی۔''

''امی! آپ حکم کریں میں زیرِ زمین جانے کو تیار ہوں۔ رہی بات پیسے کی تو اگر آپ کے خیال میں مجھ پر پیسہ خرچ کرنا ضائع کرنے کے مترادف ہے تو آپ مجھے جہیز نہ دیں۔ آپس کی بات ہے اپنوں میں تو بغیر لین دین کے شادی ہو سکتی ہے۔ کہہ دیں ماموں مامی سے کہ ہم نہ جہیز دیں گے نہ لیں گے۔''

عزّہ سجاد کو صابرہ بیگم کی باتوں سے دِلی صدمہ پہنچا تھا۔ پھر بھی سنبھل کر سنجیدگی سے کہا۔
''کون سے ہیرے موتی' یا لعل جڑے ہیں تجھ میں جو وہ یا کوئی بھی تجھے بغیر جہیز کے قبول کر

لے گا۔ خالی زبان چلانے سے کام نہیں چلتا بہت کچھ کرنا پڑتا ہے۔ اور تجھے باتیں کرنے کے سوا کوئی کام ہی نہیں ہے۔'' صابرہ بیگم شوہر کی زیادتیوں کا غصہ اپنی اولاد پر خاص کر عزّہ پر نکالتی تھیں اور نکال رہی تھیں۔ اور وہ اندر سے دکھ سے بھرتی جا رہی تھی۔ وہ ماں ہو کر اس کی بات کیوں نہیں سمجھتی تھیں۔ اسے غلط کیوں سمجھتی تھیں؟ اس کے پاس ان سوالوں کے جواب نہیں تھے۔

''ارے امی! چھوڑیں آپ بھی کس کے منہ لگ رہی ہیں۔ اس پر بھلا کسی بات کا کوئی اثر ہوتا ہے۔'' ندیم بھائی جو اس سے چار سال بڑے تھے ہنس کے طنزیہ لہجے میں بولے۔

''اور کیا خواہ مخواہ آپ اپنا سر درد بڑھا رہی ہیں۔ بھینس کے آگے بین بجانے سے کوئی فائدہ نہیں ہے امی۔'' عظیم نے کہا تو سب ہنس پڑے۔

''صد شکر ہے کہ ندیم بھائی کے بعد پیدا ہونے والے بھائی بہن چاروں مر گئے تھے ورنہ وہ بھی اسی منافق ہوم کا حصہ بنے ہوتے۔'' عزّہ نے دل میں کہا۔

''گھر کو ٹارچر سیل بنا کے رکھ دیا ہے۔ یا اللہ! میرا دل اور حوصلہ مضبوط بنا دے۔''

اور پھر چند روز بعد حیرت انگیز طور پر ماموں' مامی اور ان کی بیاہی بیٹی ذنیرہ مٹھائی کا ڈبہ لیے۔ رشتے کی باقاعدہ بات کرنے کے لیے آ گئے۔ اور سجاد رضوی اور صابرہ بیگم سے بڑے طریقے سے بات کی۔ سجاد رضوی نے حیرت انگیز طور پر بہت اخلاق کا مظاہرہ کیا اور شعیب کے لیے عزّہ کا رشتہ دیدیا۔ اور ساتھ ہی ندیم بھائی کے لیے ان کی حمیرا کا ہاتھ مانگ لیا۔ انہیں کیا اعتراض ہو سکتا تھا۔ ایک ذہین انجینئر اعلیٰ عہدے پر فائز داماد مل رہا تھا۔ سو انہوں نے بھی ہاں کر دی۔ ہاں ہوتے ہی شادی کی تاریخ طے کر دی گئی اور دونوں گھروں میں شادی کی تیاریاں ہونے لگیں۔ عزّہ کے دل میں اپنی شادی کے خیال سے کوئی ارمان کوئی خوشگوار احساس نہیں جاگا' نہ آنکھوں میں کوئی خواب سجا تھا۔ شعیب اس سے عمر میں تین سال بڑا تھا۔ کسی پرائیویٹ کمپنی میں سات ہزار ماہوار پر ملازمت کر رہا تھا۔ ماموں کے گھر وہ صرف ایک بار گئی تھی وہ بھی نانی کی پہلی برسی پر۔ البتہ شعیب چار پانچ بار ان چار سالوں میں آ چکا تھا۔ اس رشتے میں شعیب کی رضامندی بھی شامل تھی۔ عزّہ کو اس شادی سے متعلق اگر کچھ یاد تھا۔ تو صرف یہ کہ اسے یہ شادی ہر حال میں نبھانی ہے۔ اسے اپنی ماں کو شرمندہ نہیں کرنا ورنہ اس کی بہنوں کا مستقبل تاریک ہو جائے گا۔ اسے اپنے باپ کے خدشوں کو غلط ثابت کرنا ہے۔ اسے اپنے والدین اور بہن بھائیوں کی اپنے متعلق اس رائے کو غلط ثابت کرنا ہے کہ وہ اپنی زبان کی وجہ سے اپنا گھر نہیں بسا پائے گی...... البتہ ندیم

بھائی حمیرا سے شادی طے ہونے پر بہت خوش تھے، اس کا عزّہ کو بھی اندازہ تھا۔ اور ندیم بھائی حمیرا کو پسند بھی کرنے لگے تھے۔ عزّہ نے اللہ سے اس رشتے کی کامیابی کی دُعائیں مانگی تھیں ...... ثمین اس کی سکول کے زمانے سے دوست تھی دونوں نے میٹرک سے بی۔ اے تک اکٹھے امتحان دیئے تھے۔ امتحانات کے فوراً بعد ثمین کی شادی ہوگئی۔ اور وہ اسلام آباد چلی گئی تھی۔ عزّہ نے اسے بھی اپنی شادی کا دعوت نامہ پوسٹ کرایا۔ ثمین کا مبارکباد کا فون ضرور آیا مگر وہ خود شادی میں شرکت کے لئے نہیں آسکتی تھی۔ سسرال میں کئی تقریبات میں جانا ضروری تھا۔ اس لیے عزّہ نے اس کی معذرت اور مبارکباد دونوں دل سے قبول کرنے کے بعد اسے خدا حافظ کہہ دیا۔

گھر میں شادی کی تیاریاں کسی قیامت سے کم نہیں تھیں عزّہ کے لیے۔ جب جب کوئی خریداری ہوتی پیسوں کا رونا رویا جاتا۔ عزّہ پر پیسہ ضائع کرنے کی باتیں کی جاتیں جو بڑے کہتے وہ چھوٹے بہن بھائی بھی کہتے۔ بظاہر سب کے سامنے سب بہت اخلاق سے ملتے مگر گھر میں ایک دوسرے کے ساتھ عزّہ کے ساتھ بطورِ خاص خار کھائے رہتے۔ نفرت، شک، لعن طعن، تمسخر، طنز اور تنقید کرتے نہ تھکتے۔ باپ کا رنگ سب پر چڑھا تھا۔ اور عزّہ زیادہ حساس ہونے کی وجہ سے یہ ساری باتیں بہت محسوس کرتی۔ اس کا دل روتا رہتا...... اس نے بڑی بہنوں شائزہ اور عنیزہ باجی سے آدھا جہیز بنوایا۔ انہیں پہننے کے کپڑوں کے ساٹھ ساٹھ جوڑے دیئے گئے تھے۔ عزّہ نے اپنے لیے پچیس جوڑے سلوائے وہ زیادہ بھاری کام والے نہیں تھے۔ کراکری میں شائزہ اور عنیزہ کو تین تین چار چار سیٹ دیئے گئے۔ عزّہ نے عام اور خاص استعمال کے صرف دو سیٹ لیے۔ بستر رضائیاں بھی آدھی لیں۔ زیور کا بھی صرف ایک سیٹ بنوایا، چوڑیاں اور کنگن نہیں بنوائے جبکہ شائزہ اور عنیزہ کو دو دو سیٹ دیئے گئے تھے۔ صابرہ بیگم کا خیال تھا کہ زیادہ جہیز دیکھ کر دوسری بیٹیوں کے لیے بھی رشتے آئیں گے۔ رشتے تو آئے مگر پیسہ تھا نہیں جو بیاہتے۔ اب بمشکل سجاد رضوی نے اپنے بینک اکاؤنٹ سے زمین کی آمدنی اور منافع کے رقم سے یہ تیاری کی تھی۔ وہ جب کچھ لاتے سو سو باتیں سناتے۔ عزّہ کے بس میں ہوتا تو کچھ بھی نہ جہیز میں لے جاتی مگر دُنیا والوں کے طعنے تشنے والدین کی شان و شوکت کا بھرم بھی تو رکھنا تھا۔ اور پھر اپنا سامان اپنی چیزیں نئی نویلی دلہن بلا جھجک استعمال کر سکتی ہے۔ دوسروں سے مانگنے کی زحمت اور کوفت نہیں ہوتی۔ اس خیال سے عزّہ چپکی ہو رہی۔ فرنیچر میں اس کے لیے ڈبل بیڈ ڈریسنگ ٹیبل، وارڈ روب اور صوفہ سیٹ خریدا گیا تھا۔ ڈائننگ ٹیبل، ٹرالی اور برتنوں کی الماری لینے سے خود عزّہ نے انکار کر دیا تھا۔ سو اس کے انکار میں

فائدہ ہی تھا لہٰذا اس کی یہ باتیں مان لی گئیں وہ جہیز بڑی بہنوں سے کم ضرور لے جا رہی تھی مگر خالی ہاتھ تو نہیں جا رہی تھی۔ اس کے لیے اور سجاد رضوی اور صابرہ بیگم کے لیے یہی اطمینان بہت تھا۔ اور پھر دیگر اشیاء ظفر ماموں کے ہاں پہلے سے موجود تھیں۔ انہوں نے چار سال پہلے نیا گھر بنوایا تھا۔ گھر میں سارا سامان اور فرنیچر بھی نیا ڈلوایا تھا۔ ظفر ماموں سرکاری محکمے میں ہیڈ کلرک تھے اور اسی سال اپنی بیماری کی وجہ سے مجبوراً انہوں نے ریٹائرمنٹ لی تھی۔ انہیں کئی پرائیویٹ اداروں سے جاب آفر ہو رہی تھی۔ ان کے تیس پینتیس سالہ تجربے کی بنیاد پر مگر ظفر ماموں کی صحت ایسی نہیں تھی کہ وہ پہلے کی طرح صبح سے شام تک کام کر سکتے۔ اس لیے ابھی تک انہوں نے کسی آفر کا مثبت جواب نہیں دیا تھا۔ خدا خدا کر کے شادی کا دن بھی آن پہنچا۔ ندیم بھائی حمیرا کو بیاہ کر لے آئے تھے۔ ولیمے کے دن عزّہ کی رخصتی تھی۔ بارات وقت پر پہنچ گئی۔ عزّہ کو اس کی دوسری سہیلیوں نے مل کر تیار کیا۔ وہ دلہن بن کر آسمانی حور لگ رہی تھی۔ یہ اس کے کالج کے گروپ کی دیگر سہیلیوں کی رائے تھی اور سچ بھی یہی تھا۔ اس پر اپنی بڑی بہنوں سے زیادہ رنگ روپ آیا تھا۔ قبول و ایجاب کی رسم ادا ہوتے ہی صابرہ بیگم خوشی سے سب مہمانوں سے مبارک بادیں وصول کرنے لگیں۔ ہر طرف ہنسی، خوشی، نغمگی، زندگی چہک رہی تھی۔ قہقہے گونج رہے تھے۔ مووی بنوانے سے عزّہ اور ندیم بھائی نے منع کر دیا تھا۔ ندیم بھائی چونکہ مذہبی معاملات میں آج کل کافی دلچسپی لینے اور عمل کرنے کی کوشش کر رہے تھے۔ اس لیے انہوں نے مووی بنانے سے پہلے ہی منع کر دیا تھا۔ تصویریں البتہ ضرور کھینچی گئیں۔ شعیب اور عزّہ کی بھی اور ندیم اور حمیرا کی بھی۔ رخصتی کا وقت قریب آیا تو عزّہ کی آنکھیں آنسوؤں سے بھرنے لگیں۔ اسے بابل کا گھر چھوڑنے کا دُکھ نہیں تھا۔ بلکہ دُکھ تو اس بات کا ہو رہا تھا کہ وہ یہاں سے اپنے ساتھ کوئی بھی اچھی یاد لے کر نہیں جا رہی تھی۔ ماں باپ، بھائی بہن یہ سب تو پیار کے اعتبار کے رشتے ہوتے ہیں۔ مگر افسوس اسے انہیں رشتوں نے اشکبار اور دل فگار کیا تھا۔ یہاں سے جا کر بھی اسے صرف آنسو اور آہیں ہی یاد آتیں۔ طنزیہ، تلخ اور تنفر بھرے تنقیدی اور ہتک آمیز رویے اور لہجے ہی لہو رُلاتے۔

"افسوس امی جان! آپ نے اپنی ساری زندگی جس اولاد کی خاطر اذیت اور تکلیف میں گزار دی۔ وہی اولاد احساس اور الفت سے احترام اور عزت سے عاری نکلی ہے۔ آپ کے لیے بھی میرے لیے بھی۔ سب نے ابو کا اثر لیا۔ آپ نے بھی کبھی ہمیں پیار سے نہیں سمجھایا۔ ابو کا غصہ ہم پر نکالا۔ میری برائیاں چھوٹے بہن بھائیوں میں بیٹھ کر کہیں۔ پھر بھلا وہ میری عزت کیسے کر

سکتے ہیں۔ میں نے ان بہن بھائیوں کے کتنے کام کیے۔ کتنا خیال رکھا ان کا مگر افسوس پھر بھی میں ان کے دل میں اپنی محبت اور اہمیت نہ جگا سکی۔ شاید میرے جانے کے بعد آپ کو میری کچھ کمی محسوس ہو۔' عزّہ قرآن کے سایے میں بہنوں کے ہالے میں چلتی ہوئی رخصتی کے لیے آتے ہوئے سوچ رہی تھی۔

'امی! اب تو آپ کچھ کہہ دیں' کوئی پیار بھری دُعا کوئی محبت بھرا لفظ کہ جو میری اب تک کی ساری اذیت اور تکلیف کو ختم کر دے۔' عزّہ نے اپنے ساتھ صابرہ بیگم کو چلتے دیکھ کر دل میں انہیں مخاطب کر کے کہا۔

''خیال سے رہنا عزّہ سسرال میں کوئی اُونچ نیچ نہ ہونے پائے اچھا۔''

صابرہ بیگم نے کہا تو یہ کہا اور عزّہ کا نازک سا دل کرچی کرچی ہو گیا۔ صابرہ بیگم کو اپنی ساری اولاد سے محبت تھی۔ اس وقت بھی ان کا دل بیٹی کے جدا ہونے کے غم سے بھرا تھا۔ مگر سجاد رضوی کے ساتھ زندگی کے تیس برس گزار کر ان کے سارے جذبات سرد ہو گئے تھے۔ رونا انہیں اب بھی آ رہا تھا لمحے بھر کو ان کا لہجہ کانپا آنکھیں ڈبڈبائیں' ہاتھوں میں لرزش ہوئی مگر دوسرے ہی پل انہوں نے خود پر قابو پا لیا تھا۔ سجاد رضوی جیسے شخص کے ساتھ رہتے رہتے وہ اپنی اولاد سے بھی اپنی محبت اور ممتا کا اظہار واقرار کرنے کی ضرورت سے عاری ہو گئیں تھیں۔ مگر یہ بھی سچ تھا کہ انہیں سب بچوں سے محبت تھی۔ عزّہ سے بھی وہ پیار کرتی تھیں۔ مگر وہ عزّہ کے مختلف مزاج کی وجہ سے ڈرتی بھی رہتی تھیں کہ اس قدر حساس اور انصاف پسند' جذباتی اور مخلص لڑکی سسرال میں کیسے گزارہ کرے گی۔ لوگوں سے کیسے نبرد آزما ہو گی۔ وہ اسے بھی گم صم' چپ چاپ اپنی طرح صابر و شاکر دیکھنے کی آرزومند تھیں۔

''عزّہ بیٹی' مجھ سے کوئی غلطی ہو گئی ہو تو مجھے معاف کر دینا۔ اللہ تجھے خوش رکھے بیٹی اس نئے سفر میں میری دُعائیں تیرے ساتھ ہیں۔''

یہ سجاد رضوی کی آنسوؤں میں ڈوبی آواز تھی جس نے عزّہ کو بکھیر کے رکھ دیا۔ آج اس کا باپ یہ الفاظ کہہ رہا تھا۔ وہ جانتی تھی کہ ابو لمحے میں انہیں اہمیت کی بلندی پر پہنچا دیتے ہیں۔ اور دوسرے ہی پل وہ اپنی ہی طنزیہ اور تلخ بات سے ان کی خوشی پر خوش فہمی پر پانی پھیر دیتے ہیں۔ یہ ان کی پرانی عادت تھی۔ وہ کبھی کسی کو مکمل اور بھرپور طریقے سے خوش ہونے کا موقع ہی نہیں دیتے تھے۔ ہر خوشی کے موقع پر کوئی نہ کوئی ایسی بات ضرور کہہ دیتے تھے کہ ان کی وجہ سے ساری خوشی' غمی

میں بدل جاتی۔ سارا اہتمام اکارت ہو جاتا۔ دل بجھ سا جاتا۔ پھر بھی اس لمحے اسے ایسے جملے کی سہارے کی اس خوش فہمی کی بے حد ضرورت تھی۔ سو وہ بھی سجاد رضوی کے اپنے باپ کے سینے سے لگ کر رُو پڑی۔ اسے اپنے عزم اور ارادے کو مضبوط بنانے میں کمک مل گئی تھی۔

دُعاؤں اور آنسوؤں میں بھیگتی وہ شعیب ظفر کے ساتھ رخصت ہو کر اپنے سسرال آ گئی۔

سسرال میں اس کی نند زنیرہ اور دیگر کزنز نے ساس راشدہ مامی نے اس کا استقبال کیا۔ روایتی رسمیں ادا کی گئیں۔ خوب ہنسی مذاق ہوا۔

''ارے بھئی دلہن کی نظر تو اُتار دو ماشاء اللہ چاند کا ٹکڑا لگ رہی ہے۔'' شعیب ظفر کی ایک کزن ہاجرہ نے کہا تو عزّہ اس تعریف پر حیا سے مسکرا دی۔

''لو بھلا اس کی نظر اُتارنے کی کیا ضرورت ہے۔ دولہا جو ساتھ بیٹھا ہے نظر وٹو کے طور پر دلہن چاند کا ٹکڑا اور دولہا سیاہ بادل کا ٹکڑا۔''

شعیب کی مامی نسیمہ نے کہا تو زبردست قہقہہ پڑا۔ جبکہ شعیب کچھ خجل سا ہو گیا۔ اس کا رنگ سانولا نہیں اچھا خاصا پکا رنگ تھا۔

''ارے میں اپنی ہیرے جیسی سب سے زیادہ ذہین اور قابل بچی تمہارے اس کالے کلوٹے ٹیڑھے منہ والے بھتیجے سے بیاہ دوں۔ کوئی جوڑ ہے عزّہ کا اور اس کا۔ یہ تو حور کے پہلو میں لنگور والی بات ہو گی۔'' سجاد رضوی نے صابرہ بیگم کی زبان سے رشتے کی بات سنتے ہی بھڑک کر کہا تھا۔ عزّہ نیچے کچن میں کام کر رہی تھی۔ اس کے کانوں تک یہ آواز واضح طور پر پہنچی تھی۔ اور اب عزّہ کو نسیمہ مامی کی بات سُن کر یہ بات یاد آ گئی تھی۔

''ابو کبھی کبھی تو اپنی اولاد کے لیے اتنے شفیق اور کیئرنگ بن جاتے ہیں اور کبھی کہتے ہیں کہ تم جانو اور تمہارا کام جانے۔ میرا تم سے کوئی واسطہ نہیں ہے جو تمہارا جی چاہے کرتے پھرو۔ مجھے تم سمجھتے ہی کیا ہو۔ کاش! ابو نرم مزاج ہوتے تو ہم سب کتنے اچھے اور پیار بھرے رشتے میں بندھے ہوتے ایک دوسرے سے۔''

عزّہ کا دماغ اپنی ہی سوچوں میں غرق تھا۔ جب اسے زنیرہ اور راشدہ مامی شعیب کے کمرے میں بٹھا گئیں۔ کمرہ گلاب کے پھولوں کی لڑیوں سے سجایا گیا تھا۔ عزّہ نے بھاری دوپٹے سے جھکے سر کو اُٹھا کر کمرے میں چاروں جانب نگاہ دوڑائی۔ کمرے میں ہر چیز اس کے جہیز کی سیٹ کی گئی تھی۔ وال کلاک سے لے کر فرنیچر اور سینری تک اس کے جہیز کی تھی۔ جہیز چونکہ شادی سے

تین دن پہلے بھیج دیا گیا تھا۔ اس لئے راشدہ مامی نے اس کا کمرہ سیٹ کرا دیا تھا۔ عزّہ کو یہ سب دیکھ کر اطمینان سا ہوا کہ اس کمرے کی ہر چیز اس کی اپنی ہے۔ اور وہ بلا جھجک استعمال کر سکتی ہے۔

اسے نو بجے شعیب کے انتظار میں حجلہ عروسی میں بٹھایا گیا تھا۔ اور اس وقت پونے گیارہ ہونے کو آئے تھے۔ کسی نے پلٹ کر اس کی خبر تک نہیں لی تھی۔ یہ تک نہیں پوچھا تھا کہ اسے بھوک یا پیاس تو نہیں لگی۔ وہ تو شکر تھا کہ وہ گاؤ تکیے سے ٹیک لگا کر ایزی ہو کر بیٹھ گئی تھی۔ ورنہ اور زیادہ تھک جاتی۔ صبح سے بیٹھے بیٹھے کمر تختہ ہو گئی تھی۔ گردن الگ دُکھنے لگی تھی۔ عزّہ کو شعیب پر غصہ آ رہا تھا۔ جو بچپن میں رُعب جمانے اور لڑنے جھگڑنے کے چکر میں رہتا تھا۔ بڑا ہو کر سنا تھا کہ کافی ہنس مکھ اور خوش مزاج ہو گیا تھا۔ مگر وہ کب اس سے سلام دُعا سے زیادہ بات کرتی تھی۔ گھر چار پانچ بار وہ آیا بھی تھا تو سجاد رضوی کے ڈر سے گھر کی لڑکیاں اس کے سامنے ہی نہیں جاتی تھیں۔ بلکہ کسی بھی کزن کے سامنے نہیں جاتی تھیں۔ سوائے بہنوئیوں کے۔ ان سے بھی زیادہ بات چیت کی اجازت نہیں تھی پردے کی سخت پابندی جو تھی۔ اور پھر شک کی دیوار بھی سجاد رضوی کی آنکھوں کے سامنے کھڑی رہتی تھی۔ انہیں اپنی بیوی سمیت کسی پر بھی اعتبار نہیں تھا اولاد میں سے...... غیروں کی بات پر وہ فوراً اعتبار کر لیتے تھے۔

'دُولہا نہ ہو گیا' شہنشاہ ہو گیا باہر کیا ہل جوت رہا ہے۔ میرا بیٹھے بیٹھے بُرا حال ہو گیا ہے اسے احساس ہی نہیں ہے۔' عزّہ نے دل میں کہا اور تھک کر پانی کی تلاش میں اِدھر اُدھر دیکھا تو خالی گلاس سائیڈ ٹیبل پر رکھا نظر آیا۔

''تو گویا پانی مجھے خود بھرنا پڑے گا۔ یہاں تو آتے ہی خالی گلاس ملا ہے۔ کیا فائدہ اسے رکھنے کا۔'' وہ زیرِ لب بڑبڑائی۔

اسی دم دروازے پر آہٹ ہوئی۔ عزّہ کا دل اُچھل کر حلق میں آ گیا۔ اس نے گلاس سے اپنی توجہ ہٹائی اور اپنا دوپٹہ اور پوزیشن صحیح کر کے بیٹھ گئی۔ چند سیکنڈ بعد شعیب کمرے میں داخل ہوا۔ دروازہ بند کیا اور وارڈروب کی طرف بڑھ گیا۔ اپنی براؤن شیروانی اُتار کر اس نے وارڈروب میں لٹکا دی اور اس کی دراز کھول کر کچھ دیکھنے لگا۔

◆ ◆ ◆

عزّہ نے کن اکھیوں سے اسے دیکھا وہ بے تاثر چہرہ لیے دراز ٹٹول رہا تھا۔ جانے کیا بات تھی کہ اسے دیکھ کر اس سے منسوب ہو کر بھی عزّہ کے دل میں اس سے متعلق کوئی خوشگوار احساس نہیں جاگا تھا۔ اسے تو بس اتنا یاد تھا کہ اسے یہ رشتہ ہر حال میں نبھانا ہے کہ اس رشتے میں اس کی ماں کا مان اور ارمان گندھا تھا۔ شعیب ظفر دراز بند کر کے اس کی جانب آیا۔ وہ نظریں جھکائے اس کے بولنے کی منتظر تھی۔ وہ اس کے سامنے بیٹھ گیا۔ جانے کیوں ساتھ ہی عزّہ کا دل بھی بیٹھ گیا۔

''یہ لو عزّہ بیگم! یہ تمہاری رونمائی کا تحفہ ہے اور میرا خیال ہے کہ میں تمہیں اس سے زیادہ حسین اور قیمتی تحفہ نہیں دے سکتا۔'' شعیب نے ایک سفید رنگ کا لمبا سا لفافہ اس کی گود میں رکھ کر کہا تو عزّہ نے حیرت سے پلکیں اُٹھا کر اسے دیکھا وہ سپاٹ چہرہ لیے اسے دیکھ رہا تھا۔ اس کی آنکھوں سے تمسخر جھلک رہا تھا۔

''اسے کھول کر دیکھو عزّہ بیگم! دُنیا میں شاید ہی کسی دولہا نے اپنی دُلہن کو رونمائی پر ایسا تحفہ پیش کیا ہو۔'' شعیب نے بڑے پُراسرار انداز میں مسکراتے ہوئے کہا تو عزّہ نے اپنی گود میں رکھا لفافہ اُٹھا لیا۔ لفافہ کھول کر اندر سے کاغذ نکالا کھولا دیکھا تو جیسے ہفت آسمان اس کی نگاہوں میں گھوم گئے۔ ایک ایٹم بم تھا جو اس کی ذات کے اس کے وجود کے ہیروشیما پر، اس کی ہستی کے ناگاساکی پر پھٹا تھا۔ آگ ہی آگ تھی جو دل کے حجروں میں بھڑک اُٹھی تھی۔ شفاف جھیل سے کردار کی مالک عزّہ دم بخود تھی کیسے ایسے جھیل میں سیاہیاں گھول دیں تھیں اس شخص نے چودھویں کے اس چاند کو گہنا دیا تھا اس نے۔ لمحے بھر میں عزّہ کو یوں لگا جیسے وہ نقطے کی مانند سمٹ گئی ہے اور اس کے

دکھ پھیل کر آسمان ہو گئے ہیں۔ شہنائیاں پل بھر میں دم توڑ گئی تھیں۔ طلاق کے اس سہہ حرفی لفظ نے کیسی قیامت بپا کر دی تھی اس کے اندر۔ کس کس کا مان' ارمان' یقین اور اعتبار اس لفظ نے خاک کر دیا تھا۔ عزّہ کی زندگی کی فضائیں سیاہ پوش کرنے کے بعد وہ سنگدل کتنے فخر سے کتنی مسرت سے اُس سے پوچھ رہا تھا۔

''کہو پسند آیا اپنی رونمائی کا تحفہ؟ ہے نا منفرد' حسین اور انوکھا تحفہ۔ تمہیں بیاہ کر یہاں لانے کے بعد میں نے سب سے پہلا کام ہی یہ کیا تھا۔ تمہارے طلاق نامے پر دستخط کرنے کا کام...... تم سوچ رہی ہو گی کہ میں نے تمہیں یہ تحفہ رونمائی میں کیوں دیا ہے تو عزّہ سجاد تمہارا جرم یہ ہے کہ تم سجاد رضوی کی بیٹی ہو۔ اُس شخص کی بیٹی جو بدقسمتی سے میرا پھوپھا جان ہے۔ وہ سجاد رضوی جس نے میری پیاری پھپھو کو خاندان بھر سے جدا کر کے اپنے صعوبت کدے میں قید کیا اور انہیں ظلم و تشدد' ذلت' اذیت اور ہتک آمیز زندگی دی۔ میری پھپھو کی جوانی برباد کی۔ ان کی زندگی تباہ کی۔ اب سجاد رضوی کو پتا چلے گا۔ اب جب اس کی اپنی بیٹی شادی کی پہلی رات ہی طلاق کا بدنما داغ اپنے ماتھے پر جھومر کی جگہ سجا کے اُن کے سامنے جائے گی...... تو انہیں پتا چلے گا کہ بیٹی کا دُکھ کیا ہوتا ہے۔ بیٹی کے باپ پر کیا گزرتی ہے۔ سارا زمانہ اُن پر تُھو تُھو کرے گا۔ ان کے کرتوت ان کے کردار اور اعمال کے قصے گھر گھر ہوں گے۔ اب انہیں معلوم ہو گا کہ صابرہ بیگم اکیلی نہیں تھی۔ ان کے میکے والے اگر اس وقت خاموش ہو کر بیٹھ گئے تھے...... تو اس کا مطلب یہ ہرگز نہیں تھا کہ وہ...... سجاد رضوی سے تمہارے باپ سے خوفزدہ یا ہراساں ہو گئے تھے۔ ابھی وہ تمہیں رُخصت کر کے بڑے خوش ہو رہے ہوں گے ناں۔ جب انہیں یہ پتا چلے گا کہ میں نے تمہیں طلاق دے دی ہے تو ان کا دل پھٹ کر رہ جائے گا۔ ان کا سارا مان غرور مٹی میں مل جائے گا۔ یہی میرا انتقام ہے۔'' شعیب نے بڑی سفاکی اور بے حسی سے زہر اُگلا تھا۔

''تم بہت ہی بیوقوف' کم ظرف اور احمق شخص ہو شعیب ظفر۔'' عزّہ نے اپنا دل سنبھالتے ہوئے لہجے کو سخت اور سپاٹ بنا کر اسے دیکھتے ہوئے کہا تو اس نے چونک کر اسے دیکھا اور اُسے اس قدر پُراعتماد دیکھ کر وہ حیران رہ گیا۔

''دل اس شخص کا پھٹتا ہے جس کے دل میں اولاد کی محبت اور اولاد کا درد ہو۔ میرا باپ جو تمہارا پھوپھا بھی لگتا ہے وہ جیسا اپنی بیوی کے ساتھ تھا۔ تقریباً ویسا ہی رویہ اس کا اپنی اولاد سے بھی رہا ہے اب تک۔ اس لیے تم یہ تو بھول جاؤ کے تمہارا انتقام انہیں کوئی دھچکا لگائے گا۔ ابو تو امی کی

وجہ سے اس رشتے کے لئے ہزار بار منت سماجت کرنے پر راضی ہوئے تھے۔ دل سے تو وہ میرے اور تمہارے رشتے کے حق میں نہیں تھے۔ تم نے اپنے رویے سے ان کے دل میں اپنے لیے نفرت ہی پیدا کی تھی۔ سلام تو تم انہیں ڈھنگ سے کرتے نہیں تھے۔ وہ ٹھیک ہی کہتے تھے کہ جن لوگوں نے مجھے گالی دی۔ جن کے ہاتھ میرے گریباں تک پہنچے میں ان لوگوں کو اُن کی اولاد کو اپنے گلے سے لگالوں۔ وہ میری بیٹی بیاہ کر مجھے نیچا دکھانا چاہتے ہیں۔ دیکھ لینا کبھی نہ کبھی کوئی نہ کوئی نیچ حرکت وہ ضرور کریں گے۔ اتنے ہی محبت والے تھے تو صابرہ بیگم تمہیں انہوں نے اکیلا کیوں چھوڑ دیا۔ تم ان کی اکلوتی بہن بیٹی تھیں۔ انہوں نے تو کبھی پلٹ کر تمہاری خبر تک نہیں لی۔ شعیب وہ کلو پہلوان جس سے تم اپنی بیٹی کو بیاہنے کے خواب دیکھ رہی ہو وہ اور اس کے گھر والے تمہاری عزّہ کے ساتھ اگر حُسنِ سلوک سے پیش آئیں گے تو مجھے حیرت ہوگی۔ ان کی کسی بدسلوکی پر، بدگوئی پر مجھے قطعاً حیرت نہیں ہوگی کیونکہ میں اُنہیں بھگت چکا ہوں۔ جانتا ہوں انہیں اچھی طرح۔ وقت گزرنے سے حقیقت نہیں بدل سکتی صابرہ بیگم! تو شعیب ظفر! عزّہ بیڈ سے اُتر کر نیچے آگئی۔ وہ حیرت اور ندامت سے اسے تکے جا رہا تھا۔ عزّہ نے اس کے سامنے آکر سپاٹ لہجے میں بولنا شروع کیا۔ تمہارا یہ انتقام انتہائی بھونڈا اور احمقانہ ہے۔ تم نے مجھے اس انتقام کی بھینٹ چڑھایا مجھے...... جس کا اس سارے معاملے سے کوئی تعلق ہی نہیں رہا۔ جس کی زندگی میں آنے سے پہلے یہ سب کچھ ہو گیا تھا...... درمیان میں چند ماہ کو دادا ابا کی وفات پر تم لوگوں کا آنا جانا ہوا تھا...... پھر وہ بھی ختم ہو گیا۔ تم تو شروع ہی سے بے ایمانی کرنے کے عادی تھے شعیب ظفر، اور تم کیا سمجھتے ہو مجھے طلاق دے کر تم اپنی بہن کو میرے بھائی کے گھر آباد رکھ سکو گے۔''

عزّہ کی اس بات پر اس نے چونک کر سر اُٹھایا یہ تو اس نے اپنے انتقام کی آگ میں جلتے ہوئے اپنے منصوبے پر عمل کرتے ہوئے سوچا ہی نہیں تھا۔ ٹھیک ہی تو کہہ رہی تھی وہ۔ کتنا احمق اور بیوقوف ہے شعیب ظفر۔ اس نے سوچا۔ شعیب ظفر! اگر میں اس گھر سے طلاق لے کر جاؤں گی تو تمہاری بہن بھی اُس گھر سے طلاق لے کر یہاں آئے گی۔ ابو نے تو میرا رشتہ تمہیں دیا ہی اس شرط پر تھا کہ حمیرا کا رشتہ ندیم بھائی کو دیا جائے۔ اگر حمیرا کا رشتہ تم ہمیں نہ دیتے تو میرا رشتہ بھی تمہیں نہ ملتا۔ کیونکہ انہیں معلوم تھا کہ تم کم ظرف آدمی ہو، تمہاری بہن ہمارے گھر میں ہوگی تو مجھے اچھے طریقے سے رکھو گے۔ نہیں رکھو گے تو تمہاری بہن کے ساتھ بھی وہی کچھ ہوگا جو تم میرے ساتھ کرو گے۔ کیوں ٹھیک سوچا تھا نا انہوں نے تمہارے بارے میں...... تو پھر تیار ہو اپنی بہن کو اس کاغذ

کے ساتھ خوش آمدید کہنے کے لیے۔''

''یہ کیسے...... ہوسکتا ہے حمیرا کا اس معاملے سے کیا تعلق ہے؟'' وہ بوکھلا کر بولا۔

''تو میرا اس معاملے سے کیا تعلق تھا بولو؟'' وہ غصیلے لہجے میں بولی۔ ''تمہارے لیے شادی بچوں کا کھیل ہے نا ابھی کی ابھی ختم کردی...... کیا ہو تم شعیب ظفر! میں نے تمہیں صرف اپنی ماں کی وجہ سے قبول کیا تھا۔ ورنہ تم میں ایسے کون سے لعل جڑے ہیں جو میں تمہارے ساتھ کے خواب دیکھتی...... مان اور غرور کی بات کرتے ہو تم...... تو شعیب ظفر، تم نے میری ماں کا مان اور غرور مٹی میں ملایا ہے۔ انہوں نے بڑے مان، بڑے ارمان اور چاؤ سے مجھے تمہارے سنگ بیاہا تھا۔ اپنے شوہر کے سامنے ساری زندگی میں پہلی بار وہ ڈٹ گئی تھیں۔ انہیں یقین تھا کہ تم سلجھے ہوئے اور محبت کرنے والے لڑکے ہو۔ وہ تو اپنے بھائی سے اپنا رشتہ اور زیادہ مضبوط بنانا چاہتی تھیں۔ ورنہ میرے لیے یا ندیم بھائی کے لیے رشتوں کا کال نہیں پڑا تھا۔ دل اگر پھٹا تو شعیب ظفر تمہاری پھپھو کا پھٹے گا۔ جن کے ساتھ کی گئی زیادتیوں کا بدلہ لینے کے لیے تم نے مجھے طلاق دی ہے...... مرجائے گی صابرہ بیگم، جو گھاؤ تم نے انہیں لگایا ہے وہ ان سے برداشت نہیں ہو سکے گا۔ تم نے میری ماں کو میرے باپ کی نظروں میں گرانے، ذلیل و خوار کرنے کا بندوبست کیا ہے...... تم طلاق نامے پر دستخط کرتے وقت یہ کیوں بھول گئے شعیب ظفر کے میں صرف سجاد رضوی کی بیٹی نہیں ہوں۔ میں صابرہ بیگم کی بھی بیٹی ہوں۔ میرے باپ کے دیئے ہوئے زخم اور غم تو ماں کو بھول سکتے ہیں لیکن تمہارا دیا ہوا یہ زخم یہ غم ان کی سانسیں بھی چھین لے گا۔ اور تم ہوتے کون تھے انتقام لینے والے جب ظفر ماموں نے کچھ نہیں کہا تو تمہیں کیا تکلیف تھی۔ کیا فرق ہے تم میں اور میرے باپ میں...... دونوں مردوں نے ایک کمزور اور بے بس عورت کو اپنے غصے اور انتقام کا نشانہ بنایا ہے۔ ارے تم سے اچھا تو میرا باپ ہی ہے۔ جس نے تمام تر نفرت اور عداوت کے باوجود میری ماں کو اپنے گھر آباد رکھا۔ ہم سارے بہن بھائیوں کو اعلیٰ تعلیم دلوائی آج ان کی اولاد کامیابی کے زینے طے کر رہی ہے۔ ان کے لیے یہی بہت ہے...... ان کی ساری زیادتیاں ایک طرف لیکن اُن کا یہ ہم پر احسان ہے کے انہوں نے ہمیں تعلیم دلوائی ہے۔ اور تم ماموں جان کی نرمی کی وجہ سے اُن کی محنت کی کمائی پر فیل ہو ہو کر سال برباد کرتے رہے بالآخر جیسے تیسے ایم۔ اے کر ہی لیا...... تم اگر اعلیٰ ظرف ہوتے تو مجھے اعلیٰ طریقے سے ویلکم کہتے اور رکھتے...... لیکن تم نے ثابت کر دیا ہے کے تم کم ظرف ہو۔ تم اس قابل ہی نہیں تھے کے تمہاری پھپھو صابرہ بیگم

تمہارے پاس رہتیں۔ اور تم نے جو مجھے طلاق دی ہے۔ تم کیا سمجھتے ہو کے تم نے بہت بڑا کارنامہ انجام دیا ہے...... تم نے ثابت کیا ہے کے میرا باپ صحیح تھا اور تم لوگ غلط تھے اور ماموں نانا کا کیا نقصان ہوا۔ نقصان تو میری ماں کا ہوا تھا۔ زندگی اس کی برباد ہوئی تھی۔ خاندان، سہیلیاں، ماں باپ، بھائی سب رشتے تو اُس سے چھوٹ گئے تھے۔ اکیلی تو وہ رہ گئی تھی۔ عمر صابرہ بیگم کی برباد ہوئی ظلم و جبر، تشدد اور تضحیک آمیز زندگی تو میری ماں نے گزاری ہے شعیب ظفر اس میں تمہارا کیا نقصان ہوا ہے؟ ساری زندگی میں یہ ایک خوشی میری ماں نے اپنے میکے سے باندھنا چاہی تھی۔ تم نے وہ بھی ختم کر دی...... تم نے صابرہ بیگم کو ختم کر دیا ہے۔ تمہاری بہن کو اگر اسی وجہ سے طلاق دیدی جائے تو جانتے ہو کیا ہوگا۔ حمیرا تم سے نفرت کرنے لگے گی صرف حمیرا ہی نہیں تمہارے سب گھر والے تم سے نفرت کرنے لگیں گے...... عزیز رشتے دار برادری والے تم پر لعن طعن کریں گے۔ ذلت اور رسوائی تو تمہاری بھی کم نہیں ہوگی شعیب ظفر اور بہن تو تمہاری میکے کی ہو رہے گی۔ تمہیں اس گھر میں تو جائے پناہ نہیں ملے گی۔"

"کیوں نہیں ملے گی؟" شعیب غصے میں آتے ہوئے بولا۔ "یہ میرا گھر ہے جائے پناہ تو اب تمہارے لیے یہاں نہیں ہے بلکہ کہیں بھی نہیں ہے۔"

"اتنا بڑا بول مت بولو شعیب ظفر! کہ پھر اس کا بار نہ اُٹھا سکو۔" عزّہ نے سنجیدہ لہجے میں کہا۔ "میں یہاں سے کہیں نہیں جاؤں گی اور نہ ہی حمیرا یہاں طلاق لے کر آئے گی۔ اس لیے کہ میں تمہاری طرح کم ظرف نہیں ہوں نہ ہی میرا بھائی ایسا ہے۔ ہاں اگر میں یا ابو ندیم بھائی کو کہیں تو وہ حمیرا کو طلاق دے دیں گے۔ اصولاً تو یہی ہونا چاہیے ناں۔ وٹے سٹے، ادلے بدلے کی شادی میں ہمیشہ یہی ہوتا آیا ہے۔ لیکن میں ایسا نہیں ہونے دوں گی۔ میں اپنی طلاق کی وجہ سے حمیرا کو طلاق نہیں دلواؤں گی۔ اس معصوم کی زندگی برباد نہیں کروں گی۔ اپنے بھائی کی خوشیوں کا خون نہیں ہونے دوں گی۔ اپنی ماں کا مان ٹوٹنے نہیں دوں گی۔ اُسے ابو کی نظروں میں نہیں گرنے دوں گی۔ ماموں کا سر ندامت سے جھکے یہ مجھے گوارہ نہیں ہے۔ اس لیے شعیب ظفر میں یہاں سے کہیں نہیں جاؤں گی۔"

"لیکن تم یہاں طلاق کے بعد کیسے رہ سکتی ہو؟" وہ حیرانگی اور اُلجھن آمیز نظروں سے اسے دیکھ رہا تھا کے وہ کیا کہہ رہی ہے۔ "شاید طلاق کے صدمے سے اس کا دماغ ماؤف ہو گیا ہے۔" شعیب نے سوچا۔

''کیوں نہیں رہ سکتی، میں تمہاری بیوی کی حیثیت سے نہیں اپنے ماموں کی بھانجی کی حیثیت سے یہاں رہ سکتی ہوں اور رہوں گی۔ میں سب کی عزت اور مان بچانا چاہتی ہوں۔ تمہیں تو صرف اپنی فکر تھی۔ تم نے تو شاید مجھے اپنے ایڈونیچر کا حصہ بنانا چاہا تھا۔ تم نے صرف اپنے لیے سوچا ہے...... اور میں اپنوں کے لیے سوچ رہی ہوں۔ مجھے اپنی ماں کا مان اور بہنوں کا مستقبل بہت عزیز ہے۔ ایک طلاق یافتہ وہ بھی شادی کی پہلی رات کی طلاق یافتہ لڑکی کی بہنوں کے لیے اچھے رشتے نہیں آتے۔ میں نہیں چاہتی کے میرے داغدار...... حال اور مستقبل کا ذرا سا بھی سایہ میری بہنوں کی زندگی پر پڑے...... میں نہیں چاہتی کے آئندہ میرا باپ میرے گھر والوں کی زندگی مزید جہنم بنادے اور میرے بھائی بہنوں کی شادی کرنے کا خیال دل سے نکال دے اور وہ گھر کی دہلیز پر بیٹھی بوڑھی ہوجائیں۔ تو اس لیے شعیب ظفر تمہیں اس طلاق کو خفیہ رکھنا ہوگا۔ تم کسی سے بھی اس طلاق کا ذکر نہیں کروگے۔ کیونکہ اس میں تمہارا بھی فائدہ ہے۔''

''ٹھیک ہے لیکن تم کب تک چھپاؤ گی اپنی طلاق کے بارے میں؟'' وہ اس کی سوچ پر حیران اور اپنے کیے پر پشیمان کھڑا اسے بے بسی سے دیکھتے ہوئے پوچھ رہا تھا۔

''جب تک میرے ماں باپ زندہ ہیں۔ جب تک ماموں سلامت ہیں۔ جب تک میری بہنوں کی شادی نہیں ہوجاتی۔ تم اس بات کا ذکر کسی سے نہیں کروگے اور بظاہر تم سب کے سامنے ایسے ہی نظر آؤ گے جیسے ایک شخص کو اپنی شادی پر خوش نظر آنا چاہیے۔'' عزّہ نے ایک دم سے بہت بڑا اور اٹل فیصلہ کرلیا تھا۔ پُراعتماد لہجے میں بولی۔

''تم تھک جاؤ گی پتا نہیں کب تمہارے ماں باپ کا انتقال ہو اور......'' ''تم دُعا کرو شعیب ظفر کہ خدا میرے ماں باپ کو میری موت تک سلامت رکھے۔ کیونکہ جس دن میرے ماں باپ کی آنکھ بند ہوگئی۔ اُس دن تمہاری اصلیت اور اس نام نہاد رشتے کی حقیقت کھل کر سب کے سامنے آجائے گی۔'' عزّہ نے اس کی بات کاٹ کر سختی سے کہا۔ وہ اب اس کی باتیں سُن کر عقل کی راہ دیکھ رہا تھا۔ اسے اپنی جلد بازی پر غصہ آرہا تھا۔ اندر ہی اندر وہ اپنے کیے پر نادم ہو رہا تھا۔ اسے اندازہ ہی نہیں تھا کے اس کے ایک فیصلے سے اتنی بڑی تباہی آسکتی ہے۔ اس نے تو صرف پھوپھا سجاد رضوی کو نیچا دکھانے کے لیے ایسا کیا تھا۔ اب وہ خود عزّہ کی نظروں میں ہی نہیں اپنی نظروں میں بھی گر گیا تھا۔ وہ کتنی سمجھدار اور جانثار لڑکی تھی اور وہ اسے اپنی بے وقوفی میں اپنے ہاتھوں کی ذرا سی جنبش سے گنوا بیٹھا تھا۔

''ٹھیک ہے میں کسی سے کچھ نہیں کہوں گا۔'' وہ مری مری آواز میں بولا۔

''کچھ نہ کہنا ہی تمہارے حق میں بہتر ہے ورنہ میں وہ کچھ کر گزروں گی جس کا تم تصور بھی نہیں کر سکتے۔ میں اگر ایثار کی انتہا کرنے کا ارادہ کر چکی ہوں تو میرا انتقام بھی پھر اپنی انتہا پر ہوگا۔ اس لیے شریفانہ طریقے سے اچھے شوہر ہونے کی اداکاری کرتے رہنا۔ یوں بھی تم نے کونسا یہاں رہنا ہے۔ دس پندرہ روز بعد کراچی اپنی جاب پر چلے جاؤ گے۔ للہٰذا تمہارے لیے یہ ایکٹنگ کوئی مشکل نہیں ہوگی۔ اور ہاں...... اپنی شیروانی سمیت جتنی بھی چیزیں تم اپنی اس کمرے میں رکھ چکے ہو۔ وہ یہاں سے اُٹھاؤ اور باہر چلے جاؤ۔ یہاں میرے جہیز کا سامان سیٹ ہے یہ کمرہ میرا ہے۔ آج کے بعد تم مجھے اس کمرے میں نظر نہیں آؤ گے سنا تم نے۔'' عزّہ نے درشت لہجے میں کہا اور اس کی شیروانی وارڈروب سے نکال کر کرسی پر پھینک دی۔ شعیب ظفر کے چہرہ پر تاریکی گہری ہوگئی اور وہ اپنا دھواں دھواں چہرہ لیے کمرے سے باہر نکل گیا۔ عزّہ نے اس کے جاتے ہی دروازہ اندر سے لاک کرلیا۔ اس کی آنکھیں سوکھی لکڑی کی طرح سُلگ رہی تھیں۔ آنسوؤں پر بند باندھ رکھا تھا اس نے۔ اسے یوں لگا جیسے یہ آگ خیمۂ جاں تک پہنچ جائے گی اور اسے جلا کر راکھ کر دے گی۔ سو اس نے آنکھوں پہ بندھا بند توڑ دیا۔ اس خیال سے کے سُلگتی آنکھ میں تھوڑی نمی ضروری ہوتی ہے۔ ورنہ آگ کے سوا ہر منظر راکھ ہو جائے۔ وہ بے دم ہوتے قدموں سے چلتی ہوئی ڈریسنگ ٹیبل کے سامنے آ بیٹھی۔ آئینے میں اپنا عکس دیکھا تو دل چیخ اُٹھا۔ ''کیا یہ وہی دُلہن ہے جسے سینکڑوں آنکھوں نے سراہا تھا۔ جس کا ایک ایک خدوخال حُسن و جمال کا کرشمہ تھا۔''

عزّہ نے اپنی حنا سے سجی ہتھیلیوں کو دیکھا اک ہتھیلی پہ ارمان و مان کی حنا ایک ہتھیلی پر زخموں اور ذلتوں کا لہو لیے وہ ایک دم سے کتنی تنہا، کتنی حقیر اور بے وقعت ہوگئی تھی۔ اشک آنکھوں سے یوں بہے جیسے چشموں سے پانی اُبل پڑے۔

یا اللہ! میں نے جو فیصلہ کیا ہے مجھے اس پر عمل کرنے کی ہمت اور استقامت عطا فرما۔ میرے مولا! اب صرف تُو ہی میرا مددگار اور محافظ ہے میں نے اپنا آپ تیرے یقین پر اس امتحان گاہ میں پیش کر دیا ہے۔ مجھے سرخرو کرنا۔ اے اللہ! یا معز، مجھے عزت کی زندگی اور عزت کی موت دینا۔ میرے گھر والوں کی عزت پر میرے کسی قول و فعل سے کوئی حرف نہ آنے دینا۔'' عزّہ نے دل میں اپنے ربّ کے حضور سجدہ ریز ہو کر گڑ گڑا کر دُعا مانگی۔ ''میں کسی سے نہیں کہوں گی کہ میرے ساتھ کیا ظلم ہوا ہے۔ میں اس زیادتی کے خلاف احتجاج نہیں کروں گی۔ اس بے انصافی پر آواز

بلند نہیں کروں گی۔ میں کسی کے سامنے نہ روؤں گی نہ چیخوں چلاؤں گی...... میرے اندر زخم کھل گئے ہیں کہ پھول کھل گئے ہیں۔ کسی کو خبر نہیں ہو گی۔ زخم سلے نہ سلے میرے ہونٹ ضرور سل جائیں گے۔ اس ناکردہ جرم کی پاداش میں جو سزا مجھے دی گئی ہے۔ اس پر میں کوئی فریاد کوئی التجا نہیں کروں گی...... کہ اب اس کا فائدہ بھی کیا ہے۔ میری زندگی کا باب تو بند ہو گیا...... اب تو مجھے دوسروں کی زندگی کے لیے اپنے خاندان، میکے والوں کی زندگی اور خوشی کے لیے سانسوں کا سرگم چھیڑنا ہے۔"

عزّہ نے دل میں کہا اور زیورات سے خود کو آزاد کرانے کے بعد اپنا بھاری بھرکم عروسی جوڑا بھی اُتار پھینکا۔ اس جوڑے نے اس کا جوڑ جوڑ توڑ کے رکھ دیا تھا۔ جس بندھن کے لیے یہ جوڑا پہنا تھا وہی ٹوٹ گیا تھا۔ پھر بھلا کس چاؤ سے وہ اس جوڑے کو سنبھالے۔ واش روم میں جا کر اس نے واش بیسن کی ٹونٹی چلا دی اور پانی کی تیز دھار ہاتھوں کے پیالے میں بھر بھر کر اپنے آنسوؤں سے تر چہرے پر ڈالنے لگی۔

"تم لوگ جو کچھ میرے ساتھ کر رہے ہو نا، اس کا انجام بہت بُرا ہو گا۔ میں تم سب کا انجام دیکھ کر مروں گا۔ ایک ایک کر کے تم میرے قدموں میں آ کے بیٹھو گے۔ بہت جلد تمہارا قصہ پاک ہو جائے گا۔ میری نافرمانی کرتے ہو۔ کروسالو! دیکھنا تو تم میرے سامنے کتے کی موت مرو گے۔ پچھتاؤ گے اپنے کیے پر۔" عزّہ کی سماعتوں میں سجاد رضوی کے تلخ لہجے میں کہے گئے الفاظ گونجے تو وہ کانپ کر رہ گئی۔

"ابو! کیسے باپ ہیں آپ جو اپنی اولاد کو بددُعا دیتے ہیں۔ سبزی گوشت اگر آپ کے واقف کار کی دکان کی بجائے کسی اور دکان سے گھر آ گیا تو یہ نافرمانی ہو گئی۔ آپ نے اپنی اولاد کے بیچ خود فاصلے قائم کیے ہیں۔ اب آپ چاہتے ہیں سب دوستانہ انداز میں ہر دم آپ کے گرد جمع رہیں۔ آپ محفلوں کے آدمی تھے۔ آپ نے اپنی تلخ کلامی حد درجہ صاف گوئی کی بدولت سارے دوست کھو دیئے۔ کامیابی کے راستے بڑے بول، بول کر خود پر بند کرا لیے۔ اس میں ہمارا تو کوئی قصور نہیں ہے...... آپ کے غصے اور شک کی وجہ سے کوئی آپ کے پاس نہیں جاتا۔ میں جاتی تھی کبھی عید بکر عید، یوم آزادی پر مبارک باد دیتی تھی۔ آپ اسے شوبازی کہتے۔ بہن بھائی اور امی بھی کہتیں کے عزّہ کو نمبر بنانے، شو مارنے اور فیشن اپنانے کا شوق ہے۔ کتنا دل دکھتا تھا میرا مگر کبھی کسی نے خیال ہی نہیں کیا۔ میرے خلوص اور نیک نیتی کو بھی شک کی نظر سے دیکھا...... لیکن ابو! میں

آپ کے سامنے اپنا انجام بُرا انجام نہیں ظاہر ہونے دوں گی۔ یہ میری نافرمانی کا نہیں بلکہ آپ کی زیادتیوں کا انعام ہے جو مجھے شعیب ظفر دے کر گیا ہے۔ پھر بھی میں سب کی عزت کی خاطر یہ زہر خاموشی سے پی لوں گی کسی کو خبر نہیں ہونے دوں گی کہ مجھ پر سہاگ رات میں کیا قیامت ٹوٹی ہے۔ میرا اللہ میرا ساتھ دے گا ابو۔" عزّہ نے بھیگتی آواز میں پانی کے بہتے شور میں کہا اور جب دل کا دریا خالی ہو گیا تو چہرہ تولیے سے خشک کر کے پانی بند کر کے کمرے میں آ گئی۔ سادہ سے گرم سوٹ میں وہ ہلکی پھلکی ہو گئی تھی۔ اس نے آہستہ سے کھڑکی سے ذرا سا پردہ اُٹھا کر باہر جھانکا وہاں کوئی نہیں تھا۔ رات کا ڈیڑھ بج رہا تھا شاید سب تھک کر سو گئے تھے۔ ایک خاموشی باہر تھی، ایک عزّہ کے اندر تھی۔ رات باہر بھی ڈھل رہی تھی اور اس کے سینے میں بھی ڈھل رہی تھی۔ اس کے سرخ ہونٹوں پر تبسم کی ضیائیں تھیں یہاں آنے سے پہلے جواب اپنا رستہ بھول گئی تھیں۔

"شعیب بہت محبت والا بچہ ہے۔ بہت محبت سے رکھے گا تمہیں۔ تم بھی ذرا طریقے سے رہنا اس کے سنگ۔" صابرہ بیگم کی نصیحت اس کے کانوں میں اُبھری تو اس نے سرد آہ بھر کر آسمان پر اُداس چاندنی بکھیرتے تاروں کے جھرمٹ میں ٹھہرے چودھویں کے چاند کو دیکھ کر زیرِ لب کہا۔

"آپ کو جانے کیوں امی! ہمیشہ میری نیک نیتی پر میری صلاحیتوں پر شک ہی رہا ہے۔ آپ کیا جانیں امی! کے یہاں تو محبت کی دُنیا پہ شام آ چکی ہے۔ نصیب کیا بزمِ ہستی کے جام ہی پھوٹ گئے ہیں۔"

سہاگ شب ہے اور تنہائی ہے
زیست کس موڑ پہ لائی ہے

"اے چودھویں کے چاند تم تو اپنے ستاروں کے درمیان چمک رہے ہو۔ لیکن میرے نصیب کا ستارہ تو چمکنے سے پہلے ہی ماند پڑ گیا ہے۔ تمہیں کیا معلوم کہ سہاگ شب کی دُلہن اُجڑ گئی ہے۔ حجلۂ عروسی کا آفتاب گہنا گیا ہے۔ اس نئے چاند نے عکس کھو بھی دیا۔ دل رو بھی دیا۔ شہر سو بھی گیا۔ تم کیوں جاگتے ہو۔ کس کو دیکھتے ہو۔ جاؤ تم بھی سو جاؤ۔ کیوں میری بربادی کا تماشا دیکھتے ہو۔ کیوں میرے قتل کے گواہ بنتے ہو۔ جاؤ تم بھی سو جاؤ۔ ایسے جیسے میرے نصیب سو گئے ہیں۔"

پریشاں رات ساری ہے ستارو تم تو سو جاؤ
یہ بازی ہم نے ہاری ہے ستاروں تم تو سو جاؤ

"نہیں عزّہ، تم نے یہ بازی ہاری نہیں ہے بلکہ جیتی ہے۔ اپنے ظرف سے، اپنے حوصلے

سے، اور تمہیں اپنا فیصلہ اپنا ارادہ ہارنے نہیں دے گا۔ بس بہت رُولیں تم۔ آج کے بعد تم نہ رُوؤ گی نہ ہی نصیب کو الزام دو گی...... پگلی! نصیب تو اللہ بناتا ہے یعنی تو اللہ کو قصوروار ٹھہرا رہی ہے (نعوذ باللہ) نہیں ایسا نہیں ہے۔ تُونے جو فیصلہ کیا ہے اس میں تیرا اللہ تیرے ساتھ ہے بس ہمت سے ڈٹ جا۔ کیا اپنی ماں کا مان اور باپ کا بڑا بول بھول گئیں۔ اس کے اندر سے آواز آئی تو وہ بے کل ہو کر بولی۔ ''نہیں میں کچھ نہیں بھولی، میں اپنا قول نبھاؤں گی خود سے کیا ہوا قول اس وقت تک نبھاؤں گی جب تک میرے والدین حیات ہیں۔ خواہ میری ساری زندگی اس قول کی تکمیل میں تمام ہو جائے۔ میں اپنی ماں کا مان نہیں ٹوٹنے دوں گی۔ میں خود کو اپنے باپ کی تمسخرانہ اور حقارت آمیز نظروں کا نشانہ کم از کم اس حوالے سے نہیں بننے دوں گی، کبھی نہیں۔'' عزّہ نے پردہ کھینچ کر برابر کر دیا اور بیڈ پر آ کر لیٹ گئی۔ اس کی آنکھوں میں صابرہ بیگم کی صورت اُمڈ آئی۔ جو آج اسے پہلی بار اس قدر خوش اور پرسکون دکھائی دی تھی۔ اس میں حوصلہ نہیں تھا کہ انہیں یہ حقیقت بتا کر دُکھ کے جنگل میں دھکیل دے۔ وہ تو ان کی خاطر اپنوں کی خاطر اپنی سندر جوانی کی قربانی دینے چلی تھی۔ اس کی سہاگ شب کے آسمان پر ماتمی تاروں کی بارات اُتری تھی اور آنکھوں میں ماں کی صورت دھیرے دھیرے وہ ماں سے مخاطب ہونے لگی۔

''اے میری ماں!

تیری اُمید، تیرا مان، تیرے خواب چکنا چور ہوئے۔

رشتے جو قُرب کے باندھے تھے آج سبھی دُور ہوئے۔

تیری خواہش، تیری ہستی کی خوشی کی خاطر۔

میں نبھاؤں گی یہ ٹوٹا ہوا بندھن۔

تیرے جینے تلک۔

میں تیری آن پہ تیرے مان پہ

آنچ نہ آنے دوں گی۔

میں اس بے نام سے بندھن کو اک عمر نہیں، صدیاں زمانے دوں گی۔

اے میری ماں! تُو نے سمجھا ہی نہیں مجھ کو

اور کئی بار کہا!

کہ!

مجھ میں وہ رنگ نہیں، گھر کو جو سجا سکتے ہوں۔
پہ میری ماں تُو دیکھے گی۔
میں خود کو بے رنگ کیے اس گھر کو سجا جاؤں گی۔
دل کا ہر زخم ہر درد تجھ سے چھپا جاؤں گی۔
میں تیری ذیست تلک یہ رشتہ جو نہیں ہے۔
نبھا جاؤں گی۔
''تجھ کو شرمندہ نہیں ہونے دوں گی میں۔''
سب ظلم سہہ کے بھی زندہ رہوں گی میں۔
میں کہ کوئی اور نہیں۔
تیرا لہو ہوں پیاری۔
میں تیرے جسم کا حصہ تیرے گلشن کی کلی ہوں۔
نہ تیرے گلشن میں مہکنے دیا کسی نے مجھ کو
نہ ہی اس گھر میں میری خوشبو کی حاجت ہے کسی کو۔
پھر بھی میں یہ سنجوگ نبھا جاؤں گی۔
اس لیے کے میں تیری بیٹی ہوں۔
تُو مجھے دُنیا میں ہے اے ماں! سب سے پیاری
تجھ پہ یہ اک جان تو کیا سو جان بھی صدقے واری
اے میری ماں! بس میرا یقین کر لینا۔
میں تیرا عکس ہوں، تیرے اوصاف سے آراستہ،
تیری بیٹی ہوں۔''

اس کے ہلتے لب خاموش ہوئے اور وہ نیند کی وادی میں پہنچ گئی۔ ذرا دیر ہی گزری تھی اسے سوئے ہوئے کہ نشترِ صبح نے زخم کی طرح اس کی آنکھ کو بیدار کر دیا۔ موذن کی پکار نے اسے بستر چھوڑنے پر مجبور کر دیا۔ وہ واش روم میں چلی گئی وضو کر کے آئی نماز ادا کی اپنا معاملہ اپنے سچے اور انصاف کرنے والے اصل منصف کو سونپ کر وہ مطمئن ہو گئی۔ دروازے کا لاک اس نے کھول دیا۔ کیونکہ صبح ہو چکی تھی۔ راشدہ ماسی اور زنیرہ وغیرہ میں سے کوئی بھی ادھر آ سکتا تھا۔ دروازے کا

لاک کھلتے ہی شعیب اندر چلا آیا۔ اسے دیکھتے ہی عزّہ کی آنکھوں میں نفرت اُمڈ آئی۔ وہ اس کے کچھ بولنے سے پہلے ہی بول پڑا۔

''اس بات کو راز رکھنے کے لیے فی الحال میرا یہاں نظر آنا ضروری ہے۔ میں ادھر ہی تیار ہو کر باہر جاؤں گا۔ ورنہ سب کو شک ہو جائے گا اور باتیں بنانے کا موقع ملے گا۔''

''ہونہہ، بڑی جلدی خیال آیا تمہیں لوگوں کی باتوں کا۔ پندرہ منٹ میں نہا دھو کر تیار ہو اور یہاں سے چلتے بنو اور آئندہ اپنا انتظام کہیں اور کرنا۔''

عزّہ نے سخت اور طنزیہ لہجے میں کہا۔ وہ اپنے کپڑے لے کر واش روم میں گھس گیا۔ تھوڑی دیر بعد راشدہ مامی اور زنیرہ وغیرہ اس کے کمرے میں آ گئیں۔ سبھی خوش تھیں۔ ایک وہی ناخوش اور نامُراد ٹھہری تھی۔ مگر اس نے کسی پر ظاہر نہیں ہونے دیا کے اس پر کیا قیامت بیت چکی ہے۔ بلکہ وہ سب سے مُسکرا مُسکرا کر شرما شرما کر بات کرنے کی اداکاری کرتی رہی۔ رات کو ان کا ولیمہ تھا۔ دُنیا دکھاوے کو ولیمہ تو کرنا ہی تھا۔ کسی کو کیا معلوم تھا کے یہ شادی شروع ہونے سے پہلے ہی ختم ہو چکی ہے۔ شعیب نے اس موقع پر سمجھداری سے کام لیتے ہوئے مووی بنانے والے کو گھر آنے اور مووی بنانے سے منع کر دیا۔ تصویریں کھینچنے کے لیے جو کیمرے زوہیب اور شاہ زیب نے لے رکھے تھے۔ بہانے سے کیمرے ان سے لیے اور ان کے رول ضائع کر دیئے......اور یوں وہ خالی خراب رول کے ساتھ ساری تقریب میں صرف فلیش لائیٹ ہی مارتے رہے۔ عزّہ کو اس نے چپکے سے حقیقت واضح کر دی تھی۔ اس لیے وہ پُرسکون تھی۔ ورنہ وہ سوچ تو چکی ہی تھی کے مووی اور تصویریں وہ ضائع کر دے گی۔ اسٹیج پر شعیب ظفر کے ساتھ بیٹھنا اسے ناگوار گزرتا رہا مگر بیٹھنا اس کی مجبوری تھا۔ ولیمہ گزر گیا۔ وہ حمیرا کے ندیم بھائی کے ساتھ میکے آنے پر ندیم بھائی کے ساتھ اپنے میکے چلی آئی۔ وہاں سجاد رضوی اور صابرہ بیگم کو اس نے اپنی خوشی کا یقین دلایا۔ ان کی نصیحتوں کا پلندا اپنے دامن سے باندھا۔ بہنوں سے ہنسی خوشی باتیں کیں۔ دو دن بعد راشدہ مامی اور شعیب اسے لینے آئے تو وہ واپس اپنے سسرال آ گئی۔ دعوتوں کا سلسلہ شروع ہوا تو عزّہ راشدہ مامی کو ہر جگہ اپنے ساتھ لے کر گئی۔ یہ کہہ کر کہ اس کے لئے وہ سب لوگ نئے اور اجنبی ہیں۔ وہ انہیں جانتی نہیں ہے لہٰذا وہ تعارف کے لیے اس کے ساتھ ہی چلیں۔''

بات معقول تھی لہٰذا راشدہ مامی اس کے ساتھ جاتیں۔ عزّہ، شعیب کے ساتھ کسی صورت اکیلی باہر نہیں جانا چاہتی تھی۔ وہ تو اسے اس طرح بھی بہت مشکل سے برداشت کر پا رہی تھی۔ خدا

خدا کر کے پندرہ دن گزرے۔ شعیب کی چھٹی ختم ہوگئی اور وہ کراچی چلا گیا۔ عزّہ نے اس کے جانے سے سکون اور آزادی کا سانس لیا۔ اس دوران اس کا بی۔ اے کا رزلٹ بھی آ گیا تھا۔ اس نے ہائی فسٹ ڈویژن لی تھی۔ وہ اپنے مستقبل کی منصوبہ بندی کر چکی تھی۔ لہٰذا اس نے اپنی تعلیم جاری رکھنے کا فیصلہ کر لیا۔ علامہ اقبال اوپن یونیورسٹی کے تھرو گھر بیٹھے بی۔ ایڈ کرنے کا سوچا ظفر ماموں سے بات کی تو انہوں نے بخوشی اجازت دیدی۔ سو اس نے میکے آ کر صابرہ بیگم کے سلامی میں دیئے ہوئے پیسوں سے فہیم کے ذریعے اپنا داخلہ بھجوا دیا۔ ایڈریس اس نے ظفر ماموں کے گھر کا لکھا تھا۔ دن گزرنے لگے زندگی معمول کے مطابق شروع ہوگئی تھی۔ اس نے تو شعیب کے جاتے ہی گھر کے کام سنبھال لیے تھے۔ اس کی نند زنیرہ ہر ویک اینڈ پر میکے آ جاتی۔ کئی بار تو تین تین دن رہ کر جاتی۔ وہ شروع ہی سے میکے بھاگ بھاگ کر آتی تھی۔ راشدہ مامی بھی اسے اور اب حمیرا کو بھی صبح شام فون کرتی رہتیں۔ عزّہ کو حیرت ہوتی تھی کہ زنیرہ کے شوہر اور ساس سسر بُرا نہیں مانتے ہوں گے اس کے یوں روز روز میکے آنے پر۔ مگر وہ کہتی کچھ نہیں تھی جب راشدہ مامی ہی تجربہ کار بزرگ ہو کر اسے سمجھاتی نہیں تھیں۔ اُلٹا خود ہی ویک اینڈ آنے سے ایک دن پہلے میکے آنے کا کہہ دیتی تھیں۔ تو پھر اسے کیا ضرورت تھی کے وہ ان کے معاملے میں کچھ کہتی۔ حمیرا اور ندیم بھائی ہنی مون منانے شمالی علاقہ جات چلے گئے تھے اور وہ بظاہر سہاگن دراصل ابھاگن تھی اور تنہا تھی۔ اسے اندازہ ہو رہا تھا کے اس نے جو فیصلہ کیا ہے اس پر عمل کرنا بہت مشکل ہے۔ یہ سفر بہت طویل، تھکا دینے والا اور کٹھن ہے۔ مگر اسے چلنا تھا یہ سفر طے کرنا تھا۔ اکیلے، تنہا اس آزمائشی سفر سے گزرنا تھا۔ ذوہیب اور شاہ زیب اس کے چھوٹے بھائیوں جیسے تھے۔ دیور تھے مگر اس نے انہیں اپنے حُسنِ اخلاق سے دوست بنا لیا تھا۔ وہ تو پہلے ہی اس کی بہت عزت کرتے تھے۔ اب وہ ان کے گھر میں ان کی بھابھی کی حیثیت سے آئی تھی۔ (ان کے لیے تو وہ بھابھی ہی تھی نا) تو وہ اسے اور بھی زیادہ احترام کی نظر سے دیکھتے تھے۔ وہ دونوں ایف۔ ایس۔ سی کر رہے تھے۔ عزّہ نے اُن کی آرٹس کے مضامین میں اپنی سمجھ اور معلومات کے مطابق راہنمائی بھی کی۔ وہ انہیں محنت کرنے پر اُکساتی تھی۔ کیونکہ ان کی ذہانت تعلیمی قابلیت کے حوالے سے تو واجبی سی ہی تھی۔ راشدہ مامی نے اپنے بچوں کو اتنے لاڈ سے پالا تھا کے ذرا سی محنت بھی نہ کرنے دیتیں۔ ظفر ماموں بہت نرم خو اور دھیمے مزاج کے آدمی تھے۔ غصہ انہیں شاذ ہی آتا تھا۔ وہ دفتر کے کاموں میں مصروف رہے۔ بچوں پر سختی نہ کر سکے اور بچوں نے بھی ماں کی شہہ پر تعلیم کو سنجیدگی سے نہیں لیا۔ لہٰذا رزلٹ سیکنڈ ڈویژن

سے آگے نہ بڑھے۔اب عزّہ نے شاہ زیب اور زوہیب کو بہت اچھے طریقے سے سمجھایا تھا۔ظفر ماموں کی محنت کا احساس دلایا تھا۔تعلیم کی اہمیت کو ان کے سامنے اُجاگر کیا۔ان کے مستقبل کی جھلک دکھائی تو وہ دونوں بھی سنجیدگی سے پڑھائی کی طرف توجہ دینے لگے۔عزّہ کا بی۔ایڈ کا کورس بھی آگیا۔اس نے بھی اسائمینٹ تیار کرنا شروع کر دیں۔راشدہ مامی اور ماموں اسے اس کی تنہائی کے خیال سے میکے بھیجتے رہتے۔وہ چونکہ خود بھیجتے تھے۔اس لیے وہ کبھی ظفر ماموں کے ساتھ تو کبھی زوہیب یا شاہ زیب کے ساتھ میکے چلی آتی۔شروع شروع میں تو اسے دیکھ کر سب کے چہروں پر خوشی آجاتی تھی۔مگر وہ کئی دنوں سے نوٹ کر رہی تھی کے اب اس کے گھر والے اس کے آنے پر بیزار سے نظر آنے لگتے ہیں۔وہ تو میکے اس لیے بھی آجاتی تھی کے سسرال میں اس کا کون تھا۔ظفر ماموں کو ایک پرائیویٹ ادارے میں ان کے وسیع تجربے کی بنیاد پر بارہ ہزار ماہوار تنخواہ پر ملازمت مل گئی تھی۔وہ ہفتے میں صرف ایک دن دفتر جاتے تھے۔دفتر کی گاڑی انہیں پک اینڈ ڈراپ کرتی تھی۔زوہیب اور شاہ زیب کالج اور پھر ٹیوشن پر چلے جاتے۔راشدہ مامی اپنا وقت سُو کریا اڑوس پڑوس میں گھوم پھر کر گزار لیتیں۔ان کے قریبی رشتے دار بھی اسی محلے میں رہتے تھے۔لٰہذا ہر وقت کوئی نہ کوئی آیا رہتا۔عزّہ جمعے کو میکے جاتی اور زنیرہ ہفتے اور اتوار کو سارا دن میکے میں رہتی تھی۔اس کے کام کھانے پکانے کا اہتمام سب عزّہ ہی کرتی تھی۔راشدہ مامی تو کام سے دُور بھاگتی تھیں۔البتہ اُوپر کے کاموں کے لیے ایک ملازمہ ضرور رکھی ہوئی تھی انہوں نے ایسے میں عزّہ میکے آجاتی مگر اس کا دل اب میکے والوں کے چہرے دیکھ کر تاسف زدہ ہونے لگتا، وہ ان کی بہن، بیٹی تھی۔کوئی غیر تو نہیں تھی جو وہ اس کے آنے پر یوں منہ بنا لیتے تھے۔حمیرا ابھی مہینے میں دو تین بار پورے دن کے لیے میکے آتی تھی۔چونکہ اسے عزّہ کی میکے روز روز نہ جانے کی باتیں یاد تھیں وہ سمجھتی بھی تھی اور پھر ندیم بھائی سارے دن کے تھکے ہارے گھر آتے تھے۔اور وہ اسے چاہتے بھی بہت تھے۔اسی لیے وہ روز روز میکے جانے کی نہ ضد کرتی نہ خواہش۔البتہ دن میں ایک بار میکے فون کر کے سب کی خیریت ضرور معلوم کر لیتی تھی اور وہ رہتی بھی علیحدہ تھی۔ندیم بھائی جس کمپنی میں کام کرتے تھے۔اس کمپنی کی طرف سے انہیں گھر اور گاڑی کی سہولت بھی ملی ہوئی تھی۔رات کو ڈنر کے بعد وہ دونوں اپنی گاڑی میں سیر کو نکل جاتے تھے۔شعیب کو گئے چار ماہ ہو گئے تھے۔اس دوران اس نے کئی بار فون بھی کیا مگر بات صرف راشدہ مامی اور ظفر ماموں وغیرہ سے ہی کی۔عزّہ کو ظفر ماموں بات کرنے کے لیے بلاتے بھی تو وہ ہوں ہاں اور سلام دُعا کے چند لفظ بول

کر بات ختم کر دیتی۔ شعیب نے منی آرڈر بھی راشدہ مامی کے نام ہی بھیجے تھے۔ ظفر ماموں کو بہت غصہ آیا اس کی اس حرکت پر اور انہوں نے راشدہ مامی سے کہہ بھی دیا۔

راشدہ بیگم! اب اگر شعیب کا فون آئے تو اس سے کہنا کے منی آرڈر عزّہ کے نام ارسال کیا کرے۔ آخر اب وہ بیوی ہے اس کی اور شوہر کی تنخواہ پر بیوی کا حق ہوتا ہے۔"

"آپ ٹھیک کہہ رہے ہیں ماموں جان! شوہر کی تنخواہ پر اس کی بیوی کا ہی حق ہوتا ہے۔" عزّہ نے انہیں چائے کا کپ دیتے ہوئے گہرے لہجے میں کہا۔

"ارے تو لے لیا کرو ناں اس کی تنخواہ میں نے کب منع کیا ہے لو رکھو اپنے پاس۔"

راشدہ مامی نے فوراً نوٹوں کی گڈی اس کی گود میں رکھتے ہوئے تیزی سے کہا۔ عزّہ کو صاف محسوس ہوا کے راشدہ مامی کو ان دونوں کی بات بُری لگی ہے۔

"نہیں مامی! آپ بڑی ہیں آپ کے ہوتے ہوئے میں یہ جسارت نہیں کر سکتی۔ شعیب کی تنخواہ آپ اپنے پاس رکھیں اور جیسے چاہیں استعمال کریں۔ مجھے خرچ کرنے کا کچھ سلیقہ نہیں ہے۔" عزّہ نے فوراً نوٹ ان کے ہاتھ پر رکھ کر کہا۔

"بیٹا! سلیقہ تو سیکھنے سے خود بخود آ جاتا ہے۔ ایک دو بار غلطی ہو گی پھر حساب کتاب رکھنا اخراجات چلانا آ جائے گا۔" ظفر ماموں نے کہا۔

"جب وہ خود ہی نہیں چاہتی تو آپ کیوں ضد کر رہے ہیں۔" راشدہ مامی نے فوراً کہا وہ دل ہی دل میں مسکرا دی۔

"اچھا بھئی ٹھیک ہے مگر عزّہ کو جیب خرچ تو ملنا چاہیے کہ نہیں۔"

"ہاں عزّہ کتنا جیب خرچ باندھوں تمہارا؟" راشدہ مامی نے پوری تنخواہ ہاتھ سے جانے سے جیب خرچ دینے پہ آمادہ ہوتے ہوئے فوراً اس سے پوچھا تو وہ مُسکرا کر بولی۔" مامی! اس کی ضرورت نہیں ہے۔ مجھے ضرورت ہو گی تو میں آپ سے مانگ لوں گی۔"

"جیتی رہو، ہے نا میری بیٹی سمجھ دار اور کفایت شعار۔ آپ تو خواہ مخواہ اسے فضول خرچی پر اُکسا رہے ہیں۔" راشدہ مامی نے عزّہ کے سر پہ ہاتھ پھیر کر کہا۔

"فضول خرچی کیسی بیگم! جیب خرچ تو آپ اپنے بچوں کو بھی دیتی ہیں۔ آپ بھی لیتی رہی ہیں۔ ساری تنخواہ آپ کے ہاتھ میں ہوتی ہے جتنی چاہے خرچ کریں اور جیب خرچ تو سبھی بچوں کو ملتا ہے پھر عزّہ کو کیوں نہیں؟"

''افوہ، میں اس وقت بحث میں نہیں پڑنا چاہتی مجھے زنیرہ اور حمیرا کو فون بھی کرنا ہے میں جا رہی ہوں۔'' راشدہ مامی جھلا کر وہاں سے اُٹھ گئیں۔

''عزّہ بیٹی، تم ہی اپنی مامی کو سمجھاؤ بیاہی بیٹیوں کو روز روز فون کرنا گھر بُلانا درست نہیں ہے سسرال والے بُرا منا سکتے ہیں۔'' ظفر ماموں نے کہا۔

''آپ صحیح کہہ رہے ہیں ماموں لیکن جب تک سسرال والے واضح الفاظ میں اپنی ناپسندیدگی کا اظہار نہیں کریں گے یہ سلسلہ یونہی جاری رہے گا میں تو خود بھی اپنے میکے نہیں جانا چاہتی لیکن آپ مجھے زبردستی وہاں چھوڑ آتے ہیں۔'' عزّہ نے مُسکرا کر سنجیدہ مگر نرم لہجے میں کہا۔

''بیٹا تو یہاں کوئی ہوتا بھی تو نہیں ہے۔ تم اکیلی اتنے بڑے گھر میں کیا کرو گی۔ اور پھر میں اپنی مرضی سے چھوڑ آتا ہوں۔ تمہارے سسرال والے تو خوشی سے تمہیں تمہارے میکے بھیجتے ہیں۔ اس لیے مزے کرو اور ہاں عزّہ بیٹا یہ لو۔'' ظفر ماموں نے نرمی سے کہا اور اپنی قمیص کی جیب میں سے ہزار ہزار کے دو نوٹ نکال کر اس کی طرف بڑھا دیئے۔

''یہ کس لیے ماموں؟''

''یہ تمہارا جیب خرچ ہیں۔ اپنی مامی کو مت بتانا۔ میں تمہیں ہر ماہ دو ہزار بلکہ تین ہزار دیا کروں گا۔ تم اپنی مرضی سے خرچ کر لیا کرنا اور جمع بھی کرتی رہنا تمہارے کام آئیں گے یہ پیسے۔''

''شکریہ ماموں! لیکن جب آپ مامی کو کم تنخواہ دیں گے تو وہ پوچھیں گی تو سہی کہ باقی رقم کہاں ہے؟'' اس نے نوٹ لے کر کہا تو وہ مدہم لہجے میں گویا ہوئے۔

''میں نے انہیں اب تک آٹھ ہزار ہر ماہ دیئے ہیں۔ دو ماہ ہی تو ہوئے ہیں مجھے ملازمت ملے۔ باقی میں نے اپنے اکاؤنٹ میں جمع کرا دیئے تھے اس خیال سے کہ اچانک ضرورت بھی پڑ سکتی ہے۔ بینک میں جمع رقم کام آجائے گی۔''

''تو ماموں تین نہیں دو ہی بہت ہیں باقی رقم آپ اپنی جیب میں رکھیے گا۔'' عزّہ نے مسکراتے ہوئے کہا۔

''اچھا ٹھیک ہے اور ضرورت ہو تو مجھ سے بلا جھجک کہنا اب ہم پر تمہارا حق زیادہ ہے تم اس گھر کی بہو بیٹی ہو۔'' انہوں نے مُسکرا کر کہا تو وہ بمشکل اپنے لبوں پر مسکراہٹ لا سکی۔

''مبارک ہو کچھ سنا آپ نے۔'' راشدہ مامی خوشی سے دوڑتی ہوئی آئیں۔

''خیر مبارک بھئی آپ کچھ سنائیں گی تو سنیں گے ناں۔'' ظفر ماموں نے مُسکرا کر انہیں

دیکھا۔

''خوشخبری ہے آپ نانا بننے والے ہیں۔'' راشدہ مامی نے صوفے پر بیٹھتے ہوئے بتایا۔

''یہ تو پرانی خبر ہے بیگم نانا تو ہم بن چکے ہیں۔'' ظفر ماموں نے مُسکراتے ہوئے کہا مگر عزّہ کا دھیان فوراً حمیرا کی طرف گیا تھا اور اس کا دل بجھ سا گیا۔

''میرا مطلب ہے اپنی حمیرا کے بچوں کے نانا ماشاء اللہ وہ اُمید سے ہے۔'' راشدہ مامی نے وضاحت کی۔ تو ظفر ماموں کی سمجھ میں آیا اور وہ خوش ہو کر بولے۔

''اچھا تو یوں کہونا، بھئی مبارک ہو تمہیں ایک بار پھر نانی بننے والی ہو۔''

''ہاں حمیرا کی طرف سے بھی خوشخبری آ گئی ہے۔ اب اصل خوشی تو مجھے تب ہو گی جب مجھے دادی بننے کی خبر ملے گی۔'' راشدہ مامی نے عزّہ کی موجودگی کا خیال کیے بغیر ہی اپنی دِلی تمنا کا اظہار کر دیا۔ عزّہ سٹپٹا گئی اور چائے کے برتن اُٹھا کر وہاں سے چل دی۔

''کمال کرتی ہو تم بھی۔ عزّہ کے سامنے یہ بات کہنے کی کیا ضرورت تھی؟''

''لو ایسا کیا غلط کہہ دیا میں نے آخر کو شعیب میرا بڑا بیٹا ہے۔ میں نے اس کی شادی اس لیے کی ہے کہ گھر میں اس کے بچوں کی رونق لگے۔ اب تک تو عزّہ کی طرف سے بھی خوشخبری مل جانی چاہیے تھی۔'' راشدہ مامی نے کہا۔

''عجیب باتیں کر رہی ہو۔ شعیب چار مہینے سے گھر نہیں آیا۔ شادی پر وہ دلہن کے پاس نہیں ٹکا۔ راتوں کو وہ یار دوستوں اور بھائیوں کزنز وغیرہ سے گپیں لگاتا رہا اور ان کے پاس سوتا رہا۔ اس پر تمہیں دادی بننے کی خبر چاہیے۔ فی الحال جو خوشخبری ملی ہے اس پر اللہ کا شکر ادا کرو۔ اللہ نے چاہا تو تم دادی بھی بن جاؤ گی صبر تو کرو اتنی جلدی ٹھیک نہیں ہے۔'' ظفر ماموں نے نرمی سے انہیں سمجھایا۔

''اچھا ٹھیک ہے میں نے حمیرا اور ندیم کو اس ویک اینڈ پر گھر بلا لیا ہے۔''

''وہ تو تم اکثر بلاتی ہو بھلی لوک شوہر کا بھی بیوی پر کچھ حق ہوتا ہے۔ تم کیوں اپنی بیاہی بیٹیوں کو روز روز میکے بلاتی ہو۔ انہیں سسرال میں بسنے دو۔'' ظفر ماموں نے سنجیدگی سے کہا۔

''لو میکے بلانے کا حق ختم تو نہیں ہو گیا ہمارا اور ہاں آپ آج عزّہ کو اس کے میکے چھوڑ آئیں [illegible] کو واپس آ جائے گی۔ حمیرا اور زنیرہ دونوں اپنے شوہروں کے ساتھ آئیں گی۔ کھانے کا اہتمام [illegible] کو کرنا ہے۔ مجھ سے تو اتنا بکھیڑا نہیں پھیلایا جاتا۔'' راشدہ مامی نے سنجیدگی سے کہا۔

"تو عزّہ بے چاری کا کیا قصور ہے؟ کیوں دعوت دیتی ہو اس بکھیڑے کو۔"

"فون سنیں آپ۔" ٹیلی فون کی بیل عین اسی وقت بجی تو راشدہ مامی نے کہا ظفر ماموں فون سننے لگے۔

عزّہ اپنے کمرے میں آ گئی تھی۔ اس کا دل بھر آیا۔ مگر آنکھوں کو بھیگنے سے روکے رکھا۔ حمیرا ماں بننے والی تھی تو ظاہر ہے کہ راشدہ مامی کو عزّہ کی طرف سے بھی یہ خبر سننے کی توقع تھی۔ وہ بے حد پریشان ہو رہی تھی۔

"عزّہ، تم ہر معاملے میں ہر مشکل میں ڈٹ کر مقابلہ کر سکتی ہو۔ مگر اس معاملے میں تم کچھ نہیں کر سکتیں۔ اولاد کا معاملہ تو بہت نازک ہے۔ میں بھلا انہیں یہ خوشخبری کیسے سنا سکتی ہوں۔ طلاق کے بعد کیسے؟" عزّہ نے بے بسی سے سوچا۔

"یا اللہ! میری مدد کرنا تُو تو سب کچھ جانتا ہے نا۔ مجھے اس آزمائش میں تنہا نہ چھوڑنا میرے مالک! میں تو تیرے ہی آسرے پر اپنی زندگی، اپنی جوانی، اپنی خوشی کی قربانی دینے چلی ہوں۔ مجھے ثابت قدم اور مضبوط بنا دے مالک!" عزّہ نے آسمان کو نم آنکھوں سے تکتے ہوئے دل میں دُعا مانگی۔

اور اس ویک اینڈ سے پہلے وہ میکے نہیں گئی۔ حمیرا ندیم بھائی، زنیرہ اس کا میاں جمشید اور بیٹی سمیرا ویک اینڈ پر آ گئے تھے۔ ان کے چائے پانی اور کھانے کا انتظام عزّہ نے ہی کیا۔ زوہیب اور شاہ زیب بھی اس کا ہاتھ بٹاتے رہے وہ دونوں ہر کام کر لیتے تھے۔ راشدہ مامی چونکہ زیادہ کام کرنے سے شروع ہی سے جی چراتی تھیں۔ اس لیے انہوں نے اپنے بیٹوں کو بھی اپنے اور گھر کے کام کرنے کی عادت ڈال دی تھی۔ لڑکیوں کی طرح وہ کچن کے کام بھی بلاجھجک کر لیتے تھے۔ عزّہ کے ہاتھ کے پکے کھانوں کی سب نے تعریف کی اور ہمیشہ ہی کرتے تھے۔ میکے میں کبھی کسی نے نہیں سراہا تھا اس کے ہاتھ کے پکے کھانوں کو۔ بھابی، میں مارکیٹ جا رہا ہوں اپنی کتابیں خریدنے۔ آپ بھی میرے ساتھ چلیں۔ میں آپ کو آپ کے میکے چھوڑتا جاؤں گا۔ واپسی پر اگر آپ آنا چاہیں تو آ جائیے گا ورنہ ایک دن وہیں رہ لیجیے گا یہ ابو کا حکم ہے۔" زوہیب نے آ کر کہا تو عزّہ نے سنجیدگی سے کہا۔

"اچھا چلو ٹھیک ہے تم مارکیٹ سے واپس گھر ضرور آ جانا۔ میں نے آنا ہو گا تو تمہارے ساتھ ہی آ جاؤں گی۔"

عزّہ

''ٹھیک ہے بھابی! ویسے بھابی پتا ہے آپ گھر نہیں ہوتیں تو گھر خالی خالی اور ویران سا لگتا ہے۔ آپ نے تو اس گھر کو جنت بنا دیا ہے۔ میرا اور شاہ زیب کا تو دل ہی نہیں لگتا آپ کے بغیر۔ پہلے ہم چپ چپ سے رہتے تھے۔ اب ہمیں آپ نے اعتماد دیا ہے، بولنا سکھایا ہے۔ ورنہ تو اس گھر میں اُلو بول رہے ہوتے۔'' زوہیب نے دل سے کہا۔

''وہ تو اب بھی بول رہے ہیں۔'' عزّہ نے شرارت سے کہا تو وہ ہنس پڑا۔

وہ ذرا سی دیر میں تیار ہوگئی اور زوہیب اسے اپنی بائیک پر میکے چھوڑ کر مارکیٹ کی طرف بڑھ گیا۔ عزّہ گھر کے اندر داخل ہوئی تو پہلی آواز جو اس کے کانوں میں پڑی وہ سجاد رضوی کی تھی۔ وہ اوپر چھت پر اپنے کمرے کے باہر بیٹھے تھے۔ گھنٹی بجنے اور دروازہ کھلنے پر منیزہ سے پوچھ رہے تھے۔ ''کون آیا ہے؟''

''آپی آئی ہیں۔'' منیزہ نے گرل سے نیچے جھانک کر بتایا۔

''یہ روز ہی آنے لگی ہے آخر چکر کیا ہے؟'' سجاد رضوی نے کہا تو عزّہ کا دل پاش پاش ہو گیا۔ ہر روز کوئی نیا پتھر اس کے دل کا آئینہ چکنا چور کر دیتا تھا۔

''کیا وہ اپنے میکے بھی نہیں آسکتی اس کی نیت پر شک کیوں کیا جا رہا ہے؟'' عزّہ نے تڑپ کر سوچا۔

''جا کے اپنی ماں کو بھیج میرے پاس۔'' سجاد رضوی نے منیزہ سے کہا اتنی دیر میں عزّہ برآمدے میں آگئی۔ صابرہ نے اپنے کمرے سے نکل کر اسے دیکھتے ہی منہ سا بنا لیا۔ ''پھر چلی آ رہی ہے کیا مصیبت ہے۔'' صابرہ بیگم بڑبڑائیں۔

''السلام علیکم امی!'' عزّہ نے آگے بڑھ کر انہیں سلام کیا۔

''وعلیکم السلام۔'' صابرہ بیگم نے بڑے ناگوار لہجے میں اس کے سلام کا جواب دیا۔ عزّہ کا دل چاہا کہ زمین پھٹے اور وہ اس میں سما جائے۔ کیا قصور ہے آخر اس کا جو اس کے ساتھ اس قدر نفرت اور ذلت آمیز رویہ روا رکھا جا رہا ہے۔ صابرہ بیگم کے الفاظ جو انہوں نے بڑبڑائے تھے، عزّہ نے بخوبی سنے تھے۔ کیسی ماں تھیں وہ۔ بیاہی بیٹی کو دیکھ کر خوش ہونے کی بجائے بیزاری کا اظہار کر رہی تھیں۔ سجاد رضوی کے شکی، منافق، ظالمانہ اور بے حس رویے نے ان کے ہی نہیں سب گھر والوں کے احساس کچل ڈالے تھے۔ ہر کوئی ایک دوسرے کے پیچھے اس کی بُرائی کرتا نظر آتا تھا۔ وہ چونکہ ناجائز بات برداشت نہیں کرتی تھی۔ بول پڑتی تھی۔ اس لیے سب کی خصوصی تنقید اور

تضحیک کا نشانہ بنتی تھی۔

"امی عائزہ وغیرہ کہاں ہیں؟" عزّہ نے خود کو سنبھالتے ہوئے پوچھا۔

"یہیں ہیں اور کہاں ہوں گی۔ تم بیٹھو ادھر میں یہیں بھیجتی ہوں انہیں۔"

صابرہ بیگم نے اسی لہجے میں جواب دیا گویا اسے برآمدے سے آگے جانے سے روکا جارہا تھا۔ وہ "جی اچھا" کہہ کر برآمدے میں رکھے صوفے پر بیٹھ گئی۔ اسی دوران منیزہ بھی ادھر سے تیزی سے گزری اور آخری کمرے میں جاکر گم ہوگئی۔ عزّہ کو اندازہ تو تھا کہ اس کے خلاف محاذ کھلا ہوگا۔ پھر بھی وہ وہاں بیٹھنے کی بجائے اپنے سابقہ کمرے سے ہوتی ہوئی منیزہ، عائزہ کے کمرے کے دروازے تک آپہنچی۔ ان کی آوازیں اسے صاف سنائی دے رہی تھیں۔

"امی! ابو بُلا رہے ہیں آپ کو۔" منیزہ نے بتایا۔

"آرہی ہوں ایک تو تیرے باپ نے میرا سر کھالیا ہے۔ اُوپر سے یہ میری دھی رانی روزمنہ اُٹھائے میکے چلی آتی ہے۔ نجانے کیا گُل کھلائے گی۔"

صابرہ بیگم کے الفاظ تھے یا خنجر، جو عزّہ کی روح میں اُترتے چلے گئے۔

"عزّہ پھر آگئی ہے کیا؟" عائزہ نے پوچھا لہجہ بیزار تھا۔

"اور کیا اور تیرے باپ نے اسی لیے مجھے بلایا ہوگا کہ اس بی بی رانی کو سمجھا دوں۔ یوں روز روز آنا کہاں کی عقلمندی ہے۔ اور ہاں عزّہ سے باتوں باتوں میں تم پوچھ لینا کہ وہ بھی تو اُمید سے نہیں ہے۔ حمیرا کے ہاں تو خوشخبری آگئی ہے۔ اس سے بھی پوچھ لینا اور باتوں باتوں یہ بات بھی اس کے کان سے نکال دینا کہ ڈلیوری کے لیے یہاں آنے کی ضرورت نہیں ہے۔ سسرال ہی میں رہے۔" صابرہ بیگم بول رہی تھیں۔

"لو جی، شائزہ اور عنیزہ باجی تو اپنے بچوں کی پیدائش پر یہاں آئی تھیں۔ تو اب عزّہ سوچے گی نہیں کہ اسے کیوں نہیں میکے بلایا؟" عائزہ نے کہا تو صابرہ بیگم نے پتھر لہجے میں کہا۔

"سوچنے دے، سوچے گی، یوں تو بڑی تیز بنی پھرتی ہے، ساری عقلیں ہیں۔ کرلے گی اپنا بندوبست اور حمیرا بھی تو ہوگی۔ خیر سے میں دادی بننے والی ہوں میں کیا بیٹیوں کے بچے ہی کھلاتی رہوں گی۔ مجھ میں اب اتنا دم نہیں ہے۔"

"لیکن امی جی! یہ تو ناانصافی ہے جب بڑی بیٹیوں کا اتنا کیا ہے تو عزّہ کا کیا قصور ہے اور پہلے بچے کی پیدائش پر تو لڑکی میکے ہی آتی ہے۔ یہ تو رواج بھی ہے۔" عائزہ نے سنجیدگی سے کہا۔

"سارے رسم و رواج ہمارے واسطے رہ گئے ہیں۔ کہاں سے لائیں گے۔ اب عزّہ پر اس کے بچے پر ڈیڑھ مہینے تک خرچ کرنے کو۔ تمہارا باپ تو جلا بھنا بیٹھا ہے۔ کہتا ہے تم جانو تمہارا کام جانے میرے پاس کوئی پیسہ نہیں ہے...... وہ تو شادیوں پر خرچ کر کے ہی پچھتا رہا ہے۔ ندیم بے چارے کی کیا کم بختی ہے کہ وہ بہنوں کو ہی بھرتا رہے۔ خیر سے اب وہ خود بھی بال بچے والا ہو جائے گا۔ خرچے تو بڑھیں گے کہ نہیں۔" صابرہ بیگم نے تلخی سے کہا تو عزّہ سر سے پاؤں تک ذلت و ندامت کے پانی میں بھیگ گئی۔ سارے عذاب اسی کے لیے کیوں چلے آ رہے ہیں۔

"امی جی! اب اوپر چلی جاؤ ابو پھر چیخیں گے۔" منیزہ نے بے کلی سے کہا۔

"جاتی ہوں اور عائزہ فریج میں سے مرغی کا گوشت نکال کر پکا لینا اور چنے اُبلے رکھے ہی ہیں۔ چاول پکا لینا رائتہ بھی کر لینا۔"

"کیا مصیبت ہے اب پھر مرغ اور پلاؤ بنانا پڑے گا۔ ماش کی دال پکنے رکھنی ہے وہی کھا لے گی عزّہ بھی۔ وہ کوئی مہمان تو ہے نہیں گھر کی ہی فرد ہے۔" عائزہ نے پکانے کا نام سُن کر منہ بسورتے ہوئے کہا۔

"ارے تجھے پتا نہیں ہے اپنی مامی کا۔ ٹوک ٹوک کے پوچھتی ہے۔ میکے میں کیا کھایا کیا پیا اور یہ عزّہ ایسی سچ بولنے والی ہے کہ فٹ سے بتا دے گی کہ دال روٹی کھا کے آ رہی ہوں میکے سے۔ اسے میکے کی عزت بے عزتی سے کوئی سروکار نہیں ہے۔ ہمیں تو اپنی عزت رکھنی ہے کہ نہیں...... حالانکہ اس کے آنے پر خواہ مخواہ کا ہی خرچہ ہوتا ہے۔ مرغی کا گوشت بچ جائے تو اس رانی صاحبہ کے آنے پر پک جاتا ہے۔ باپ پھر چیختا ہے کہ ہر روز مرغے اُڑائے جا رہے ہیں۔" صابرہ بیگم نے اسی لہجے میں کہا عزّہ سے مزید وہاں رُکا نہ گیا فوراً واپس برآمدے میں چلی آئی۔

"عزّہ کھاتی تو ہے نہیں بوٹی۔" منیزہ نے کہا چھوٹی تھی مگر عزت احترام سے باجی آپی صرف سجاد رضوی کے سامنے کہتی۔ وہ بھی ڈر سے۔ ورنہ نام ہی لیتی تھی۔

◆◆◆

"کھائے نہ کھائے پکانا تو پڑتا ہے نا اور تمہارا باپ جو بوٹی بوٹی کرنے کو تیار رہتا ہے۔ وہ تو یہی سمجھتا ہے نا کہ ہم سب مرغ کے مزے لوٹتے ہیں۔ حالانکہ اتنا کم کر کے پکتا ہے۔ اچھا چلو وہ اکیلی بیٹھی الٹا سیدھا سوچ رہی ہوگی۔" صابرہ بیگم یہ کہہ کر کمرے سے نکل آئیں اور اوپر چلی گئیں۔

"کیا بات ہے تم عزّہ کو سمجھا نہیں سکتیں۔ کون سے خزانے دفن ہیں یہاں جو یہ شادی کے بعد بھی ہر ہفتے یہاں کا چکر لگاتی ہے۔" سجاد رضوی نے صابرہ بیگم کو دیکھتے ہی کہا۔

"یا اللہ! میں اتنا کچھ سننے اور سہنے کے باوجود آخراب تک کیوں زندہ ہوں۔ میں مر کیوں نہیں جاتی میرے مالک! ابھی اور کیا دیکھنا باقی ہے۔ میں تو اپنی ہی نظروں میں گر گئی ہوں۔" عزّہ نے سر پکڑ کر بے بسی سے زیرِ لب کہا۔ اسی وقت زوہیب آ گیا اور وہ جانے کے لئے کھڑی ہو گئی کہ اب مزید دل کا لہو کرانے کی ہمت نہ تھی اس میں۔ وہ سیڑھیاں چڑھتی اوپر آ گئی اور سجاد رضوی کو سلام کرنے کے بعد بولی۔

"اچھا امی، ابو! اللہ حافظ!"

"بس چل دیں، آئیں کیوں تھیں بھئی؟" سجاد رضوی نے طنزیہ لہجے میں کہا۔

"جانا تو مجھے مامی کے ساتھ تھا یہاں سے گزر رہی تھی۔ اس لئے سلام کرنے چلی آئی۔ اچھا اللہ حافظ!" اس نے اپنی کیفیت کو چھپاتے ہوئے بہت دھیمے لہجے میں کہا اور واپس نیچے آ گئی۔ عائزہ، منیزہ اور فہیم بھی برآمدے میں آ چکے تھے۔

''جارہی ہو عزّہ۔''

''ہاں خدا حافظ۔'' وہ یہ کہہ کر رکی نہیں اور زوہیب کو لے کر وہاں سے نکل گئی اور اس نے دل میں تہیہ کر لیا کہ اب وہ میکے اس وقت تک نہیں جائے گی جب تک اس کے امی ابو اسے خود گھر نہیں بلاتے۔ ان کے رویے سے ان کے لہجے سے اسے یوں محسوس ہو رہا تھا جیسے وہ ان کی سگی نہیں، سوتیلی بیٹی ہو۔ وہ ساری دُنیا میں خود کو اکیلا محسوس کر رہی تھی۔ بے بسی اور مدد طلب نظروں سے آسمان کی طرف دیکھتی وہ اپنے رب کے سامنے بکھر رہی تھی۔

''یااللہ! مجھے موت دے دے یا مضبوط پناہ دے، میں بزدل تو نہیں ہوں لیکن ایسی باتیں بنا کسی جرم کے سننے کو کیوں ملتی ہیں مجھے۔ آخر میرا کیا قصور ہے؟'' اس نے اللہ سے مخاطب ہو کر سوال کیا۔

''عزّہ! تم ان لوگوں کے لئے اپنی زندگی برباد کر رہی ہو۔ جن کے دلوں میں تمہارے لئے رتی برابر بھی محبت اور اپنائیت نہیں ہے۔'' اس کے دماغ نے کہا۔

''مگر میرے دل میں تو ان کے لئے محبت ہے'' اس نے جواب دیا۔ ''اور وہ میرے ماں باپ ہیں، بھائی بہن ہیں وہ بھی مجھ سے محبت یقیناً کرتے ہوں گے۔''

''جس محبت کا اظہار انسان کے قول و فعل سے ظاہر نہ ہو، وہ محبت، نفرت سے بھی بدتر ہوتی ہے۔'' اس کے دماغ نے جواز تراشا۔

''ہاں شاید ورنہ میں یوں دکھی اور دلگیر تو نہ ہوتی۔'' اس نے دماغ کی بات مانتے ہوئے کہا تو دماغ نے پھر سمجھانا شروع کیا۔

''عزّہ! تم اگر خود کو دکھی اور دلگیر رکھو گی تو بہت جلد ہمت ہار جاؤ گی اور یہ بازی بھی جو ابھی شروع ہوئی ہے۔ تم اگر اپنی صحت کا خیال نہیں رکھو گی تو تمہاری اجڑی صورت دیکھ کر شعیب یہی سمجھے گا کہ تمہیں اس سے محبت تھی اور تم نے طلاق کا روگ لگا لیا ہے۔''

''ہرگز نہیں، وہ شخص محبت تو کیا میری نفرت کے قابل بھی نہیں ہے۔ میں اسے دکھاؤں گی کہ میں اس کے اس فعل سے، اس قبیح عمل سے ذرا بھی نہیں ٹوٹی، قطعاً نہیں بکھری، میں شعیب ظفر تو کیا کسی پر بھی اپنی ذات کی لہو رنگ کرچیاں ظاہر نہیں ہونے دوں گی۔ کبھی نہیں۔''

عزّہ نے دل سے عزم کیا۔ خود کو مضبوط کرتی اپنی ہمت بندھاتی وہ پھر سے گھر کے کام کاج سے فارغ ہو کر اپنی ساری توجہ اپنی تعلیم پر دینے لگی۔ اس روز وہ لان میں حسب معمول ٹہل رہی تھی

کہ تقریباً پانچ ماہ کے عرصے کے بعد شعیب ظفر گھر آ گیا تھا۔ وہ تسبیح پڑھتی چنبیلی کی کلیوں کو ہتھیلی میں لیے آہستہ آہستہ ننگے پاؤں ہری ہری ٹھنڈی نرم گھاس پر چل رہی تھی۔

شعیب ظفر نے گیٹ سے اندر داخل ہوتے ہی اسے دیکھا تھا اور وہیں کھڑا دیکھتا رہ گیا تھا۔ وہ اسے اپنی حماقت سے، جلد بازی سے اور بدلے کی، انتقام کی رو میں بہہ کر طلاق دے کر بہت پچھتا رہا تھا اور ایک پل بھی چین سے نہیں رہا تھا۔ اسی لئے اتنا عرصہ گھر بھی نہیں آیا۔ ہلکے سبز رنگ کے شلوار سوٹ میں چاندنی بکھیرتا چہرہ دوپٹے کے ہالے میں لئے وہ متناسب قد کی دلکش نقوش والی عزّہ سجاد کو تکتے ہوئے پھر سے اپنی بیوقوفی پر ماتم کر رہا تھا۔ کتنی دلکش، کتنی حسین تھی وہ۔ مگر اس نے اتنی خوبصورت حور شمائل لڑکی کو اپنی حماقت سے گنوا دیا تھا اور وہ کتنی عظیم تھی کہ سب کی عزت کی خاطر خود کو اس آزمائش میں ڈالے ہوئے تھی۔ وہ سوچتا رہا تھا اور جوں جوں وہ عزّہ کے بارے میں سوچتا رہا وہ اسے عظمت کی بلندی پر کھڑی نظر آئی۔ اپنے نام کی طرح ''عزت والی'' دکھائی دی۔ اور وہ خود اس کی ہی نہیں اپنی نظروں میں بھی گر گیا تھا۔ اس کا عزّہ سے کوئی جوڑ تو نہیں تھا پھر بھی وہ اسے بنا مانگے مل گئی تھی۔ اور اس نے انتقام کے زعم میں اسے ٹھکرا دیا تھا۔ عزّہ کو اپنانے کی خواہش تو ہر اہلِ دل کر سکتا تھا۔ مگر وہ اپنے آپ کو شعیب ظفر کی زیادتی اور غلطی کی بھینٹ چڑھا رہی تھی۔ سب کی خاطر خود کو قربان کرنے جا رہی تھی۔ وہ تھکے تھکے قدموں سے چلتا اس کے پاس چلا آیا۔ ''ہیلو عزّہ! کیسی ہو تم؟''

''اللہ کا کرم ہے، بہت اچھی ہوں۔'' عزّہ نے بہت اعتماد سے جواب دیا۔

''عزّہ! آئی ایم سوری۔'' وہ ہچکچاتے اور ندامت سے چُور لہجے میں بولا۔

''سوری فار واٹ؟'' عزّہ نے بڑے اعتماد سے اس کی آنکھوں میں دیکھا۔

''طلاق کے لئے۔'' وہ نظریں جھکا گیا۔

''ہا ہا ہا۔ واہ مسٹر شعیب واہ۔ تم اگر کسی کو قتل کر دو گے اور سوری کہہ دو گے تو کیا قتل ہو نے والا شخص زندہ ہو جائے گا تمہارے سوری کہہ دینے سے۔ کبھی نہیں۔ عورت اور مرد کے درمیان ... طلاق ہو جائے تو پھر سوری کا لفظ کسی بھی معاملے کا حل نہیں ہوتا۔ بات پہلے کی طرح شروع نہیں ہو سکتی سمجھے تم۔'' عزّہ نے طنزیہ لہجے میں کہا۔

''لیکن عزّہ، کسی کو کیا معلوم کہ ہمارے بیچ طلاق ہو چکی ہے۔ آؤ ہم پھر سے نئی زندگی کا آغاز کرتے ہیں۔'' شعیب ظفر نے کمینگی سے کہا۔

''شعیب ظفر! اس سے پہلے کہ میں تمہاری زندگی کا اختتام کردوں اپنی یہ گھٹیا بکواس بند کر لو۔ تمہیں مذہب کا بھی پاس نہیں ہے۔ لوگوں کو نہیں معلوم ہمیں تو معلوم ہے نا۔ ہمارا اللہ تو جانتا ہے نا کہ ہم میں طلاق ہو چکی ہے۔'' عزّہ نے غصے سے سرخ چہرہ لیے اسے شعلہ بار نظروں سے دیکھتے ہوئے کہا۔

''تو کیا ہوا اللہ کو کہہ دیں گے ہم کہ ہم نے محبت اور مصلحت کے تحت ایسا کیا تھا۔'' وہ لاپرواہی سے بولا تو عزّہ کو اس کے ایمان پر شبہ ہونے لگا۔

''شعیب صاحب! اس سے پہلے کہ میرا ضبط جواب دے جائے آپ یہاں سے تشریف لے جایئے۔ ورنہ میں تمہارا وہ حشر کروں گی کہ تم قیامت تک اپنی اس کمینگی پر ماتم کرتے رہو گے۔ محبت کی بات کرتے ہو؟ ارے تم تو اس قابل بھی نہیں ہو کہ تم سے نفرت کی جائے۔'' عزّہ نے سخت اور غصیلے لہجے میں مگر مدھم آواز میں کہا۔

''دیکھو تم میری انسلٹ کر رہی ہو۔'' اس کا رنگ غصے سے مزید سیاہ ہو گیا۔

''تم نے تو جیسے میری بہت عزت کی ہے نا۔''

''سوری کہہ تو رہا ہوں میں اور تم ہو کہ سر چڑھی جا رہی ہو۔'' وہ غصے سے بولا۔

''آہستہ بولو شعیب ظفر! تم کیا چاہتے ہو کہ تمہارے بیمار دل رکھنے والے بوڑھے باپ کے کانوں تک یہ آواز پہنچ جائے اور ان کے دل کی آواز ہمیشہ کے لئے بند ہو جائے۔ سوری کہا نا تم نے ٹھیک ہے میں نے تمہاری سوری قبول کر لی۔ اب جاؤ اپنا راستہ ناپو اور آئندہ مجھ سے اس قسم کی گھٹیا بات مت کہنا۔ بہتر ہو گا کہ تم اس شہر بلکہ ملک سے ہی دور چلے جاؤ تا کہ نہ تم یہاں رہو گے اور نہ ہی یہ بھید کھلے گا۔'' عزّہ نے سخت لہجے میں کہا۔

''تم ساری زندگی اکیلی گزار سکتی ہو مگر میں نہیں گزار سکتا۔''

''تو تمہیں کس نے روکا ہے جاؤ جا کر شادی کرو۔ اپنا گھر بساؤ۔ مگر میرے میکے والوں کے کانوں تک تمہاری شادی کی خبر نہیں پہنچنی چاہئے اور تم جہاں کہیں بھی جاؤ اپنے پھوپھا اور پھپھو کو فون کرتے رہنا۔ ورنہ تم جانتے ہی ہو کہ کیا ہو گا۔'' عزّہ نے سپاٹ اور سخت لہجے میں کہا اور اندر چلی گئی۔ وہ غصے سے پاؤں زمین پر مارتا اپنا سوٹ کیس اُٹھا کر خود بھی اندر چلا گیا۔ اس کے آنے سے سبھی بہت خوش تھے سوائے عزّہ کے۔ اسے اندازہ ہو رہا تھا کہ اس طرح زندگی کس قدر مشکل اور تکلیف دہ ہو جائے گی۔ مگر وہ بھی تو مجبور تھی دونوں طرف دکھ ہی دکھ تھے۔ اسے تو امی کی عزت

عزیز تھی اور کبھی کبھی عزت کی خاطر لہو سے وضو کرنا ہی پڑتا ہے۔ یہی سوچ اسے اس راستے پر مضبوطی سے کھڑے اور ڈٹے رہنے پر آمادہ رکھے ہوئے تھی۔

راشدہ مامی نے ناشتے سے فارغ ہوتے ہی حمیرا اور زنیرہ کو فون کر دیئے۔ شعیب کے آنے کا سنتے ہی وہ دونوں بھی اپنا سامان پیک کر کے دوپہر کے کھانے تک گھر پہنچ گئیں اور لاؤنج میں سب جمع ہو کر دُنیا جہان کے قصے سنانے لگے۔ شعیب اندر سے بے کل تھا۔ مگر بظاہر ہنس بول رہا تھا۔ اپنے کام کے متعلق انہیں سچی جھوٹی باتیں سنا رہا تھا۔

عزّہ ان سب کے لئے پکوان پکانے میں مصروف تھی۔ ساتھ ملازمہ رانی بھی ہاتھ بٹا رہی تھی۔ عزّہ کو شعیب سے نفرت محسوس ہو رہی تھی۔ اس کے وجود سے گھن آ رہی تھی۔ وہ سوچ بھی نہیں سکتی تھی کہ وہ اس سے اس طرح کی بات بھی کہہ سکتا ہے۔ اس کی بات سن کر وہ اندر سے ہل کر رہ گئی تھی۔ کیسا شخص ہے یہ۔ اس کی دُنیا تو خراب کر ہی دی تھی اب آخرت بھی خراب کرنا چاہتا تھا۔ عزّہ کا بس چلتا تو وہ اسے شوٹ کر دیتی۔ مگر اسے کڑے ضبط اور صبر کے مرحلے طے کرنے تھے سو لب سی لیے۔ ہاتھ باندھ لیے تھے۔

وہ شعیب سے دانستہ بچتی رہی۔ وہ اسے دیکھنے، اس سے بات کرنے کے بہانے ڈھونڈتا رہا۔ حمیرا اور زرینہ زوہیب، شاہ زیب، راشدہ مامی اور اکثر ان کے کزنز آ جاتے۔ رات کے بارہ بارہ بجے تک خوب محفل جمتی اور عزّہ حیران ہوتی کہ ان کے پاس اتنی باتیں کہاں سے آ جاتی ہیں کرنے کو۔ شعیب نیچے ہی سو جاتا۔

حمیرا کو راشدہ مامی کئی بار پھل وغیرہ منگوا کر کھلاتیں۔ زنیرہ کی بیٹی کا الگ خیال رکھنا پڑتا۔ سارا دن صبح سے رات تک عزّہ کولہو کے بیل کی طرح ان سب کی خاطر تواضع میں جُتی رہتی۔ ظفر ماموں یہ سب دیکھ رہے تھے۔ شعیب کا عزّہ سے دور رہنا اور عزّہ کا اس سے کترانا اس سے بات نہ کرنا انہیں پریشانی میں مبتلا کر رہا تھا۔ مگر عزّہ سب سے ہنستی بولتی تو وہ الجھن میں پڑ جاتے۔ انہیں شک ہو رہا تھا کہ شعیب اور عزّہ کے بیچ کوئی خلیج حائل ہے۔ کیسی خلیج ہے یہ وہ سمجھنے سے قاصر تھے۔ شعیب، سجاد رضوی اور صابرہ بیگم سے ملنے بھی عزّہ کے میکے گیا۔ وہ مہینے کی چھٹی لے کر آیا تھا مگر عزّہ سے بات نہ بن سکنے پر مایوس ہو کر پندرہ دن میں ہی واپس جا رہا تھا۔ زنیرہ اور حمیرا ابھی اب تک میکے ہی میں موجود تھیں۔ ندیم بھائی تو حمیرا کو ملنے دوبارہ آ چکے تھے۔ روز فون بھی کر لیتے تھے۔ مگر زنیرہ کے میاں زاہد اسے اور بیٹی کو چھوڑ کر گئے تو دوبارہ پلٹ کر خبر ہی نہ لی۔ نہ فون کیا نہ خود

ملنے آئے۔ البتہ زنیرہ خود انہیں دوسرے دن فون کرتی رہی تھی۔ اب جب شعیب بھی واپس جا رہا تھا تو ندیم بھائی آ کر حمیرا کو اپنے ساتھ لے گئے۔ جبکہ زنیرہ نے زاہد کو فون کر کے لینے کے لئے گھر آنے کا کہا تو وہ بولے۔

''کیا ضرورت ہے گھر آنے کی؟ تمہارا میکہ ہی تمہارا اصل گھر ہے۔ جب تمہارا دل میکے سے بھر جائے تب آ جانا۔ یہاں مہمانوں کی طرح آنے کی کوئی ضرورت نہیں ہے۔ تمہیں میاں کا نہیں میکے کا خیال رہتا ہے۔ میکے کی محبت میں بھاگ بھاگ کر تم ان کے پاس جاتی ہو تو رہو وہیں۔ میری تو سمجھ میں نہیں آتا کہ تمہارے ماں باپ نے تمہاری شادی کی ہی کیوں تھی اور تمہیں اگر میکے والے اتنے ہی عزیز تھے تو آخر تم نے شادی کیوں کی؟ تمہاری جیسی لڑکی کو شادی کرنی ہی نہیں چاہیے تھی۔''

''مگر زاہد میں تو......''

''تم تو صرف اپنے میکے والوں کو چاہتی ہو۔ میرے یا میرے ماں باپ کے لئے تمہارے دل میں کوئی محبت نہیں ہے۔ انہوں نے میری شادی اس لئے نہیں کی تھی کہ وہ بہو اور پوتی کی صورت دیکھنے کو ترستے رہیں۔ ان کے گھر میں سناٹے چھائے رہیں۔ تم اپنے اماں باوا کے گھٹنے سے لگی بیٹھی رہو۔ دیکھتا ہوں کب تک وہ تمہیں بٹھائے رکھتے ہیں۔ اب اگر میرے پاس آؤ تو اپنا مزاج درست کر کے آنا ورنہ میرے لئے لڑکیاں بہت ہیں جو سسرال میں ٹِک کر شوہر اور ساس سسر کی خدمت کرنا جانتی ہیں۔ خدا حافظ۔'' زاہد نے سخت اور سپاٹ لہجے میں اپنی بات مکمل کی اور فون بند کر دیا۔ زنیرہ کے تو ہاتھ پاؤں ٹھنڈے پڑ گئے۔ رنگ فق ہو گیا۔ اب اسے اپنی غلطیوں کا احساس ہو رہا تھا۔

''شبانہ! روز روز میکے مت جایا کرو سسرال کو برا لگ گیا یا شوہر کو غصہ آ گیا تو بہت برا ہو گا اور ویسے بھی شادی کے بعد لڑکی کا اصل گھر اس کا سسرال ہوتا ہے۔ اسے اولیت سسرال کو، شوہر کے گھر کو دینی چاہیے جو لڑکیاں ایسا نہیں کرتیں وہ شوہر کی نظروں میں اپنی عزت اور اہمیت نہیں منوا سکتیں۔'' عزّہ کی کہی ہوئی بات اسے یاد آ رہی تھی۔ جو وہ ایک دن اپنی دوست اور ہمسائی شبانہ سے کہہ رہی تھی۔ اور اس نے اس کی یہ بات سنی ان سنی کر دی تھی۔ آج اسے اس کی بات کی سمجھ آئی تھی۔ وہ اپنے کمرے میں بیٹھی رو رہی تھی۔ راشدہ مامی نے پوچھا تو اس نے ساری بات بتا دی۔ راشدہ مامی کی حالت تو کاٹو تو بدن میں لہو نہیں کی مانند ہو رہی تھی۔ ظفر ماموں سے انہوں نے اس

بات کا ذکر نہیں کیا۔ عزّہ اور زنیرہ کو بھی منع کر دیا وہ تو دل کے مریض تھے اور ڈاکٹر نے انہیں خوش رکھنے کے لئے کہا تھا۔ صدمے سے بچانے کی تاکید کی تھی۔

''زنیرہ! تم کہو تو میں بات کروں۔ زاہد بھائی سے۔'' عزّہ نے اسے دیکھ کر کہا۔

''انہوں نے میری کوئی بات نہیں سنی تو تمہاری کیسے سنیں گے؟'' اس نے روتے ہوئے کہا تو وہ مسکرا کر بولی۔

''تمہاری بات وہ کیسے سنتے بھئی تم پر تو انہیں غصہ تھا۔ مجھ پر تو انہیں کسی بات کا غصہ نہیں ہے۔ شاید وہ میری بات مان جائیں۔ کوشش کرنے میں کیا حرج ہے۔''

''ٹھیک ہی تو کہہ رہی ہے عزّہ، کوشش کرنے میں حرج ہی کیا ہے۔ جاؤ عزّہ تم زاہد کو فون کرو۔ اسے کہنا کہ آئندہ اسے زنیرہ سے کوئی شکایت نہیں ہوگی۔'' راشدہ مامی نے فکرمند لہجے میں کہا۔

''کیوں زنیرہ! اگر تم زاہد بھائی کی خواہش کے مطابق خود کو ڈھالنے کا وعدہ کرتی ہو تو میں بات کروں ان سے۔'' عزّہ نے اس کے چہرے کو دیکھتے ہوئے کہا۔

''ہاں پلیز! وہ جیسا کہیں گے میں ویسی ہی بن جاؤں گی۔ ان سے کہو کہ مجھے لے جائیں ورنہ مجھے سب کے سامنے بہت ندامت اور ذلت اُٹھانی پڑے گی۔'' وہ اس کا ہاتھ پکڑ کر منت بھرے اور پریشان لہجے میں بولی۔

''ڈونٹ وری، ایسا کچھ نہیں ہوگا۔ بس آئندہ خیال رکھنا۔ میں بات کرتی ہوں زاہد بھائی سے۔'' عزّہ نے اس کا ہاتھ دباتے ہوئے اسے تسلی دے کر کہا اور فون کرنے کے لئے لاؤنج میں آ گئی۔ زاہد کا نمبر ملایا تو فون اسی نے ریسیو کیا۔ سلام دُعا کے بعد اس نے فوراً ہی پوچھ لیا۔ ''کیا بات ہے زاہد بھائی! زنیرہ کے بغیر آپ کا دل لگ جاتا ہے گھر میں جو اسے لینے نہیں آئے؟''

''میرے دل کی چھوڑیں عزّہ بھابی! میرے دل کی پرواہ کسے ہے یہاں۔ دل تو زنیرہ کا اس گھر میں نہیں لگتا۔'' زاہد نے سرد آہ بھر کر کہا۔

''آپ کو پتا ہے زنیرہ آپ سے بہت محبت کرتی ہے۔''

''اچھا! میرے لئے تو یہ ایک نئی اور حیران کن خبر ہے۔ اگر وہ مجھ سے محبت کرتی تو مجھے یوں تنہا نہ کرتی۔ اسے تو صرف اپنے میکے والوں سے پیار ہے۔''

زاہد بھائی! ایسا نہیں ہے دراصل تھوڑا سا قصور آپ کا بھی ہے۔ آپ کو شروع ہی میں زنیرہ

کو سمجھا دینا چاہئے تھا۔ میکے اور سسرال کی ذمہ داریاں اور فرائض اس کے سامنے رکھنے چاہئیں تھے۔ آپ نے اسے میکے آنے سے کبھی روکا ٹوکا نہیں۔ لہٰذا اسے بھی یہ احساس نہیں ہوا کہ وہ آپ کا حق مار رہی ہے یا غلط کر رہی ہے۔ آپ کو پتا ہے اب وہ اتنی دیر سے رو رہی ہے۔" عزّہ نے سنجیدگی سے کہا۔

"وہ میرے لئے نہیں رو رہی۔ بلکہ لوگوں کی باتوں کے ڈر سے رو رہی ہے۔ مہینے دو مہینے رہے گی میکے تو عقل ٹھکانے آجائے گی محترمہ کی۔" زاہد کو بہت غصہ تھا اس کے رویے کا، نظر انداز کیے جانے کا، لہٰذا سپاٹ اور صاف گو لہجے میں بولا۔

"عقل تو اس کی دو منٹ میں ہی ٹھکانے پر آگئی ہے۔ اب آپ اسے آکر لے جائیں پلیز۔" عزّہ نے نرم لہجے میں کہا تو وہ سنجیدگی سے گویا ہوا۔

"بھابی پلیز! آپ مجھے شرمندہ کر رہی ہیں۔ آپ نہیں جانتیں کہ اس نے مجھے کتنا اگنور کیا ہے۔ کتنی اذیت دی ہے۔ مجھ پر اپنے گھر والوں کو فوقیت دی ہے۔ میں یہ نہیں کہتا کہ وہ میکے والوں کو بھول جائے یا ان سے ملنا چھوڑ دے۔ وہ ان سے ملے ضرور ملے لیکن اسے اپنے گھر اور شوہر کا بھی خیال رکھنا چاہیے۔ اسے اپنی ذمہ داریوں کا احساس ہی نہیں ہے۔ وہ ایک بچی کی ماں بن کر بھی اپنی شادی شدہ زندگی کی اہمیت سے ناواقف ہے۔ میں کب تک برداشت کر سکتا ہوں۔"

"زاہد بھائی! آپ یقیناً صحیح کہہ رہے ہیں لیکن اب زنیرہ کو اپنی غلطی کا احساس ہو گیا ہے۔ آئندہ آپ کو اس سے کوئی شکایت نہیں ہوگی۔ پلیز میری بات مان لیجئے۔ اسے ایک موقع ضرور دیں۔ اس کی پچھلی غلطیاں معاف کر دیں اور آکر اسے گھر لے جائیں۔ اگر آئندہ وہ ایسا کچھ کرے تو میں آپ دونوں کے معاملے میں ہرگز نہیں بولوں گی۔ ابھی پلیز آپ درگزر کر دیجئے۔ آپ کو ماموں کی بیماری کا تو علم ہے ہی۔ ان کے لئے یہ صدمہ کتنا خطرناک ثابت ہو سکتا ہے آپ اندازہ کر سکتے ہیں۔ بھائی! میرے کہے کا مان رکھ لیجئے۔ میں نے زنیرہ سے کہا تھا کہ آپ میری بات ہرگز رد نہیں کریں گے۔"

اس نے سنجیدہ اور دکھی لہجے میں کہا تو وہ بولا۔

"آپ نے درست کہا تھا بھابی! میں آپ کی بات رد نہیں کر سکتا۔ میں جانتا ہوں کہ مان ٹوٹ جانے کا دکھ کیا ہوتا ہے۔ میں آپ کا مان نہیں توڑوں گا بھابی، صرف آپ کی سفارش پر میں زنیرہ کو لینے کے لئے آرہا ہوں۔ اس کے رویے اور عمل سے آئندہ زندگی کا ہمارے ساتھ کا تعین

ہو جائے گا۔"

"تھینک یو زاہد بھائی! بہت بہت شکریہ۔ بس آپ اسے پیار سے سمجھایئے گا۔ انشاءاللہ وہ سمجھ جائے گی۔ تو پھر آپ آرہے ہیں ناں۔" وہ خوش ہو کر بولی۔

"جی بھابی!" اس نے مسکرا کر جواب دیا۔ "میں آرہا ہوں۔ زنیرہ سے کہیے کہ تیار رہے میں رکوں گا نہیں۔ مجھے کام سے بھی جانا ہے۔"

"اوکے بھائی! تھینکس اگین اللہ حافظ۔" اس نے خوشی سے کہا اور فون بند کر کے زنیرہ کے کمرے میں بھاگی۔ وہ کارڈلیس پر ان کی گفتگو سن چکی تھی۔ اس لئے اسے دیکھتے ہی ہنس پڑی۔

"تھینک یو عزّہ! تم نے میرا گھر برباد ہونے سے بچا لیا۔ مجھ میں تو زاہد سے بات کرنے کی ہمت ہی نہیں تھی۔ ایک بات پوچھوں عزّہ؟"

"پوچھو۔" عزّہ نے اس کے ہاتھ سے کارڈلیس لیتے ہوئے کہا۔

"تم نے اپنی نے بر (ہمسائی) شبانہ کو میکے روز روز آنے سے منع کیا تھا۔ میں نے سنا تھا مگر دھیان نہیں دیا تھا۔ تم نے مجھے یہ بات کیوں نہیں سمجھائی؟"

"اس لئے کہ بعض باتیں انسان اپنے تجربے سے ہی سیکھ کر سمجھ پاتا ہے۔ میں اگر تم سے ایسا کہتی تو تم یہ سمجھتیں کہ میں تمہارے میکے آنے سے تنگ ہوں۔ تمہارا میکے آنا مجھے پسند نہیں ہے وغیرہ وغیرہ۔ اسی لئے میں نے تم سے کچھ نہیں کہا۔ مجھے یہ ڈر تھا کہ کہیں تم نند بھاوج والی لڑائی نہ شروع کر دو۔ اب تمہیں خود تجربہ بھی ہو چکا ہے اور اپنی غلطیوں کا احساس بھی لہٰذا تم اب کبھی یہ غلطی نہیں دہراؤ گی۔ شکر ہے کہ زاہد بھائی فوراً آنے پر تیار ہو گئے ہیں ورنہ اگر کچھ دن بعد آتے تو تمہارا تجربہ اور زیادہ پُراثر ہو جاتا۔"

"ہائے اللہ نہ کرے کہ اب ایسا تجربہ ہو مجھے۔" زنیرہ نے خوفزدہ ہو کر کہا تو وہ ہنس پڑی۔

"چلیے بیگم صاحبہ! کافی اونچی اور تگڑی سفارش کرائی ہے آپ نے مجھے آنا ہی پڑا۔" تھوڑی دیر بعد زاہد اسے لینے کے لئے اس کے سامنے موجود تھا۔

"زاہد، آئی ایم سوری آئندہ ایسا نہیں ہوگا۔" زنیرہ نے شرمندگی سے کہا۔

"آپ کہہ رہی ہیں تو ہم مانے لیتے ہیں۔ ویسے آئندہ ایسا ہونا بھی نہیں چاہیے۔ یہ شادی ہے کوئی گڑیا اور گڈے کا کھیل نہیں ہے اور ماشاءاللہ ہماری ایک بچی بھی ہے۔ ہمیں اس کی بھی تربیت کرنی ہے۔" زاہد نے سنجیدگی سے کہا تو عزّہ نے مسکرا کر کہا۔

''زاہد بھائی! نو مور غصہ۔بس اب خوشی خوشی گھر جائیں۔''

''او کے بھابی! آپ کا بھی بہت شکریہ کہ آپ نے زنیرہ کو سمجھایا۔انشاء اللہ پھر ملاقات ہو گی۔چلو زنیرہ!'' زاہد نے مسکراتے ہوئے کہا اور اپنی بیٹی سمیرا کو پرام میں سے اُٹھالیا۔اور وہ تینوں سب سے مل کر وہاں سے رخصت ہو گئے۔شعیب بھی جانے کے لئے تیار کھڑا تھا۔راشدہ مامی نے زنیرہ کے رخصت ہونے پر سکون کا سانس لیا تھا اور اب وہ شعیب کو سمجھانے کے لئے موجود تھیں۔شعیب! تم عزّہ کو اپنی بیوی کی حیثیت کیوں نہیں دیتے، کیوں دور رہتے ہو؟''

''امی! میں عزّہ کے قریب آ کر کیا کروں گا۔میں ایسے ہی مزے میں ہوں۔آپ کو ہی میری شادی کی جلدی تھی اور مجھے عادت نہیں ہے کسی لڑکی کے ساتھ اپنا بیڈ روم شیئر کرنے کی۔'' شعیب نے اپنے بیگ کی زپ بند کرتے ہوئے سنجیدگی سے کہا۔

''بیوقوف! وہ بیوی ہے تمہاری اور تم نے اسے اجنبی جتنی بھی توجہ اور وقت نہیں دیا۔اگر اس نے اپنے میکے والوں کو بتا دیا تو تمہاری بہن کی زندگی بھی اجیرن کر دیں گے وہ لوگ۔'' راشدہ مامی نے قدرے ڈانٹ کر کہا۔

''امی ایسا کچھ نہیں ہوگا۔عزّہ کسی کو کچھ نہیں بتائے گی۔آپ مطمئن رہیں۔''

''آخر تمہیں سمجھ کیوں نہیں آتی، کیا کمی ہے عزّہ میں۔ماشاء اللہ خاندان بھر میں اس سے زیادہ حسین لڑکی نہیں ہے کوئی۔وہ تو اللہ جانے بھائی سجاد نے کیا سوچ کر تمہارا رشتہ قبول کر لیا ورنہ عزّہ کے لئے رشتوں کی کمی تھوڑی تھی۔خوبصورت، پڑھی لکھی، سلیقہ مند لڑکی ہے وہ اسے کوئی بھی شوق سے بیاہ سکتا تھا۔''

راشدہ مامی عزّہ کی حمایت اس لئے بھی دل سے کر رہی تھیں کہ ابھی اسی کی وجہ سے ان کی بیٹی اپنے سسرال جا سکی تھی اور انہیں شعیب کی زیادتی کا بھی احساس تھا۔جو انہیں شروع دن سے نظر آ رہی تھی۔

''امی! بیاہتا تو تب نا کہ سجاد پھوپھا کسی کو گھر میں گھسنے دیتے۔یہ رشتہ بھی قسمت سے ہوا تھا۔بہر حال مجھے آپ عزّہ کے ساتھ رہنے پر مجبور نہیں کر سکتیں۔میرے لئے وہ اجنبی ہی ہے۔میں چند دن کے لئے یہاں آتا ہوں۔کیوں اپنی روٹین اور عادتیں خراب کر کے جاؤں۔'' وہ بالوں میں برش پھیرتے ہوئے بولا۔

''آئے ہائے لڑکے دماغ تو نہیں چل گیا تمہارا، کیسی بہکی بہکی باتیں کر رہے ہو۔ارے کیا

قصور ہے اس بچی کا۔ چند دن کو چھوڑو تم کراچی ہی میں اپنے رہنے کا بندوبست کرنے کی کوشش کرو۔ کمپنی کی طرف سے گھر تو مل سکتا ہے۔"

راشدہ مامی کو اس کی باتوں سے پریشانی لاحق ہوگئی۔ تفکر سے بولیں۔

"گھر ڈیڑھ دو سال سے پہلے نہیں ملے گا۔" شعب نے تنگ آ کر کہا۔

"تو کرائے کا مکان ڈھونڈ لو اور اپنی بیوی کو اپنے ساتھ لے جاؤ۔ سجاد بھائی کو پتا چل گیا تو قیامت کھڑی کر دیں گے وہ کہ جب میری بیٹی بنا شوہر کے رہ رہی ہے تو کیا فائدہ اس شادی کا اپنے گھر میکے آ کر رہے۔"

"امی! ایسا ہوگا تو عزّہ خود ہینڈل کر لے گی۔ آپ مجھے جاتے ہوئے پریشان مت کریں۔ میں عزّہ کو اپنے ساتھ نہیں لے جا سکتا۔ آدھی تنخواہ کرائے بھاڑوں میں اُٹھ جائے گی تو پیچھے کیا بچے گا؟ ویسے بھی کراچی جیسے شہر میں مکان کرائے پر ملنا آسان نہیں ہے؟" شعیب نے سپاٹ لہجے میں کہا۔ اب وہ انہیں کیا بتاتا کہ وہ عزّہ کو طلاق دے کر اس کے اپنی زندگی میں آنے اور خود اس کی زندگی میں جانے کے تمام راستے بند کر چکا ہے۔

"تو پھر تم یہاں چھٹی پر جلدی آیا کرو اور عزّہ کو پورا ٹائم دیا کرو۔ تم تو سارا وقت یار دوستوں اور رشتے داروں میں گزار دیتے ہو۔ یا اکیلے کمرے میں سوئے رہتے ہو۔ خیر سے حمیرا اور ندیم کے ہاں بھی اولاد ہونے والی ہے اور میں بھی دادی بننے کی آرزومند ہوں۔ مجھے ایک سال کے اندر اندر پوتا یا پوتی چاہیے بس کہہ دیا ہے میں نے۔"

راشدہ مامی نے غصیلے اور فیصلہ کُن لہجے میں کہا۔

"تو آپ ایسا کیجئے کہ زوہیب کی شادی کر دیجئے اور اس کے بچوں سے دل بہلانے کا اہتمام کیجئے۔ کیونکہ مجھے آئندہ پانچ سات سال تک بچوں کی کوئی آرزو نہیں ہے۔ میں اس جھنجھٹ میں پڑنا نہیں چاہتا۔"

شعیب نے بات بناتے ہوئے سپاٹ لہجے میں کہا تو راشدہ بیگم حیرت سے بولیں۔

"ہیں ہیں باؤلا ہوا ہے کیا۔ عزّہ کیا کرے گی۔ ہم نے تیری شادی کس لئے کی تھی۔ ارے تو کیا بڈھا ہو کے اولاد کی خواہش پوری کرے گا۔"

"امی! آپ جو بھی کہیں، جو بھی سمجھیں مجھ سے اس موضوع پر دوبارہ بات مت کیجئے گا اور پلیز مجھے سکون سے جانے دیں۔ اللہ حافظ۔"

وہ تیزی سے کہتا اپنا بیگ اور سوٹ کیس اُٹھا کر باہر نکل گیا۔ عزّہ جو دروازے کے پیچھے کھڑی ان کی باتیں سن رہی تھی۔ فوراً وہاں سے ہٹ گئی۔ راشدہ مامی حیران، پریشان وہیں کھڑی رہ گئیں۔

''یا اللہ! یہ مسئلہ کسی طرح حل کردے مولا یہ تو بہت حساس ایشو ہے۔ اسے کیسے چھپایا جائے گا۔ مجھے کوئی راہ سوجھادے مالک۔'' عزّہ نے دل میں دُعا کی۔

گھر میں ایک دم سے سناٹا چھا گیا تھا۔ عزّہ نے اس روز کے بعد میکے جانے اور فون کرنے کی کوشش نہیں کی۔ زندگی معمول پر آ گئی تھی۔ وقت تیزی سے گزرنے لگا۔ اس نے بی ایڈ کے امتحان دے دیئے تھے اور ظفر ماموں سے کہہ کر ایم اے انگلش کا کورس منگوالیا تھا اور ننھیال میں جو اس کی رشتے کی خالہ اور ماموں زاد بہنیں لگتی تھیں ان میں سے جس جس نے ایم اے انگلش میں داخلہ لیا تھا ان سے اس نے راہنمائی لینے کے ساتھ ساتھ کالج جا کر کئی کلاسز بھی اٹینڈ کیں۔ نئے سال کے داخلے ہونے والے تھے۔ ظفر ماموں نے اسے کالج میں ایڈمیشن لینے کا مشورہ دیا تھا۔ جو اس نے بخوشی قبول کرلیا۔ راشدہ مامی نے بھی اسے داخلہ لینے پر منع نہیں کیا۔ وہ چاہتی تھیں کہ اس طرح اس کا دھیان شعیب کی بے رخی کی بجائے پڑھائی کی طرف رہے گا۔ لہٰذا انہوں نے اسے بخوشی داخلہ لینے کی صلاح دی۔ ریگولر ڈگری کی اہمیت سے وہ بھی آگاہ تھی اور کالج میں یوں بھی اس کی کزنز مہینے میں دو چار دن سے زیادہ نہیں جاتی تھیں۔ آئے دن مختلف قسم کے فنکشنز ہوتے رہتے تھے۔ کبھی فن فیئر، کبھی ورائٹی پروگرام، ادبی سرگرمیاں، مشاعرے، تقاریر، ڈرامے، میوزیکل پروگرامز، گیم شوز، ویلکم پارٹیز تو کبھی فیئر ویل پارٹیز، کوکنگ کمپی ٹیشن تو کبھی بسنت شو اور عید ملن پارٹی وغیرہ وغیرہ۔ پڑھائی تو بس برائے نام ہی ہوتی تھی۔ بس اہم معلومات مل جاتی تھیں۔ نوٹس اور اسائنمنٹس کے متعلق۔ اور ریگولر داخلہ چلا جاتا تھا۔ یہی سوچ کر عزّہ نے ایڈمیشن لینے کا فیصلہ کرلیا تھا۔ یوں بھی گھر میں کام بھی زیادہ نہیں تھا۔ ملازمہ بھی آتی تھی۔ حمیرا ان دنوں میکے آئی ہوئی تھی۔ جبکہ عزّہ کئی ماہ گزر گئے تھے میکے نہیں گئی تھی۔ فون بھی صابرہ بیگم مہینے میں ایک بار کرتی تھیں۔ سو وہ بھی مہینے میں ایک بار فون کر کے ان کی خیریت معلوم کرلیتی تھی۔ حمیرا کو ہسپتال لے جانا پڑا تو انہیں بھی فون کردیا گیا۔ حمیرا کے ہاں بہت خوبصورت اور صحت مند بیٹا پیدا ہوا تھا۔ سب کی خوشی دیدنی تھی۔ صابرہ بیگم فہیم کے ساتھ ہسپتال آئیں تو وہیں عزّہ سے بھی ملیں۔ اتنے مہینوں بعد ماں بیٹی کا آمنا سامنا ہوا تھا لیکن یوں لگتا تھا جیسے دو اجنبی آپس میں ملے ہوں۔ عزّہ کے آگے

بڑھ کر انہیں سلام کرنے پر صابرہ بیگم نے اس کے سر پر ہاتھ پھیر کر اس کا سر سے پاؤں تک بہت گہری نظروں سے جائزہ لیا اور عزّہ کو ان کی نظریں اپنے اندر آر پار ہوتی محسوس ہوئیں۔ وہ ان کے یوں دیکھنے کا مطلب تو سمجھ ہی گئی تھی۔ جبھی نظریں چرا کر سمٹ کر ایک طرف رکھی کرسی پر جا بیٹھی۔ سب حمیرا اور اس کے نومولود بیٹے کے گرد جمع تھے۔ ندیم بھائی بہت خوش نظر آ رہے تھے۔ سجاد رضوی نہیں آئے کہ گھٹنوں کے درد کی وجہ سے ان سے سیڑھیاں چڑھنا اترنا محال تھا اور اسی سبب وہ گھر سے باہر اشد ضروری کام کے علاوہ نہیں جاتے تھے۔ البتہ دادا بننے پر وہ بھی بہت مسرور تھے۔ تین دن بعد حمیرا بچے کو لے کر میکے گھر آ گئی۔ سوا مہینہ اسے یہیں گزارنا تھا۔ اس کے آتے ہی آنے جانے والوں کا مبارکباد کا سلسلہ شروع ہو گیا۔ سجاد رضوی اور صابرہ بیگم بھی عائزہ کو ساتھ لے کر اپنے پوتے کو دیکھنے اور بہو سے ملنے آئے تھے۔ عزّہ کا کام بڑھ گیا تھا۔ چائے پانی سے لے کر کھانا میز پر چُنتے وقت تک عزّہ نے نوٹ کیا تھا کہ امی ابو اسے بہت گہری نظروں سے دیکھتے رہے ہیں۔ وہ مجرم نہ ہوتے ہوئے بھی ان کی نظروں میں مجرم بنی رہی۔ چور نظروں سے انہیں تکتی رہی تھی۔ دوپہر کے کھانے کے برتن ملازمہ کے ساتھ مل کر اُٹھا رہی تھی۔ تو صابرہ بیگم بہانے سے اُٹھ کر اس کے پاس چلی آئیں۔

''اپنے ابو کے لیے تیز سی چائے بنا دینا ذرا۔'' صابرہ بیگم نے کہا۔

''چائے بنا رہی ہوں میں۔'' وہ برتن لے کر کچن کی طرف آتے ہوئے بولی۔

''بات سن۔ یہ تُو نے کیا ٹھیکہ لے رکھا ہے یہاں ان کی خدمتیں کرنے کا۔ حمیرا اور اس کے بچے کے واسطے الگ اور آنے جانے والوں کے واسطے پکوان تیار ہو رہے ہیں۔ تُو کیوں مر رہی ہے گرمی میں۔ راشدہ کر لے گی خود ہی اور ملازمہ جو رکھی ہے پھر تجھے کیا پڑی ہے ان کے مہمانوں کی تواضع کرنے کی؟'' صابرہ بیگم دل کی بات زبان پر لے ہی آئیں سرگوشیانہ انداز میں اس سے کہا تو اس نے کیبنٹ میں سے چائے کے کپ نکالتے ہوئے سنجیدگی سے جواب دیا۔ ''امی! اب یہی میرا گھر ہے اور یہاں کے مہمان بھی میرے مہمان ہیں۔ میں نے اپنی بہنوں کی ایسی حالت میں خدمت کی ہے تو بھائی کی بیوی کی خدمت کرنے میں کیا عار ہے۔ حمیرا میری بھابی ہے۔ میرے بھتیجے کی ماں ہے اور منے کو تو مامی سنبھال لیتی ہیں۔ کچن تو مجھے ہی سنبھالنا ہے۔ یہ کام تو میں میکے میں بھی کرتی رہی ہوں، نیا تو کچھ بھی نہیں ہے بس لوگ بدل گئے ہیں۔''

''اچھا بس زیادہ تقریر کی ضرورت نہیں ہے ہم راشدہ سے کہہ دیں گے تو ایک دو روز میں گھر

آ جانا اور کچھ دن رہ لینا آرام سے۔''

صابرہ بیگم نے نرمی سے کہا تو وہ جانے کس خیال کے تحت مسکرا کر بولی۔

''آرام، آرام تو جب میرے نصیب میں ہوگا مجھے مل جائے گا۔ فی الحال میں میکے نہیں آ سکتی۔ سب کو برا لگے گا۔ لوگ بھی باتیں بنائیں گے کہ نند چھلہ نہانے آئی تو بھاوج کام سے جان چھڑانے کو میکے جا بیٹھی۔ لوگ تو یہ بھی کہیں گے کہ عزّہ کو نند کے ہاں اولاد پیدا ہونے کی خوشی نہیں ہوئی اور میں ایسی کوئی بات خود سے منسوب نہیں کرنا چاہتی۔''

''عزّہ یہ تو بول رہی ہے۔ اتنی سمجھدار تو کب سے ہوگئی؟''

صابرہ بیگم اپنی حیرت کو زبان دیئے بغیر نہ رہ سکیں۔

''امی، میں تو کب سے ہی اتنی سمجھدار تھی آپ ہی نہیں سمجھتی تھیں۔''

''خیر ان لوگوں سے دب کر رہنے، ان کے آگے پیچھے پھرنے کی کوئی ضرورت نہیں ہے اور ہاں تو نے اپنا چیک اپ کرایا کہ نہیں۔'' صابرہ بیگم اصل بات پر آ گئیں۔

''امی، مجھے جب چیک اپ کی ضرورت ہوگی میں کرا لوں گی۔ آپ کے داماد کو پانچ سات سال تک اولاد نہیں چاہیے۔ اسی لئے آپ اپنی پریشانی دور کرلیں۔'' عزّہ نے سنجیدگی سے جواب دیا۔

''دو تین سال بھی بہت ہوتے ہیں یہ شعیب کو کیا سوجھی۔ پہلا بچہ ہو جائے پھر چاہے جتنے سال تک منصوبہ بندی کرتے رہو۔ کم از کم لوگوں کو تو باتیں بنانے کا موقع نہیں ملے گا۔ لوگ تو ابھی سے پوچھنے لگے ہیں کہ بیٹے کے ہاں بیٹا ہوا ہے تو بیٹی کے ہاں سے خوشخبری نہیں آئی اب تک۔ دونوں کی شادی تو ایک ساتھ ہی ہوئی تھی۔'' صابرہ بیگم نے تیزی سے کہا۔

''امی، لوگوں نے باتیں بنانی ہیں انہیں کام ہی کیا ہے اس کے سوا۔ آپ خود کو پریشان مت کریں۔'' وہ کپوں میں چائے انڈیلتے ہوئے بولی۔

''بیوقوف لڑکی! سمجھا اپنے خصم کو (شوہر کو) پہلا بچہ ہو جائے تو اچھا ہے۔ لڑکی کی سسرال میں حیثیت مضبوط ہو جاتی ہے۔ پانچ سات سال تک تو زوہیب اور شاہ زیب کی شادیاں بھی ہو جائیں گی۔ پھر تو ان کی اولاد کی خوشیاں ہی ہوں گی اس گھر میں۔ تو کم عقل ہے کیا سمجھتی کیوں نہیں کہ اولاد سے ہی عورت کی عزت اور اہمیت ہوتی ہے اور تو تو بڑی بہو ہے اس گھر میں تجھے تو اپنا کنٹرول رکھنا چاہیے نہ کہ شوہر اور ساس کے کنٹرول میں آ جانا چاہیے۔'' صابرہ بیگم نے سختی سے سمجھایا۔

''امی! میں یہ ساری باتیں سمجھتی ہوں لیکن شعیب کے بچوں کی ماں میں نہیں بن سکتی۔'' اس

نے کپ ٹرے میں رکھتے ہوئے آہستگی سے کہا۔

''اچھا اب یہ بات اپنے باپ یا بہنوں سے نہ کہہ دینا۔ ہنگامہ کھڑا کر دے گا تیرا باپ۔ شعیب سے میں خود بات کروں گی۔''

''آپ یہ چائے لے جائیں۔'' اس نے ٹرے انہیں پکڑا دی اور وہ ٹرے لے کر کچن سے باہر نکل گئیں۔ عزّہ نے چولہے کی آگ کم کر دی۔ مگر جو آگ اس کے اندر لگ چکی تھی وہ کسی طور کم نہیں ہو رہی تھی۔

''عزّہ! تم تو ابھی سے ہارنے لگیں۔ ساری زندگی کیسے نبھاؤ گی۔ یہ ٹوٹا ہوا رشتہ یہ بے تعلق بندھن؟ خود سے کیا ہوا عہد کیا بھول گئیں؟ کیا اپنی ماں کو اپنے باپ کی نظروں میں رسوا کراؤ گی۔ وہ تو پہلے ہی انہیں کوئی اہمیت، عزت اور محبت نہیں دیتے۔ ایک سال جو تم نے یہاں گزار دیا ہے۔ کیا یہ رائیگاں نہیں ہو جائے گا؟'' عزّہ کے دماغ نے اسے جھنجھوڑ کر کہا۔

''نہیں میں کچھ بھی رائیگاں نہیں جانے دوں گی۔ میری زندگی رائیگاں سہی لیکن میں باقی زندگیوں کو رائیگاں نہیں ہونے دوں گی۔ ماں کی عزت پر حرف نہیں آنے دوں گی۔ میں اپنا عہد نہیں بھولی اور نہ ہی ہمت ہاری ہوں۔ میں خود سے کیا ہوا عہد ضرور نبھاؤں گی۔ اللہ تو دیکھ رہا ہے نا۔ وہ میری نیت سے واقف ہے وہ مجھے تنہا نہیں چھوڑے گا۔ وہ میری مدد فرمائے گا۔'' عزّہ نے دل میں کہا اور پھر سے پرسکون اور پرعزم ہو کر متحرک ہو گئی۔

شعیب عید پر تین دن کی چھٹی لے کر آیا تھا اور پھر واپس چلا گیا۔ اس بار تو اس کا عزّہ سے بالکل بھی سامنا نہیں ہو سکا۔ عید کا پہلا دن سسرالی رشتے داروں کی آمدورفت میں ان کی مہمان نوازی میں گزر گیا۔ باقی دو دن عزّہ نے صابرہ بیگم اور سب گھر والوں کے اصرار پر میکے میں گزارے۔ اس کا بی ایڈ کا رزلٹ آؤٹ ہو گیا تھا۔ فسٹ ڈویژن آئی تھی اس کی۔ ظفر ماموں نے اس خوشی میں اسے ایک گھڑی اور ہزار روپے گفٹ کیے۔ اس نے کالج میں داخلے شروع ہوتے ہی اپنا داخلہ فارم بھی جمع کرا دیا اور یوں وہ صبح سے دوپہر تک کالج میں مصروف رہنے لگی۔ لیکن اس نے اپنی گھریلو ذمہ داریوں کو نظر انداز نہیں کیا تھا۔ صبح وہ چار بجے ہی بیدار ہو جاتی تھی۔ نماز اور قرآن پاک کی تلاوت سے فارغ ہو کر راشدہ مامی کو چائے بنا کر دیتی۔ ظفر ماموں کو چونکہ خالی پیٹ چائے پینا منع تھا اس لئے انہیں ناشتہ بنا کر دیتی۔ کالج جانے سے پہلے راشدہ مامی، زوہیب، شاہ زیب کو بھی ناشتہ بنا کر دیتی۔ بکھری چیزیں اور برتن سمیٹتی۔ راشدہ مامی کام والی ماسی سے صفائی کروا

لیتی۔ دوپہر کا سالن کبھی پکا لیتیں۔ کبھی محلے کے تنور سے منگوا لیتیں۔ روٹی تو پکی ہی آتی تھی۔ محلے میں دو عورتیں مل کر توے پر بڑی اچھی روٹیاں پکاتی تھیں۔ مہینے کے سو روپے روٹی کے دیتے تھے وہ لوگ۔ اسے دوپہر کی روٹی پکانے کے لیے آٹا عزّہ گوندھ کر ہی جاتی تھی۔ شام کی چائے اور رات کا کھانا عزّہ خود پکاتی تھی۔ ظفر ماموں اس کی تھکن اور پڑھائی کے خیال سے اکثر کہتے کہ رات کو بھی آٹا بھیج کر چپاتیاں پکوا لیا کرو۔ مگر وہ چھ سات چپاتیاں پکوانے کے لیے اتنا تردد نہیں کرتی تھی۔ خود ہی پکا لیتی تھی۔ رات کو پڑھنے لکھنے میں وقت گزرتا۔ اپنا کوئی پسندیدہ ڈرامہ ٹی وی پر سب کے ساتھ مل کر دیکھتی۔ زوہیب اور شاہ زیب سے تو اس کی دوستی تھی۔ ان کے ساتھ پڑھائی کے علاوہ گیمز میں بھی وہ شامل رہتی۔ وہ دونوں اس سے بہت پیار کرتے تھے۔ اس کا دل سے احترام کرتے تھے۔ اس نے بھی تو انہیں بڑی بہنوں جیسا پیار دیا تھا۔ ان کا خیال رکھا تھا۔ ظفر ماموں سے بھی وہ ان کی دلچسپی کے کھیل اور سیاست کے موضوع پر گفتگو کرتی۔ راشدہ مامی زیادہ تر اپنی سنایا کرتیں۔ ان کے پاس محلے بھر کی رپورٹ ہوتی تھی۔ زوہیب کبھی کبھی مذاق میں کہتا۔ "امی، تو بی بی سی ہیں۔ محلے کے ہر گھر کی خبر رکھتی ہیں۔" اور سب اس کی بات سن کر ہنس دیا کرتے۔

زنیرہ بھی اپنے سسرال میں سیٹ ہوگئی تھی۔ اور جب زاہد اپنی مرضی اور خوشی سے اسے میکے لے جانے کا کہتے تب ہی وہ میکے آتی ورنہ خود سے وہ میکے جانے کی بات نہ کرتی۔ زاہد کا بھی خیال رکھتی اور ساس سسر کا بھی۔ اب تو سبھی اس سے خوش تھے اور وہ عزّہ کا شکریہ ادا کرتے نہ تھکتے جس کی بروقت مداخلت سے اس کا گھر بکھرنے سے بچ گیا تھا۔

وقت تیزی سے گزر رہا تھا۔ تین سال بیت گئے تھے۔ عزّہ نے فسٹ کلاس فسٹ ڈویژن میں ماسٹرز کر لیا تھا اور ساتھ ہی مقامی کالجز میں جاب کے لیے بھی اپلائی کر دیا تھا۔ زوہیب اور شاہ زیب ماسٹرز کر رہے تھے۔ اس دوران ندیم بھائی کے ہاں ایک بیٹی کی ولادت ہوئی تھی۔ ان کی فیملی مکمل ہوگئی تھی۔ مگر راشدہ مامی اُٹھتے بیٹھتے عزّہ کو کوسنے لگی تھیں۔ لوگ بھی باتیں بناتے تھے کہ تین سال ہوگئے عزّہ اور شعیب کی شادی کو مگر اولاد کیوں نہیں ہوئی۔ انہیں کیا خبر تھی کہ یہ شادی تو شروع شب میں ہی ختم ہوگئی تھی۔ عزّہ کو راشدہ مامی اور لوگوں کی باتیں سن کر بہت دکھ ہوتا جو اسے بانجھ کہتے اور تو اور اس کے میکے والے بھی اب جب بھی اس سے ملتے اسے اولاد نہ ہونے کا احساس اپنی باتوں اور رویوں سے دلاتے رہتے۔ وہ میکے بہت کم جاتی تھی۔ اس طرح کم از کم اسے روز روز کی ٹینشن سے تو نجات مل گئی تھی۔ شعیب دو دن کے لیے آیا اور واپس چلا گیا۔ جب

سے وہ گیا تھا عزّہ نے نوٹ کیا تھا کہ راشدہ مامی بہت چپ چپ مگر غصے میں تھیں۔ اسے کھا جانے والی نظروں سے دیکھے جاتیں۔ اس روز گھر پر عزّہ اور راشدہ مامی ہی موجود تھیں۔ تو راشدہ مامی کو اپنا غصہ نکالنے کا موقع مل گیا۔ عزّہ اخبار پڑھ رہی تھی۔ راشدہ مامی بھی وہیں صوفے پر آ بیٹھیں اور اسے دیکھتے ہوئے طنزیہ لہجے میں بولیں۔

''تمہیں کیا صرف اپنے بھائی بہنوں کے بچوں کو کھلانے کا ہی شوق ہے۔ اپنے بچوں کی کوئی خواہش نہیں ہے تمہیں؟''

''یہ آپ سے کس نے کہا؟'' عزّہ نے اخبار سے نظریں ہٹا کر ان کے چہرے کو دیکھا۔

''صاف ظاہر ہے تین سال ہو گئے ہیں شادی کو خیر سے حمیرا کے دو بچے ہو گئے مگر تم نے میرے بیٹے کے آنگن میں ایک بھی پھول نہ کھلایا۔ میں تو پہلے سمجھتی رہی کہ شعیب بچے نہیں چاہتا۔ وہ تو اب مجھے پتا چلا کہ تم ہی بچے نہیں چاہتیں۔ ویسے تو بڑا پیار ہے تمہیں بچوں سے۔ میرے ہی گھر کو کیوں ویران کر رکھا ہے۔ میں نے اپنے بیٹے کی شادی تم سے اس لیے تو نہیں کی تھی کہ میں اپنے پوتا پوتی کی صورت کو ترس جاؤں۔''

راشدہ مامی نے سخت اور غصیلے لہجے میں کہا تو وہ اخبار کی تہہ لگا کر بولی۔

''تو مامی! اس میں میرا کیا قصور ہے؟''

''تیرا ہی قصور ہے لڑکی! ارے کیا فائدہ اس چاند چہرے کا جو شوہر کو اپنی طرف متوجہ نہ کر سکے۔ میرا بیٹا پہلے ہر ڈھائی تین مہینے میں گھر آ جایا کرتا تھا۔ جب سے تجھ سے شادی کی ہے اس کی وہ بے چارہ عید کے عید گھر آتا ہے اور تیری طرف تو وہ آنکھ بھر کے بھی نہیں دیکھتا۔ تیرے کمرے تک بھی نہیں جاتا۔ تجھ سے بات تک کرتے تو میں نے اسے دیکھا نہیں۔ ارے کیا ایسی ہوتی ہے بیوی۔ بیویوں کو تو شوہر کو رجھانے کے سو ڈھنگ آتے ہیں۔ مگر تم نے تو اسے اپنا بنانے کی کوشش ہی نہیں کی۔ شروع دن سے تم دونوں اجنبی کی سی زندگی گزار رہے ہو۔ میں تو تم سے اپنے شعیب کی شادی کر کے پچھتائی ہوں۔''

راشدہ مامی نے تلخی سے کہا وہ صبر سے سنتی رہی۔

''تو مامی! آپ شعیب کی دوسری شادی کر دیں مجھے کوئی اعتراض نہیں ہے۔'' اس نے بڑے تحمل سے جواب دیا۔

''ہوں تو مانتی ہے نا تو کہ خرابی تجھ میں ہے۔ وہ تو میرا بیٹا تیرے عیب پر اب تک پردہ

ڈالے ہوئے تھا۔ شک تو مجھے ہو ہی گیا تھا کہ تو بانجھ ہے۔ آج شعیب کی دوسری شادی کا کہہ کر تو نے خود ثابت کر دیا ہے کہ تو بانجھ ہے اور بانجھ زمین پر کوئی پھول نہیں کھلتا۔"

راشدہ مامی نے جو کہا اس نے عزّہ کے صبر کا پیمانہ لبریز کر دیا۔ اولاد نہ ہونے پر اسے کیسی کیسی باتیں تہمتیں سننے کو مل رہی تھیں۔

"آپ سے کس نے کہا کہ میں بانجھ ہوں؟"

"شعیب نے اور کس نے کہنا تھا۔"

"کیا...... شعیب نے کہا...... اتنا بڑا جھوٹ بولا ہے اس نے اپنی خرابی اور کمی کو چھپانے کے لیے...... میں نے صرف شعیب کی عزت کی وجہ سے یہ بات آج تک سب سے چھپائے رکھی۔ اگر اسے ہی اپنی اور اس گھر کی عزت کا خیال نہیں ہے تو میں کیوں اس کی غلطی کا پردہ رکھوں۔ مامی جی! آپ کا بیٹا اپنی خرابی اپنا عیب میرے سر منڈھ رہا ہے۔ بانجھ میں نہیں ہوں۔ بانجھ آپ کا بیٹا ہے۔"

عزّہ نے اس کی بات اس کے سر لگاتے ہوئے معاملے کو بگڑنے سے بچانے کی کوشش کرتے ہوئے سپاٹ اور سنجیدہ لہجے میں کہا۔

"یہ تم کیا بک رہی ہو؟" راشدہ مامی نے غصے سے کہا۔

"میں بک نہیں رہی بتا رہی ہوں مامی جان کہ میں ماں تو بن سکتی ہوں۔ لیکن آپ کے بیٹے کے بچوں کی ماں کبھی نہیں بن سکتی۔ اس لئے کہ بانجھ میں نہیں ہوں، بانجھ آپ کا بیٹا ہے۔ میں نے اصل بات چھپائے رکھی تاکہ اسے سب کے سامنے شرمندگی نہ اُٹھانی پڑے مگر اس نے تو الٹا مجھ پر الزام لگا دیا۔ میں بھی پھر سب کو بتا دوں گی کہ شعیب آپ کا بیٹا بانجھ ہے۔ اپنے اور میرے رشتے کو شروع دن میں ہی بنجر اور بانجھ کر دیا تھا اس نے۔ اور بانجھ رشتوں سے کوئی نیا رشتہ پیدا نہیں ہو سکتا۔ کوئی نئی کونپل نہیں پھوٹ سکتی۔ کوئی شگوفہ جنم نہیں لے سکتا۔ کوئی پھول نہیں کھل سکتا۔ کوئی کلی کسی بانجھ رشتے کی ٹہنی پر نہیں چٹک سکتی۔ پھر بھی اگر آپ چاہیں تو اپنے بیٹے کی دوسری شادی بخوشی کر دیں۔" عزّہ نے ذو معنی بات کہی تھی۔

"دوسری شادی تو میں کب کی کرا چکی ہوتی شعیب کی مگر جانتی ہوں کہ حمیرا کو تیرا بھائی میکے بٹھا دے گا۔" راشدہ مامی نے دل کی خواہش زبان پر لاتے ہوئے کہا تو وہ مسکرا کر بولی۔ "ندیم بھائی ایسا کچھ نہیں کریں گے۔ میں انہیں سمجھا دوں گی۔ میری مرضی اور اجازت سے شعیب دوسری شادی کرے گا تو میرے میکے والوں کو کوئی اعتراض نہیں ہوگا اور آپ کو تو اولاد نہ ہونے کا بہانہ بھی

کافی ہے۔ بشرطیکہ میں اصل بات سب سے چھپائے رکھوں۔''

''اگر شعیب میں باپ بننے کی صلاحیت نہیں ہے تو تم کیوں اس کے نام سے جڑی بیٹھی ہو۔ اولاد کی خواہش تو ہر عورت کی اولین آرزو ہوتی ہے۔ تم کیوں اتنی بڑی قربانی دینے چلی ہو؟'' راشدہ مامی نے بڑا چبھتا ہوا سوال کیا تھا۔ اس نے نظریں جھکا کر اپنے ہاتھوں کو دیکھتے ہوئے کہا:

''مجھے میری ماں کی عزت عزیز ہے اور مجھے یہ بھی معلوم ہے کہ دوسری شادی پر شعیب کو کچھ نہیں کہا جائے گا۔ لیکن میری طلاق کی صورت میں ان دونوں خاندانوں کے درمیان ایک نہ ختم ہونے والا خلفشار اور عناد جنم لے لے گا اور میں ایسا نہیں چاہتی۔ یوں بھی مجھے شادی کر کے کیا ملا ہے۔ میں تو شروع دن سے اس گھر میں اکیلی ہوں۔ آپ تو دیکھتی رہی ہیں اپنے بیٹے کی مصروفیات۔ پھر بھلا مجھے اس کے دوسری شادی کرنے یا نہ کرنے سے کیا فرق پڑے گا۔ کچھ بھی نہیں۔ میرے لیے شعیب کا یہاں آنا نہ آنا، ہونا نہ ہونا ایک برابر ہے۔ مجھے نہیں معلوم کہ میں شعیب کی بیوی بنی تھی۔ مجھے تو صرف اتنا معلوم ہے کہ میں اپنے ماموں کی بھانجی ہوں اور ماموں کے گھر رہتی ہوں۔'' عزّہ نے سنجیدگی سے کہا۔

''اوہو، بڑی آئیں قربانی دینے والی۔ ارے میرے بیٹے کو شادی کر کے کونسا سکھ مل گیا۔ چلو مان لیا کہ تم نے اس کے عیب سمیت اسے قبول کر رکھا ہے تو...... یوں دور دور رہنے کا کیا جواز ہے۔ میاں بیوی کی حیثیت سے کیوں نہیں رہتے تم لوگ۔ شعیب جو عید کے عید آیا اور چلا گیا وہ تمہارے پاس کیوں نہیں رہتا، تمہیں اپنے پاس کراچی کیوں نہیں بلا لیتا۔ اگر تم نے اس کے نقص کو سب سے چھپایا ہے۔ تو پھر تو اسے تمہارا احسان مند ہونا چاہیے تھا۔ اسے تم سے محبت ہونی چاہیے تھی۔ وہ تمہارا بہت خیال رکھتا، تمہیں اپنے ساتھ رکھتا، مگر یہاں تو الٹا ہی معاملہ ہے۔ وہ تو تم سے دور سے بھی بات کر کے راضی نہیں ہے۔ اس بے چارے کی تو شکل و صورت بھی معمولی ہے۔ تم تو حور شمائل ہو پھر بھی وہ تمہاری طرف متوجہ نہیں ہوتا۔ تمہارے پاس نہیں جاتا۔ تمہیں اپنے ساتھ لے جانے کی کوشش نہیں کرتا کیوں آخر؟ میرا بیٹا اندھا ہے یا اس کے سینے میں دل ہی نہیں ہے۔'' راشدہ مامی کی جرح نے اسے پریشان کر دیا۔ وہ ٹھیک ہی تو کہہ رہی تھیں۔

''مجھے کیا خبر؟''

''مگر مجھے اچھی طرح خبر ہے۔ ضرور تمہارے کردار میں کوئی جھول ہو گا۔ شعیب سے شادی سے پہلے تمہارا اور کسی کے ساتھ آنکھ مٹکا ہو گا۔ میرے بیٹے کو معلوم ہو گیا ہو گا۔ جبھی تو وہ تم جیسی

بدکردار لڑکی کو منہ نہیں لگاتا۔ ورنہ کوئی مرد اپنی خوبصورت بیوی سے اتنا طویل عرصہ دور رہ سکتا ہے کبھی نہیں۔ ضرور تم نے کسی اور سے قول و قرار کیے ہوں گے۔ بات نہیں بنی ہو گی تو......"

"خدا کے لیے مامی! خاموش ہو جائیں۔" عزّہ کا ضبط جواب دے گیا تو وہ چیخ کر بولی۔ "آپ مجھے کچھ بھی کہہ لیں لیکن میرے کردار پر کیچڑ مت اچھالیں۔ ورنہ اس گھر اور خاندان میں وہ قیامت بپا ہو گی کہ آپ اپنی تہمتوں اور الزامات پر آٹھ آٹھ آنسو روئیں گی۔ الحمدللہ میں باکردار اور بے داغ ہوں۔ میں نے ایسا کوئی کام نہیں کیا جس پر مجھے ندامت اُٹھانی پڑے۔ لیکن آپ ایسی باتیں کر کے اپنی اور اس گھر کی عزت کو خود داؤ پر لگا رہی ہیں۔ آپ میرے ضبط کا امتحان نہ ہی لیں تو اچھا ہے۔ جو شخص میرا ہے ہی نہیں میں اس کی وجہ سے اتنی ذلت برداشت نہیں کروں گی۔"

"چلو تم نیک پارسا سہی تو شعیب کو تم سے کوئی دلچسپی کیوں نہیں ہے؟"

"یہ آپ اسی سے پوچھئے گا، میں جس صبر اور خاموشی سے یہ رشتہ نبھا رہی ہوں مجھے نبھانے دیں ورنہ نقصان تو آپ کا ہی ہو گا۔"

"میں نہیں مانتی، کوئی بات ضرور ہے یا تو تم ہی میرے بیٹے کی رنگت اور شکل وصورت کی وجہ سے اسے شروع دن سے ہی رد کر چکی ہو اور کیا وجہ ہو سکتی ہے۔ بہت ناز ہے تمہیں اپنے حسن پر۔" راشدہ مامی نے نیا جواز تراشتے ہوئے کہا۔

"میں نے ہمیشہ انسان کے اندر کے حسن کو ٹٹولا ہے اور بدقسمتی سے آپ کے بیٹے کا ظاہر ہی نہیں باطن بھی سیاہ ہے۔ اس کے جرم کی سزا بھی مجھے بھگتنا پڑ رہی ہے۔ بہتر ہو گا کہ آپ اس موضوع کو یہیں ختم کر دیں۔"

"عزّہ نے سنجیدہ وسپاٹ لہجے میں کہا۔ ضبط کی شدت سے اس کا چہرہ گلنار ہو رہا تھا۔

"ٹھیک ہے میں آج کے بعد اس موضوع پر کوئی بات نہیں کروں گی نہ ہی تمہیں طعنے دوں گی۔ مگر میری ایک شرط ہے اور وہ یہ کہ تم اپنا چیک اپ کراؤ۔ تاکہ مجھے یہ یقین آ سکے کہ تم بانجھ نہیں ہو۔ قصور میرے بیٹے کا ہی ہے۔" راشدہ مامی نے تیز لہجے میں کہا۔

"ٹھیک ہے میں تیار ہوں۔" عزّہ نے اللہ کا نام لے کر اس کے بھروسے پر حامی بھر لی۔

"میں آج ہی ڈاکٹر نازش سے ٹائم لے لیتی ہوں۔ شام کو ہی چلیں گے۔" راشدہ مامی نے فاتحانہ انداز میں مسکراتے ہوئے کہا۔

"مجھے ٹائم بتا دیجیے گا میں تیار ہو جاؤں گی۔"

عزّہ یہ کہہ کر وہاں سے اُٹھ گئی۔ اور راشدہ بیگم ڈاکٹر نازش کے پرائیویٹ ہاسپٹل کا نمبر ڈائل کرنے لگی۔ ڈاکٹر نازش گائنا کالوجسٹ تھیں۔ چیک اپ کے لئے جب عزّہ کو ڈاکٹر نازش علیحدہ کمرے میں لے گئیں تو جانے عزّہ نے ان کو کیا بتایا۔ ان سے کیا کہا کہ وہ احتیاط کے طور پر اس کا چیک اپ کرنے سے پھر بھی باز نہ آئیں۔ چیک اپ اور مختلف ٹیسٹ کے دوران عزّہ کو جس کرب اور ذہنی اذیت کا سامنا کرنا پڑا یہ وہ ہی جانتی تھی۔ اس کا دل اللہ سے مدد مانگ رہا تھا۔ ڈاکٹر نازش اس کی رپورٹس آجانے کے بعد اور انہیں دیکھنے کے بعد عزّہ کو حیرت سے تکنے کے بعد راشدہ مامی سے مخاطب ہوئیں۔

"خاتون! آپ کی بہو تو ماشاء اللہ مکمل طور پر تندرست ہیں۔ ان کے ساتھ تو کوئی مسئلہ نہیں ہے نہ ہی کوئی نقص ہے، یہ بانجھ نہیں ہیں۔"

"لیکن ڈاکٹر صاحبہ! تین سال ہو گئے اس کی شادی کو۔ میری بیٹی بھی اس کے ساتھ ہی بیاہی گئی تھی اس کے تو ماشاء اللہ دو بچے ہیں اس کے ہاں اولاد کیوں نہیں ہوتی اگر یہ تندرست ہے تو پھر کیا مسئلہ ہے؟"

راشدہ مامی نے سنجیدہ مگر تیز لہجے میں پوچھا۔

"پہلی بات یہ کہ میاں بیوی میں ازدواجی تعلق استوار ہونا ضروری ہے اولاد کے لئے۔ دوسرا یہ کہ نقص اور خرابی آپ کے بیٹے میں بھی تو ہو سکتی ہے۔"

ڈاکٹر نازش نے سنجیدگی سے کہا۔ "لوگ اپنی بہو اور بیوی کا معائنہ تو کرا لیتے ہیں لیکن شوہر اور بیٹے کے چیک اپ کا خیال کسی کو نہیں آتا۔ اگر آ بھی جائے تو غصے میں آ کر معاملہ لڑائی جھگڑے کی طرف لے جاتے ہیں۔ جو سراسر غلط ہے۔ نقص مرد میں بھی ہو سکتا ہے۔ آپ اپنے بیٹے کا مکمل چیک اپ کرائیں اگر اس میں نقص ہے تو علاج بھی ہو سکتا ہے۔"

"ڈاکٹر صاحبہ! کیا بانجھ پن کا کوئی علاج ہے؟" راشدہ مامی کو عزّہ کی بات کا یقین آ گیا تھا جبھی یہ سوال پوچھ لیا۔

"ہے بھی اور نہیں بھی لیکن آپ کی بہو بانجھ نہیں ہے۔ آپ اپنے بیٹے کا چیک اپ کرائیں اور وہ رپورٹیں لے کر میرے پاس آئیں۔ اس کے بعد ہی میں حتمی رائے دے سکوں گی اور اتنا ضرور کہوں گی کہ آپ ساس ہونے کی حیثیت سے اپنی بہو کو الزام اور طعنے مت دیجئے گا۔ کیونکہ اس میں آپ کی بہو کا کوئی قصور نہیں ہے اور اولاد دینا نہ دینا تو اللہ کے اختیار میں ہے۔ انسان تو

صرف دُعا اور دوا ہی کرسکتا ہے نا۔ باقی کام تو اللہ تعالیٰ کا ہے۔'' ڈاکٹر نازش نے راشدہ مامی کو دیکھتے ہوئے سنجیدگی سے کہا۔

''ٹھیک کہتی ہیں آپ ڈاکٹر صاحبہ! اچھا ہمیں اجازت دیں۔ بہت شکریہ آپ کا۔'' راشدہ مامی نے سنجیدہ اور تھکے تھکے لہجے میں کہا اور کھڑی ہوگئیں۔ عزّہ بھی ڈاکٹر نازش کو خدا حافظ کہہ کر ان کے ساتھ کلینک سے باہر نکل آئی۔ ایک بوجھ اس کے دل سے اتر گیا تھا۔ مگر دکھ بھی اس کے اندر اُتر گیا تھا۔ راشدہ مامی دکھی بھی تھیں اور عزّہ سے شرمندہ بھی۔ نقص ان کے اپنے بیٹے میں تھا یہ احساس انہیں عزّہ کے سامنے بولنے کی ہمت نہیں دلا رہا تھا۔ لوگ تو عزّہ کو ہی قصوروار اور بانجھ سمجھتے تھے۔ تو راشدہ مامی اپنے بیٹے کا نام لے کر لوگوں کی طنزیہ اور تمسخرانہ نظریں اور باتیں برداشت کرنے کا حوصلہ نہیں رکھتی تھیں۔ سو انہوں نے اس بات کا کسی سے بھی ذکر کرنا ضروری نہیں سمجھا اور سوچ لیا کہ وہ کسی کو اصل بات نہیں بتائیں گی۔ اور عزّہ ڈاکٹر نازش کی ممنون تھی کہ انہوں نے بڑے طریقے سے بات بنا دی تھی اس کے کہنے پر۔ وہ دونوں گھر پہنچیں تو مغرب کا وقت ہو چکا تھا۔ ان کے گھر پہنچتے ہی زوہیب اور شاہ زیب ان کی طرف بھاگتے ہوئے آئے اور زوہیب نے تیزی سے اسے بتایا۔ ''بھابی! نبیل بھائی آئے ہیں۔ شائزہ باجی کے شوہر۔''

''اچھا کہاں ہیں نبیل بھائی؟'' عزّہ کے چہرے پر خوشی کے رنگ بکھر گئے۔ اس کی اور ندیم بھائی کی شادی ان کی کوششوں سے ہی تو ہوئی تھی۔ وہ چاہتے تھے کہ دونوں خاندان ہمیشہ کے لیے ایک ہو جائیں۔ وہ جو رشتہ ڈالنے کے بعد ماموں اور راشدہ مامی خاموش ہو گئے تھے اور پھر اچانک رشتے طے کرنے آ گئے تھے تو اس کے پیچھے نبیل بھائی کی ہی کوشش شامل تھی۔ انہوں نے ان دونوں کو پہل کرنے پر آمادہ کیا تھا۔ راشدہ مامی کی برین واشنگ کی تھی۔ مگر انہیں کیا معلوم تھا کہ عزّہ جو انہیں اپنی بیٹیوں کی طرح عزیز تھی اس کی سہاگ رات ہی اس کے اجڑنے کی رات بن گئی تھی وہ اس گھر میں جس رشتے جس نام کے حوالے سے آئی تھی وہ اس کا تھا ہی نہیں۔

''لاؤنج میں بیٹھے ہیں۔ ہم نے چائے کے ساتھ کیک اور کباب انہیں پیش کیے تھے اور بھابی ہم نے چکن کا پیکٹ بھی فریزر سے نکال کر رکھ دیا ہے۔ پیاز کاٹ دیئے ہیں۔'' زوہیب نے تیزی اور جوش سے بتایا۔

''اور میں نے چاول صاف کر دیئے ہیں۔ بس آپ جلدی سے پکا لیں۔''

◆◆◆

شاہ زیب نے بھی اپنی کارکردگی کی رپورٹ پیش کی تو وہ ہنس پڑی۔

''جیتے رہو میرے سگھڑ بھائیو! میں نبیل بھائی سے مل آؤں۔''

''ہاں تم نبیل سے مل لو میں نماز پڑھ کے مل لوں گی اور ہاں کھانا وغیرہ اچھا بنا لینا۔ سال بعد آیا ہے نبیل، مہمان نوازی میں کوئی کمی نہ کرنا۔'' راشدہ مامی جو آتے ہی وضو کرنے چلی گئی تھیں اس کے پاس آ کر بولیں۔

''جی اچھا۔'' عزّہ نے کہا اور چادر اتار کر اس کی تہہ لگا کر زوہیب کو تھما دی اور دوپٹہ اوڑھ کر لاؤنج میں داخل ہو گئی۔ نبیل بھائی ٹی۔وی دیکھ رہے تھے۔

''السلام علیکم نبیل بھائی!'' عزّہ نے بہت جوش اور خوشی سے سلام کیا۔

''وعلیکم السلام جیتی رہو۔ کیسی ہے میری بہن؟'' نبیل بھائی اسے دیکھتے ہی اُٹھ کر اس کی طرف بڑھے اور اس کے سر اور شانوں پر ہاتھ رکھا تو وہ ان کے سینے سے لگ کر رو پڑی۔ ''ٹھیک ہوں۔'' اس نے اتنا کہا۔

''ارے ٹھیک ہو تو رو کیوں رہی ہو؟'' نبیل بھائی اس کے رونے سے پریشان ہو گئے۔

''آپ کے آنے کی خوشی میں۔''

''یہ بات ہے تو میں ابھی واپس چلا جاتا ہوں کیونکہ میں تمہاری آنکھوں میں آنسو نہیں دیکھ سکتا۔ کہو رکوں یا چلا جاؤں؟'' وہ اس کے سر پر ہاتھ پھیرتے ہوئے محبت سے بولے۔

''بھائی۔'' وہ ان سے الگ ہو کر ہنس پڑی۔

''ویٹس لائیک اے گڈ گرل، اب بتاؤ کیسی ہو؟'' وہ اسے صوفے پر بٹھاتے ہوئے بولے تو اُلٹا اسی نے ان سے پوچھ لیا۔ ''آپ کو کیسی لگ رہی ہوں؟''

''بظاہر تو خوش نظر آ رہی ہو لیکن میں تمہارے اندر کا حال جاننا چاہتا ہوں۔ پتا نہیں کیوں میں تمہارے بارے میں جب بھی سوچتا ہوں۔ دل مطمئن نہیں ہو پاتا۔ عزہ بیٹا، سچ بتاؤ تم خوش تو ہو نا شعیب کے ساتھ۔ وہ تمہارا خیال تو رکھتا ہے نا؟'' نبیل بھائی نے اس کے سر پر ہاتھ رکھے رکھے اتنے شفیق اور پیار بھرے انداز میں پوچھا کہ اس کی آنکھیں آنسوؤں سے بھرنے لگیں۔ اس کا دل چاہا کہ انہیں سب کچھ بتادے انہیں اپنا رازداں بنالے مگران کی محبت کے سامنے دل پر جبر کرنے پر مجبور ہوگئی، اور اسے یہ بھی علم تھا کہ راز تب تک راز رہتا ہے جب تک وہ اپنے پاس رہے۔ کسی کو بتا دینے سے راز کھلتے دیر نہیں لگتی۔ بے شک نبیل بھائی اچھے رازداں تھے لیکن وہ یہ رسک نہیں لینا چاہتی تھی اور پھر انہیں بھی شرمندہ نہیں کرنا چاہتی تھی۔ آخران کی کوشش ہی تو کارفرما تھی اس شادی کے پیچھے۔ وہ خود کو قصوروار سمجھنے لگتے۔ وہ بہت حساس اور جذباتی تھے اپنے رشتوں کے معاملے میں، پیاروں کے معاملے میں۔

''نبیل بھائی، شعیب یہاں رہیں تو میرا خیال رکھیں ناں۔ میں ان کے ساتھ رہتی ہی نہیں ہوں تو خوش رہنے کا کیا سوال۔ وہ تو عید بکر عید پر دو چار دن کے لئے یہاں آتے ہیں اور یہ دو چار دن یار دوستوں، رشتے داروں کی نذر ہو جاتے ہیں۔ پھر کیسا خیال کیسی خوشی؟'' وہ مسکراتے ہوئے بولی۔

''کیا مطلب؟ شعیب نے تمہیں اب تک اپنے پاس نہیں بلایا؟''

''نہیں، میرا بھی دل نہیں چاہا وہاں اکیلے جانے کو ویسے بھی آپ کو معلوم ہی ہے کہ کراچی کے حالات آج کل ٹھیک نہیں ہیں۔ آئے دن فسادات ہوتے رہتے ہیں۔ فائرنگ، بم دھماکے، ہڑتالیں۔ ایسے ماحول میں جانے کو تو نہ میرا دل چاہتا ہے اور نہ ہی ماموں وغیرہ مجھے بھیجنا چاہتے ہیں۔'' اس نے بات بنائی۔

''پھر بھی شعیب کو کم از کم چھٹی زیادہ لے کر آنی چاہئے۔ تمہیں وقت دینا چاہیے۔ تم بیوی ہو اس کی۔ یہ بھلا کیسی شادی ہوئی کہ بیوی اور شوہر بس عید بکر عید پر ایک دوسرے کی جھلک دیکھ سکیں۔ شعیب کوئی ملک سے باہر تو جاب نہیں کرتا۔ اسے تمہارے لیے وہاں رہنے کا کوئی انتظام کر لینا چاہئے تھا۔ یہ کوئی جواز نہیں ہے کہ وہاں کے حالات اچھے نہیں ہیں۔'' نبیل بھائی نے حیرت اور

تفکر سے کہا۔

''تو گویا آپ چاہتے ہیں کہ میں وہاں جاکر شہید ہو جاؤں۔''

''بیٹا، اور لوگ بھی تو وہاں رہتے ہیں۔ تم اس گھر میں شعیب کے نام سے آئی ہو۔ وہ جب یہاں نہیں رہتا تو تم نے کیا ٹھیکہ لے رکھا ہے اس کے گھر والوں کی خدمت گزاری کا۔'' وہ جذباتی ہو کر بولے۔

''اوں ہوں، نبیل بھائی! ایسے تو نہ کہیں یہ سب لوگ مجھ سے بہت پیار کرتے ہیں۔'' اس نے نرمی سے انہیں ٹوکا۔

''اور شعیب۔'' انہوں نے اس کے چہرے کو بغور دیکھا۔

آپ کا کیا خیال ہے کہ آپ کی بہن ایسی ہے کہ اس سے پیار نہ کیا جائے؟''

'میری بہن تو ایسی ہے کہ اس سے صرف پیار ہی کیا جا سکتا ہے۔ اور عزّہ بیٹا! اسی پیار کا ہی تقاضا ہے کہ میں تمہیں خوش و خرم دیکھنا چاہتا ہوں۔ تم جیسی حسین بیوی کو یہاں چھوڑ کر کراچی میں شعیب کا رہنا مجھے تو بری طرح کھٹک رہا ہے۔ ضرور کوئی اور بات ہے۔ وہ یوں اکیلا وہاں رہے گا تو اس کا ذہن اِدھر اُدھر ہی بھٹکے گا۔ میرے منہ میں خاک کہیں اس نے وہاں شادی ہی نہ کر رکھی ہو۔'' نبیل بھائی اس کے سگے بھائی سے بڑھ کر اس کے لئے فکر مند ہو رہے تھے۔ عزّہ نے مسکراتے ہوئے بہت شوخی سے کہا۔ ''تو کر لیں شادی مجھ جیسی لڑکی تو انہیں کہیں نہیں ملے گی۔''

تو کیا تمہیں اس کے دوسری شادی کرنے پر کوئی رنج نہیں ہوگا؟'' وہ حیرت زدہ ہو کر بولے۔

''رنج کیسا بھائی! یوں بھی ہمارے مذہب نے مرد کو چار شادیوں کی اجازت دے رکھی ہے تو پہلی بیوی سے دور رہنے والے شوہر کا تو حق بنتا ہے کہ وہ دوسری شادی کر لے۔'' عزّہ نے پُر مزاح انداز میں کہا۔

''بیٹا، مذاق نہیں کرو یہ بہت سیریس ایشو ہے۔ مجھے پتا ہے تمہارا دل اندر سے دکھی ہے۔ تم ہمیشہ سے ہی ایسی ہو۔ بظاہر ہنسنے بولنے والی اور اندر سے رونے والی۔ میں شعیب سے ملنے جاؤں گا۔ بات کروں گا اس سے۔ یہ کیا تماشا لگا رکھا ہے اس نے۔ بیوی کے ساتھ رہنے کا ڈھنگ نہیں تھا تو نہ کی ہوتی شادی۔ میری بہن کوئی لاوارث نہیں ہے کہ اس کا جو دل چاہے وہ اس کے ساتھ کرے۔'' نبیل بھائی غصے میں آتے ہوئے بولے۔

''نبیل بھائی! آپ کو میری قسم آپ کسی سے کچھ نہیں کہیں گے۔ نہ ہی شعیب سے ملنے جائیں گے۔ پلیز اگر آپ کو میری خوشی اور عزت عزیز ہے تو آپ شعیب سے اس سلسلے میں کوئی بات نہیں کریں گے۔'' عزّہ نے ان کا ہاتھ تھام کر کہا۔

''لیکن تم اس طرح یہاں شوہر کے بغیر کس طرح اور کب تک رہو گی؟''

''جب تک رہ سکتی ہوں اور آپ کو ابو کا تو پتا ہے نا کیا ہنگامہ کھڑا ہو سکتا ہے۔ اس معاملے کو ہوا دینے سے۔ اور ان سب کو بھی معلوم ہے یہ سب۔ جب وہ میرے ماں باپ اور بھائی ہو کر خاموش ہیں تو آپ کیوں فکر کرتے ہیں؟''

''کیونکہ میں ان کی طرح بے حس نہیں ہوں۔ بہن ہو تم میری۔ مجھے اپنی بیٹی کی طرح عزیز ہو۔ میں تمہیں دکھی نہیں دیکھ سکتا۔'' وہ جذباتی پن سے بولے۔

''میں دکھی نہیں ہوں بھائی! میں تو بہت سکھی ہوں۔ ان سب کی محبتوں میں رہتی ہوں۔ میکے کے ماحول سے تو لاکھ درجے اچھا ماحول ہے یہاں کا اور آپ کو معلوم ہے کہ میں نے ماسٹرز فسٹ ڈویژن میں پاس کیا ہے اور جاب کے لئے بھی اپلائی کر دیا ہے۔''

''بہت بہت مبارک ہو تمہیں مجھے تم پر فخر ہے۔ تم ہمیشہ سے ہی ذہین ہو۔ مگر بیٹا تمہیں جاب کی کیا ضرورت ہے؟''

''گزر بسر کے لئے کوئی مشغلہ تو ہو۔'' اس نے مسکراتے ہوئے یہ مصرعہ پڑھا۔

''مشغلے سے یاد آیا، زوہیب بتا رہا تھا کہ تم ڈاکٹر کے پاس گئی ہو۔ خیریت تو ہے نا۔'' نبیل بھائی نے چند لمحے اسے خاموشی سے دیکھا پھر پوچھا۔

''جی بھائی، خیریت ہے۔ مامی کو یقین تھا کہ نقص مجھ میں ہے۔ مگر ایسا کچھ نہیں ہے۔ خیر آپ یہ بتائیں کہ شائزہ باجی اور بچے کیسے ہیں۔ آپ انہیں ساتھ کیوں نہیں لائے؟''

بچوں کے امتحان ہو رہے ہیں اسی لئے وہ ساتھ نہیں آئے۔ ماشاء اللہ سب ٹھیک ہیں۔ تمہیں بہت سلام دُعا کہہ رہے تھے۔ میرا بہت دنوں سے دل چاہ رہا تھا تم سے ملنے کو۔ شائزہ کو اور مجھے بہت برے برے خواب آ رہے تھے۔ تم پریشان اور افسردہ دکھائی دے رہی تھیں۔ فون پر تو تم نے صحیح طریقے سے کچھ بتانا نہیں تھا اس لیے میں ایک دن کے لئے خود ہی چلا آیا تاکہ تم سے مل کر اپنی تسلی کر لوں۔'' انہوں نے سنجیدگی سے بتایا۔

''تو ہو گئی آپ کی تسلی۔'' اس نے محبت اور عقیدت سے انہیں دیکھا جو کزن تھے، بہنوئی تھے

مگر اس کے لئے سگے باپ اور بھائی سے بڑھ کر فکر مند تھے۔

"آدھی ہوگئی ہے اور آدھی اس وقت ہوگی جب تم اور شعیب اکٹھے رہو گے۔"

"بھائی، کہتے ہیں کہ محبت کرنے والے کبھی جدا نہیں ہوتے۔ آپ میری فکر چھوڑیں اور آرام سے بیٹھیں میں آپ کے لئے کھانے کا انتظام کرلوں۔" اس نے اُٹھتے ہوئے کہا۔

"کسی خاص اہتمام وانتظام کی قطعاً ضرورت نہیں ہے۔ گھر میں جو دال روٹی پکی ہے میں وہی کھالوں گا۔ میں صرف تم سے ملنے آیا ہوں۔"

"اہتمام تو ہوگا پورے سال بعد تشریف لائے ہیں آپ۔ ویسے آپس کی بات ہے۔ آج گھر میں دال روٹی ہی پکی تھی۔" عزّہ نے مسکراتے ہوئے کہا تو وہ ہنس پڑے۔ راشدہ مامی اور ظفر ماموں کو آتا دیکھ کر وہ لاؤنج سے سیدھی کچن میں آ گئی۔ جہاں زوہیب اور شاہ زیب برتن صاف کررہے تھے۔

"ہاں بھئی بچو! کیا ہو رہا ہے؟" عزّہ نے مسکراتے ہوئے انہیں دیکھا۔

"آپ کا انتظار ہو رہا ہے۔ جلدی سے پکانا شروع کریں۔" شاہ زیب نے کہا۔

"واہ بھئی! تم تو بڑے سگھڑ ہو، پیاز ٹماٹر سب کاٹ کر رکھے ہیں۔ لو بھئی چکن بھی پگھل گیا ہے۔ پکنے میں کونسی دیر لگے گی۔ میں ابھی پکالیتی ہوں۔ شاباش تم لوگ نبیل بھائی کے پاس جا کر بیٹھو۔ انہیں کمپنی دو۔ اکیلے بیٹھنے سے انہیں چڑ ہے۔" عزّہ نے چولہا جلا کر دیگچی اوپر رکھتے ہوئے کہا۔

"ابھی تو امی ابو ہیں ان کے پاس، آپ کوئی اور کام ہمیں بتا دیں۔" زوہیب نے کہا۔

"تم نے تو میرا آدھا کام آسان کردیا۔ کوئی اگر کچن میں آ کے دیکھ لے نا تو یہی سمجھے گا کہ ایک نہیں تین لڑکیاں کوکنگ کررہی ہیں یہاں۔" عزّہ نے کہا تو وہ دونوں ہنس پڑے۔

"بھابی! سویٹ ڈش میں کیا بنانا ہے؟" زوہیب نے پوچھا۔

"کسٹرڈ بنالیں گے، نبیل بھائی میٹھا کم ہی کھاتے ہیں۔"

"اور اس کے باوجود باتیں بہت میٹھی کرتے ہیں۔" شاہ زیب نے کہا۔

"ہاں یہ تو ہے۔" وہ دھیرے سے ہنس دی۔ اور باتوں باتوں میں کھانا پک کر تیار ہوگیا۔ ٹیبل پر سج گیا۔ خوشگوار ماحول میں کھانا کھایا گیا۔ رات دیر تک نبیل بھائی کے ساتھ وہ تینوں محفل جمائے بیٹھے رہے۔ ظفر ماموں اور اشدہ مامی ساڑھے دس بجے ہی سونے چلے گئے تھے۔ صبح ناشتے

سے فارغ ہو کر نبیل بھائی واپس بہاول پور روانہ ہو گئے۔ نبیل بھائی کو گئے تین دن ہی گزرے تھے کہ اچانک شعیب چلا آیا۔ عزّہ نے اس کے آتے ہی میکے جانے کا سوچ لیا۔ مگر ظفر ماموں کی طبیعت خراب تھی۔ اس وجہ سے وہ فوراً نہ جا سکی۔ آج دوسرا دن تھا شعیب کو آئے ہوئے۔ نہ وہ گھر سے باہر کہیں کسی سے ملنے گیا تھا اور نہ ہی بہنوں کو اپنے آنے کی اطلاع کرنے دی تھی۔ راشدہ مامی نے پوچھا تو کہنے لگا کہ ''دو چار دن آرام کرنا چاہتا ہوں۔ ملنے والے آتے ہیں تو آرام کا وقت نہیں ملتا۔'' راشدہ مامی کو بھی اس کی بات معقول لگی۔ وہ اس کے آنے سے بہت خوش تھیں اور اپنے ہاتھ سے اس کے لئے کھانا پکا رہی تھیں۔

''جس بیوی کی صورت ہی اسے پسند نہیں ہے اس کے ہاتھ کا پکا کھانا وہ کیوں پسند کرنے لگا۔'' راشدہ مامی نے سلاد بناتی عزّہ پر چوٹ کی جو وہ سہہ گئی اب تو عادت سی ہو گئی تھی۔ ان کی جلی کٹی اور طنزیہ باتیں سننے اور سہنے کی۔

عزّہ نوٹ کر رہی تھی کہ شعیب کچھ پریشان اور الجھا الجھا سا ہے اور اس سے بات کرنے کا موقع ڈھونڈ رہا ہے۔ اس کی یہی کوشش تھی کہ وہ شعیب کے سامنے نہ آئے۔ راشدہ مامی اپنی بھاوج نسیمہ مامی سے ملنے گئی تھیں۔ عزّہ نے ظفر ماموں کے لیے یخنی بنائی تھی اور وہ لے کر ان کے کمرے کی طرف جا رہی تھی کہ شعیب اس کے سامنے آ گیا۔ عزّہ نے کڑے تیوروں سے اسے گھورا۔

''عزّہ پلیز، میری بات سن لو میں ایک سال سے تم سے بات کرنے کو ترس رہا ہوں۔ نہ تم فون پر ملتی ہو۔ نہ ہی گھر پر بات کرنے کا موقع دیتی ہو۔ مجھے تم سے بہت ضروری بات کرنی ہے عزّہ۔'' وہ منت بھرے لہجے میں بولا۔

''اب کونسی ضروری بات کرنا باقی ہے؟'' عزّہ نے طنزیہ لہجے میں کہا۔

''عزّہ میں بہت پشیمان اور پریشان ہوں۔ میری پشیمانی اور پریشانی صرف تم کم کر سکتی ہو؟'' وہ پریشان لہجے میں بولا۔

''وہ کیسے؟''

''مجھے معاف کر کے۔''

''معاف تو میں نے تمہیں بہت پہلے کر دیا تھا۔''

''نہیں عزّہ، مجھے دل سے معاف کر دو۔ میں نے شادی کی پہلی رات ہی تمہیں طلاق دے

کر تمہاری توہین کی۔ تمہارا دل دُکھایا۔ میں خود کو کبھی معاف نہیں کر سکوں گا۔ تم اس خاندان کی عزت کے لئے اس گھر میں رہ رہی ہو اور......''

''پلیز مسٹر شعیب، بہتر ہو گا کہ آپ اس موضوع کو دفن کر دیں۔'' وہ اس کی بات کاٹ کر سختی سے بولی۔ ''ماموں گھر پر موجود ہیں، بیمار ہیں۔ ایسا نہ ہو کہ یہ بات ان کے کانوں تک پہنچ جائے اور میری ساری تپسیا خاک میں مل جائے۔ میں پہلے ہی مامی اور لوگوں کی طنزیہ باتیں سن سن کر تھک چکی ہوں۔ میں بے جرم سزا کاٹ رہی ہوں مگر اس کا مطلب یہ ہرگز نہیں ہے کہ تم مجھے بار بار یہ احساس دلاؤ کہ میں یہاں اپنی خوشی اور مرضی سے رہ رہی ہوں۔ یہاں رہنا صرف میری مجبوری ہے اور بس۔''

''عزّہ، ایک سال پہلے میں نے شادی کر لی تھی دوسری شادی۔''

''اچھا کیا تم نے۔'' عزّہ نے اپنی حیرانی اس پر ظاہر نہیں ہونے دی۔

''میری دو ماہ کی ایک بیٹی بھی ہے۔'' ایک اور انکشاف کیا تھا اس نے مگر اس کا اس سے تعلق ہی کیا تھا جو اسے اس خبر پر خوشی یا افسردگی ہوتی۔

''مبارک ہو۔''

''عزّہ، میری بیٹی پیدائشی طور پر معذور ہے۔ اس کا ایک پاؤں ٹیڑھا ہے۔''

''اوہ...... ویری سیڈ تم نے علاج نہیں کرایا اپنی بیٹی کا؟'' عزّہ جو سدا کی ہمدرد تھی بچی کی معذوری کا سن کر پوچھے بنا نہیں رہ سکی۔

''علاج ہو رہا ہے۔ ڈاکٹروں نے امید بھی دلائی ہے مگر عزّہ، مجھے معلوم ہے کہ میری بیٹی کو میرے گناہ کی سزا ملی ہے۔ میں نے جو کچھ تمہارے ساتھ کیا خدا نے میری اولاد کی معذوری کی شکل میں مجھے اس کی سزا دی ہے۔'' وہ دکھی لہجے میں بولا۔

''ایسا تو ہوتا ہے شعیب ظفر! ماں باپ کے فیصلوں، غلطیوں اور گناہوں کی سزا اکثر ان کی اولاد کو بھگتنا پڑتی ہے۔ بہرحال تم مجھے یہ سب کیوں بتا رہے ہو؟'' وہ ایکدم سے سخت لہجے میں بولی۔

''تاکہ تم میرا پچھتاوا کچھ کم کر سکو۔ میری مشکل میرا امتحان آسان بنا سکو۔ مجھے دل سے معاف کر کے۔ پلیز عزّہ! مجھے معاف کر دو تاکہ خدا بھی مجھے معاف کر دے۔'' وہ منت بھرے لہجے میں بولا تو عزّہ کو اس کی بے بسی پر ترس آنے لگا۔ اس نے گہرا سانس لے کر اس کی طرف دیکھا۔

''شعیب ظفر! میں نے تمہیں تمہاری بیٹی کی خاطر معاف کیا۔ میں اللہ سے دُعا کروں گی کہ وہ تمہاری بیٹی کی معذوری ختم کر دے۔'' عزّہ نے بہت ظرف سے کام لیتے ہوئے کہا تو وہ متشکر لہجے میں بولا۔ ''تھینک یو عزّہ تھینک یو ویری مچ۔''

''اب میرا راستہ چھوڑو مجھے ماموں کو یخنی پلانی ہے۔''

''عزّہ ایک بات اور کہنی تھی۔ میں اپنی بیوی اور بیٹی کو لے کر دبئی جا رہا ہوں۔ میری سسرال دبئی میں ہے۔ وہاں میری جاب بھی کنفرم ہو گئی ہے۔''

''اچھا کیا تم نے جو اس ملک سے جانے کا فیصلہ کر لیا۔ کیونکہ یہاں رہ کر تمہارے اور میرے ہم دونوں کے لئے مسائل کھڑے ہو سکتے تھے۔ اب تم وہاں آزادی سے اپنی فیملی کے ساتھ رہ سکو گے۔ بیسٹ آف لک۔'' عزّہ نے سنجیدگی سے کہا تو شعیب ظفر نے بہت حیرت اور عقیدت سے اسے دیکھا۔ ''یہ لڑکی جس کی زندگی اس نے برباد کر کے رکھ دی تھی۔ اس کے باوجود وہ اس کے لیے نیک تمناؤں کا اظہار کر رہی تھی۔'' شعیب ظفر کے دل میں کسک اُٹھی۔ اپنے فیصلے پر ندامت مزید گہری محسوس ہونے لگی۔ وہ اسے بہت بلندیوں پر کھڑی دکھائی دے رہی تھی اور اپنا آپ بہت پستی میں گرتا ہوا محسوس ہو رہا تھا۔

''عزّہ! اپنی زندگی مزید خراب مت کرو اور کسی اچھے سے شخص سے شادی کر لو۔''

''مشورے کا شکریہ، میں مزید کچھ کہنا نہیں چاہتی۔ بہتر ہو گا کہ اب ہم اس موضوع پر کوئی بات نہ کریں۔ ہٹو مجھے ماموں کو یخنی بھی پلانی ہے۔'' وہ یہ کہہ کر تیزی سے آگے بڑھی تھی۔ وہ فوراً سائیڈ پر ہو گیا اور جانے کس احساس میں گھرا سر جھکائے کھڑا تھا کہ چند لمحوں بعد ہی عزّہ کی چیخ اسے اندر تک سے ہلا گئی۔ وہ تیزی سے ظفر ماموں کے کمرے کی طرف دوڑا مگر وہ تو راستے میں ہی دروازے کے پاس زمین پر گرے مل گئے۔ عزّہ ان کے سینے پر ہاتھ مل رہی تھی۔ یخنی کا پیالہ کافی فاصلے پر گر کر ٹوٹ گیا تھا۔

ماموں۔ ماموں کچھ بولیں پلیز۔'' وہ روہانسی ہو کر بولی۔

''ابو کیا ہوا آپ کو اُٹھیں ابو؟'' شعیب نے ان کے بازو پکڑ کر کہا۔

''اُٹھنے کا...... تو وقت...... آ گیا ہے۔ تم نے...... کیا...... کیا شوبی...... اس...... بچی کے ساتھ۔ کیوں کیا تم نے ایسا؟'' ظفر ماموں نے اٹک اٹک کر ٹوٹتی سانسوں کے بیچ یہ جملہ ادا کیا تو ان دونوں نے حیرت سے ایک دوسرے کو دیکھا۔ گویا وہ ان دونوں کی ساری باتیں سن چکے تھے۔

''ابووہ...... مجھے معاف کردیں ابو۔'' شعیب نے شرمندگی سے نظریں جھکا کر کہا۔

''ماموں جان! پلیز کسی سے کچھ مت کہیے گا۔'' عزّہ رونے لگی۔

''عزّہ بیٹی! اب...... کسی سے کچھ...... کہنے کی مہلت...... ہی کہا...... ں رہی ہے...... میرے پاس۔ مجھے معاف کردینا میری بیٹی۔ میں تجھے تیرا حق...... نہیں...... دلا سک......'' اور اس کے ساتھ ہی ظفر ماموں کی زندگی کی ڈور کٹ گئی۔ ان کی سانسیں پوری ہوگئیں۔ وہ بے بسی اور دکھ بھری آنکھوں سے اسے دیکھ رہے تھے۔ آنکھیں ساکت ہوگئی تھیں۔

''نہیں ماموں۔ ماموں جان اُٹھیں۔ آپ نہیں جا سکتے مجھے چھوڑ کر۔ اب کیسے رہوں گی میں۔ ماموں۔ او میرے اللہ یہ کیوں ہوگیا؟'' وہ ظفر ماموں کے سینے سے لگی بلک بلک کر روتے ہوئے بولی۔

شعیب کچھ دیر تو ساکت بیٹھا رہا اور پھر اُٹھ کر ستون سے لگ کر رونے لگا۔

''کہا تھا نا میں نے...... مت بات کرو مجھ سے۔ دیکھ لیا تم نے اس کا نتیجہ تم خاموش رہتے تو...... شاید ماموں جان کچھ دن اور جی جاتے۔''

عزّہ نے اسے روتے دیکھ کر دکھ اور صدمے سے غصے سے روتے ہوئے کہا تو وہ دھاڑیں مار مار کر رونے لگا۔ عزّہ نے ظفر ماموں کی آنکھوں پر ہاتھ رکھ کر انہیں بند کر دیا۔ زوہیب اور شاہ زیب کرکٹ کھیل کر لوٹے تھے۔ اندر کا منظر دیکھ کر ان کے اوسان خطا ہو گئے۔ شعیب نے ظفر ماموں کے بے جان وجود کو ان کے بستر پر لٹا دیا تھا۔ راشدہ مامی گھر آئیں تو ان سب کو روتے بلکتے دیکھ کر سٹپٹا گئیں اور عزّہ کو شانوں سے پکڑ کر جھنجھوڑا۔ ''کیا ہوا ہے۔ منہ سے کیوں نہیں پھوٹتیں اری تیرا باپ مر گیا جو اس طرح رو رہی ہے؟''

''ہاں میرا باپ...... ہی تو مر گیا ہے۔'' عزّہ نے روتے ہوئے چیخ کر کہا۔

''امی، ابو...... ابو مر گئے امی۔'' شاہ زیب نے روتے ہوئے کہا۔

''ہائے میرے اللہ! ہوش میں تو ہے تُو کیوں بکواس کر رہا ہے۔ ابھی گھنٹہ پہلے تو وہ بھلے چنگے سوئے تھے۔ ہلکا سا بخار ہی تو تھا۔ ہمیشہ کے لئے کیسے سو گئے۔ ہائے۔ میرا سہاگ اجڑ گیا۔ ہائے شعیب کے ابو۔''

راشدہ مامی سینے پر دوہتڑ مار کر بولتی روتی ظفر ماموں کے کمرے کی طرف دوڑی تھیں۔ زوہیب اور شاہ زیب بچوں کی طرح بلکتے ہوئے عزّہ کے کندھوں سے آ لگے۔ شعیب کو ایک اور

احساسِ جرم ستانے لگا۔ وہ باپ کی موت کا ذمہ دار خود کو سمجھ رہا تھا۔ ظفر ماموں کے مرنے پر پورا خاندان اُمڈ آیا تھا۔ صابرہ بیگم جن کی آنکھیں خود کو چھپانے میں ماہر تھیں اپنے بھائی کی موت پر آنکھوں کی برسات کو نہ روک سکیں۔ تین دن تک وہ بھائی کے گھر رہیں۔ روتی تڑپتی رہیں۔ عزّہ کو تو ظفر ماموں کی موت نے بے اماں کر دیا تھا۔ اسے یوں لگا جیسے وہ کھلے آسمان تلے جلتی دھوپ میں کھڑی ہے۔ وہ شفیق مہربان محبت کرنے والا سایہ اس کے سر سے اُٹھ گیا ہے جو اس کے لئے ڈھال بھی تھا اور حوصلہ بھی۔ زندگی کٹھن سے کٹھن ہوتی جا رہی تھی۔ راشدہ مامی تو اب اور زیادہ غصیلی اور چڑچڑی ہو گئی تھیں۔ شعیب واپس جا رہا تھا اور جب راشدہ مامی نے اس کے دبئ جانے کا سنا تو لگیں واویلا کرنے رونے پیٹنے۔ عزّہ کو کوسنے دینے لگیں۔ وہ شعیب کے دبئ جانے کا الزام بھی عزّہ کے سر دھر رہی تھیں۔

"یہ لڑکی ہی منحوس ہے۔ میں نے اپنے بیٹے کی شادی اس سے کر کے غلطی کی تھی۔ پہلے اس کی وجہ سے میرے بیٹے نے گھر آنا چھوڑ دیا۔ اور اب اس عزّہ بے کردار کی وجہ سے میرا شعیب یہ ملک ہی چھوڑ کے جا رہا ہے۔"

"امی، عزّہ کا اس میں کوئی قصور نہیں ہے۔ میں اپنے اور اس گھر کے بہتر مستقبل کے لیے دبئ جا رہا ہوں۔ اب ابو کے بعد میں ہی اس گھر کا بڑا ہوں۔ آپ سب اب میری ذمہ داری ہیں۔ آج کل چھ سات ہزار کی نوکری میں گھر نہیں چلتا۔ آپ حوصلہ رکھیں اور مجھے دُعائیں کر کے رخصت کریں۔"

شعیب نے نہایت سنجیدگی سے کہا۔

"میں تو اس وقت کو رو رہی ہوں۔ جب میں عزّہ کو رخصت کرا کے لائی تھی۔ ارے اس نے میرا گھر تباہ کر دیا۔ کوئی خوشی تو کیا دیتی یہ اس گھر کو الٹا مجھ سے میرا بیٹا چھین لیا۔" راشدہ مامی نے روتے ہوئے اسے برا بھلا کہا۔

"امی! عزّہ نے اس گھر کو کیا دیا ہے یہ وقت آنے پر سب کو معلوم ہو جائے گا۔ البتہ آپ کا بیٹا کسی نے نہیں چھینا۔" شعیب کو عزّہ اپنی حمایت میں بولتے دیکھ کر حیران تھی اور راشدہ مامی کی باتیں اسے بہت دکھ دے رہی تھیں۔

"ارے تو تُو اسے اپنے ساتھ کیوں نہیں لے جاتا۔ کیوں چھپاتا ہے ماں سے ضرور عزّہ کے کسی کالے کرتوت کا تجھے پہلے سے پتا تھا جبھی تو تُو شادی کے دن سے اس منحوس حسینہ سے دور

دور رہا...... تجھے حمیرا کا گھر اجڑنے کا ڈر ہو گا اس واسطے تُو چپ ہو گیا ہو گا۔ مجھے سب پتا ہے عزّہ نے ضرور شادی سے پہلے کوئی گُل کھلایا ہو گا۔ جبھی تو ماں باپ کو تیرے یہاں نہ رہنے کے باوجود عزّہ کے یہاں بغیر شوہر کے رہنے پر کبھی کوئی اعتراض نہیں ہوا۔ اور نہ ہی اب تیرے دبئی اکیلے جانے کا سن کر انہوں نے تجھ سے یہ کہا کہ عزّہ کو اپنے ساتھ لے کر جاؤ۔ الٹا وہ تو خوش ہوئے تھے یہ سن کر کہ تُو دبئی دولت کمانے جا رہا ہے۔ بیوی کا شروع دن سے شوہر کے بغیر سسرال میں رہنے کا بھلا کیا جواز ہے؟ یہ کوئی بے وارث تو نہیں ہے۔ بھرا پرا کنبہ ہے اس کا۔ چار چار بھائی ہیں خیر سے۔ ماں باپ زندہ سلامت بیٹھے ہیں۔ نہ کبھی انہوں نے شوق اور اصرار سے اسے میکے بلایا نہ اس کے یہاں تیرے بغیر رہنے پر شور مچایا۔ پتا ہو گا انہیں بھی اس معصوم صورت حسینہ کے لچھنوں کا جبھی تو کچھ نہیں بولتے۔ سوچتے ہوں گے کہ جان چھوٹ گئی ہے گناہ کی پُوٹ سے تو کیوں اسے دوبارہ اپنے سر پہ رکھیں۔ بول شعیب یہی بات ہے نا۔ تُو جانتا ہے نا کہ عزّہ کا شادی سے پہلے کسی کے ساتھ کوئی چکر تھا۔ سچ بتا مجھے۔ ارے میں تو اس حرام زادی کا جینا حرام کر دوں گی۔ میری بیٹی اس کے بھائی سے نہ بیاہی ہوتی تو میں تو کب کا اسے میکے بھیج چکی ہوتی۔ اسے شوہر کے ہونے نہ ہونے سے بھلا کیا فرق پڑے گا۔ دل تو کہیں اور لگائے بیٹھی ہے۔'' راشدہ مامی کی زبان ایک دفعہ چلنا شروع ہو جائے تو پھر اس کا رکنا محال ہو جاتا تھا۔ زہر اگلتے ہوئے انہوں نے یہ بھی نہ دیکھا کہ عزّہ کے دل پر کیا گزر رہی ہے۔ اس کی زرد پڑتی رنگت نے ان تینوں کو تو بہت کچھ بتا دیا تھا مگر ماں کی زبان پر بند باندھنا ان میں سے کسی کے بھی اختیار میں نہیں تھا۔

''مامی! خدا کے لئے بس کریں پہلے ہی میں اپنے ناکردہ جرم کی کافی سزا بھگت چکی ہوں۔ میرا دامن بے داغ ہے۔ میرا کردار صاف و شفاف ہے۔ اگر میرے دامن پر آپ کو کوئی داغ دکھائی دے رہا ہے تو یاد رکھیں کہ یہ داغ اسی گھر کا لگایا ہوا ہے۔'' عزّہ نے ہمت کر کے کہا۔

''بکواس بند کر اور دور ہو جا میری نظروں سے۔'' راشدہ مامی نے غصے سے کہا تو وہ شعیب کو شعلہ بار نظروں سے دیکھتی باہر برآمدے میں آ بیٹھی۔

''امی، عزّہ نیک سیرت لڑکی ہے آپ میرا یقین کریں۔'' شعیب کی آواز عزّہ کے کانوں میں پڑی تو اس کے من پر ہلکی سی ٹھنڈک اترنے لگی۔ اسے دُنیا کی نظروں میں مشکوک، منحوس، بدکردار بنانے والا آج اس کے نیک سیرت ہونے کی گواہی دے رہا تھا۔ واہ رے مولا! تیری شان۔''

''تو تُو اسے بیوی کی حیثیت سے آج تک کیوں نہیں ملا۔ اپنے ساتھ کیوں نہیں لے گیا اور دبئی کیوں نہیں لے جا رہا اسے اپنے ساتھ؟'' راشدہ مامی کا سوال معقول تھا۔ وہ جھنجھلا کر بولا:

''میں ہی اس کے قابل نہیں ہوں بس۔''

''یہ کیا عزّہ نے کہا تجھ سے؟ ہاں ضرور اسی نے کہا ہوگا۔ بڑا ناز ہے اسے اپنے حسن پر۔ اسی نے تجھے دھتکارا ہوگا۔'' راشدہ مامی نے اس بات کا الزام بھی عزّہ کے سر لگا دیا۔ عزّہ کے دل میں خنجر چل رہے تھے۔ آنکھوں کو اس نے رونے سے منع کر دیا تھا۔ دل کا رونا ہی بہت تھا اب تو۔

''افوہ، آپ نے یقین نہیں کرنا نہ کریں میں جا رہا ہوں خدا حافظ۔'' شعیب نے غصے سے کہا اور اپنا سامان اُٹھا کر باہر نکل گیا۔ راشدہ مامی کی چیخ و پکار رونا پیٹنا پورے گھر میں گونجنے لگا۔ زوہیب اور شاہ زیب نے دروازے پر ہی شعیب کو خدا حافظ کہا اور اندر آ گئے۔ عزّہ برآمدے میں بچھے تخت پر دیوار سے ٹیک لگائے بیٹھی تھی۔ وہ دونوں اس کے پاس آ بیٹھے۔ بھابی! آپ امی کی باتوں کو دل سے نہ لگائیں۔ وہ غصے میں الٹا سیدھا بول گئی ہیں۔ ابو کی موت کے بعد اب شعیب بھائی کی دوری بھی انہیں چڑچڑا بنا رہی ہے۔ آہستہ آہستہ وہ ٹھیک ہو جائیں گی۔'' زوہیب نے آہستگی سے کہا۔

''زوہیب، زیب کیا تم دونوں بھی مجھے بری اور بے کردار لڑکی سمجھتے ہو؟''

''نہیں بھابی، آپ تو بہت عظیم ہیں۔ بھائی جان نے آپ کے ساتھ اچھا سلوک نہیں کیا۔ آپ کو آپ کی حیثیت اور مقام نہیں دیا۔ کبھی آپ کا خیال نہیں رکھا۔ آپ کا خرچہ نہیں دیا۔ آپ سے ہنس کر بات تک نہیں کی اور آپ نے کسی سے گلہ تک نہیں کیا۔ ان سے اپنا حق نہیں مانگا۔ آپ نے تو ہمیں اس گھر کو اپنائیت اور محبت دی ہے۔ ہمارا بڑی بہنوں کی طرح ماں کی طرح خیال رکھا ہے۔ امی ابو کی خدمت کی ہے۔ ابو تو آپ سے بہت خوش تھے اور بھابی! ہمیں بھی آپ سے کوئی شکایت نہیں ہے۔ ہم آپ کی دل سے عزت کرتے ہیں۔ آپ سے پیار کرتے ہیں۔'' زوہیب نے دل سے ایمانداری سے کہا تو عزّہ کا دل خوشی سے ایکبار پھر مضبوط ہونے لگا۔ اسے لگا کہ ابھی وہ اکیلی نہیں ہے۔ اس کی ریاضت رائیگاں نہیں گئی۔ اس کے خلوص کا احساس کرنے والے اس گھر میں ابھی موجود ہیں۔ زوہیب اور شاہ زیب اس کی نئی امید اور امنگ تھے اب۔

''جی بھابی جان، اور بڑی بھابی اور بہن تو ماں کی طرح ہوتی ہے نا۔ ہم تو آپ کو اپنی ماں سمجھتے ہیں۔ ہم نے ہمیشہ آپ کی بات مانی ہے۔ کبھی آپ پر ہمیں غصہ بھی نہیں آیا۔ اور ہم آئندہ

بھی آپ کی ہر بات مانیں گے۔ کیونکہ ہمیں معلوم ہے کہ آپ نے ہمیشہ ہماری بہتری کے لئے ہی کہا ہے۔'' شہ زیب نے کہا۔

''خوش رہو میرے بھائیو! جیتے رہو۔ تم نے میرا ٹوٹا ہوا حوصلہ پھر سے جوڑ دیا ہے۔ جب تک تم دونوں کا پیار اور اعتبار بھرا ساتھ میرے سنگ ہے میری ہمت نہیں ٹوٹ سکتی۔ میں ہار نہیں سکتی۔'' عزّہ نے ان دونوں کے بالوں میں ہاتھ پھیرتے ہوئے محبت سے انہیں دیکھتے ہوئے پُرنم لہجے میں کہا۔

''انشاء اللہ آپ ہر میدان میں، ہر مشکل میں، ہر طوفان میں، ہر منزل میں جیتیں گی۔'' زوہیب نے پُرجوش انداز سے کہا۔

''ہاں جیتیں گی بھئی جیتیں گی۔'' شاہ زیب نے گا کر کہا تو وہ ہنس پڑی۔

''بھابی جان! آپ ہنستی ہوئی بہت اچھی لگتی ہیں۔'' شاہ زیب نے کہا۔

''اچھا یہ مکھن بعد میں لگا لینا۔ ابھی تم دونوں اندر جاؤ اور امی کو چپ کراؤ، انہیں سمجھاؤ، حوصلہ دو، میں ان کے لئے چائے بنا کر لاتی ہوں۔''

''ہم بھی چائے پئیں گے۔'' دونوں نے اُٹھتے ہوئے ایک ساتھ کہا۔

''بچے چائے نہیں پیتے اور اچھے بچے تو بالکل بھی نہیں پیتے۔'' عزّہ نے مسکراتے ہوئے کہا تو شاہ زیب نے ہنس کر کہا۔ ''اس کا مطلب ہے کہ ہمیں خود کو اچھے بچے ثابت کرنے کے لئے چائے نہیں پینی چاہیے۔''

''بالکل۔'' وہ ہنس دی۔ ''جو آپ کا حکم بھابی جان! انکار کی کسے جرأت ہے۔'' شاہ زیب نے سر خم کر کے کہا تو وہ ہنستی ہوئی اس کے بال بکھیر کر کچن کی طرف چلی گئی۔

وہ پورے پانچ ماہ بعد میکے آئی تھی۔ اتفاق سے حمیرا اور ندیم بھائی بھی اپنے دونوں بچوں سمیت یہاں موجود تھے۔ سجاد رضوی سو رہے تھے۔ اس لئے وہ ان سب کے ساتھ ہی بیٹھ گئی۔ عظیم سموسے اور پیسٹریاں لایا تھا۔ جو سب چائے کے ساتھ کھا رہے تھے۔ عزّہ نے تو بہت پہلے ہی میکے آ کر کھانے پینے سے تقریباً ہاتھ کھینچ لیا تھا۔ اگر دو چار دن رہنے کے لئے آتی تھی تب بھی خاص چیز نہیں پکواتی تھی اپنے لیے۔ عائزہ وغیرہ پکا لیتیں تو وہ بھی چکھنے کی حد تک کھاتی تھی۔ وہ کھانے کا طعنہ بھولی نہیں تھی۔ بھلا وہ میکے کھانے پینے اور روپیہ بٹورنے آتی تھی۔ نہیں وہ تو اپنوں سے ملنے آتی تھی۔ مگر اپنوں نے اسے دکھ کے سوا کچھ نہیں دیا تھا۔

''یہ تم کیوں نہیں کھا رہی گرم گرم سموسے ہیں ٹھنڈے کر کے کیا خاک مزہ آئے گا کھانے کا۔'' صابرہ بیگم نے اسے ندیم بھائی کے بیٹے کے ساتھ کھیلتے دیکھ کر کہا۔

''امی! آپ کھائیں مجھے شیری کے ساتھ کھیلنے میں بہت مزہ آ رہا ہے۔ ویسے بھی میں ناشتہ کر کے آئی ہوں۔ کچھ کھانے کی گنجائش نہیں ہے۔'' اس نے شیری کو بال کراتے ہوئے کہا تو حمیرا نے طنزیہ لہجے میں کہا۔

''ناشتہ تو ہم بھی کر کے آئے ہیں۔ ایک سموسہ کھا لینے سے کون سی بدہضمی ہو جائے گی۔''

''تو ڈیئر بھابی، آپ کھایئے نا، آپ کو تو منع نہیں کر رہی میں۔'' وہ آرام سے بولی۔

''ہر بات میں نخرے ہیں اس لڑکی کے۔ نہ کھا نہیں کھاتیں تو۔ اب کوئی تیرے منہ میں تو ڈالنے سے رہا۔'' صابرہ بیگم نے غصے سے کہا تو ان کی طرف دیکھ کر بولی۔

''ہائے اللہ نہ کرے امی! کہ مجھ پر کبھی ایسا برا وقت آئے۔ اللہ میرے ہاتھ پیر سلامت رکھے۔ آمین! ثم آمین۔''

''شعیب کی کوئی خیر خبر آئی کہ نہیں۔'' ندیم بھائی نے پیسٹری کھاتے ہوئے پوچھا۔

''فون آیا تھا وہ خیریت سے وہاں پہنچ گئے ہیں۔ آپ سب کو سلام دُعا کہہ رہے تھے۔''

''وعلیکم السلام۔ بہت محنتی بھتیجا ہے میرا۔ تیرے تو نصیب جاگ گئے اس سے شادی کر کے۔ اب خیر سے دولت میں کھیلے گی۔ عیش کرے گی۔'' صابرہ بیگم نے کہا۔

''امی، مجھے آپ کے بھتیجے کی دولت پر عیش کرنے کا کوئی شوق نہیں ہے۔''

''ہاں بھئی اب تو نخرے کرو گی ہی تم۔ میاں باہر چلا گیا ہے تو ظاہر ہے کہ کما کر تو اس نے تمہیں ہی بھیجنا ہے۔'' حمیرا نے تیسرا سموسہ پلیٹ میں رکھتے ہوئے کہا۔

''مجھے نہیں مامی کو۔'' اس نے تصحیح کی۔

''ایک ہی بات ہے، امی کی اب کون سنتا ہے۔ زوہیب اور شاہ زیب کو بھی تم نے اپنے کہے پر لگا رکھا ہے۔ تمہارا ہی راج ہے اب تو اس گھر میں۔''

''آپ کا راج بھی تو ہے نا اپنے گھر پر۔ پھر مجھ پر کیوں اعتراض؟''

''بس ہو گئیں بحث پر آمادہ۔ ذرا سی برداشت نہیں ہے تم میں۔'' ندیم بھائی نے غصے سے کہا تو وہ مسکراتے ہوئے معنی خیز لہجے میں بولی۔ ''مجھ میں ہی تو برداشت ہے بھائی جی۔ برداشت نہ ہوتی تو اس وقت آپ کی کایا پلٹی ہوئی ہوتی۔''

''کیا فضول بولتی رہتی ہو ہر وقت؟'' ندیم بھائی نے کہا۔

''اسی لئے تو شعیب بھائی اس کے ساتھ نہیں رہے آج تک۔ یہ میرے ہی بھائی کا حوصلہ ہے۔ وہ بانجھ ہونے کے باوجود اسے اب تک اپنے گھر میں آباد رکھے ہوئے ہیں۔ ان کی جگہ کوئی اور ہوتا تو کب کا چھوڑ چکا ہوتا۔ وہ بے چارے تو اس وٹے سٹے کے رشتے کے ہاتھوں بھی مجبور ہوں گے کہ کہیں میرا بسا بسایا گھر برباد نہ ہو جائے۔'' حمیرا نے جلتے ہوئے انگارے اس کی سماعتوں میں اُنڈیلے تھے اور وہ اس کی خوش فہمی پر ہنس پڑی۔

''آباد اور برباد گھر کا فیصلہ تو وقت آنے پر ہو جائے گا حمیرا جی۔'' عزّہ نے مسکرا کر کہا۔

''اچھا چپ کر اب بھاوج سے بھی لڑنے بیٹھ گئی۔'' صابرہ بیگم نے اسے ڈانٹا۔

''امی، میری بھاوج میری ہم عمر بھی ہے اور سہیلی بھی کیوں حمیرا؟''

عزّہ نے اس کی طرف دیکھتے ہوئے کہا تو وہ نفرت سے سر جھٹک کر شیری کو اُٹھا کر باہر چلی گئی۔ شیری نے پیسٹری اپنے چہرے اور کپڑوں پر مل لی تھی۔ وہی دھونے گئی تھی وہ۔

''دیکھ عزّہ، اپنے یہ لچھن اب چھوڑ دے اور اپنی مامی کی خدمت کیا کر۔''

''امی، خدمت تو میں ان کی شروع دن سے کر رہی ہوں۔'' عزّہ نے سنجیدگی سے کہا۔

''اب اور زیادہ کیا کر، ایک تو تیری ڈھائی ہاتھ کی زبان اس پر تیرا بانجھ پن۔ مجھے اس کے آگے کچھ بولنے نہیں دیتا۔ ٹھیک ہی تو کہتی ہے وہ۔ کیا فائدہ تیرے اس حسن کا جو تیرا شوہر چار دن بھی تیرے پاس ٹک کے نہیں رہا۔ اب دبئی بھی اکیلا چلا گیا۔ ارے اسے تو تُو ہر طرح سے اپنے قابو میں کر سکتی تھی۔ ہر لحاظ سے تجھ سے کم تھا۔ مگر نہیں تُو نے اپنی بدزبانی سے اسے بھی اپنا نہ بنایا۔ راشدہ کا گھر بچے کی آواز سننے کو ترس رہا ہے مگر یہ میرے بھتیجے کا ہی ظرف ہے کہ اس نے تیرے پر سوتن نہیں لا بٹھائی۔ ورنہ تو وہ تجھے ناکوں چنے چبوا دیتی۔'' صابرہ بیگم نے غصیلے لہجے میں کہا تو وہ اسی لہجے میں بولی۔

''امی، میں نے آپ کے اعلیٰ ظرف بھتیجے کو بہت پہلے دوسری شادی کی اجازت دے دی تھی۔ اب وہ دوسری کے بعد چاہے تیسری اور چوتھی بھی کر لیں مجھے کوئی فرق نہیں پڑتا۔''

''تیرے یہی لچھن رہے نہ تو وہ تیرے ہاتھ میں کاغذ تھما کے گھر سے نکال باہر کرے گا اور یہاں تو پہلے ہی بہتیرا اُہن برس رہا ہے جو تجھے پھر سے آباد کریں گے۔ دو جوان بہنیں بیاہنے کو بیٹھی ہیں۔ کچھ ان کا خیال بھی ہے تجھے۔ یاد رکھ عزّہ اگر تو اس گھر سے نکل کر یہاں آئی تو اس گھر کے

دروازے تجھے بند ملیں گے۔''

صابرہ بیگم نے غصے سے کہا تو وہ ہنس پڑی۔ ان کی بے خبری پر اپنی بے بسی پر۔

''دیکھ تو سہی بات بے بات ہنستی چلی جارہی ہے۔ پاگل ہوگئی ہے تو؟''

صابرہ بیگم نے عائزہ، منیزہ اور ندیم بھائی کی طرف دیکھ کر کہا۔

''کام کی بات تو یہ یونہی ہنسی میں اڑانے کی عادی ہے۔'' عائزہ نے کہا۔

''اڑاتی رہے ہنسی میں، ایک دن اپنی ہنسی اڑائے گی کم بخت۔'' صابرہ بیگم نے تپ کر کہا۔

''آپ کیسی ماں ہیں اپنی بیٹی کو بددعا دے رہی ہیں۔'' عزہ نے تڑپ کر کہا۔

''کوئی ماں اپنی اولاد کو بددعا نہیں دیتی۔ تمہاری باغیانہ سوچ اور زبان کی وجہ سے امی پریشان رہتی ہیں۔ ابو کا تو تمہیں معلوم ہے نہیں۔ انہیں تو اب صرف پیسہ چاہئے۔ میں بھی اگر اپنی آدھی تنخواہ گھر نہ دیتا تو مجھے بھی یہاں آنا نصیب نہیں ہونا تھا۔ اب ابو چاہتے ہیں کہ میں ملک سے باہر جا کر ڈالر کما کر انہیں بھیجوں تاکہ ان کی شو بھی قائم رہے اور بہنوں بھائیوں کی تعلیم اور شادی کے اخراجات بھی پورے ہوسکیں۔ میں کنوارہ تو نہیں ہوں۔ بیوی ہے دو بچے ہیں۔ ٹھیک ہے کہ کمپنی نے گھر، گاڑی، ٹیلی فون، میڈیکل کی سہولت دے رکھی ہے مگر دوسرے سو خرچے ہیں جو پانچ ہزار میں تو پورے نہیں ہوسکتے۔ بچوں کی تعلیم شروع ہوگی، ملنا ملانا، دینا لینا پڑتا ہے۔ اسی لئے میں کینڈا جارہا ہوں۔ حمیرا اور بچے بھی میرے ساتھ جائیں گے۔ اس لئے تم اپنے گھر میں ہی رہنا تو بہتر ہے۔ میں نے کوئی پورے گھر کا ٹھیکہ تو نہیں لے رکھا۔ بڑا ہوں تو اس کا مطلب یہ نہیں ہے کہ میری اپنی کوئی زندگی نہیں ہے۔ دو بہنوں کی شادیاں ہوجائیں گی انشاء اللہ اور تمہیں کس چیز کی کمی ہے۔ شعیب دبئی چلا گیا اب تو تمہارے اور بھی عیش ہوں گے اور کیا چاہئے تمہیں؟'' ندیم بھائی نے سنجیدگی سے تلخی سے کہا۔

''میں نے کب آپ سے کچھ مانگا ہے۔ ایک میری وجہ سے اگر آپ لوگوں پر بوجھ پڑتا ہے۔ آپ کا بجٹ خطرے میں پڑتا ہے تو مطمئن رہیے میں نے نہ تو پہلے یہاں آنا تھا۔ اور نہ ہی پھر کبھی اس گھر پر مسلط ہونے، بوجھ بننے کے لئے آؤں گی...... میں کتنا برداشت کرنا جانتی ہوں۔ رشتے کس حد تک نبھانا جانتی ہوں۔ مجھے آپ لوگوں کا اپنی بہنوں کا، اس گھر کی عزت کا کتنا خیال ہے یہ کبھی نہ کبھی تو آپ کو معلوم ہو ہی جائے گا۔ مگر مجھے اس بات کا دکھ ہمیشہ رہے گا کہ آپ سب لوگ میرے اپنے ہیں لیکن آپ میں سے کسی نے بھی مجھے صحیح نہیں سمجھا۔ کوئی بھی مجھے سمجھ نہیں

سکا۔" عزّہ نے سنجیدہ اور پُر اعتماد مگر دکھی لہجے میں کہا۔

"ہاں ہاں سارے ہی پاگل ہیں، ناسمجھ ہیں۔ ایک نہ دو سبھی ناسمجھے ہیں یہاں تو، ایک تُو ہی سمجھدار اور عقل مند پیدا ہوئی تھی اس گھر میں۔"

صابرہ بیگم نے غصے سے کہا تو عزّہ نے بہت دکھ سے ان کا بیماری اور دکھوں سے زرد پڑتا سانولا ہوا چہرہ دیکھا ان کے چہرے کے سارے گلاب سجاد رضوی کے وجود کی نفرت، تمازت نے مرجھا دیئے تھے۔ انہیں ہر نرم جذبے سے عاری کر دیا تھا۔ "اسی لئے تو میں کہتا ہوں کہ یہ خود کو عقل کُل اور افلاطون سمجھتی ہے۔ شوہر اسے پوچھتا تک نہیں ہے۔ اولاد سے اس کی گود خالی ہے۔ پھر نجانے کس بات پر اتنا بڑھ بڑھ کے بولتی ہے۔" ندیم بھائی نے طنز کا تیر چلایا جو سیدھا اس کے دل پر لگا۔

"میں نے غلط کیا بولا ہے بھائی! میں اگر سب سے حسن اخلاق سے پیش آتی رہی، ہر آنے جانے والا میری تعریف کرتا رہا تو یہ آپ کے نزدیک میری خامی اور برائی ہے۔ آپ لوگ تو مجھے ایسے کوستے اور ایسے مجھ پر طنز کرتے ہیں جیسے میں نے آپ لوگوں کا کوئی بہت بڑا نقصان کر دیا ہو۔ اگر ایسا ہے ناں تو میں مرنے سے پہلے آپ کا یہ نقصان ضرور پورا کر جاؤں گی۔" عزّہ نے دکھ سے کہا۔

"ارے تُو کیوں اس سے الجھ رہا ہے۔ یہ تو ہر وقت جلی بھنی ہی رہتی ہے۔ بنا شوہر اور اولاد کے سسرال میں پڑی ہے پھر بھی مَت نہیں آئی اس لڑکی کو۔ اس کا تو دماغ ہی ساتویں آسمان پر رہتا ہے۔ نہ اسے رشتوں کی نزاکت کا احساس ہے اور نہ ہی ہماری عزت کا خیال۔"

صابرہ بیگم نے غصیلے اور کاٹ دار لہجے میں کہا تو عزّہ نے ہال میں لگی خانہ کعبہ کی تصویر کو دیکھتے ہوئے اللہ تعالیٰ سے مخاطب ہو کر کہا۔

"سن رہے ہیں آپ اللہ میاں! کہ میرے پیارے مجھے کیا سمجھتے ہیں اور کیسا سمجھتے ہیں؟ اللہ میاں! آپ تو جانتے ہیں ناں کہ مجھے رشتوں کی نزاکت کا کتنا احساس ہے اور میں ان کی عزت کا کس حد تک خیال رکھ سکتی ہوں۔ بس اللہ میاں آپ ہی میرے گواہ ہیں۔ آپ ہی میرا آسرا ہیں۔ آپ کا کرم چاہئے مجھے تو۔ ان سے تو مجھے کچھ نہیں چاہئے۔ پہلے ہی یہ لوگ مجھے بہت کچھ دے چکے ہیں۔"

وہ اپنی بات مکمل کر کے انہیں حیران چھوڑ کر وہاں سے چپ چاپ چلی گئی۔

''لیجئے یہی کمی تھی اب محترمہ پر پاگل پن کے دورے بھی پڑنے لگے۔ اللہ سے اس طرح باتیں ہو رہی ہیں جیسے وہ اس کے سامنے ہی تو بیٹھے ہیں۔''

ندیم بھائی نے کہا تو صابرہ بیگم اپنا سر پکڑ کر بولیں۔

''یہ لڑکی تو میری ناک کٹوائے گی خاندان میں۔''

''خاندان سے یاد آیا امی، عائزہ اور منیزہ کے لئے اچھے سے رشتے ڈھونڈیں اور میں جو رقم کینیڈا جا کر بھیجوں اس سے ان کا جہیز بنانا شروع کریں۔ عائزہ کے لئے تو ایک رشتہ بھی ہے میری نظر میں۔ لڑکا ہماری کمپنی میں ہی انجینئر لگا ہے نیا ہے، برادری کا ہے اور بہت سلجھا ہوا ہے۔''

''تو بیٹا، جانے سے پہلے اپنے باپ سے اس لڑکے اور اس کے گھر والوں کی ملاقات کراتے جانا تاکہ کچھ بات بن سکے۔'' صابرہ بیگم نے کہا۔ عائزہ اور منیزہ ان کی باتیں سن کر شرما کر حمیرا اور شیری کے پاس دوسرے کمرے میں چلی گئیں۔

''وہ تو میں کرا ہی دوں گا لیکن امی، ابو کو بھی سمجھائیں کہ وہاں کے لوگ اور کمپنیاں میرے انتظار میں نہیں بیٹھیں کہ میں وہاں جاؤں گا تو فوراً مجھے لاکھوں روپے تھما دیں گی۔ وقت اور محنت چاہئے۔ ٹھیک ہے بڑا بھائی ہونے کے ناطے مجھ پر میرے بہن بھائیوں کی ذمہ داری ہے لیکن ابو کا بھی تو کچھ فرض ہے۔ انہیں بھی تو کچھ احساس کرنا چاہئے۔'' ندیم بھائی نے سنجیدگی سے کہا۔

''انہیں احساس ہو جائے تو پھر رونا کس بات کا ہے۔ وہ تو ہمیں بے حس اور خود کو حساس کہتے ہیں۔ ساری زندگی روپیہ یار دوستوں پر اپنی عیاشیوں پر لٹایا ہی تو ہے۔ اب ذرا پیسہ کم ہو گیا۔ کچھ جوڑوں کے درد نے آلیا تو گھر ٹکے بیٹھے ہیں۔ ورنہ یہ تو اب بھی پہلے کی طرح پھرتے۔ انہیں کسی کی نہیں ہے نہ بیوی کی نہ بیٹی، بیٹے کی انہیں تو دولت کی محبت ہے۔ طمع بیٹھ گئی ہے ان کے دل میں۔ بینک سے منافع کی رقم بھی نہیں لیتے۔ اپنا پیسہ جمع کر رہے ہیں اور تمہارا سارا خرچ کرا دیا۔ جیسے تیسے گزر بسر ہو رہی ہے۔ کبھی جو قرض خواہوں کے پیسے دینے پڑ جائیں تو نکالتے ہوئے سو سو دفعہ سنائیں گے۔ میری تو زندگی قربان ہو گئی۔ اب وہ چاہتے ہیں کہ انہیں اولاد لاکھوں روپے کما کما کے ہر مہینے لا کے دیتی رہے۔ ان کی پیسے سے باہر لوگوں میں دوستوں، رشتے داروں میں شو بھی بنی رہے اور عیش بھی ہوتی رہے۔ دیکھا نہیں تم نے پیسے میں کمی آئی تو ان کے ملنے والوں میں بھی کمی آ گئی ہے۔ کوئی بھولا بھٹکا آ نکلتا ہے اب تو ادھر کو۔ وہ بھی وہ جس کے پیسے دینے ہوں۔ ورنہ کوئی یہاں آ کے تھوکتا بھی نہیں ہے۔ تمہارے باپ کو تو پرانے دن یاد آ رہے ہیں۔ انہیں تو

دولت چاہئے دولت۔ کسی بیٹی بیٹے کی بیاہ شادی کی کوئی خواہش نہیں ہے انہیں بلکہ انہوں نے تو صاف کہہ دیا ہے کہ میں نے جتنوں کی کردی ہے وہ بھی کر کے پچھتا رہا ہوں۔ میرا اتنا پیسہ اُٹھ گیا۔ اب تم جانو اور تمہارا بیٹا جانے۔ بڑا بیٹا ہے تو بڑا بن کے دکھائے۔ اتنا بڑا کنبہ پالنا کوئی آسان ہے۔ بڑا ہونا قربانی مانگتا ہے۔ قربانی دے وہ اپنے آرام کی، کرے محنت گھر والوں کے لئے۔ دفع۔ میں تو برائی کر کر کے خود بھی بری بن گئی۔ اللہ کی نظر میں بھی اور اولاد کی نظر میں تو ہوں ہی۔ میں تو اس اولاد کے پیچھے رُل گئی۔ وہ تمہارا باپ وہ بے حس اب میرے بعد تمہاری قربانی مانگتا ہے۔ بس اسے بھرتے بھرتے ہم تو مٹی میں مِل جائیں گے۔ مجھے تو تمہارے باپ نے نہ دین کا چھوڑا نہ دُنیا کا رہنے دیا۔ برباد کردی میری ساری زندگی۔ آگے اولاد کی کم بختی لانے پر تُلا ہے۔''

صابرہ بیگم جو نجانے کب سے دل کی بھڑاس نکالنے کے لیے بے چین تھیں اور ندیم بھائی بھی بہت دنوں بعد انہیں فرصت سے ملے تھے سو انہوں نے ساری سوچیں ساری باتیں انہیں کہہ سنائیں اور وہ دکھ سے اپنی دکھی اور بیمار، بے بس اور عظیم ماں کو دیکھتے رہے۔

پھر چند دن بعد ندیم بھائی حمیرا اور دونوں بچوں کو لے کر کینیڈا روانہ ہو گئے۔ سجاد رضوی نے بظاہر بہت رو کر پیار سے انہیں رخصت کیا تھا۔ مگر ان کا دل خوشی سے ناچ رہا تھا کہ ان کا بیٹا ان کے لئے دولت کمانے جا رہا ہے۔ راشدہ مامی حمیرا کو گلے لگا کر خوب روئیں۔ شوہر مر گیا تھا۔ پھر بڑا بیٹا دبئی چلا گیا اور اب بیٹی بھی لاکھوں میل دور جا رہی تھی۔ انہیں بہت رنج تھا۔ مگر ندیم بھائی نے انہیں اطمینان دلایا تھا کہ وہ حمیرا کا ہمیشہ کی طرح بہت خیال رکھیں گے اور انہیں فون کرتے اور خط لکھتے رہیں گے۔ عزّہ کو بھی ندیم بھائی کے جانے کا بہت دکھ تھا۔ ابو کے رویے پر بھی وہ بہت آزردہ تھی جو پیسے کی خاطر اپنی اولاد کو اتنی دور بھیج کر خوش تھے۔

''عزّہ امی کو مایوس مت کرنا۔ امی کے بھائی ظفر ماموں اب اس دُنیا میں نہیں رہے۔ ان کے بھائی کے گھر سے ان کا رشتہ تمہاری وجہ سے جڑا ہوا ہے۔ اسے جڑا رہنے دینا۔ اپنا خیال رکھنا اور ہاں بولنے سے زیادہ سننے کی عادت اپناؤ گی تو شاید امی وغیرہ تم پر اعتبار کرنے لگیں۔ وہ چونکہ خود ہر ظلم اور زیادتی پر ساری زندگی ابو کے سامنے کچھ نہیں بولیں۔ اسی لئے وہ تمہیں بھی خاموش رہنے کا درس دیتی ہیں۔ خاموشی میں ہی اکثر بہتری ہوتی ہے۔'' ندیم بھائی نے چلتے وقت اس کے سر پر ہاتھ رکھ کر کہا تھا۔

''جانتی ہوں بھائی مجھ سے بہتر کون جان سکتا ہے؟'' عزّہ نے پُرنم آواز میں جواب دیا تھا

اور وہ صابرہ بیگم سے مل کر انہیں روتا چھوڑ کر پرائے دیس روانہ ہو گئے تھے۔

ٹرن ...... ٹرن ...... ٹیلی فون کی گھنٹی بجی تو عزّہ خیالوں کے گرداب سے باہر نکل آئی۔

''ہیلو۔'' عزّہ نے ریسیور اُٹھا کر کان سے لگایا۔

''السلام علیکم کیسی ہے میری گڑیا سی بہن؟'' دوسری جانب سے نبیل بھائی کی محبت میں ڈوبی آواز اُبھری تو اس کے لبوں پر مسکراہٹ بکھر گئی۔

''وعلیکم السلام نبیل بھائی میں بالکل ٹھیک ہوں آپ اور باجی اور بچے کیسے ہیں؟''

''ہم سب بھی تمہاری دُعا سے ٹھیک ہیں۔ تم سناؤ کیسی گزر رہی ہے؟''

''بس بھائی، گزر رہی ہے۔''

''شعیب کا فون اور خط آتا ہے تمہارے لئے کہ نہیں؟''

''فون آتا ہے۔ خط لکھنے کی انہیں فرصت نہیں ہوتی۔'' عزّہ نے بہانہ بنایا۔

''شعیب تمہارے ساتھ ٹھیک تو ہے نا۔''

''یہ کیا سوال ہوا بھلا، کیا آپ مجھے نہیں جانتے میں تو غلط کو بھی ٹھیک کرنے کی ماہر ہوں۔ میری طرف سے کبھی پیچھے ہٹنے یا رشتہ ختم کرنے میں پہل نہیں ہو سکتی۔ میں تو رشتے نبھانے کی قائل ہوں۔ ہاں اگر کوئی خود ہی مجھ سے رشتہ توڑ لے ختم کر لے تو میں اسے روک تو نہیں سکتی نا اور نہ ہی روگ لینے کی قائل ہوں۔ آپ بے فکر رہیے بھائی، میری طرف سے ہمیشہ ''ٹھیک ہے'' کی رپورٹ ہی ملے گی آپ کو مگر دوسرے فریق کی ضمانت میں نہیں دے سکتی۔'' عزّہ نے سنجیدہ گہرے اور معنی خیز لہجے میں کہا۔

''شعیب کو تم جیسی اچھی اور پیاری بیوی نہیں مل سکتی۔ وہ ایسی حماقت نہیں کرے گا۔'' نبیل بھائی نے یقین سے کہا۔

'وہ تو ایسی حماقت کر چکا ہے نبیل بھائی، شادی کی پہلی رات ہی کر چکا ہے۔'

عزّہ نے دل میں کہا اور پھر شائزہ باجی سے بات کرنے کے بعد فون بند کر دیا۔

عزّہ کو کالج میں لیکچرار شپ کی ملازمت مل گئی تھی۔ آج وہ اپنے پیروں پر کھڑی ہو گئی تھی۔ معاشی طور پر اب اسے کسی کے سامنے ہاتھ پھیلانے کی ضرورت نہیں رہی تھی۔ ہاتھ تو اس نے پہلے بھی اللہ تعالیٰ کے سوا کسی کے آگے نہیں پھیلائے تھے۔ پہلے ٹیوشن پڑھا رہی تھی۔ پھر ظفر ماموں اسے رقم ہر ماہ دیا کرتے تھے اور کچھ رقم وہ اس کے اکاؤنٹ میں جمع کرا دیا کرتے تھے۔ جس کا عزّہ

کے سوا کسی کو علم نہیں تھا۔ وہ ملازمت ملنے پر خوش بھی تھی اور افسردہ بھی بہت ہو رہی تھی۔ کیونکہ آج اس کی خوشی میں شریک ہونے کے لئے اسے مبارکباد دینے کے لئے ظفر ماموں اس کے پاس موجود نہیں تھے۔

''بھابی جان! جاب ملنے پر بہت بہت مبارک ہو آپ کو۔ لیجیے مٹھائی کھایئے اسی خوشی میں۔'' زوہیب مٹھائی کا ڈبہ لے کر اس کے کمرے میں داخل ہوتے ہوئے بولا۔ اس کے پیچھے شاہ زیب بھی ہاتھوں میں بُکے لیے آ رہا تھ۔

''تھینک یو زوہیب۔ مٹھائی تو تم دونوں کو میں نے کھلانی تھی۔'' وہ اپنے ان پُرخلوص کزنز کو دیکھ کر ان کی محبت دیکھ کر اپنی افسردگی لمحے بھر میں بھول گئی اور مسکراتے ہوئے بولی۔

''تو کھلائیں ناں اپنے ہاتھ سے ہم دونوں کو مٹھائی تاکہ ہمیں بھی ایگزام کلیئر کرتے ہی جاب مل جائے۔'' زوہیب نے کہا تو وہ ہنس پڑی۔

''انشاء اللہ مل جائے گی تمہیں بھی جاب لو منہ میٹھا کرو۔'' عزّہ نے مٹھائی کا ڈبہ کھول کر برفی کی ڈلی اس کے منہ کی طرف بڑھاتے ہوئے کہا تو اس نے برفی منہ میں رکھ لی۔

''میرا منہ تو پہلے سے ہی میٹھا ہے۔'' شاہ زیب نے شرارت وشوخی سے کہا۔

''اچھا تو پھر تمہیں میں مٹھائی نہیں کھلاؤں گی۔'' عزّہ نے مسکراتے ہوئے کہا۔

''نہیں...... میں مٹھائی کھاؤں گا۔'' شاہ زیب نے فلمی انداز میں کہا تو وہ دونوں ہنس پڑے۔

''روؤنہ میرے بھائی لو کھاؤ مٹھائی۔'' عزّہ نے چم چم اس کے منہ میں ٹھونس دی۔ جو اس نے بچوں کی طرح سر ہلا ہلا کر کھائی۔

''پھولوں جیسی بھابی کے لئے پھولوں کا تحفہ قبول کیجیے۔ اللہ تعالیٰ آپ کو لاکھوں خوشیاں اور کامیابیاں نصیب کرے۔ آمین۔ ثم آمین!''

شاہ زیب نے بُکے اس کے سامنے کر کے کہا تو خوشی سے اس کی پلکیں نم ہونے لگیں۔

''بہت بہت شکریہ بھائیو! جیتے رہو، خوش رہو، اللہ تعالیٰ تمہیں بھی لاکھوں خوشیاں اور کامیابیاں نصیب کرے۔'' عزّہ نے بھی دل سے ان کے لئے دُعا کی۔

◆◆◆

''آمین! اللہ آپ کی زبان مبارک کرے بھابی جان! لیکن آپ کو پہلی تنخواہ ملنے پر ہم آپ سے زبردست ٹریٹ لیں گے۔'' شاہ زیب نے مسکراتے ہوئے کہا۔

''ہاں ضرور کیوں نہیں۔ ٹریٹ تو تمہارا حق ہے اور تمہیں ضرور ملے گی۔''

''یاہو۔ بھابی ہماری زندہ باد۔'' شاہ زیب اور زوہیب نے خوشی سے نعرہ لگایا تو وہ خوشدلی سے ہنس پڑی۔

سجاد رضوی کو ندیم بھائی کا بتایا ہوا رشتہ پسند تو آ گیا تھا لیکن انہیں پیسہ نکالنے کے خیال سے غصہ آ رہا تھا۔ صابرہ بیگم روز صبح، شام دو دو گھنٹے ان کی جلی کٹی باتیں سنتیں اور سر پکڑ کر بستر پر جا لیٹتیں۔ اب ان کی صحت ایسی نہیں رہی تھی کہ وہ پہلے کی طرح سب کچھ کرتی بھی رہیں اور سجاد رضوی کی تلخ اور طنزیہ باتیں بھی سنتی رہتیں۔ پچھلے سال ان کی دونوں آنکھوں میں سفید موتیا اتر آیا تھا۔ سجاد رضوی پچیس تیس ہزار روپے خرچ ہونے کے ڈر سے ان کے پاس کوئی پیسہ نہیں رہنے دیتے تھے کہ کہیں وہ کسی بیٹے کے ساتھ جا کر آنکھ کا آپریشن نہ کروالیں۔ مگر جب صابرہ بیگم کی آنکھیں درد کی شدت سے بند ہونے اور سُوجھنے لگیں تو ایک دن عزّہ اور فہیم سجاد رضوی کے ساتھ انہیں چیک اپ کے لئے آئی اسپیشلسٹ کے پاس لے گئے۔ ڈاکٹر نے فوری طور پر آپریشن کا کہا اور اخراجات صرف پانچ ہزار روپے بتائے تو اتنی کم رقم کا سن کر سجاد رضوی آپریشن کے لئے جیسے تیسے راضی ہو گئے اور اگلی شام صابرہ بیگم کی دائیں آنکھ کا آپریشن ہو گیا۔ سجاد رضوی اتنی کم رقم کے باوجود بار بار جتا رہے تھے کہ ہزاروں روپے خرچ ہو رہے ہیں۔ حالانکہ رقم بھی ندیم بھائی کی بھیجی

ہوئی تھی۔ مسلسل ذہنی دباؤ اور پریشانیوں دکھوں اور اذیتوں نے صابرہ بیگم کی آنکھوں پر بھی گہرا اثر ڈالا تھا۔ چھ ماہ بعد ان کی دوسری آنکھ کا آپریشن ہوا اور جب وہ آنکھوں کی طرف سے بے فکر ہو گئیں تو انہیں عائزہ کے جہیز کی تیاری کی فکر لاحق ہو گئی۔ ندیم بھائی کا کمپنی کولیگ صفدر بہت نیک اور سلجھا ہوا لڑکا تھا۔ سب سے بڑھ کر وہ امیر خاندان کا چشم و چراغ تھا۔ اور ہم مسلک بھی تھا۔ سو یہ رشتہ بہت سی پریشانیاں گھر میں سجاد رضوی کی زبان کے طفیل پھیلا کر طے پا گیا۔ عائزہ کے جہیز کی تیاری میں مدد کے لئے عزّہ بھی میکے آئی تھی مگر صابرہ بیگم نے اسے عائزہ کی کسی چیز کو ہاتھ نہیں لگانے دیا اور کہنے لگیں۔

''بس تُو تو دور ہی رہ ان چیزوں سے۔ کر لیں گے ہم آپ ہی سب کچھ۔ تیرا تو سایہ بھی نہیں پڑنا چاہئے عائزہ کے جہیز کے سامان پر۔ سہاگن ہو کے بھی تُو ابھاگن ہے۔ بانجھ عورت کا تو سایہ بھی منحوس ہوتا ہے۔ شادی کے واسطے تیار بیٹھی لڑکی کے لئے۔ اب ایک دفعہ کہہ دیا ہے۔ بار بار نہ کہلوائیو مجھ سے۔ دور سے ہی دیکھ لے۔''

''امی! کیا پتا میرے دور سے دیکھنے سے بھی ان چیزوں پر کوئی نحوست آ جائے۔ اس لئے میرا نہ دیکھنا ہی بہتر ہے میں گھر جا رہی ہوں۔ شادی میں اگر مجھ سبز قدم اور بانجھ کو ابھاگن کو بلانا چاہیں گے تو میں آ جاؤں گی ورنہ اپنی نحوست سے آپ کو آپ کی بیٹی کو دور ہی رکھوں گی۔''

عزّہ نے بہت ضبط سے کہا اور جانے کے لئے کھڑی ہو گئی۔ عائزہ، منیزہ، فہیم، نعیم اور عظیم بھی موجود تھے۔ کسی نے صابرہ بیگم کو اس بات پر نہیں ٹوکا۔ نہ ہی اسے جانے سے روکا۔ وہ سب میں زیادہ ذہین اور پُر اعتماد تھی۔ ہر دلعزیز تھی، کامیاب تھی، حسین تھی۔ اسی لیے سب اس سے خار کھاتے تھے۔ حسد کرتے تھے۔ اس کے بھائی بہن تک اس سے حسد کرتے تھے۔ ہر ملنے والا عزّہ کی خوش خلقی کی تعریف کرتا تھا اور وہ پیچ و تاب کھا کر رہ جاتے تھے۔ باپ کی ذہنیت، سوچ اور بے حسی ان سب میں سرایت کر چکی تھی۔ وہ جان بوجھ کر بھی عزّہ کو ستا کر اس پر طنز و تنقید کر کے خوش ہوتے تھے۔

''چلئے بھابی جان! آپ کے مبارک ہاتھوں سے آج میں نے اور شاہ زیب نے اپنی ماسٹرز میں کامیابی کی تقریب کا افتتاح بھی تو کرانا ہے۔ آپ کے بغیر ہماری ہر خوشی ادھوری ہے۔ بھابی جان چلیں۔'' اسے خبر بھی نہ ہوئی کہ کب زوہیب وہاں آ گیا اور ان کی باتیں سن کر بے قرار ہو کر عزّہ کے پاس آ کر مسکراتے ہوئے کہا اور ہاتھوں میں پکڑا امٹھائی کا ڈبہ میز پر رکھ کر عزّہ کو لے کر

باہر نکل آیا۔ عزّہ گنگ۔ سی ہو گئی تھی۔ کم از کم زوہیب کے سامنے تو اس کی سُبکی نہ ہوتی۔ وہ کیا سوچے گا کہ اس کی بھابی کی میکے میں یہ عزت اور پذیرائی ہوتی ہے۔ عزّہ کا دل دکھ سے بھر گیا اور آنکھیں گرم پانیوں سے جنہیں زوہیب سے چھپانے کے لیے اس نے سن گلاسز کی اوٹ میں چھپا لیا۔ زوہیب کو عزّہ کی دلی کیفیت کا اندازہ ہو رہا تھا۔ اس لیے اس نے کچھ نہ کہا۔ اسے آج سمجھ آئی تھی کہ عزّہ بھابی میکے اتنا کم کیوں آتی ہیں۔ ایسی اچھی، پُرخلوص، ملنسار، ہمدرد اور لونگ، کیئرنگ بھابی کو تو ان کے گھر والے اس قدر ڈی گریڈ اور ہرٹ کرتے ہیں، اسے یہ سن کر بہت ہی دکھ پہنچا تھا۔ وہ اپنے پھوپھا سجاد رضوی کے مزاج کے متعلق اپنے بڑوں سے بہت کچھ سن چکا تھا۔ مگر یقین آج آیا ان سنی سنائی باتوں پر کہ ان کے رویے نے ان کے اہل خانہ کو بھی ان جیسا بنا دیا تھا۔ نجانے عزّہ بھابی اس ماحول میں رہ کر اتنی مختلف اور مثبت سوچ اور رویے کی حامل کیسے بن گئیں۔ شاید یہ ان کے اندر کی نرمی، حلاوت اور اچھائی ہے جو اس بے حس اور تضحیک آمیز ماحول میں رہ کر بھی ختم نہیں ہو سکی اور جس کی بدولت عزّہ بھابی غیروں کے دلوں میں گھر کر گئی تھیں۔ مگر اپنوں کے دلوں میں جیتے جی مر گئیں تھیں۔ بے حسی کی انتہا تھی یہ تو۔ زوہیب سارے راستے خاموشی سے یہی سوچتا رہا۔ موٹر بائیک پر اس کے پیچھے بیٹھی عزّہ بھی اپنی ناقدری اور تضحیک کے احساس میں گھری چپ اور غمزدہ بیٹھی رہی۔ زوہیب اسے گھر چھوڑتے ہی بازار سے بیکری کا سامان خریدنے چلا گیا۔ تقریب کا تو اس نے عزّہ کے گھر والوں کے سامنے بہانہ بنایا تھا۔ ایسا ارادہ تو کوئی نہیں تھا لیکن اب وہ عزّہ کو یہ اعزاز اور عزت دینا چاہتا تھا کہ واقعی اس کے بغیر ان کی ہر خوشی اُدھوری ہے۔

وہ گھنٹے بعد آیا تو لفافوں سے لدا ہوا تھا۔ کیک، پیسٹری بسکٹ، چپس کے علاوہ چکن رولز، سموسے، دہی بھلے، پیزا، فروٹ چاٹ اور چکن کڑاہی سبھی کچھ تھا۔ ڈائننگ ٹیبل پر اس نے لفافے رکھے تو ان چیزوں کی اشتہا انگیز خوشبو ڈائننگ روم میں پھیل گئی۔ شاہ زیب نے اپنے کزنز کو فون کر دیا کہ آدھے گھنٹے کے اندر اندر پہنچ جائیں۔ تحفے سمیت ورنہ کھانے کو کچھ نہیں ملے گا۔ عزّہ نے جلدی جلدی میز پر برتن لگائے۔

"یہ اتنا کچھ منگانے کی کیا ضرورت تھی۔ کیک اور سموسے بھی کافی تھے۔ ساتھ چائے یا بوتلیں رکھ دیتے۔ کیوں زوہیب! بھائی کی کمائی ان الللے تللوں پر خرچ کرنے کے لیے ہی رہ گئی ہے کیا۔ تم سے اپنا جیب خرچ بچایا نہیں جاتا۔"

راشدہ مامی نے اتنا کچھ دیکھ کر کہا تو عزّہ اور شاہ زیب نے شرمندگی سے زوہیب کی طرف

دیکھا مگر زوہیب نے فوراً بات بناتے ہوئے کہا۔

''امی، بھائی کی کمائی کون کھا رہا ہے۔ یہ تو بھابی جان کی نیک کمائی سے خریدی گئی اشیاء ہیں۔ ہم دونوں نے امتحان میں کامیابی کی خوشی میں ان سے پارٹی کی فرمائش کی تھی۔''

''کیوں تمہاری ماں مرگئی ہے، جو تم بھابی سے فرمائش کرنے لگے؟''

''امی، بھابی بھی تو ماں جیسی ہی ہوتی ہے نا۔'' زوہیب نے عزّہ کے دُکھ اور ندامت سے جھکے چہرے کو دکھ سے دیکھتے ہوئے کہا تو وہ تلخی سے بولیں۔

''ارے چھوڑو، جو خود ماں نہ بن سکی وہ ماں جیسی کیسے ہونے لگی؟''

''امی، پلیز! آپ بھابی کو اس طرح مت کہیں اس میں بھابی کا کیا قصور ہے؟'' شاہ زیب نے مچل کر کہا۔

''تُو چپ کر بھابی کے چمچے۔'' وہ اسے ڈپٹ کر غصے سے بولیں۔ ''ارے اسی کا قصور ہے۔ اسی نے میرے بیٹے کو ٹھکرا دیا ہوگا، اسی نے شعیب کو کم صورت ہونے کی وجہ سے دھتکارا ہوگا۔ ورنہ وہ اس سے بددل کیوں ہوتا۔ اس کی رنگت گہری سانولی تھی۔ اسے اس کی رنگت چُبھتی ہوگی۔ اپنے دودھ جیسے رنگ کے سامنے اسے میرے بیٹے کا چہرہ کیوں اچھا لگتا تھا۔ یہ اگر شعیب سے محبت سے پیش آتی تو کیا وہ یوں اس سے دور بھاگتا۔ وہ ہنسی مذاق کرنے والا سیدھا سادا بچہ تھا میرا۔ وہ تو اس کے پیر دھودھو کے پیتا، ضرور اس نے ہی اسے اپنے پاس نہیں پھٹکنے دیا۔ اور ہوں گے کسی اپنے جیسی چمڑی والے سے اس کے چکر، روز صبح سے دوپہر تک گھر سے باہر رہتی ہے۔ ہمیں کیا خبر کیا گُل کھلاتی پھرتی ہے۔ کس کس سے ملتی ہے؟''

اور عزّہ کا دل چاہا کہ زمین پھٹے اور وہ اس میں سما جائے۔ اس کے کردار پر اتنی تہمتیں لگ چکی تھیں۔ لگ رہی تھیں۔ وہ باکردار ہوکر بھی بدکردار سمجھی جارہی تھی۔ بے قصور ہوتے ہوئے بھی قصوروار ٹھہرائی جارہی تھی۔ بنا کسی جرم کے سزا پارہی تھی۔ اس کی غلطی اس کا جرم تو صرف اتنا تھا کہ اس نے اس گھر کی ماں باپ کی عزت کی خاطر اپنی زندگی داؤ پر لگادی تھی۔ اتنی بڑی قربانی دے رہی تھی وہ ان سب کی عزت کے لئے بہتری کے لئے مگر سب اس کو مجرم اور قصوروار، بے کردار گردان رہے تھے۔ اس کے لئے اس سے بڑا دکھ اور صدمہ کیا ہوسکتا تھا۔ وہ ہر روز ٹوٹتی اور بکھرتی تھی اور ہر روز خود کو سمیٹ سمیٹ کر سمجھا سمجھا کر جوڑتی اور سنبھالتی تھی۔ مگر وہ بھی تو انسان تھی۔ آخر کب تک وہ ان لوگوں کی تہمتوں کی آگ میں جلتی رہے گی؟ اس نے بہت دکھ سے سوچا

اس لمحے اسے اپنا یہ فیصلہ ایک حماقت اور بہت بڑی غلطی کے سوا کچھ نہ لگا۔ وہ وہاں سے باہر نکل آئی۔

''خدا کے لئے امی، کچھ بولنے سے پہلے آپ یہ تو سوچ لیا کریں کہ آپ کیا کہہ رہی ہیں اور کس کے بارے میں کہہ رہی ہیں۔ بھابی صبح سے دوپہر تک کالج جاتی ہیں۔ پڑھانے جاتی ہیں وہاں۔'' زوہیب نے دکھ اور غصے سے کہا۔

''اللہ جانے کالج جانے کے بہانے کہاں کہاں جاتی ہے۔ کالج میں پڑھانے جاتی ہے یا تاریخ (ڈیٹ) پہ جاتی ہے۔'' راشدہ مامی کی زہریلی زبان سے یہ جملہ ادا ہوا تو باہر دیوار سے لگی کھڑی عزّہ کے دل پر برچھی سی لگی تھی۔

''شعیب ظفر، تم نے کس مقام پر لا کھڑا کیا ہے مجھے، تم خود تو اپنی نئی دُنیا میں مگن ہو چکے ہو اور مجھے مسلسل عذاب میں چھوڑ گئے ہو۔ میری دُنیا اندھیر کر دی ہے تمہارے ایک انتقامی فیصلے نے۔ اور مجھے دیکھو میں پھر بھی اپنی جگہ مضبوطی سے کھڑی ہوں۔ میرے فیصلے میں لغزش نہیں آئی۔ لیکن میرے کردار پر تہمتوں کی بارش ہو رہی ہے۔ مجھے ہر روز سنگسار کیا جاتا ہے صرف تمہاری وجہ سے شعیب ظفر اور میں یہ سب برداشت کر رہی ہوں۔ صرف اپنی ماں اور بہنوں کی وجہ سے۔'' عزّہ نے شعیب کو دل میں مخاطب کر کے کہا۔

اندر وہی بحث چل رہی تھی۔ ''امی کیا ہو گیا ہے آپ کو اتنی گھٹیا سوچ کیوں ہو گئی ہے آپ کی۔ بھابی چار سال سے اسی گھر میں آپ کی نظروں کے سامنے ہیں۔ اپنے ایمان سے بتائیں کہ انہوں نے ایسی کونسی حرکت کی ہے کہ آپ انہیں بدکردار اور قصوروار کہہ رہی ہیں۔ بتایئے مجھے؟'' زوہیب بہت جوشیلے لہجے میں پوچھ رہا تھا۔

''اسی کا شوہر شعیب شروع دن سے اس سے بدگمان اور نالاں تھا کیا یہ بات کافی نہیں ہے۔ عزّہ کے بدکردار اور قصوروار ہونے کے لئے؟ اور چار سال ہی تو گزرے ہیں ہمارے سامنے اس سے پہلے تو ماں باپ کے گھر تھی ناں۔ کیا خبر وہیں کوئی چاند چڑھا کر آئی ہو اور شعیب کو پتا چل گیا ہو اور وہ اس سے نفرت کرنے لگا ہو؟'' راشدہ مامی نے قیاس آرائی میں بھی الزام تراشی نہیں چھوڑی۔ عزّہ کا روم روم غم کی آگ میں جل رہا تھا۔ احساسِ ذلت کی آگ میں جل رہا تھا۔

''میں نہیں مانتا ہماری بھابی اپنے نام کی طرح عزت و آبرو والی ہیں۔ آپ پلیز ان پر یہ الزام لگانا ترک کر دیں۔ حد ہوتی ہے برداشت کی۔ یہ عزّہ بھابی کا ہی حوصلہ ہے کہ وہ آپ کی

بدسلوکی اور بدگوئی چار سال سے برداشت کر رہی ہیں۔ ان کی جگہ اگر کوئی اور لڑکی ہوتی تو آپ کو چاروں شانے چت کر کے کب کی یہاں سے چلتی بنتی۔ اور شعیب بھائی کی آپ کیا بات کرتی ہیں؟ وہ ایسے سیدھے بھی نہیں ہیں۔ جہاں تک میں عزّہ بھابی کو سمجھا ہوں مجھے یقین ہے کہ عزّہ بھابی بے قصور ہیں وہ تو رشتے نبھانے کی خاطر اپنوں پرایوں کی ہر زیادتی اور سختی سہہ رہی ہیں۔ قصور شعیب بھائی کا ہی ہوگا۔ ورنہ وہ مرد ہو کر خاموش نہیں رہ سکتے تھے۔ یہ ایک باہمت اور باعزت عورت کا ہی حوصلہ ہوتا ہے کہ وہ مرد کی ہر زیادتی سہہ جاتی ہے۔ اس کی بے حسی پر خاموش رہتی ہے۔'' زوہیب نے بہت تیز اور سپاٹ لہجے میں کہا۔

''بہت خوب تو اس نے تمہیں بھی اپنے جال میں پھنسالیا۔ پہلے بڑے بیٹے کو مجھ سے دور کیا اور اب چھوٹے بیٹوں کو اپنی......''

''بس امی، بھابی کی شان میں اب آپ ایک بھی غلط لفظ نہیں کہیں گی۔'' شاہ زیب ان کی بات کاٹ کر بولا۔ ''وہ بہت عظیم ہیں۔ ہماری بھابی ہی نہیں ہیں وہ بلکہ ہم تو انہیں آپ کی طرح اپنی ماں سمجھتے ہیں اور عزت دیتے ہیں۔''

''دو چار سال بڑی ہے وہ عمر میں تم دونوں سے۔ بڑے آئے اسے ماں کا درجہ دینے والے۔'' راشدہ مامی نے سُلگتے لہجے میں کہا تو زوہیب نے گہرے لہجے میں کہا۔

''امی! درجہ تو انسان اپنے حسنِ عمل سے بڑھاتا ہے۔ مقام تو انسان اپنے رویے اور سلوک سے بناتا ہے۔ اس میں عمروں کی گنتی نہیں دیکھی جاتی۔''

''اچھا بس، بہت سن لی اس کی حمایت میں تمہاری تقریر۔ خبردار جو آئندہ میرے سامنے اس کی وکالت کی تو۔'' راشدہ مامی نے غصے سے کہا۔

''آپ بھی آئندہ عزّہ بھابی پر کوئی تہمت نہیں دھریں گی، ورنہ ہم یہ گھر چھوڑ کر چلے جائیں گے۔'' شاہ زیب نے غصے اور جذبات میں آ کر کہا۔

''اے لو، تو بات یہاں تک پہنچ گئی۔ تیرا ستیاناس ہو عزّہ تجھے کل کی آتی آج آئے، تیری گور میں کیڑے پڑیں۔ تُو نے میرے بیٹوں کو مجھ سے جدا کر دیا۔'' راشدہ مامی سینے پر دوہتڑ مار کر چیخ چیخ کر بولیں۔

''امی، مہمان آ گئے ہیں۔ بس کریں یہ رونا اور چلانا اور اپنے رویے پر غور کریں۔'' زوہیب نے ڈور بیل بجنے پر بوکھلا کر کہا۔

''ہاں اب تم ماں کو عقل دو گے۔'' وہ غصے سے چلائیں۔

''مامی! میں آپ سے ان دونوں کی طرف سے معافی مانگتی ہوں۔ آپ پلیز روئیں نہیں مجھے معاف کر دیں۔ آئندہ یہ دونوں آپ سے بدتمیزی نہیں کریں گے۔''

عزّہ نے اندر آ کر ان کے سامنے ہاتھ جوڑ کر بھیگتی آواز میں کہا وہ مہمانوں کے سامنے تماشا نہیں بنوانا چاہتی تھی۔ شاہ زیب اور زوہیب نے حیرانی سے اسے دیکھا۔

''یہ سارا فساد تیرا ہی پھیلایا ہوا ہے۔ پہلے آگ لگاتی ہے پھر پانی ڈالنے چلی آتی ہے۔ منحوس، کوکھ جلی، یہی رہ گئی تھی میری قسمت میں۔''

راشدہ مامی نے اسے غصے اور حقارت سے دیکھتے ہوئے کہا اور اپنے کمرے میں چلی گئیں۔ عزّہ بھی اپنے کمرے میں اپنا حلیہ درست کرنے کے لئے چلی گئی۔ شاہ زیب دروازہ کھولنے بھاگا اور زوہیب کھانے کے لوازمات میز پر سجانے لگا۔ تھوڑی دیر بعد راشدہ مامی بھی ان سب کے درمیان بیٹھی کھا پی رہی تھیں۔ کھانے کی تو وہ شوقین تھیں۔ اتنا کچھ کیسے چھوڑ سکتی تھیں۔ عزّہ نے انہیں سب کے ساتھ ہنستے بولتے، کھاتے پیتے دیکھ کر سکون کا سانس لیا تھا اور پارٹی کے اختتام پر شاہ زیب اور زوہیب کو ایک ایک ہزار روپیہ امتحان میں پاس ہونے کے انعام کے طور پر دیا جو انہوں نے شکریے کے ساتھ قبول کر لیا۔

عائزہ کی شادی دھوم دھام سے ہو گئی۔ عزّہ کو بھی بلایا گیا تھا۔ آخر اس کی بہن کی شادی تھی۔ مگر وہ گزشتہ سلوک کے باعث دُور دُور ہی رہی تھی۔ نہ ہی اس نے عائزہ کے ہاتھوں پر مہندی لگائی کہ وہ سہاگن تو نہیں تھی۔ بقول صابرہ بیگم کے ابھاگن تھی اور نہ ہی اس نے دودھ پلائی اور جوتا چھپائی کی رسموں میں حصہ لیا۔ بس دور بیٹھی دوسرے آنے والے مہمانوں کی طرح اس کی شادی کی تقاریب دیکھتی رہی تھی۔ شادی کے ہنگامے بھی ختم ہو گئے تھے۔ ساتھ ہی منیزہ کے دو تین رشتے بھی آ گئے تھے۔ صابرہ بیگم اپنی خراب صحت کی وجہ سے چاہتی تھیں کہ ان کی بیٹیوں کی شادی تو ان کی زندگی میں ہو جائے۔ اب صرف منیزہ رہ گئی تھی۔ سجاد رضوی کا ایک ہی جواب تھا ''تمہارا بیٹا باہر سے پیسے کما کے بھیج دے تو میری طرف سے آج ہی کر دو منیزہ کی شادی۔''

اور صابرہ بیگم نے بھی سوچ لیا تھا کہ اب وہ ساری رقم ان کے ہاتھ میں نہیں دیں گی۔ منیزہ کا جہیز بنانے کے لئے الگ سے نکال کر رکھیں گی۔ اب چاہے جو جی میں آئے سجاد رضوی کہہ لیں۔ اب وہ اپنے بیٹے کی حق حلال اور محنت کی کمائی ان کی شو بازی اور فضول خرچیوں پر نہیں اُٹھنے

دیں گی۔

تین ماہ سے شاہ زیب اور زوہیب نوکری کی تلاش میں مارے مارے پھر رہے تھے۔ کئی جگہ درخواستیں دے چکے تھے۔ مگر کہیں سے انٹرویو کی کال تک نہیں آئی تھی۔ دونوں ہی پریشان تھے۔ عزّہ کو یاد تھا کہ ظفر ماموں نے جب اپنی بیماری کی وجہ سے قبل از وقت ریٹائرمنٹ لے لی تھی۔ تب حکام بالا نے انہیں یہ پیشکش کی تھی کہ وہ اپنی جگہ اپنے بیٹے کو جاب دلوا سکتے ہیں بشرطیکہ بیٹا ایم اے کی تعلیم مکمل کرلے۔ عزّہ نے ظفر ماموں کے دفتر ان کے اعلیٰ افسروں کو کئی بار فون کیا۔ ظفر ماموں کے حوالے سے زوہیب کو جاب دینے کی یقین دہانی یاد دلائی۔ مسلسل دو ماہ کی کوشش کے بعد آج ظفر ماموں کے آفس سے اعلیٰ افسر کا فون آیا تھا۔ اور اس نے اسے یہ خوشخبری سنائی تھی کہ زوہیب کو کل سے ملازمت پر متعین سمجھیں۔ کل صبح دس بجے زوہیب کو انہوں نے اپنے آفس بلوایا تھا۔ عزّہ نے زوہیب کے تمام تعلیمی رزلٹ کارڈز اور دیگر دستاویزات کی فوٹو کاپی فائل میں لگا کر پہلے ہی انہیں بھیج دی تھی۔ لہٰذا اب صرف زوہیب کا جانا باقی تھا۔ شاہ زیب نے ریاضی کے مضمون میں ماسٹر کیا تھا۔ اس کے لئے بھی ظفر ماموں کا حوالہ ہی کام آیا تھا۔ جس پرائیویٹ کمپنی میں ظفر ماموں اپنے انتقال کے وقت تک کام کر رہے تھے اس کمپنی میں عزّہ نے شاہ زیب کی تعلیمی اسناد کی فائل ملازمت کی درخواست کے ساتھ بھجوائی تھیں۔ وہاں سے بھی مہینے بعد جاب او کے کر دی گئی۔ عزّہ بہت خوش تھی کہ شاہ زیب اور زوہیب کی پریشانی تو ختم ہوگئی۔ راشدہ مامی کو بھی اطمینان ملے گا۔ ان دونوں کو ملازمت ملنے سے۔ دوپہر کو جب وہ دونوں تھکے ہارے گھر آئے تو سیدھے اپنے اپنے کمروں کی طرف چل دیئے۔

''زیب، زوہیب یہاں آؤ۔'' عزّہ نے کچن سے نکلتے ہوئے انہیں آواز دی۔

''جی السلام علیکم بھابی۔'' وہ دونوں اس کی طرف چلے آئے۔

''کیا بنا؟'' عزّہ کا اشارہ ملازمت کی طرف تھا جس کی تلاش میں وہ گھر سے نکلے تھے۔

''قورمہ'' زوہیب نے مذاق سے کہا تو وہ ہنس کر بولی۔ ''تمہارا جواب بالکل درست ہے گھر میں تو آج قورمہ ہی پکا ہے۔ مٹن قورمہ اور پلاؤ بنائی ہے میں نے۔ میں تو تمہاری ملازمت کی تلاش کا پوچھ رہی ہوں۔ ملی؟''

''کہاں بھابی ماں! ملازمت بھی اچھی، خوبصورت اور نیک سیرت لڑکی کی طرح نایاب ہو گئی ہے۔ اتنی آسانی سے کب ملتی ہے۔ ہمارے پاس تو نہ رشوت دینے کے لئے رقم ہے اور نہ ہی

کوئی سفارش ہے جس کی بنا پر ہمیں جاب مل سکے۔'' زوہیب نے اپنی جینز کی جیبوں میں ہاتھ گھسا کر بے بسی سے کہا تو عزّہ مسکراتے ہوئے بولی۔ ''تم دونوں کے پاس سفارش بھی ہے اور اس کی بنا پر تمہیں جاب بھی مل گئی ہے۔''

''کیا، کب، کہاں، کس کی سفارش؟'' دونوں حیرت اور مسرت سے بیک وقت یک زبان ہو کر چیخے۔

''ظفر ماموں کے سرکاری دفتر میں زوہیب کو ساڑھے سات ہزار کی ملازمت ملی ہے اور انہوں نے جس پرائیویٹ کمپنی میں ملازمت کی تھی وہاں زیب کو سات ہزار کی جاب ملی ہے۔ بہتر کارکردگی پر ہزار پانچ سو چھ ماہ بعد تنخواہ میں بڑھ بھی سکتے ہیں۔ ظفر ماموں کی بہتر کارکردگی اور حسن اخلاق ایمانداری ہی ان کی سفارش ہے تمہارے لئے۔ کہو تھکن اور مایوسی اتری میرے بھائیوں کی کہ نہیں۔'' عزّہ نے خوشی سے مسکراتے ہوئے بتایا۔

''ایک دم اتر گئی بھابی، یو آر گریٹ بھابی! آپ نے ہمیں ہمیشہ اچھی خبر ہی سنائی ہے۔ مگر یہ سب ہوا کیسے؟ ہم نے تو وہاں درخواست نہیں بھیجی تھی؟'' شاہ زیب نے خوش اور حیران لہجے میں پوچھا۔

''میں نے تم دونوں کی تعلیمی اسناد اور درخواست بھیجی تھی۔ دو ماہ سے مسلسل ٹرائی کر رہی تھی۔ آج آفس سے فون بھی آ گیا تم دونوں کل صبح دس بجے آفس پہنچ جانا اور ہیڈ آفس میں کرمانی اور بیگ صاحب سے مل لینا۔ اب تم دونوں کو پروف (ثابت) کرنا ہے کہ تم ظفر ماموں کے بیٹے ہو۔'' عزّہ نے سنجیدگی سے کہا۔

''انشاء اللہ بھابی ہم اپنی تمام صلاحیتیں بروئے کار لائیں گے۔ آپ کا بہت بہت شکریہ بھابی آپ نے ہمارے لئے اتنی تگ و دو کی۔ مجھے تو ایک بار ہی ابو کے آفس فون کرنے کی ہمت ہوئی تھی۔ کسی نے سیدھے منہ بات ہی نہیں کی تھی۔ یا شاید مجھے بات کرنی نہیں آئی تھی۔ اس لیے دوبارہ وہاں فون نہیں کیا۔'' زوہیب نے تشکر سے کہا۔

''پہلی بات درست ہے تمہیں بات کرنی نہیں آئی تھی۔ بھابی تو بات بنانے میں ماہر ہیں۔ تھینک یو بھابی! تھینک یو ویری مچ۔'' شاہ زیب نے مسکراتے ہوئے کہا۔

''میرا شکریہ رہنے دو اللہ کا شکر ادا کرو اور جلدی سے چینج کر کے آؤ۔ میں کھانا لگاتی ہوں۔ سب مل کر لنچ کریں گے۔'' عزّہ نے مسکراتے ہوئے کہا۔

''ہم پانچ منٹ میں آتے ہیں۔'' دونوں خوشی سے چہکتے اپنے کمروں کی طرف بھاگے۔

''مجھے تم دونوں کی نوکری لگنے کا انتظار تھا۔ بس اب میں چھ سات مہینے کے اندر اندر تم دونوں کی شادی کردوں گی۔'' راشدہ مامی نے کھانا کھاتے ہوئے کہا۔

''مگر امی، اتنی جلدی۔''

''بس کہہ دیا ہے میں نے مجھے اب اس گھر کی ویرانی کاٹنے کو دوڑتی ہے۔ بڑی بہو سے تو کسی خوشخبری کی توقع نہیں ہے۔ لیکن میں تم دونوں کے بچوں کو اپنی زندگی میں اس گھر میں ہنستے، کھیلتے دیکھنا چاہتی ہوں۔'' راشدہ مامی نے پلاؤ پلیٹ میں نکالتے ہوئے کہا۔ عزّہ دکھ اور خوشی کے ملے جلے احساسات سے دوچار تھی۔

''مامی! زوہیب اور شاہ زیب کے لئے کوئی لڑکی دیکھی آپ نے۔'' عزّہ نے پوچھا۔

''دیکھ بھی لی ہے اور پسند بھی کر لی ہے۔ زوہیب کے لئے تو میں اپنی بھتیجی مدیحہ کو بیاہ کر لاؤں گی۔ البتہ شاہ زیب کے لئے میں نے ابھی لڑکی فائنل نہیں کی۔ ایک دو لڑکیاں دیکھی تو ہیں مگر ابھی مطمئن نہیں ہوں میں۔ شاید کوئی اور اچھی لڑکی مل جائے۔''

''امی! آپ کی مشکل میں حل کر دیتا ہوں، اپنے لئے لڑکی میں خود پسند کر لیتا ہوں۔'' شاہ زیب نے شوخی سے مسکراتے ہوئے کہا تو وہ تینوں ہنس پڑے۔

''تجھے کیا پتا لڑکی کیسے پسند کی جاتی ہے؟''

''امی! لڑکے کو ہی تو پتا ہوتا ہے کہ لڑکی کیسے پسند کی جاتی ہے۔'' وہ شرارت سے بولا۔

''اس کا مطلب ہے کہ تیری نظر میں کوئی لڑکی ہے۔'' راشدہ مامی نے سر ہلا کر کہا۔

''ہے تو۔'' وہ مسکرایا۔ عزّہ نے مسکراتے ہوئے ہاتھ کے اشارے سے پوچھا کہ کون ہے۔

''اچھا خیر اپنی پسند تو اپنے پاس ہی رکھ۔ اگر مجھے تیرے لئے مناسب لڑکی نہ ملی تو میں تیری پسند سے مل لوں گی۔'' راشدہ مامی نے نوالہ منہ میں ڈالتے ہوئے کہا تو وہ خوشی سے ''یاہو'' کا نعرہ لگا کر کھانے کی پلیٹ پر جھک گیا۔

''بھابی! آپ مصروف تو نہیں ہیں۔'' عزّہ لاؤنج میں بیٹھی اخبار پڑھ رہی تھی کہ شاہ زیب آ گیا۔ وہ راشدہ مامی کو نسیمہ مامی کے گھر چھوڑ کر آیا تھا۔

''نہیں زیب، آؤ بیٹھو، کچھ کہنا ہے مجھ سے؟'' عزّہ نے اس کی طرف دیکھ کر پیار سے کہا۔

''جی بھابی! وہ......'' وہ صوفے پر بیٹھ گیا اور نظریں جھکا کر بس اتنا ہی بولا۔

''وہ کون ہے جو تمہاری نظر میں ہے؟'' عزّہ اس کے انداز سے اس کے دل کی بات سمجھ کر پوچھ رہی تھی۔ اس نے حیران ہو کر اس کی صورت کو دیکھا۔

''واہ بھابی! آپ کو کیسے پتا چلا کہ میں اس کے متعلق بات کرنے آیا ہوں؟''

''تم میرے چھوٹے سے شرمیلے سے پیارے سے بھائی ہو، دوست ہو، تو بھلا مجھے کیسے پتا نہیں چلے گا کہ تم کیا بات کرنے آئے ہو؟'' وہ ہنس کر بولی۔

''سچ بھابی، آپ تو ماں کی طرح اولاد کے دل کی بات جان لیتی ہیں۔ اسی لیے تو آپ بھابی ماں ہیں ہماری۔'' وہ محبت اور عقیدت سے اسے دیکھتے ہوئے بولا۔

''بیٹا! اگر تمہاری اصلی سگی ماں نے سن لیا نا تو میری شامت آ جائے گی۔ خیر کہو کیا معاملہ ہے؟ کون ہے وہ لڑکی جس پر میرے بھائی کا دل آ گیا ہے۔''

''بھابی ماں! پہلے آپ وعدہ کریں کہ آپ میری مدد کریں گی۔ امی کو بھی راضی کریں گی۔'' شاہ زیب نے سنجیدگی سے کہا۔

''اگر میرے اختیار میں یہ سب کرنا ہوا تو میں ضرور تمہاری مدد کروں گی۔ اب سسپنس ختم کرو جلدی سے۔''

''بھابی وہ، منیزہ ہے نا آپ کی چھوٹی بہن۔'' اس نے نظریں جھکا کر شرمیلے پن سے کہا تو عزّہ کو زبردست جھٹکا لگا۔

''منیزہ۔'' اس کے لبوں سے بے آواز نکلا۔ ''اسے اس گھر میں کونسا سکھ ملا تھا۔ شادی کے بندھن میں بندھ کر جو وہ اپنی بہن کو بھی اس گھر میں دلہن بنا کر لے آئے اور راشدہ مامی کبھی اس رشتے کے لئے تیار نہیں ہوں گی۔ میری طلاق کے بعد کیا یہ مناسب ہو گا کہ میری بہن بھی اس شخص کے بھائی سے بیاہی جائے جس نے مجھے طلاق دے دی تھی۔ نہیں یہ ہرگز مناسب نہیں ہو گا۔ شاہ زیب یقیناً بہت اچھا انسان ہے مگر منیزہ سے اس کی شادی منیزہ کے لئے مسائل پیدا کر سکتی ہے۔ پھر وہی وٹہ سٹہ، وہی خوف، مشروط خوشیاں، مشروط دکھ سکھ۔ نہیں یہ شادی مناسب نہیں ہو گی۔'' عزّہ نے دل میں سوچا۔

''بھابی ماں! کیا سوچنے لگیں آپ؟'' اسے خاموش پا کر شاہ زیب نے نظر اُٹھا کر اسے دیکھتے ہوئے پوچھا تو وہ چونک گئی۔

''ہوں، زیب تم تو جانتے ہونا کہ مامی تو مجھ سے بھی خوش نہیں ہیں۔ میں اگر ان سے اس سلسلے میں بات کروں گی تو وہ اور زیادہ خفا ہوں گی۔ ایسا ہے کہ میں استخارہ نکلوا لیتی ہوں۔ خود بھی نکالوں گی اگر تو جواب مثبت ہوا تو میں مامی اور امی سے ضرور بات کروں گی۔ لیکن تمہیں بھی مجھ سے ایک وعدہ کرنا ہوگا۔'' عزّہ نے کچھ سوچتے ہوئے سنجیدگی سے کہا۔

''کیسا وعدہ بھابی؟''

''یہ وعدہ کہ اگر منیزہ سے تمہارا رشتہ نہ ہو سکا تو تم اس بات کو دل پر نہیں لو گے۔ روگ، جوگ نہیں لگاؤ گے خود کو...... اور جہاں مامی تمہاری شادی کرنا چاہیں وہاں تم خوشی خوشی شادی کرو گے اور اپنی ہونے والی بیوی کے ساتھ خوش و خرم رہو گے۔'' عزّہ نے سنجیدگی سے کہا تو اس نے سعادت مندی سے کہا۔

''ٹھیک ہے بھابی! آپ کا حکم سر آنکھوں پر لیکن آپ کوشش ضرور کریں گی۔''

''ہاں کیوں نہیں تم میری بہن کے شوہر بنو اس سے اچھی اور خوشی کی بات اور کیا ہو سکتی ہے میرے لئے۔ لیکن زیب بچے! انسان کو ملتا وہی ہے جو اس کے نصیب میں لکھ دیا جاتا ہے۔ انسان کے اختیار میں تو صرف کوشش ہی ہے اور کوشش میں ضرور کروں گی۔ آگے جو اللہ کی مرضی۔'' عزّہ نے نرمی سے کہا۔

''تھینک یو بھابی۔'' وہ مطمئن ہو کر مسکرا دیا۔

''جاؤ ذرا زوہیب کو میرے پاس بھیجو۔'' عزّہ نے اس کا شانہ تھپک کر مسکراتے ہوئے کہا۔

''جی اچھا۔'' وہ سعادت مندی سے کہتا اُٹھ کر زوہیب کے کمرے میں چلا گیا۔

''جی بھابی ماں۔'' زوہیب چند منٹ بعد اس کے سامنے تھا۔

''بیٹھو تو، تم سے ضروری بات کرنی ہے مجھے۔'' عزّہ نے نرمی سے کہا۔ کوئی خیال اس کے ذہن میں اچانک ہی نمودار ہوا تھا۔

''لیجئے اب کہیئے ضروری بات۔'' وہ نیچے کارپٹ پر آلتی پالتی مار کر بیٹھتے ہوئے بولا۔

''زوہیب، اگر شاہ زیب کی شادی منیزہ سے ہو جائے تو کیسا ہے؟''

''زبردست ہے بھابی! آپ کا بھی دل لگ جائے گا۔ اس تنہائی سے نجات مل جائے گی۔ ویسے کیا شاہ زیب کی نظر میں منیزہ بہن ہی تھی۔''

''ہاں لیکن تم کسی سے اس کا ذکر کبھی بھی نہیں کرو گے۔'' عزّہ نے سختی سے تاکید کی۔

''کبھی نہیں کروں گا۔'' اس نے اچھے بچوں کی طرح کہا۔

''گڈ۔ تو بھائی تم ایسا کرو کہ مامی سے باتوں باتوں میں یہ پوچھو کہ شاہ زیب کے لئے منیزہ کیسی رہے گی۔ ان کی رائے معلوم کرو۔ ان کے جواب کے بعد ہی ہم کوئی قدم اُٹھا سکتے ہیں۔ لیکن یہ تم اپنے طور پر پوچھو گے۔ میرا نام نہ آئے بات میں۔'' عزّہ نے نرمی اور آہستگی سے کہا تو اس نے سنجیدگی سے کہا۔

''پوچھ لوں گا بھابی، آپ کا نام بھی نہیں آئے گا آپ بےفکر رہیں۔''

''تھینک یو۔'' وہ مسکرا دی۔

''کم آن بھابی، اتنی سی بات کے لئے شکریے کی ضرورت نہیں ہے۔ مجھے یقین ہے کہ امی مان جائیں گی۔ کیونکہ وہ اکثر منیزہ کی تعریف کرتی ہیں۔'' زوہیب نے دوستانہ لہجے میں کہا۔

''تعریف تو وہ میری بھی کیا کرتی تھیں۔ مگر ان کا رویہ تمہارے سامنے ہی ہے۔''

''جی بھابی، ہم آپ سے بہت نادم ہیں کہ امی آپ سے اچھا برتاؤ نہیں کرتیں۔ یہ سب شعیب بھائی کی بےحسی اور بےنیازی کی وجہ سے ہے۔ انہوں نے آپ کی زندگی برباد کر دی ہے۔ میرا دل چاہتا ہے کہ میں ان کا گریبان پکڑ کر پوچھوں ان سے کہ انہوں نے آپ کے ساتھ ایسا کیوں کیا؟ اور بھابی جان! آپ کیوں ایک بےحس شخص کے پیچھے اپنی زندگی، اپنی جوانی برباد کر رہی ہیں۔ آپ شعیب بھائی سے علیحدگی اختیار کر کے کسی اچھے ہمسفر کا انتخاب کیوں نہیں کر لیتیں۔ آخر آپ کا بھی تو حق ہے زندگی کی خوشیوں پر۔''

زوہیب کے اندر کا بھرا احساس اور بھڑاس ایک دم سے نکل پڑا اور وہ بولتا چلا گیا۔

''زوہیب میرے بھائی، میری ذات سے اور بہت سی زندگیاں وابستہ ہیں۔ میں نہیں چاہتی تھی کہ میرے کسی فیصلے سے ان کی زندگیوں کی خوشیاں ان سے روٹھ جائیں۔ میری قسمت میں اگر خوشیاں لکھی ہیں تو وہ مجھے ضرور ملیں گی۔ کوئی مجھ سے میرے حصے کی خوشیاں چھین نہیں سکتا۔ اور اگر نہیں لکھیں تو کوئی بھی مجھے خوشیاں نہیں دلا سکتا۔ فی الحال تو تم اور زیب ہی میری خوشیوں کا محور و مرکز ہو۔ بس تم اپنی بیوی کے ساتھ حسنِ سلوک اور محبت سے پیش آنا۔ خوش رکھنا اور خوش رہنا۔''

''انشاء اللہ بھابی جان آپ کی نصیحت اور راہنمائی رہی تو ہم دونوں بھائی ایک مثالی زندگی بسر کریں گے۔'' زوہیب نے یقین سے کہا۔

''انشاء اللہ، اب میں ذرا اپنا کالج کا لیکچر تیار کرلوں۔ نیا نصاب آ گیا ہے۔ کچھ تیاری کرنی پڑتی ہے۔'' وہ اخبار ایک طرف رکھ کر اُٹھتے ہوئے بولی۔

''ضرور کیجئے تیاری۔'' وہ مسکرا کر بولا تو وہ اپنے کمرے میں چلی آئی۔ تیاری کا تو محض بہانہ تھا۔ دراصل اس کا ذہن اِدھر اُدھر کی سوچوں میں الجھ رہا تھا۔ پچھلی بار جب وہ میکے گئی تھی تب صابرہ بیگم نے بھی تو اس سے منیزہ اور شاہ زیب کے رشتے کی بات کی تھی۔ اسے یاد آ رہا تھا۔ صابرہ بیگم نے اس سے کہا تھا۔

''میں چاہتی ہوں کہ میرے جیتے جی منیزہ کی شادی بھی ہو جائے۔ میری صحت اب جواب دے چکی ہے۔ کسی بھی وقت بلاوا آ جائے گا۔ تمہارے باپ کو تو فکر ہے نہیں۔ ندیم بے چارہ کما کما کے بھیج رہا ہے تو جلدی جلدی بیٹیوں کے فرض سے فارغ ہو جانا چاہتی ہوں۔''

''تو امی، آپ نے منیزہ کے لئے کوئی لڑکا دیکھا ہے کیا؟'' عزہ نے پوچھا تھا۔

''دیکھنا کیا ہے اگر بات بن جائے تو شاہ زیب سے بہتر کون لڑکا ہو سکتا ہے منیزہ کے لئے۔ اب تو خیر سے اس کی نوکری بھی لگ گئی ہے۔ شعیب بھی ہر مہینے پچیس تیس ہزار بھیج دیتا ہے۔ اچھا گزارہ ہو رہا ہے۔ تم اپنی مامی سے باتوں باتوں میں پوچھنا تو سہی کہ وہ شاہ زیب کی شادی کہاں کرنا چاہتی ہیں؟''

''امی میرا نہیں خیال کے مامی اس رشتے کے لئے راضی ہوں گی۔'' عزہ نے کہا تھا۔

''تُو اپنا خیال اپنے پاس رکھ اور راشدہ کے خیال کو جاننے کی کوشش کرو۔''

صابرہ بیگم نے غصے سے کہا تھا تو اس نے کہا تھا۔

''امی، مامی تو مجھے اپنی بہو بنا کر ہی پچھتا رہی ہیں۔ وہ بھلا میری بہن کو اپنے بیٹے سے کیوں بیاہنے لگیں؟''

''یہ کیوں نہیں کہتی کہ تُو اکیلی اس گھر پر راج کرنا چاہتی ہے۔ اپنی بہن کی خوشی اور خوشحالی تجھے کانٹے کی طرح چبھے گی۔ اگر تُو اپنی بہن کا بھلا چاہتی تو پہلے سے ہی اس گھر میں اس کے لئے راہ ہموار کرتی۔ مگر کہاں تجھے تو خود عیش کرنے اور حکمرانی کرنے کا شوق ہے۔ میاں کی کمائی پر خود ہی عیش کرنا چاہتی ہے اور اگر تیری ساس تجھ سے خوش نہیں ہے تو یہ تو تیرا ہی قصور ہے۔ تیری ہی کمزوری ہے۔ ویسے تو ساری عقل ہے ایک ساس کو رجھانے کی عقل نہیں ہے بس۔ یہ کہہ کہ تیرے اندر ساس کو خوش رکھنے کے گُن ہی نہیں ہیں۔ نہ شوہر قابو میں کر سکی نہ ساس کے دل میں گھر کر سکی۔

دفع کو کھ جلی، بنجر زمین ہے تُو اوران کے کس کام کی ہے مگران کا ہی حوصلہ ہے کہ تجھے تیری خامیوں، خرابیوں سمیت سنبھالے بیٹھے ہیں اب تک۔ شکر کر کہ شوہر ملک سے باہر ہے۔ اس نے تجھے طلاق دے کر گھر سے باہر نہیں کر دیا۔ ورنہ جیسا تیرا باپ ہے نا۔ جینا حرام کر دیتا وہ تیرا بھی اور میرا بھی۔ سارا قصور اس نے میرے بھتیجے کا نکالنا تھا۔ میرے خاندان سے تو انہیں ویسے ہی خدا واسطے کا بیر ہے...... خیر میں اپنے طریقے سے معلوم کرلوں گی۔ تُو تو اپنی بہن کی دشمن ہے۔ بہنیں تو اپنی بہنوں کے لئے کیسی کیسی قربانیاں دیتی ہیں اور تُو ذرا سا رشتہ نہیں کروا سکتی۔ تیرے تو گھر کی بات ہے۔“ صابرہ بیگم نے سخت تلخ اور غصیلے لہجے میں کہا تھا۔ منیزہ دروازے میں کھڑی ان کی باتیں سن رہی تھی اور عزّہ کو نفرت اور غصے سے دیکھ رہی تھی۔

”امی! میرے گھر کی بات ہے اسی لئے کہہ رہی ہوں کہ منیزہ کا وہاں رشتہ کرنا ٹھیک نہیں ہو گا۔ میں ہی کافی نہیں ہوں اس گھر کے لئے۔“ عزّہ نے ان کی باتوں کو فراخدلی اور صبر سے سہتے ہوئے کہا تھا۔

”تجھے تو گھر بسانے کا ڈھنگ ہی نہ آیا۔ من مانی اور ضد کی عادت ہے تجھے۔ سمجھوتہ کرنا تو تُو نے سیکھا ہی نہیں ہے۔ برداشت اور تحمل تو تیرے پاس سے بھی نہیں گزرے۔ تُو کیا گھر بساتی یہ تو خدا کے بسائے بسا ہوا ہے اب تک ورنہ تیرے لچھن گھر بسانے والے تو نہیں ہیں۔“ صابرہ بیگم کا لہجہ اور جملوں کا انتخاب اس کا سینہ چھلنی کر گیا تھا۔ دکھ اس کی رگ رگ میں بھر گیا تھا۔

”امی، چھوڑیں آپ کیوں کہہ رہی ہیں اسے، کرنے دیں اسے اس گھر میں عیش۔ میرا اللہ مالک ہے جہاں لکھی ہوگی ہو جائے گی میری شادی۔“

منیزہ نے کمرے میں داخل ہو کر عزّہ کو نفرت سے دیکھتے ہوئے کہا تھا۔ عزّہ کا پورا بدن اس کی آنکھوں سے نکلتی نفرت کی آگ میں جل گیا تھا۔

”تمہیں کیا معلوم میں اس گھر میں کیسی عیش کر رہی ہوں۔ میرا گھر تو بسنے سے پہلے ہی اجڑ گیا تھا۔ میری برداشت، تحمل اور سمجھوتہ تو تم لوگ کبھی دیکھ بھی نہیں سکتے۔ میں جن کے لئے خود کو قربان کر رہی ہوں وہ مجھے ہی موردِ الزام ٹھہرا رہے ہیں۔ میرا اللہ جانتا ہے کہ مجھے گھر بسانے کے گُن آتے ہیں یا نہیں۔ دل میں گھر کرنے کے فن سے میں واقف ہوں کہ نہیں۔ مجھے نہیں معلوم تھا کہ ناجائز اور غلط بات اور معاملے میں بولنا، لوگوں سے حسنِ اخلاق سے ملنا، سب کا بھلا چاہنا، سب سے خلوص سے پیش آنا ایک بہت بڑا جرم ہے۔ اتنا بڑا جرم کہ جس نے مجھے میرے ماں باپ اور

بہن بھائیوں کی نظروں میں بدزبان، بدلحاظ، منہ پھٹ، بے کردار اور ضدی، باغی، من مانی کرنے والی بنا دیا ہے۔ میرا اچھا فعل ان کی نظر میں برا ہے۔ میری ہر صحیح بات اور ہر صحیح کام ان کی نظر میں غلط ہے۔ میرا سچ بھی جھوٹ ہے۔ میری اچھائی بھی برائی ہے۔ جب سب صرف خود کو اچھا اور صحیح سمجھیں گے تو پھر میرے جیسی لڑکی تو بری اور بے کردار، بدزبان اور حاسد ہی لگے گی ناں انہیں۔ چلو میں ایسی ہی سہی۔ تم سب تو سکھی رہو گے نا۔' عزّہ نے بہت دکھی اور آزردہ ہو کر سوچا اور بے دم سی ہو کر بستر پر لیٹ گئی۔ آنکھیں بند کر لیں مگر نیند انہیں بند نہ کر سکی۔ نہ نیند، نہ کوئی خواب۔

نیند آنکھوں سے روٹھ گئی کب کی
خواب آتے تو کس طرح آتے؟

صبح وہ تینوں کالج اور دفتر جانے کے لئے تیار ہو کر ناشتے کی میز پر موجود تھے۔ راشدہ امی بھی ناشتہ کر رہی تھیں۔ زوہیب نے موقع مناسب سمجھتے ہوئے بات شروع کی۔

''امی، پھر ملی شاہ زیب کے لئے کوئی لڑکی؟''

''نہیں جو دیکھ رکھی ہیں فی الحال تو انہیں کو سوچ رہی ہوں۔ ڈھونڈوں گی کوئی اچھی لڑکی مل جائے گی۔'' راشدہ امی نے چائے کا گھونٹ بھر کر کہا۔

''امی، ڈھونڈنے کی کیا ضرورت ہے، لڑکی تو اپنے گھر میں موجود ہے۔''

''گھر میں؟'' راشدہ امی نے چائے کا کپ میز پر رکھا۔ ''تم کس کی بات کر رہے ہو؟''

''بھابی کی بہن منیزہ کی وہ شاہ زیب کے ساتھ خوب سجے گی۔''

زوہیب نے کہا تو عزّہ اور شاہ زیب دونوں نے راشدہ امی کو دھڑکتے دل کے ساتھ دیکھا کہ جانے وہ کیا جواب دیں۔ شاہ زیب تو بہت بے کل ہو گیا تھا۔

''ارے رہنے دو، مجھے نہیں چاہئے سجنے والی دلہن۔ یہ عزّہ بھی تو آئی تھی سجی سنوری۔ اس نے کیا دیا اس گھر کو۔ میرا بیٹا مجھ سے دور کر دیا۔ نہ شوہر اس کا ہوا نہ اولاد ہوئی۔ عورت کا ہار سنگھار اس کا شوہر ہوتا ہے۔ اس کی سجاوٹ تو اس کی اولاد سے ہوتی ہے۔ عزّہ کے پاس دونوں میں سے ایک بھی نہیں ہے۔ اس کی بہن بھی اس جیسی نکل آئی تو میں تو جیتے جی دوسرے بیٹے سے بھی ہاتھ دھو بیٹھوں گی اور ویسے بھی میں اس خاندان میں اپنے دوسرے، تیسرے بیٹے کو نہیں بیاہنا چاہتی۔ بس ایک ہی کافی ہے۔ اسی کو بھگت رہی ہوں اب تک اور نجانے کب تک بھگتوں گی۔''

راشدہ امی نے غصیلے اور تلخ لہجے میں کہا۔ عزّہ احساسِ ذلت سے زمین میں گڑھ گئی۔

''امی، ایک تو آپ بات کو کہاں سے کہاں لے جاتی ہیں۔ میں نے تو ایسے ہی بات کر دی تھی۔ ٹھیک ہے آپ نہ کریں شاہ زیب کی شادی منیزہ سے مگر بھابی کو تو برا نہ کہیں۔ اتنا خیال رکھتی ہیں یہ ہمارا۔ ان کے پاس کیا ہے۔ یہ بھی تو شوہر کے نام پر ہی یہاں بیٹھی ہیں انہیں......''

''زوہیب پلیز، بس کرو۔'' عزّہ نے کھڑے ہو کر اس کی بات کاٹ کر کرب سے کہا۔

''میری ذات پر ترس کھانے کی کسی کو ضرورت نہیں ہے۔ آپ مامی، جہاں چاہیں شاہ زیب کی شادی کریں۔ مجھے خوشی ہوگی۔ میں بھی نہیں چاہتی کہ میری بہن اس گھر میں آ کر میرے جیسی زندگی بسر کرے اور میری حقیقت اپنی آنکھوں سے دیکھ لے۔ مجھے کالج سے دیر ہو رہی ہے۔ اللہ حافظ۔'' وہ اپنی بات مکمل کر کے تیزی سے وہاں سے باہر نکل گئی۔

''ہونہہ۔'' راشدہ مامی نے نفرت سے سر جھٹکا اور پراٹھا توڑنے لگیں۔

زوہیب اور شاہ زیب نے ایک دوسرے کو دکھ اور بے بسی سے دیکھا اور آفس جانے کے لئے اُٹھ گئے۔

''دکھوں نے گھیرا ہے اس طرح سے
مدد کی طالب ہوں صرف خدا سے
یہ میرے جیون میں، بے رنگ رستے
کدھر سے آئے؟
یہ میری شاموں کو رات جیسا بنایا کس نے؟
یہ دکھ جو میرے چار سُو ہیں
یہ جو تہمتیں ہیں گھڑی گھڑی کی
یہ کس کی خاطر میں سہہ رہی ہوں؟
ان کی خاطر جو میرا لہو ہیں
اور لہو رُلاتے ہیں مجھ کو پل پل
ان کی خاطر
جو مجھ کو آزماتے ہیں پل پل
نجانے کب یہ دکھوں کا بے رنگ راستہ چھٹے گا
نجانے کب میری صبحوں، شاموں سے شب ہٹے گی

میرے خدایا! فقط تُو ہی راز داں ہے میرا
مجھے ہمیشہ کرم سے اپنے شاد رکھنا
میری لاج رکھنا
میرے عزم کی، میرے حوصلے کی لاج رکھنا،
میرے خدایا! میری لاج رکھنا۔''

عزّہ نے کالج کے لان میں فری پیریڈ میں بیٹھے ہوئے یہ نظم اپنی ڈائری پر لکھی۔ وہ کالج میں طالب علمی کے زمانے میں شاعری میں پہلا انعام حاصل کرتی رہی تھی۔ اب اس کی شاعری دکھوں اور امیدوں کے رنگ میں ڈھل چکی تھی۔ آج پہلی بار وہ کالج میں لیکچر کے دوران بہت سنجیدہ اور افسردہ رہی تھی۔ ورنہ تو وہ اپنے سٹوڈنٹس کو بہت خوشگوار اور دوستانہ ماحول میں لیکچر دیتی تھی۔ انہیں لیکچر اور اسباق سے متعلق قصے، چٹکلے، لطیفے، کہانیاں، حکایات اور اشعار سنایا کرتی تھی۔ انگریزی ادب میں اس کا مطالعہ بہت وسیع ہوتا جاتا رہا تھا۔ آہستہ آہستہ وہ اُردو ادب میں سے بھی لیکچر کے مطابق مثالیں اپنے سٹوڈنٹس کو سنایا کرتی تھی۔ اس طرح ان کی دلچسپی لیکچر میں برقرار رہتی تھی۔ وہ تمام طالبات سے ان کی دلچسپی کے مشاغل پر بات کرتی۔ ہفتے میں ایک دن اس نے آدھا پیریڈ طالبات کی پسند و ناپسند کے حوالے سے ٹی۔وی ڈرامے، شعروشاعری، کھیل اور افسانے ناول پر فیشن پر بات کرنے کے لئے مختص کر رکھا تھا۔ وہ اپنی سٹوڈنٹس سے بہت دوستانہ رویہ رکھتی تھی۔ اس کا لہجہ بہت نرم، دھیما اور اندازِ تخاطب ممتا کی طرح شفیق اور شیریں ہوتا تھا۔ یہی وجہ تھی کہ کالج کی ہر دلعزیز لیکچرار بن گئی تھی۔ سٹوڈنٹس اس کے پیریڈ شوق سے لیتے اور کلاس روم اس کے پیریڈ کے دوران فُل ہوتے۔ وہ سٹوڈنٹس کے موڈ اور ان کی پریشانی بھی دیکھتی۔ سٹوڈنٹس اس سے اپنی پریشانی، اور مسئلے شیئر کر کے خوشی محسوس کرتیں اور یہی وجہ تھی کہ آج اس کی سٹوڈنٹس نے اس کی افسردگی کو بھی محسوس کر لیا تھا اور اب جب وہ لان میں اکیلی بیٹھی تھی تو اس کی چہیتی طالبات کا ایک گروپ اس کے پاس آ گیا۔ وہ یہی سمجھی کہ لیکچر کی کوئی بات سمجھنے آئی ہیں کیونکہ اس کے پاس فری پیریڈ میں اکثر اس کی کلاس کی سٹوڈنٹس اس کے پاس لیکچر سے متعلق کچھ پوچھنے آ جاتی تھیں اور وہ بخوشی انہیں سمجھایا کرتی تھی۔ پڑھایا کرتی تھی۔

''میڈم۔ آپ سے ایک بات پوچھنی ہے۔'' تبسم نے کہا۔

''جی بیٹا! کہیے کیا لیکچر کی کوئی بات سمجھ میں نہیں آئی؟'' عزّہ نے فورتھ ایئر کی سٹوڈنٹ کو

دیکھا۔

"نو میڈم، ایسی بات نہیں ہے دراصل ہم آپ سے ایک پرسنل بات پوچھنا چاہ رہے ہیں۔" تبسم نے ہچکچاتے ہوئے کہا۔

"پرسنل بات، اچھا آپ لوگ کھڑے کیوں ہیں۔ وہاں سے چیئرز اُٹھالائیں اور بیٹھ کر بات کریں۔" عزّہ نے ڈائری بند کر کے اپنے شولڈر بیگ میں رکھتے ہوئے کہا تو ناہید نے کہا۔ "نو میڈم، ہم یونہی ٹھیک ہیں۔"

"بالکل ٹھیک نہیں ہے۔ اگر بات سمجھانے والا بیٹھا ہو اور سمجھنے والا کھڑا ہو تو بات پوری طرح سمجھ نہیں آسکتی اس لئے آپ سب بیٹھ کر پوچھیں جو بھی پوچھنا ہے۔"

"ہم گھاس پر بیٹھ جاتے ہیں۔" کشور نے کہا۔

"جی میڈم، یہ ٹھیک ہے، کشور کو گھاس پسند بھی بہت ہے۔" تبسم نے کہا۔

"اچھا صرف دیکھنے اور بیٹھنے کی حد تک پسند ہے یا.........." عزّہ نے جملہ ادھورہ چھوڑ کر کشور کی طرف دیکھا تو اس سمیت سب کو ہنسی آگئی۔

"ہم یہیں بیٹھ جاتے ہیں۔" وہ سب گھاس پر اس کے سامنے بیٹھ گئیں۔

"تو ہم بھی یہیں بیٹھ جاتے ہیں۔" عزّہ بھی کرسی سے اُٹھ کر نیچے گھاس پر بیٹھ گئی۔

"میڈم پلیز، آپ تو چیئر پر بیٹھئے نا۔" کشور نے حیران ہو کر کہا۔

"برابر بیٹھنے سے بات سمجھنے اور سمجھانے میں آسانی رہتی ہے۔ جی تو پوچھیے کیا پوچھنا ہے آپ کو؟" عزّہ نے مسکراتے نرم لہجے میں کہا۔

"میڈم، آج آپ لیکچر کے دوران بہت سنجیدہ اور افسردہ رہیں۔ آپ کی سنجیدگی کو آئی مین اداسی کو ہم سب نے بہت محسوس کیا ہے۔" تبسم نے جھجکتے ہوئے کہا۔

"اگر ایسا ہوا تو میں آپ سب سے معذرت چاہتی ہوں۔ میں نے دانستہ ایسا نہیں کیا۔ لیکن کبھی کبھی انسان اپنی کیفیت کو باوجود کوشش کے بھی دوسروں سے چھپا نہیں سکتا...... اینی ہاؤ آئی ایم سوری فار دیٹ۔" عزّہ نے نرمی سے کہا۔

"میڈم، ایسا تو نہ کہیں ہمیں شرمندگی ہو رہی ہے۔ آپ بھی انسان ہیں آپ کو بھی پریشانی اور پرابلم پیش آسکتی ہے۔ میڈم، ہم تو صرف یہ جاننا چاہ رہی تھیں کہ کیا آپ واقعی پریشان ہیں، اور کیا ہم آپ کی پریشان کم کرنے کے لئے کچھ کر سکتی ہیں؟" ناہید نے سنجیدگی سے کہا تو اسے ان

سب پر پیار آنے لگا۔ جو غیر ہو کر اس کی پریشانی پر پریشان تھیں۔

''بیٹا، آپ نے میری پریشانی کو محسوس کیا اس کے لئے آپ سب کا بہت بہت شکریہ۔ رہی بات پریشانی کو کم کرنے کی تو بیٹا، آپ لوگوں کا خلوص اور دُعائیں میری پریشانی کم بلکہ ختم بھی کر سکتی ہیں۔ بس مجھے آپ پیاری بچیوں کی دُعائیں چاہئیں۔ باقی سب ٹھیک ہے اللہ کا کرم ہے۔ ایسی کوئی پریشانی نہیں ہے۔'' عزّہ نے بہت نرمی اور محبت سے جواب دیا۔

''میڈم، ہم سب آپ کو بھی اپنی دُعاؤں میں یاد رکھتے ہیں۔ اللہ کرے کہ آپ کی ہر پریشانی ختم ہو جائے اور زندگی کے سفر میں آپ کو آپ کے جیسا لونگ، کیئرنگ اور من پسند مخلص ہمسفر مل جائے اور آپ ہمیشہ شاد آباد ہنستی مسکراتی رہیں۔'' تبسم نے دل سے کہا۔

''آمین!'' سب نے ایک ساتھ کہا۔

''جیتی رہیے، خوش رہیے، اللہ تعالیٰ آپ بیٹیوں کا نصیب بہت اچھا کرے۔ بھئی میری سٹوڈنٹس تو بہت اچھی اچھی دُعائیں کرتی ہیں میرے لئے۔ بزرگوں والی دُعائیں ہوں۔'' عزّہ نے خوشی سے مسکراتے ہوئے کہا۔

''میڈم، آپ ہی تو کہا کرتی ہیں کہ کسی کو دُعائیں دینے کے لئے بڑی عمر کی نہیں بڑے دل کی، خلوص کی ضرورت ہوتی ہے۔'' صباحت نے کہا۔

''ارے واہ آپ کو میری بات یاد ہے۔'' عزّہ خوشی سے ہنس پڑی۔

''میڈم، ہمیں آپ کی ہر اچھی بات یاد ہے۔'' صباحت نے جواب دیا۔

''اور بری بات۔'' وہ مسکرائی۔ سب طالبات اسے بہت عقیدت سے دیکھ رہی تھیں۔ جو استاد ہو کر ان کے برابر زمین پر دوستوں کی طرح بیٹھی باتیں کر رہی تھی۔

''بری بات تو آپ کرتی ہی نہیں ہیں۔'' سب نے ایک زبان ہو کر کہا۔

''اچھا!'' وہ ہنس پڑی۔ ''چلیں آپ کہتی ہیں تو مان لیتے ہیں۔''

''میڈم، ہمیں اپنی کوئی نظم یا غزل سنائیں ناں۔'' کشور نے فرمائش کی۔

''جی میڈم پلیز۔'' سب نے اس کی تائید میں کہا۔

''اوکے مگر پہلے آپ یہ بتائیں کہ اس وقت آپ لوگوں کا پیریڈ تو نہیں ہے۔''

''نو میڈم، ہمارا یہ پیریڈ فری ہے اور ناہید وغیرہ کی ٹیچر آج نہیں آئیں۔'' صباحت نے بتایا تو ساتھ ہی کشور بولی۔ ''جی میڈم! ہم سب اس وقت فری ہیں اور ہمیں معلوم ہے کہ آپ پیریڈ

مِس کرنے پر خفا ہوتی ہیں۔اس لئے ہم کوئی پیریڈ مِس نہیں کرتیں۔''

''ویری گڈ، اچھے سٹوڈنٹس کو ایسا ہی کرنا چاہئے کیونکہ کالج آپ پڑھنے کے لئے آتے ہیں۔پہلے پڑھائی بعد میں تفریح۔'' عزّہ نے نرمی سے مسکراتے ہوئے کہا۔

''تو میڈم، تفریح ٹائم ہے آپ عرض کریں ہم واہ واہ کرنے کے لئے بے تاب ہیں۔'' تابندہ بھی بول پڑی اس کی تھرڈ ایئر کی سٹوڈنٹ تھی وہ۔

''شریر بچی، اچھا سنو۔'' وہ تابندہ کے سر پر ہلکی سی چپت لگا کر پیار سے بولی۔

''ارشاد ارشاد۔'' سب نے بڑے جوش و خروش سے کہا۔

''غزل کے چند اشعار سنا رہی ہوں۔'' عزّہ نے کہا اور پھر اپنی ایک غزل بہت دلکش لہجے میں سنانی شروع کی۔

کٹھن ہو راستہ کتنا عزم اور حوصلہ رکھنا
اُمید کا کوئی جگنو مٹھی میں چھپا رکھنا
اندھیری رات آئے جب شمعِ دل جلا رکھنا
دکھوں کی شام ہونے تک سکھوں کا آسرا رکھنا
کبھی مایوس مت ہونا ذہن میں بس خدا رکھنا
جن کے احساس بھی سلامت ہوں ایسے لوگوں سے واسطہ رکھنا
جن میں اشکوں کے سوا کچھ نہیں ایسے لمحوں کو یاد کیا رکھنا

عزّہ نے غزل ختم کی تو طالبات نے اسے دل کھول کر داد دی۔

گھر میں شاہ زیب اور زوہیب کی شادی کی تیاریاں شروع ہو گئی تھیں۔راشدہ مامی کے جواب کے بعد شاہ زیب نے عزّہ سے منیزہ سے رشتے والی بات دوبارہ نہیں کی تھی۔بلکہ راشدہ مامی کے رویے پر اس سے معذرت کی تھی۔راشدہ مامی نے شاہ زیب کے لئے اپنے رشتے کے بھائی کی بیٹی مریم پسند کر لی تھی اور دونوں بیٹوں کے رشتے نہ صرف طے ہو گئے تھے بلکہ شادی کی تاریخ بھی طے کر دی گئی تھی۔

◆◆◆

راشدہ مامی کے ساتھ عزّہ بھی تیاری میں لگی ہوئی تھی۔ شعیب کو فون پر بھائیوں کی شادی کی تاریخ طے ہونے کی خبر دیدی گئی تھی۔ اس نے آنے سے معذرت کر لی تھی۔ البتہ رقم ہر ماہ کی طرح اس ماہ بھی بھجوادی تھی۔ شعیب کا بھیجا ہوا منی آرڈر راشدہ بیگم کے نام ہوتا اور منی آرڈر ہمیشہ راشدہ مامی ہی وصول کرتی تھیں۔ انہوں نے عزّہ کو کبھی کوئی پیسہ نہیں دیا تھا۔ نہ ہی کبھی یہ سوچا تھا کہ اسے پیسوں کی ضرورت ہے یا نہیں۔ عزّہ بھی کیوں مانگتی ان سے۔ شعیب کی کمائی پر کون سا اس کا حق تھا۔ وہ اپنی کالج کی جاب سے اچھا خاصا کما لیتی تھی۔ اپنی شاپنگ وہ خود ہی اپنی کمائی کی رقم سے کرتی تھی۔ راشدہ مامی اگر اسے کچھ لانے کو کہتی تھیں تو وہ ان سے پیسے نہیں لیتی تھی۔ اور نہ ہی راشدہ مامی نے کبھی اسے اپنے یا گھر کے لیے منگوائی گئی چیزوں کے پیسے دینا ضروری سمجھا تھا۔ عزّہ دل سے اللہ کی شکر گزار تھی کہ اسی نے اسے معاشی طور پر کسی کا محتاج نہیں بنایا تھا۔ وہ کسی پر بوجھ نہیں تھی۔ اپنی کفیل خود تھی۔ شاہ زیب اور زوہیب کو اور ان کی دلہنوں کو عزّہ نے شادی کے تحائف دیئے۔ چاروں کو ایک ایک سوٹ اور ریسٹ واچ دی تھی اس نے پرفیومز بھی ساتھ تھے۔ وہ بہت خوش ہوئے اس کے تحائف دیکھ کر۔ چاروں کو بہت پسند آئے تھے اس کے تحائف اور راشدہ مامی کو بھی۔ شاہ زیب اور زوہیب کی شادی بہت دھوم دھام سے ہوئی تھی۔ حمیرا اور ندیم بھائی بھی نہیں آسکے تھے۔ البتہ شائزہ اور نبیل بھائی کو راشدہ مامی نے مدعو کیا تھا۔ نبیل بھائی اور شائزہ باجی اپنے بچوں سمیت آئے تھے۔ نبیل بھائی راشدہ مامی کے رشتے کے پھوپھی زاد بھائی بھی لگتے تھے۔ اس لیے انہیں بلانا یوں بھی ضروری ہو گیا تھا ان کے لیے۔ نبیل بھائی نے عزّہ سے شعیب کے بارے

میں بہت کچھ پوچھا تھا۔اس کا ایڈریس مانگا تھا۔مگر وہ خوبصورتی سے ٹال گئی تھی۔نبیل بھائی اور شائزہ باجی کو عزّہ کی بہت فکر رہتی تھی۔اس کا یوں شوہر کے بغیر رہنا انہیں ٹھیک نہیں لگ رہا تھا۔عزّہ نے انہیں تو جیسے تیسے مطمئن کر دیا تھا مگر اب شادی کے ہنگامے ختم ہونے کے بعد فارغ ہوئی تو نبیل بھائی کی باتیں اسے یاد آنے لگی۔انہوں نے جذباتی ہو کر کہا تھا۔

''عزّہ، مجھے شعیب کا ایڈریس دو میں اسے خط لکھوں گا۔اس سے کہوں گا کہ اگر وہ تمہیں بیوی کی حیثیت اور حق نہیں دے سکتا تو تمہیں طلاق دیدے۔میں تمہاری شادی کسی اچھے اور ذمہ دار لڑکے سے کراؤں گا۔''

''نبیل بھائی، میں ایسا کچھ نہیں چاہتی۔کیونکہ آپ امی ابو اور میرے بہن بھائیوں کو بھی جانتے ہیں۔سب مجھی کو الزام دیں گے۔مجھے امی ابو کی سب کی عزت بہت عزیز ہے۔مجھے اب کسی سے کوئی گلہ نہیں ہے۔''عزّہ نے جواب دیا تھا۔

''عزّہ بیٹا، تم جن لوگوں کے لیے اپنی زندگی برباد کر رہی ہو۔انہیں اگر تم اپنا خون بھی پلا دو گی نا تو بھی وہ تمہاری قدر نہیں کریں گے تمہیں عزت کی نگاہ سے نہیں دیکھیں گے۔تمہاری قربانی ان کی نظر میں کوئی اہمیت نہیں رکھے گی۔اور کیا عزت کا خیال اور پاس رکھنے کا ٹھیکہ صرف تم نے ہی لے رکھا ہے۔شعیب پر کچھ فرض نہیں ہے۔تمہارے امی ابو اور بہن بھائیوں کو نظر نہیں آ رہا کہ تم پانچ سال سے اس گھر میں قیدِ تنہائی کاٹ رہی ہو۔ایسی ہوتی ہے شادی۔''نبیل بھائی جذبات میں آ کر بولے تھے۔

''جیسی بھی ہے مجھے تو نبھانی ہے۔میں اپنا فرض ادا کر رہی ہوں۔مجھے دوسروں سے کیا لینا دینا۔جب تھک جاؤں گی تو سب کچھ چھوڑ جاؤں گی۔بس آپ میرے لیے دُعا کیجئے۔کہنا آسان ہے بھائی، ایک طلاق یافتہ لڑکی کے لیے اچھا بر ڈھونڈنا آسان نہیں ہے۔''عزّہ نے سنجیدگی سے کہا تھا اور وہ بے بسی سے خاموش ہو گئے تھے۔

ظفر ماموں نے اس کے اکاؤنٹ میں جو رقم جمع کرائی تھی۔وہ پینتیس (35) ہزار روپے تھی۔عزّہ نے بارہ بارہ ہزار روپے الگ الگ لفافوں میں رکھے۔جو وہ زوہیب اور شاہ زیب کو دینا چاہتی تھی۔اس کے خیال میں اس رقم پر ان کا ہی حق تھا۔وہ ہنی مون کے لیے جانا چاہ رہے تھے۔مگر رقم ان کے پاس زیادہ نہیں تھی۔عزّہ اسی بہانے یہ رقم انہیں دینے کا سوچ رہی تھی۔باقی رقم اس نے کالج میں غریب لڑکی کے جہیز کے لیے فنڈ جمع کرنے والی پروفیسر صاحبہ کو ظفر ماموں کی

طرف سے دیدی تھی۔اور اپنی طرف سے اس نے اس لڑکی کے لیے سلائی مشین خرید کر دی تھی۔ عزّہ کی یہ شروع دن کی عادت تھی۔وہ ہر ماہ اپنی تنخواہ سے زکوٰۃ ضرور نکالتی تھی۔جو کسی غریب نادار اور ضرورت مند کو دیدیتی تھی۔اس کی یہ چھوٹی چھوٹی نیکیاں یقیناً اللہ کے پاس جمع ہو رہی تھیں۔ اور اسے ان نیکیوں کا اجر ایک دن ضرور ملنا تھا۔وہ رقم دینے کے لیے زوہیب کے کمرے کی طرف جا رہی تھی کہ اس کے کانوں میں مدیحہ کی آواز پڑی وہ زوہیب سے پوچھ رہی تھی۔''زوہیب! عزّہ بھابی، اب تک یہاں کیوں رہ رہی ہیں۔آئی مین جب شعیب بھائی یہاں نہیں ہیں تو عزّہ بھابی کو بھی یا تو شعیب بھائی کے پاس چلے جانا چاہئے یا پھر اپنے میکے جا کر رہنا چاہئے، یہاں کیوں رہتی ہیں؟''اسی سوال نے عزّہ کا دل چھلنی کر دیا اور ایک آزمائش آن پڑی تھی۔اس کے کانوں میں پھر زوہیب کی آواز پڑی جس میں غصہ اور تنبیہ موجود تھی۔''کیونکہ وہ اس گھر کی بڑی بہو ہیں۔اور یہ ان کے ماموں کا گھر ہے۔اور وہ ہم سب کا بہت خیال رکھتی ہیں۔بہت خدمت کی ہے انہوں نے ہماری امی کو بیٹی کی اور ہمیں بہن کی کمی محسوس نہیں ہونے دی۔بلکہ ہمیں تو عزّہ بھابی نے ہماری سگی بہنوں سے بھی زیادہ پیار دیا ہے۔شعیب بھائی نے جو کچھ کیا ہے ان کے ساتھ یا کر رہے ہیں۔ اس کے بعد یہ عزّہ بھابی کا حوصلہ اور ظرف ہے کہ وہ لوگوں کی باتیں بھی سن رہی ہیں اور ہماری عزت پر بھی حرف نہیں آنے دے رہیں۔وہ یہاں رہ رہی ہیں تو ہم پر احسان ہے ان کا۔وہ ایک ناشکرے شخص کی وجہ سے اپنی زندگی کے قیمتی برس یہاں ضائع کر رہی ہیں۔وہ بہت اچھی اور جانثار لڑکی ہیں۔پچھتائیں گے شعیب بھائی ایک دن اپنے کیے پر مگر۔۔۔۔مدیحہ آج تو تم نے یہ بات کہی ہے آئندہ کبھی مت کہنا۔عزّہ بھابی نے ہمیں ماں کی سی شفقت دی ہے۔ہم ان کے متعلق کوئی غلط بات نہیں سن سکتے۔تم ان کے ساتھ رہو گی تو تمہیں بھی ان کی خوبیوں کا اندازہ ہو جائے گا۔تم ان کے ساتھ حسد کا نہیں محبت اور عزت کا رویہ رکھو گی تو جواب میں وہ بھی تمہیں محبت اور عزت دیں گی۔بلکہ وہ تو نفرت کا جواب بھی محبت سے دینے والی عظیم بھابی ہیں ہماری۔''

''سوری میں نے یونہی ایک بات کہی تھی۔''مدیحہ نے شرمندہ ہو کر کہا۔''بھابی کے متعلق اس قسم کی بات میں یونہی بھی سننا نہیں چاہتا۔آئندہ خیال رکھنا۔اور عزّہ بھابی کے متعلق اپنا ذہن اور دل حسد کی آگ سے پاک رکھنا۔''

زوہیب نے سپاٹ لہجے میں کہا تو عزّہ دبے قدموں سے چلتی اپنے کمرے میں لوٹ آئی۔

''میری وجہ سے ان دونوں میں کسی قسم کی ناچاقی نہیں ہونی چاہئے۔زوہیب تو بہت جذباتی ہے

میرے معاملے میں اور شاہ زیب اس سے بھی زیادہ جذباتی ہے۔ تھینک یو زوہیب تم نے میری عزت اپنے عمل سے اور بھی بڑھادی ہے۔ خدا تمہیں ہمیشہ خوش اور آباد رکھے۔'' عزّہ نے زوہیب کو دل سے مخاطب کر کے کہا اور دل پر لگنے والی اس چوٹ کا درد بھی بھلا دیا۔

''زوہیب اور شاہ زیب یہ لو تم دونوں کے لیے میری طرف سے ہنی مون پر جانے کے لیے چھوٹا سا تحفہ ہے یہ۔'' عزّہ نے صبح ناشتے کی میز پر سب کے سامنے ان دونوں کو ایک ایک لفافہ تھما دیا۔ سب نے حیرانی سے لفافوں کو اور اسے دیکھا۔

''بھابی، اس میں کیا ہے؟'' زوہیب نے پوچھا تو اس نے مسکراتے ہوئے جواب دیا۔

''بارہ، بارہ ہزار روپے ہیں ہنی مون پر خرچ کر دیا جہاں تمہارا دل چاہیے۔''

''او تھینک یو ویری مچ بھابی۔'' وہ دونوں خوش ہو کر تشکر سے بولے۔

''مائی پلیژر۔'' وہ مسکرادی۔

''ان کی کیا ضرورت تھی شادی پر بھی اچھا خاصا خرچہ کر دیا تھا تم نے۔ اپنی تنخواہ بچا کر رکھنی تھی۔'' راشدہ مامی نے خوش ہو کر نرمی سے کہا۔ جب سے شاہ زیب اور زوہیب کی شادی ہوئی تھی۔ ان کا رویہ عزّہ کے ساتھ کافی حد تک درست ہو گیا۔ اور یہ زوہیب اور شاہ زیب کے سمجھانے کا نتیجہ تھا۔ اور عزّہ یہ بات اچھی طرح جانتی تھی۔ اور راشدہ مامی کو بھی احساس ہو گیا تھا کہ آخر عزّہ ایک لڑکی ہے وہ شوہر کی بے رخی سہہ کر سسرال بیٹھی ہے۔ ان کی خدمت بھی کرتی ہے۔ کسی سے شکوہ بھی نہیں کرتی۔ ''مامی، خوشی کے موقع پر تو خرچہ کرنا چاہئے نا اور یہ تو میرے پیارے سے بھائی ہیں اور مدیحہ اور مریم میری پیاری سی بھابیاں ان پر خرچ کر کے تو مجھے خوشی ہوگی۔'' عزّہ نے مسکراتے ہوئے کہا۔

''بھابی، ہم تو آپ کی دیورانیاں ہیں۔'' مریم نے مسکراتے ہوئے کہا۔

''اوں ہوں! تم دونوں میری بہنیں ہو۔'' عزّہ نے اس کی ٹھوڑی پیار سے پکڑ کر کہا تو وہ دونوں ہنس دیں۔ عزّہ کے متعلق جو باتیں افواہوں کی صورت ان کے دماغوں میں گردش کر رہی تھی۔ وہ اس کے رویے سے غلط ثابت ہو گئیں تھیں۔ اور مدیحہ اور مریم دونوں کو وہ بہت اچھی لگی تھی۔ حالانکہ اس سے شادی سے پہلے بھی ملتی تھیں۔ اس کے حسنِ اخلاق کی گرویدہ تھیں۔ لیکن اس رشتے کے حوالے سے ان کی سوچ ان کے گھر والوں نے بدل کر رکھ دی تھی۔

''بھابی جان! آپ بھی ہمارے ساتھ مری اور سوات چلیں گی۔'' زوہیب نے کہا۔

''جی ہاں ہم آپ کو اپنے ساتھ لے کر جائیں گے۔'' شاہ زیب نے فوراً کہا۔

''آپ اپنے ساتھ اپنی بیگمات کو لے کر جائیں گے سمجھے۔ مجھے کباب میں ہڈی بننے کا کوئی شوق نہیں ہے۔ اور یہ تم لوگوں کا ہنی مون پیریڈ ہے۔ میرا بھلا وہاں کیا کام۔'' عزّہ نے اُٹھتے ہوئے کہا۔

''لیکن بھابی۔'' شاہ زیب نے اس کے چہرے کو دیکھا۔

''لیکن بھائی، جب ہم گرمیوں کی چھٹیوں میں فارغ ہوں گے تب بھی سب اکھٹے مری اور سوات جائیں گے۔ ابھی تو تم چاروں جاؤ اینڈ انجوائے یور سلف او کے بائے مجھے کالج آج جلدی پہنچنا ہے۔ اسمبلی انچارج آج میں ہوں۔ اللہ حافظ۔'' وہ تیزی سے اپنی بات کو مکمل کر کے آگے بڑھ گئی۔

''اللہ حافظ بھابی اینڈ تھینکس اگین۔'' زوہیب اور شاہ زیب نے پیچھے سے کہا تھا۔ عزّہ نے مسکرا کر مڑ کر انہیں دیکھا اور ہاتھ ہلا کر باہر نکل گئی۔

وقت کی گردش چلتی رہی۔ تسبیح کے دانے ایک ایک کر کے گرتے چلے گئے۔ تقریباً دس برس کا عرصہ ہونے کو تھا۔ عزّہ آج بھی ظفر ماموں کے گھر پر تھی۔ اس کی وہی روٹین تھی۔ صبح چار بجے جاگنا۔ نماز پڑھنا، قرآن پاک کی تلاوت کرنا، تسبیح کرنا پھر چائے ناشتہ بنا کر سب کو ٹیبل پر بلانا، تیار ہو کر کالج جانا۔ دوپہر کا کھانا مدیحہ اور مریم پکا لیتی تھیں۔ کام کے لیے ماسی رکھی ہوئی تھی جو جھاڑو دینے، برتن اور کپڑے دھونے کا کام کرتی تھی۔ عزّہ رات کا کھانا پکاتی تھی۔ اسے مدیحہ اور مریم کا اس وقت کچن میں جانا پسند نہیں تھا۔ جب ان کے شوہر دفتر سے تھکے ہارے گھر آتے تھے۔ پھر بھی دونوں اس کا ہاتھ ضرور بٹاتی تھیں۔ عزّہ نے اپنے حسن عمل سے ان دونوں کی محبتیں بھی جیت لی تھیں۔ وہ دونوں عزّہ کی بہت عزت کرتی تھیں۔ اس کا خیال رکھنے کی پوری کوشش کرتی تھیں۔ ان کے دو دو بچے تھے۔ مدیحہ اور زوہیب کا ایک بیٹا اور بیٹی تھی۔ اور شاہ زیب کے دو بیٹے تھے۔ عزّہ کو چاروں بچوں سے بہت پیار تھا۔ اسے کبھی کبھی انہیں دیکھ کر اپنی اُجڑی مانگ اور خالی گود کا درد بہت بے کل کرتا۔ مگر وہ اللہ سے صبر کی دُعا مانگ کر پرسکون ہو جاتی تھی۔ راشدہ مامی تو اپنے پوتوں اور پوتی کے آنے کے بعد سے اتنی خوش تھیں کہ انہیں عزّہ کی خالی گود پر طنز کرنے کی فرصت ہی نہ ملی۔ ان کا بھی سارا دن اپنے پوتوں اور پوتی کے ساتھ ہنستے، کھیلتے بولتے ان کے چھوٹے چھوٹے کام کرتے مصروف گزر جاتا۔ شعیب اور ندیم بھائی دیارِ غیر سے واپس نہیں آئے

تھے۔اس عرصے میں سجاد رضوی اور صابرہ بیگم بہت بیمار ہو گئے تھے۔عائزہ کے بعد منیزہ اور فہیم کی شادیاں ہوئیں۔پھر عظیم کی بھی تعلیم مکمل ہوتے ہی اور نوکری لگتے ہی صابرہ بیگم نے شادی کر دی۔نعیم ابھی چھوٹا تھا۔تعلیم بھی مکمل نہیں ہوئی تھی۔اس لیے وہ شادی سے بچا ہوا تھا۔شعیب نے ڈیفنس میں بنگلہ خریدنے کا آرڈر دیدیا تھا۔راشدہ مامی اپنی اور بیٹوں کی پسند سے بنگلہ ڈھونڈنے میں مصروف تھیں۔جہاں تینوں کی فیملیز سما سکیں۔ادھر ندیم بھائی نے بھی نیا گھر بنانے کے لیے رقم جمع کرنا شروع کر دی تھی۔کیونکہ اب تک تو وہ بھائی، بہنوں کی پڑھائی اور شادی کے لیے رقم بھیجتے رہے تھے۔صابرہ بیگم جن کا زندہ رہنا عزّہ کو ایک معجزہ ہی لگا کرتا تھا۔جتنی تکلیفیں، اذیتیں اور مصیبتیں انہوں نے جھیلی تھیں۔جتنے دکھ اور غم سہے تھے۔جتنے ظلم و ستم اور جبر، شک اور تضحیک کے ماحول میں وہ رہی تھیں۔اس میں ان کا زندہ رہنا ایک معجزہ ہی تو تھا۔اور پھر وہ معجزہ بھی اپنا اثر کھو گیا۔جمعے کا دن تھا۔صبح فجر کے وقت صابرہ بیگم نماز ادا کرتے ہوئے اپنے خالقِ حقیقی سے جا ملیں۔راشدہ مامی کے ہاں فون پر اطلاع کی گئی۔فون زوہیب نے سنا تھا۔عزّہ نماز اور تلاوت سے فارغ ہو کر تسبیح میں مشغول تھی۔ٹیلی فون کی گھنٹی نے اس کے دل میں بھی خوف اور خطرے کی گھنٹیاں بجا دی تھیں۔اس کا دھیان فوراً صابرہ بیگم کی طرف ہی گیا تھا۔"بھابی، پھوپھو۔چلی گئیں۔" زوہیب نے بہت دکھ بھرے لہجے میں اسے یہ خبر سنائی تو اس کے ہاتھوں سے تسبیح پھسل کر اس کی گود میں گر گئی۔وہ سن سی زوہیب کو تکنے گئی۔اور جب اس نے کوئی حرکت نہ کی تو زوہیب نے اس کے شانے پر ہاتھ رکھا۔

"بھابی ماں، پھوپھو۔مر گئیں ہیں بھابی۔" زوہیب نے بھیگتی آواز میں کہا۔

"مر تو وہ اسی دن گئیں تھیں جس دن ان کی شادی ہوئی تھی۔وہ تو ہر روز مرتی تھیں۔ہاں آج فقط اتنا ہوگا کہ ان کے مردہ وجود کو منوں مٹی تلے دفن کر دیا جائے گا۔شاید۔شاید آج کے بعد میری ماں کو سکون نصیب ہو جائے۔اب وہ چین کی نیند سو سکے گی ہے نا زوہیب۔"

عزّہ نے گہرے دکھ بھرے اور معنی خیز لہجے میں کہا تو وہ رو پڑا۔دروازے میں کھڑا شاہ زیب اور راشدہ مامی بھی آبدیدہ ہو گئے۔جانتے تھے اس کی ماں کا دکھ۔"بھابی، تیار ہو جائیں ہمیں وہاں جانا ہے۔" شاہ زیب نے بھیگتے لہجے میں کہا۔

"ہاں جانا تو ہے اپنی ستم رسیدہ ماں کے آخری دیدار کو جانا تو ہے۔میں نے تو یہ غم نہیں دیکھنا چاہا تھا پھر کیوں؟" وہ بولتے بولتے رو پڑی۔

''عزّہ، میری بچی جانا تو سبھی نے ہے۔ صابرہ آپا نے بہت آزمائش بھری زندگی گزاری ہے۔ اللہ انہیں ان کے صبر کا صلہ جنت کی شکل میں دے گا۔ انشاء اللہ۔ تو بھی صبر کر، موت کے سامنے آدمی بے بس ہوتا ہے۔ مرنے والے کو روکنا کسی کے اختیار میں نہیں ہوتا۔ اگر ہوتا تو کوئی اپنے پیاروں کو یوں جانے نہ دیتا۔ چل اُٹھ میکے جانے کی تیاری کر۔'' راشدہ مامی نے اس کے سر پر ہاتھ رکھ کر پرنم لہجے میں کہا تو وہ روتی ہوئی اپنی جگہ سے اُٹھ گئی۔ ندیم بھائی کو بھی اطلاع دیدی گئی تھی۔ مگر کینیڈا کا موسم خراب ہونے کی وجہ سے انہیں جہاز نہ مل سکا۔ تمام فلائٹس کینسل کردی گئی تھیں۔ مجبوراً انہیں اپنے نہ آنے کی اطلاع کرنا پڑی۔ اور صابرہ بیگم کا جنازہ ان کے بڑے بیٹے کے کندھے کے بغیر قبرستان لے جایا گیا۔ سجاد رضوی بھی بیوی کی موت پر بچوں کی طرح رو رہے تھے۔ پتا نہیں اپنے ظلم یاد آرہے تھے۔ یا صابرہ بیگم کا صبر اور ان کی ابدی جدائی کا غم انہیں رلا رہا تھا۔ بہرحال وہ سب سے گلے ملتے ہوئے رو رہے تھے۔ ماں کے مرنے کا غم سبھی کو تھا۔ سبھی رو رو کر ہلکان ہو رہے تھے۔ مگر عزّہ کی حالت سب سے ابتر تھی۔ وہ تو ٹی وی ڈرامے میں کسی کو روتا دیکھ کر رو پڑتی تھی۔ اور یہ تو اتنا بڑا صدمہ تھا۔ اس کی ماں کا غم تھا۔ مرنے کے بعد جس کے چہرے پر دکھوں اور غموں کی تھکن نمایاں تھی۔ عزّہ کا دل سنبھل نہیں رہا تھا۔ سوئم بھی ہوگیا مگر عزّہ رو رو کر نہیں تھکی۔ بھوکی پیاسی بس روئے جاتی۔ ''ہماری بھی ماں تھیں وہ تمہیں زیادہ غم ہے ان کے مرنے کا کچن میں جاکے کچھ کھالو اب کیا بھوکی مروگی۔'' عائزہ نے اسے دیکھتے ہوئے غصے سے کہا۔

''شو بازی کر رہی ہے دوسروں کو یہ دکھانا چاہتی ہے کہ اسے اپنی ماں سے سب سے زیادہ پیار تھا ہونہہ۔'' فہیم نے تنفر سے کہا اس کا دل دکھ سے بھرتا چلا گیا۔ ''کیسے ہیں یہ لوگ میں اپنی ماں کے غم میں آنسو بھی نہ بہاؤں۔'' اس نے دکھ سے سوچا۔ ''عزّہ، لو کچھ کھالو اور چپ ہوجاؤ ورنہ یہ اسی طرح تمہیں سناتے رہیں گے۔'' شائزہ باجی ٹرے میں اس کے لیے کھانا لے کر آئیں اور نرمی سے بولیں اس نے دوپٹے سے اپنے آنسو صاف کرلیے۔ شائزہ باجی اس گھر کی سب سے زیادہ بڑی، کمزور اور کم گو لڑکی تھیں۔ ان کے اندر باپ کا خوف تھا۔ اعتماد سرے سے تھا ہی نہیں۔ البتہ وہ سب کی خیر خواہ ضرور تھیں۔ سب کے لیے فکرمند رہتیں۔ عزّہ کے بہت زیادہ حساس ہونے کی وجہ سے اس کی انہیں ہمیشہ فکر لگی رہتی۔ اور شادی کے بعد جب سے وہ اکیلی ہوئی تھی تب سے تو انہیں اس کی اور بھی فکر رہنے لگی تھی۔ وہ شعیب کو کوسا کرتیں۔ جس نے ان کی پیاری بہن کو لاوارث بنا کر دنیا کی نظروں میں بے کردار اور قصوروار بنا کر چھوڑ رکھا تھا۔ شائزہ باجی، نبیل بھائی سے شادی

کے بعد بالکل بدل گئی تھیں۔ اب وہ ایک پُراعتماد اور بے خوف عورت کے روپ میں ڈھل گئی تھیں۔ بڑے بڑوں کے کان کاٹا کرتیں۔ گھریلو ذمہ داریاں خوش اسلوبی سے نبھائیں۔ وہ جو شادی سے پہلے سادہ مزاج تھیں۔ پہننے، اوڑھنے کی طرف کبھی باپ کے خوف سے توجہ نہیں دی تھی۔ اب نبیل بھائی کی خواہش اور کوشش سے وہ ہر مناسب فیشن کرتیں۔ پہننے اوڑھنے کا خوب سلیقہ آ گیا تھا انہیں۔ نبیل بھائی نے انہیں بدل کر رکھ دیا تھا۔ وہ بہت محبت اور عزت کرنے والے انسان تھے۔ انہوں نے شائزہ باجی کو اعتبار، پیار اور وقار دیکر بدل دیا تھا۔ اور سب خاندان والے جو شائزہ باجی کو شادی سے پہلے جانتے تھے۔ اور شائزہ باجی کی سہیلیاں وہ بھی ان کے اس روپ پر حیران تھے۔ جبکہ عزّہ بہت خوش تھی کہ شائزہ باجی کو زندگی جینے کا ڈھنگ سکھا دیا ہے نبیل بھائی نے۔ اسے نبیل بھائی اپنی مثبت سوچ اور عمل کے حوالے سے اپنے پیار اور خلوص کے حوالے سے ہمیشہ سے اچھے لگتے تھے۔ اور وہ بھی تو اپنی اچھی عادات کی وجہ سے ہی ان کے دل میں گھر کر گئی تھی۔ ان کی فیورٹ سالی ہی نہیں ان کی بہن اور بیٹی کا درجہ حاصل کر چکی تھی وہ۔۔ اور غم کے اس موقع پر انہوں نے ہی اس کی ہمت بندھائی تھی۔ اسے تسلی، دلاسہ دیا تھا۔ اس کے بھائیوں اور بہنوں نے اس پر بھی اسے طعنے ہی دیئے تھے۔ وہ سب نبیل بھائی کی اس سے محبت وشفقت پر بھی اس سے حسد کرتے تھے۔

بیوی کی موت نے سجاد رضوی کو بھی توڑ پھوڑ کے رکھ دیا تھا۔ اب انہیں احساس ہو رہا تھا کہ صابرہ بیگم ان کے لیے کتنی اہم تھیں۔ انہیں اپنی زیادتیاں جو کبھی زیادتیاں نہیں لگی تھی۔ بلکہ وہ تو صابرہ بیگم سے کہا کرتے تھے کہ ''تم تو عیش بھری زندگی گزار رہی ہو، عیش کر رہی ہو عیش۔'' اور صابرہ بیگم ان کی یہ بات سن کر دل میں کہا کرتیں۔ ''خدا ایسی عیش کسی دشمن کی بیٹی کو بھی نہ کرائے۔'' آج سجاد رضوی کو اپنی زیادتیاں حقیقتاً زیادتیاں محسوس ہو رہی تھیں۔ اب وہ اکیلے اپنے کمرے میں اوپر پڑے رہتے کوئی پوچھنے والا نہ ہوتا۔ کئی بار آوازیں دینے پر کوئی بہو یا بیٹا ان کے پاس جاتا اور چائے پانی جو وہ مانگتے ان کے سامنے رکھ کر نیچے واپس آ جاتا۔ سجاد رضوی تو دس دن میں ہی آسمان سے زمین پر آ گئے تھے۔ یہ صابرہ بیگم ہی تھیں۔ جو مرتے دم تک ان کی آن بان کا بھرم رکھتی رہی تھیں۔ اپنی اولاد کو بھی باپ کے سامنے خاموش رہنے اور ان کا کہنا ماننے کی تلقین کرتی رہی تھیں۔ اب نہ صابرہ بیگم رہی تھیں۔ اور نہ ہی ان کی باتوں پر عمل کرنے کی کسی کو فکر تھی۔ اولاد کی لاپرواہیاں، غیر ذمہ داریاں، بدتمیزیاں اور فضول خرچیاں، باپ کے خلاف بدگوئیاں جو آج تک

صابرہ بیگم چھپاتی چلی آئی تھیں۔ اب آہستہ آہستہ ان سے بھی پردہ اُٹھتا جارہا تھا۔ اولاد کا جو دل چاہتا جواب دینے لگی تھی۔ سجاد رضوی کو پیاس بار بار لگتی تھی۔ ہائی بلڈ پریشر کا بھی اثر تھا۔ ان کے لیے پانی کی بوتل بھر کر رکھی جاتی تھی پہلے اب کوئی دس بار بلائے بغیر انہیں پانی تک نہیں پلاتا تھا۔ کل ہی کی بات تھی سجاد رضوی نے پانی کے لیے نعیم کو آواز دی تو وہ کئی بار بلانے پر پانی لے کر آیا اور گلاس ان کے سامنے میز پر پٹخ کر غصے اور بدتمیزی سے بولا۔ ”ایک دفعہ پی لیا کریں پانی۔ آپ کا نوکر نہیں ہے کوئی کے سارا سارا دن آپ کی آواز پر دوڑا چلا آئے۔ دو گھڑی چین سے نہ بیٹھنے دیتے ہیں نہ کوئی کام کرنے دیتے ہیں۔“

”یہ کس لہجے میں بات کر رہے ہو تم بے غیرت! تجھے باپ سے بات کرنے کی تمیز نہیں ہے۔ ابھی میرے ہاتھ پیر سلامت ہیں۔ تیری زبان تو میں کھینچ ہی سکتا ہوں۔“

سجاد رضوی نے بہت منجھے لہجے میں کہتے ہوئے اپنی بیساکھی اُٹھائی جو وہ جوڑوں کے درد کے باعث چلنے پھرنے سے معذور ہونے کے بعد استعمال کر رہے تھے۔ چلتے ہوئے گھٹنوں میں تکلیف جو ہوتی تھی ان کے۔

”ساری زندگی زبانیں کھینچتے ہی گزر گئی ہے آپ کی۔ وہ امی ہی تھیں جو آپ کے ساتھ ساری زندگی گزار گئیں۔ اب کوئی نہیں سنے گا آپ کی یہ جلی کٹی، طنزیہ اور حاکمانہ باتیں۔“ نعیم نے بہت گستاخ لہجے میں کہا تو سجاد رضوی کا چہرہ غصے سے سرخ ہو گیا اور وہ بیساکھی پکڑ کر کھڑے ہو گئے۔

”بکواس بند کر حرام زادے! یہ تربیت کی ہے میں نے تیری۔ سامنے زبان چلاتا ہے۔“ سجاد رضوی غصے سے چلائے تو سب وہاں جمع ہو گئے۔

”کون سی تربیت ابو جی! کوئی تربیت نہیں کی آپ نے ہماری۔ اگر تربیت کی ہے جو آپ کرتے رہے ہیں وہی ہم کریں گے تو آپ کو اعتراض ہو رہا ہے۔ آپ کے نقشِ قدم پر چلنا ہی آپ کی تربیت ہے۔ ساری زندگی آپ نے بیوی بچوں پر سختی کی، ظلم کیا۔ شک کیا اور اپنے رشتے داروں اور یار دوستوں پر دولت اور محبت نچھاور کرتے رہے۔ اب بلائیں اپنے انہیں یار دوستوں اور رشتے داروں کو آواز دیں انہیں کہیں کہ آ کر آپ کی خدمت کریں۔ کوئی پانی تک کو نہیں پوچھے گا آپ کو۔“ نعیم بولے چلا گیا۔ سجاد رضوی نے غصے سے بیساکھی اس کی ٹانگ پر دے ماری۔

”بس ابو جی! بہت مار کھالی آپ کی۔ اب آرام سے بیٹھیں۔ آپ کو کوئی فائدہ نہیں ہے ان

عبادتوں کا۔ زبان تو ہر وقت گالیوں سے بھری رہتی ہے ہونہہ۔'' نعیم نے غصے سے کہا اور ان کی بیساکھی چھین کر دور پھینک دی اور تیزی سے نیچے سیڑھیاں اتر گیا۔ سب کے رنگ فق ہو چکے تھے۔

''لیں ابو۔'' عظیم نے بیساکھی اُٹھا کر انہیں دیتے ہوئے کہا۔

''دفعہ ہو جاؤ تم سب۔ کسی کی ضرورت نہیں ہے مجھے۔ سب تماشا دیکھتے رہے کسی کو اتنی شرم نہ آئی کہ آگے بڑھ کر اس ذلیل کے منہ پر تھپڑ لگا دیتے۔ اس کی زبان روک دیتے۔ نہیں جی۔ تمہاری تو دلی مراد پوری ہوئی ہے نا۔ کرتے رہو نافرمانی اور بدتمیزی سالو! کتے کی موت مرو گے۔ خدا نے مجھے یہ دن دیکھنے کے لیے زندہ رکھا ہوا تھا اب تک۔ خودکشی حرام نہ ہوتی تو میں کب کی کر چکا ہوتا۔ دفعہ ہو جاؤ تم یہاں سے۔ ابھی میرے پاس اتنا پیسہ ہے کہ میں اپنی باقی ماندہ زندگی آرام سے گزار سکتا ہوں۔ ملازم بھی رکھ سکتا ہوں۔ دور ہو جاؤ میری نظروں سے تم سب اندر سے ایک ہی ہو۔ دفعہ ہو جاؤ یہاں سے۔'' سجاد رضوی نے غصے سے ہانپتے ہوئے کرسی پر بیٹھ کر کہا تو وہ سب ایک ایک کر کے نیچے چلے گئے۔ گھر میں سوگ تو تھا ہی اب نئی ٹینشن شروع ہو گئی تھی۔ عزّہ، ظفر ماموں کے ہاں واپس جا چکی تھی۔ عظیم نے اسے فون کر کے ساری صورتحال سے آگاہ کیا تو اسے بہت افسوس بھی ہوا اور نعیم پر غصہ بھی آیا۔ ''امی کی ساری ریاضت خاک میں ملا دی نعیم نے۔ کیا تھا جو خاموش ہو جاتا، اب ماں سننے کے لیے زندہ نہیں رہی تو باپ کے سامنے اپنی اصلیت ظاہر کرنے لگے ہیں۔ ابو نے بھی جیسا بویا تھا ویسا کاٹ رہے ہیں۔ مگر نعیم کو چپ رہنا چاہئے تھا۔ ابو تو اسے قیامت تک معاف نہیں کریں گے۔ الٹا بددُعائیں ہی دیں گے ساری زندگی۔'' عزّہ نے بہت دکھ اور پریشانی سے سوچا۔

عزّہ سے اس کی کالج کی کولیگ اور سٹوڈنٹس صابرہ بیگم کے انتقال پر تعزیت کرنے کے لیے آئیں تھیں۔ اس کی پرنسپل بھی آئی تھیں۔ اور انہوں نے اسے اس کے ٹرانسفر آرڈر کے بارے میں بھی بتایا تھا۔ عزّہ کا ٹرانسفر اسلام آباد کے کالج میں کر دیا گیا تھا۔ خود عزّہ نے بھی اس کالج میں جاب کے لیے کچھ عرصہ پہلے اپلائی کیا تھا۔ وہ اس یکسانیت سے، گھٹن زدہ ماحول سے، لوگوں کی خاص کر اپنوں کی طنزیہ اور تلخ باتوں اور رویوں سے بہت دلگیر ہو چکی تھی۔ وہ اندر سے تھکنے لگی تھی۔ کبھی کبھی اس کا دل چاہتا کہ کسی پُرفضا مقام پر چلی جائے۔ دُنیا کے طعنوں سے پریشانیوں سے دور سب سے الگ رہے۔ اپنے اندر کا سارا غبار باہر نکال دے۔ ساری تھکن سرسبز وادیوں کے حسن

میں قدرت کے جمال میں گم کردے اور تازہ دم ہو جائے۔ اب تو صابرہ بیگم بھی نہیں رہیں تھیں۔ سجاد رضوی کو قائل کرنا اس کے لیے کوئی مشکل کام نہیں تھا اب یوں بھی تو وہ اکیلی ہی رہ رہی تھی ایک طرح سے۔ شعیب کا دبئی سے فون آیا تھا۔ اس سے تعزیت کی تھی اس نے۔ عزّہ نے بس دو جملے سننے کے بعد فون راشدہ مامی کو تھما دیا تھا۔ پندرہ دن بعد وہ کالج گئی تو اس کی تمام کولیگز اور سٹوڈنٹس نے اس سے دوبارہ صابرہ بیگم کے انتقال پر تعزیت کی۔ پرنسپل نے کالج میں صابرہ بیگم کی روح کے ایصال ثواب کے لیے قرآن خوانی کا اہتمام کرایا۔ جس پر اس نے ان کا شکریہ ادا کیا۔ اس کی ایک اور کولیگ کا بھی ٹرانسفر ہوا تھا۔ مگر وہ اسلام آباد جانا نہیں چاہتی تھی۔ دونوں میں سے ایک کو تو جانا تھا۔ عزّہ چاہتی تو اپنا ٹرانسفر رُکوا بھی سکتی تھی۔ مگر اس کا دل نہیں مانا اور اس نے اپنے ٹرانسفر آرڈر قبول کرتے ہوئے اس پیپر پر اپنے دستخط کر دیئے۔ اسلام آباد میں اس کا کوئی نہیں تھا۔ سوائے اس کی دوست ثمین کے جو اپنے شوہر اور بچوں کے ساتھ وہاں مقیم تھی۔ اور جسے وہ ہر خاص موقع پر وشنگ کارڈز بھیجا کرتی تھی۔ لیکن ثمین کی طرف سے پھر بھی شکریے تک کا کوئی خط یا فون کبھی نہیں آیا تھا۔ عزّہ اس کی بے رخی کے باوجود اس سے ناراض نہیں تھی۔ بلکہ وہ تو خوش تھی کہ اسلام آباد میں اس کی ثمین سے بھی ملاقات ہو جایا کرے گی۔

کالج سے وہ سیدھی میکے آگئی۔ سجاد رضوی سے جا کر ملی وہ بہت کمزور اور بیمار لگ رہے تھے۔ نعیم کی بدتمیزی کا روتے ہوئے ذکر کیا تھا انہوں نے۔ عزّہ کو ان کی حالت پر بہت رحم آرہا تھا۔ بہت رونا آرہا تھا۔ وہ ان کے لیے خود کھانا پکا کر لائی۔ پانی کے تھرماس میں ٹھنڈا پانی بھر کر رکھا۔ ان کا کمرہ اور واش روم صاف کیا۔ ان کے کپڑے دھو کر ڈالے اور ان کی دُعائیں سمیٹیں۔ عظیم اور فہیم کی بیویوں کو تو بہت غصہ آیا عزّہ کے اس عمل سے۔ وہ سجاد رضوی کے کھانے کے برتن کچن میں رکھنے گئی تو وہ بول ہی پڑیں۔

"آپ یہ سب کس کے لیے کر رہی ہیں؟ ہمیں یہ بتانے کے لیے کہ ہم ابو جی کا خیال نہیں رکھتے۔" فہیم کی بیوی نے کہا لہجہ انتہائی بدتمیزانہ تھا۔

"میں نے یہ تو نہیں کہا میں نے اپنے ابو کا کام کیا ہے۔ اگر پہلے سے کیا ہوتا تو مجھے کرنا نہ پڑتا۔" عزّہ نے مسکراتے ہوئے کہا۔

"آپ کے خیال میں ہم ہاتھ پہ ہاتھ دھرے بیٹھی رہتی ہیں۔ سو کام ہوتے ہیں ہمیں۔" عظیم کی بیوی نے زبان کھولی تھی۔

''تو میری پیاری اور اچھی بھابیو! ان سو کاموں میں سے ایک کام ابو کا بھی کر دیا کریں۔ اور ان کی دُعائیں لیا کریں۔'' عزّہ نے پیار سے مسکراتے ہوئے کہا تو دونوں سے کوئی جواب نہ بن پڑا اور وہ کچن سے باہر نکل گئیں۔ عزّہ نے گہرا سانس لبوں سے خارج کیا۔ اور اوپر سجاد رضوی کے پاس انہیں خدا حافظ کہنے کے لیے آ گئی۔ تو وہ کمزور اور مایوس لہجے میں بولے۔

''عزّہ بیٹی! میری زیادتیاں معاف کر دینا۔ تمہاری ماں بہت باہمت عورت تھی۔ اس نے میرا ہر مرحلے میں ساتھ دیا ہے۔ اس کے جانے سے تو میں اکیلا ہو گیا ہوں۔ اولاد نے بھی مجھے ذلیل کر کے رکھ دیا ہے۔ اب صرف یہی دُعا ہے کہ اللہ عزت سے اپنے پاس بلا لے اور جی کر کیا کروں گا میں؟''

''ابو، نعیم آپ سے معافی مانگے گا۔ میں نے اسے سمجھایا ہے۔'' عزّہ نے دکھ سے کہا۔ ''مجھے کسی کی معافی کی ضرورت نہیں ہے۔ تمہارا باپ ہوں اس لیے اتنا ضرور کہوں گا جس طرح تم نے اب تک خود کو سسرال میں منوا رکھا ہے اسی طرح رہنا۔ اللہ نے تجھے اولاد نہیں دی پتا نہیں اس کی کیا رضا ہے۔ اس لیے بیٹی! سسرال میں اب تم خدمت اور محبت سے ہی اپنا مقام برقرار رکھ سکتی ہو۔ مجھے شعیب اور ظفر کے گھر والوں سے اس اچھائی کی توقع تو نہیں تھی کہ وہ تجھے خوش رکھیں گے۔ بے اولاد ہونے کے باوجود گھر بسائے رکھیں گے۔ مگر اللہ نے ان کے دل میں نیکی ڈال دی ہے جو اب تک وہ تجھے اپنے گھر میں رکھے ہوئے ہیں۔ ورنہ طلاق بھی دے سکتے تھے۔ اگر وہ اسی طرح تجھے اپنے گھر عزت سے بسائے رکھیں گے تو میں یہ سمجھوں گا کہ انہوں نے میرے ساتھ کی گئی زیادتیوں کا ازالہ کر دیا ہے۔ سب تیرے حسنِ سلوک کی تعریف کرتے ہیں۔ مجھے اوروں سے سن کر ہمیشہ خوشی ہوتی تھی۔ اپنا یہی طور رکھو گی تو ہمیشہ سکھی رہو گی۔ ویسے بھی یہاں اب کیا رکھا ہے بہن بھائیوں کو تم دیکھ ہی رہی ہو۔ کون تمہیں رکھنے کو تیار ہو گا۔ سب کی اپنی اپنی زندگی ہے۔ ماں تمہاری رہی نہیں۔ میں بھی چند گھڑیوں کا مہمان ہوں۔ پھر کون پوچھے گا تمہیں یہاں۔ مجھے یہی دُکھ قبر تک ستائے گا کہ میری اولاد میں ایکا نہیں ہے۔ محبت نہیں ہے۔ سب کو اپنی اپنی پڑی ہے۔ تیری نوکری ہے۔ اچھا ہے تو کسی پر بوجھ نہیں ہے۔ لیکن لڑکی کنواری ہو یا مطلقہ بوجھ ہی ہوتی ہے اس کے بھائیوں، بہنوں پر اس لیے یہ سوچ کر زندگی گزارنا کہ تمہیں جو کچھ بھی کرنا ہے اپنے لیے خود ہی کرنا ہے۔ میکے سے کوئی توقع وابستہ نہ کرنا۔ ندیم بھی بھائیوں، بہنوں کی شادیاں کرا کے رقم بھیج بھیج کر تھک گیا ہے۔ اب اس کے اپنے چار بچے ہیں ماشاء اللہ ان کے بھی خرچے ہیں۔ وہ بھی

کب تک بھائی بہنوں کو بھرتا رہے گا۔اس لیے بیٹی سوچ سمجھ کے زندگی کے فیصلے کرو۔ باقی میری دُعا تو یہی ہے اللہ سے کے جو خوشیاں تمہیں نہیں ملیں۔ اللہ تمہیں وہ خوشیاں دیکھنا نصیب کرے۔ تمہیں مزید کوئی دکھ نہ دے۔'' سجاد رضوی نے بہت دھیمے لہجے میں دل کی بات کہی تھی۔عزّہ کی آنکھیں بھیگنے لگیں تو وہ انہیں اللہ حافظ کہہ کر سر پر ہاتھ پھروا کر وہاں سے چلی آئی۔

صبح فون آیا کہ ندیم بھائی حمیرا اور بچوں کے ساتھ گھر آگئے ہیں۔راشدہ مامی تو ان سے ملنے کے لئے بے چین ہوگئیں۔حمیرا سے ملے تقریباً سات برس کا عرصہ ہوگیا تھا۔عزّہ بھی بھائی سے ملنے کے لیے بے چین ہوگئی۔شام کو وہ دونوں زوہیب کے ساتھ ''سجاد ہاؤس'' چلے آئے۔ندیم بھائی بہت بدل گئے تھے۔عزّہ کے سر پر انہوں نے شفقت سے ہاتھ پھیرا۔ماں کی موت کے ذکر پر دونوں آبدیدہ ہوگئے۔ندیم بھائی صابرہ بیگم کی قبر پر صبح ہی فاتحہ پڑھ آئے تھے۔عزّہ نے دیکھا ندیم بھائی کی رنگت ماند پڑگئی تھی۔صحت اچھی ضرور ہوگئی تھی۔مگر محنت کا اثر چہرے سے عیاں تھا۔ قلمیں سفید ہوچکی تھیں۔اور وہ بہت سنجیدہ ہوگئے تھے۔لہجے میں بھی نرمی اور ٹھیراؤ آگیا تھا۔شاید عمر اور رُتبے کا تقاضا تھا۔انہیں بھی اپنے روّیے کی بدصورتی کا احساس ہوگیا تھا۔وہ سب سے بہت نرمی سے بات کررہے تھے۔سب کو ان کی ذمہ داری سے آگاہ کررہے تھے۔سجاد رضوی ان سے مل کر دیر تک روتے رہے۔ان کے آنے کی خوشی بھی تھی انھیں اور اپنی بے حسی کا غم بھی۔''اچھا کیا بیٹے کہ تم واپس آگئے۔اب میں اطمینان سے مرسکوں گا۔میرے بعد تم ہی اس گھر کے بڑے ہو۔تم نے اپنی ذمہ داریاں بہت احسن طریقے سے نبھائی ہیں۔کوشش کرنا کہ آئندہ بھی اپنی ذمہ داریوں کو پورا کرتے رہو۔سب بھائیوں بہنوں کو ایک کر کے محبت اور حسن سلوک سے رہنا۔ہمارا کیا ہے،ہم تو ہیں چراغِ آخر شب۔'' سجاد رضوی نے ندیم بھائی سے بہت نم اور غمگین لہجے میں کہا۔ عزّہ بھی پاس کھڑی تھی۔ان کی باتوں نے اس کا دل آنسوؤں سے بھر دیا وہ ہونٹ بھینچتی وہاں سے نیچے چلی گئی۔

اور پھر دو دن ہی گزرے تھے ندیم بھائی کو پاکستان آئے۔صبح حسبِ معمول چھ بجے فہیم کی بیوی سجاد رضوی کے لیے چائے لے کر گئی تو انہیں نماز کی جگہ پر بیٹھنے کی بجائے اپنے بستر پر ہی سوتے دیکھ کر اس کا دل زور سے دھڑکا۔اس نے دیکھا سجاد رضوی کے ہاتھ میں حسب معمول تسبیح موجود ہے جو آدھی پڑھی جاچکی تھی اور درمیان میں ایک دانے پر ان کی انگلی کی حرکت تھم چکی تھی۔ پورا جسم ساکت تھا۔فہیم کی بیوی نے سجاد رضوی کو کئی بار ابو ابو کہہ کر پکارا مگر انہوں نے نہ تو کوئی

حرکت کی اور نہ ہی کوئی جواب دیا۔ وہ ڈر کی چیختی ہوئی نیچے گئی اور سب کو جگا دیا۔ ندیم بھائی اور فہیم نے آ کر انہیں دیکھا فہیم نے ان کا چیک اپ کیا تو پتا چلا کہ انہیں فوت ہوئے تو دو گھنٹے گزر چکے ہیں۔ گھر کے در و دیوار ایک بار پھر موت کا منظر دیکھ کر چیخ اُٹھے۔ سجاد رضوی جن کے رعب و دبدبے سے گرجدار آواز سے پورا گھر لرزا کرتا تھا۔ اتنی خاموشی سے کسی کو کچھ کہے بغیر اس دُنیا سے رخصت ہو گئے تھے۔ وہ جیسے بھی تھے۔ جتنے بھی ظالم تھے، مگر تھے تو ان کے باپ ہی نا۔ وہ سب بلک بلک کر رونے لگے۔ عظیم نے راشدہ مامی کے گھر فون کیا تو پتا چلا کے شعیب بھی رات ہی وہاں پہنچا ہے۔ وہ تو صابرہ بیگم کے انتقال پر ان سب سے تعزیت کرنے آیا تھا۔ اسے کیا معلوم تھا کہ سجاد رضوی سے اسے تعزیت کرنے کا موقع ہی نہیں ملے گا بلکہ ان کے جنازے میں شریک ہونا پڑے گا۔ عزّہ نے یہ خبر سنی تو بے دم سی رہ گئی۔ امید کی ہلکی سی رمق باقی تھی آج وہ بھی ختم ہو گئی۔ وہ یتیم ہی نہیں بے سائباں بھی ہو گئی تھی۔ اب اس کا ظفر ماموں کے گھر رہنا بھی بے معنی اور بے سود تھا۔ جن کی عزت اور ماں کی خاطر اس نے یہ جوگ لیا تھا۔ وہ ہی اس دُنیا میں نہیں رہے تھے۔ تو وہ خود کو مزید کس لیے خوار کراتی۔ اس کی سمجھ میں نہیں آ رہا تھا کہ وہ کیا کرے کہاں جائے؟ باقی کی زندگی کس اُمید اور سہارے پر گزارے گی؟ سوالوں کا ہجوم اس کے اردگرد کھڑا تھا۔ اسے اچانک اسلام آباد کالج کی جاب کا خیال آیا تو وہ کچھ سوچ کر سنبھل گئی۔ اسے اکیلے جینا تھا۔ اور یہاں سے ہمیشہ کے لیے چلے جانا تھا۔ اس نے اٹل فیصلہ کر لیا۔ میکے آئی تو سب کا رُو رُو کر برا حال تھا۔ نعیم سب سے زیادہ رو رہا تھا۔ اور سجاد رضوی کے قدموں سے لپٹا۔ ''ابو مجھے معاف کر دیں۔'' کی تکرار کر رہا تھا۔ ''آخر ہمیں اپنی زیادتیوں کا احساس اس وقت ہی کیوں ہوتا ہے جب وقت ہمارے ہاتھ سے نکل جاتا ہے۔ جب ہمارے پیارے مر یا بچھڑ جاتے ہیں۔ تب ہی ان کی اہمیت اور محبت ہمیں کیوں ستاتی ہے۔ ہم زندگی میں ان رشتوں کو اہمیت، عزت، محبت اور اپنائیت کیوں نہیں دیتے جو ان رشتوں کا حق ہے۔ ہم ایک دوسرے کا احترام کیوں نہیں کرتے۔ ابو کو بھی امی کے مر جانے کے بعد ان سے کی گئی زیادتیوں کا احساس ہوا۔ ان کی اہمیت کا اندازہ ہوا اور اب نعیم۔ او گاڈ! کاش! ہمارا اندر باہر خلوص اور محبت کی مٹی سے گندھا ہوتا۔ ہم اپنے اندر کی محبتوں کے اظہار کے لیے کسی بڑے سانحے یا حادثے کے منتظر کیوں رہتے ہیں؟'' عزّہ نے روتے ہوئے سجاد رضوی اور نعیم کی صورتوں کو تکتے ہوئے دل میں سوچا۔ وہ سب سے مل کر نئے سرے سے بکھر گئی تھی۔ اس کا بس چلتا تو خود بھی اپنی سانسوں کا رشتہ تمام کر لیتی۔ اتنا صدمہ اس کی برداشت سے باہر تھا۔ شائزہ

باجی اور عنیزہ بھی اپنے شوہروں اور بچوں کے ساتھ آ گئیں تھیں۔ زنیرہ اور زاہد بھی آئے تھے۔ راشدہ مامی زوہیب مدیحہ، شاہ زیب، مریم، نسیمہ مامی ننھیال اور ددھیال سے رشتے دار بھی آئے تھے۔ اور سجاد رضوی کی موت پر اشک بہار ہے تھے۔ کچھ ان کے غصے پر رائے دے رہے تھے۔ کچھ ان کی شاندار اور بارعب شخصیت کے گن گا رہے تھے۔ کچھ صابرہ بیگم سے ان کی محبت پر حیران تھے۔ ''سجاد بھائی، کو صابرہ بھابی سے بہت محبت تھی۔ جبھی تو ان کی جدائی کا صدمہ برداشت نہیں کر سکے اور ان کی وفات کے بیسویں دن ہی چل بسے۔'' نسیمہ مامی کہہ رہی تھیں۔ ''ہاں واقعی سجاد بھائی کو صابرہ آپا سے بہت پیار تھا ہم ہی نہیں سمجھ سکے۔ ان کے پیچھے پیچھے ہی چل دیئے۔'' راشدہ مامی نے روتے ہوئے کہا۔

''محبت ہو تو ایسی ہو آخر پینتالیس سالہ رفاقت تھی۔ بیوی کی موت کا غم کم تھوڑی ہوتا ہے۔ ماموں غصے کے تیز تھے لیکن اپنے بیوی بچوں سے پیار بھی بہت کرتے تھے۔'' سجاد رضوی کی بھانجی نے کہا۔

''ہاں بھئی اب دیکھ لو ساری اولادیں پڑھ لکھ گئیں۔ اپنے اپنے گھر بار کی ہو گئیں۔ کل اولاد پر سختی کی تھی تو اولاد آج ان کی سختیوں سے بچی ہوئی ہے۔ اچھا روزگار ہے سب کا۔ خواہ مخواہ بدنام کر رکھا تھا سجاد بھائی کو ان کے سسرالیوں نے۔ ہمیں پتا ہے وہ کتنے اچھے تھے۔ ہم پر تو وہ پیسہ پانی کی طرح بہاتے تھے۔ ہائے سجاد بھائی۔'' سجاد رضوی کی بھاوج بین کرتے ہوئے کہہ رہی تھیں۔ اور جس وقت سجاد رضوی کا جنازہ اُٹھا عزّہ نے دیکھا وہ شعیب ظفر جوان سے نفرت کرتا تھا، جس نے ان کی بیٹی ہونے کے جرم میں ان سے انتقام لینے کی خاطر اسے طلاق دیدی تھی۔ آج وہی شعیب ظفر سوگوار چہرہ لیے سجاد رضوی کی میت کو کندھا دینے کے لیے سب سے آگے موجود تھا۔ عزّہ انسانوں کی اس بے بسی اور شرمندگی پر اپنی یتیمی پر چیخ چیخ کر رونے لگی اور جب میت گھر سے باہر لے جائی گئی۔ عزّہ بے ہوش ہو کر گر گئی۔ اور جب اسے ہوش آیا تو وہ صابرہ بیگم کے کمرے میں بچھے تخت پر لیٹی تھی۔ رات کا ڈیڑھ بج رہا تھا۔ گھر میں مکمل خاموشی تھی۔ شاید سب رو دھو کر تھک کر سو گئے تھے۔ گھر میں سے اسے عجیب سی بو آئی محسوس ہوئی۔ وہ بو جو موت والے گھروں میں آیا کرتی ہے۔ کافور کی بو۔ مرنے والے کے ملبوس کی بو۔ ویرانی میں بین کرتی خاموشی کی بو۔ آنسوؤں سے ٹپکتی بے بسی کی بو۔ عزّہ منہ پر دوپٹہ رکھے اپنی چیخوں اور سسکیوں کو روکے دیر تلک بے آواز روتی رہی۔ اس کا دل چاہ رہا تھا کہ اتنا روئے چیخ کر روئے کہ اس کے اندر کا سارا درد، سارا غم، سارے

اشک بہہ جائیں۔ دُکھوں کی جمی ساری کثافت ڈھل جائے اور وہ صاف شفاف اور ہلکی پھلکی ہو جائے۔ مگر اسے کسی بھی بات پر عمل کرنے کا اختیار ہی کب تھا۔ وہ ہر مرحلے پر بے بسی سے دوچار ہوئی تھی۔ اپنے آنسو اپنے غم ہمیشہ اپنے اندر اُتارتی رہی تھی۔ اور ماں باپ کی موت کے غم میں آنسوؤں پر اختیار نہیں رہا تھا۔ یہ تو ایسا غم تھا کہ پتھر بھی رو پڑتے۔ وہ تو پگھلے موم کی طرح نرم دل کی لڑکی تھی۔ بے شک اس نے بہت دکھ اُٹھائے تھے اپنے والدین کے رویوں سے، باتوں سے لیکن اس کا دل کبھی بھی ان کی محبت سے خالی نہیں ہوا تھا۔ اسے تو وہ دونوں بھی اپنی اپنی جگہ پر بے بس اور مجبور ہی دکھائی دیتے تھے۔ ہر انسان اپنے حصے کے غم اور اپنے حصے کی بے بسی اپنے ساتھ لے کر آتا ہے۔ جہاں اللہ کا فیصلہ آجاتا ہے، وہاں انسان بے بس ہو جاتا ہے۔ اس کا بس نہیں چلتا۔ اور اسی بے بسی کے عالم میں وہ اپنی بہت سی قیمتی اور پیاری ہستیوں کو چیزوں کو اپنے ہاتھوں نکل کر جاتا دیکھتا رہ جاتا ہے۔ کر کچھ نہیں پاتا۔ سوائے اشک بہانے کے۔

سجاد رضوی کا دسواں بھی گزر گیا۔ نبیل بھائی واپس بہاول پور چلے گئے تھے۔ شائزہ باجی اور زنیزہ ابھی میکے میں ہی تھیں۔ اور سجاد رضوی کے چالیسویں تک رُکنے کا ارادہ تھا ان کا۔ عزّہ ظفر ماموں کے ہاں واپس آگئی۔ اسے یہاں سے جانے کی تیاری بھی تو کرنی تھی۔ اس نے اپنا سارا ضروری سامان اپنی تعلیمی اسناد سوٹ کیسوں اور سفری بیگ میں بند کر دیا تھا۔ کچھ دن میکے گزار کر اس نے اسلام آباد جانے کا پروگرام بنایا تھا۔ ظفر ماموں کی برسی بھی اس دوران آگئی۔ سبھی آئے ہوئے تھے۔ راشدہ مامی نے برسی پر قرآن خوانی کرائی نیاز تقسیم کرائی۔ عزّہ کے سارے بھائی بہن بھابیاں اور زنیرہ، حمیرا، زوہیب، شاہ زیب ان کی بیویاں نسیمہ مامی اور دو تین قریبی رشتے دار موجود تھیں۔ شائزہ کی ساس اور تائی بھی آئی ہوئی تھیں۔ دوپہر کے کھانے سے فارغ ہو کر سبھی پرانی اور نئی باتیں لیے بیٹھے تھے۔ شعیب بھی ندیم بھائی کے ساتھ بیٹھا دبئی کی مصروفیات سے اسے آگاہ کر رہا تھا۔ عزّہ ملازمہ کے ساتھ سب کے لیے ٹرالی میں چائے رکھ کر لائی تو ندیم بھائی نے عزّہ سے چائے کا کپ لیتے ہوئے شعیب سے کہا۔

''یار شعیب بہت ہو گئی دس سال سے تم نے اپنی بیوی کو لاوارثوں کی طرح یہاں چھوڑ رکھا ہے۔ اب دبئی جاؤ تو عزّہ کو اپنے ساتھ لے کر جانا۔''

''ہاں بیٹا، بہت دکھ سہہ لیے اس بچی نے۔ ارے بیوی تو شوہر کے دم سے ہی آباد رہتی ہے۔ تم نے اسے یوں بھلا رکھا ہے جیسے اس کا تم سے کوئی تعلق واسطہ ہی نہ ہو۔'' عزّہ اور شائزہ کی

تائی نے کہا تو شعیب کا رنگ اڑ گیا۔ عزّہ کے ہاتھ کانپنے لگے۔ دل زور زور سے دھڑکنے لگا۔ عزّہ نے دل میں کہا۔ ''تو گویا وہ وقت آ گیا ہے کہ سب کو اس حقیقت کا بھید معلوم ہو جائے۔''

''ٹھیک کہہ رہی ہیں اماں جان آپ عزّہ سے واقعی میرا کوئی تعلق واسطہ نہیں ہے۔'' شعیب نے سپاٹ لہجے میں کہا تو سب نے حیران ہو کر اسے اور عزّہ کو دیکھا۔

''کیا مطلب ہے تمہارا؟'' تائی نے حیران ہو کر پوچھا۔

''تائی جان مطلب میں آپ کو بتاتی ہوں ایک منٹ۔'' عزّہ نے یہ کہہ کر سب کو حیرت میں اور تجسس میں ڈال دیا اور اپنے کمرے میں گئی اور واپس آئی تو اس کے ہاتھ میں طلاق کا کاغذ تھا۔ جسے دیکھتے ہی شعیب کے ماتھے پر پسینہ آ گیا۔ آج اسے سب کے سامنے اپنی اس زیادتی کا حساب دینا تھا۔ جو اس نے اس معصوم لڑکی کے ساتھ کی تھی۔ ''آخر معلوم تو ہو کہ شعیب نے عزّہ کو کبھی اپنی بیوی کی حیثیت کیوں نہیں دی؟'' نسیمہ مامی بھی بول پڑیں۔

''اس لیے کہ میں شعیب کی بیوی کبھی بھی نہیں رہی۔'' عزّہ نے جیسے ان کے سروں پر دھماکہ کیا تھا۔ ''کیا؟'' سب کی زبان سے ایک ساتھ نکلا۔

''جی ہاں، آپ سب کے لیے یہ بات بہت حیرت کا باعث ہو گی، لیکن یہ سچ ہے کہ شعیب نے مجھے شادی کی پہلی رات ہی طلاق دیدی تھی۔''

''کیا، کیا بکواس ہے؟ تم ہوش میں تو ہو۔'' سب ایک ساتھ چیخ اُٹھے۔

''عزّہ، کیا کہہ رہی ہے تو؟'' راشدہ مامی کی حیرت دیدنی تھی۔

''میں ٹھیک کہہ رہی ہوں مامی! آپ سب کو یہ تجسس تھا نا کہ شعیب شادی کے بعد میرے کمرے میں نہیں آیا مجھ سے بات کیوں نہیں کی۔ کبھی کوئی خط یا فون میرے لیے نہیں آیا اس کی طرف سے تو اس کا جواب یہ طلاق نامہ ہے۔ یہ دیکھیں آپ سب کو اپنے سوالوں کے جواب مل جائیں گے۔''

عزّہ نے طلاق کا کاغذ پہلے راشدہ مامی کو دکھایا اور پھر ندیم بھائی کو تھما دیا۔ ''اس کاغذ پر شعیب نے واضح طور پر لکھا ہے کہ میں عزّہ کو سجاد رضوی کی بیٹی ہونے کے جرم میں طلاق دے رہا ہوں کیونکہ سجاد رضوی نے میری پھپھو صابرہ بیگم پر ظلم کیا تھا۔ میں انتقاماً سجاد رضوی کی بیٹی کو طلاق دے رہا ہوں۔ وقت اور تاریخ بھی تحریر ہے۔ ندیم بھائی، عائزہ، منیزہ عظیم، فہیم تم سب نے دیکھا مجھے میری کسی خامی یا غلطی کی وجہ سے طلاق نہیں ملی تھی۔ یہ میرے باپ کا جرم تھا جو سزا بن کر

میرے ماتھے پر سجا دیا گیا تھا۔''

عزّہ نے نہایت سنجیدہ اور سپاٹ لہجے میں کہا سب حیران پریشان اور پشیمان نظر آرہے تھے۔ سب کو اپنی اپنی زیادتیاں جو انہوں نے عزّہ سے کی تھیں یاد آرہی تھیں۔ اور عزّہ کی باتیں بھی ایک ایک کر کے ان کے ذہن میں ابھر رہی تھیں۔ وہ سچی تھی اور وہ سب غلط ثابت ہو گئے تھے۔

''شعیب! تم نے کیوں کیا ایسا؟'' راشدہ مامی نے مری مری آواز میں اس سے پوچھا۔ ''پتا نہیں مجھے کیا ہو گیا تھا۔ میں انتقام کی آگ میں اندھا ہو گیا تھا۔ مجھے کچھ سمجھ نہیں آیا اور جب سمجھ میں آیا تو تب تک بہت دیر ہو چکی تھی۔'' شعیب نے نظریں جھکا کر شرمندگی سے کہا تو راشدہ مامی غصے سے بولیں۔

''ہم آج تک عزّہ کو دوش دیتے رہے کہ یہ تمہارے ساتھ ٹھیک نہیں رہی۔ اس نے تمہیں ٹھکرایا ہے مگر تم نے تو ہم سب کو شرمندہ کرا دیا کسی کو منہ دکھانے کے قابل نہیں چھوڑا۔ ارے تمہیں اپنی بہن کا بھی خیال نہ آیا کہ اسے بھی طلاق ہو سکتی تھی تمہاری اس حرکت سے۔''

''حالانکہ ان کی بہن حمیرا بھابی کو تو بہت مان تھا ان پر۔ ان کی اعلیٰ ظرفی پر بہت مغرور تھیں حمیرا بھابی۔'' عزّہ نے حمیرا کی طرف دیکھتے ہوئے کہا جس نے شرمندگی سے نظریں ہی نہیں سر بھی جھکا لیا تھا۔ اپنا کہا یاد جو آ گیا تھا۔ اور عزّہ کے تو دل پر نقش تھا ہر کسی کا کہا سنا۔ وہ کیسے بھول سکتی تھی ان کے طعنے۔ طنز تہمت بھری باتیں۔ ''حمیرا بھابی نے بڑے فخر سے طنز سے مجھ سے کہا تھا کہ میرا بھائی تمہیں باہر سے پیسہ کما کما کر بھیجے گا۔ تم تو عیش کرو گی۔ ہمارے گھر میں تو تمہارا ہی راج ہے۔ دیکھ لیا آپ سب نے میرا راج اس گھر پر کیسا رہا ہے۔ مامی، سمیت سب کو معلوم ہے کہ میں نے آج تک شعیب کی کمائی کا ایک پیسہ تک نہیں لیا۔ اپنا کمایا ہے اور اپنا ہی کھایا ہے۔ نہ کبھی مامی نے مجھے کوئی رقم دی۔ نہ میں نے ان سے آج تک کوئی پیسہ مانگا۔ شکر ہے اللہ کا، اس نے مجھے اس قابل بنا دیا تھا کہ میں اپنا بوجھ اُٹھا سکتی تھی اور اب تک اُٹھا رہی ہوں۔ حمیرا بھابی کا کہنا تھا کہ یہ میرے ہی بھائی کا حوصلہ ہے جو تمہیں بانجھ ہونے کے باوجود اب تک اپنے گھر آباد رکھے ہوئے ہے۔ ان کی جگہ کوئی اور ہوتا تو کب کا مجھے چھوڑ چکا ہوتا۔ بے چارے شعیب بھائی وٹے سٹے کے رشتے کی وجہ سے بھی مجبور ہیں کہ کہیں میری بہن کا گھر برباد نہ ہو جائے۔ افسوس حمیرا بھابی، آپ کا مان آپ کے بھائی نے نہ رکھا۔ آپ کے بھائی نے تو مجھے بیاہ کر اس گھر میں لاتے ہی طلاق کا تحفہ رونمائی میں پیش کر دیا تھا۔ اور اگر میں یہ بات اس وقت نہ چھپاتی تو آپ بھی اسی وقت طلاق کا کاغذ لیے اپنے

ماں باپ کی دہلیز پر واپس آ چکی ہوتیں۔ اب بتائیے کس کا حوصلہ تھا آپ کے بھائی کا یا میرا۔ آپ کے بھائی کو تو آپ کی بربادی کی رتی برابر بھی پروا نہیں تھی۔ مگر میں نہیں چاہتی تھی کہ آپ کا گھر برباد ہو اس لیے میں نے اپنی بربادی پر نہ تو ماتم کیا نہ کسی سے ذکر کیا۔

ٹھیک کہہ رہی ہیں عزّہ بہن، زنیرہ اور حمیرا تم دونوں کے گھر عزّہ بہن کی سمجھداری اور قربانی کی وجہ سے آباد ہیں۔ مگر افسوس صد افسوس کہ آپ لوگوں نے ان کی قدر نہیں کی انہیں عزت اور محبت نہیں دی۔ الٹا الزام دیتے رہے افسوس۔ اس عظیم لڑکی نے اپنی زندگی کے دس قیمتی برس آپ لوگوں کی آن بان پر قربان کر دیئے اور انہیں کیا ملا ہے؟'' زاہد نے سنجیدہ لہجے میں کہا۔

''عزّہ، جب تمہیں شعیب نے طلاق دیدی تھی تو تم یہاں کیوں رہیں، تمہارا یہاں رہنا نہیں بنتا تھا۔'' ندیم بھائی نے سپاٹ مگر تیز لہجے میں پوچھا۔

''کیوں نہیں بنتا تھا؟'' عزّہ نے سنجیدہ لہجے میں کہا اور صوفے کے بازو پر بیٹھ گئی۔ ''یہ میرے ماموں کا گھر تھا میں یہاں ان کی بھانجی کی حیثیت سے رہ سکتی تھی اور اسی حیثیت سے اب تک رہتی رہی ہوں۔ اور پھر شعیب نے کون سا یہاں رہنا تھا۔ پہلے کراچی اور پھر دبئی چلا گیا۔ یہاں کبھی آیا بھی تو اس نے مجھ سے اور میں نے اس سے کوئی واسطہ نہیں رکھا۔ اس بات کے گواہ تو یہ سب لوگ ہیں۔ اور ندیم بھائی! میں اس لیے بھی یہاں رہی کیونکہ مجھے اپنی ماں کا مان عزیز تھا۔ امی پر اس خبر کا کیا اثر ہوتا۔ ابو ان کے ساتھ کیا سلوک کرتے۔ آپ اچھی طرح جانتے ہیں۔ آپ کو بھی حمیرا کو طلاق دینا پڑتی۔ اور میں ایسا نہیں چاہتی تھی۔ حمیرا کا اس سارے قصے میں کوئی قصور نہیں تھا۔ مجھے انتقام کا نشانہ بنایا گیا تھا۔ میں اجڑ گئی تھی۔ مگر میں اتنی کم ظرف نہیں تھی کہ اپنے بھائی کا گھر بھی برباد ہوتے دیکھ سکتی۔ ابو کا شعیب کے بارے میں اندازہ درست نکلا تھا۔ لیکن امی کو تو بہت مان تھا کہ میرا بھتیجا میری بیٹی کو بہت محبت اور عزت سے رکھے گا۔ میں کیسے توڑ دیتی ان کا مان۔ وہ اپنے بھائی کے گھر رشتہ جڑنے پر کتنی خوش تھیں۔ میں کیسے ان سے ان کی خوشی چھین لیتی۔ میں نے اپنے ماں باپ دونوں خاندانوں کی عزت کی خاطر یہ قربانی دینے کا فیصلہ کیا تھا۔ میرے ابو تو اپنی بات کے لیے سچے ثابت ہو جاتے مامی! لوگوں کو یقین آ جاتا کہ سجاد رضوی نے آپ لوگوں سے صابرہ بیگم کا میل جول بند کر کے اچھا فیصلہ کیا تھا۔ کیونکہ طلاق تو آپ کے بیٹے نے مجھے دی تھی۔ شعیب نے یہ نہیں سوچا کہ جس ماں کے دکھوں کا بدلہ لینے کے لیے اس نے اپنی بیوی کو طلاق دی ہے وہ اس ماں کی بیٹی ہے۔ دکھ اور عذاب تو ہم ماں بیٹی نے ہی سہے ناں۔ آپ میں سے کسی کا کیا

نقصان ہوا۔ مامی میں منحوس بانجھ یا کوکھ جلی نہیں تھی۔ بلکہ آپ کے بیٹے کا احساس ہی بانجھ تھا۔ کچھ رشتے ہوتے ہی بانجھ ہیں جو زرخیز زمین کو بھی بنجر بنا دیتے ہیں۔ زرخیز زمین بھی اگر کچھ عرصہ سیم زدہ زمین کے قریب رہے تو اسے بھی سیم لگ جاتی ہے۔ وہ بھی بنجر اور بانجھ ہو جاتی ہے۔ اسی لیے میں آج تک خاموشی سے سب کچھ سہتی رہی۔ امی ابو اور ماموں کو ہی اس رشتے کے ختم ہونے کا سب سے زیادہ دکھ اور صدمہ ہوتا۔ خاندان میں دشمنی بڑھتی۔ دُنیا والوں کے سامنے تماشا بنتا۔ جو مجھے گوارہ نہیں تھا۔ میرا کردار بے داغ تھا مامی! اب تو آپ کو یقین آ جانا چاہیے۔'' عزّہ نے راشدہ مامی کی طرف دیکھا جو زار و قطار رو رہی تھیں۔ شاہ زیب اور زوہیب کی حالت بہت تکلیف دہ ہو رہی تھی۔ ان کے تو وہم گمان میں بھی نہیں تھا کہ ان کی بھابی کس عذاب سے گزر رہی ہین۔ انہیں شعیب سے نفرت محسوس ہو رہی تھی۔ اور عزّہ کے لیے ان کے دل میں مزید عزت و تکریم بڑھ گئی تھی۔

''عزّہ بچی، ہمیں معاف کر دے۔'' راشدہ مامی روتے ہوئے بولیں۔

''مجھے کسی کی معافی تلافی نہیں چاہیے۔ آج وہ تینوں اس دُنیا میں نہیں رہے۔ اس لیے یہ حقیقت آپ سب پر عیاں کر دی ہے۔ ندیم بھائی! میں نے کبھی خود کو عقلِ کُل اور افلاطون نہیں سمجھا۔ آپ کو بھینس کے آگے بین بجانا بے کار لگتا تھا۔ اسی لیے میں کہتی تھی اور اب بھی کہتی ہوں کہ افسوس مجھے آپ سب نے بہت غلط سمجھا۔ مجھے آپ سب کی ناک کا عزت کا، مستقبل کا خیال تھا۔

◆ ◆ ◆

رشتوں کی نزاکت کا بہت احساس تھا مجھے۔ میں بے حس نہیں تھی اور نہ ہوں۔ مجھ میں صبر برداشت اور تحمل کتنا تھا اور ہے اب تو آپ سب کو اس کا اندازہ ہو گیا ہو گا۔ آپ سب کو اپنے خیالات اور سوالات کے جوابات یقیناً آج مل گئے ہوں گے۔ ندیم بھائی! جو کچھ ہوا میرے ساتھ ہوا ہے۔ آپ حمیرا سے اس کا بدلہ نہیں لیں گے۔ اور میری آپ سب سے یہ گذارش ہے کہ مسٹر شعیب کو اس سلسلے میں کچھ کہنے کی ضرورت نہیں ہے۔ میں نے انہیں معاف کر دیا تھا۔"

"لیکن شعیب! تم نے اچھا نہیں کیا ہماری بہن کے ساتھ، تم اس قدر گری ہوئی حرکت کر سکتے ہو ہم نے تو سوچا بھی نہیں تھا۔" ندیم بھائی نے شرمندہ بیٹھے شعیب کو غصے سے دیکھتے ہوئے کہا۔ وہ کچھ بولا نہیں۔ بس ندامت سے انہیں دیکھ کر رہ گیا۔ "ندیم بھائی! آپ بھی ان کی بہن کو ادھر ہی طلاق دیدیں۔" نعیم نے غصے سے کہا۔

"خبردار، اگر کسی نے ایسی بات کی ہو۔" عزّہ نے غصے سے اسے دیکھ کر کہا۔ حمیرا کا تو طلاق کے نام پر سانس ہی رکنے لگا تھا۔ اور راشدہ مامی الگ پریشان ہو رہی تھیں۔ "کیا فرق رہ جائے گا تم میں اور ان میں۔ تم میرے بھائی ہو کم از کم آج تو میرے بھائی ہونے کا ثبوت دیدو۔ ندیم بھائی آپ حمیرا بھابی کو نہ طلاق دیں گے اور نہ ہی شعیب کے کیے پر انہیں کوئی طعنہ دیں گے۔ اس لیے کہ ان کا اس معاملے میں کوئی قصور نہیں ہے۔ کل ہمارے ابو نے اس گھر کی بیٹی کو اپنے گھر آباد کیا

تھا۔ اور آج آپ بھی اس گھر کی بیٹی کو ہمیشہ اپنے گھر میں آباد رکھنے کا عہد کریں۔ ان میں اور آپ میں جو فرق ہے اسے باقی رہنا چاہئے تاکہ لوگوں کو بھی معلوم ہو جائے کہ ہم رشتے توڑنے والے لوگ نہیں ہیں۔ ہم تو رشتے نبھانا جانتے ہیں۔ ہمارے ابو کے دامن پر لگا داغ آدھا تو دھل گیا ہے اور آدھا اس گھر کی بیٹی کو اس گھر میں آباد رکھ کر دھوئیں گے آپ۔ اور حمیرا کے ساتھ ویسے ہی رہیں جیسے اس انکشاف سے پہلے رہتے رہے ہیں۔ میں نے سزا بھگت لی ہے وہی کافی ہے۔ خدا کے لیے آپ سب لوگ میرے، بہن بھائی آپس میں پیار، محبت سے رہنا سیکھو۔ مت الگ الگ نفرت کے مینار کھڑے کرو۔ ایک ہی ماں باپ کی اولاد ہو کر ایک دوسرے سے الگ مت رہو۔ احساس اور اعتبار پیدا کرو اپنے اندر۔ میں تو آپ سب کی نظروں اور سوچوں میں، باتوں میں بری، بے حس، بدتمیز، بدلحاظ، بے سمجھ اور بے ہنر ہی تھی ناں مگر آپ سب کو کیا ہوا ہے۔ میں تو خامیوں اور خرابیوں کا مرقع تھی۔ اور۔'' ''بس کرو عزّہ ہمیں مزید شرمندہ مت کرو۔'' ندیم بھائی نے تڑپ کر بے کل ہو کر کہا۔ ''عزّہ آپی، آپ کو ایسا نہیں کرنا چاہئے تھا۔'' عائزہ نے اسے پہلی بار ''آپی'' کہہ کر مخاطب کیا تھا۔ وہ مسکرادی۔ اور اس کی طرف دیکھتے ہوئے بولی۔

''میں ایسا نہ کرتی تو تم بہنوں کی بھائیوں کی اب تک شادیاں نہ ہو پاتیں۔ امی ابو کا رشتے داروں سے مکمل اعتبار اُٹھ جاتا۔ پہلے ہی بہت مشکل سے شائزہ اور عنیزہ باجی کی شادی ہوئی تھی۔ حالات تو تمہارے سامنے تھے۔ شادی کی پہلی رات طلاق لے کر آنے والی لڑکی کی بہنوں کو کون رشتے دیتا ہے۔ اور مجھے کون زندہ رہنے دیتا۔ سزا تو مجھے اس گھر میں جا کر بھی ملنی ہی تھی۔ قصوروار مجھے اور میرے بخت کو ٹھہرایا جانا تھا۔ جب اذیت اور دکھ ہی جھیلنے تھے تو وہاں کیوں جاتی میں یہاں رہ کر کم از کم ماں باپ کی آن، ان کا مان تو ان کے مرتے دم تک برقرار رکھ سکتی تھی۔ خیر چھوڑو ان باتوں کو مامی! عزّہ نے راشدہ مامی کی طرف دیکھا تو وہ بھیگی آنکھوں سے اسے دیکھنے لگیں۔ ''میں یہاں سے جا رہی ہوں مامی! میں اب مزید اس گھر میں نہیں رہ سکتی اب جبکہ یہ راز کھل ہی گیا کہ میں آپ کی بہو نہیں ہوں تو مجھے یہاں رہ کر کیا کرنا ہے۔'' ''لیکن تم کہاں جاؤ گی یہاں سے؟'' راشدہ مامی نے روتے ہوئے پوچھا۔

''جانا کہاں ہے ظاہر ہے میکے ہی جائیں گی۔'' فہیم کی بیوی لبنیٰ نے تلخ لہجے میں کہا۔ ''آپ مطمئن رہئے چھوٹی بھابی، میں میکے نہیں جاؤں گی۔ کیونکہ میکہ تو ماں باپ کے دم سے ہوتا ہے۔ جب وہ ہی نہیں رہے تو میں وہاں جا کر کیا کروں گی۔ میں آپ میں سے کسی کے لیے پریشانی کا

باعث یا بوجھ نہیں بنوں گی۔ حالانکہ میں میکے جاسکتی ہوں وہ گھر میری ماں کے نام ہے اور ماں کے گھر پر سب سے زیادہ حق اس کی بیٹی کا ہوتا ہے۔ لیکن میں اس گھر میں نہیں جاؤں گی کیونکہ امی نے کہا تھا کہ اگر اس گھر سے نکل کر اس گھر میں آؤں گی تو مجھے اس گھر کے دروازے بند ملیں گے۔ ٹھیک ہی تو کہا تھا انہوں نے۔ مجھے اس گھر کے دروازے ہی نہیں گھر والوں کے دل کے دروازے بھی ہمیشہ اپنے لیے بند ہی ملے ہیں۔ امی، سمجھتی تھیں کہ میں گھر بسانے کا ہنر نہیں جانتی انہیں کیا معلوم کہ میرا گھر تو بسنے سے پہلے ہی اُجڑ گیا تھا۔ وہ بھی کسی اور کی غلطی کی وجہ سے۔ میری وجہ سے نہیں۔ شکر ہے اللہ کا کہ میں اپنی ماں کی روح کے سامنے سرخرو ہوگئی ہوں۔ میری الحمدللہ اپنی جاب ہے میں تو یوں بھی آپ میں سے کسی پر بوجھ نہیں بن سکتی۔ پھر بھی آپ لوگ ریلکس رہیں میں آپ کے گھر نہیں جاؤں گی۔'' عزّہ نے سنجیدگی سے کہا۔

''تو بیٹا، آخر کہاں جاؤ گی تم؟'' تائی نے روتی آواز میں پوچھا۔ عزّہ نے انہیں ہمیشہ سے عزیز تھی۔ اس حقیقت سے پردہ اُٹھنے کے بعد تو وہ ان کی نظروں میں عظیم بھی ہوگئی تھی۔

''اسلام آباد۔''

''اسلام آباد وہاں کون ہے تمہارا؟'' تائی کے ساتھ ساتھ سب کو حیرت ہوئی تھی۔ تائی، یہاں بھی کون ہے میرا، اسلام آباد میں میری ایک دوست رہتی ہے۔ لیکن میں وہاں اس لیے جا رہی ہوں کہ میرا وہاں ٹرانسفر ہوگیا ہے کالج کی طرف سے مجھے وہاں جانا ہے ایک ہفتے بعد جانا تھا۔ لیکن کچھ پیاروں کی پریشانی کو دیکھتے ہوئے میں آج ہی روانہ ہو جاؤں گی۔'' عزّہ نے سنجیدگی سے بتایا۔ ''تمہارا ٹرانسفر رکوایا بھی جاسکتا ہے۔'' ندیم بھائی نے کھڑے ہو کر کہا۔

''لیکن میں ایسا نہیں چاہتی اور پلیز مجھے کوئی مت روکے میں اس شہر میں مزید نہیں رُکنا چاہتی۔ وہاں میں ہوسٹل میں رہوں گی۔ آپ فکر مت کریں۔''

''کیسے فکر نہ کریں تم ذمہ داری ہو میری۔'' ندیم بھائی میں بڑے ہونے کا احساس جاگا۔

''بھائی، میں کسی کی ذمہ داری نہیں ہوں۔ ماں باپ نے اپنی ذمہ داری پر مجھے بیاہ دیا تھا۔ آگے جو ہوا وہ میرا نصیب تھا۔ اب میں کسی کی ذمہ داری بن کر نہیں رہنا چاہتی۔'' عزّہ نے نہایت سپاٹ اور اٹل لہجے میں کہا۔ سب نادم حیران اور پریشان بیٹھے اسے تک رہے تھے۔ جو صبر اور برداشت کا ہمت اور حوصلے کا ایثار اور وقار کا سمبل (نمونہ) بنی کھڑی تھی۔ سب کو اپنی اپنی کہی باتیں اور عزّہ کی باتیں یاد آرہی تھیں۔ سب اپنے کہے پر پشیماں تھے۔ اس کے دکھ پر رنجیدہ تھے۔ ''عزّہ بیٹی! تم

کہیں نہیں جاؤ گی۔ یہیں رہو گی میرے پاس میں نے تو تمہیں ہمیشہ اپنی بڑی بہو ہی سمجھا ہے۔'' راشدہ مامی نے اُٹھ کر اس کے پاس آ کر اس کے سر پر ہاتھ رکھ کر بھیگتی آواز میں کہا عزّہ نے خود کو مضبوط بنا لیا۔ اپنے آنسو ضبط کر لیے تھے۔

''لیکن مامی، میں آپ کی بڑی بہو نہیں ہوں۔ آپ کی بڑی بہو طاہرہ ہے۔ آپ اسے اپنے گھر بلا لیں کیونکہ اس کا اس گھر پر آپ پر حق ہے۔''

''بڑی بہو طاہرہ یہ کون ہے؟'' ایک بار پھر سب کو حیرت کا جھٹکا لگا تھا۔ ''جی مامی! طاہرہ آپ کے بیٹے شعیب کی بیوی ہے۔ شعیب نے آٹھ سال پہلے شادی کی تھی طاہرہ سے۔ اور اس کی دو بیٹیاں بھی ہیں۔ جو دبئی میں اس کے ساتھ رہتی ہیں۔ آپ اپنی بہو اور دونوں پوتیوں کو یہاں اپنے پاس بلا لیں۔'' عزّہ نے نہایت سکون سے اتنا بڑا انکشاف کر دیا تھا۔ راشدہ مامی اور تائی تو دھاڑیں مار مار کر رونے لگیں۔ ''ہائے شعیب، تو نے اتنی بڑی بات اپنی ماں سے بھی چھپائی کیوں کیا تو نے ایسا؟''

''امی، مجھے عزّہ نے منع کیا تھا۔ اور میں نے تو عزّہ سے بھی کہا تھا کہ یہاں سے چلی جائے اپنی نئی زندگی بسائے۔ مگر یہ نہیں مانی یہاں رہنے کا فیصلہ اس کا اپنا تھا۔ اس نے اپنی مرضی سے یہ راستہ چنا تھا۔ اس میں میرا کوئی قصور نہیں ہے۔'' شعیب نے سنجیدہ لہجے میں جواب دیا۔

''ہاں آں۔ قصور تو معصوم عزّہ کا ہے جو دو خاندانوں کی عزت پر قربان ہوتی رہی۔ ارے نصیبوں والوں کی ملتی ہے ایسی اچھی بیوی تو نے تو قدر ہی نہ کی۔'' تائی نے صدمے سے غصے سے کہا۔ وہ ہونٹ کاٹنے لگا۔ سچ ہی تو کہا تھا تائی نے۔ عزّہ کو طلاق دینے کا پچھتاوا آج تک اسے اندر سے بے چین رکھے ہوئے تھا۔ اسے کھو کر خوش تو وہ بھی نہیں رہا تھا۔ اپنی حماقت اور گھٹیا حرکت پر شرمندہ تھا۔

''طاہرہ کو بلا لیجیے گا مامی! اس کا بھی قصور نہیں ہے۔ ایک شخص کی زیادتی کی سزا ایک فرد کو ہی ملنی چاہئے۔ پورا خاندان اس کی زد میں نہیں آنا چاہئے آپ سب میرا کہا سنا معاف کر دیجئے گا۔'' عزّہ نے سنجیدگی سے کہا اور وہاں سے نکل کر سیدھی اپنے کمرے میں چلی آئی۔ پانی پی کر گلے میں پھنسا آنسوؤں کا گولہ نیچے اتارا۔ سامان تو سارا پہلے ہی پیک کر چکی تھی۔ جو چند چھوٹی چھوٹی چیزیں ڈریسنگ ٹیبل پر رکھی تھیں۔ وہ بھی اُٹھا کر شولڈر بیگ میں ڈالنے لگی۔ اسی وقت گھر کی اُٹھارہ سالہ ملازمہ معصومہ روتی ہوئی اس کے کمرے میں آ گئی۔ وہ اس وقت سے اس گھر میں کام کر رہی تھی۔

جس وقت عزّہ اس گھر میں بیاہ کر آنے والی تھی۔ گیارہ برس سے وہ یہاں کام کر رہی تھی۔ عزّہ کو بہت چاہتی تھی۔ اس کے پیار بھرے رویے کی وجہ سے اس کے پاس ہی زیادہ دیر بیٹھتی اور کام کرتی تھی۔ دُنیا جہان کے قصے سناتی تھی۔ اور عزّہ نے اسے پڑھنا لکھنا بھی سکھایا تھا۔ آج اس حقیقت نے جہاں دوسروں کو صدمے سے دوچار کیا تھا۔ وہاں معصومہ کا دل بھی شق ہو گیا تھا۔ ''عزّہ باجی، آپ نہ جاؤ باجی۔ میرا یہاں آنے کو دل نہیں کرے گا پھر۔'' معصومہ نے روتے ہوئے کہا۔

''پاگل، روتے نہیں ہیں۔ دل کا کیا ہے دل تو لگ ہی جاتا ہے اور تیری تو اگلے مہینے شادی ہو رہی ہے نا۔ یہ دیکھ میں نے تیری شادی کے لیے کچھ چیزیں خریدی تھیں۔ یہ رکھ لے۔ تو جب جب انہیں استعمال کرے گی۔ تجھے میری یاد ضرور آئے گی۔'' عزّہ نے شاپنگ بیگ اسے دیتے ہوئے اسے اپنے ساتھ لگا کر پرنم آواز میں کہا۔

''آپ کی۔ یاد تو مجھے۔ ویسے بھی بہت آئے گی عزّہ باجی۔ نہ جاؤ عزّہ باجی۔'' اس نے روتے ہوئے کہا تو اس نے اسے اپنے گلے سے لگا لیا۔ نجانے اس میں اتنا حوصلہ کہاں سے آ گیا تھا کہ وہ اپنے آنسو سب سے چھپائے ہوئے مضبوطی سے کھڑی سب کو فیس کر رہی تھی۔

''معصومہ! بچے چپ ہو جاؤ، میں یہاں نہیں رہ سکتی۔ تم مجھے اپنی دُعاؤں میں ضرور یاد رکھنا، کسی کو بددُعا مت دینا بیٹا، اپنی عزّہ باجی کے لیے دُعا ضرور کرنا، کرو گی نا میرے لیے دُعا۔'' عزّہ نے اسے تھپکتے ہوئے نرمی سے کہا۔

''کروں گی عزّہ باجی۔'' اس نے اس سے الگ ہو کر روتے ہوئے کہا۔

''اچھا رؤو نہیں۔ تمہاری اماں کہاں ہیں؟'' عزّہ نے اس کے دوپٹے سے اس کے آنسو پونچھے۔ ''وہ باہر کھڑی رو رہی ہے۔''

''جاؤ یہ سامان لے جاؤ اور میرے لیے کوئی رکشہ یا ٹیکسی روکو، مجھے اسٹیشن جانا ہے۔ گھنٹے بعد گاڑی جائے گی۔ میں اسی سے اسلام آباد جاؤں گی۔'' عزّہ نے نرمی سے کہا تو اس نے بھیگتی آواز میں پوچھا ''عزّہ باجی! کیا آپ پھر کبھی واپس۔ نہیں آئیں گی؟''

''پتا نہیں'' عزّہ نے اپنی چادر اوڑھتے ہوئے دکھ بھرے لہجے میں کہا اور اپنا سوٹ کیس اور بیگ اُٹھا کر باہر لے آئی۔ جہاں شاہ زیب، زوہیب، مدیحہ اور مریم کھڑے رو رہے تھے۔ عزّہ کو لگا کہ وہ ہار جائے گی۔ ٹوٹ جائے گی۔ نفرت کرنے والے تھے تو یہاں محبت کرنے والے بھی تو تھے۔ اس سے کتنا پیار کرتے تھے وہ چاروں اور ان کے بچے اور وہ خود بھی تو ان پر جان چھڑکتی تھی۔

''بھابی، آپ نے یہ کیا کیا بھابی، کیوں برباد کی اپنی زندگی۔'' زوہیب نے اسے دیکھتے ہی چیخ کر پوچھا، جواب تو وہ پہلے ہی دے چکی تھی۔ اب کیا جواب دیتی خاموشی سے بے بسی سے انہیں دیکھے گئی۔

بھابی ماں! آپ نے تو ماں بن کر ہمیں سنبھالا تھا۔ اپنی زندگی کے دس برس آپ نے شعیب بھائی کی زیادتی کو چھپانے کے لیے خاندان کی عزت بچانے کے لئے گنوا دیئے۔ بھابی، آپ بہت عظیم ہیں۔ بہت بڑی ہیں ہم سب سے۔ آپ کو۔ غلط سمجھنے والے سب کے سب خود غلط نکلے ہیں۔'' شاہ زیب نے روتے ہوئے کہا۔

''بھابی، پلیز آپ یہاں سے نہ جائیں۔'' مدیحہ نے کہا۔

''نہ جائیں بھابی، یہ گھر آپ کے بھائیوں کا ماموں کا بھی تو ہے پلیز یہاں سے نہ جائیں۔'' زوہیب نے اس کا ہاتھ پکڑ کر روتے ہوئے کہا۔

''نہیں زوہیب، یہ گھر تم لوگوں کا ہے۔ میرا تو کبھی بھی نہیں تھا۔ اب تو یہاں رہنے کا کوئی جواز بھی باقی نہیں بچا میرے پاس۔ تم چاروں تمہارے پیارے پیارے بچے مجھے ہمیشہ یاد رہیں گے۔ زوہیب، شاہ زیب میرے بھائیو! میں اپنی تمام سٹوڈنٹس کو بھی یہی کہتی ہوں اور سب کو آٹو گراف بھی میں نے یہی دیا ہے کہ انسانیت کا احترام کرو۔ اپنے احساس کو زندہ رکھو۔ میں تم سے بھی یہی کہوں گی۔ رشتوں کا احترام بہت ضروری ہے۔ اس کا خاص خیال رکھنا۔ تم مدیحہ اور مریم کو اس گھر کی اب کسی اور بہو بیٹی کو ''عزّہ'' مت بننے دینا۔ اس لیے کہ ''عزّہ'' بننے کے لیے بہت ایذاء اور اذیت اُٹھانا پڑتی ہے۔ اپنا خیال رکھنا۔'' عزّہ نے زوہیب کے سر پر ہاتھ پھیرتے ہوئے پُرنم لہجے میں کہا۔

''بھابی ماں، ہمیں جائیں پلیز۔'' شاہ زیب نے روتے ہوئے کہا۔

''زیب بیٹا، میں یہاں کیسے رک سکتی ہوں۔ مجھ میں لوگوں کی باتیں سننے کا اور حوصلہ نہیں ہے۔ پلیز تم سب رؤو نہیں میں کمزور پڑ جاؤں گی۔ کیا تم لوگ چاہتے ہو کہ میں کمزور پڑ جاؤں۔ اور زندگی کا باقی سفر ڈر ڈر کر گر گر کر طے کروں؟'' عزّہ نے شاہ زیب کے شانے پر ہاتھ رکھ کر نرمی سے بھیگتی آواز میں پوچھا۔

''نہیں بھابی ماں، اللہ نہ کرے کہ ایسا ہو۔ انشاء اللہ آپ ہم سے سے زیادہ اچھی اور کامیاب زندگی گزاریں گی۔ خوشیوں کے بیچ آپ کے شب وروز گزریں گے۔''

شاہ زیب نے بے اختیار تڑپ کر دل سے کہا تو وہ اس کے آنسو صاف کرتے ہوئے بولی۔
''تو پھر یہ آنسو پونچھ لو۔ میرے لیے تم سب کی دُعائیں ہی بہت ہیں۔ تم شعیب سے جھگڑنا مت۔ جو ہونا تھا وہ ہو گیا۔ شعیب اپنی بیوی اور بیٹیوں کو یہاں لے کر آئے تو انہیں ٹھکرانا مت بلکہ خوش آمدید کہنا۔ اس لیے کہ یہ گھر ان کا بھی ہے۔''

''نہیں بھابی، ہم سے یہ سب نہیں ہو گا۔ ہمارا دل اور ظرف آپ کی طرح اس قدر کشادہ نہیں ہے کہ اس میں سارے جہاں کی تہمتیں، جلی کٹی زہر میں بجھی باتیں سما سکیں۔'' زوہیب نے پرنم لہجے میں جواب دیا۔

''میرے بھائی ہو کر ایسی بات کر رہے ہو۔ اچھا خیر! مجھے دیر ہو رہی ہے۔ ٹکٹ بھی خریدنا ہے مجھے۔ میری کسی بات سے کسی رویے سے عمل سے تم لوگوں کی دل آزاری ہوئی ہو تو یہ سوچ کر معاف کر دینا کہ میں بھی انسان ہوں۔ مجھ سے بھی خطا سرزد ہو سکتی ہے۔'' عزّہ نے ان دونوں کے شانے تھپک کر مدیحہ اور مریم کو گلے لگاتے ہوئے کہا تو وہ دونوں اور زیادہ شدت سے رونے لگیں۔

''ایسا نہ کہیں بھابی ماں! آپ نے تو ہمیں محبت، اپنائیت، خلوص اور اعتماد بخشا ہے۔ آج ہم جس مقام پر بھی ہیں۔ یہ سب آپ کی توجہ اور محبت کا محنت کا نتیجہ ہے۔ لائیں میں آپ کا سامان گاڑی میں رکھ دوں۔'' زوہیب نے اپنے آنسو پونچھتے ہوئے کہا اور اس کا سامان اُٹھانے کے لیے آگے بڑھا۔

''نہیں تم جانتے ہو نا کہ میں اپنا بوجھ خود اُٹھانے کی عادی ہوں۔ یہ میں اُٹھا لوں گی۔'' عزّہ نے اس کا ہاتھ پکڑ کر روک کر کہا تو وہ مچل کر بولا۔ ''پلیز بھابی ماں! اپنا اتنا سا کام تو کرنے دیں مجھے۔''

''جی بھابی، ہم دونوں آپ کو گاڑی میں سوار کرا کے آئیں گے چلیں۔'' شاہ زیب نے بھی اپنے آنسو صاف کیے اور اس کا سوٹ کیس اُٹھا لیا۔

''خوش رہو۔'' عزّہ کی پلکوں سے دو آنسو ٹوٹ کر رخساروں پر پھیل گئے۔ اس نے ان کے بچوں کو پیار کیا۔ اور معصومہ اور اس کی ماں کو خدا حافظ کہہ کر مڑی تو مریم اور مدیحہ ایک بار پھر اس سے لپٹ کر رونے لگیں۔

''بس بس روتے نہیں ہیں۔ تم اسلام آباد آنا میرے پاس مجھ سے ملنے۔''

عزّہ بھابی، آپ کے بغیر ہمارا دل نہیں لگے گا۔ آپ تو ہماری سہیلی ہیں۔ آپ کے ساتھ اچھا

نہیں ہوا۔ لیکن آپ نے۔ سب کے ساتھ اچھا کیا سب کا خیال کیا۔ اللہ آپ کو اس نیکی کا اجر ضرور دے گا۔'' مدیحہ نے روتے ہوئے کہا۔

''انشاء اللہ، بس میری جان! مجھے اپنی دُعاؤں میں یاد رکھنا۔ او کے ٹیک کیئر اور اللہ نگہبان۔'' عزّہ نے دونوں کے ماتھے چومے اور تیزی سے گیٹ کی طرف بڑھ گئی۔ جاتے سمے اس کی نظر ستون کے پاس کھڑے شعیب ظفر پر پڑی جو دھواں دھواں چہرہ لیے کھڑا اسے دیکھ رہا تھا۔ عزّہ نے سرد آہ بھر کر آسمان کو دیکھا اور گیٹ عبور کر گئی۔ شاہ زیب اور زوہیب اس کا سامان گاڑی میں رکھ چکے تھے۔ یہ گاڑی شاہ زیب کو کمپنی کی طرف سے ملی ہوئی تھی۔ رشتے دار قریب ہی رہتے تھے۔ کئی کے گھر تو ایک گلی میں تھے۔ پھر برسی کی وجہ سے آنا جانا لگا ہوا تھا۔ انہیں جب پتا چلا کہ عزّہ جا رہی ہے ہمیشہ کے لیے تو سبھی اس سے ملنے اسے الوداع کہنے چلے آئے۔ محلے دار رشتے دار سبھی اس کے حسن اخلاق کی وجہ سے اس کے گرویدہ تھے۔ اس کا یوں اچانک جانا انہیں بھی آزردہ کر رہا تھا۔ وہ ان سب کی محبتیں سمیٹتی گاڑی میں بیٹھ گئی۔ شاہ زیب نے گاڑی اسٹارٹ کر دی۔ عزّہ نے گھر کے گیٹ اور محلے کے مکانوں اور مکینوں پر الوداعی نظر ڈالی اور سیاہ چشمہ آنکھوں پر لگا لیا۔ آنسوؤں پر بند باندھ باندھ کر ہلکان ہو رہی تھی وہ۔ گاڑی تیزی سے آگے بڑھ رہی تھی۔ اور اس کے دیکھے ہوئے مانوس راستے پیچھے ہوتے جا رہے تھے۔ اور اسے تو اب آگے ہی جانا تھا۔ پیچھے مڑ کر نہیں دیکھنا تھا۔

ادھر سب لوگ اندر ہی سوگ منا رہے تھے۔ اس بات سے بے خبر کے عزّہ ان کی زندگیوں سے دور جا چکی ہے۔ عائزہ اور ندیم بھائی کو اس کی یہ بات حرف بہ حرف یاد آئی۔ ''ٹھیک ہے امی حضور! کرلوں گی میں اپنی زبان بند آپ کے یہ رشتے دار اگر برے بھی نکل آئے تو بھی میں آپ سے کسی سے بھی کچھ نہیں کہوں گی۔ آپ اپنی زندگی میں مجھے اس گھر میں لوٹتے ہوئے نہیں دیکھیں گی۔ میں اگر اپنے باپ کی بیٹی ہوں تو آپ کی بھی بیٹی ہوں۔ جس طرح آپ نے نام کی لاج رکھی ہے نا امی! اسی طرح میں بھی اپنے نام کی لاج رکھوں گی۔ ہر زیادتی سہہ لوں گی۔ پر کسی سے کچھ نہیں کہوں گی۔''

''سن رہے ہیں آپ اللہ میاں! کہ میرے پیارے مجھے کیا سمجھتے ہیں اور کیسا سمجھتے ہیں؟ اللہ میاں آپ تو جانتے ہیں ناں کہ مجھے رشتوں کی نزاکت کا کتنا احساس ہے۔ اور میں ان کی عزت کا کس حد تک خیال رکھ سکتی ہوں۔ بس اللہ میاں! آپ ہی میرے گواہ ہیں۔ آپ ہی میرا آسرا

ہیں۔آپ کا کرم چاہئے مجھے تو۔ان سے تو مجھے کچھ نہیں چاہئے۔ پہلے ہی یہ لوگ مجھے بہت کچھ دے چکے ہیں۔"

ندیم بھائی کو اس کی یہ بات لفظ بہ لفظ یاد آئی تو وہ تڑپ کر اُٹھ کھڑے ہوئے۔ "عزّہ۔عزّہ رک جاؤ۔" وہ چیختے ہوئے باہر بھاگے۔حمیرا نے گھبرا کر انہیں دیکھا۔ "آپ نے اللہ میاں کو اپنا گواہ بنایا تھا ہم نے انہیں سمجھا ہی نہیں۔" عائزہ بلک بلک کر روتے ہوئے بولی۔شائزہ اور کنیزہ الگ اپنے بچوں کو سنبھالے رو رہی تھیں۔گھر میں مرگ کا سا سماں تھا۔ہر ایک رو رہا تھا۔جیسے کوئی مر گیا ہو۔جیسے عزّہ یہ گھر نہیں یہ دُنیا چھوڑ گئی ہو۔مار تو دیا تھا انہوں نے عزّہ کو اپنے روّیوں سے، لہجوں اور باتوں سے۔اب وہ کس کی خاطر اور کیوں رک جاتی؟"

زوہیب نے راستے میں سے عزّہ کے لیے پیزا، کیک اور جوس خریدے اور لفافہ اسے گاڑی میں بٹھاتے وقت تھما دیا۔"اس کی کیا ضرورت تھی؟"عزّہ نے اس کے سر پر ہاتھ پھیرا۔

"بھابی، سفر بہت لمبا ہے اور آپ نے صبح سے کچھ نہیں کھایا پلیز یہ راستے میں کھا لیجئے گا۔" زوہیب نے کہا لہجہ بھیگ رہا تھا۔

"شکریہ، میرا ایڈریس تو رکھ لیا نا تم نے۔"

"جی" وہ اتنا ہی بول سکا گاڑی چلنے کی وسل سنائی دی تو وہ دونوں اس کے گلے لگ کر رو پڑے۔

"بس اپنا خیال رکھنا، بہادر بچے روتے نہیں ہیں۔جاؤ شاباش اللہ حافظ۔"

عزّہ نے دونوں کے سر تھپکتے ہوئے بھرائی آواز میں کہا تو وہ اس کے ہاتھ اپنی آنکھوں اور ہونٹوں سے لگا کر اسے بھیگتی آنکھوں سے اللہ حافظ کہہ کر گاڑی سے اتر گئے۔چند لمحوں بعد گاڑی اپنی منزل کی طرف چلنے لگی۔عزّہ نے کھڑکی سے باہر کھڑے زوہیب اور شاہ زیب کو ہاتھ ہلایا۔وہ دونوں ایک دوسرے کا ہاتھ تھامے روتے ہوئے اسے ہاتھ ہلا کر بائے بائے کہہ رہے تھے۔ذرا سی دیر میں گاڑی کی رفتار تیز ہوگئی اور تینوں ایک دوسرے کی نظروں سے اوجھل ہو گئے۔

اے شہرِ بے مہر الوداع الوداع
تیری گلیوں محلوں ہواؤں کی خیر
تیری صد رنگ بدلتی فضاؤں کی خیر
ہم تو خالی رہے۔

چاہتوں کے لیے عصمتوں کے لیے دیکھتے ہی رہے
اپنے پیاروں کو ہم ڈھونڈتے ہی رہے
اپنے نام کے ستاروں کو ہم۔
روشنی دل جلا کے ہی کرتے رہے تیرگی سے تنہا ہی لڑتے رہے
اور کٹ ہی گیا اذیتوں کا سفر
الوداع اے شہر
اپنے دامن میں دو چار جگنو لیے
اک نئے شہر میں جا رہے ہیں بسانے نئی کہکشاں
نام کا اپنے جانے ستارہ کہاں اپنا پیار کہاں؟
پھر بھی جانا تو ہے۔
تیری خوشیاں رونقیں ہوں مبارک تجھے
ہم تو یاں سے فقط دکھ ہی لے کے چلے
اک نئے سفر کی طرف گامزن
اک نئے شہر میں۔
سو الوداع اے شہر
اے شہر بے مہر الوداع الوداع!!!

عزّہ کا قلم اس کی ڈائری پر اپنے غم کا نوحہ تحریر کرتا گیا۔ آنسوؤں کی خاموش قطاریں اس کے رُخساروں پر چلتی رہیں۔ سفر کٹتا رہا۔ اور اب اک نئی صبح اک نیا شہر اس کے سامنے اپنا دامن پھیلائے کھڑا تھا۔

رات کی پلکیں بھیگ چکی تھیں۔ اور ان دونوں کی پلکیں بھی بھیگ رہی تھیں۔ عزّہ اب بھی ضبط کر منزلوں سے گزر رہی تھی۔ ثمین حیران تھی وہ کس قدر مضبوط بن چکی تھی۔ آنسو بھی سوچ سوچ کر ٹھہر ٹھہر کر بہہ رہے تھے۔ یوں جیسے یہ ان کے بہنے کا مقام نہ ہوں۔ جیسے وہ کسی مہربان دامن کے منتظر ہوں۔

''اُف، عزّہ! تم کس قیامت سے گزر کر یہاں تک پہنچی ہو۔'' ثمین اس کے دس برس کا احوال سن کر دکھ سے روتے ہوئے بولی تو اس نے اپنے آنسو دوپٹے میں جذب کرتے ہوئے اس

کی صورت کو تکتے ہوئے پوچھا۔ ''ثمین! میں نے غلط تو نہیں کیا نا؟''

''نہیں عزّہ، غلط تو ان سب نے کیا، برا تو ان لوگوں نے کیا تمہارے ساتھ۔ میری جان! میری دوست مجھے تو پہلے ہی تم پر فخر تھا۔ تمہاری دوستی پر ناز تھا۔ اور تمہاری آپ بیتی سننے کے بعد تو مجھے خود پر بھی فخر محسوس ہو رہا ہے کہ۔ تم جیسی عظیم پرخلوص اور جاںنثار لڑکی میری دوست ہے۔ یو آر گریٹ عزّہ ریئلی یو آر گریٹ مائی ڈیئرسٹ فرینڈ۔ تم بہت عظیم ہو۔'' ثمین نے اسے اپنے گلے سے لگا کر بھیگتی آواز میں کہا۔ ''ثمین، عظیم میں نہیں ہوں، عظیم تو اللہ میاں ہیں جنہوں نے مجھے اتنا حوصلہ اتنی جرأت اور سمجھ عطا کی۔ مجھے ثابت قدم رکھا۔ میں اللہ کے کرم کے بغیر اس کی عطا کے بغیر کچھ بھی نہیں ہوں۔ یہ سب میرے اللہ کی عنایت اور مہربانی ہے۔''

عزّہ نے پرنم آواز میں کہا تو ثمین نے اس سے الگ ہو کر اس کا چہرہ ہاتھوں میں بھر کر کہا۔ ''عزّہ، تم نے اپنے والدین کی خاندان کی لاج رکھی ہے۔ اب سب لوگ تمہاری اور تمہارے والدین کی عظمت کے گن گائیں گے۔ تم سرخرو ہو گئیں اپنے گھر والوں کی نظروں میں۔ بس آج کے بعد تم ایک نئی زندگی کا آغاز کرو گی۔ زندگی کے ان دس برسوں کو اپنی آئندہ زندگی پر حاوی نہیں کرو گی۔''

یقیناً میں ایسا نہیں کروں گی۔ جو گزر گیا سو گزر گیا۔ لوگوں نے باتیں تو تب بھی بنائی تھیں اور باتیں تو لوگ اب بھی بنا رہے ہیں۔ لیکن بہت فرق ہے ان باتوں میں اب، اب کوئی مجھے برا یا قصوروار نہیں کہہ سکتا۔ میرے کردار پر انگلی نہیں اُٹھا سکتا۔'' عزّہ نے سنجیدہ لہجے میں کہا۔ ''کوئی انگلی اُٹھا کر تو دیکھے ہم اس کی انگلی ہی توڑ دیں گے۔'' ثمین نے کہا تو وہ مسکرا دی۔ ''اچھا جاؤ جا کر سو جاؤ۔ رات کا ایک بج گیا ہے۔ صبح تم نے جلدی اُٹھنا ہوگا۔''

''او کے، انشاء اللہ صبح ملاقات ہوگی تم بے شک صبح دیر تک سونا اسے اپنا ہی گھر سمجھو اور مجھے تو تمہاری آپ بیتی سونے ہی نہیں دے گی۔ کاش! میرے بس میں ہوتا تو میں تمہاری زندگی کے سارے غم سمیٹ لیتی۔'' ثمین نے سنجیدگی سے کہا۔ ''جانتی ہوں، اور میں اسلام آباد اسی لیے آئی ہوں کہ یہاں تم ہو، میری دوست میری غمگسار میری مونس۔'' عزّہ نے مسکراتے ہوئے اس کا ہاتھ تھام کر نرمی سے کہا۔ ''عزّہ، تم بہت مضبوط ہو گئی ہو۔ تم نے اپنے آنسوؤں کو کس طرح اپنے قابو میں کیا ہے؟ تم کیسے خود کو میرے سامنے اپنی دوست کے سامنے بھی بکھرنے سے، رونے سے روکے ہوئے ہو۔ میرا دامن اتنا تنگ نہیں ہے عزّہ کے تمہارے برسوں سے تھمے چھپے اور رُکے

آنسوؤں کو اپنے اندر جذب نہ کر سکے۔ تم میرے سینے سے لگ کر میرے شانے پر سر رکھ کر رو سکتی ہو عزّہ۔'' ثمین نے اس کے رخسار پر ہاتھ رکھ کر پیار سے کہا۔ ''تھینک یو ثمی ڈارلنگ تھینک یو ویری مچ! لیکن میں نے تو ہمیشہ خوشیاں دینی چاہی ہیں۔ اور یہ آنسو تو نجانے کس کی آمد کے منتظر ہیں۔ کیوں پابند ہوئے بیٹھے ہیں۔ میرے اندر کی چیخیں اندر ہی اندر کیوں جنگ کر رہی ہیں۔ پتا نہیں کیوں؟'' عزّہ نے اس کے خلوص کو قدر کی نگاہ سے دیکھتے ہوئے اس کا ہاتھ چوم کر کہا۔

''عزّہ، رو لینا خوب دل کھول کر رو لینا چیخ چیخ کر بلک بلک کر رو لینا تاکہ تمہارے اندر کی گھٹن، تھکن اور چبھن ختم ہو جائے۔ غموں کا غبار چھٹ جائے اور دکھوں اور اذیتوں کی گرد صاف ہو جائے۔ جو تمہارے ان آنسوؤں کو اور تمہیں سنبھال سکے۔ اس کے سامنے رو لینا عزّہ! تب خود پہ جبر مت کرنا۔'' ثمین نے پرنم لہجے میں کہا تو اس نے صرف سر ہلانے پر اکتفا کیا۔ ''او کے شب بخیر۔'' ثمین نے اس کا ماتھا چوم لیا۔ جواباً اس نے اسے شب بخیر کہا اور ثمین کے جاتے ہی لائیٹ آف کر کے بستر پر لیٹ گئی۔ فجر کے وقت حسب معمول اس کی آنکھ کھل گئی۔ نماز اور تلاوت و تسبیح سے فارغ ہو کر وہ پھر سے بستر میں گھس گئی۔ نہ کہیں جانا تھا نہ کوئی کام تھا۔ لہٰذا برسوں بعد آج وہ بے فکری سے سوئی تھی۔ اور دن کے دس بجے اس کی آنکھ کھلی تو اپنی اس دیر تک سونے کی پہلی عیاشی پر وہ مسکرا دی۔ بستر چھوڑ کر واش روم میں چلی گئی۔ ضروریات سے فارغ ہو کر تیار ہو کر کمرے سے باہر نکلی تو گھر میں خاموشی چھائی ہوئی تھی۔ ''جاگ گئیں تم۔'' ثمین کی آواز پر اس نے گردن گھما کر دائیں جانب دیکھا وہ کچن سے نکلتے ہوئے پوچھ رہی تھی۔ اس کے ہاتھ میں ٹرے تھی جو ناشتے کے لوازمات سے پر تھی ''ہاں آج برسوں بعد اتنی آرام دہ اور گہری نیند سوئی ہوں۔ گھر میں تو بہت خاموشی ہے بھئی۔'' عزّہ نے کہتے ہوئے ڈائننگ ٹیبل کے گرد رکھی کرسی پیچھے کھسکائی۔

''عزیر آفس جا چکے ہیں اور بچے سکول۔ خاموشی تو ہو گی ہی۔ ویسے بچے آج چھٹی کرنے کے موڈ میں تھے کہ عزّہ آنٹی کے ساتھ ڈے سپینڈ کریں گے۔ لیکن جب میں نے انہیں یقین دلایا کہ عزّہ آنٹی ہمارے گھر میں ہی رہیں گی۔ تب سکول جانے پر راضی ہوئے۔'' ثمین نے ٹرے میز پر رکھ کر بیٹھتے ہوئے بتایا۔ ''ماشاءاللہ تمہارے بچے بہت پیارے اور شرارتی ہیں اور تمہارا اور عزیر بھائی کا کپل بھی بہت شاندار ہے۔'' عزّہ نے اس کے صبیح چہرے کو دیکھتے ہوئے دل سے کہا ''تھینک یو، ناشتہ کرو، میں نے بھی تمہارے ساتھ ناشتہ کرنے کے چکر میں ابھی تک کچھ نہیں کھایا۔'' ثمین نے مسکراتے ہوئے اس کے سامنے حلوہ پوری کی پلیٹ رکھی۔

''واؤ! زبردست یہ تم نے خود بنائی ہیں۔'' عزّہ نے حلوہ پوری کا نوالہ منہ میں ڈال کر چباتے ہوئے پوچھا۔ ''ہاں، لو یہ چنے بھی لو۔'' ثمین نے مسکراتے ہوئے چنوں کے سالن کی پلیٹ بھی اس کے سامنے رکھ دی۔

''تم بھی تو کھاؤ، اور دیکھو آج تم نے یہ اہتمام کر لیا ہے لیکن آئندہ میرے لیے اتنا اسپیشل اہتمام نہیں کرنا، گھر میں جو پکتا ہے وہی میں بھی کھا لوں گی۔ یہ مہمانوں کی طرح میرے کھانے کا اہتمام اب بالکل نہیں ہونا چاہیے۔''

''دو چار دن تو مہمان نوازی میں گزار لو، پھر دیکھی جائے گی۔'' ثمین نے ہنس کر کہا۔ ''پھر جو دیکھنی ہے وہ آج ہی سے شروع کر دو۔ اور ہاں ثمی ڈیئر، مجھے کچھ شاپنگ کرنی ہے۔ کچھ نئے ڈریسز بنوانے ہیں۔ شوز خریدنے ہیں۔ تم مجھے مارکیٹ لے چلو گی نا۔''

''ہاں کیوں نہیں؟ ہم کل ہی چلیں گے، تم نے کالج کب جوائن کرنا ہے؟'' ثمین نے نوالہ توڑتے ہوئے پوچھا۔ ''دو دن بعد جوائن کرنا ہے۔ میں چاہ رہی تھی کہ ڈریسز یہاں کے ماحول کے مطابق خریدوں۔ عزّہ نے ناشتہ کرتے ہوئے کہا تو وہ چائے کا کپ اُٹھاتے ہوئے بولی۔

''بس پھر کل ہی چلیں گے۔ میں دوپہر کے لیے سالن وغیرہ بنا کر رکھ جاؤں گی۔ تاکہ تسلی سے شاپنگ کر سکیں۔ اور تمہارے بال تو ماشاءاللہ کمر سے بھی نیچے تک لہرا رہے ہیں۔ تم انہیں بھی فرنٹ سے اور نیچے سے کٹوا کر سیٹ کرا لینا۔''

''ہاں پچھلے دو سال سے ہیئر کٹنگ کا سوچ رہی ہوں۔ کمر سے نیچے تک لمبے بال کچھ اچھے نہیں لگتے، مجھ سے سنبھالنے بھی بامشکل ہیں۔ کٹنگ کرا ہی لوں گی۔'' عزّہ نے اپنی لمبی چٹیا ہاتھ میں لے کر دیکھتے ہوئے کہا تو ثمین نے اس کے دلکش چہرے کو دیکھتے ہوئے مسکراتے ہوئے کہا۔

''میں نے فیشل کرانا ہے۔ تم بھی کرا لینا تاکہ برسوں کی جمی میل ڈھل کر صاف ہو جائے۔ لگتا ہے تم نے اپنی طرف کچھ خاص توجہ نہیں دی۔ ورنہ تم گلاب سے کلی نہ بن چکی ہوتیں۔ اب بھی تم درجنوں بندے ایک ساتھ ڈھیر کر سکتی ہو۔''

''اے محترمہ! میں لڑکی ہوں کوئی مشین گن نہیں ہوں۔'' عزّہ نے ہنستے ہوئے کہا۔ ''تم اپنے حسن و دلکشی کے معاملے میں تو مشین گن سے بھی آگے کی چیز ہو۔'' ثمین نے شوخی سے کہا۔ ''میرا یہ حسن بھی مجھے طلاق کے داغ سے نہ بچا سکا۔'' اس نے افسردگی سے کہا۔ ''کم آن عزّہ، وہ شخص تمہارے قابل ہی نہیں تھا۔ تمہارے لیے تو اللہ میاں نے تمہارے جیسا محبت اور وفا میں گندھا بندہ

بک کر کے رکھا ہوگا۔ جو اچانک ایک دن آئے گا اور تمہیں بیاہ کر لے جائے گا۔ جب بندہ کسی امتحان سے سرخرو ہو کر نکلتا ہے تو اللہ اسے انعام سے ضرور نوازتا ہے۔ اس کی نیکی اور نیک نیتی کا اجر ضرور دیتا ہے۔ اور انشاء اللہ تمہیں بھی وہ سب کچھ ملے گا جو تمہیں اس رشتے کے حوالے سے نہیں مل سکا۔'' ثمین نے اس کا ہاتھ تھام کر بہت اپنائیت اور یقین سے، نرمی سے کہا۔ ''میں نے شادی کے متعلق نہ سوچا ہے اور نہ ہی دوبارہ یہ طوق اپنے گلے میں ڈالنے کا ارادہ ہے۔ اور پھر کون اتنا اعلیٰ ظرف اور روشن ضمیر ہوگا جو میرے حالات جاننے کے بعد مجھے اپنانے کے لیے دل سے تیار ہوگا۔'' عزّہ نے تلخی سے کہا۔

''ہوگا کوئی ضرور ہوگا۔ اللہ میاں نے تمہیں اکیلا اس دُنیا میں تو نہیں بھیجا ہوگا۔ تمہارے جیون ساتھی کا انتظام بھی کیا ہوگا۔ تم یہ بتاؤ یہاں آ کر تم کیسا محسوس کر رہی ہو؟'' ثمین نے یقین سے کہا اور پھر اس کی رائے پوچھی۔

''بہت ہلکا پھلکا محسوس کر رہی ہوں۔ اب مجھ پر میرے علاوہ کوئی ذمہ داری نہیں ہے۔ مجھے یوں لگ رہا ہے جیسے میں قید تنہائی سے رہائی پا کر آئی ہوں۔ جیسے مجھے کسی پنجرے میں پرندے کی طرح پر باندھ کر قید کر دیا گیا تھا۔ اور اب پنجرے کا دروازہ کھل گیا ہے۔ اور میرے پر بھی کھل گئے ہیں۔ اب میں جہاں چاہوں پرواز کر سکتی ہوں۔ اب زمین بھی میری ہے اور آسمان بھی میرا ہے۔ ثمین! اب میں کھل کر ہنس سکتی ہوں۔ بول سکتی ہوں۔ بچوں کے ساتھ بچی بن کر کھیل سکتی ہوں۔ اب مجھے کوئی طعنے دینے والا نہیں ہوگا۔ میں اپنی ننھی ننھی سی بے ضرر سی خواہشیں پوری کر سکتی ہوں۔ وقت سے پہلے سنجیدگی اور بزرگی کا جو لبادہ مجھے اوڑھنا پڑا تھا۔ یہاں میں اس میں رہتے ہوئے بھی اپنے اندر کی شوخیاں، شرارتیں سب کے ساتھ شیئر کر سکتی ہوں۔ میں بہت مطمئن ہوں ثمین! میں نے کسی کو ہرٹ نہیں کیا۔ میں نے اپنے آپ کو خدا کے سوا کسی کے سامنے سرینڈر (جھکایا) نہیں کیا۔'' عزّہ نے چائے کے کپ کے کناروں پر انگلی پھیرتے ہوئے مطمئن لہجے میں کہا۔ ''آئی ایم پراؤڈ آف عزّہ۔'' ثمین نے فخر سے مسکراتے ہوئے کہا وہ ہنس دی۔

''سنو، میں تمہیں رینٹ (کرایہ) ایک ہزار نہیں دو ہزار روپے ماہانہ دوں گی۔''

''اچھا بکواس نہیں کرو ورنہ میں ابھی تمہارا سامان اُٹھا کر گھر سے باہر پھینک دوں گی۔'' ثمین نے خفگی سے کہا تو وہ ہنسنے لگی۔ ''اتنی جرأت کر سکو گی تم؟''

''اگر تم کہنے کی جرأت کر سکتی ہو تو میں پھینکنے کی جرأت بھی کر سکتی ہوں۔''

''اوکے بابا، ایک ہزار ہی دیدوں گی۔ کھانا مفت میں کھاؤں گی کیا؟''

''نہیں میرے گھر کے برتن مانجھنا۔'' ثمین نے چڑ کر کہا تو وہ کھلکھلا کر ہنس پڑی۔ ''اُٹھو، تمہیں انیکسی دکھادوں۔ ماسی نے صاف کرلی ہوگی۔'' ثمین برتن اُٹھاتے ہوئے بولی۔ تو وہ بھی کھڑی ہوگی۔

''ناشتہ بہت لذیذ تھا شکریہ دوست۔''

''اب بل ادا کرنے نہ کھڑی ہو جانا ورنہ پٹو گی مجھ سے۔'' ثمین ٹرے اُٹھا کر بولی تو وہ ہنستی چلی گئی۔ اور ثمین کو اسکی ہنسی کے پیچھے چھپے درد نے بے چین کر دیا۔ برتن کچن میں رکھ کر وہ اسے انیکسی میں لے آئی۔ کمرہ کافی کشادہ تھا۔ اس میں ڈبل بیڈ، صوفہ سیٹ، وارڈ روب سبھی کچھ موجود تھا۔ ٹی۔ وی بھی ٹرالی میں رکھا تھا۔ کمرے کی آرائش بہت اچھی تھی۔ ساتھ ہی اٹیچ باتھ روم بھی تھا۔ اور دوسرے کمرے کے برابر میں کچن بھی تھا۔ جہاں ثمین نے کچن کی چیزیں سٹور کر رکھی تھیں۔

''پسند آیا کمرہ۔'' ثمین نے پوچھا۔ ''بہت شاندار ہے۔'' اس نے باہر کی جانب کھلنے والی کھڑکی کھولتے ہوئے کہا۔ کھڑکی کھلتے ہی باہر کا سرسبز منظر اس کے سامنے تھا۔ لان میں رنگ برنگ پھولوں کا رقص، سرد ہوا کی شوخی اور سورج کی نرم چمکیلی دھوپ سب نے مل کر ماحول بہت خوشگوار بنا رکھا تھا۔

''آؤ تمہیں باقی گھر بھی دکھاؤں۔'' ثمین اسے لے کر باہر آ گئی۔ سب کے کمرے دکھائے کچن لان تو وہ پہلے ہی دیکھ چکی تھی۔ بچوں کے کمرے میں آئی تو اسے شاہ زیب اور زوہیب کے بچوں کا کمرہ یاد آ گیا۔ وہ بھی سمیر اور عمیر، ثمرہ اور نمرا کے کمروں کی طرح کھلونوں اور کارٹون والی چادروں سے سجا ہوا تھا۔

''یہ تصویر میں بچوں کے ساتھ کون موصوف ہیں؟'' عزّہ نے سائیڈ ٹیبل پر رکھی فریم شدہ تصویر اُٹھا کر دیکھتے ہوئے پوچھا۔ چاروں بچوں کو ایک خوبرو شخص نے اپنی بانہوں میں لے رکھا تھا۔ اور ان چاروں کے سنگ مسکرا رہا تھا۔ ''یہ حسن بھائی ہیں ہمارے کزن، فیملی فرینڈ۔ عزیر کی پھپھو کے بیٹے ہیں۔ بہت نائس انسان ہیں۔ ہمارے تو گھر کے فرد کی طرح ہیں۔ روز کا آنا جانا ہے۔ ان کے بغیر بچے بھی اداس رہتے ہیں۔ اور عزیر کو بھی چین نہیں آتا۔'' ثمین نے بتایا۔ ''تو کل سے اب تک تو میں نے انہیں اس گھر میں آتے جاتے نہیں دیکھا کیا طلسمی ٹوپی پہن کر یہاں آتے ہیں۔'' عزّہ نے حسن کی سیاہ آنکھوں میں چمکتی شوخی کو دیکھتے ہوئے پوچھا۔

''ارے نہیں۔'' ثمین ہنس پڑی۔ ''دراصل حسن بھائی آج کل فرانس گئے ہوئے ہیں۔

بزنس ٹور پر۔ بہت شاندار بزنس ہے ان کا ایک تو ان کی منرل واٹر کی فیکٹری ہے۔ اور ایک فیشن گڈز کی اشیاء کی، جس میں لیدر کی جیکٹس، بیلٹس اور شولڈر بیگس ڈیکوریشن کی اشیاء تیار ہوتی ہیں اور فرانس کا تمہیں علم ہی ہوگا کہ نئی اور جدید فیشن کی مصنوعات میں کیا مقام ہے۔ بہت بڑی انڈسٹری بن چکا ہے فیشن تو وہاں۔ تو جناب حسن بھائی، دو چار دن تک آ ہی جائیں گے۔ پندرہ دن کا کہہ کر گئے تھے۔ اور مہینہ ہونے کو آ رہا ہے۔ ہم لوگ انہیں بہت مس کرتے ہیں۔'' ثمین نے سنجیدگی سے پوری تفصیل سے بتایا۔ ''کیا خبر انہیں وہاں کوئی ''مس'' ٹکر گئی ہو؟'' عزّہ نے مذاق سے کہا۔

''نہ حسن بھائی ایسے نہیں ہیں۔ انہیں آج تک اپنے معیار کی لڑکی ہی نہیں ملی۔ ہم تو ان کے لیے لڑکی ڈھونڈنے کو بھی تیار ہیں مگر وہ مانتے ہی نہیں ہیں۔ انہیں اپنی قسمت پر یقین ہے۔ کہتے ہیں اللہ نے جو لڑکی میرے نصیب میں لکھ دی ہے وہ خود بخود میرے سامنے آ جائے گی۔ میرے پاس پہنچ جائے گی اور میں خود بخود اس کا ہو جاؤں گا۔ لہٰذا آپ لوگ بے چاری لڑکیوں پر رحم کریں۔''

''عجیب ہی منطق ہے بھئی ان حسن بھائی کی۔'' عزّہ نے ہنس کر کہا۔

''اور کیا اب دیکھو نا اپنی چھوٹی بہن کی شادی کیے بھی انہیں پانچ سال ہو چکے ہیں۔ اس کے دو بچے ہیں۔ روبی نام ہے اس کا کینیڈا میں رہتی ہے اپنے شوہر اور بچوں کے ساتھ۔ ماں باپ کا انتقال ہو چکا ہے۔ ''حسن ولا'' میں ملازموں کا ہی ڈیرا رہتا ہے۔ حسن بھائی خود تو اکثر گھر سے باہر ہی رہتے ہیں۔ کبھی یہاں تو کبھی آفس اور ملک سے باہر۔ خالی گھر میں جانے کو ان کا بھی دل نہیں چاہتا مگر پھر بھی شادی کے لیے راضی نہیں ہوتے۔'' ثمین نے تصویر اس کے ہاتھ سے لے کر دیکھتے ہوئے مزید تفصیل سے آگاہ کیا۔

''تمہیں راضی کرنا ہی نہیں آیا ہوگا۔ تمہاری جگہ اگر میں ہوتی تو منٹوں میں انہیں شادی کے لیے راضی کر لیتی۔'' عزّہ نے سمیر کے سرہانے رکھا ٹیڈی بیئر اٹھا کر دیکھتے ہوئے کہا تو ثمین نے تصویر رکھتے ہوئے معنی خیز جملہ کہا۔

''ہاں تم ایسا کر سکتی ہو تمہاری صلاحیتوں اور خوبیوں پر مجھے پورا بھروسہ ہے۔''

''ویسے بندہ ہے خوبصورت۔'' عزّہ نے اپنی پرانی شوخ طبیعت کا عکس ظاہر کرتے ہوئے کہا تو وہ بے ساختہ ہنس پڑی۔ ''وہی پرانا فقرہ کالج والا بھولی نہیں اب تک۔ اب یہ مت کہہ دینا

کہ میں نے انہیں پہلے کہیں دیکھا ہے۔''

''ہاں واقعی میں نے انہیں پہلے کہیں دیکھا ہے کہاں یہ یاد نہیں آ رہا؟''عزّہ نے ہنستے ہوئے کہا تو وہ شوخ لہجے میں بولی۔''خوابوں میں دیکھا ہوگا۔''

''کہاں ڈیئر ثمی، خواب دیکھنے کی مجھے مہلت ہی کب ملی تھی؟''اس نے افسردگی سے کہا۔

''تو اب دیکھو نا خواب، نئی اور خوبصورت زندگی کے خواب۔''ثمین نے پیار سے کہا۔

''اچھا ٹائم ملے گا تو دیکھ لوں گی۔ ابھی تو مجھے اپنا سامان اپنے کمرے میں پہنچانا اور سیٹ کرنا ہے چلو۔''عزّہ نے مسکراتے ہوئے اس کی بات مذاق میں ٹال دی۔ وہ مسکراتی ہوئی کمرے سے باہر آ گئی۔

دوسرے دن وہ دونوں مارکیٹ گئیں۔ عزّہ کے لیے ثمین نے علیحدہ سے بھی ایک سوٹ کا کپڑا خریدا تھا۔ چند روز بعد عزّہ کی تیسویں سالگرہ تھی اور وہ اسے اس کی سالگرہ پر یہ سوٹ خود ہی گفٹ کرنا چاہتی تھی۔ عزّہ نے چھ نئے ملبوسات خریدے۔ دو جوڑے جوتوں کے خریدے۔ لپ اسٹک، شیمپو، پرفیومز خریدنے کے بعد وہ بیوٹی سیلون گئیں۔ عزّہ اور ثمین دونوں نے فیشل کرایا۔ منی کیور، پیڈی کیور عزّہ نے بال سیٹ کرا کے کمر سے تین چار انچ اوپر تک کٹوا لیے۔ سامنے کے بالوں کی چند لٹیں وہ ہمیشہ بنایا کرتی تھی۔ جو اس کے چاند چہرے کو چومتی رہتی تھیں۔ اب بھی ہیئر ڈریسر نے اس کے بال مہارت سے سیٹ کیے تھے۔ انہیں فارغ ہوتے ہوتے دو بج گئے۔ ہوٹل سے تنور میں لگی روٹیاں واپسی پر خرید کر وہ گھر پہنچیں تو بچے اور عزیر پہلے سے گھر پر موجود تھے۔ عزیر نے بچوں کے ساتھ مل کر ٹیبل پر برتن اور سالن گرم کر کے ڈونگے میں نکال کر رکھ دیا تھا۔ ثمین نے جلدی سے روٹیاں ہاٹ پاٹ میں دستر خوان بچھا کر رکھیں اور ڈائننگ ٹیبل پر لے آئی۔ عزّہ کو بھی خوب بھوک لگی ہوئی تھی۔ وہ دونوں بھی ہاتھ منہ دھو کر آ گئیں اور سب نے بہت خوشگوار ماحول میں اکٹھے بیٹھ کر کھانا کھایا۔''عزّہ، تم دو چٹیاں بنانا پلیز۔''ثمین نے اگلے دن اس کے بالوں پر ہاتھ پھیرتے ہوئے فرمائش کی۔

''وہی پرانی فرمائش، تم کالج میں بھی مجھ سے اکثر یہ فرمائش کیا کرتی تھیں اور میں نے تمہارے بے حد اصرار پر دو بار دو چٹیاں بنائیں تھیں اور کالج میں کلاس فیلوز کو حسب معمول ملتے ہی سلام کیا تو وہ کچھ دیر مجھے غور سے دیکھنے کے بعد پہچان پائیں تھیں۔ اوہ عزّہ یہ تم ہو سوری میں پہچان نہیں سکی۔ دو چوٹیاں بنا کے تو میری شکل ہی بدل جاتی ہے۔''عزّہ نے مسکرا کر کہا۔''یہی تو کمال ہوتا

ہے ہیئر اسٹائل، میک اپ اور ڈریس ڈیزائن کرنے کا۔ انسان کی شخصیت پر بہت خوشگوار اثر پڑتا ہے ان چیزوں کا۔ اب تم اپنا ذرا سا خیال رکھو گی تو پہلے کی طرح بلکہ پہلے سے زیادہ حسین ہو جاؤ گی۔''

''اچھا جی۔'' عزّہ نے ہنستے ہوئے کہا۔

''ہاں جی۔'' وہ بھی ہنس پڑی۔ اور پھر وہ کالج جانا شروع ہو گئی۔ پہلے ویک اینڈ پر عزیر بھائی نے مری جانے کا پروگرام بنالیا۔ عزّہ کو سیر کرانے کا موڈ تھا ثمین کا، سو وہ سب مل کر مری اور بھوربن کی سیر کو گئے۔ بہت انجوائے کیا انہوں نے وہاں اور عزّہ کے لیے تو یہ سفر یہ سیر یادگار اور خوشگوار اس لیے بھی تھی کہ اس کے دل پر کوئی بوجھ نہیں تھا کوئی ملال یا کوئی احساس ندامت نہیں تھا۔ اور وہ اپنی پر خلوص دوست اور اس کی فیملی کے ساتھ انجوائے کر رہی تھی۔ وہ اس سیر سے ایک دم تازہ دم اور شاداب ہو گئی تھی۔ بے فکری اور خوشی نے اس کے چہرے کے نقوش میں مزید مسکان اور دلکشی پیدا کر دی تھی۔ کالج میں بھی اس کی جاذب نظر شخصیت کا پہلا تاثر سب سٹوڈنٹس اور اساتذہ پر بہت اچھا پڑا تھا اور پھر اس کی خوش اخلاقی اس کا اندازِ گفتگو جو سٹوڈنٹس کے لیے مادرانہ شفقت لیے ہوتا تھا۔ سب کو اس کا گرویدہ بنا گیا۔ چند ہی دنوں میں وہ سٹوڈنٹس کی پسندیدہ ٹیچر مشہور ہو گئی۔ سب کی زبان پر میڈم عزّہ۔ مس عزّہ کا ہی نام تھا اسے یہاں آئے تیسرا ہفتہ تھا۔ اس نے ندیم بھائی کو فون کر کے اپنی خیریت کی خبر کر دی تھی۔ اور ثمین کا فون نمبر بھی انہیں بتا دیا تھا۔ شاہ زیب اور زوہیب بھی ایک بار اسے فون کر چکے تھے۔ وہ سب اسے واپس بلا رہے تھے جبکہ اسے واپس تو جانا ہی نہیں تھا۔

آج اتوار تھا۔ چھٹی تھی وہ حسب عادت فجر کے وقت ہی بیدار ہو گئی تھی۔ کالج ٹائم تک اس نے کچن میں جا کر ناشتہ بنا کر بھوک مٹائی۔ کچھ دیر ٹی۔ وی دیکھا پھر نہا کر تیار ہو گئی۔ سردی بہت تھی اندر باہر دھوپ پھیلی ہوئی تھی۔ عزیر اور بچے چھٹی ہونے کی وجہ سے شاید سو رہے تھے۔ ورنہ اب تک کوئی نہ کوئی اس کے پاس آ چکا ہوتا یا اسے وہاں ناشتے کے لیے بلا لیا جاتا۔ بال تولیے سے خشک کر کے برش کیا۔ گرم شال شانوں پر پھیلائی اور وہ انیکسی سے باہر نکل آئی۔ صبح کے نو بج رہے تھے۔ اس نے ایک نظر اندر جانے والے دروازے پر ڈالی جو بند تھا۔ اور پھر اخبار دیکھنے کے لیے گیٹ کی طرف چلی آئی اخبار کا رول روش پر پڑا تھا۔ اس نے جھک کر رول اُٹھایا اور لان میں رکھی لان چیئر پر آ بیٹھی۔ ہوا کے تیز جھونکے نے اس کے سلکی بال بکھیر دیئے۔

''اُف بڑی ٹھنڈ ہے یہاں تو۔ دھوپ بھی ٹھنڈی لگ رہی ہے۔''

عزّہ نے بالوں کو ہاتھ سے پیچھے کرتے ہوئے باآواز کہا اور اخبار کھول کر پڑھنے لگی۔ تھوڑی دیر گزری تھی کہ اسے سمیر اور عمیر کے بولنے کی آواز سنائی دی۔ اس نے گردن گھما کر پیچھے دیکھا وہ کرکٹ کا بیٹ اور بال لیے برآمدے میں کھڑے تھے۔ اسی وقت گاڑی کا ہارن بجا۔ تو عمیر دوڑتا ہوا گیٹ کھولنے بھاگا۔ ''السلام علیکم عزّہ آنٹی۔'' سمیر نے دیکھ کر ہاتھ ہلا کر بلند آواز میں سلام کیا۔

''وعلیکم السلام سمیر بیٹے۔'' عزّہ نے بھی اسی انداز میں جواب دیا۔

''او۔ حسن انکل۔'' سمیر کی نظریں گیٹ کی جانب اُٹھیں تو خوشی سے چیخ اُٹھا۔ ''مما، نمرہ، ثمرہ، پاپا۔ انکل آ گئے۔'' سمیر اندر سب کو بتانے دوڑا تھا۔ عزّہ نے دیکھا سفید سولہ سی سی کار اندر آ کر رکی تھی۔ عمیر گیٹ بند کر کے سمیر والا جملہ ہی دہرا رہا تھا۔ اور پھر گاڑی کا دروازہ کھلا۔ اس میں سے ایک وجیہہ صورت شخص برآمد ہوا۔ قد کاٹ خوب شمشاد تھا۔ عزّہ نے اسے دیکھتے ہی پہچان لیا۔ ''تو یہ ہیں حسن صدیقی بچوں کے انکل اور بڑوں کے کزن اور فرینڈ۔''

عزّہ نے حسن کو دیکھتے ہوئے زیرِ لب کہا عمیر ان سے لپٹا کھڑا تھا۔ انکل، آپ اتنے دن کیوں لگا دیتے ہیں باہر؟'' سمیر پیار بھرا شکوہ کر رہا تھا۔ ''کام میری جان کام، چلو اب تو آ گیا ہوں۔ کہاں ہیں وہ تمہارے اماں باوا ذرا باہر نکالو انہیں۔ میں سوچ رہا تھا کہ مجھے ریڈ کارپٹ ریسپشن ملے گا۔ یہاں تو کسی نے دروازے سے باہر جھانکا تک نہیں ہے۔'' حسن نے اس کا چہرہ ہاتھوں میں بھر کر اپنے مخصوص پیار بھرے شوخ لہجے میں کہا تو وہ ہنس کر بولا۔

''پاپا، سو رہے ہیں اور مما کچن میں ناشتہ بنا رہی ہیں۔'' ''چلو جاؤ مما سے کہو میرے لیے اچھی سی کافی بنائیں۔ میں تم لوگوں کے گفٹس گاڑی سے نکال کر آتا ہوں۔'' حسن نے اس کا گال تھپک کر کہا۔ ''گفٹس، میں سب کو بتاتا ہوں نمرا اور ثمرہ تو ابھی تک سو رہی ہیں۔ جگاتا ہوں انہیں جا کے۔'' وہ خوشی سے بولتا اندر بھاگا تھا۔ حسن کو ہنسی آ گئی۔ انہوں نے گاڑی کی فرنٹ سیٹ پر رکھے بیگ اُٹھا کر گاڑی کی چھت پر رکھے۔ اور اپنا موبائل فون اُٹھانے کی غرض سے مڑے تو ایک سیکنڈ سے بھی کم وقت کے لیے ان کی نظر لان میں بیٹھی عزّہ پر پڑ کر جھکی تھی اور چونکتے ہوئے انہوں نے بے اختیار دوبارہ نگاہ اُٹھا کر اس کی سمت دیکھا تھا۔ ایک ہاتھ میں اخبار لیے اور دوسرے ہاتھ سے اپنے ہوا سے اڑتے بالوں کو پیچھے کرتی وہ سورج کی کرنوں کی طرح چمک رہی تھی۔ حسن اس کے حُسن کو دیکھ کر مبہوت رہ گئے۔ ''یا اللہ! یہ میں غلطی سے جنت کی روڈ پر نکل آیا ہوں یا یہاں جنت کا دروازہ کھل گیا ہے۔ آسمانی حور کا زمین پر کیا کام؟'' وہ زیرِ لب بولے۔

''حسن صدیقی ہوش کرو۔ یہ کیا بچگانہ حرکت ہے کیا کبھی کوئی لڑکی نہیں دیکھی؟'' دماغ نے فوراً ان کی سرزنش کی۔

''دیکھی ہے بھئی اتنی انوکھی مگر نہیں دیکھی۔'' دل نے جواب دیا۔

''کیا بیوقوفی ہے حسن! آتے ہی مات کھا گئے۔ اونو! میں کیوں دیکھے جا رہا ہوں اسے؟'' حسن نے خود کو با آواز لتاڑا اور موبائل اور بیگ اُٹھا کر اندر چلے آئے۔ چاروں بچے ان سے آکر لپٹ گئے۔ دیر تک حال احوال شکوے گلے ہوتے رہے۔ ثمین نے ناشتہ ٹیبل پر لگا دیا۔ ''حسن بھائی، آپ تو دو ہفتے کے لیے گئے تھے۔ پھر مہینہ کیوں لگا دیا؟'' ثمین نے کافی کا مگ ان کی جانب بڑھاتے ہوئے پوچھا تو انہوں نے مگ لیتے ہوئے کہا۔

''بس بھابی روبی سے ملنے کو دل چاہا تو فرانس سے کینیڈا کی فلائٹ پکڑ لی۔ دس دن وہیں قیام کیا۔ آنے ہی نہیں دے رہے تھے وہ دونوں میاں بیوی اور بچے۔''

''ظاہر ہے آپ روز روز تو نہیں جاتے نا وہاں۔ اور کیسی تھی روبی؟''

''ناراض تھی مجھ سے۔'' حسن نے کافی کا کپ لے کر بتایا۔

''وہ کیوں؟'' اس نے پوچھا۔

''وہی پرانی فرمائش۔''

''شادی والی؟''

''جی ہاں وہ تو بضد ہے کہ میں اگلی بار اس سے ملنے آؤں تو اس کی بھابی کو ساتھ لے کر آؤں ورنہ نہ آؤں۔'' وہ مسکراتے ہوئے بتا رہے تھے۔

''تو آپ شادی کر کیوں نہیں لیتے۔ آخر ایک ہی تو بھائی ہیں آپ روبی کے۔ اسے آپ کی شادی کا ارمان تو یقیناً سب بہنوں کی طرح ہے۔ آپ آرام سے تو مانے نہیں اب تک۔ اسی لیے روبی نے سوچا ہوگا کہ ناراضگی کی دھمکی دے کر دیکھا جائے کہ کام بنتا ہے کہ نہیں۔'' ثمین نے مسکراتے ہوئے کہا۔ چاروں بچے ناشتہ کرنے لگے تھے۔ اور ان کی باتیں بھی مسکرا مسکرا کر سن رہے تھے۔ ''انکل، آپ بھی شادی کر لیں ناں بڑا مزا آئے گا۔'' سمیر نے کہا۔

''کسے مزہ آئے گا مجھے یا تمہیں؟'' حسن نے ہنس کر اس کی پیاری صورت کو دیکھا۔

''سب کو، خوب ہلہ گلہ ہوگا نا میں آپ کا شہہ بالا بنوں گا۔''

''نہیں جی شہہ بالا میں بنوں گا۔'' عمیر نے فوراً فیصلہ سنایا وہ ہنسنے لگے۔ ''لیجئے یہاں تو ابھی

سے شادی کی تیاری شروع ہوگئی۔''

''تو اب آپ شادی کے لیے سنجیدہ ہو ہی جائیں۔'' ثمین نے ہنستے ہوئے کہا۔ ''ہاں اب تو سنجیدہ ہونا ہی پڑے گا۔'' حسن نے جانے کس خیال میں کھو کر کہا۔ شکر ہے آپ نے حامی تو بھری، پھر لڑکی تلاش کروں آپ کے لیے۔''

''صبر بھابی، ایسی بھی کیا جلدی ہے۔ یہ آپ کے شوہر نامدار کیا سال بعد غسل فرما رہے ہیں جو ابھی تک درشن نہیں کرائے۔'' وہ بات کو ہی بدل گئے۔

''نہیں بس آپ سے تھوڑے خفا ہیں۔ کہہ رہے تھے کہ حسن نے اتنا انتظار کرایا ہے اب تھوڑا انتظار اسے بھی کرنے دو۔ میں آرام سے نہا کر تیار ہو کر ہی آؤں گا۔'' ثمین نے مسکراتے ہوئے بتایا۔

''ہوں تو یہ بات ہے۔'' وہ ہنس پڑے اور پھر کافی کا سپ لے کر پوچھنے لگے۔ ''بھابی! گھر میں کوئی آیا ہے کیا؟''

''حسن بھائی! آپ آئے ہیں ابھی تو۔''

''نہیں مجھ سے پہلے کوئی آیا ہے گھر میں۔'' ان کی نگاہوں میں عزّہ کا گلاب مکھڑا تھا۔

''آیا تو نہیں ہے البتہ آئی ضرور ہے۔'' ثمین سمجھ گئی کہ انہوں نے باہر عزّہ کو دیکھا ہوگا اسی لیے مسکراتے ہوئے بولی۔

''کون؟'' تجسس بڑھا۔

مما کی بیسٹ فرینڈ آئی ہیں۔'' سمیر نے بتایا۔

''بیسٹ فرینڈ'' انہوں نے اپنے ذہن پر زور دیتے ہوئے کہا۔ ''کہیں یہ وہی تو نہیں جو لاہور میں رہتی ہیں اور ہر سال آپ کو عید اور برتھ ڈے پر پروشنگ کارڈز ارسال کرتی رہی ہیں۔ غالباً عزّہ نام ہے ان کا۔''

''او گاڈ! حسن بھائی! آپ کا اندازہ تو دو سو فیصد درست ہے۔ آپ کو کیسے معلوم ہوا یہ سب؟'' ثمین نے خوشگوار حیرت میں گھر کر پوچھا۔ ''آپ سے اتنا ذکر خیر سن چکے ہیں اب تک عزّہ صاحبہ کا کہ ہمیں تو کب سے ان کا نام جائے قیام حفظ ہے۔ ویسے کیا اکیلی آئی ہیں وہ؟''

''جی، عزّہ کو یہاں کالج میں جاب مل گئی ہے۔ ان فیکٹ اس کا ٹرانسفر ہو گیا ہے یہاں۔ پہلے پرائیویٹ کالج میں پڑھاتی تھی پھر گورنمنٹ جاب مل گئی تھی۔ کالج تو ہمارے گھر سے قریب

ہی ہے۔''ثمین نے تفصیل سے بتایا ہوں۔لیکن آپ نے بتایا تھا کہ عزّہ صاحبہ نے آپ کے ساتھ ہی گریجوایشن کی تھی۔پھر آپ دونوں کی شادی رزلٹ آؤٹ ہونے سے پہلے ہی ہوگئی تھی۔اور کالج جاب کے لیے تو ماسٹر ڈگری ہولڈر ہونا مسٹ (ضروری) ہے۔''

''جی بالکل بجا فرمایا آپ نے،عزّہ نے بی۔اے کا رزلٹ آؤٹ ہوتے ہی بی ایڈ کیا۔پھر انگلش میں ماسٹرز کیا تھا۔اور مجھے بھی یہ اس کے یہاں آنے اور بتانے پر ہی معلوم ہوا ہے۔''ثمین نے سلائس پر مکھن لگاتے ہوئے بتایا۔''اور پتا ہے انکل،عزّہ آنٹی ہمارے گھر میں۔انیکسی میں رہتی ہیں۔''ثمرہ نے بتایا تو حسن نے مسکراتے ہوئے کہا۔

''اچھا پھر تو آپ کی ان سے دوستی بھی ہوگئی ہوگی۔''

''اور کیا عزّہ آنٹی بہت اچھی ہیں۔ہمیں بہت پیار کرتی ہیں۔''ثمرہ نے بتایا۔''اور ہمیں پڑھاتی بھی ہیں۔ہمارے ساتھ کھیلتی بھی ہیں۔''عمیر نے بھی معلومات فراہم کیں۔وہ دلچسپی سے سنتے رہے۔مسکراتے رہے۔

''ہوں بہت خوب۔''

عزّہ نے تو ہوسٹل میں کمرہ لے لیا تھا۔مگر جب مجھ سے ملنے آئی تو ہم نے اسے یہاں روک لیا۔

◆ ◆ ◆

انیکسی خالی تھی۔اب وہ ''پے انگ گیسٹ'' کی حیثیت سے یہاں رہ رہی ہے۔تین ہفتے ہوئے ہیں اسے یہاں آئے۔'' ثمین نے مزید تفصیل بتائی۔

''واٹ؟'' حسن کو حیرت کا جھٹکا لگا۔''پے انگ گیسٹ'' آپ نے اپنی اتنی اچھی اور پرخلوص دوست کو اپنے ہاں ''پے انگ گیسٹ'' کی حیثیت سے ٹھہرایا ہے۔بہت افسوس کی بات ہے بھابی، بھلا دوستوں سے بھی کوئی کرایہ لیتا ہے۔''

حسن بھائی، میری دوست بہت خوددار ہے۔وہ کبھی کسی پر بوجھ نہیں بنی اور نہ ہی بننا چاہتی ہے۔اگر ہم کرایے کی بات نہ مانتے تو وہ یہاں ٹھہرنے کے لیے تیار نہ ہوتی۔مجبوراً ہمیں اس کی بات ماننا پڑی۔ورنہ ہمیں کب اچھا لگتا ہے کہ عزّہ یہاں رہنے اور کھانے پینے کا معاوضہ ادا کرے۔اوکھانے سے یاد آیا عمیر بیٹا جاؤ جا کے عزّہ آنٹی کو بلا لاؤ انہوں نے بھی ناشتہ نہیں کیا ہو گا۔آج ہم سب دیر سے جاگے ہیں۔عزّہ کو تو جلدی اُٹھنے کی عادت ہے۔'' ثمین نے حسن کا جواب دے کر ساتھ ہی عمیر سے کہا تو وہ ''جی اچھا'' کہہ کر انیکسی کی طرف بھاگا۔

''السلام علیکم ورحمتہ اللہ وبرکاتہٗ۔'' عزیر تیار ہو کر ڈائننگ روم میں داخل ہوئے اور حسن کو دیکھتے ہوئے بڑے اسٹائل سے سلام کیا۔

''وعلیکم السلام آ گئے ناراض لوگ۔'' حسن نے کافی کا خالی مگ میز پر رکھ کر اُٹھتے ہوئے کہا تو عزیر ہنستے ہوئے آگے بڑھے اور بڑی گرم جوشی سے ان سے بغل گیر ہو گئے۔

''کیا حال ہے کزن؟'' حسن نے پوچھا تو وہ پیار بھری خفگی سے بولے حال کے بچے، پندرہ

دن کا کہہ کر گئے تھے اور تیس دن لگا کر آئے ہو۔ ہمیں تو بھول ہی جاتے ہو باہر جا کر۔''

بھولتا کہاں ہوں باہر جا کر تو تم لوگ اور بھی زیادہ یاد رہتے ہو۔'' مما، عزّہ آنٹی کہہ رہی ہیں کہ میں نے ناشتہ کرلیا ہے۔'' عمیر نے آکر بتایا۔

''کہاں سے کرلیا ہے۔ جاؤ ان سے کہو کہ مما بلا رہی ہیں جلدی سے آئیں۔'' ثمین نے کہا۔

''اچھا۔'' وہ واپس چلا گیا اور چند لمحوں بعد آیا تو عزّہ بھی اس کے ساتھ تھی۔ ہلکے گلابی رنگ کے ٹراؤزر شرٹ اور سفید کاٹن نیٹ کے دوپٹے میں وہ بالوں کی ڈھیلی سے چوٹی بنائے بے حد دلکش اور تازگی سے بھرپور دکھائی دے رہی تھی۔ حسن نے اسے دیکھا تو پھر نظریں ہٹانا بھول گئے۔ عزّہ انہیں دیکھ کر نروس ہوگئی۔ ''کیوں بلایا ہے؟'' عزّہ نے ثمین سے مدھم آواز میں پوچھا۔

''ناشتہ کرلیا تم نے۔''

''ہاں بھئی صبح اپنے کچن میں بنا کر کرلیا تھا۔''

''اچھا آؤ ان سے ملو۔ یہ ہیں ہمارے کزن حسن بھائی۔'' وہ ایک دم سے اس کا ہاتھ پکڑ کر حسن کے سامنے لے آئی۔ تو عزّہ نے جھٹ سے سلام کیا۔

''السلام علیکم۔''

''وعلیکم السلام۔'' حسن نے مسکراتے ہوئے جواب دیا۔

حسن بھائی، یہ ہے عزّہ میری بہت پیاری دوست۔'' ثمین نے تعارف کرایا۔

''یہ بتانے کی ضرورت ہی نہیں ہے۔ نظر آرہا ہے کہ آپ کی دوست بہت پیاری ہیں۔'' حسن نے اس کے دلکش سراپے کو آنکھوں میں جذب کرتے ہوئے کہا تو عزّہ کا دل پہلی بار گھبرا کر بڑے زور سے دھڑکا تھا۔

اور آپ کو پتا ہے عزّہ کالج میں بیسٹ ڈبیٹر، بیسٹ بیڈمنٹن پلیئر رہ چکی ہیں۔ اور ہر سال مشاعرے میں اس کی نظم یا غزل کو پہلا انعام ملتا تھا اور......''

''بس کرو ثمین، یہ سب بتانے کی کیا ضرورت ہے۔ میرا اتنا تعارف ہی کافی ہے کہ میں تمہاری دوست ہوں۔'' عزّہ نے اس کی بات کاٹ کر کہا۔

''نہیں میں تو ساری ہسٹری بتاؤں گی کالج لائف کی۔'' اس نے کہا تو وہ سب ہنس پڑے۔ عزّہ نے اسے گھورا تھا۔

بھابی، ہسٹری بھی ہمیں حفظ ہے کہیں تو سنا دیں۔'' حسن نے ان کے ساتھ چلتے ہوئے

ڈائننگ روم میں آ کر کہا۔

''سنائیں تو بھلا۔'' ثمین نے مسکراتے ہوئے کہا اور عزّہ کو صوفے پر بٹھا دیا۔ ''آپ کی دوست عزّہ صاحبہ، بہت شریر ہوا کرتی تھیں کالج میں۔ ایک بار انہوں نے کالج ہوسٹل کے گرم تنور میں پانی سے بھری بالٹی انڈیل دی تھی۔ کیونکہ روٹی پکانے والی ماسی نے انہیں اور آپ کو ہوسٹل میں آنے پر خواہ مخواہ جھاڑ پلائی تھی۔ ہے نا۔'' حسن نے عزّہ اور ثمین دونوں کو دیکھتے ہوئے بتایا۔ ''جی اور اس دن اس ماسی کی حالت دیکھنے والی تھی۔ روٹیاں کئی دن تک باہر کے تنور سے پیسے دے کر منگوانی پڑی تھیں۔'' ثمین نے کہا۔

''اُف ثمین، یہ تم کس کس کو میرے کارنامے سناتی رہی ہو؟'' عزّہ نے سٹپٹا کر کہا۔

''سب کو۔'' وہ ہنسی۔

''اسٹوپڈ'' عزّہ نے اسے گھورا۔ حسن ہنس پڑے۔

''حسن، ناشتہ کیا تم نے؟'' عزیر نے ڈائننگ ٹیبل سے اُٹھتے ہوئے پوچھا۔

''کرلیا بھائی، تم ناشتہ کرو۔''

''مما، ہمدانی انکل کی امی آئی ہیں۔'' سمیر نے بتایا۔

''لیجئے دو گھنٹے تو گئے بیکار، حسن بھائی آپ بھی ملئے گا۔ لگتا ہے سیالکوٹ سے آگئیں ہیں آنٹی اور اب وہاں کے قصے سنائیں گی۔'' ثمین نے سر پکڑ کر کہا۔

''کون خاتون آرہی ہیں؟'' عزّہ نے پوچھا۔

''سامنے والے گھر میں ہمدانی صاحب رہتے ہیں ان کی والدہ محترمہ ہیں۔ ماشاءاللہ ستر برس کی عمر ہے۔ پہلے بڑے بیٹے کے پاس رہتی تھیں۔ آج کل چھوٹے بیٹے کے پاس بھی وقفے وقفے سے قیام فرما رہی ہیں۔ لو آگئیں۔'' ثمین نے بتاتے ہوئے دروازے کی سمت دیکھا۔ ایک بوڑھی مگر گریس فل اور جوانوں کی طرح چلتی خاتون اندر آئیں۔ ''السلام علیکم۔'' ان دونوں نے انہیں سلام کیا۔ حسن اور عزیر ایک طرف صوفے پر بیٹھ گئے۔ عزیر چائے کا کپ اُٹھا لائے تھے۔

وعلیکم السلام جیتی رہو۔ سدا سہاگن رہو۔ دودھوں نہاؤ پوتوں پھلو۔'' اماں جان نے ثمین کو گلے لگا کر ان کا ماتھا چومتے ہوئے دُعا دی۔

''اے ثمین، یہ لڑکی کون ہے تمہاری بہن ہے کیا؟'' اماں جان نے عزّہ کو بغور دیکھتے ہوئے پوچھا تو ثمین نے جواب دیا۔ ''نہیں آنٹی، یہ عزّہ ہے میری سہیلی ہے۔'' ''یہ تو تم سے بھی زیادہ

خوبصورت ہے۔'' اماں جان نے عزّہ کو سر سے پاؤں تک ناقدانہ نظروں سے دیکھتے ہوئے کہا تو وہ مسکرا دی۔

''اس میں کیا شک ہے؟'' ثمین مسکرائی۔

''اے بچی تمہاری شادی ہوگئی کیا؟'' اماں جان نے براہ راست عزّہ سے سوال کیا۔

''یہ آپ کیوں پوچھ رہی ہیں؟'' عزّہ نے پوچھا۔

''دراصل میرا ایک جوان پوتا ہے۔''

''آنٹی جی، اس عمر میں آپ کا پوتا ہی جوان ہوسکتا ہے۔'' عزّہ نے بے ساختہ کہا تو ثمین کی تو ہنسی نکلی جبکہ عزیر اور حسن نے بمشکل اپنی ہنسی قابو میں رکھی تھی۔

''مجھے اپنے پوتے کے لیے لڑکی کی تلاش ہے۔ سیالکوٹ شادی میں بھی اسی لیے گئی تھی کہ کوئی لڑکی نظر میں آجائے گی۔ مگر وہ تو نگوڑ ماریاں منہ پر سرخی پاؤڈر لگا لگا کر چمکتی پھرتی ہیں۔ منہ دھوتے ہی سارا حسن بہہ جاتا ہے۔ رات کو نور لگے تو دن کو دفعہ دور لگے۔ اچھا خیر تو تمہاری شادی ہوگئی کیا؟'' اماں جان ساری بات بتا کر پھر اسی سوال پر آگئیں۔ اب وہ تسلی سے صوفے پر آلتی پالتی مار کر بیٹھ گئی تھیں۔

''آنٹی! عزّہ کی شادی تو دس سال پہلے ہوگئی تھی۔'' ثمین نے بتایا۔

''ہیں..... مگر یہ دیکھنے میں تو چھوٹی سی لگے۔ بچے کتنے ہیں اس کے؟'' اماں جان نے عزّہ کو گہری نظروں سے دیکھتے ہوئے پوچھا۔ وہ سٹپٹا کر جانے کے لیے مڑی۔ ثمین نے اس کا ہاتھ پکڑ لیا اور مسکراتے ہوئے مذاق سے بولی۔ ''پورے دس بچے ہیں۔'' ''اوئی اللہ! پورے دس پر لگتی تو خود بچی ہے یہ۔'' اماں جان کو تو جیسے کرنٹ لگ گیا تھا۔ چیخ کر حیرت زدہ لہجے میں بولیں عزیر اور حسن ہنس پڑے۔ عزّہ نے ثمین کو غصے اور شرمندگی سے گھورا۔

''یہی تو کمال ہے اس کے حسن و جمال کا۔'' ثمین نے مسکراتے ہوئے کہا۔ ''چھوڑو میرا ہاتھ تم سے تو میں اس مذاق کا حساب ضرور لوں گی۔ بدتمیز۔'' عزّہ نے غصے سے بڑبڑا کر کہا۔ ثمین زور سے ہنس پڑی۔

''لڑکی! تم پر خاندانی منصوبہ بندی کے اشتہاروں کا کوئی اثر نہیں ہوا۔ دس سال میں دس بچوں کا کیا کرو گی تم؟'' اماں جان نے عزّہ کو غور سے دیکھتے ہوئے کہا۔

''کرکٹ ٹیم بناؤں گی آپ کو کوئی اعتراض ہے۔'' عزّہ نے چڑ کر کہا۔ وہ تینوں ہنس دیے۔

''لو بھئی ہمیں کیوں اعتراض ہونے لگا تم جانو! تمہارے میاں جانیں اور بچے جانیں ویسے کرکٹ میں تو بارہ کھلاڑی نہیں ہوتے کیا؟'' اماں جان کو پوری معلومات تھیں کرکٹ کی شوقین جو تھیں۔عزّہ کو ثمین پر غصہ آرہا تھا جس نے عزیر اور حسن کے سامنے ہی اس کا مذاق بنادیا تھا۔

''باقی دو کا بندوبست بھی ہوجائے گا آپ کیوں فکر کرتی ہیں۔'' عزّہ نے اماں جان کو دیکھ کر کہا اور ثمین کی طرف مڑی۔ ''اور ثمین! تم سے تو میں نپٹ لوں گی۔'' عزّہ نے اپنے چہرے پر ہاتھ پھیرتے ہوئے اسے انتقامی اشارہ دیا اور تیزی سے وہاں سے انیکسی کی طرف چلی گئی۔عزیر اور حسن کو ہنستا دیکھ کر اماں جان کو ان کو موجودگی کا خیال آیا اور انہیں کڑی نظروں سے دیکھتے ہوئے بولیں۔ ''انہیں دیکھو نہ سلام نہ دُعا بیٹھے ہنسے جارہے ہیں۔''

''سلام آنٹی جی۔'' عزیر نے بمشکل اپنی ہنسی ضبط کی۔

''وعلیکم السلام۔'' اماں جان نے جواب دیا اسی وقت ان کا چھوٹا پوتا ہانپتا ہوا اندر آیا اور انہیں دیکھتے ہی بولا۔ ''دادی جلدی سے گھر چلیں سیالکوٹ سے پھپھو کا فون آیا ہے۔''

''آئے ہائے مجھے یاد ہی نہیں رہا۔اس نے فون کرنے کا کہا تھا۔اچھا ثمین! میں پھر آؤں گی۔تم سے ڈھیر ساری باتیں کروں گی اور ہاں اپنی سہیلی کو سمجھانا اتنے بچے اچھے نہیں ہوتے۔آج کل تو مہنگائی اتنی ہے کہ بیاہ شادی پہ لاکھوں کے خرچ ہوتے ہیں۔چل منے۔'' اماں جان بولتی ہوئی چلی گئیں۔ان کے جاتے ہی ان تینوں کا بے ساختہ قہقہہ کمرے میں گونج اُٹھا۔

''انکل، آپ کے گفٹس بہت پیارے ہیں شکریہ انکل۔'' ثمرہ نے گڑیا اور بھالو بازوؤں میں دبائے ان کے پاس آکر کہا تو حسن نے اس کے سر پر ہاتھ رکھا اور پیار سے بولے۔

''یو آر ویلکم بیٹا۔''

''پتا ہے انکل، عزّہ آنٹی نے بھی ہمیں سب کو بہت سارے پیارے پیارے گفٹس دیئے ہیں۔'' ثمرہ نے بتایا۔ ''اچھا بھئی ہم بھی دیکھیں گے عزّہ آنٹی والے گفٹس۔'' حسن نے مسکراتے کہا۔

''میں لے کر آتی ہوں۔'' ثمرہ خوشی سے بولی اور اپنے کمرے کی طرف دوڑی۔

''ثمین! تم نے عزّہ کو نروس بھی کیا اور ناراض بھی جاؤ دیکھو اسے مناؤ۔'' عزیر نے ثمین کو دیکھتے ہوئے کہا تو وہ ہنس کر بولی۔ ''اس کی ناراضگی بس چند منٹ تک ہی رہتی ہے۔پھر بھی میں دیکھتی ہوں جا کر۔''

وہ اُٹھ کر انیکسی میں آ گئی۔ عزّہ کمرے میں بیڈ کی بیک پر تکیہ لگائے بیٹھی تھی۔ اور کمرے میں میوزک چل رہا تھا۔ ثمین اسے پکارتی اندر داخل ہوئی تو عزّہ ساکت ہو گئی۔ ''ہمیں غم ملا ہمیشہ صورت بدل بدل کے۔ گزری ہے عمر ساری انہیں راستوں پہ چل کے۔ ہمیں غم ملا ہمیشہ۔ کمرے میں داخل ہوتے ہی ثمین کے کانوں میں گیت کے یہ بول پڑے تو وہ ٹھٹھک گئی۔ عزّہ کو دیکھا وہ کھلی آنکھوں سے دروازے کی طرف ہی دیکھ رہی تھی۔ مگر اس کے وجود میں ذرا سی بھی جنبش نہیں ہو رہی تھی۔

''عزّہ، ناراض ہو گئیں کیا۔ سوری ڈیئر! مذاق کیا تھا میں نے۔ چلو اُٹھو یہ کیا غمگین گانے سن رہی ہو۔ مجھے گلٹی فیل ہو رہی ہے۔'' ثمین نے ڈیک آف کرتے ہوئے کہا۔ عزّہ کو بھی اس کے مذاق کا بدلہ لینے کا نادر موقع مل گیا تھا۔ وہ اسی طرح بیٹھی رہی۔ خاموش۔ ساکت اور بے حس و حرکت۔

''عزّہ، میں تم سے کہہ رہی ہوں۔ سن رہی ہو۔'' ثمین نے اسے خاموش دیکھ کر اس کے پاس آ کر کہا اور اس کی خاموشی اور ساکت وجود کے تسلسل نے اسے ہراسان کر دیا۔

''عزّہ، عزّہ۔'' ثمین نے اس کے شانے پر ہاتھ رکھا مگر بے سود رہا وہ اپنی کھلی کھلی آنکھوں سے سامنے دیکھ رہی تھی۔ ثمین کے ہاتھوں کے طوطے اڑ گئے۔ ''عزّہ۔'' ثمین نے اس کا شانہ ہلایا تو اس کی گردن ایک طرف کو ڈھلک گئی۔ ''عزّہ۔ اونو۔'' ثمین خوف سے چیخ اُٹھی اور تیزی سے اُٹھ کر باہر بھاگی۔ ''عزیر، حسن بھائی۔ عزیر'' وہ صدمے اور خوف سے چیختی ہوئی انہیں پکارتی آ رہی تھی۔ وہ دونوں اس کی آواز سن کر پریشان ہو کر انیکسی کی طرف لپکے۔ ''کیا ہوا ثمین؟'' عزیر نے اسے کوری ڈور میں جا لیا۔

''وہ۔ عزّہ۔ مر گئی۔'' وہ ہانپتے، کانپتے خوفزدہ لہجے میں بولی تو دونوں کے سر پر ایٹم بم پھٹ پڑا۔

''کیا کہہ رہی ہو؟ وہ ابھی تو ٹھیک تھی۔ کہیں تمہارے مذاق پر۔ او مائی گاڈ۔'' عزیر پریشان ہو کر بولا اور وہ تینوں عزّہ کے کمرے میں تقریباً بھاگتے ہوئے داخل ہوئے تو عزّہ کمرے سے غائب تھی۔

''کہاں ہے عزّہ؟'' عزیر نے کمرے میں نظریں دوڑا کر عزّہ کو نہ پا کر ثمین کی خوف سے پیلی پڑتی صورت کو دیکھتے ہوئے پوچھا۔ وہ تو خود حیران تھی عزّہ کے غائب ہونے پر۔ ہکلاتے

ہوئے بولی۔ ''نہیں.....تو.....تھی بیڈ پر۔''

''تو کہاں گئی بیڈ پر سے؟ یقیناً اس نے مذاق کیا ہوگا۔ عزّہ!.....عزّہ!'' عزیر نے کہا اور عزّہ کو آواز دی۔ تو وہ برابر والے کمرے سے مسکراتی ہوئی نمودار ہوگئی۔ اسے دیکھ کر تینوں کے اوسان بحال ہو گئے۔

''جی عزیر بھائی۔''

''آپ تو زندہ سلامت ہیں۔ ثمین سمجھی تھی کہ اس کے مذاق سے دلبرداشتہ ہو کر آپ خدانخواستہ مرگئی ہیں۔'' عزیر نے ہنس کر کہا۔

''عزیر بھائی! میں تو بڑے بڑے مذاق اور حادثے سہہ کر بھی نہیں مری۔ اتنی ذرا سی معمولی سی بات پر مذاق پر کیسے مر سکتی ہوں؟'' اس نے ہنس کر معنی خیز جملہ کہا۔ ''بعض لوگ بڑے بڑے حادثے سہہ جاتے ہیں اور معمولی سی بات پر جان سے گزر جاتے ہیں۔ اسی لیے میں سمجھی تھی کہ تم بھی گزر گئی ہو۔ توبہ عزّہ! بہت ظالم ہو تم مجھے یاد ہی نہیں رہا کہ تم نے ذرا دیر پہلے ہی تو مجھے بدلہ لینے کا کہا تھا۔ کیسی جاندار اداکاری کی تھی۔ میری تو جان ہی نکلنے والی تھی۔'' ثمین نے بیڈ کے کنارے پر بیٹھتے ہوئے کہا تو وہ ہنس کر بولی۔ ''تو پھر نکالو بیسٹ ایکٹرس ایوارڈ۔''

''اف مجھے اس وقت بالکل یاد نہیں آیا پتا ہے عزیر اور حسن بھائی اس نے دو سال مسلسل کالج میں بیسٹ ایکٹرس کا ایوارڈ بھی وِن کیا تھا۔ انگلش اور اردو میں۔'' ثمین نے اپنے پر ہاتھ مار کر کہا۔

''بہر حال، عزّہ صاحبہ! آپ کو ایسی اداکاری نہیں کرنی چاہیے تھی۔ کیونکہ جو لوگ آپ سے پیار کرتے ہیں۔ انہیں آپ کی اس اداکاری سے اذیت پہنچی ہے۔'' حسن نے پہلی بار زبان کھولی تو عزّہ نے ان کی طرف دیکھا سیاہ آنکھوں میں جانے کیا تھا۔ وہ شرمندہ سی ہو کر نظریں چرا گئی۔ اور حسن کمرے سے باہر چلے گئے۔ ''سوری۔'' ثمین اور عزّہ نے ایک دوسرے کو دیکھ کر ایک ساتھ کہا اور پھر دونوں ہنس پڑیں۔ عزیر بھی ہنستے ہوئے سر ہلاتے ہوئے کمرے سے باہر چلے گئے۔

رات کے بارہ بج کر دو منٹ ہوئے تھے۔ اچانک دروازے پر دستک ہوئی تو عزّہ ہڑبڑا کر نیند سے بیدار ہو کر اُٹھ بیٹھی۔ ٹائم دیکھ کر پریشان بھی ہوگئی۔ ''اس وقت کون ہو سکتا ہے؟'' عزّہ نے دوپٹہ شانوں پر پھیلائے ہوئے خود سے سوال کیا۔

''عزّہ، دروازہ کھولو میں ہوں ثمین۔'' باہر سے ثمین کی آواز آئی تو اس نے فوراً بستر سے اتر کر دروازہ کھول دیا۔ ثمین دروازہ کھلتے ہی ہاتھوں میں پیکٹ تھامے اندر آ گئی۔ ''کیا بات ہے خیر تو

ہے تم اس وقت یہاں؟'' عزّہ نے پوچھا تو اس نے پیکٹ اسے دیتے ہوئے کہا۔

''خیر ہی ہے، ہیپی برتھ ڈے ٹو یو۔''

''او مائی گاڈ! ثمین اتنے برس تمہیں میری ڈیٹ آف برتھ یاد نہیں رہی۔ آج کیسے یاد آ گئی؟'' وہ پیکٹ لے کر خوشگوار حیرت میں مبتلا ہو کر پوچھنے لگی۔ ''تمہاری بی ایڈ اور ایم اے کی اسناد پر تمہارے آئی۔ ڈی کارڈ پر لکھی دیکھی تھی۔ سنو یہ ڈریس جب پہنو تو دو چٹیاں ضرور باندھنا پلیز تم اس میں بہت چھوٹی سی کیوٹ سی سکول، کالج گرل لگتی ہو۔ کل ہی بنانا اچھا۔'' ثمین نے اس کا ہاتھ پکڑ کر محبت سے کہا تو اس نے ہنس کر کہا۔

''اچھا بابا، میں تمہاری یہ بچگانہ فرمائش ضرور پوری کروں گی لیکن گھر پر رہ کر کالج سے واپسی پر کیونکہ کالج تو میں دو چٹیاں کر کے ہرگز نہیں جاؤں گی۔'' ''او کے ونس اگین مینی مینی ہیپی آف دی ڈے۔ تیس برس کی ہو گئی ہو تم۔ ماشاء اللہ زندگی کی تیس بہاریں دیکھ چکی ہو۔'' ثمین نے اسے گلے سے لگا کر کہا ''تیس بہاریں آ کے گزر بھی گئیں اور پتا بھی نہیں چلا۔'' عزّہ نے اداسی سے کہا۔

''انشاء اللہ آئندہ آنے والا ہر لمحہ تمہارے لیے بہار کی صورت ہو گا اور تمہیں پتا بھی چلے گا۔'' ثمین نے نیک تمناؤں کا اظہار کیا۔

''تھینکس ثمی، تھینک یو سو مچ۔'' اس نے اس کا گال چوم لیا۔

''او کے گڈ نائٹ۔'' وہ مسکراتی ہوئی اس کے کمرے سے باہر نکل گئی۔ عزّہ نے دروازہ بند کر کے اندر سے لاک لگا دیا۔ اس نے بستر پر آ کر پیکٹ کھولا تو اس میں سرخ اور سیاہ کنٹراسٹ کا جدید تراش خراش کا لباس تھا۔ سیاہ ٹراؤزر پر سرخ شرٹ اور ساتھ سرخ اور سیاہ رنگوں کا پولکا ڈاٹس کا دوپٹہ تھا۔ لباس کی سلائی اور ڈیزائننگ عزّہ کو بے حد پسند آئی۔ ''سرخ رنگ بہت عرصے بعد پہنوں گی میں۔'' عزّہ نے شرٹ دیکھتے ہوئے کہا اور پھر لباس اسی طرح تہہ لگا کر ڈبے میں رکھ دیا۔ اور سونے کے لیے لیٹ گئی۔

حسن رات کو سونے کے لیے لیٹے تھے۔ آنکھیں بند کیں۔ تو عزّہ کی صورت خود بخود ان کی آنکھوں میں آ سمائی۔ انہوں نے جھٹ سے آنکھیں کھول دیں۔ ''کیا بیوقوفی ہے حسن، وہ شادی شدہ اور بچوں کی ماں ہے۔ تم اسے کیوں سوچ رہے ہو؟'' انہوں نے خود کو با آواز لتاڑا۔

اور پھر سے سونے کی کوشش کی مگر بار بار عزّہ کی دلکش صورت انہیں ستانے لگتی۔ بہت دیر تک وہ بے چینی کے عالم میں کروٹیں بدلتے رہے اور آخر کار تھک کر سو گئے۔

آج سمیر کی سالگرہ تھی۔ ثمین نے صرف حسن کو ہی بلایا تھا۔ عزّہ کو سالگرہ کا اس لیے نہیں بتایا تھا۔ کیونکہ اسے معلوم تھا کہ وہ پھر گفٹس خرید لائے گی۔ پہلے ہی وہ کافی کچھ لا چکی تھی ان سب کے لیے۔ مگر وہ عزّہ ہی کیا جو کچھ بھول جائے۔ ثمین کے اس کی خوشیوں کے زندگی کے اہم دن تو اسے سب کے سب یاد تھے۔ اس نے ایک دن پہلے ہی کالج سے واپسی پر سمیر کے لیے گفٹ خرید کر پیک بھی کر لیا تھا۔ آج کالج جاتے وقت عزّہ کو اس نے جلدی گھر آنے کا ضرور کہا تھا۔ کیونکہ کالج میں سٹوڈنٹس کے نوماہی امتحان ہو رہے تھے۔ اور کمپارٹ آنے والے سٹوڈنٹس کے بھی امتحان شام چار بجے تک ختم ہو رہے تھے۔ اس کی سیکنڈ ٹائم ڈیوٹی تھی۔ ڈیوٹی سے فارغ ہو کر وہ سیدھی کیفے گئی اور پیزا اور تازہ سوپ پیک کرا کے گھر پہنچی تو بجائے ڈرائنگ روم میں جانے کے انیکسی میں چلی گئی۔ ثمین کا دیا ہوا سوٹ منہ ہاتھ دھو کر پہنا اس کی فرمائش کے مطابق بالوں کی بہت پیاری سی چوٹیاں باندھی ان میں سیاہ بینڈز لگائیں۔ ہلکی سی لپ اسٹک لگائی۔ پرفیوم اسپرے کر کے پیزا اور سوپ کے لفافے اور سمیر کا گفٹ پیک اُٹھا کر ڈرائنگ روم میں داخل ہو گئی۔ ''السلام علیکم۔''

اس نے با آواز بلند سب کو سلام کیا۔ ''وعلیکم السلام'' سب نے ایک ساتھ جواب دیا۔

''او گاڈ! کہاں پھنسوا دیا مجھے۔'' حسن نے عزّہ کے دلکش سراپے کو دیکھا تو زیر لب کہا۔ ''کیا ہو؟'' عزیر نے پوچھا۔ ''پتا نہیں۔'' وہ الجھ کر بولے۔

''بہت دیر کی مہرباں آتے آتے۔'' ثمین نے اسے دیکھتے ہی خوش ہو کر کہا۔ ''شکر کرو کے آ تو گئے۔ یہ سنبھالو۔'' عزّہ نے لفافے میز پر رکھتے ہوئے کہا۔ ''عزّہ آنٹی، کیا لائی ہیں؟'' نمرہ نے پوچھا۔

''عزّہ آنٹی پیزا لائی ہیں۔'' عزّہ نے اس کی تھوڑی پکڑ کر پیار سے کہا تو سب کو عزّہ اور پیزا'' کے ہم قافیہ ہونے پر ہنسی آ گئی۔

''عزّہ، تم بہت زبردست لگ رہی ہو۔'' ثمین نے اسے محبت اور ستائش بھری نظروں سے دیکھتے ہوئے کہا حسن کی نظریں بھی اس کے دلنشین سراپے میں الجھی ہوئی تھیں۔ ''ہے نا۔ میں ہوں ہی بہت زبردست۔'' عزّہ نے شوخی سے کہا تو وہ ہنس پڑی۔ ''اچھا یہ پیزا اور سوپ تو سنبھالو۔'' عزّہ نے لفافوں کی طرف اشارہ کیا۔ ''یہ لانے کی کیا ضرورت تھی؟''

''ضرورت تو کوئی نہیں تھی بس مفت میں مل رہا تھا میں نے سوچا تمہارے لیے لیتی چلوں۔'' وہ شرارت سے بولی تو اس نے ہنستے ہوئے اس کی کمر پر مکہ رسید کر دیا۔ ''تم بہت شارپ ہو۔''

''وہ تو میں ہوں، اور ہمارے بھانجے صاحب کہاں ہیں سمیر ادھر آؤ بیٹا۔''

''جی آنٹی۔'' سمیر اُٹھ کر اس کے سامنے آکھڑا ہوا۔

''لیجئے بیٹا، یہ آپ کے لیے ہے۔ہپی برتھ ڈے ٹو یو۔'' عزّہ نے مسکراتے گنگناتے ہوئے کہا۔ ''تھینک یو آنٹی۔'' سمیر گفٹ تھام کر خوشی سے اس کے ساتھ لپٹ گیا۔ ثمین اپنا سر پکڑ کر رہ گئی۔ جبکہ حسن اور عزیر ہنس رہے تھے۔

''یہ آپ حضرات کیوں ہنس رہے ہیں؟'' عزّہ نے ان دونوں کی طرف دیکھتے ہوئے پوچھا

''ہم اس لیے ہنس رہے ہیں کہ ثمین نے آپ سے سمیر کا برتھ ڈے چھپایا تھا تاکہ آپ گفٹ نہ خرید لائیں۔ مگر آپ کو تو پہلے سے ہی علم ہے۔'' عزیر نے کہا۔

''میری سمجھ میں نہیں آتا آخر تمہیں پتا کیسے چل جاتا ہے؟'' ثمین نے حیرت سے کہا۔

''ہاٹ لائن مائی ڈیئر فرینڈ۔ بی بی سی ہاٹ لائن ہے نا ہماری اپنی۔'' عزّہ ہنس پڑی۔

''واقعی ہے، بھئی چلو سمیر بیٹا کیک کاٹو۔'' ثمین نے مسکراتے ہوئے کہا۔ ''عزّہ آنٹی، آپ بہت پیاری لگ رہی ہیں۔'' سمیر نے اس کا ہاتھ تھام کر اسے دیکھتے ہوئے کہا ''بالکل میری اسی گڑیا جیسی جو انکل فرانس سے میرے لیے لائے ہیں۔'' ثمرہ نے کہا۔ ''اوہو، اتنی دور کی گڑیا سے ملایا ہے آپ نے مجھے تھینک یو بیٹا۔ چلو سمیر کیک کاٹو۔ بھوک سے آنتیں قل ہو اللہ پڑھ رہی ہیں۔'' عزّہ نے دونوں کو پیار کرتے ہوئے کہا۔ ''تم نے لنچ نہیں کیا آج؟'' ثمین نے پوچھا۔

''نہیں، حالانکہ وہاں مرغ مسلم کھانے میں موجود تھے۔''

''تو کھایا کیوں نہیں؟''

''ابھی تک دوسرے کا مال کھانے کی عادت جو نہیں پڑی۔ اور وہاں لنچ ایسے کیا جا رہا تھا کہ دیکھنے میں ہی مزہ آرہا تھا۔ وہ محاورہ ہے نا مال مفت دل بے رحم تو اس کا عملی نمونہ دیکھنے کو ملا ہے آج۔ مجھے تو کھانا سکون سے بیٹھ کر کھانے میں مزا آتا ہے۔ اور وہاں سکون بھی مفقود تھا۔'' عزّہ نے کیک پر کینڈل جلاتے ہوئے کہا۔ ''چلو میں تمہارے لیے کھانا گرم کر کے لے آتی ہوں۔'' ثمین نے کہا۔

''او رہنے دے بھئی فی الحال مابدولت انہیں لوازمات پر ہاتھ صاف کریں گے۔ کھانا رات کو تناول فرمائیں گے۔ تم کیک پر چھری چلواؤ۔'' عزّہ نے اسے فوراً منع کر دیا۔ ''عزّہ آنٹی، کیک کٹائیں گی۔'' ثمرہ نے کہا۔

''نہیں عزّہ آنٹی کیک کھائیں گی۔''عزّہ نے اسی کے انداز اور لہجے میں جواب دیا تو سب کو ہنسی آ گئی۔ اور پھر سمیر نے کیک کاٹا۔ تالیوں اور مبارک باد کی گونج میں ثمین نے سب کو کیک سرو کیا۔ کیک کے علاوہ سموسے اور چکن رولز بھی موجود تھے۔ ''آنٹی اس میں کیا ہے؟''سمیر نے اس کے دیئے ہوئے دل کی شکل کے سفید اور گلابی ڈبے یعنی گفٹ بکس کو دیکھتے ہوئے پوچھا۔ ''آپ کھول کر دیکھیں۔''

''انکل، کھولیں۔''سمیر نے ڈبہ حسن کی طرف بڑھا دیا۔

''بیٹا، اس کی پیکنگ اتنی شاندار ہے کہ اسے کھولنے کی بجائے ایسے ہی ڈیکوریشن کے طور پر رکھ دینا چاہیئے۔''حسن نے ڈبے کی پیکنگ کو ستائشی نظروں سے دیکھتے ہوئے کہا۔ ''واقعی پیکنگ تو بہت خوبصورت ہے۔ عزّہ، تم نے خود کی ہے کیا؟''عزیر نے بھی گفٹ پیک کو سراہتے ہوئے اس سے پوچھا تو اس نے مسکراتے ہوئے جواب دیا۔ ''جی بھائی۔''

''ویری گڈ۔ تم تو بہت باصلاحیت لڑکی ہو، اس فیلڈ میں بھی خوب نام اور پیسہ کما سکتی ہو۔'' عزیر نے سنجیدگی سے رائے دی۔

''اچھا۔''وہ ہنس پڑی اور حسن کو لگا جیسے چہار سو پھول کھل اُٹھے ہوں۔ جھرنے بہنے لگے ہوں۔ کتنی حسین لگتی تھی وہ ہنستے ہوئے بھی۔ اپنی اس سوچ پر حسن نے خود کو سرزنش کرتے ہوئے اس کی طرف دیکھنے سے باز رکھنا چاہا مگر وہ چند سیکنڈ سے زیادہ اپنی نگاہ کو قابو میں نہیں رکھ سکے۔ عزّہ لگ بھی تو بہت پیاری رہی تھی۔ اپنی عمر سے بہت کم۔ واقعی گڑیا لگ رہی تھی۔ شوخ شریر ہنستی بولتی گڑیا۔ حسن کو اپنی بے اختیاری اور بے بسی کی سمجھ نہیں آ رہی تھی۔ ''عزّہ، یہ سوپ دینا سب کو۔'' ثمین نے کرسی پر بیٹھے بیٹھے اس سے کہا۔ سوپ کے پیالے وہ ٹرے میں سجا چکی تھی۔ گرم گرم بھاپ اڑاتا سوپ دیکھ کر سب کے منہ میں پانی آ گیا۔

''لاؤ۔''عزّہ نے صوفے سے اُٹھ کر اس کے پاس میز پر رکھی ٹرے اُٹھائی اور ڈرائنگ روم کے پورشن میں آ کر پہلے حسن کے سامنے ٹرے پیش کی۔ ''تھینک یو۔''حسن نے سوپ کا باؤل اُٹھاتے ہوئے کہا۔ پھر اس نے عزیر کو سوپ پیش کیا اور اپنا اور بچوں کا حصہ لے کر بچوں کی طرف بڑھ گئی۔ جو ٹی۔ وی لاؤنج میں پہنچ چکے تھے اور ٹی۔ وی چلائے اپنا من پسند پروگرام دیکھ رہے تھے۔ عزّہ نے ان کے پاس پہنچ کر نیچے کارپٹ پر بیٹھتے ہوئے کہا۔ ''لو بھئی بچہ پارٹی ''چکن کارن سوپ'' کا مزا لو۔''

''تھینک یو عزّہ آنٹی۔'' چاروں نے ایک ساتھ کہا تو اسے ہنسی آ گئی۔ وہ سوپ ختم کرتے ہی جانے کے لیے کھڑی ہو گئی اور ثمین سے مخاطب ہو کر کہا۔ ''ثمی، اس ڈریس کا شکریہ یہ بہت شاندار سلائی کی ہے تم نے۔''

''چٹیاں بنانے کا شکریہ یہ بہت شاندار دکھائی دے رہی ہو تم۔'' ثمین نے دل سے کہا ''او کے میں چلوں نماز نہ نکل جائے۔'' وہ ہنستے ہوئے بولی۔ ''کھانے کے وقت پہنچ جانا۔''

''اگر بھوک محسوس ہوئی تو۔ فی الحال تو فل فیل کر رہی ہوں۔ اتنا کچھ تو کھا پی لیا ہے۔'' عزّہ یہ کہہ کر اپنے کمرے کی طرف چلی گئی اور حسن کو لگا جیسے بہار اور رنگ غائب ہو گئے ہوں۔ کل تک وہ اس گھر میں ہنسی خوشی آئے سب سے دیر تک گپ لگاتے اور چلے جاتے تھے۔ اور آج عزّہ کے وہاں سے جاتے ہی انہیں فضا اور ماحول بے رنگ، بے کیف محسوس ہونے لگی تھی۔

''حسن صدیقی! باز آؤ یہ کس سمت بہے جا رہے ہو تم۔'' ان کے دماغ نے انہیں تنبیہ کی اور پھر وہ وہاں رکے نہیں سیدھے گھر آ گئے۔ مگر گھر آ کر بھی انہیں بے کلی سی رہی۔ عزّہ کا سراپا ان کی نگاہوں میں الجھ کر رہ گیا تھا۔

''میں کیوں سوچ رہا ہوں ایک پرائی لڑکی کے متعلق اگر اسے یا عزیر اور ثمین بھابی کو علم ہو گیا تو وہ کیا سوچیں گے میرے بارے میں۔ ٹھیک ہے عزّہ بہت خوبصورت ہے۔ بہت پُر خلوص اور لونگ ہے ملنسار ہے۔ اس سے متاثر ہونا کوئی انہونی تو نہیں ہے۔ لیکن کچھ ہے جو صحیح نہیں ہے۔ میرے لیے بالکل نیا ہے۔ کوئی اور احساس ہے۔ یہ کون سا جذبہ ہے جو مجھے عزّہ کو سوچنے پر اکسائے جا رہا ہے۔ پتا نہیں کیا ہو گیا ہے۔ دو دن میں دماغ اور دل دونوں ہی بے قابو ہو گئے ہیں۔ آخر کیوں ہو رہا ہے ایسا۔ ہزاروں لڑکیاں دیکھی ہیں میں نے۔ ملکوں ملکوں کی سیر کی ہے۔ ایسا پہلے تو کبھی نہیں ہوا۔ عزّہ صاحبہ میں ایسا کون سا جادو ہے۔ ایسی کونسی کشش ہے جو مجھے اس کی طرف کھینچے چلی جا رہی ہے۔ کیا اس کا حسن یا اس کا حسن اخلاق؟ پتا نہیں کیا ہے؟'' حسن نے کمرے میں ٹہلتے ہوئے دل میں سوچا انہیں کوئی مناسب جواب نہ مل سکا تو تھک کر سر جھٹکا اور نماز کے لیے وضو کرنے چلے گئے۔

اگلے دن آفس میں حسن کو بار بار عزّہ کی معصوم حسین صورت یاد آ آ کر الجھاتی رہی۔ وہ نا چاہتے ہوئے بھی اسے سوچ رہے تھے۔ ''عزیر ہاؤس'' جانے کا ارادہ نہیں تھا۔ مگر جب شام کو واپسی پر وہ ''عزیر ہاؤس'' کے قریب پہنچے تو ان کے پاؤں خود بخود گاڑی کی بریک پر پڑ گئے۔ اور

پھر ہاتھ ہارن پر گیا۔ ہارن کی آواز سنتے ہی عمیر نے بھاگ کر گیٹ کھول دیا۔ وہ گاڑی اندر لے آئے۔ ان کی نظر لان میں بچوں کے ساتھ کھیلتی عزّہ پر ہی پڑی تھی۔

"عجیب لڑکی ہے یہ بچوں کے ساتھ کھیلتی ہوئی بالکل بچی لگ رہی ہے۔ لگتا ہی نہیں ہے کہ خود شادی شدہ اور بچوں والی ہے۔" حسن نے اسے دیکھتے ہوئے دل میں کہا۔ "السلام علیکم انکل۔" بچوں نے انہیں دیکھتے ہی دور سے زوردار آواز میں سلام کیا۔ "وعلیکم السلام" حسن نے بھی بلند آواز میں جواب دیا اور گاڑی سے اتر کر لان میں چلے آئے۔ عزّہ بھی انہیں دیکھ چکی تھی۔ ثمرہ کو بال کراتی ہوئی وہ کہیں سے میرڈ اور میچور لیکچرار نہیں لگی انہیں۔ وہ تو انہیں ایک ٹین ایج گرل دکھائی دے رہی تھی۔

"السلام علیکم عزّہ صاحبہ!" حسن نے اسے دیکھتے ہوئے سلام کیا۔

"وعلیکم السلام۔ کیسے ہیں آپ؟" عزّہ نے جواب دے کر مسکراتے ہوئے اخلاقاً ان کا احوال پوچھا۔ "اللہ کا شکر ہے۔ آپ کیسی ہیں؟"

"ٹھیک ٹھاک۔ الحمدللہ، تشریف رکھیے۔" عزّہ نے مسکراتے ہوئے کہا اور کرسی کی طرف بیٹھنے کا اشارہ کرتی خود بھی کھیل چھوڑ کر لان میں چیئر پر آ بیٹھی۔ "ثمین بھابی اور عزیر نظر نہیں آ رہے۔" حسن نے نظریں اِدھر اُدھر دوڑا کر کہا۔ "وہ اندر ہیں۔ ثمین تو کچن میں تھی عزیر بھائی غالباً اپنے کمپیوٹر روم میں تھے۔" عزّہ نے دوپٹہ سر پر رکھتے ہوئے بتایا ہلکے آسمانی رنگ کے لباس میں میک اپ سے مبرا چہرہ گلاب کی طرح کھل رہا تھا۔ بالوں کی لٹیں رخساروں کو چھو رہی تھیں۔ حسن کی نگاہ بہک کر اسی پر ٹک کر رہ گئی تھی۔ "اور آپ کا دل لگ گیا یہاں؟" حسن نے پوچھا۔

"حسن صاحب! جہاں رہنا ہو وہاں دل تو لگانا ہی پڑتا ہے۔ میں نے بھی یہاں دل لگا لیا ہے۔ اور پھر یہاں کون سا میں اجنبیوں میں رہ رہی ہوں۔ ثمین اور عزیر بھائی میرے لیے غیر تو نہیں ہیں۔ اور بچے تو بہت اچھے ہیں۔ جہاں بچے ہوں وہاں میرا دل خود بخود لگ جاتا ہے۔" عزّہ نے بچوں کو کھیلتے دیکھتے ہوئے کہا۔ حسن مسکرا دیئے۔ اس کی بات کا عملی مظاہرہ تو وہ دیکھ ہی رہے تھے۔ "نمرہ بیٹا، شوز پہنو سردی ہے ٹھنڈ لگ جائے گی۔ عمیر بیٹا آپ پہناؤ بہن کو شوز۔" عزّہ نے نمرہ کو ننگے پاؤں گھاس پر بھاگتے دیکھ کر کہا "اچھا آنٹی۔" عمیر اور نمرہ نے ایک ساتھ کہا۔

"دوسروں کے بچوں کی جس لڑکی کو اتنی فکر ہے اتنا خیال ہے اسے اپنے بچوں سے کتنی محبت ہوگی۔ ان کی کتنی فکر ہوگی، خیال ہوگا۔ ان کے بغیر یہ کیسے رہتی ہوگی؟ حسن نے دل میں سوچا اور

پھر اسی سوچ کے تحت اس سے پوچھ لیا۔ ”آپ اپنی جاب کے سلسلے میں اپنے گھر اور شہر سے شوہر اور بچوں سے اتنی دور رہ رہی ہیں۔ ان کے بغیر رہنے میں مشکل نہیں ہوتی آپ کو۔ آئی مین وہ یاد تو آتے ہوں گے ناں؟“

”جن رشتوں کا کوئی وجود ہی نہ ہو ان کے یاد آنے یا ان کے بغیر رہنے یا نہ رہنے کا کیا سوال؟“ عزّہ نے معنی خیز جواب دیا۔

”جی، کیا مطلب میں سمجھا نہیں آپ۔“

”ایکسکیوز می۔“ عزّہ نے ان کی بات کاٹ کر کہا اور اس سے پہلے کہ وہ کچھ پوچھتے وہ تیز تیز قدم اُٹھاتی اپنے پورشن کی طرف چلی گئی۔

”انہیں کیا ہوا؟“ حسن نے حیرت سے خود سے سوال کیا۔ شاید وہ مزید حیرت میں مبتلا رہتے مگر ثمین چائے اور پکوڑے چٹنی ٹرے میں سجا کر لے آئی۔ ”آپ کب آئے حسن بھائی؟“ ثمین نے سلام دُعا کے بعد پوچھا۔

”ابھی آیا ہوں، عزیر کیا کر رہا ہے؟“

”نماز پڑھ رہے ہیں۔ آپ چائے پئیں وہ نماز پڑھ کر آجائیں گے۔“ ثمین نے چائے کا کپ اُٹھاتے ہوئے کہا اور پکوڑوں کی پلیٹ ان کے سامنے میز پر رکھ دی۔ ”عزّہ، کہاں چلی گئی؟“ ثمین نے لان میں بچوں کو دیکھتے ہوئے پوچھا۔ ”وہ اپنے روم میں گئی ہے شاید۔ بھابی! ایک بات میری سمجھ میں نہیں آئی۔“ حسن نے بتانے کے بعد کہا۔

”وہ کیا؟“ ثمین نے چائے کپ میں اُنڈیلتے ہوئے پوچھا۔

”میں نے عزّہ جی، سے یہ پوچھا کہ آپ کو اپنے شوہر اور بچے یاد نہیں آتے تو انہوں نے بڑا عجیب سا جواب دیا کہ جن رشتوں کا کوئی وجود ہی نہ ہو ان کے یاد آنے کا کیا سوال؟“

”ٹھیک ہی تو کہا ہے اس نے۔“ ثمین نے لبوں سے طویل سانس خارج کر کے کہا ”بھابی، بات کیا ہے کھل کر بتایئے نا۔“

”آپ جان کر کیا کریں گے؟“ ثمین نے انہیں چائے کا کپ پکڑایا۔

”شاید کچھ کر ہی لوں۔“ ان کا لہجہ پُراسرار معنی خیز تھا۔ ثمین نے چونک کر انہیں دیکھا تو وہ چائے کا سپ لے کر بولے۔

”اس روز آپ ہی نے تو کہا تھا کہ عزّہ کی شادی دس سال پہلے ہوئی تھی اور ان کے دس بچے

ہیں۔دس بچوں والی بات دل کو نہیں لگتی۔چار پانچ بچے تو ہو سکتے ہیں ان کے مگر دس تو نا قابلِ یقین ہیں۔"

"پانچ نہ دس عزّہ کا کوئی بچہ نہیں ہے وہ میں نے مذاق کیا تھا۔" ثمین نے بتایا۔

"اور عزّہ کی شادی؟" حسن نے حیرت سے پوچھا۔

"شادی تو خود عزّہ کے ساتھ بہت بڑا مذاق تھی۔شادی نہیں بربادی تھی اس کی۔" ثمین نے دُکھ بھرے لہجے میں کہا تو حسن کو حیرت کے ساتھ ساتھ حقیقت جاننے کی بے چینی بھی ہونے لگی۔

"بھابی، بتایئے نا، خاموش کیوں ہو گئیں آپ؟"

"چھوڑیں آپ کو کیا دلچسپی ہے عزّہ کی زندگی کے بارے میں جاننے میں؟"

"دلچسپی تو آپ نے ان کے یہاں نہ ہونے پر بھی پیدا کر رکھی تھی۔اب ان سے مل کر ان کے بارے میں جاننے میں دلچسپی خود بخود پیدا ہو گئی ہے۔بتایئے نا پلیز۔"

"حسن بھائی! عزّہ نے بہت دکھ اُٹھائے ہیں۔اپنوں کے ہاتھوں۔خون کے رشتوں کے ہاتھوں۔اسے شادی کی پہلی رات ہی اس کے شوہر نے طلاق دے دی تھی۔" ثمین نے دکھ اور کرب سے بتایا۔

"کیا؟" حسن کو زبردست شاک لگا تھا۔چائے کا کپ انہوں نے میز پر رکھ دیا۔"جی۔" ثمین نے چائے کا سپ لیا۔"بنا کسی جرم کے سزا کاٹی ہے اس نے۔"

"او مائی گاڈ! شادی کی پہلی رات طلاق۔کیسا ظلم ہے۔آخر کون تھا وہ ناشکرا اور نا قدرا شخص جس نے اتنی اچھی لڑکی کے ساتھ یہ زیادتی کی؟" حسن نے حیرت اور صدمے کی سی کیفیت سے دوچار ہوتے ہوئے پوچھا۔"عزّہ کا سگا ماموں زاد تھا۔" ثمین نے بتایا اس دوران عزیز بھی آ گئے۔اور ثمین نے عزّہ کی ساری آپ بیتی حرف بہ حرف کہہ سنائی۔عزیز کو تو وہ پہلے ہی ساری حقیقت بتا چکی تھی۔جسے جان کر ان کے دل میں عزّہ کے لیے ہمدردی اور عزت مزید بڑھ گئی تھی۔وہ اس سے بے حد متاثر ہوئے تھے۔"حسن بھائی، کیا سوچنے لگے؟" ثمین نے پوچھا تو وہ جو عزّہ کی داستان غم سن کر سن ہوئے بیٹھے تھے۔چونک سے گئے۔اور حیرت میں ڈوبے لہجے میں بولے۔

"بھابی، اس دور میں اتنی جانثار لڑکی شاید ہی کوئی اور ہو۔او گاڈ! اتنا صبر، اتنا ضبط اور اس قدر برداشت، ایسا تحمل بھلا کہاں ہوتا ہے آج کل کی لڑکیوں میں۔لڑکیوں کیا ہم جیسے مضبوط مردوں میں بھی نہیں ہوتا۔"

''ٹھیک کہا آپ نے عزّہ بہت بہادر بہت غیر معمولی صفات کی حامل لڑکی ہے۔ بہت آنسو جمع ہیں اس کے اندر مگر باہر ہر وقت ہونٹ مسکراتے رہتے ہیں۔ حسن بھائی، میری اس پیاری دوست نے تو مجھ سے بھی اپنے آنسو شیئر نہیں کیے۔ وہ کہتی ہے جن سے پیار ہوتا ہے ان سے میں ہمیشہ خوشیاں شیئر کرنا چاہتی ہوں۔ کاش! میرے بس میں ہوتا تو میں اسے دُنیا جہان کی خوشیاں سمیٹ کر مالا مال کر دیتی۔ جتنے اسے دکھ اور طعنے ملے ہیں۔ جتنی نفرت ملی ہے اپنوں سے۔ اس نے اتنا ہی دوسروں کو خلوص، پیار اور اپنائیت کا احساس دیا ہے۔ شی از گریٹ رئیلی گریٹ۔'' یہ کہتے ہوئے ثمین کی آنکھیں بھیگ گئیں۔ حسن کا دل بھی دکھ سے بھر گیا تھا۔ عزیر بھی دکھ اور بے بسی سے لب بھینچ کر بیٹھے تھے۔ کچھ دیر بعد ثمین نے ہی خود کو سنبھالتے ہوئے حسن سے کہا۔ ''حسن بھائی، آپ کی چائے تو ویسی ہی رکھی ہے میں نئی چائے بنا لاتی ہوں۔''

''نہیں بھابی، دل نہیں چاہ رہا۔'' وہ مدھم اور پُرنم لہجے میں بولے۔ ''تو چلیں اندر کھانا کھا کر جایئے گا۔'' ثمین نے کھڑے ہو کر کہا۔ ''بھابی! یہ درد بھری حقیقت سن کر میری تو بھوک ہی مر گئی ہے۔ میری سمجھ میں نہیں آتا کہ لوگ دوسروں کو اپنوں کو ہرٹ کیسے کر دیتے ہیں۔ کسی کو ستا کر رُلا کر کیا مل جاتا ہے انہیں۔ واقعی آپ کی دوست بہت عظیم ہیں۔'' حسن نے دل گیر لہجے میں کہا۔

''عزّہ کے امی ابو کا انتقال نہ ہوتا تو اب تک عزّہ اسی آزمائش میں سانس لے رہی ہوتی۔ پتا نہیں اللہ تعالیٰ نے میری دوست کے حصے میں سکھ بھی لکھے ہیں کہ نہیں۔'' ثمین نے ٹرے اُٹھا کر دُکھ سے کہا۔

''انشاء اللہ عزّہ کو سکھ، دکھوں سے زیادہ ملیں گے۔ تم دل میلا نہ کرو۔ بس اللہ سے اس کی خوشیوں کے لیے دُعا کرو۔'' عزیر نے اسے تسلی دیتے ہوئے کہا ''اچھا میں بھی گھر چلوں۔'' حسن نے اُٹھتے ہوئے کہا۔

''گھر پہنچ کر خیریت کا فون ضرور کر دینا۔ تم ڈسٹرب ہو گئے ہو اور ایسے میں تم گاڑی دھیان سے ڈرائیو نہیں کرو گے۔'' عزیر نے کہا۔

''کر لوں گا یار۔'' وہ دھیرے سے مسکرائے۔

''پھر بھی فون کر دینا۔ مجھے تمہاری فکر رہے گی۔'' عزیر نے تاکید کی۔

''اچھا کر دوں گا اللہ حافظ۔'' حسن نے مسکرا کر کہا اور اپنی گاڑی کی طرف بڑھ گئے۔ ثمین اور عزیر بھی انہیں ''اللہ حافظ'' کہہ کر ان کے جانے کے بعد اندر چلے گئے۔

ہم سمجھتے تھے کہ بھری دُنیا میں تنہا ہم ہیں
کون جانے ہنستے ہوئے چہروں میں پنہاں غم ہیں
جو بظاہر نظر آتے ہیں بہت شوخ وشریر
روح پہ ان کی ہیں بہت گھاؤ بہت دل پہ ستم ہیں

حسن کو یہ اشعار عزّہ کی حقیقت اور دکھ سے بھری کہانی سن کر بے اختیار یاد آ گئے۔ جیسے یہ عزّہ ہی کے بارے میں کہے گئے ہوں۔ وہ اپنے بستر پر لیٹے تو انہیں لگا جیسے ان کا بستر کانٹوں سے بھرا ہو۔ عزّہ کے بارے میں جو کچھ وہ ثمین سے سن کر آئے تھے۔ اس نے ان کے دل کو چھلنی کر دیا تھا۔ عزّہ سے ان کا کوئی رشتہ نہیں تھا۔ لیکن وہ اس کے ساتھ ہونے والی زیادتیوں پر ایسے دکھی ہو رہے تھے جیسے عزّہ ان کی زندگی میں بہت اہم مقام رکھتی ہو۔ ان کی کوئی عزیز رشتے دار ہو۔

''یا مالک! یہ کیسا ظلم ہو رہا ہے تیری دُنیا میں۔ کیسی ناانصافی اور زیادتی ہو رہی ہے۔ معصوم لوگ سزا پا رہے ہیں اور خطا کار مزے اڑا رہے ہیں۔ عزّہ کا کیا قصور تھا؟'' حسن نے دیوار پر آویزاں خانہ کعبہ کی بڑی سی تصویر کو دیکھتے ہوئے اللہ سے مخاطب ہو کر کہا اور ان کی آنکھیں عزّہ کے دکھ پر چھلک پڑیں۔

''حسن تم کیوں رو رہے ہو عزّہ کے دکھ پر جبکہ وہ تو نہیں روئی۔ اور کیا رشتہ ہے تمہارا اس سے جو تم اسی کو سوچے جا رہے ہو؟'' اس کے اندر سے سوال اُٹھا۔ ''انسانیت کا درد کا رشتہ بھی تو ہوتا ہے۔ اور مجھے نہیں معلوم کہ میرے آنسو کیوں بہہ نکلے ہیں۔ میں کبھی اتنا کمزور تو نہیں پڑا تھا۔ شاید اس لیے بھی مجھے بہت دکھ ہو رہا ہے اور اس لیے بھی میرے آنسو چھلک پڑے ہیں کہ وہ نہیں روئی عزّہ کو رونا تو چاہیے تھا۔ سارے آنسو سارے غم اپنے اندر جمع کر کے وہ دوسروں سے تو اپنا غم چھپا سکتی ہے لیکن خود سے تو نہیں چھپا سکتی نا۔ بظاہر ہنسنے، کھیلنے والی یہ لڑکی اندر سے اگر کسی پر نہ کھل سکی تو۔ اس کا دل پھٹ جائے گا۔ اسے اپنے اندر کا درد اپنا غم آنسوؤں کا سیلاب کسی دامن کسی شانے کے سہارے باہر لے آنا چاہیے۔'' حسن نے خود کلامی کرتے ہوئے کہا۔ ''حسن کیا تم وہ شانہ، وہ دامن، وہ سہارا بن سکتے ہو جو عزّہ کو اس کے سارے دکھوں اور غموں سے نجات دلا دے۔ اسے بھلا دے کہ کبھی اس کے ساتھ کوئی ظلم ہوا تھا۔ کوئی درد سہا تھا۔ کیا تم عزّہ کو اس کے حصے کی خوشیاں اور چاہتیں دے سکتے ہو۔'' اس کے اندر سے ایک اور سوال ابھرا ''میں'' وہ اپنے سینے پر ہاتھ رکھ کر بولے۔

''ہاں تم، تمہیں عزّہ پہلی نظر میں ہی اپنی موجودگی کا احساس دلا گئی تھی۔ تم بار بار اس کے

بارے میں سوچتے رہے ہو۔تو اس کا سبب کیا تھا؟''

''کیا تھا؟'' انہوں نے خود سے سوال کیا۔

''اس کا سبب یہ تھا کہ تم عزّہ کو پسند کرنے لگے ہو۔ وہ تمہارے دل کے تاروں کو چھیڑ گئی تھی۔ تمہیں اندر سے جگا گئی تھی۔ تمہارے من میں سوئے جذبوں کو بیدار کر دیا تھا اس نے۔ جو آہستہ آہستہ اس کی طرف ہی تمہیں مائل کرتے گئے۔'' دل نے جواب دیا تو وہ چند لمحوں کو تو حیران سے گم صم سے بیٹھے رہے۔ عزّہ کی کہانی اور اس کی پہلی جھلک سے آج تک ملاقات کا رنگ عزّہ کا ہنستا، مسکراتا چہرہ اس کی زندہ دلی یاد آ رہی تھی انہیں اور ان کے آنسو بہے جا رہے تھے۔'' ہاں شاید ایسا ہی تھا۔ اگر وہ شادی شدہ ہوتی تو قدرت میرے اندر یہ تبدیلی ہر گز پیدا نہ کرتی۔ یہ سچ ہے کہ میں عزّہ کی شخصیت سے اس کی صفات سے متاثر تھا۔ لیکن اس سے ملنے کے بعد اس کی حقیقت جاننے کے بعد مجھے لگ رہا ہے کہ جیسے عزّہ کو اللہ نے میرے لیے یہاں بھیجا ہے۔ ورنہ پہلے کبھی کیوں میرا دل کسی لڑکی کے لیے اس طرح نہیں دھڑکا۔ میرا یہ جانتے ہوئے کہ وہ شادی شدہ ہے ظاہر ہے مجھے تو حقیقت کا علم بعد میں ہوا ہے۔ اس کے باوجود میرا عزّہ کے تصور میں کھو جانا۔ یہ سب کیا ہے۔ قدرت کا کرشمہ ہے۔ مجھے وہ اچھی لگی ہے۔ بہت مخلص لڑکی ہے۔ اور شاید وہی وہ لڑکی ہے جس کی مجھے تلاش تھی۔'' حسن نے دل میں سوچا اور اپنے آنسو صاف کر لیے۔

''حسن، تمہارے اقرار میں ابھی بے یقینی ہے۔ ''شاید'' کا لفظ وہ لوگ استعمال کرتے ہیں جو مکمل یقین کی منزل تک نہیں پہنچے ہوتے۔ تم یقین تک خود کو آزماؤ، پرکھو۔ اگر تم عزّہ کے لیے اپنے دل میں پسندیدگی اور محبت کے جذبات رکھتے ہو۔ تو بات آگے بڑھاؤ۔ ورنہ خاموش رہو۔'' ان کے دماغ نے مشورہ دیا۔ '' ہاں مجھے خود کو کچھ وقت دینا چاہئے تاکہ مجھے یہ معلوم ہو سکے کہ میں عزّہ کے متعلق جو محسوس کر رہا ہوں وہ سچ ہے، حقیقت ہے، یقین ہے۔'' حسن نے خود سے کہا اور پھر سے سونے کی کوشش کرنے لگے۔ اگلے دن وہ عزیر کی طرف نہیں گئے۔ دل بار بار عزّہ کو دیکھنے کی خواہش کرتا رہا اور وہ ٹالتے رہے۔ خود پر بہت جبر کرنا پڑ رہا تھا انہیں۔ عجیب بے کلی سی ان کی طبیعت میں در آئی تھی۔ کام ہو یا آرام کا وقت عزّہ کی صورت ان کی نگاہوں میں گھومتی رہتی۔ اور آخر انہیں یقین کرنا پڑا خود سے اقرار کرنا پڑا کہ۔ '' ''حسن صدیقی''، تمہیں عزّہ سے محبت ہو گئی ہے۔ تم اب اس کے بغیر سکھ اور سکون سے نہیں جی سکو گے۔ تم اس سے پیار کرتے ہو۔''

''ہاں میں عزّہ سے پیار کرتا ہوں۔ اور میں اس سے شادی کرنا چاہتا ہوں۔ اور میں اب دیر

نہیں کروں گا۔ عزّہ کو بھی خوشیوں اور محبتوں کی ضرورت ہے اور میں بھی اب اس تنہائی میں جیون نہیں گزار سکتا۔ انشاء اللہ میں بہت جلد عزّہ کو اپنا لوں گا۔'' حسن نے با آواز کہا اور تیار ہو کر ''عزیر ہاؤس'' چلے آئے۔

''کہاں غائب تھے ایک ہفتے سے؟'' عزیر نے انہیں دیکھتے ہی جرح کی ''یہیں تھا۔'' وہ صوفے پر بیٹھتے ہوئے بولے۔

''تو حسن بھائی! آپ ایک ہفتے سے گھر کیوں نہیں آئے؟ نہ فون کیا نہ ہمارے کسی فون کا جواب دیا۔ کوئی پرابلم تھی کیا؟'' ثمین نے بھی سنجیدگی سے پوچھا۔ ''جی بھابی! پرابلم ہی تھی۔ اتنے دن میں خود کو یہ یقین دلانے کی کوشش کرتا رہا کہ یہ میرا وہم ہے۔ غلط فہمی ہے۔ کہ واقعی میرے ساتھ ایسا ہو گیا ہے۔'' حسن نے معنی خیز لہجے میں کہا تو عزیر نے متجسس اور متفکر ہو کر پوچھا۔

''کیا ہو گیا ہے بھائی کچھ پتا تو چلے؟''

''مجھے اپنے سینے میں دل کے دھڑکنے کا احساس ہونا شروع ہو گیا ہے۔ مجھے اس سے پیار ہو گیا ہے۔'' حسن نے مسکراتے ہوئے بلا جھجک اعتراف کرتے ہوئے کہا۔ ''ہیں ہیں یہ کایا پلٹ کیسے بھئی، کس سے تمہیں پیار ہو گیا ہے۔ کس نے آباد کیا ہے تمہارا ویرانہ دل؟'' عزیر نے حیرت اور مسرت سے چیختے ہوئے پوچھا۔

''جس نے تمہاری انیکسی کو آباد کیا ہے اس نے میرا دل آباد کر دیا ہے اب تم اور بھابی اس کے دم سے میرا گھر آباد کرنے کی تیاری پکڑو۔'' حسن نے معنی خیز مگر واضح الفاظ میں اصل بات کہہ ڈالی۔

''یعنی عزّہ سے۔'' عزیر کی آنکھیں حیرت سے پھیل گئیں تھیں۔

''جی عزّہ سے۔'' وہ بہت دلفریب انداز میں مسکرائے۔

''ہوش میں تو ہو تم۔'' عزیر ہنسے۔

''ہوش میں تو اب وہی لائے گی۔'' وہ بہت کھوئے کھوئے مسرور لہجے میں بولے۔

''سن رہی ہو ثمین۔'' عزیر نے مسکراتے ہوئے ثمین کی طرف دیکھا۔

''جی سن رہی ہوں مگر حیران نہیں ہو رہی ہوں بلکہ خوش ہو رہی ہوں۔ کیونکہ میرا دل بھی یہی چاہ رہا تھا۔ اور میں نے حسن بھائی کی آنکھوں میں عزّہ کے لیے پسندیدگی کے رنگ پہلے دن ہی دیکھ لیے تھے۔ لیکن حسن بھائی! کہیں آپ نے یہ فیصلہ اس کی کہانی سننے کے بعد ہمدردی میں آ کر تو نہیں

کیا؟''ثمین نے پوچھا۔

''ہرگز نہیں، عزّہ کو ہمدردی کی ضرورت نہیں ہے۔ وہ تو خود لوگوں میں ہمدردی اور اپنائیت بانٹتی ہیں۔ پہلے تو میں اس بات سے پریشان ہو گیا تھا کہ میں ایک میرڈ گرل کے متعلق کیوں سوچ جا رہا ہوں۔ لیکن جب مجھے آپ نے بتایا کہ عزّہ کے ساتھ کیا ہو چکا ہے۔ اور یہ ان کی شادی ہونے کے بعد ہی ختم ہو گئی تھی۔ تو مجھے اپنی کیفیت کو سمجھنے اور فیصلہ کرنے میں آسانی ہو گئی۔ بھابی، میں عزّہ کو دل سے اپنانا چاہتا ہوں۔ محبت سے بیاہ کر لے جانا چاہتا ہوں۔ ہمدردی، رحم یا ترس ٹائپ کے جذبات کے تحت ان سے شادی نہیں کرنا چاہتا۔''حسن نے ایمانداری اور سنجیدگی سے کہا۔

''حسن بھائی، آپ کا معیار تو بہت بلند تھا۔ کیا عزّہ آپ کو آپ کے معیار کے مطابق لگی ہے؟''ثمین نے خوش ہو کر اپنی تسلی کے لیے پوچھا۔

''بھابی، عزّہ میرے معیار کی بلندی سے کروڑ ہا درجے بلند معیار کی حامل ہیں۔ میرا معیار تو ان کے کردار کے وقار سے بہت پیچھے رہ گیا ہے۔ وہ بہت آگے بہت اوپر ہیں بہت بلند ہیں میرے معیار سے۔''حسن نے دل سے کہا۔

''اس میں تو کوئی شک نہیں ہے عزّہ اپنے نام کی طرح معزز اور باکردار لڑکی ہے۔ بہت بہادر اور باہمت لڑکی ہے۔''عزیر نے بھی عزّہ کی صلاحیتوں اور خوبیوں کا دل سے اعتراف کیا۔

''آخر میری دوست ہے وہ۔''ثمین نے خوشی اور فخر سے کہا۔

''اوں ہوں، اتنا فخر ہے تو دوست کی خوشی کے لیے کچھ کر کے دکھاؤ۔ بناؤ اسے میرے حسن بھیا کی دلہنیا تو مانیں۔''عزیر نے شوخ لہجے میں کہا۔

''جی بھابی، اب یہ بات آپ نے ہی آگے بڑھانی ہے۔ آپ عزّہ سے بات کریں گی نا۔'' حسن نے ثمین کو دیکھتے ہوئے کہا۔

''ضرور کروں گی حسن بھائی! میں تو خود بھی یہی چاہتی ہوں کہ میری دوست کا گھر آباد ہو جائے۔ اسے بھی خوشیاں ملیں۔ لیکن اسے منانا کافی مشکل ہو گا۔ اس نے ہر رشتے سے دکھ اور فریب کھائے ہیں۔ سب رشتوں نے اسے بہت ہرٹ کیا ہے۔ پتا نہیں وہ نیا رشتہ استوار کرنے پر آمادہ بھی ہو گی کہ نہیں۔''ثمین نے سنجیدگی سے کہا۔

''پلیز بھابی! آپ یہ کام کریں گی۔ اب میں شادی پر تیار ہوا ہوں تو آپ دونوں پیچھے ہٹنے

کی نہ سوچیں۔ میری شادی کرانے دلہن لانے کے دعوے کرتے تھے۔ خواہش رکھتے تھے تو اب عملاً اس کا مظاہرہ کرنے کا وقت آگیا ہے۔'' حسن نے سنجیدگی سے کہا تو وہ دونوں ہنس پڑے۔

''بڑا نیک وقت آیا ہے۔ ہم بھی پیچھے ہٹنے والوں میں سے نہیں ہیں۔ اگر میرا بس چلے تو میں تو ابھی تمہارا عزّہ کے ساتھ نکاح پڑھوا دوں۔ عزّہ کو میں نے بہن کہا ہی نہیں ہے بہن سمجھتا ہوں میں اسے اور انشاء اللہ میں اپنی بہن کی شادی کی تیاری اور رخصتی پوری ذمہ داری سے کروں گا۔ ڈونٹ وری۔'' عزیر نے حسن کے شانے پر ہاتھ رکھ کر کہا۔

''جی حسن بھائی، آپ مطمئن رہیں۔ عزّہ کالج سے آئے گی تو میں آج ہی اس سے بات کروں گی۔'' ثمین نے بھی مسکراتے ہوئے یقین دلایا۔

''تھینک یو بھابی! اچھا مجھے اجازت دیجئے سوا دس بج رہے ہیں۔ آج آفس سے بھی دیر ہو گئی۔'' حسن نے خوشی سے مسکراتے ہوئے کہا اور جانے کے لیے کھڑے ہو گئے۔ عزیر بھی ان کے ساتھ ہی اُٹھ گئے اور کہنے لگے۔ ''تم چلو پھر میں بھی آفس جانے کی تیاری کرتا ہوں۔ آج موڈ ہی نہیں ہو رہا تھا آفس جانے کا۔ ذاتی کام میں یہی مزے ہوتے ہیں۔ باس کی جھاڑ کا ڈر بھی نہیں ہوتا چاہے جتنی مرضی دیر سے جاؤ۔'' عزیر نے مسکراتے ہوئے کہا۔

''ہاں لیکن اس طرح کام کا حرج ہوتا ہے۔ خیر تم تیاری کرو میں تو چلوں آفس۔ اچھا بھابی میں شام کو چکر لگاؤں گا۔'' حسن نے عزیر سے کہہ کر ثمین کی طرف دیکھا تھا۔

''ضرور میں انشاء اللہ آج ہی عزّہ سے بات کروں گی۔ ماسی دیکھنا گیٹ پر کون ہے؟ بیل بج رہی ہے۔'' ثمین نے ان کی بات کا جواب دینے کے ساتھ ہی کام والی ماسی کو آواز دے کر کہا۔ وہ تیزی سے باہر نکل گئی۔ عزیر تیار ہونے چلے گئے۔ حسن بھی باہر نکلے تو گیٹ سے اندر داخل ہوتی عزّہ پر ان کی نظر پڑی۔ وہ سر سے پاؤں تک ہلکے سرمئی رنگ کی چھوٹی چھوٹی پھولوں والی چادر میں چھپی ہوئی تھی۔ گیٹ بند ہونے کے بعد اس نے چادر اتاری اور تہہ کرتی آگے بڑھنے لگی۔ اس نے چاکلیٹی رنگ کا لباس زیب تن کیا ہوا تھا۔ اس پر براؤن لیڈی کوٹ پہنے بالوں کی چٹیا بنائے شولڈر بیگ میں اپنے سن گلاسز رکھتی ہوئی وہ انیکسی کی طرف جانے والی روش پر چلتی آ رہی تھی۔ حسن اس کے بے نیاز انداز پر مسکراتے ہوئے اس کے قریب آتے ہوئے بولے۔ ''ہیلو مس عزّہ۔''

''آپ۔ السلام علیکم۔'' عزّہ نے شولڈر بیگ کی زپ بند کرتے ہوئے چونک کر انہیں

دیکھا۔ ''وعلیکم السلام، خیریت تو ہے آپ کالج سے اتنی جلدی واپس آ گئیں۔ آپ کی طبیعت تو ٹھیک ہے نا۔'' حسن کے لہجے میں تشویش تھی جس نے عزّہ کو اندر سے چونکا دیا۔ جی الحمدللہ، مجھے بھلا کیا ہوگا؟'' اس نے مسکراتے ہوئے جواب دیا۔

''اللہ نہ کرے کہ آپ کو کبھی کچھ ہو۔'' حسن کے لبوں سے بے اختیار یہ جملہ پھسل گیا۔ جو کچھ وہ اس کے متعلق سن چکے تھے۔ اس کے بعد ان کا دل اسے ذرا سی بھی تکلیف میں نہیں دیکھ سکتا تھا۔ وہ اسے نازک سی گڑیا کی طرح بہت سنبھال کر رکھنا چاہتے تھے۔ ''دراصل کالج میں گیمز شروع ہو گئی تھیں۔ اس لیے میں گھر آ گئی۔''

عزّہ نے ان کے جملے پر انہیں ایک لمحے کو بہت چونک کر حیرت سے دیکھا ان کی آنکھیں اسے کوئی اور ہی کہانی سنا رہی تھیں۔ مگر اس نے انجان بنتے ہوئے سنجیدگی سے گھر جلدی آنے کی وجہ بتا دی۔

''آپ کو گیمز سے دلچسپی نہیں ہے۔'' حسن نے اس کی خیریت کی طرف سے مطمئن ہو کر پوچھا۔ ''ہے مگر اس وقت میرا دیکھنے کا موڈ نہیں تھا۔ دو تین چھوٹے چھوٹے کام بھی تھے۔ سوچا کہ گھر جا کر وہ نبٹا لوں۔'' عزّہ نے وضاحت کی۔

''چلیے آپ کام کیجیے۔ میں بھی آفس چلوں گا۔ انشاءاللہ پھر ملاقات ہوگی۔'' ''اللہ حافظ۔'' عزّہ نے ان کے دلکش چہرے کو مسکراتے ہوئے دیکھ کر کہا اور آگے بڑھ گئی۔ الائچی اور گل یاسمین کی مہک حسن کے اطراف ہی نہیں اندر بھی پھیل گئی۔ انہوں نے آگے جاتی عزّہ کی پشت کو دیکھا جہاں سفید رنگوں سے چمکتی چٹیا لہرا رہی تھی۔ اور پھر وہ مسکراتے ہوئے اپنی گاڑی کی طرف بڑھ گئے۔

عزیر آفس چلے گئے۔ عزّہ چینج کر کے ثمین کے پاس آئی تو ندیم بھائی اور راشدہ مامی کا فون آ گیا۔ وہ دونوں اسے واپس لاہور آنے کا کہہ رہے تھے۔ راشدہ مامی تو اپنی زیادتیوں کی معافی بھی مانگ رہی تھیں۔ شعیب اپنی بیوی طاہرہ اور دونوں بیٹیوں کو اپنے گھر لاہور لانا چاہتا تھا۔ اور زوہیب اور شاہ زیب اس بات کے لیے راضی نہیں تھے۔ عزّہ کے ساتھ جو سلوک شعیب نے کیا تھا وہ اس سے اس کے لیے سخت ناراض اور غصے میں تھے۔ انہوں نے شعیب سے صاف کہہ دیا تھا کہ وہ اپنے بیوی بچوں کو اپنے نئے بنگلہ میں لا کر آباد کرے۔ اس گھر میں ان کے لیے کوئی جگہ نہیں ہے۔ راشدہ مامی اس بات سے بہت پریشان تھیں۔ بھائیوں کے بیچ جھگڑے اور ناراضگی نے انہیں عزّہ کو فون کرنے پر مجبور کر دیا تھا۔ وہ چاہتی تھیں کہ عزّہ زوہیب اور شاہ زیب کو سمجھائے کہ وہ

اپنی ضد چھوڑ دیں۔ کیونکہ وہ دونوں عزّہ کی بات ٹال نہیں سکتے تھے۔ اسی لیے راشدہ مامی نے عزّہ سے بار بار انہیں فون کر کے سمجھانے کی تاکید کی تھی۔ عزّہ نے شام کو فون کرنے کا وعدہ کر لیا۔ کیونکہ اس وقت تو وہ دونوں اپنی اپنی ملازمت کے سلسلے میں گھر سے باہر تھے۔ ثمین کو بھی اس نے ساری بات بتادی۔ کہ اب اس سے کون سا کوئی بات چھپی ہوئی تھی۔

''عزّہ، ایک بات تو بتاؤ۔ تم دوسروں کے مسئلے حل کرتے کرتے، دوسروں کی خاطر جیتے جیتے تھکی نہیں ہو اب تک؟'' ثمین نے سنجیدگی سے پوچھا۔

''میں نے اس بارے میں کبھی سوچا ہی نہیں۔'' وہ مٹر کے دانے نکالتے ہوئے بولی۔

''تو اب سوچو عزّہ، آخر تم کب تک دوسروں کی خاطر اپنی زندگی کے قیمتی برس ضائع کرتی رہو گی۔ وہ سب شاد آباد ہیں تو تمہیں بھی اپنا گھر بسا لینا چاہیے۔ آخر ساری زندگی تنہا کیسے جیو گی؟'' ثمین، حسن کے سلسلے میں بات کرنے کے لیے تمہید باندھ رہی تھی۔ سنجیدگی سے کہا۔

''تمہارے خیال میں مجھے شادی کر لینی چاہیے۔''

''بالکل کر لینی چاہیے۔''

''ایک شادی نے مجھے کون سا سکھ دیا ہے جو میں دوسری شادی کر لوں۔''

''عزّہ، ضروری تو نہیں ہے کہ ہر شخص شعیب جیسا کم ظرف ہو۔'' ثمین نے سمجھایا۔

''کوئی ایسا اعلیٰ ظرف بھی نہیں ہو گا جو میری طلاق اور باقی کے حالات جاننے کے بعد مجھ سے دل سے شادی کرنے پر آمادہ ہو جائے گا۔ کبھی نہ کبھی زندگی کے کسی نہ کسی موڑ پر وہ مجھے میرے ماضی کا طعنہ ضرور دے گا۔ جو مجھ سے برداشت نہیں ہو گا۔ میں مزید کوئی سمجھوتہ نہیں کرنا چاہتی۔ میں ایسے ہی خوش ہوں۔'' عزّہ نے نہایت سپاٹ اور سنجیدہ لہجے میں کہا۔

''تم خوش نہیں ہو عزّہ، تم صرف خود کو خوش ظاہر کرتی ہو۔ اور عزّہ مجھے یقین ہے کہ تمہیں آئندہ زندگی سمجھوتے کے تحت نہیں گزارنی پڑے گی۔ تم محبت کے سائے میں زندگی بسر کرو گی۔ کوئی تمہیں تمہارے ماضی کا طعنہ نہیں دے گا۔ اور ایسا کیا ہے تمہارے ماضی میں جو کوئی تمہیں طعنہ دے گا۔ تمہارا کیا قصور ہے کہ اگر تمہیں انتقاماً طلاق دے دی گئی تھی۔ تمہیں آج بھی ایک سے ایک اچھا رشتہ مل سکتا ہے۔'' ثمین نے سنجیدگی سے اسے سمجھاتے ہوئے یقین دلانے کی کوشش کی۔

''رشتہ ہی تو نہیں ملا مجھے، لوگوں کا ایک ہجوم تھا جس میں، میں نے اپنی زندگی کے تیس برس گزار دیئے۔ رشتہ ملتا تو میں یہاں نہ ہوتی ثمی۔''

''تمہارا رشتہ یہاں بننا لکھا تھا اس لیے تمہیں یہاں ہونا ہی تھا دوست۔'' ثمین نے معنی خیز لہجے میں کہا۔

''کیا مطلب؟'' عزّہ نے اس کا چہرہ ٹٹولنا چاہا۔

''تم کسی کو بہت پسند آ گئی ہو۔ کسی کو تم سے پیار ہو گیا ہے۔ کوئی تمہیں اپنی زندگی میں شامل کرنا چاہتا ہے۔ تم نے ہی تو کہا تھا کہ تم انہیں شادی کے لیے فوراً راضی کر لوں گی۔ تو تمہارا دعویٰ بالکل درست تھا۔ وہ شادی کے لیے راضی ہو گئے ہیں۔'' ثمین نے مٹر چھیلتے ہوئے مسکراتے ہوئے کہا۔

''تم کس کی بات کر رہی ہو؟'' عزّہ نے الجھن آمیز نظروں سے اسے دیکھا۔

''حسن بھائی کی۔''

''یہ حسن بھائی ہمارے بیچ میں کہاں سے آ گئے؟''

''وہی تو ہیں جنہوں نے تمہیں پہلی نظر میں دل میں بسا لیا تھا۔ حسن بھائی نے تمہیں میرے ذریعے سے پرپوزل بھجوایا ہے۔''

''ویری فنی۔'' عزّہ نے مٹر کے دانے منہ میں ڈال کر کہا۔ ''وہ جو ساری دُنیا میں گھومتے پھرتے ہیں۔ جن کا معیارِ لڑکی کے بارے میں بقول تمہارے بہت بلند ہے جس کی تلاش میں ہونے کے باعث وہ اب تک کنوارے ہیں۔ انہیں میں پسند آ گئی ہوں۔ وہ مجھ سے پیار کرنے لگے ہیں۔ واہ کیا لطیفہ ہے۔''

''یہ سچ ہے عزّہ، حسن بھائی کا کہنا ہے کہ تم ان کے معیار سے کروڑ ہا درجے بلند معیار کی حامل ہو۔ پلیز مان جاؤ نا عزّہ خدا خدا کر کے تو وہ شادی کے لیے راضی ہوئے ہیں۔'' ثمین نے منت بھرے لہجے میں کہا۔

''مجھی سے کیوں شادی کے لیے راضی ہوئے ہیں۔ آخر مجھ میں ایسی کون سی بات نظر آ گئی انہیں؟'' عزّہ نے الجھ کر کہا تو ثمین نے اس کی ٹھوڑی پکڑ کر مسکراتے ہوئے کہا۔ ''کوئی تو ایسی بات ہے تم میں، اتنی اچھی کیوں لگتی ہو؟''

''انہیں میری طلاق کا علم ہے کیا؟''

''ہاں انہیں تمہاری بات سے اندازہ ہو گیا تھا۔ زیادہ تفصیل تو میں نے بھی نہیں بتائی۔'' ثمین کو جھوٹ بولنا پڑا کیونکہ اس کے انکار کی صورت میں عزّہ اس پر غصے ہو سکتی تھی کہ اس نے حسن

کواس کی کہانی کیوں سنائی۔

''بتانے کی ضرورت بھی نہیں ہے۔ مجھے نہیں کرنی ان سے شادی۔''

''عزّہ، حسن بھائی بہت اچھے ہیں۔ میں دس سال سے انہیں اس گھر کے ایک فرد کی حیثیت سے جانتی ہوں۔ وہ بہت سنیسئر (مخلص) لونگ، کیئرنگ اور حساس ہیں۔ تمہارا یہاں آنا ہی تمہارا ان سے ملنے کا ان کی ہو جانے کا ثبوت ہے۔ مان جاؤ پلیز حسن بھائی بہت اچھے ہیں عزّہ۔''

''میں نے کب کہا کہ وہ برے ہیں۔ تم سب اچھے ہو یقیناً وہ بھی اچھے ہیں۔ لیکن میں کسی نئے رشتے کے متعلق اب سوچنا نہیں چاہتی۔ میرا اس رشتے سے اعتبار اُٹھ چکا ہے۔ مجھے اکیلے رہنے کی عادت ہو چکی ہے۔ میں اب نئے رشتوں نئے بکھیڑوں میں اپنی زندگی نہیں الجھانا چاہتی۔'' عزّہ نے سنجیدگی سے کہا۔

''عزّہ، وہ بہت چاہتے ہیں تمہیں۔''

''ہیلو مس عزّہ، اللہ نہ کرے کہ آپ کو کبھی کچھ ہو۔'' عزّہ کی سماعتوں میں حسن کے الفاظ ابھی تازہ تھے۔ اسے ان کی آنکھوں اور لہجے کی سچائی پر یقین آنے لگا مگر فوراً ہی اس نے یہ خیال جھٹک دیا۔ ''ثمی، پہلی نظر میں ایک ہفتے کی دو تین سرسری سی ملاقاتوں میں انہیں مجھ سے محبت کیسے ہو سکتی ہے؟'' عزّہ نے جواز تراشا۔ ''یہ ان کا جذباتی فیصلہ ہے اور بس۔''

''عزّہ، وہ کوئی ٹین ایجر نہیں ہیں۔ حسن بھائی، تینتیس (33) برس کے میچور، سمجھدار اور بالغ مرد ہیں۔ یقین جانو! عزّہ میں نے ان دس سالوں میں جو یہاں شادی کے بعد میں نے گزارے ہیں۔ میں نے کبھی حسن بھائی کی زبان پر کسی لڑکی کا تذکرہ نہیں سنا۔ انہوں نے آج تک سوائے تمہارے کسی لڑکی کے متعلق ہم سے اپنی پسندیدگی کا اظہار نہیں کیا۔ پہلی بار میں نے ان کی زبان سے جس لڑکی کے لیے اظہار محبت سنا ہے وہ تم ہو عزّہ، تم انہیں اور وہ تمہیں بہت خوش رکھیں گے عزّہ پلیز ہاں کر دو۔'' ثمین نے اس کا ہاتھ پکڑ کر نرمی سے منت سے کہا۔ ''ہاں کر دو۔''

نہیں ثمی، یہ دو چار دن کی بات نہیں ہے۔ پوری زندگی کی بات ہے۔ میں اب کوئی رسک نہیں لے سکتی۔ میں نے خوش فہمیوں میں جینا نہیں سیکھا۔ اور میں لوگوں کی طنزیہ باتیں ان کے طعنے سن سن کر اب تھک چکی ہوں۔ مجھے باقی کی زندگی تو آرام سے آزادی سے گزارنے دو۔ میں کسی پر بوجھ نہیں ہوں۔ میری جاب ہے۔ میرے اخراجات کے لیے بہت کافی ہے۔ رہنے کو چھت کرایے کی ہو یا اپنی ہو۔ ٹھکانہ تو ہے ہی میرے پاس پھر میں کیوں نئی بستی بسانے

کا سوچوں؟''

''اس لیے کہ یہ مردوں کا معاشرہ ہے یہاں عورت مرد کے نام اس کے تحفظ کی چھت کے بغیر بے سائباں اور بے امان ہوتی ہے۔ اکیلی عورت پر ہر کوئی نظر رکھتا ہے۔ انگلیاں اُٹھاتا ہے۔ باتیں بناتا ہے۔ جینا جہنم بنا دیا جاتا ہے۔ اکیلی عورت کا اس معاشرے میں۔'' ثمین نے سنجیدگی سے اسے حقیقت کا رخ دکھایا۔

''تمہارا کیا خیال ہے کہ میں یہ سب نہیں جانتی۔ جانتی ہوں۔ لیکن کیا اس خوف سے میں اپنی ساری زندگی ایک مسلسل ذلت اور اذیت کے جہنم میں جھونک دوں۔ حسن بھی تو مرد ہیں وہ میرے ماضی سے مطمئن کیسے ہو سکتے ہیں۔ یہ معاشرہ بہت دوغلا ہے ثمی، یہاں مرد، عورت کی چادر بھی بنتا ہے اور اس کی چادر اتارنے والا بھی ایک مرد ہی ہوتا ہے۔ اور میں تو طلاق یافتہ ہوں مجھے کوئی دل سے کیوں قبول کرنے لگا؟'' ''تم حسن بھائی کی نیت پر شک کر رہی ہو۔'' ثمین نے دکھ سے اسے دیکھا۔

''مجھے شک اور بے اعتباری کے سوا ملا ہی کیا ہے؟''

عزّہ، جو تمہیں نہیں ملا مجھے یقین ہے کہ انشاء اللہ وہ سب تمہیں حسن بھائی سے شادی کے بعد ضرور ملے گا۔ حسن بھائی عام مردوں جیسے نہیں ہیں۔ وہ بہت اچھے انسان ہیں۔ عورت، کی رشتوں کی عزت و تکریم کرنا جانتے ہیں۔'' ثمین نے یقین دلایا۔

''یقیناً وہ ایسے ہوں گے، مگر میں شاید ایسی نہیں رہی۔ میرا اعتبار اور یقین نہیں رہا ان رشتوں کے خلوص پر۔ ثمی! میں اگر تمہاری بات مان بھی لوں تو مجھے ڈر ہے کہ کہیں میں اپنے تجربوں کی بنا پر حسن جیسے اچھے انسان کو ہرٹ نہ کر بیٹھوں۔ ان کے خلوص پر شک کر کے ان کے جذبوں کی توہین نہ کر دوں۔ میں تو اب اپنے آپ سے ڈرنے لگی ہوں کہ کہیں مجھ سے انجانے میں کسی کا دل نہ دکھ جائے۔ میں کسی کا دل نہیں توڑ سکتی۔ کسی کو دکھ نہیں دے سکتی۔ اس لیے ثمی، میں کسی نئے اور اچھے رشتے کی ابتداء کرنے سے قاصر ہوں۔ اچھے انسان کو تو اس سے زیادہ اچھے انسان کا ساتھ ملنا چاہیے نا اور میں تو۔''

''تم تو حسن بھائی کے لیے سب سے زیادہ اچھی اور سچی ہو۔'' ثمین نے اس کی بات کاٹ کر کہا۔ عزّہ وہ تمہیں اتنا پیار دیں گے کہ تم اپنے سارے دکھ بھول جاؤ گی۔''

''پیار، کتنا اجنبی سا لگتا ہے یہ لفظ یہ جذبہ۔ نہیں ثمی، میں حسن صاحب کا پروپوزل قبول نہیں کر

سکتی۔ تم میرا انکار ان تک پہنچا دینا۔ اور میرے گھر والوں کا تو تمہیں پتا ہی ہے نا وہ تو سن کر یہی کہیں گے کہ میں نے اپنے لیے بندہ پھنسایا ہے۔ میں اکیلی یہاں آوارہ گردی کرتی پھرتی ہوں گی۔ ڈیٹ پر جاتی ہوں گی۔ ثمی، میں تھک چکی ہوں۔ ایسی زہر میں بجھی باتیں سن سن کر سہہ سہہ کر اب اور نہیں سن اور سہہ سکتی۔ کہہ دینا حسن سے کہ مجھے اُن سے شادی نہیں کرنی۔ کسی سے بھی نہیں کرنی۔"

"لیکن عزّہ! تم ایسے کب تک رہو گی۔ پلیز ابھی فوراً انکار مت کرو۔ اچھی طرح سوچ لو پھر جواب دینا۔" ثمین نے اس کے انکار سے مایوس ہو کر ایک اور کوشش کی سمجھانے کی۔ "پھر بھی میرا یہی جواب ہوگا۔ ثمی پلیز، اب مجھ سے اس ٹاپک پر دوبارہ کوئی بات مت کرنا۔" عزّہ نے سنجیدہ لہجے میں کہا اور اپنے کمرے میں چلی آئی۔ اور آ کر آئینے کے سامنے کھڑی ہو کر آئینے میں اپنا عکس دیکھنے لگی۔

"اب پیار آیا ہے کسی کو اس چہرے پر۔ اب جب دل کو چاہے جانے کی خواہش ہی نہیں رہی۔ جب کسی سے پیار کی امید ہی نہیں رہی۔ تب کہاں تھے یہ پیار کرنے والے جب میرا دل میری روح پیار کی بارش کو ترستی رہی اور بالآخر اس کی پیاس دم توڑ گئی۔ اب کیوں میری پیاس کو آواز دینے کی کوشش کر رہے ہیں لوگ؟ میں تو خود ازل سے پیار کی پیاسی ہوں میں کیا کسی کی پیاس بجھاؤں گی۔" عزّہ نے اپنا چہرہ دیکھتے ہوئے دکھ سے کہا اور گہرا طویل سانس لبوں سے خارج کر کے بستر پر لیٹ گئی۔

اب نہیں چاہئیں پیار کی بارشیں
ہم نے صحرا کو ہی نخلستان کر لیا

دوپہر کو وہ لنچ ٹائم میں ثمین کی طرف نہیں گئی۔ ثمین نے عمیر کے ہاتھ اس کے کمرے میں ہی اس کے لیے کھانا بھجوا دیا تھا۔ جو اس نے کھا بھی لیا تھا۔ شام کو عصر کی نماز سے فارغ ہو کر اس نے فون کارڈ اپنے پرس میں سے نکالا۔ جو اس نے لاہور فون کرنے کے لیے خریدا تھا۔ وہ ثمین اور عزیر پر اپنی ٹیلی فون کالز کا بوجھ نہیں ڈالنا چاہتی تھی۔ جب بھی کال کرنی ہوتی تھی یا تو باہر کسی پی سی او سے کر لیتی تھی یا ایک آدھ بار گھر میں کارڈ سے فون کیا تھا۔ ہفتے کے ہفتے ندیم بھائی بھی فون کر کے اس کی خیریت دریافت کرتے رہتے تھے۔ آج تو اسے شاہ زیب اور زوہیب کو فون کرنا تھا راشدہ مامی سے وعدہ جو کر لیا تھا۔

حسن گھر آئے تو ثمین نے عزّہ سے ہونے والی اپنی ساری گفتگو ان کے گوش گزار کر دی۔ اس کے انکار نے انہیں بے کل و بے قرار کر دیا۔

''بھابی، آپ دوبارہ بات کر کے دیکھیں اس سے۔'' انہوں نے بے کلی سے کہا۔

''حسن بھائی، عزّہ نے مجھے اس موضوع پر دوبارہ بات کرنے سے منع کر دیا ہے۔ کہیں ایسا نہ ہو کہ وہ میرے دوبارہ بات کرنے پر خفا ہو کر یہاں سے چلی جائے۔ پتا ہے اس نے دوپہر ہمارے ساتھ لنچ بھی نہیں کیا۔ میں نے اس کے کمرے میں کھانا بھجوایا تھا پتا نہیں اس نے کھایا بھی ہوگا کہ نہیں۔ حسن بھائی! میں عزّہ کو کھونا نہیں چاہتی۔ اس کا ہر رشتے نے دل دکھایا ہے اسے ہرٹ کیا ہے۔ اس کا اعتبار توڑا ہے۔ صرف دوستی کا یہ رشتہ ابھی اس کے اعتبار کو گزند نہیں لگا پایا۔ میں نہیں چاہتی کہ اس کا اس رشتے پر سے بھی اعتبار اُٹھ جائے۔ وہ تو پہلے ہی بہت اکیلی ہے اس طرح مزید اکیلی ہو جائے گی۔'' ثمین نے سنجیدگی سے کہا۔

''تو بھابی، آپ ہی بتایئے کہ میں کیا کروں؟'' وہ اس کی بات سمجھتے ہوئے پریشانی سے بولے۔

''آپ خود عزّہ سے بات کریں۔ کیونکہ آپ اسے بہتر طریقے سے اپنی بات اپنے جذبات بیان کر سکتے ہیں۔ اسے قائل کر سکتے ہیں۔'' ثمین نے سنجیدگی سے مشورہ دیا۔

''عزیر، تم کیا کہتے ہو؟'' حسن نے عزیر کی طرف دیکھا۔

''میں ثمین کی بات سے متفق ہوں۔ تم خود عزّہ سے بات کرو، اگر تمہاری لگن سچی ہے تو تم ضرور اسے قائل کر لو گے۔ ایک بار کے انکار پر ہار مان کر مت بیٹھ جانا۔ عزّہ جیسی لڑکی کو پیار کے معاملے میں قائل کرنا آسان بھی ہے اور مشکل بھی۔ آسان اس لیے کہ اس نے سب میں پیار ہی پیار بانٹا ہے۔ وہ پیار کی مٹی سے گندھی لڑکی ہے۔ اور مشکل اس لیے کہ اس کے اپنوں نے اس کے پیار کو ہمیشہ نظر انداز کیا ہے۔ غلط سمجھا ہے۔ اس کا مذاق اڑایا ہے۔ طنز اور تحقیر کی روش اپنائی ہے اس کے ساتھ۔ تم پیار سے بات کرنا، سمجھانا وہ چونکہ پیار کرنا جانتی ہے اس لیے تمہارے پیار کی سچائی کو بھی ضرور پہچان لے گی۔'' عزیر نے مخلصانہ مشورہ دیا۔

''ہوں۔'' وہ اثبات میں سر ہلا کر بولے۔ ''تم ٹھیک کہتے ہو کچھ وقت تو لگے گا ہی عزّہ کا رشتوں پر اعتماد بحال ہونے میں۔''

''میں چائے دیکھ لوں۔'' ثمین اُٹھتے ہوئے بولی۔

"میں بھی نماز پڑھ لوں ٹائم نکلا جا رہا ہے۔" عزیر نے کھڑے ہو کر کہا۔ "اور تم عزّہ کو قائل کرنے کی ترکیب سوچو۔"

عزیر نے حسن کی طرف دیکھتے ہوئے کہا اور کمرے میں چلے گئے۔ عزّہ کھانے کے برتن کچن میں رکھ کر ڈرائنگ روم میں داخل ہوئی تو حسن پر اس کی نظر پڑی۔ وہ صوفے پر ٹانگ پہ ٹانگ جمائے بیٹھے کسی گہری سوچ میں گم تھے۔ عزّہ نے ان کی موجودگی میں وہاں جانا مناسب نہیں سمجھا اور فوراً واپس پلٹ گئی۔ حسن خوشبو کے احساس سے چونکے تھے اسے مڑتے دیکھ چکے تھے۔ اس لیے خود بھی اس کے پیچھے چلے آئے۔

"مس عزّہ۔"

"جی۔" عزّہ ہڑبڑا گئی۔

"آپ واپس کیوں چل دیں؟" وہ اس کے چہرے پر پھیلی گھبراہٹ کو دیکھتے ہوئے پوچھ رہے تھے۔ اس نے نظریں چرا کر جواب دیا۔ "یونہی۔"

"سچ بولنے والے نظریں نہیں چرایا کرتے۔" حسن نے اس کے چہرے کی دل کشی کو چاہ سے دیکھتے ہوئے کہا۔

"کیا مطلب ہے آپ کا؟" اب کے اس نے ان کی آنکھوں میں آنکھیں ڈال کر پوچھا۔

"آپ میری موجودگی کے باعث واپس لوٹ رہی تھیں ناں۔"

"کیوں مجھے آپ سے ایسا کیا خطرہ ہے جو میں آپ کو دیکھ کر واپس پلٹ جاؤں گی؟"

"یہی تو میں جاننا چاہتا ہوں کہ آپ کو مجھ سے ایسا کون سا خطرہ ہے جو آپ مجھے دیکھ کر واپس جا رہی تھیں؟" حسن کی نظریں بدستور اس کے چہرے پر مرکوز تھیں۔ وہ پہلی بار کسی مرد کے سامنے یوں بے بس اور نروس ہو رہی تھی۔

"مجھے فون کرنا تھا اور آپ کو دیکھ کر میں اس لیے واپس جا رہی تھی کیونکہ مجھے عزیر بھائی اور ثمین کی نظروں میں مشکوک بننے کا کوئی شوق نہیں ہے۔ اور نہ ہی مناسب ہے کہ جب آپ یہاں موجود ہوں تب میں بھی یہاں چلی آؤں۔" عزّہ نے صاف گوئی سے کہا۔

"اگر ایسا ہے تو میں چلا جاتا ہوں۔ آپ اندر جا کر فون کر لیجیے۔" وہ اس کی احتیاط کا سبب جان کر مسکراتے ہوئے بولے۔

"جی نہیں فون کہیں بھاگا نہیں جا رہا کر لوں گی میں۔ آپ میری وجہ سے یہاں سے مت

جائیں۔" اس نے سنجیدگی سے کہا۔ "آپ اس گھر کے فرد کی طرح ہیں۔"

"اور گھر کا فرد تو ہر وقت بھی گھر میں مل سکتا ہے۔ کیا آپ اسی طرح مجھ سے چھپتی رہیں گی۔ آپ تو یہاں رہتی ہیں اور اس گھر کے فرد کی طرح ہی ہیں۔"

"گھر کے فرد کی طرح ہوں، لیکن گھر کی فرد تو نہیں ہوں۔ بہرحال آپ اندر تشریف لے آیئے۔" عزّہ نے تیزی سے کہا اور اندر چلی آئی۔ جہاں چاروں بچے اپنی ڈرائنگ بکس لیے آ چکے تھے۔ اسے دیکھتے ہوئے چلائے۔

"عزّہ آنٹی، عزّہ آنٹی۔ ثمرہ نے آپ کی تصویر بنائی ہے یہ دیکھیں۔" عمیر نے ثمرہ کے ہاتھ سے اس کی ڈرائنگ بک چھین لی۔ اور اس کی طرف لپکا۔

"دو بھائی، میری ڈرائنگ بک۔" ثمرہ اس کے پیچھے بولتی بھاگی۔

"لاؤ دو میری تصویر بنائی ہے ثمرہ نے دیکھیں تو۔" عزّہ نے ڈرائنگ بک عمیر کے ہاتھ سے لے کر دیکھی تو حیرت سے بولی۔ "ہائیں یہ میں ہوں، ثمرہ بیٹے میں آپ کو اتنی خوفناک دکھائی دیتی ہوں۔"

"نہیں آپ تو خوبصورت ہیں۔" ثمرہ نے شرمندہ شرمندہ لہجے میں کہا۔ حسن سمیت سب کو ہنسی آ گئی تھی۔ عزّہ کے تصویر پر تبصرے پر۔ ثمین بھی چائے اور کھانے کی چیزیں ٹرالی میں سجائے وہیں آ گئی۔

"اوتھینک یو بیٹا جان! آپ نے اتنی محبت سے میری تصویر بنائی ہے۔" عزّہ نے ثمرہ کا ماتھا چوم لیا اور پھر تصویر کا رخ ثمین کی طرف کرتے ہوئے بولی۔

"یہ دیکھو اپنی مصورہ بیٹی کے کارنامے کیسی شاہکار تصویر بنائی ہے میری۔"

"یہ تو تمہارا ایکسرے ہے۔" ثمین نے تصویر دیکھتے ہوئے ہنس کر کہا تو حسن بھی ہنس دیئے۔ "لیجیے حسن بھائی، کباب کھایئے۔" ثمین نے پلیٹ میں چمچ چٹنی اور کباب رکھ کر پلیٹ ان کی طرف بڑھا کر کہا۔

"تھینک یو بھابی!" انہوں نے پلیٹ لے کر کہا۔ "عزّہ آنٹی، عمیر بھائی کہہ رہے تھے کہ آپ مجھے خراب تصویر بنانے پر ماریں گی۔" ثمرہ نے عمیر کی طرف فاتحانہ مسکراہٹ کے ساتھ دیکھتے ہوئے اسے بتایا۔

"ارے کیوں بھئی ہم کیوں ماریں گے اپنی بیٹی کو ثمرہ تو بہت پیاری بیٹی ہے۔ لاؤ میں ثمرہ کی

تصویر بناؤں۔'' عزّہ نے اسے پیار کرتے ہوئے کہا۔

''جی۔'' اس نے خوش ہوکر اسے پنسل تھمادی۔ عزّہ نے پینسل سے ایک کارٹون نما بچی کا خاکہ بنادیا اپنی تصویر کے برابر میں اسے دکھایا تو وہ ہنس پڑی۔ ''عزّہ آنٹی آپ نے تو شکل اچھی بنائی ہے۔'' عمیر نے تصویر دیکھ کر کہا۔

''بیٹا، شکل تو صرف اللہ میاں ہی اچھی بناتے ہیں۔ ہم انسان تو شکل بگاڑنے کے ماہر ہیں۔ اچھا چلیں آپ لوگ اپنا ہوم ورک کمپلیٹ کریں۔ رات کو بات ہوگی۔'' عزّہ نے بڑی گہری بات کہنے کے بعد ان چاروں کو دیکھتے ہوئے کہا۔ ''ٹھیک ہے۔'' وہ چاروں خوش ہوکر اپنے کمرے میں چلے گئے۔

''ثمین، ثمرہ کی ڈرائنگ بہت اچھی ہے۔ تم اسے سپورٹ کروگی تو یہ بہت اچھی مصورہ بن سکتی ہے۔ مجھے بچپن سے ہی پینٹنگ کرنے کا شوق تھا مگر آلو بینگن بھی کبھی ٹھیک سے ڈرائنگ نہ ہوسکے اور تو میں کیا بناتی۔'' عزّہ نے افسوس سے کہا۔

''شوق کے باوجود آپ پینٹنگ نہیں کرسکیں تعجب ہے۔'' حسن نے اسے دیکھتے ہوئے کہا۔

''صرف شوق سے بات نہیں بنتی حسن صاحب! شوق کے ساتھ ساتھ خداداد صلاحیت کا ہونا بہت ضروری ہے۔ اور خداداد صلاحیت کا ہم سے قریب دور کہیں بھی واسطہ نہیں تھا۔ تو پینٹ کیسے کرتے؟'' عزّہ نے سنجیدگی سے فلسفہ جھاڑا۔

''بات تو آپ کی درست ہے۔'' حسن نے پلیٹ میز پر رکھتے ہوئے کہا۔

''عزّہ، تم بھی تو کچھ کھاؤ اور ہاں دوپہر کھانا کھالیا تھا یا نہیں۔''

''کھالیا تھا۔ برتن نہیں دیکھے تم نے ابھی آتے وقت تو کچن میں رکھے تھے۔''

''اب ڈِنر پر غائب مت ہوجانا سمجھیں۔''

''کیوں؟'' اس نے کباب اُٹھا کر منہ میں رکھا۔

''تمہیں مسئلہ کیا ہے آخر صرف لنچ ہمارے ساتھ کرتی ہو۔ ناشتے اور رات کے کھانے کے وقت گھسی رہتی ہو اپنے کمرے میں۔'' ثمین نے خفگی سے کہا۔ ''آپ کی اطلاع کے لیے عرض ہے کہ میں بھوکی نہیں سوتی۔ کچن میں سامان خرید کر رکھا ہوا ہے میں نے۔ کچھ نہ کچھ پکا کر کھا ہی لیتی ہوں۔''

''تم ہمارے ساتھ آکر کیوں نہیں کھاتیں؟''

''میں تم لوگوں کی پرائیویسی میں مخل نہیں ہونا چاہتی۔'' عزّہ نے کباب کا آخری ٹکڑا منہ میں

رکھا۔ ”پرائیویسی کی ماں، آئندہ اگر تم نے غیروں جیسی بات کی نہ تو مجھ سے برا کوئی نہیں ہوگا۔“ ثمین نے غصے میں کہا تو وہ ہنس کر شرارت سے بولی۔ ”مجھے معلوم ہے۔“ اور ہاں سچ مامی سے یاد آیا میں تو مامی کے گھر فون کرنے آئی تھی۔“

”تو کرلو، پاس ہی تو رکھا ہے فون۔“ ثمین نے حسن کو چائے کا کپ دیتے ہوئے کہا ”او کے۔“ عزّہ نے صوفے پر بیٹھے بیٹھے فون کے پاس سرک کر ریسور اُٹھایا اور فون کارڈ نکال کر نمبر ملانے لگی۔ چار پانچ بار ٹرائی کرنے کے باوجود بھی لائن نہ ملی تو اس نے تنگ آکر ریسور کریڈل پر پٹخ دیا۔ ”آف۔“

”کیا ہوا؟“ ثمین نے چائے کا سپ لے کر پوچھا تو اس نے بیزاری سے کہا۔ ”میرے جیسوں کو تو اس کارڈ کا بھی کوئی فائدہ نہیں ہے۔ مجال ہے جو کبھی نمبر مل کر دے جائے۔ ایک تو نمبر نہیں ملتا اوپر سے خاتون شکریہ بھی ادا کرتی ہے۔“

”تو تم ڈائریکٹ کیوں نہیں کر لیتی فون۔ تم نے تو لوکل کال بھی کرنی ہوتی ہے تو کارڈ اُٹھا کر لے آتی ہو۔ چلو ڈائریکٹ ملاؤ نمبر۔“ ثمین نے ڈانٹنے والے انداز سے کہا۔

”نہیں ملاتی، میں اپنی فون کالز کا برڈن (بوجھ) تم پر نہیں ڈالنا چاہتی۔“

”سن رہے ہیں حسن بھائی! کتنی خودداری بھری ہے اس میں۔ بدتمیز اب مجھ سے ایسی باتیں کرنے لگی ہے۔“ ثمین نے حسن کو دیکھتے ہوئے کہا عزّہ کو ہنسی آگئی۔ ”نمبر کیسے ملاؤں اب؟“ عزّہ نے فون کارڈ کو گھورتے ہوئے پوچھا۔

”حسن بھائی! آپ ملا دیجئے اسے نمبر۔“

”لائیے مس عزّہ، کارڈ دیجئے میں ملا دیتا ہوں نمبر۔“ حسن نے چائے کا سپ لے کر کہا تو اس نے کارڈ ان کی طرف بڑھا دیا۔ ثمین نے اسی وقت عزّہ کو پیار سے دھمکایا۔ ”عزّہ، اب اگر تم نے کارڈ سے فون کیا نا تو میں نہ تو تمہیں فون کرنے دوں گی یہاں سے اور نہ ہی تمہارا کوئی فون سننے کے لیے تمہیں بلواؤں گی۔“

”خیر ہے ثمی ڈیئر، ویسے بھی میں موبائل فون خریدنے کا سوچ رہی ہوں۔ مجھے بھی تم لوگوں کو وقت بے وقت ڈسٹرب کرنا اچھا نہیں لگتا۔“

”عزّہ، تم کیا ہو، ہر مسئلے کا حل پہلے سے موجود ہوتا ہے تمہارے پاس۔“ ثمین نے زچ ہو کر کشن اُٹھا کر اسکے دے مارا۔ وہ ہنسنے لگی۔ حسن بہت دلچسپی سے ان دونوں کی نوک جھونک دیکھ

رہے تھے اور محظوظ ہوتے ہوئے چائے پی رہے تھے۔ ”پتا ہے حسن بھائی!“ ثمین نے حسن کی طرف دیکھتے ہوئے بتایا۔ ”کالج کے دنوں میں یہ جب کبھی مجھے گھر فون کرتی تھی تب بھی پہلے یہی پوچھتی تھی کہ میں نے تمہیں ڈسٹرب تو نہیں کیا۔“

”کچھ لوگ ڈسٹرب کرنے کے بعد بہت معصومیت سے پوچھتے ہیں کہ میں نے آپ کو ڈسٹرب تو نہیں کیا۔“ حسن نے معنی خیز لہجے میں کہا مگر عزّہ سمجھ گئی تھی ان کی بات میں چھپا مطلب ظاہر کیے بنا انجان بن کر بولی۔ ”نہیں کیا میں نے آپ کو ڈسٹرب اب نمبر ملا سکتے ہیں تو ملا دیجیے، ورنہ بتا دیجیے ہم خود ہی یہ کارنامہ انجام دینے کی سعی کرلیں گے۔“ ”لایئے ملا دیتا ہوں آپ لاہور کا نمبر تو دیجیے۔“ حسن اس کے پر اعتماد اور بارعب انداز پر ہنس کر بولے اور چائے کا کپ میز پر رکھ کر اس کے برابر صوفے پر کچھ فاصلے پر آ بیٹھے۔ عزّہ نے فون سیٹ اُٹھا کر درمیان میں صوفے پر رکھ دیا۔ اور نمبر لکھ کر انہیں تھما دیا۔ وہ کارڈ کے نمبر ملانے لگے۔

”عزّہ، موسم آج کل بارش والا ہو رہا ہے۔ لگتا ہے ایک آدھ دن میں بارش ضرور ہو گی اور پھر ہفتے بھر یہ سلسلہ وقتاً فوقتاً جاری رہے گا۔ اسی لیے میں نے میلے کپڑے کل دھلوانے کے لیے جمع کر لیے ہیں۔ بارش میں تو کپڑے دھلنے اور سوکھنے کا کام ہو ہی نہیں سکتا۔ تم بھی اپنے میلے کپڑے دے دینا۔ میں نے ڈھونڈے تھے تمہارے کمرے میں مگر ہمیشہ کی طرح صبح بھی نہیں ملے۔“ ثمین نے کہا۔

”ملیں گے بھی نہیں۔“ وہ ہنسی۔

”کیوں؟“

”کیونکہ میں میلے کپڑے ساتھ ہی دھو کر ڈال دیتی ہوں۔“

”کیا ضرورت ہے، کم از کم جب تک تم میرے پاس ہو۔ کوئی کام نہیں کرو گی۔ بہت کر چکی ہو کام۔“ ثمین نے پیار بھرے رعب سے کہا۔

”تو اب تم مجھے سست اور کاہل بنا کر دم لو گی۔ سارا گھر سنبھالنے والی لڑکی کو کم از کم اپنا کام تو خود کرنے دو۔“ عزّہ نے کیک کھاتے ہوئے کہا۔ ”ہرگز نہیں، جب تک تم یہاں ہو آرام سے رہو۔ آگے جا کر سنبھالتی رہنا سارا گھر، کرتی رہنا گھر بھر کے کام۔“ ثمین نے پیار سے ڈانٹ کر کہا۔

”آگے جا کر بھی انہیں کوئی کام نہیں کرنے دیا جائے گا۔ یہ گھر سنبھالیں گی مگر کام نہیں۔ انہیں واقعی آرام سے رہنا چاہیے اب۔“ حسن کے کان ادھر ہی تھے۔ ثمین کی بات سن کر بولے تو

عزّہ نے سٹپٹا کر انہیں دیکھا اور پھر فوراً ہی سنبھل کر بولی۔ ''آپ سے نمبر نہیں ملا اب تک۔''

''ہمارا نمبر تو کلیئر ہے آپ کی لائن کلیئر ہوگی تو نمبر بھی مل جائے گا۔ لیجئے مل گیا نمبر۔'' حسن نے معنی خیز جملہ کہتے ہوئے اس کے دل کی دھڑکنوں میں لمحے بھر کو ہلچل سی مچائی تھی اور پھر نمبر ملنے پر رسیور اس کی طرف بڑھا دیا۔

''مل گیا، شکر ہے میں کل دو روپے خیرات کروں گی۔'' عزّہ نے رسیور کان سے لگا کر کہا۔ حسن اور ثمین کو ہنسی آ گئی۔

''ہیلو۔'' دوسری جانب سے شاہ زیب نے فون ریسیو کیا تھا عزّہ نے فوراً اس کی آواز پہچان کر کہا۔ ''ہیلو زیب کیسے ہو چندا؟''

''بھابی ماں! کیسی ہیں بھابی ماں آپ السلام علیکم؟'' شاہ زیب کا لہجہ خوشی سے چیخ اُٹھا

''وعلیکم السلام میں بالکل ٹھیک ہوں، تم کیسے ہو مریم اور بچوں کا کیا حال ہے؟''

''سب ٹھیک ہیں اور آپ کو ہم سب بہت مس کرتے ہیں۔ بچے تو آپ کو بہت یاد کرتے ہیں۔'' شاہ زیب نے خوشی اور افسردگی کے ملے جلے جذبات میں گھر کر بتایا۔ ''میں بھی تم سب کو بہت مس کرتی ہوں۔ کہاں ہیں سب زوہیب اور مدیحہ، مریم بات کراؤ میری سب سے۔'' عزّہ نے نرم لہجے میں کہا۔

''وہ سب تو نسیمہ مامی کے گھر گئے ہیں کوئی چھوٹا موٹا فنکشن تھا شاید۔''

''اور تم اکیلے گھر کی چوکیداری کر رہے ہو۔'' عزّہ نے کہا تو وہ ہنس کر بولا۔ ''جی، میرا جانے کا موڈ نہیں تھا اور اچھا ہوا نا کہ میں نہیں گیا ورنہ آپ کا فون مس ہو جاتا۔''

''ہاں یہ تو ہے۔ اچھا زیب مجھے تم سے ضروری بات کرنی ہے۔ پہلے یہ بتاؤ کہ تم میری بات مانو گے نا۔'' عزّہ نے سنجیدہ مگر نرم لہجے میں کہا۔

''بھابی ماں! آپ پوچھ کیوں رہی ہیں۔ آپ کہہ کر تو دیکھیں کیا میں نے پہلے کبھی آپ کی بات ماننے سے انکار کیا ہے؟'' شاہ زیب نے بے کل ہو کر کہا۔ ''نہیں تم نے اور زوہیب نے ہمیشہ میری بات مانی ہے، میرا مان رکھا ہے۔ اسی لیے تو میں تم سے یہ بات کر رہی ہوں۔ تم مجھے بھابی ماں کہتے ہو اور زوہیب بھی۔ اور بیٹے تو ماں کی بات نہیں ٹالتے نا۔'' عزّہ نے بہت پیار سے کہا تو ثمین سے زیادہ حسن نے اس کے چہرے اور جملے پر حیران ہو کر اسے دیکھا۔ حسن حیران تھے کہ وہ خود اتنی بڑی عمر کی نہیں ہے اور ماں کا سا لہجہ، انداز اور پیار اس کے انگ انگ سے چھلک رہا ہے۔

وہ تو سراپا محبت اور پیار تھی۔ خلوص و وفا کا ایثار کا پیکر۔ اور اگر وہ ان کی زندگی میں آجائے تو ان کی زندگی خوشیوں سے بھر جائے۔ حسن نے دل میں سوچا۔ نگاہیں میگزین پر تھیں مگر کان اسی کی طرف لگے تھے۔

''جی بھابی ماں، آپ حکم کیجیے، ہم انکار کی جسارت کرنے کا سوچ بھی نہیں سکتے۔''

''جیتے رہو، مجھے یہ کہنا تھا زیب! کہ تم اپنی طاہرہ بھابی اور ان کی بچیوں کو اپنے گھر آنے دو۔ جوان کا بھی گھر ہے۔ ان کے لیے اپنے دل کے دروازے کھول دو۔'' عزّہ نے نرمی سے پیار سے اصل بات اس کے گوش گزار کر دی۔

''بھابی ماں! ہم آپ کی جگہ کسی اور کو نہیں دیکھ سکتے۔'' شاہ زیب نے الجھ کر کہا۔ ''زیب بیٹا! وہ جگہ میری کبھی تھی ہی نہیں۔ جس کی ہے اسے اس کا حق دے دینا چاہیے۔ اور طاہرہ کا کیا قصور ہے۔ میں نے یہ سب اس لیے نہیں کیا تھا کہ تم لوگوں کے بیچ کسی قسم کی کوئی بدمزگی پیدا ہو۔ تو بلا رہے ہو نا انہیں۔'' اس نے بہت محبت سے کہا۔

''جی بھابی ماں، لیکن۔''

''زیب بیٹا! جب اقرار کر لیا جائے، ہاں کہہ دی جائے تو پھر لیکن اور مگر کی گنجائش باقی نہیں رہتی۔ تم انہیں عزت اور اپنائیت دو گے تو وہ بھی تمہیں اپنائیت اور عزت دیں گی۔'' عزّہ نے اس کی بات کاٹ کر نرمی سے سمجھایا۔

''آپ جیسی اپنائیت، عزت اور محبت تو وہ ہمیں نہیں دے سکتیں۔''

''کیا خبر وہ مجھ سے بھی زیادہ محبت اور اپنائیت دیں تمہیں۔'' عزّہ نے کہا۔

''نہیں بھابی ماں، آپ جیسی کوئی نہیں ہو سکتیں وہ۔'' شاہ زیب نے بچوں کی طرح ضد سے کہا۔ ''اچھا بابا مان لیا، اب تم میری بات مان رہے ہو نا۔ زوہیب کو بھی سمجھا دینا ٹھیک ہے۔'' اس نے ہنس کر پیار سے کہا۔

''ٹھیک ہے بھابی ماں، آپ کا حکم سر آنکھوں پر طاہرہ بھابی کو ہم سے کوئی شکایت نہیں ہوگی۔'' شاہ زیب نے بہت سعادت مندی سے کہا۔

''شاباش خوش رہو، تم نے ہمیشہ میرا مان رکھا ہے۔ اور ہاں اب تم مجھے بھابی نہ کہا کرو۔ باجی یا آپی کہا کرو۔'' اس نے پیار سے کہا۔

''نہیں میں تو آپ کو بھابی ماں ہی کہوں گا، میں تو روز دُعا مانگتا ہوں کہ آپ کو آپ کے جیسا

بہت اچھا سا ہمسفر مل جائے آپ کو بہت ساری خوشیاں ملیں ۔ میں اپنے ہونے والے دولہا بھائی کو اپنا بھائی بنا لوں گا اور آپ کو پھر بھابی ہی کہا کروں گا۔'' شاہ زیب نے بہت معصومیت سے اپنی خواہش کا اظہار کیا تو اسے اس پر بے اختیار پیار آیا اور ہنسی بھی اس کی معصومیت پر۔

''اچھا ٹھیک ہے اگر قسمت میں ایسا ہونا لکھا ہے تو تم ضرور مجھے اسی رشتے سے پکارنا۔ ویسے تمہارا اور میرا کزن والا بھائی بہن والا رشتہ بھی ہے اسے مت بھول جانا۔'' عزّہ نے نرمی سے کہا۔

''سوال ہی پیدا نہیں ہوتا بھابی۔ دراصل یہاں وہاں آپ کے کئی رشتے آ چکے ہیں اب تک ہوسکتا ہے کہ ندیم بھائی آپ سے بات کریں۔'' شاہ زیب نے انکشاف کیا۔

''کوئی فائدہ نہیں ہے مجھے پھر سے تماشا بننے کا شوق نہیں ہے۔ او کے تم سب کو میرا اسلام کہنا۔ بچوں کو مدیحہ، مریم اور زوہیب کو میرا پیار اور دُعا پہنچا دینا۔ اپنا خیال رکھنا میں کچھ دن بعد دوبارہ رنگ کروں گی۔ اللہ حافظ۔'' عزّہ نے تیزی سے اپنی بات مکمل کر کے فون بند کر دیا۔

''مان گیا شاہ زیب؟'' ثمین نے پوچھا تو اس نے اس کی صورت دیکھ کر مسکراتے ہوئے کہا۔ ''ہاں فوراً مان گیا۔ اپنی بھابی ماں کا کہا کبھی نہیں ٹالا اس نے بھی اور زوہیب نے بھی۔''

''عزّہ، تمہیں عجیب سا نہیں لگتا۔ اپنے سے تین چار سال چھوٹے کزنز کو۔ یا بھائیوں کو بیٹا کہنا؟'' ثمین نے متجسس ہو کر پوچھا۔

''بالکل بھی نہیں مجھے تو بہت اچھا لگتا ہے اور لڑکیوں میں ماں کا سا پیار ہوتا ہے۔ مجھے تو ٹیچنگ کے باعث بھی بچوں سے پیار سے بات کرنے کی عادت پڑ گئی ہے۔ یہ تو میٹھے بول اور محبت کا جادو ہے۔ جو عمروں کے فرق سے بالاتر ہو کر اثر دکھاتا ہے۔'' عزّہ نے مسکراتے ہوئے کہا اور جانے کے لیے اُٹھ کھڑی ہوئی۔ ''مجھے رشک آتا ہے تم پر۔'' ثمین نے اسے چاہت سے دیکھتے ہوئے کہا ''اچھا۔'' وہ ہنس پڑی۔

''بھابی، دیکھیے جا کر یہ عزیر کہاں رہ گیا نماز پڑھنے گیا تھا کہیں سو تو نہیں گیا جا کر۔'' حسن نے زبان کھول کر اپنی وہاں موجودگی کا احساس دلایا تو عزّہ نے چونک کر انہیں دیکھا۔ سفید شرٹ اور سیاہ پینٹ کوٹ میں ان کی صاف رنگت اور چہرے کے دلکش نقوش اور بھی نکھرے نکھرے لگ رہے تھے۔ بلاشبہ وہ ایک خوبرو مردانہ وجاہت سے بھرپور مرد تھے۔ عزّہ کے دل میں کچھ ہوا اور وہ نظریں چرا کر اپنے کمرے کی طرف چلی گئی۔

''میں دیکھتی ہوں۔'' ثمین اُٹھتے ہوئے بولی۔

''میں آگیا ہوں تمہیں کہیں جانے کی ضرورت نہیں ہے۔'' اسی وقت عزیر نے ڈرائنگ روم میں قدم رکھا تو ثمین دوبارہ اپنی جگہ پر بیٹھ گئی۔

''کہاں رہ گئے تھے؟'' حسن نے انہیں دیکھتے ہوئے پوچھا۔

''یہیں تھا میں تو عزّہ کو دیکھ کر واپس چلا گیا تھا یہ سوچ کر کہ شاید تم اس سے اپنے دل کی بات کہہ سکو۔ مگر تم نے تو کچھ کہا ہی نہیں۔'' وہ صوفے پر بیٹھتے ہوئے بولے۔

''کہوں گا بہت سوچ سمجھ کر کہوں گا۔ اور تم سب لوگ اس سنڈے کو میرے گھر آرہے ہو پورے دن کے لیے۔ ڈنر کے بعد واپسی کی اجازت ملے گی۔'' حسن نے سنجیدگی سے کہا۔

''ہاں تمہارے دولت کدے پر محفل جمے بھی اس بار تین ماہ کا عرصہ ہو گیا۔ تمہارے فارن ٹورز ہی ختم نہیں ہوتے۔ انشاء اللہ اس سنڈے کو تو ہم ضرور آئیں گے۔ ویسے بائی دی وے یہ ''ہم'' میں عزّہ بھی شامل ہے یا۔'' عزیر جملہ ادھورا چھوڑ کر شرارت سے انہیں دیکھنے لگے۔

''یا کا کیا سوال ہے یہاں ''عزّہ'' بھی تم سب کے ساتھ ہونی چاہئیں۔ بھابی میری طرف سے آپ عزّہ کو میرے گھر آنے کی دعوت دے دیجئے گا۔ وہ تو اسپیشل گیسٹ ہوں گی میری۔'' حسن نے مسکراتے ہوئے کہا۔

''اور ہم۔'' ثمین نے انہیں شرارت سے مسکراتے ہوئے دیکھا۔ ''آپ لوگ تو ہمیشہ سے میرے لیے اسپیشل رہے ہیں۔''

''شکر ہے کہ تم نے اچھا جواب دیا ہے ورنہ میں ''عزّہ'' سے گذارش کرتا کہ بہنا ہمیں بھی ''حسن صدیقی'' کے اسپیشل گیسٹ کا کارڈ دلوا دو۔'' عزیر نے کہا تو ہنس پڑے۔

ثمین نے ٹھیک ہی کہا تھا۔ موسم کا مزاج بدل رہا تھا۔ آسمان گہرے سیاہ اور سرمئی بادلوں سے ڈھکتا جا رہا تھا۔ سورج کے سامنے گہری سیاہ بدلی آتی تو اس کی روشنی زمین تک پہنچنے کے لیے ادھر ادھر سر پٹخنے لگتی اور بادل کے اس سیاہ ٹکڑے کو پرے ہٹا کر اپنے لیے راستہ بنا لیتی۔ سورج اور بادل کی آنکھ مچولی جاری تھی۔ صبح کے پونے دس بجنے والے تھے۔ اس ٹھنڈے یخ برفیلے موسم میں بھی عزیر اپنے آفس گئے تھے اور بچے سکول گئے تھے۔ عزّہ کا آج ایک ہی پیریڈ تھا۔ ہفتے بھر سے کالج میں مختلف قسم کی تقریبات اور شوز کا مقابلوں کا انعقاد ہو رہا تھا۔ اسی کی تیاری اور ریہرسل میں وقت گزر جاتا تھا۔ پڑھائی کم ہو رہی تھی۔ عزّہ کا اگر پہلا پیریڈ ہوتا تو وہ عزیر کی گاڑی میں ان کے اور بچوں کے ساتھ کالج چلی جاتی۔ اگر پہلا پیریڈ فری ہوتا تو بعد میں اکیلی پیدل ہی کالج روانہ ہو

جاتی۔ آج اس کا پیریڈ ساڑھے دس بجے تھا۔ اس لیے وہ اکیلی جا رہی تھی۔ چھٹی کا موڈ بنا پھر اکیلے بور ہونے کی بجائے اس نے کالج جانے کو ہی ترجیح دی۔ ثمین گھر کے کام کاج میں مصروف ہو گئی تھی۔ ماسی بھی موسم کا بہانہ کر کے جلدی جلدی ہاتھ چلا رہی تھی۔ عزّہ تیار ہو کر سر سے پاؤں تک چادر تان کر گھر سے باہر نکل آئی۔ کالج گھر سے دس بارہ منٹ کی واک پر تھا۔ وہ خالی سڑک پر بہت آرام سے موسم کا نظارہ کرتی ہوئی جا رہی تھی۔ آج ٹریفک بھی معمول سے کم تھی۔ شاید ٹریفک بھی موسم سے متاثر ہو گئی تھی۔ عزّہ دھیرے دھیرے قدم اُٹھاتی آگے بڑھ رہی تھی کہ اچانک ایک سفید نئی ماڈل کی مرسیڈیز اس کے قریب آ کر رکی۔ وہ ٹھٹھک کر ایک قدم پرے ہٹی تو دروازہ کھل گیا۔ حسن اس میں سے باہر نکلے اور اس کی فکر ختم ہوئی۔ ''السلام علیکم مس عزّہ۔'' حسن نے اسے دیکھتے ہوئے مسکرا کر سلام کیا۔ ''وعلیکم السلام، آپ یہاں کیسے؟''

''میں تو آفس جا رہا تھا اور آپ یقیناً کالج جا رہی ہیں۔''

''جی۔'' وہ بولی تو انہوں نے خوش اخلاقی سے کہا۔ ''آیئے میں آپ کو ڈراپ کر دوں۔''

''شکریہ، راستہ زیادہ طویل نہیں ہے میں اکیلی ہی چلی جاؤں گی۔''

''راستہ طویل ہو یا مختصر چلنا تو آپ کو اب میرے ساتھ ہی ہے۔ آیئے پلیز۔''

حسن نے معنی خیز بات کہہ کر اسے چونکا دیا اور ساتھ ہی فرنٹ سیٹ کا دروازہ بھی کھول دیا۔ اس نے نروس ہو کر انہیں دیکھا وہ بہت دلکش انداز میں مسکرا رہے تھے۔ اس کے دل کو ایک دم سے اپنی بے ترتیب ہوتی دھڑکنوں پر حیرت ہوئی۔ وہ نظریں چرا کر گاڑی میں بیٹھ گئی۔ حسن نے دروازہ بند کیا اور دوسری جانب سے آ کر ڈرائیونگ سیٹ سنبھال لی۔ اور گاڑی اسٹارٹ کرتے ہوئے بولے۔

''لگتا ہے آج آپ کا فسٹ پیریڈ فری ہے۔ اسی لیے آپ کالج دیر سے جا رہی ہیں۔''

''جی آج میرا ایک ہی پیریڈ ہے وہ بھی شاید ہی ہو۔''

''ایسے موسم میں پڑھنے کو دل نہیں چاہتا سٹوڈنٹس کا۔'' وہ بولے۔

''لیکن گھر میں فارغ بیٹھ کر بور ہونے کو بھی دل نہیں چاہتا۔ اسی لیے میں کالج جا رہی ہوں۔'' عزّہ نے کھڑکی سے باہر کے منظر کو دیکھتے ہوئے کہا تو حسن نے ایک نظر اس کے چادر کے ہالے میں دمکتے دلکش چہرے پر ڈالی اور پھر سنجیدگی سے بولے۔

''مس عزّہ، ثمین بھابی نے آپ سے کوئی بات کی تھی۔''

''کونسی بات؟'' وہ انجان بن کر پوچھنے لگی۔

''آپ کے اور میرے رشتے کی بات۔'' حسن نے گاڑی کی رفتار بہت کم کر دی۔

''میں اس بات کا جواب دے چکی ہوں۔'' اس نے سامنے دیکھتے ہوئے کہا۔

''انکار میں، کیوں عزّہ آپ شادی کیوں نہیں کرنا چاہتیں؟'' حسن نے گاڑی پارک کی سائیڈ پر روکتے ہوئے اس کی طرف دیکھا موسم میں خنکی بڑھ رہی تھی۔ اور عزّہ گھبراہٹ سے ٹھنڈے پسینے میں نہا رہی تھی۔

''آپ نے اب تک شادی کیوں نہیں کی؟'' الٹا اس نے انہیں سے پوچھ لیا۔

''آپ اب تک ملی ہی نہیں تھیں۔'' وہ اسکے چہرے کو چاہت اور شرارت سے دیکھتے ہوئے بولے۔ اگر آپ مجھے آٹھ، دس سال پہلے مل جاتیں تو اب تک ہماری شادی ہی نہیں خانہ آبادی بھی ہو چکی ہوتی۔''

''حسن صاحب! مجھے اس قسم کی گفتگو قطعاً پسند نہیں ہے۔ میں خود ہی چلی جاؤں گی۔''

عزّہ نے سپاٹ لہجے میں کہا اور گاڑی کا دروازہ کھولنے لگی تو حسن نے فوراً ہاتھ آگے بڑھا کر اسے ایسا کرنے سے روک دیا۔ وہ سمٹ کر سیٹ سے جا لگی۔

''اوں ہوں میں درمیان میں چھوڑ کر جانے والوں میں سے نہیں ہوں۔ میں آخری منزل تک اس سفر میں آپ کے ساتھ جاؤں گا۔'' حسن نے اس کے چہرے پر پھیلتی لالی کو، پریشانی کو اور خفگی سے دیکھتے ہوئے کہا۔

''کیا چاہتے ہیں آپ؟''

''آپ کے سنگ جینا، مرنا چاہتا ہوں۔ عزّہ میں آپ سے پیار کرتا ہوں۔ مجھے آپ سے بے حد محبت ہے۔ میں آپ کو اپنی زندگی میں دل سے شامل کرنا چاہتا ہوں۔ آپ کو اپنانا چاہتا ہوں۔'' حسن نے دل سے اعتراف کیا تو عزّہ کے چہرے پر آپ ہی آپ حیا کے رنگ بکھرنے لگے۔ دل کی دھڑکنیں تیز ہو گئیں۔ نظریں بادِ حیا سے جھکتی چلی گئیں۔ ایسی کیفیت تو اس کی آج سے پہلے کبھی نہ ہوئی تھی۔ وہ تو بہت مضبوط بن گئی تھی۔ مگر شاید اظہارِ محبت کے معاملے میں ہر عورت اندر سے ٹین ایجر ہی ہوتی ہے۔

''عزّہ، پلیز کچھ تو کہئے۔'' اس کی مسلسل خاموشی پر وہ بے کل ہو کر بولے۔

''حسن صاحب! آپ میرے بارے میں کچھ نہیں جانتے۔'' عزّہ نے خود کو کمپوز کرتے ہوئے کہا۔

''اور اگر میں یہ کہوں کہ میں آپ کے بارے میں سب کچھ جانتا ہوں تو۔'' حسن نے اسکے چہرے پر پیار بھری نگاہیں مرکوز کر کے کہا تو اس نے فوراً نظریں اُٹھا کر ان کی طرف دیکھا۔ ''ثمین بھابی نے مجھے سب کچھ بتا دیا تھا۔''

''پھر بھی آپ۔''

''پھر بھی، کا کیا سوال ہے عزّہ، آپ کا اس سارے معاملے کیا قصور تھا۔ کچھ بھی نہیں۔ آپ تو صرف خلوص ہیں۔ سراپا پیار ہیں۔ آپ ایسی جانثار لڑکی ایثار کرنے والی لڑکی اگر میری شریک زندگی بن جائے تو میں اسے اپنی خوش نصیبی اور اعزاز سمجھوں گا۔'' حسن نے بہت دوستانہ اور نرم لہجے میں کہا۔

''ایسا نہیں ہو سکتا۔''

''کیوں نہیں ہو سکتا؟'' حسن نے بے چین ہو کر پوچھا۔

''بار بار ٹوٹنے اور بکھرنے کا حوصلہ نہیں ہے مجھ میں۔'' وہ دلگیر لہجے میں بولی۔

''عزّہ جی! ہر شخص کو شعیب سمجھنا تو نادانی ہے۔'' حسن نے سنجیدگی سے کہا تو اس نے تیز نظروں سے انہیں گھورا تو وہ فوراً ہی معذرت کرتے ہوئے بولے۔

''آئی ایم سوری لیکن ایک ناکام تجربے کی کسوٹی پر ہر شخص کو پرکھنا عقلمندی تو نہیں ہے نا۔''

''جب میں مزید کوئی تجربہ کرنا ہی نہیں چاہتی تو نادانی یا عقلمندی کا کیا سوال ہے؟''

''عزّہ، آپ خود پر بھی ظلم کریں گی اور مجھ پر بھی۔ میں سچ مچ آپ سے بہت پیار کرتا ہوں۔'' حسن نے اسے دیکھتے ہوئے یقین دلانے کی کوشش کی۔

''آخر آپ مجھی سے کیوں؟ اور لڑکیاں بھی تو ہیں۔'' عزّہ نے سٹپٹا کر کہا۔

''یقیناً ہیں، لیکن میرے دل میں تو صرف آپ ہیں۔'' حسن نے بہت محبت سے اسے دیکھتے ہوئے کہا۔

''آپ جذباتی ہو رہے ہیں۔''

''محبت کے معاملے میں ہر شخص جذباتی ہوتا ہے۔ یقین کیجئے عزّہ، میں نے آج سے پہلے کسی لڑکی سے ایسی باتیں نہیں کیں۔ دُنیا بھر میں گھوما ہوں میں۔ بہت سے حسین چہرے دیکھے ہیں مگر کسی کو دیکھ کر یہ خیال کبھی نہیں آیا کہ اسی حسین چہرے سے ملاقات یا بات کی جائے۔ دوستی یا رومینس کیا جائے۔ آئی ڈونٹ نو یہ رومینس کیا ہوتا ہے کیسے ہوتا ہے لیکن جب سے آپ کو دیکھا ہے

دل کہ جو حالت جو کیفیت ہے۔ مجھے لگتا ہے اسی کا نام رومینس ہے اسی کو محبت کہتے ہیں۔ میں ہر پل آپ کو اپنے سامنے دیکھنا چاہتا ہوں۔ محسوس کرنا چاہتا ہوں۔ میرا دل تو آپ میں ایسا لگا ہے کہ اب کسی کام میں بھی نہیں لگتا۔ حالانکہ میرا کام ایسا ہے کہ ذرا سی لاپرواہی اور غفلت سے بہت نقصان ہو سکتا ہے۔ مگر دل کا نقصان ہونے سے ڈرتا ہوں۔ اسی لیے آپ سے اپنی اور آپ کی خوشیوں کی التجا کر رہا ہوں۔ عزّہ ہاں کر دیجیے، پلیز۔'' حسن کا ایک ایک لفظ صداقت سے بھرپور تھا۔ عزّہ کا دل ڈاواں ڈول ہونے لگا مگر تجربے اتنے تلخ تھے کہ دل کو ان کی راہ پر لگاتے ہوئے خوف محسوس ہونے لگا۔ اور وہ اس بارے میں سوچنے سے کنی کترا گئی۔

''سوری حسن صاحب! میں ہاں نہیں کر سکتی۔'' عزّہ نے سنجیدہ لہجے میں جواب دیا۔

''آخر کیوں مس عزّہ، کیا آپ مجھے اپنے قابل نہیں سمجھتیں؟''

''یہ بات نہیں ہے حسن صاحب! آپ بہت اچھے انسان ہیں۔''

''لیکن آپ کے قابل نہیں ہوں یہی نا'' وہ آزادی سے بولے تو بے نام سی تڑپ نے عزّہ کے اندر سر اُٹھایا اس نے بے قرار نظروں سے انہیں دیکھا جو اس کے جواب سے بجھ سے گئے تھے۔ کتنے ہنڈسم، ڈیشنگ اور ڈیسنٹ پرسنالٹی کے مالک تھے وہ۔ کامیاب بزنس مین تھے۔ سلجھے ہوئے بااخلاق شخص تھے۔ کوئی بھی لڑکی ان کی سنگت میں فخر محسوس کر سکتی تھی۔ مگر عزّہ کیا کرتی اس پر سے تو رشتوں کا اعتبار ہی اُٹھ گیا تھا۔ ہر رشتے نے اسے گھاؤ لگائے تھے۔ اس کے دل کا خون کیا تھا۔ اس کے خلوص پر شک کیا تھا۔ ''آپ ایسا کیوں سمجھ رہے ہیں۔'' عزّہ نے نرمی سے کہا۔ ''دُنیا مجھ پر ہی تو ختم نہیں ہو جاتی۔''

''لیکن میری دُنیا تو آپ پر ہی ختم ہوتی ہے عزّہ۔'' حسن نے دل سے کہا تو وہ کچھ دیر کو تو کچھ بول ہی نہ سکی۔ حسن اس کی کیفیت دیکھ رہے تھے۔ اس کے چہرے سے ظاہر تھا کہ اس کے اندر یقین و بے یقینی، اعتبار و بے اعتباری کی جنگ چھڑ چکی تھی۔

''حسن صاحب! میں نے بنا کسی جرم کے سزا کاٹی ہے۔ بہت سی تہمتیں سہی ہیں بہت الزام برداشت کیے ہیں۔ کوئی مجھے ان باتوں کے حوالے سے کبھی طنز کا نشانہ بنائے میری سیرت پر شک کرے گا تو مجھ سے مزید برداشت نہیں ہوگا۔''

''عزّہ، آپ کو ڈر ہے کہ میں آپ کو آپ کے ناکردہ جرم کی سزا دوں گا۔ طعنہ دوں گا۔ میں اتنا کم ظرف اور عقل کا اندھا نہیں ہوں عزّہ، آپ مجھے ایسا سمجھتی ہیں۔'' حسن نے بے کلی سے کہا۔

''میں آپ کو ایسا ویسا کیسا بھی نہیں سمجھتی۔'' عزّہ نے اپنے ہاتھوں کو دیکھتے ہوئے کہا۔

''بڑے افسوس کی بات ہے عزّہ جی! میں آپ کو اپنا سب کچھ سمجھتا ہوں اور آپ مجھے کچھ بھی نہیں سمجھتیں۔'' حسن نے دکھ سے کہا تو وہ پریشان ہوگئی۔ شاید وہ بے دھیانی میں کچھ غلط بول گئی تھی۔ جبھی وضاحت کرنے لگی۔

''پلیز حسن صاحب! آپ غلط سمجھ رہے ہیں۔ میرا ہرگز یہ مطلب نہیں تھا جو آپ سمجھے ہیں۔ میں بہت احترام کرتی ہوں آپ کا۔ میرے دل میں بہت عزت ہے۔ آپ کے لیے۔''

''اور جس دل میں عزت اور احترام ہو وہاں محبت کی گنجائش تو خود بخود نکل آتی ہے۔ ہے نا۔'' حسن نے مسکراتے ہوئے شوخ لہجے میں کہا۔

''معلوم نہیں، مجھے کسی نئی محبت کی ضرورت نہیں ہے۔ ابھی تو پرانی محبتوں کے زخم بھی ہرے ہیں۔'' عزّہ نے گہرے لہجے میں کہا وہ اس کی بات کا مطلب سمجھ گئے تھے۔ ''عزّہ جی، وہ سارے زخم یہ نئی محبت بھر دے گی۔ آپ ایک بار ہاتھ بڑھا کر تو دیکھیں۔ محبت کی ضرورت ہر انسان کو ہوتی ہے۔ اور آپ جو سب میں محبتیں بانٹتی رہی ہیں۔ جو سراپا محبت ہیں۔ ایسا کیسے ممکن ہے کہ آپ کو محبت کی ضرورت نہ ہو۔ جن سے آپ کو نفرت، ذلت اور تہمت ملی ان کو آپ نے محبتوں سے نوازا ہے۔ تو کیا اس شخص کو آپ اپنی محبت سے، اپنے ساتھ سے محروم رکھیں گی جو آپ کو پوری نیک نیتی اور سچائی سے پیار کرتا ہے۔ عزّہ جی، یہ ٹھیک ہے کہ خون کے رشتوں کا ہم پر کچھ قرض ہوتا ہے کچھ فرض ہوتا ہے۔ لیکن دل کے رشتوں کا بھی تو کوئی حق ہوتا ہے ہم پر۔ دوسروں کے لیے بہت جی لیا آپ اب اپنے دل کے لیے اپنے لیے جینے کی صورت نکالیں۔'' حسن نے نرمی سے سمجھایا۔

''حسن صاحب! میں خوش ہوں اپنی زندگی سے مجھے کوئی نیا رشتہ نہیں بنانا۔''

''آپ لاکھ مضبوط اور بہادر ہیں لیکن محبت بھرا دل بھی آپ کے سینے میں دھڑکتا ہے۔ جو میری محبت سے نظریں نہیں چرا سکتا۔ جب سب اپنے حصے کی خوشیاں سمیٹ رہے ہیں تو آپ کیوں پیچھے رہیں۔ آپ نے اپنے جذبات سب سے چھپائے رکھے تب ٹھیک تھا یہ کہ آپ کو کوئی اپنا میسر نہیں تھا۔ لیکن اب آپ اپنے اوپر یہ جبر کر کے ظلم کریں گی۔ اپنے جذبات کو مار کر جینا کوئی جینا نہیں ہوتا۔ عزّہ کیا آپ بھی اپنی والدہ کی طرح سرد جذبات اور پتھریلے احساسات کے ساتھ ایک بے حس زندگی گزارنا چاہتی ہیں۔ ان کی تو مجبوری تھی۔ آپ تو اب آزاد ہیں۔ اپنی زندگی کا فیصلہ کر سکتی ہیں عزّہ جی! ہر انسان کو کبھی نہ کبھی ایسے شانے کی ضرورت پڑتی ہے جو ہمارے آنسو

سمیٹ سکے۔ کسی ایسے دامن کی شدت سے ضرورت محسوس ہوتی ہے جو ہمیں بکھرے، ٹوٹے اور زخمی وجود سمیت اپنے اندر سمالے اور آپ کو بھی ایسے شانے اور ایسے دامن کی ضرورت ہے عزّہ جی۔'' حسن اس کے اندر سوئے ہوئے جذبات کو جگا رہے تھے۔

''آپ کیوں کر رہے ہیں مجھ سے ایسی باتیں، جانتی ہوں میں سب آپ مجھے کمزور کرنا چاہتے ہیں۔'' وہ الجھ کر سپاٹ لہجے میں بولی۔

''کمزور تو مجھے آپ نے کر دیا ہے۔ آپ کا ساتھ ہی مجھے مضبوط بنا سکتا ہے۔''

''جو کہ ممکن نہیں ہے۔'' عزّہ نے سپاٹ لہجے میں کہا۔

''کیا صرف خون کے رشتے ہی پیار اور ایثار کے مستحق ہوتے ہیں؟'' حسن نے تڑپ کر پوچھا۔

''نہیں پیار اور ایثار تو ہر انسان کی خاطر کیا جا سکتا ہے۔ ہر اچھے انسان کی خاطر۔'' عزّہ نے سنجیدگی سے کہا۔

''گویا میں آپ کی نظر میں اچھے انسانوں میں شمار نہیں ہوتا۔''

''میں نے پہلے ہی آپ کو اچھا انسان کہہ دیا تھا۔ آپ خود کو کیوں ایسا سمجھ رہے ہیں۔ میں نے تو کبھی کسی کو برا نہیں سمجھا اور نہ ہی کسی کا برا چاہا ہے۔'' عزّہ نے سنجیدگی سے وضاحت کی۔ ''تو پھر انکار کیوں کر رہی ہیں۔''

''اس لیے کہ میں نے کبھی اس معاملے سے متعلق سوچا ہی نہیں ہے۔ بہر حال پلیز آپ مجھے گھر ڈراپ کر دیں۔''

''کالج نہیں جائیں گی۔''

''نہیں۔''

''کیوں۔''

''کیونکہ آپ نے مجھے ڈسٹرب کر دیا ہے۔'' اس نے صاف گوئی سے جواب دیا۔

''ڈسٹرب تو آپ نے بھی مجھے کیا ہے۔''

''میری اور آپ کی ڈسٹربنس میں بہت فرق ہے۔''

''عزّہ، آپ کا اقرار اس فرق کو مٹا سکتا ہے۔ ہم دونوں ایک ہو کر ایک دوسرے کی ڈسٹربنس ختم کر سکتے ہیں۔'' حسن نے نرم سے کہا۔

''پتا نہیں۔'' وہ کھڑکی سے باہر دیکھنے لگی۔

''کبھی سوچا ہے آپ نے کہ اکیلے یہ زندگی کیسے گزاریں گی؟''

''جیسے اتنی گزر گئی ہے ویسے ہی باقی بھی گزر جائے گی۔'' وہ پھر سے سامنے دیکھنے لگی۔

''اللہ نہ کرے کہ پہلے جیسی زندگی پھر سے آپ کا مقدر بنے۔'' حسن نے بے اختیار کہا تو اس نے بھی بے اختیار نظریں اُٹھا کر انہیں دیکھا تھا۔ جو پیار کی تصویر بنے بیٹھے تھے۔ اس کے لیے کتنے پُرخلوص تھے۔ متفکر اور پریشان تھے۔ غیر تھے اور کتنے اپنے سے لگ رہے تھے۔ ایسے سچے اور اچھے انسان کی تمنا ہی تو تھی دل کو۔

''آپ لاکھ بااختیار برسرِ روزگار اور بولڈ سہی لیکن آپ ایک عورت ہی ہیں۔ اور ہمارے معاشرے میں اکیلی عورت کبھی محفوظ ہوتی ہے اور نہ ہی قدر کی نگاہ سے دیکھی جاتی ہے۔ لوگ اس کے پاکیزہ کردار کے بارے میں بھی بہت گھٹیا باتیں بناتے ہیں۔ کیا آپ چاہیں گی کہ آپ ایک بار پھر لوگوں کی باتوں کی زد میں، تہمتوں کی زد میں آئیں؟'' حسن نے سنجیدگی سے پوچھا تو اس نے نفی میں سر ہلا دیا۔

'تو عزّہ جی! اس کا صرف یہی حل ہے کہ آپ میرے جیسے اچھے اور مضبوط مرد کا تحفظ اور ساتھ قبول کر لیں۔ عزّہ، تنہا اور اکیلے زندگی گزارنا بہت اذیت ناک عمل ہے۔ میں مرد ہو کر اپنے گھر کی تنہائی سے وحشت زدہ ہو کر سارا وقت باہر رہتا ہوں۔ بزنس میں مصروف رہتا ہوں یا عزیر کی طرف چلا جاتا ہوں۔ خالی گھر ویران کمرے مجھے کاٹنے کو دوڑتے ہیں۔ آپ عورت ہو کر تنہائی کا مقابلہ کیسے اور کب تک کر سکتی ہیں؟ ابھی کی مثال لیجئے آپ فارغ ہونے سے، بور ہونے سے گھبرا کر کالج کے لیے نکل پڑی تھیں۔ باقی کا وقت آپ تنہا کیسے گزار سکتی ہیں۔ اور آپ کی عمر تو ابھی صرف تیس برس ہے۔ آپ نے کبھی غور سے آئینہ دیکھا ہے۔ آپ اٹھارہ بیس سے زیادہ کی نہیں دکھائی دیتیں۔ دو چٹیاں باندھ لیں تو بالکل کالج گرل دکھائی دیتی ہیں۔ اللہ تعالیٰ نے آپ کو جس حسن و شباب سے نوازا ہے وہ حالات کی سختیوں اور رویوں کی موسموں کی تمازت سے بھی ماند نہیں پڑ سکا۔

◆◆◆

ثمین بھابی، بتا رہی تھیں کہ دس سال پہلے آپ زیادہ حسین تھیں۔ میں حیران ہوں کہ اس سے زیادہ آپ اور کتنی حسین ہوں گی۔ یہ یقیناً آپ کے اندر کا حسن ہے جو باہر بھی نظر آتا ہے اور جس نے ''حسن صدیقی'' کے دل کو تسخیر کر لیا ہے۔ ویسے اس روز آپ بہت معصوم بہت کم سن اور دلنشین لگ رہی تھیں۔ سرخ لباس میں بالوں کی دو چوٹیاں بنائے کالج لیکچرر نہیں کالج گرل دکھائی دے رہی تھیں۔ آنکھوں سے دل میں اور دل سے روح میں سما جانے کی حد تک دلکش اور دلنشین۔ ثمین بھابی......

''ثمین سے تو میں خود بات کر لوں گی نجانے کیا کچھ بتاتی رہتی ہے آپ کو میرے بارے میں۔ اور آپ۔'' عزّہ نے سر اُٹھا کر اپنی گھبراہٹ اور حیا پر قابو پا کر سنجیدہ لہجے میں کہا۔ ''آپ کو میرے متعلق اس قسم کے ریمارکس دینے کا کوئی حق نہیں پہنچتا۔ آپ کو کس نے اختیار دیا ہے کہ آپ میرے متعلق ایسی آراء کا اظہار کریں؟''

''اس محبت نے جو مجھے آپ سے ہے۔ یہ حق اور اختیار تو محبت خود ہی لے لیتی ہے۔'' حسن نے اسے دیکھتے ہوئے مسکراتے ہوئے کہا۔ وہ بری طرح ان کی نظروں اور باتوں کے خمار میں بندھتی جا رہی تھی۔ اندر سے دل کی حالت عجیب ہو رہی تھی۔

''اگر میں میرڈ ہوتی تو کیا تب بھی آپ میرے متعلق ایسے ہی سوچتے، میرے لیے ایسے ہی جذبات رکھتے؟'' عزّہ نے انہیں دیکھتے ہوئے سنجیدگی سے پوچھا۔

''ہرگز نہیں، اگر آپ میرڈ ہوتیں تو قدرت میرے دل میں آپ کی محبت کبھی نہ ڈالتی۔ اس لیے کہ میں نے حسین چہرے بھی بہت دیکھے ہیں اور لڑکیوں سے فیملی اور بزنس لائن کی لڑکیوں سے سلام دُعا بھی رہی ہے مگر میرے دل نے کبھی کسی کو اپنے قریب محسوس نہیں کیا۔ میرڈ اور اَن میرڈ لیڈیز سے میرا واسطہ پڑتا رہا ہے اور پڑتا بھی ہے۔ لیکن آپ کو پہلی بار دیکھ کر ہی بہت مختلف احساس میرے اندر جاگا تھا۔ اور عزّہ، آپ کا لاہور سے اسلام آباد آنا اپنی مرضی اور چوائس کے

سبب تھا۔ قدرت نے جسے ملانا ہوتا ہے نا وہ اس کے لیے ایسے بہانے اور راستے خود ہی ترتیب دیتی ہے۔ آپ نے اپنی زندگی کے تیس (30) برس لاہور میں گزارے ہیں۔ پہلی بار اپنے گھر اور شہر کو اپنی مرضی سے چھوڑ کر یہاں آئی ہیں۔ تو آپ کو نہیں لگتا کہ ہمارا ملنا بے سبب نہیں ہے۔ قدرت ہم دونوں کو ایک کرنا چاہتی ہے؟''

''مجھے نہیں معلوم آپ مجھے گھر ڈراپ کر دیں یا میں خود ہی چلی جاتی ہوں۔'' وہ یہ کہہ کر پھر دروازہ کھولنے لگی تھی اور حسن نے پھر سے ہاتھ بڑھا کر اس کی کوشش ناکام بنا دی۔ ''میں نے کہا ہے نا آپ سے کہ میں درمیان میں آدھے راستے میں چھوڑنے والا نہیں ہوں۔ زندگی کا یہ راستہ آپ میرے ساتھ میری ہمراہی میں طے کریں گی۔''

''کوئی زبردستی ہے۔'' عزّہ نے تیز نظروں سے انہیں گھورا۔

''نہیں یہ میری مرضی ہے، خوشی ہے اور آپ کی خوشی بھی اسی میں ہے۔'' وہ مسکراتے ہوئے بولے۔ ''آپ مجھے چھوڑیں گے کہ نہیں۔'' وہ سٹپٹا کر بولی۔

''نہیں۔'' وہ مسکرائے۔ لہجہ معنی خیز تھا۔

''اُف۔'' اس نے جھلا کر کھڑکی سے باہر دیکھا۔ ''چلیئے آپ کو عزیر کے گھر ڈراپ کر دوں۔ میرے گھر آنے کے لیے سوچئے گا ضرور۔ دو اکیلے اگر ایک ہو کر رہیں گے تو زندگی بہت سہل اور خوشگوار ہو جائے گی۔'' حسن نے دھیرے سے ہنس کر کہا اور مسکراتے ہوئے گاڑی اسٹارٹ کر دی۔ اور اسے ''عزیر ہاؤس'' ڈراپ کر کے خود اپنے آفس روانہ ہو گئے۔

عزّہ سارا دن بے کل اور پریشان رہی۔ رات کو سونے لیٹی تو نیند نے آنکھوں میں آنے سے انکار کر دیا۔ وہ حسن کی باتوں کے سحر سے نہیں نکل پائی تھی۔ دل کہتا کہ انہیں قبول کر لو اور دماغ کہتا کہ ان کے بارے میں سوچنے سے پہلے اپنے خاندان والوں کی باتوں کے جواب سوچ لو۔ وہ عجیب الجھن میں گرفتار ہو گئی تھی۔ انکار اور اقرار کے دوراہے پر کھڑی تھی۔ اقرار دل کو خدشوں میں ڈالنے لگتا تو انکار دل کو بے قرار کرنے لگتا۔

''آپ کے سنگ جینا مرنا چاہتا ہوں۔ عزّہ میں آپ سے پیار کرتا ہوں۔ مجھے آپ سے بے حد محبت ہے۔ میں آپ کو اپنی زندگی میں شامل کرنا چاہتا ہوں۔ آپ کو اپنانا چاہتا ہوں۔'' حسن کے یہ الفاظ امرت بن کر رات بھر اس کی تھکی ماندی روح پر برستے رہے اور اسکے اندر تازگی کے شگوفے جنم لیتے رہے۔ آنکھوں میں نیند کی جگہ حسن کی صورت آسمائی تھی۔ اور وہ لاکھ کوشش کے

باوجود اسے اپنی آنکھوں سے نکال نہیں سکی تھی۔ صبح آنکھیں نیند سے بوجھل تھیں۔ مگر کالج جانا بھی ضروری تھا۔ موسم بارش والا ہو رہا تھا۔ عمیر اور سمیر تو سکول جا رہے تھے۔ اور ثمرانمرا نے آج موسم کی ٹھنڈک کے باعث چھٹی کر لی تھی۔ عزّہ بھی عزیر کے ساتھ ہی گاڑی میں جانا چاہ رہی تھی۔ عمیر اور سمیر کو اس نے کہہ دیا تھا کہ اس کا انتظار کریں۔ وہ ان کے ساتھ ہی جائے گی۔ ناشتہ ثمین نے اس کے کمرے میں ہی بھجوا دیا تھا۔ وہ ناشتہ کر کے تیار ہوئی۔ اپنی چادر اور شولڈر بیگ اُٹھانے کے لیے وارڈ روب کی طرف بڑھی تو دروازے پر دستک ہوئی۔ ''آ رہی ہوں بس ایک منٹ۔'' اس نے بلند آواز میں کہا اور جلدی سے اپنا بیگ اور چادر اُٹھا کر دروازہ کھولا تو سامنے موجود شخصیت کو دیکھ کر حیرانگی سے بولی۔ ''آپ اتنی صبح صبح کیوں آ گئے؟''

''میں تب تک آتا رہوں گا جب تک آپ میرے ساتھ میرے گھر جانے کے لیے تیار نہیں ہو جاتیں۔'' حسن نے اس کے گلابی لباس سے ہم آہنگ ہوتے ہوئے چہرے کو دیکھتے ہوئے کہا۔

''مجھے کالج جانا ہے میرا پیریڈ مس ہو جائے گا۔'' عزّہ نے دروازے سے باہر قدم رکھتے ہوئے کہا تو وہ اس کے سامنے کھڑے ہو گئے اور اس کے چہرے کو والہانہ نظروں سے دیکھتے ہوئے بولے۔

''کتاب زیست میں محبت کا بھی ایک پیریڈ ہوتا ہے۔ کچھ وقت اس کے لیے بھی نکال لیجیے۔''

''مجھے محبت کی ضرورت نہیں ہے۔'' اس نے لان میں کھلے پھولوں کو دیکھتے ہوئے جواب دیا۔ ''غلط، ایسا ہو ہی نہیں سکتا۔ محبت کرنے اور محبت بانٹنے والوں کو محبت کی طلب بھی ہوتی ہے۔ ہر انسان کو ہوتی۔ میں جانتا ہوں کہ آپ نے اپنے جذبات کو بہت کنٹرول کرنا سیکھ لیا ہے۔ آپ بہت بہادر اور مضبوط ہیں لیکن مجھے تو آپ نے کمزور اور بے بس کر کے رکھ دیا ہے۔'' حسن کی نظریں بدستور اس کے چہرے کو چوم رہی تھیں۔

''محبت انسان کو کمزور تو نہیں بناتی۔'' عزّہ نے ایک پل کو انہیں دیکھ کر کہا۔ ''بناتی ہے، محبت انسان کو مضبوط ہی نہیں بناتی، کمزور بھی بنا دیتی ہے۔ آپ کو اس حقیقت کا احساس اس وقت ہو گا جب آپ کو بھی مجھ سے محبت ہو جائے گی۔''

''آپ سے کس نے کہہ دیا کہ مجھے آپ سے محبت ہو جائے گی؟'' عزّہ نے سٹپٹا کر پوچھا۔

''میرے دل نے۔'' وہ دل پر ہاتھ رکھ کر مسکرائے۔

''دل تو خوش فہم ہے، کانٹے کو کلی، ببول کو پھول سمجھتا ہے۔'' عزّہ نے فلسفہ جھاڑا۔

''لیکن میں تو کلی کو کلی اور پھول کو پھول سمجھ رہا ہوں۔'' حسن نے معنی خیزی سے کہا۔

''حسن صاحب! آپ کیوں اپنا اور میرا وقت ضائع کر رہے ہیں؟'' وہ بے بسی سے بولی۔

''اپنی اور آپ کی زندگی ضائع ہونے سے بچانے کے لیے۔ عزّہ پلیز ہاں کر دیجئے۔''

''آپ یہ پرپوزل کسی اور لڑکی کو دیجئے۔''

''کیوں میرے دل میں گھر کرنے والی لڑکی تو آپ ہیں پھر میں کسی اور لڑکی کو پرپوزل کیوں دوں۔ آپ کو انکار ہی کرنا ہے تو پہلے میرے دل سے اپنی محبت اپنی چاہ نکال دیجئے۔ میں اچھا بھلا پر سکون تھا۔ آرام اور بے فکری سے زندگی بسر کر رہا تھا۔ آپ نے یہاں آکر میری زندگی میں طلاطم بپا کر دیا ہے۔ میرا سکھ، چین، قرار، آنکھوں کی نیند سب کچھ چھین لیا ہے۔ مجھے یہ سب کچھ لوٹا دیجئے۔ میرے دل سے اپنی محبت مٹا دیجئے۔ میں پھر کبھی آپ کا راستہ نہیں روکوں گا۔'' حسن نے جذباتی لہجے میں کہا تو وہ بوکھلا، گھبرا گئی۔

''عجیب شخص ہیں آپ، آپ نے مجھ سے پوچھ کر محبت کی تھی۔ میں نے تو آپ سے ایسا کچھ نہیں کہا تھا۔ آپ تو میرے گلے ہی پڑ گئے ہیں۔'' وہ جھلا کر بولی۔

''گلے تو نہیں لگے نا، اس کا حق اور اختیار چاہتے ہیں ہم۔ جو آپ کی ایک ہاں کے فاصلے پر ہے۔'' حسن نے شریر لہجے میں کہا اس کا چہرہ حیا اور غصے سے تپ کر سرخ ہو گیا اور وہ آگے بڑھتے ہوئے بولی۔ ''مجھ سے ایسی فضول گفتگو آئندہ مت کیجئے گا۔'' ''آپ نے مجبور کر دیا ہے مجھے ایسی گفتگو کرنے پر ورنہ تو میں یہ ساری باتیں سارے اظہار شادی کی شب آپ کے روبرو کرتا۔ آپ کو اپنی محبت کا یقین دلانے کے لیے دل کی بات زبان تک لانے پر مجبور ہوں۔ پلیز ''ہاں'' کر دیجئے۔''

''او گاڈ۔'' عزّہ نے رک کر اپنا سر پکڑ لیا۔

''آپ جو اتنا وقت میرے پیچھے ضائع کر رہے ہیں۔ آفس جانے کی بجائے یہاں چلے آئے ہیں۔ کیا اب آپ کے بزنس کا نقصان نہیں ہوگا؟''

''اس نقصان کی کسے فکر ہے اب، اگر نقصان ہوگا بھی تو میں آپ سے پورا کرالوں گا۔'' حسن نے مسکراتے ہوئے بے نیازی سے شوخی سے کہا۔

''جی ضرور، میرے پاس جو قارون کا خزانہ ہے نا وہ میں آپ کے نام کر دوں گی۔'' عزّہ نے چڑ کر کہا تو وہ بے اختیار قہقہہ لگا کر ہنس پڑے۔ عزّہ کا دل اسے کمزور کرنے لگا۔ لطیف احساسات کو آواز دینے لگا۔ وہ چادر اوڑھتی ہوئی تیزی سے عزیر کی گاڑی کی طرف بڑھ گئی۔ حسن کافی دیر تک

وہاں کھڑے اسے جاتا دیکھ کر مسکراتے رہے۔

شام کو وہ تھک کر لان میں چلی آئی تھی۔ سب لوگ اندر تھے۔ ٹھنڈک بہت بڑھ گئی تھی۔ مگر عزّہ کو اپنی سوچوں میں گھر کر جرسی یا شال اوڑھنے کا خیال ہی نہیں رہا۔ وہ جتنا حسن کو ان کی باتوں کو جھٹک رہی تھی۔ اتنا ہی وہ اس کے ذہن و دل سے چپک کر رہ گئی تھیں۔ حسن گیٹ سے اندر داخل ہوئے تھے اس وقت اور عزّہ کو اپنی سوچوں میں گم ہو کر ان کے آنے کا پتا ہی نہیں چلا اور وہ چلتے ہوئے لان میں ہی اس کے قریب آ گئے۔ ''ہیلو عزّہ جی۔''

''آپ پھر آ گئے۔'' عزّہ نے چونک کر انہیں دیکھا اور حیرانی بولی۔

''جی مادام، اور میں اس وقت تک آتا رہوں گا جب تک آپ میرے گھر ہمیشہ کے لیے آ نہیں جاتیں۔'' حسن نے اس کے دلکش سراپے کو پیار بھری نظروں سے دیکھتے ہوئے کہا۔ ''میں ایسے ہی خوش ہوں۔'' اس نے درخت سے پتا توڑتے ہوئے کہا۔

''لیکن میں تو ایسے ہی خوش نہیں ہوں، صبح و شام آپ کو دیکھے بنا آپ سے بات کیے بنا میرا دل چاہتا ہے کہ آپ کو ایک سیکنڈ میں اپنا بنا کر اپنے ''محبت کدے'' میں لے جاؤں۔''

''حسن صاحب! لگتا ہے آپ کی طبیعت ٹھیک نہیں ہے دو دن سے آپ اسی قسم کی گفتگو کر رہے ہیں۔ آپ کسی اچھے سے ڈاکٹر کو اپنا دل دکھائیں اور علاج کرائیں۔''

عزّہ نے اپنے دل کی دھڑکنوں کو سنبھالتے ہوئے مسکراتے ہوئے کہا تو وہ دھیرے سے ہنس کر بولے ''ڈاکٹر بھی میرے لیے یہی علاج تجویز کرے گا کہ عزّہ کا ساتھ میری حیات کے لیے ناگزیر ہے۔ صبح، دوپہر، شام اور شب کو پل پل مجھے آپ کے ساتھ کی دوا تجویز کی جائے گی اور یہی میری بیماریٔ دل کی شفا ہے۔''

''آپ کوئی اور بات نہیں کر سکتے۔'' وہ اپنے چہرے پر بکھرتی قوسِ قزح کو چھپانے کی ناکام کوشش کرتے ہوئے اُلجھ کر بولی تو انہوں نے مسکراتے ہوئے کہا۔

''شکر ہے، آپ مجھ سے بات کرنے پر تو آمادہ ہیں۔ کوئی اور بات میں کیا کروں۔ سیاست سے مجھے دلچسپی نہیں ہے۔ سیاحت میں تقریباً دُنیا بھر کی کر چکا ہوں اور اب آپ کے سنگ دُنیا دیکھنا چاہتا ہوں۔ اور رہ گئی محبت تو وہ میں آج کل کر رہا ہوں اور دل و روح کی گہرائیوں سے کر رہا ہوں۔ تو ظاہر ہے کہ پھر میں آپ سے محبت پر ہی بات کروں گا نا۔''

''آپ اندر جایئے عزیر بھائی سے ملیے اور مجھے میرے حال پر چھوڑ دیجیے۔'' میں آپ کو

آپ کے حال پر نہیں چھوڑ سکتا کیونکہ آپ سے تو میرا مستقبل وابستہ ہے۔ اور آپ یہ شام سے درخت کے نیچے کیوں کھڑی ہیں؟''

''کیوں؟'' عزّہ نے ان کی سیاہ آنکھوں میں چمکتی بجلیوں کو دیکھا۔

''بزرگوں سے سنا ہے کہ حسین لڑکیوں کو شام کے وقت درختوں کے نیچے کھڑے نہیں ہونا چاہیے۔ ورنہ اُن پر جن عاشق ہو جاتے ہیں۔'' وہ شوخی سے مسکراتے ہوئے بولے۔ ''اچھا! تو آپ جن ہیں۔'' عزّہ نے بچوں کی سی حیرانی اور معصومیت سے برجستہ کہا تو حسن اپنا بے ساختہ قہقہہ نہ روک سکے۔

''آپ کا سینس آف ہیومر (حسن مزاح) بہت شاندار ہے۔''

''ہم تو سر سے پاؤں تک شاندار ہیں۔'' عزّہ نے بہت ادا سے کہا۔

''اس میں کیا شک ہے؟'' حسن نے اس کے جملے سے محفوظ ہوتے ہوئے کہا تو اسے فوراً اپنے جملے کی شوخی کا احساس ہوا۔ نجانے کیوں اس کی زبان پھسل گئی تھی۔

''ایکسکیوز می۔'' وہ جانے کے لیے آگے بڑھی تو حسن فوراً سامنے آ گئے۔ اس نے سٹپٹا کر ادھر ادھر دیکھنا شروع کر دیا۔ ''ایوننگ کولون'' کی خوشبو شام کے اس منظر کو بہت مسحور بنا رہی تھی۔ حسن کی چوائس پرفیومز کے معاملے بہت عمدہ تھی۔ عزّہ نے دل ہی دل میں داد بھی دی اور سانسوں میں اترتی پرفیوم اور لفظوں کی خوشبو میں ڈوبنے لگی۔ کتنی مشکل ہو رہی تھی حسن سے اپنے احساسات وجذبات و کیفیات کو چھپانے میں وہ بھی تو اسے گہری نظروں سے دیکھے جا رہے تھے۔ ''کہاں جا رہی ہیں؟'' حسن نے نرمی سے پوچھا۔

''انیکسی میں۔''

''اس خالی انیکسی میں کون آپ کا منتظر ہے، میرے گھر چلئے عزّہ! جس کے در و دیوار تک آپ کی آمد کے منتظر ہیں۔ آپ کو خوش آمدید کہنے کے لیے بے تاب ہیں۔ میں تو خالی کمروں، خالی دیواروں سے آپ کی باتیں کرتا ہوں۔ آپ کو پتا ہے کہ اب جب میں اپنے گھر میں قدم رکھتا ہوں تو میری آنکھیں بے اختیاری کی سی کیفیت میں آپ کو ڈھونڈتی ہیں۔ میں خیالوں میں دیکھتا ہوں کہ آپ میرے استقبال کے لیے لان میں موجود ہیں۔ میرے لیے کھانا لگا رہی ہیں۔ مجھے چائے اور کبھی کافی بنا کر پلا رہی ہیں۔ میرے بیڈ روم میں آپ کا سندر اور پاکیزہ وجود پوری آب و تاب سے دمک رہا ہے۔ میری دن بھر کی تھکن آپ کی پیار بھری مسکراہٹ سے دور ہو رہی ہے۔ عزّہ!

میں پل پل آپ کو اپنے قریب محسوس کرتا ہوں، کرنا چاہتا ہوں۔ آپ خوابوں، خیالوں سے نکل کر حقیقت میں میرے پاس آجائیں پلیز۔''

حسن نے اس کے چہرے کو دیکھتے ہوئے اپنی بے قراریوں اور بے تابیوں کی داستان سنائی تو وہ حیران، پریشان سی انہیں تکنے لگی۔

''کیا کوئی مجھے اتنی شدتوں سے چاہ سکتا ہے، کیا یہ سچ ہے؟'' عزّہ نے دل میں سوال کیا۔

''حسن صاحب! ہوش کی باتیں کیجئے۔ دیوانگی کی بھی کوئی حد ہوتی ہے۔ آپ کو واقعی کسی ڈاکٹر کی ضرورت ہے۔'' عزّہ نے ان کی نظروں سے گھبرا کر کہا۔

''ٹھیک کہہ رہی ہیں آپ۔ مجھے واقعی ڈاکٹر کی ضرورت ہے۔ اس ڈاکٹر کی جو میرے سامنے کھڑی ہے۔ عزّہ سجاد جو اگر ''عزّہ حسن'' بن جائے تو میری دیوانگی کو قرار آجائے گا۔ عزّہ مجھے تو ہر سمت آپ ہی دکھائی دیتی ہیں۔ اس خواب وخیال کو حقیقت کا روپ دینا آپ کے اختیار میں ہے عزّہ۔'' حسن نے بے چینی سے اسے دیکھتے ہوئے کہا۔

''حسن صاحب! آپ میرا مسئلہ نہیں سمجھ سکتے۔ مجھے یہاں آئے ہوئے تقریباً دو ماہ ہوئے ہیں اور......''

''اور آپ اس بات سے ڈرتی ہیں کہ آپ کے گھر والے میرے پرپوزل کے حوالے سے آپ پر شک کریں گے۔ آپ کے کردار کو موردِ الزام ٹھہرائیں گے یہی نا۔'' حسن نے اس کی بات کاٹ کر نہایت سنجیدہ لہجے میں اس کے دل کے خدشے کو زبان دی تھی وہ نظریں جھکا گئی۔

''عزّہ، شکی مزاج، تنگ نظر اور تنگ دل لوگوں کی پروا کرنا چھوڑ دیجئے۔ بہت پروا کر چکی ہیں آپ ان کی۔ ان کی عزت کی خاطر آپ نے زندگی کے دس برس قربان کر دیئے مگر انہیں آپ کی عزت نہ کرنی آئی۔ قدر نہ کرنی آئی۔ آپ نے عمر بھر کا تاوان ادا کر دیا ہے دس برس کی قربانی دے کر۔ بہت کر لی ان کی پروا اب تو اپنی پروا کیجئے۔ اپنے لیے سوچئے۔ ان لوگوں کے رویوں اور باتوں کے خیال سے اپنی زندگی کی خوشیوں سے منہ موڑ کر اللہ کی نعمتوں کی ناشکری مت کیجئے۔ جتنے ستم آپ کے نصیب میں لکھے تھے آپ نے سہہ لیے ہیں۔ اب آپ کے سکھوں کی باری ہے۔ عزّہ، اپنے جذبات کو اپنے اندر مت مرنے دیں۔ مت ختم کریں خود کو اس طرح۔ صابرہ بیگم کی بیٹی کو تو ان جیسا مت بننے دیں۔ آپ کے سامنے کوئی سجاد رضوی نہیں ہے عزّہ، آپ کے سامنے ''حسن صدیقی'' ہے۔ جو آپ کے سارے دکھ اپنی پلکوں سے چن لینے کے لیے بے تاب ہے۔

مجھے اپنی ہمراہی کا اعزاز تو بخش کر دیکھیں عزّہ۔'' حسن نے بہت منت بھرے اور سنجیدہ لہجے میں کہا۔ وہ بری طرح سٹپٹا گئی۔

''حسن صاحب! آپ نے مجھے اپ سیٹ کر کے رکھ دیا ہے۔ آپ کیوں مجھے کمزور کرنا چاہتے ہیں؟'' وہ بس یہی کہہ سکی۔ الجھن، بے بسی اور پریشانی اس کے چہرے سے عیاں تھی۔ حسن کا بس نہیں چل رہا تھا کہ اس کے سارے دکھ ساری پریشانیاں لمحے بھر میں اس سے لے لیتے۔

''میں تو صرف اتنا چاہتا ہوں کہ آپ اس ویران انیکسی کو چھوڑ کر میرے ویران گھر کو آباد کر دیں۔ جو گھر تو نام کا ہے۔'' حسن سنجیدگی سے بولے تو اس نے ایک نظر انہیں بغور دیکھا اور پھر لبوں سے طویل سانس فضا میں خارج کر کے آسمان کو دیکھا اور پھر دھیرے دھیرے چلتی ہوئی انیکسی کی طرف بڑھ گئی۔ الائچی کی خوشبو اب تک حسن کی سانسوں کو تازگی بخش رہی تھی۔ وہ ان کی نظروں سے اوجھل ہو گئی تو ان کا عزیز وغیرہ کے پاس اندر جانے کو دل نہیں چاہا اور وہ اُلٹے قدموں واپس پلٹ گئے۔

عزّہ کی حالت ایسی تھی کہ نہ اس کروٹ چین نہ اس کروٹ چین۔ نیند اڑی سو اڑی، دل بھی باغی ہو چلا تھا۔ بار بار حسن کی باتیں ان کا چہرہ اسے یاد آ کر بے کل کر رہے تھے۔ اس نے بہت چاہا بہت کوشش کی کہ حسن کے لیے دل میں جگہ نہ نکالے مگر وہ دل ہی کیا جو دماغ کی مان جائے۔ وہ آنکھوں کے دریچے بند کرتی تو دل کا در خود ہی باز ہو جاتا۔ ضبط آرزو سے بدن ٹوٹتا ہوا محسوس ہو رہا تھا۔ ''حسن صدیقی'' ایک روشن صبح کی نوید لیے اس کی آنکھوں میں موجود تھے۔ پہلی بار کوئی نغمہ، کوئی خوشبو، کوئی کافر صورت دل کے ایوان میں سجی تھی۔ دل تھا کہ ''حسن'' کی راہ پر دوڑتا جا رہا تھا۔ ''لگتا ہے دل اپنی منوا کر ہی دم لے گا۔'' عزّہ نے بے بسی سے کروٹ بدلتے ہوئے کہا اور اس کی زندگی کا یہ لمحہ رنگ بدل رہا تھا۔ حسن کے پیار ان کے حسن و زیبائی کا چاند اس کی زندگی کی شبِ تنہائی میں نکل آیا تھا۔ جس نے ہر منظر شب بدل ڈالا تھا۔ وہ اندر سے تو وہی معصوم سی محبت بھرا دل رکھنے والی لڑکی تھی۔ سو حسن کے پیار سے انکار نہیں کر سکتی تھی۔ مگر اچھی طرح تسلی کرنا چاہتی تھی۔ بار بار زندگی سمجھوتوں اور مصلحتوں کے خانوں میں تقسیم کرنے کی ہمت نہیں تھی اب اس میں۔ خود کو بھی اچھی طرح آزمانا چاہتی تھی کہ کہیں یہ وقتی اور جذباتی احساس تو نہیں ہے۔ بہت کچھ سوچتے سوچتے وہ بالآخر نیند کی وادی میں جا ہی پہنچی۔ اگلے دن کالج کے بعد وہ اکیلی بور ہو رہی تھی۔ باہر ہلکی ہلکی بوندیں برس رہی تھیں۔ وہ ایک چکر لان کا لگا کر اندر ثمین کے پاس آ گئی۔ جو کچن میں پکوڑے

بنانے کے لئے بیسن گھول رہی تھی۔ اسے دیکھتے ہی عزہ نے بیزاری سے کہا۔ ''ثمی یار، مجھے بھی کوئی کام بتادو، بہت بور ہو رہی ہوں فارغ بیٹھ بیٹھ کر۔'' ''اچھا تو کام چاہیے۔'' ثمین نے اسے دیکھتے ہوئے مسکرا کر کہا۔ ''بہت عرصہ ہو گیا تمہارے ہاتھ کے بنے شامی کباب نہیں کھائے۔ یہ قیمہ رکھا ہے تم اس کے شامی کباب بنالو۔ کچھ رات کے کھانے کے لیے تل لینا۔ باقی صبح تل لیں گے۔''

''ٹھیک ہے، کباب تو مجھے بھی پسند ہیں۔'' عزہ نے مسکراتے ہوئے قیمے کا پیکٹ اُٹھایا۔ ''کل سنڈے ہے اور کل ہم سب حسن بھائی کی طرف مدعو ہیں۔'' ثمین نے بیسن میں کٹی ہوئی پیاز ڈالتے ہوئے بتایا۔

''خیریت۔'' عزہ کا دل حسن کے نام سے بہت زور سے دھڑکا تھا۔

''ہاں ڈیڑھ دو مہینے میں ہم ہمیشہ ایک سنڈے حسن بھائی کے گھر گزارتے ہیں۔ صبح سے ڈنر تک وہیں رہتے ہیں۔ اور کل تمہیں بھی ہمارے ساتھ جانا ہے۔ حسن بھائی نے تمہیں بھی انوائیٹ کیا ہے۔'' ثمین نے ہاتھ صاف کرتے ہوئے بتایا ''مجھے کیوں بھئی؟''

''کیونکہ تم ان کی اسپیشل گیسٹ ہو۔ دل کی گیسٹ۔ سچ تمہاری اور حسن بھائی کی جوڑی خوب سجے گی۔ تم ان کے دل اور گھر دونوں پر راج کرو گی راج۔ ان کے پرپوزل پر غور تو کرو عزہ سچ وہ بہت نائس انسان ہیں۔'' ثمین نے نرمی سے کہا۔

''تو میں نے کب انکار کیا ہے۔ ان کے ''نائس'' ہونے سے۔ اور پلیز ثمی، اب اس سلسلے میں تم کوئی بات مت کہنا۔ پہلے ہی تمہارے حسن بھائی مجھے کافی زیادہ خوراک دے چکے ہیں۔ جو کہ ابھی تک میرے حلق میں اٹکی ہوئی ہے۔ ڈسٹرب کر کے رکھ دیا ہے انہوں نے مجھے۔'' عزہ نے قیمہ ککر میں ڈالتے ہوئے کہا۔ ''انہوں نے تمہیں یا تم نے انہیں۔'' ثمین نے شرارت سے کہا۔

''ثمی'' عزہ نے اسے گھورا تو وہ ہنسنے لگی۔

''اور ہاں میں تمہارے حسن بھائی کے گھر نہیں جاؤں گی۔''

''میرے حسن بھائی کے گھر نہ سہی، اپنے ہونے والے ہسبنڈ کے گھر تو جاؤں گی نا۔'' ثمین نے شوخ و شریر لہجے میں کہا تو حیا سے اس کا چہرہ گلنار ہو گیا۔ ''ثمی کی بچی باز نہیں آؤ گی تم۔'' عزہ نے اس کے منہ میں کٹا ہوا ٹماٹر کا ٹکڑا ٹھوس دیا۔ وہ ہنستے ہنستے بے حال ہو گئی۔ عزہ بھی ہنس پڑی تھی۔

اور صبح صرف بچوں نے ناشتہ کیا تھا۔ عزہ نے کباب تل دیئے تھے۔ ثمین نے سادہ اور مولی

اور آلو بھرے پراٹھے بنا کر رکھے تھے۔ یہ چیزیں وہ حسن کے گھر ساتھ لے جا رہے تھے۔ ناشتہ وہیں کرنے کا ارادہ تھا ان کا اور اکثر ثمین گھر سے اسی قسم کی چیزیں پکا کر حسن کے ہاں لے جاتی تھی۔ سب جانے کے لیے تیار تھے۔ مگر عزّہ نے جانے سے انکار کر دیا تھا۔ ثمین نے اسے کہا۔

''سوچ لو ہم لوگ تو رات کے کھانے کے بعد آئیں گے۔ تم اکیلے میں ڈر جاؤ گی۔''

''خیر پہلے تو میں کبھی نہیں ڈری اکیلے میں مگر یہاں اکیلے رہنے کا تجربہ نہیں ہے مجھے۔ اس لیے پریشانی ہو گی۔ اور تم دوپہر تک واپس نہیں آ سکتیں۔'' عزّہ نے متفکر ہو کر کہا۔

''اوں ہوں، حسن بھائی ڈنر کیے بغیر نہیں آنے دیں گے۔ اس لیے تو کہہ رہی ہوں کہ تم بھی ہمارے ساتھ چلو۔ تمہیں انہوں نے انوائیٹ کیا ہے۔ تم بن بلائے تو نہیں جا رہیں۔''

''لیکن میرا ان سے ایسا کون سا رشتہ ہے جو میں ان کے گھر جاؤں؟''

''فکر نہ کرو رشتہ بھی بن جائے گا، ابھی تو چلو نا۔'' ثمین نے شریر لہجے میں کہا۔ ''مجھے نہیں جانا۔'' وہ صوفے پر دھم سے گر گئی۔ اسی وقت حسن کا فون آ گیا۔ عمیر فون سن رہا تھا اور بتا رہا تھا۔ 'انکل، عزّہ آنٹی تو نہیں آ رہیں ہمارے ساتھ۔ ہم نے مما نے بہت کہا ہے وہ کہتی ہیں۔ میں نہیں جاؤں گی۔''

''عزّہ آنٹی، حسن انکل آپ سے بات کرنا چاہ رہے ہیں۔'' عمیر نے ریسیور اس کی طرف بڑھا کر کہا تو اس نے نفی میں سر ہلا کر بات نہ کرنے کا اشارہ کیا۔ ''انکل، آنٹی کہہ رہی ہیں میں نے بات نہیں کرنی۔'' عمیر انہیں بتا رہا تھا۔ ''عزّہ کر لو نا بات۔'' ثمین نے کہا۔ ''خواہ مخواہ۔'' اس نے منہ بنایا۔ تو ثمین نے عمیر سے ریسیور لے لیا اور حسن کو عزّہ کے نہ آنے کا بھی بتا دیا۔

''لو بات کرو۔'' ثمین نے ریسیور اس کی طرف بڑھا دیا۔ ''کیا مصیبت ہے؟'' عزّہ نے یہ کہتے ہوئے ریسیور کان سے لگایا۔ ''ہیلو۔''

''مصیبت نہیں یہ کہیے کہ کیا محبت ہے۔ مجھے آپ سے۔ گھر کیوں نہیں آ رہیں آپ؟'' حسن نے اس کے ہیلو کہتے ہی کہا تو وہ شرمندہ سی ہو گئی۔ انہوں نے اس کی آواز سن لی تھی۔ ''میں بن بلائے کہیں نہیں جاتی۔''

''لیکن میں نے تو عزیر اور ثمین بھابی کے ذریعے آپ کو انوائیٹ کیا تھا۔''

''سینکڑوں باتیں خود مجھ سے کہہ گئے آپ، ایک اتنی سی بات نہ کہی گئی آپ سے۔'' ''او تو آپ اس بات پر خفا ہیں کہ میں نے آپ کو خود کیوں نہیں مدعو کیا۔ تو چلیے اب تو کہہ رہا ہوں کہ آپ

میرے غریب خانے کو رونق بخش دیجیے۔ تشریف لے آئیے یہاں۔'' وہ مسرور اور شوخ ہو کر بولے۔

''جی نہیں، کسی سے کہہ کر بلانا بھی کوئی بلانا ہوتا ہے۔ کہہ کر بلایا تو کیا بلایا یوں بھی مجھے آپ کے گھر آنا مناسب نہیں لگتا۔''

''سنا تھا کہ آپ کسی کا دل نہیں توڑتیں۔'' حسن نے کہا تو وہ بولی۔ ''سنی سنائی باتوں پر یقین کرنا عقلمندی نہیں ہے۔''

''تو آپ نہیں آ رہیں۔'' وہ سنجیدہ ہو گئے۔

''نہیں'' عزّہ نے جواب دیا ''تو ٹھیک ہے عزیر اور ثمین بھابی سے کہہ دیجیے کہ انہیں بھی یہاں آنے کی ضرورت نہیں ہے۔'' حسن نے تیزی سے کہا اور فون بند کر دیا۔ عزّہ نے حیرت سے ریسیور کو دیکھا۔

''کیا کہہ رہے تھے؟'' ثمین نے ہاٹ پاٹ سمیر کو دیتے ہوئے پوچھا۔

''یہی کہ اگر آپ نہیں آ رہیں تو پھر باقی لوگ یعنی تم سب بھی نہ آؤ۔''

''اوہو، یعنی تم اتنی اہم ہو گئی ہو ان کے لیے کہ ہمیں برسوں کے دوستوں کو، رشتے داروں کو، پیاروں کو وہ صرف تمہارے نہ آنے کی وجہ سے نظر انداز کر رہے ہیں۔ یعنی تمہارے بغیر ہمارا ان کے گھر میں داخلہ ممنوع ہے۔ میں عزیر کو بتاتی ہوں جا کر۔'' ثمین نے اسے چھیڑتے ہوئے کہا تو وہ تیزی سے بولی۔ ''پاگل ہوئی ہو، عزیر بھائی کیا سوچیں گے میرے بارے میں، میری وجہ سے تم لوگوں کے تعلق میں کوئی فرق آئے یہ میں کبھی نہیں چاہوں گی۔''

''تو میری جان! پھر جلدی سے تیار ہو کر آ جاؤ۔ ہم سب تمہارا انتظار کر رہے ہیں باہر۔'' ثمین نے مسکراتے ہوئے اس کی ٹھوڑی چھو کر کہا اور باہر نکل گئی۔ عزّہ انیکسی میں گئی اور جلدی سے تیار ہو کر آ گئی۔ اس کی تیاری ہلکی سی لپ اسٹک اور آنکھوں میں کاجل لگانے جتنی تھی بس۔ ہلکی کڑھائی والا جامنی اور سفید کنٹراسٹ کا گرم سوٹ پہنے اور پر سیاہ کوٹ پہن کر چادر اوڑھ کر بند شوز میں پاؤں چھپائے وہ ان سب کے ساتھ جب ''حسن ولا'' میں داخل ہوئی تو آنکھیں اس شاندار بنگلے کو دیکھ کر کھلی کی کھلی رہ گئیں۔ اور دل حسن کی موجودگی کے احساس سے گدگدانے لگا۔ تیز تیز رقص کرنے لگا۔ حسن لان میں بیٹھے اخبار پڑھ رہے تھے۔ عزیر کی گاڑی اندر داخل ہوتے دیکھ کر خوشی سے کھل اُٹھے۔ بچے سب سے پہلے گاڑی سے اترے تھے۔ عزّہ کو حسن نے دور سے ہی دیکھ لیا تھا۔ ان کا دل خوشی سے جھوم رہا تھا اسے اپنے گھر میں دیکھ کر۔ انہوں نے آگے جا کر عزیر اور

ثمین سے سلام دُعا کی بچوں سے ملے۔عزّہ لان کے کنارے کیاری میں لگے سورج مکھی کے بڑے بڑے پھولوں کو دلچسپی سے دیکھنے لگی۔ثمرہ بھی اس کے پاس رک گئی۔''آنٹی، کتنے بڑے پھول ہیں ناں۔''ثمرہ نے مسکراتے ہوئے پھول پکڑ کر کہا۔''ہاں اور کتنے پیارے بھی ہیں۔''عزّہ نے پھولوں پر ہاتھ پھیرتے ہوئے کہا''کون، ہم ناں۔''حسن نے اس کے قریب آکر کہا تو اس نے تیز نظروں سے انہیں گھورا۔وہ بہت مسرور تھے۔مسکرا رہے تھے۔اسے نظروں سے دل میں اتار رہے تھے۔

''ہاں حسن انکل بھی بہت پیارے ہیں۔''ثمرہ نے کہا۔

''تھینک یو بیٹا، چلیں آپ دھوپ میں جا کر بیٹھیں۔''حسن نے اس کے سر پر ہاتھ پھیر کر پیار سے کہا۔''ٹھیک ہے۔''وہ خوشی خوشی لان میں بھاگ گئی۔''تشریف آوری کا بہت بہت شکریہ، اب مجھے یقین آگیا ہے کہ آپ واقعی کسی کا دل نہیں توڑتیں۔''حسن نے اس کے چہرے کو بغور دیکھتے ہوئے کہا''اچھے خاصے بلیک میلر ہیں آپ۔''عزّہ نے کہا تو وہ قہقہہ لگا کر ہنس پڑے۔''یہ کس بات پر قہقہے لگ رہے ہیں حسن بھائی۔''ثمین نے فوراً دور سے ہی پوچھا تو انہوں نے آگے بڑھتے ہوئے بتایا۔

''آپ کی دوست مجھے بلیک میلر کہہ رہی ہیں۔''

''میری دوست آپ کی کچھ نہیں لگتی کیا؟''ثمین نے شریر لہجے میں پوچھا۔

''کچھ ارے بھابی یہ تو سب کچھ لگتی ہیں ہماری یہ تو محبت ہیں ہماری۔''انہوں نے بلا جھجک اور برملا کہا تو عزّہ نروس ہوگئی اور چادر کی تہہ لگاتے ہوئے بچوں کی طرف قدم بڑھا دیئے۔اس کے منہ میں حسب عادت الائچی موجود تھی۔جس کی خوشبو نے حسن کو ہمیشہ کی طرح اپنی موجودگی کا احساس دلایا۔''آپ شیریں سخن، معطر دہن ہیں۔باتوں سے پھولوں کے ساتھ ساتھ الائچی کی مہک بھی چار سو پھیل جاتی ہے۔''حسن نے اس کے برابر چلتے ہوئے کہا تو وہ جو شولڈر بیگ میں چادر رکھ رہی تھی۔رک گئی اور بیگ کی جیب میں سے الائچی نکال کر ان کی طرف بڑھاتے ہوئے بولی۔''لیجئے کھائیے اور معطر دہن کہلائیے۔''

''تھینکس، ویسے آپ صرف خوشبو کے لیے کھاتی ہیں یا آواز کو مزید دلکش بنانے کے لیے آپ کی آواز بہت دلنشین ہیں۔بالکل کوئل اور بلبل جیسی۔''حسن نے الائچی اس کے ہاتھ سے لے کر اس کے چہرے کو چاہت سے دیکھتے ہوئے کہا۔''واہ کیا تشبیہ دی ہے۔یہ آپ عاشق اور

شاعر حضرات اپنے محبوب میں ہمیشہ جانوروں اور پرندوں کی صفات ہی کیوں تلاش کرتے اور محسوس کرتے ہیں۔ انسانی لیول کی کوئی خوبصورت تشبیہ آپ کے ذہن شریف میں نہیں آتی۔" عزّہ نے بیگ کی زِپ بند کرتے ہوئے کہا تو پہلے تو وہ خوب ہنسے اور پھر کہنے لگے۔" بات تو آپ کی معقول ہے، آپ بتایئے آپ بھی تو شاعرہ ہیں"

"میں فی میل شاعرہ ہوں اور ایسی مبالغہ آمیز تشبیہات میری شاعری کا حصہ نہیں ہوتیں۔ ایسی شاعری پڑھ کر تو لگتا ہے کہ بندہ شاعری نہیں جوکس (لطائف) پڑھ رہا ہے۔" عزّہ نے خوبصورت لان کو ستائشی نظروں سے دیکھتے ہوئے جواب دیا انہیں پھر ہنسی آگئی۔ وہ خاصی حاضر جواب اور اچھی حسِ مزاح کی مالک تھی یہ بات حسن کو دل سے ماننا پڑی۔ "آیئے اندر چل کر پہلے ناشتہ کرلیں اس کے بعد باقی باتیں ہوں۔" حسن نے نرم لہجے میں کہا۔

"آپ کا لان بہت خوبصورت ہے۔" وہ اندر کی جانب قدم بڑھاتے ہوئے تعریف کیے بنا نہ رہ سکی۔ "شکریہ۔ اب تو یہ لان بھی آپ ہی کا ہے۔"

حسن نے مسکراتے ہوئے معنی خیز جملہ بولا تو سرخ پڑ گئی اور کچھ بولے بنا اندر آگئی۔ اندر ڈرائنگ روم اور ڈائننگ ہال بھی بہت شاندار تھے۔ فرنیچر، پینٹنگز اور پردوں سے لے کر قالین تک ہر چیز بہت خوبصورت ذوق کی نشاندہی کر رہی تھی۔ عزّہ نے دل میں حسن کے اعلیٰ ذوق کی تعریف کی مگر اب زبان سے تعریف کرنے کی جرأت نہیں کی۔ پہلے ہی ان کا ردعمل کافی شوخ تھا۔ ثمین نے میز پر ناشتے کے لوازمات چن دیئے تھے۔ پراٹھے اور کباب جو وہ ساتھ لائی تھی۔ ان کے علاوہ جوس، پھل، ڈبل روٹی، مکھن، انڈے، چائے، جیم سبھی کچھ موجود تھا۔ بچوں نے تو گھر پر ہی ناشتہ کر لیا تھا۔ لہٰذا وہ لان میں کرکٹ کھیلنے لگے۔ میز پر حسن، عزیر، ثمین اور عزّہ موجود تھے۔ چاروں نے ایک ایک پراٹھا اپنی اپنی پلیٹ میں رکھ لیا۔ کباب حسن اور عزیر بہت رغبت سے کھا رہے تھے۔ بلکہ حسن تو صرف کباب ہی کھا رہے تھے۔ ثمین نے دیکھا تو بولی۔ "حسن بھائی، پراٹھا تو کھائیں، آج کیا صرف کباب پر ہی ہاتھ صاف کرنے کا ارادہ ہے؟"

"اصل میں بھابی، آج کباب پہلے سے زیادہ مزیدار لگ رہے ہیں۔ اور ذائقہ بھی مختلف ہے پہلے سے۔" حسن نے ہنس کر جواب دیا۔

"وہ اس لیے کہ یہ کباب میں نے نہیں عزّہ نے بنائے ہیں۔" ثمین نے مسکراتے ہوئے شوخ لہجے میں کہا تو عزّہ نروس ہوگئی۔ اسے ثمین پر غصہ آیا کہ کیا ضرورت تھی یہ بتانے کی۔

''او۔ آپ کا تو ہر کام ہی لاجواب ہوتا ہے۔'' حسن نے اسے دیکھتے ہوئے کہا۔ وہ عزیر کے سامنے شرم سے نظریں جھکائے ثمین سے غصے سے بولی۔ ''مجھے نہیں معلوم تھا کہ تم نے کباب یہاں لانے ہیں ورنہ۔''

''ورنہ تم اور بھی زیادہ مزیدار بناتی ہیں ناں۔'' ثمین نے اس کی بات کاٹ کر شوخی سے کہا تو وہ چڑ کر بولی۔ ''نہ نہ ورنہ میں بناتی ہی ناں۔''

ثمین، بھئی تنگ مت کرو میری بہن کو۔'' عزیر نے اپنی ہنسی روک کر کہا جبکہ حسن کی ہنسی عزّہ کو مزید بوکھلا گئی۔ ان کی نظریں مسلسل اسی کے چہرے پر تھیں۔ ''تمہارے لیے میں نے ایک بہت عمدہ سی، ڈی خریدی ہے ناشتے سے فارغ ہو کر چلانا۔'' عزیر نے حسن سے کہا۔

''ضرور، تم ہمیشہ ہی کچھ نہ کچھ لے آتے ہو، ایک مس عزّہ ہیں پہلی بار ہمارے غریب خانے پر تشریف لائی ہیں۔ اور کچھ بھی ساتھ نہیں لائیں۔ حالانکہ یہ تو رسم دُنیا بھی ہے دستور بھی ہے کہ پہلی بار کسی کے گھر جائیں تو ساتھ کوئی تحفہ ضرور لے کر جائیں۔'' حسن نے اسے دیکھتے ہوئے جان بوجھ کر اسے چھیڑنے کی غرض سے کہا۔ کیونکہ وہ پر اعتماد لڑکی انہیں اس وقت گھبرائی گھبرائی سی بہت دلنشین لگ رہی تھی۔

''میں یہاں آگئی ہوں یہ کیا کم ہے اور یہ جو آپ کباب پر کباب کھائے چلے جا رہے ہیں یہ بھی میرے ہاتھ کے بنے ہوئے ہیں اور اس سے پہلے آپ میری الائچی بھی ہڑپ کر چکے ہیں۔ اب اور کیا آپ مجھ سے تحفے میں وائیٹ ہاؤس کی توقع کر رہے تھے۔ میں جن کے ساتھ یہاں آئی ہوں ان کی دوست اور بہن ہوں ان سے الگ نہیں ہوں کہ جناب کو۔'' عزّہ کو غصہ تو آ ہی رہا تھا لیکن عزیر اور ثمین کے سامنے حسن کا اس طرح کہنا اسے مزید تاؤ دلا گیا۔ اس نے نرم مگر نہایت سنجیدہ لہجے میں کہا اور آخری جملہ ادھورا چھوڑ کر اُٹھ کھڑی ہوئی۔ حسن جو اپنی ہنسی بمشکل کنڑول کر رہے تھے۔ اسے کھڑا دیکھ کر خود بھی تیزی سے کھڑے ہو گئے۔ ثمین اور عزیر پریشانی سے دونوں کی صورت دیکھ رہے تھے۔

''ارے ارے آپ کہاں جا رہی ہیں رئیلی میں مذاق کر رہا تھا۔'' حسن نے جلدی سے کہا۔

''تو کرتے رہیں۔'' وہ کرسی کھسکا کر باہر نکلی۔

''آپ ناشتہ تو کرلیں۔'' حسن سچ مچ پریشان ہو گئے اس کے جانے کے خیال سے۔ ''کر لیا۔'' وہ چڑ کر بولی تو انہوں نے شریر لہجے میں پوچھا۔ ''اتنا سا، آپ نے کیا چڑیا کا معدہ فٹ کرا

رکھا ہے؟''

''جی نہیں اونٹ کا معدہ فٹ کرا رکھا ہے۔ بڑے آئے کہیں کے۔ ہونہہ۔'' عزّہ نے مڑ کر پٹ سے جواب دیا اور ان تینوں کو ہنستا چھوڑ کر لان میں بچوں کے پاس آ گئی۔ اور خود بھی ان کے ساتھ کرکٹ کھیلنے لگی۔

''عزّہ نے اونٹ تمہیں ہی کہا ہے نا۔'' عزیر نے ہنستے ہوئے ان سے کہا۔ ''یار اب اتنا لمبا قد بھی نہیں ہے میرا۔'' حسن نے ہنستے ہوئے کہا ''قد یا معدہ۔'' ثمین نے کہا تو ایک بار پھر وہ تینوں ہنس پڑے۔ ''اچھا خبردار، اسے اب بالکل تنگ نہیں کرنا۔ وہ آ گئی ہے اسے ہی غنیمت سمجھو۔ اور موقع دیکھ کر اس سے بات کر لو۔'' عزیر نے سنجیدہ ہو کر کہا۔ ''ہاں موقع تو میں دیکھ رہا ہوں۔'' حسن کی نظریں کھڑکی سے باہر دور تک لان میں پہنچی ہوئی تھیں۔ جہاں وہ عزّہ کو بولنگ کراتے ہوئے دیکھ رہے تھے۔ وہ لوگ ناشتے سے فارغ ہو کر کمپیوٹر پر بیٹھ گئے۔ عزیر جو سی۔ ڈی حسن کے لیے لائے تھے وہ انہیں کے کہنے پر چلا کے دیکھ رہے تھے۔

''واہ کیا حسین منظر ہے دل چاہتا ہے کہ بندہ ہمیشہ یہ منظر دیکھتا رہے۔'' عزیر نے سی۔ ڈی پلے ہونے پر خوبصورت سینری مانیٹر پر دیکھتے ہوئے کہا۔

''ٹھیک کہا تم نے کتنا حسین منظر ہے۔'' حسن کی نظریں کھڑکی سے باہر عزّہ پر جمی تھیں۔ معنی خیز لہجے میں بولے تو عزیر نے کہا۔ ''یہ تم ادھر کیا دیکھ رہے ہو ادھر دیکھو۔''

''اصل منظر تو ادھر ہے میرے دوست۔'' حسن کی نظریں بیٹنگ کرتی عزّہ پر تھیں۔ ''ادھر کیا ہے ذرا میں بھی تو دیکھوں۔ اور اچھا تو یہ بات ہے جبھی میں کہوں کہ موصوف کی نظریں باہر کیوں جم کے رہ گئیں ہیں۔'' عزیر کھڑکی سے باہر لان میں کھیلتی عزّہ کو دیکھ کر ساری بات سمجھتے ہوئے مسکراتے ہوئے بولے تو وہ ہنس پڑے۔ ''حسن بھائی! عزّہ کہاں ہے؟'' ثمین کچن سے ہوتی ہوئی ان کے کمپیوٹر اسٹڈی روم میں داخل ہو کر پوچھ رہی تھی۔

''عزّہ وہاں ہے لان میں بچوں کے ساتھ کرکٹ کھیل رہی ہے۔ اور یہ موصوف اسی کو تکنے میں لگے ہوئے ہیں۔'' عزیر نے بتایا تو وہ ہنستے ہوئے بولی۔

''حسن بھائی! دور دور سے تکتے رہیں گے کہ بات بھی کریں گے۔ وہ آپ کے گھر میں موجود ہے۔ موقع اچھا ہے بات کر کے دیکھیں۔ لیکن تنگ مت کیجیے گا اسے ورنہ وہ واپس چلی جائے گی۔''

''جا کر تو دیکھیں ہم نے ان کی واپسی کے سارے راستے بند کر دیئے ہیں۔ ایک منٹ میں

آتا ہوں۔'' وہ ہنس کر بولے اور باہر نکل گئے۔

''اللہ کرے ان دونوں کی شادی ہو جائے۔ دونوں کی تنہائی بھی دور ہو جائے گی اور زندگی بھی خوبصورت ہو جائے گی۔'' عزیر نے دل سے دُعا کی۔

''انشاءاللہ۔'' ثمین نے دل سے کہا

حسن لان میں پہنچے تو عزّہ نے عمیر کی گیند پر شارٹ لگائی تھی۔ اور حسن نے کچھ اپنے لمبے قد کی وجہ سے اور کچھ بازو اوپر اُٹھا کر بال کو آگے جانے سے پہلے ہی کیچ کر لیا۔ ''عزّہ آنٹی کیچ آؤٹ۔'' بچوں نے خوشی سے شور مچا دیا۔ عزّہ نے جو حسن کے ہاتھوں میں گیند دیکھی تو اس کے دل کی دھڑکنیں بے ترتیب ہونے لگیں۔ اس نے بیٹ ثمرہ کی طرف بڑھا دیا۔ اتنی دیر میں حسن اس کے قریب چلے آئے اور اس کے چہرے کو دیکھتے ہوئے معنی خیز جملہ بولے۔

''آپ جیسی چاہیں شارٹ لگالیں۔ کیچ آؤٹ تو آپ کو میرے ہاتھوں ہی ہونا ہے۔''

اور عزّہ نے جواباً انہیں کہا کچھ نہیں صرف الجھی الجھی، خفا خفا سی نظروں سے انہیں دیکھا اور خاموشی سے اندر کی جانب قدم بڑھا دیئے۔

''انکل، آپ بھی ہمارے ساتھ کھیلیں۔'' سمیر نے کہا تو وہ چونک گئے۔

''ہوں نہیں یار تم لوگ بھی اندر چلو ٹھنڈ بہت ہو رہی ہے لگتا ہے بارش ہونے والی ہے۔ چلو کیرم یا لڈو کی بازی لگائیں گے۔'' انہوں نے کہا۔

''ٹھیک ہے۔'' سب نے ایک ساتھ کہا اور ان کے ساتھ اندر آ گئے۔ عزّہ کو ثمین نے زبردستی پراٹھے اور کباب کھانے کے لیے بٹھا دیا تھا کیونکہ اس نے صرف ایک کباب ہی کھایا تھا۔ بھوک تو اسے بھی لگ رہی تھی اس نے بھی آرام سے خوب مزے سے ناشتہ کیا۔ اتنی دیر میں بارش شروع ہو گئی۔ ان سب نے لاؤنج میں ہنگامہ مچا رکھا تھا۔ حسن نے ''ٹوم اینڈ جیری شو'' کارٹون فلم لگادی تھی۔ کمپیوٹر پر وہ چاروں خوب انجوائے کر رہے تھے۔ ساتھ ساتھ مونگ پھلی اور چلغوزے بھی کھا رہے تھے عزّہ بھی نمرا کو اپنی گود میں لے کر نیچے کاؤچ پر بیٹھ کر کارٹون دیکھنے لگی۔

باہر بادل بہت زور و شور سے گرج رہے تھے۔ بجلی کڑک رہی تھی۔ بارش اتنی تیز تھی کہ ذرا سی دیر میں سب کچھ جل تھل ہو گیا تھا۔

''یہ بارش کب رکے گی، گھر میں بھی جانا ہے۔'' عزّہ نے نمرا کو صوفے پر بٹھایا اور ڈرائنگ روم کی کھڑکی سے باہر دیکھتے ہوئے بولی۔

''ابھی تو شروع ہوئی ہے انجوائے کرو اسلام آباد کی بارش اور سردی۔ اتنی جلدی نہیں رکنے والی بارش۔'' ثمین نے اس کے شانوں پر بازو رکھ کر باہر لان میں برستی موسلا دھار بارش کو دیکھتے ہوئے کہا تو عزّہ نے سنجیدہ لہجے میں کہا۔

''میں نے یہاں آکر سخت غلطی کی ہے۔ تم لوگوں کی بات اور ہے مگر میرا یہاں آنا وہ بھی پورے دن کے لیے بالکل بھی مناسب نہیں تھا۔ مگر میں عزیر بھائی کے سامنے شرمندہ نہیں ہونا چاہتی تھی اس لیے مجبوراً یہاں آ گئی۔ یہ تمہارے حسن بھائی جو ہیں ناں اول درجے کے بلیک میلر ہیں۔''

''سن رہے ہیں حسن بھائی، آپ کو کن القابات سے نوازا جا رہا تھا۔''

ثمین نے حسن کو آتے دیکھ لیا تھا جبھی ان کی طرف دیکھتے ہوئے کہا تو عزّہ ٹپٹا کر مڑی وہ اسی کی طرف مسکراتے ہوئے دیکھ رہے تھے۔ وہ شرمندہ سی ہو گئی۔

''جی بھابی، سن بھی رہا ہوں اور دیکھ بھی رہا ہوں۔ ان کا دیا ہر خطاب ہر لقب ہمیں قبول ہے۔ بس یہ ہمیں تین بار قبول کر لیں۔''

حسن نے ان کے قریب آکر عزّہ کو والہانہ نظروں سے دیکھتے ہوئے کہا تو عزّہ شرم سے سرخ پڑ گئی۔ اور دوبارہ کھڑکی کی جانب رخ پھیر کر کھڑی ہو گئی۔

''حسن بھائی، اتنا اچھا موسم ہو رہا ہے کوئی خوبصورت سا گانا ہی سنوا دیں۔''

ثمین نے فرمائش کی۔

''ضرور کیوں نہیں، ایک بہت پرانا اور موسم اور مہمان کی مناسبت سے گیت ریکارڈ ہے میرے پاس وہ میں آپ کو سناتا ہوں۔'' حسن نے عزّہ کو کن اکھیوں سے دیکھتے ہوئے کہا جو اس موسم میں ان کے جذبات اور زیادہ بھڑکا رہی تھی۔ حسن نے ڈیک میں کیسٹ لگا کر پلے کا بٹن آن کر دیا۔

اے ابر کرم، آج اتنا برس، اتنا برس کے وہ جا نہ سکے۔
گھر آیا ہے اک مہمان حسیں ڈر ہے کہ چلا نہ جائے کہیں۔
ہم دل کی بات بتا نہ سکیں۔ اے ابر کرم۔''

گانے کے بول فضا میں بکھرنے لگے۔ عزّہ کو ایسی سچوایشن اور شاعری پڑھ اور سن کر اکثر ہنسی آ جایا کرتی تھی۔ اور اب بھی ایسا ہی ہوا تھا۔ بجائے شرمانے کے وہ بے ساختہ کھلکھلا کر ہنس پڑی۔

''عزّہ کے ہنسنے سے یہ موسم اور زیادہ حسین ہو گیا ہے ہے نا بھابی۔''
حسن نے اپنے دل کے دیوانے پن کو قابو کرتے ہوئے اس کی طرف دیکھتے ہوئے کہا۔
''ہاں لیکن آپ کو پتا ہے کہ عزّہ یہ گیت سن کر ہنسی کیوں ہے؟'' ثمین نے پوچھا۔
''ہماری بے بسی اور دیوانگی پر ہنسی ہیں یہ۔'' حسن نے مسکراتے ہوئے کہا تو عزّہ ایک دم سنجیدہ ہو گئی۔ ''کتنا درست اندازہ تھا حسن کا۔'' اس نے سوچا۔
''صحیح کہا آپ نے عزّہ کو ایسی شاعری اور شاعر کی بے بسی پر اسی طرح ہنسی آتی ہے۔ ویسے عزّہ! حسن بھائی نے یہ گیت تمہارے لیے پلے کیا تھا۔ تم نے ہاں کی بجائے ہنسی میں اُڑا دیا ان کا گیت۔'' ثمین نے مسکراتے ہوئے کہا۔
''ثمی پلیز اب گھر چلو بہت ہو گئی۔'' عزّہ نے سنجیدہ لہجے میں کہا۔
''اتنی بارش میں جائیں گی آپ۔'' حسن نے اسے دیکھا جو بہت نروس ہو رہی تھی۔
''ایسے برہم موسم میں۔''
''جانے والے کو موسم کی پروا نہیں ہوتی وہ تو ہر موسم میں چلے جاتے ہیں۔''
''جی ہاں لیکن صرف جانے والے۔ اور آپ کو یہاں سے کون جانے دے گا؟''
حسن نے اس کی فلسفیانہ بات کے جواب میں اس سے زیادہ گہری بات کہی۔ تو وہ انہیں دیکھ کر رہ گئی۔
دوپہر کے کھانے کا کسی کا موڈ نہیں تھا۔ سب موسم اور اپنے اپنے مشاغل میں مصروف تھے۔ ظہر کی اذان ہوئی تو عزّہ چپکے سے اسٹڈی روم میں چلی آئی۔ عزیر اور حسن بھی لاؤنج میں تھے۔ اس نے اسٹڈی روم میں منسلک واش روم میں جا کر وضو کیا اور اپنی چادر شولڈر بیگ سے نکال کر نیلے کارپٹ پر بچھائی اور نماز کے لیے نیت باندھ کر کھڑی ہو گئی۔
''عزّہ کہاں ہے کافی دیر سے دکھائی نہیں دے رہی؟'' ثمین نے میگزین سے نظریں ہٹا کر دیکھنے کے بعد عزّہ کو غائب پا کر پوچھا۔
''اسٹڈی روم میں گئی تھیں وہ، میں جا کر دیکھتا ہوں۔'' حسن نے کیرم کی گوٹ میز پر رکھ کر اُٹھتے ہوئے کہا تو عزیر نے فوراً ان کی طرف دیکھ کر کہا۔
''اے بھائی، کہیں دیکھتے ہی نہ رہ جانا۔ ذرا بات بھی آگے بڑھانا۔''
''یار، ایک تو بہت ہی سٹرونگ لڑکی سے دل لگا ہے۔ ایک فیصد بھی کامیابی نہیں ہوئی ابھی

تک۔ خیر میں بھی ہار ماننے والا تو نہیں ہوں۔ منا کر ہی دم لوں گا۔ آخر کو میری زندگی کا معاملہ ہے۔"

حسن نے بے بسی اور عزم ایک ساتھ لہجے میں سمو کر کہا اور اسٹڈی میں چلے آئے۔ عزّہ نماز ادا کر چکی تھی۔ تسبیح کر رہی تھی۔ حسن نے دیکھا تو اس کا یہ روپ انہیں اور بھی اس کے قریب لے گیا۔ کتنی سادہ، معصوم اور پرنور لگ رہی تھی وہ۔ انہیں اسی وقت اس بات پر دل سے یقین آ گیا کہ جو لوگ اللہ کے حضور سربسجود ہوتے ہیں ان کے چہرے روشنی اور نور سے مزین ہو جاتے ہیں۔ وہ تسبیح سے فارغ ہو کر اپنی جگہ سے اُٹھی تو انہیں کھڑا دیکھ کر لمحے بھر کو چونکی اور پھر اپنی چادر اُٹھا کر تہہ لگانے لگی۔

"آپ نے مجھ سے یا کسی ملازم سے کہا ہوتا جائے نماز کے لیے۔ میرے کمرے میں رکھی ہے جائے نماز میں آپ کو لا دیتا۔" حسن نے اسے چادر تہہ لگاتے دیکھ کر کہا۔

"کوئی بات نہیں، میری چادر بھی دھلی ہوئی اور پاک صاف ہے نماز تو اس پر بھی ادا ہو سکتی تھی۔" عزّہ نے نرم اور دھیمے پن سے کہا۔

"ایک بات پوچھوں۔"

"جی۔" عزّہ نے انہیں دیکھا۔

"کیا آپ نے میرے لیے کوئی دُعا مانگی ہے؟"

"میں تو سب کے لیے ہی دُعا مانگتی ہوں۔" اس نے ڈپلومیٹک جواب دیا۔

"لیکن کچھ لوگ ایسے ہوتے ہیں جن پہ ہمیں "سب کچھ" ہونے کا خیال اور یقین ہوتا ہے۔ جن پر سب کا گمان ہوتا ہے۔" حسن نے سنجیدگی سے کہا۔

"گمان تو گمان ہی ہوتا ہے۔" عزّہ نے مسکرا کر کہا۔ "گمان کا یقین سے کیا تعلق؟"

"یقین کا تو دُعا سے تعلق ہے نا کچھ لوگ ایسے ہوتے ہیں۔ جو دُعا مانگتے وقت ہمیں یاد رہتے ہیں اور ہم ان کا نام لے کر اپنے رب سے دُعا مانگتے ہیں۔ کیا میرے نام کو آپ کی دُعا میں یہ اعزاز حاصل ہو سکا ہے؟" حسن نے بہت آس سے پوچھا۔

"یہ تو آپ اپنے دل سے پوچھیے۔" عزّہ یہ کہہ کر وہاں سے باہر نکل آئی۔

حسن نے دل کی گواہی کو خوش فہمی خیال کرتے ہوئے سر جھٹک دیا اور خود بھی دوبارہ ان سب کے درمیان آ بیٹھے۔

کھانے کا موڈ کسی کا نہیں تھا۔ للٰہذا پر تکلف چائے کا اہتمام فوراً ہو گیا تھا۔ چائے کے ساتھ سموسے، کباب، پیزا، چکن رولز، مکسڈ فروٹ کیک، پکوڑے، چپس اور بسکٹ موجود تھے۔ سب

اپنی اپنی پسند اور بھوک کے مطابق اپنی اپنی پلیٹوں میں لوازمات رکھ رہے تھے۔ عزّہ، نمرا کے ساتھ پزل گیم حل کرنے میں مگن تھی۔ حسن نے پلیٹ میں سموسے، کباب، پیزے کے پیس، چکن رولز اور پکوڑے چٹنی کے ساتھ اچھی طرح پلیٹ بھر کر عزّہ کی طرف بڑھادی۔

''یہ لیجئے مس عزّہ یہ سب آپ نے ختم کرنا ہے۔'' حسن نے کہا تو اس نے گیم سے نظریں ہٹا کر پہلے انہیں اور پھر ان کے ہاتھ میں موجود پلیٹ کو دیکھا۔

''یہ سب میں اکیلی کھاؤں گی۔'' عزّہ نے حیران ہوکر پوچھا اور پلیٹ ان کے ہاتھ سے لے لی۔

''جی ہاں۔'' وہ مسکرائے۔

''تو کیا یہاں زیادہ کھانے کا مقابلہ ہورہا ہے؟'' عزّہ نے پوچھا تو عزیر اور ثمین سمیت حسن اور بچوں کو بھی ہنسی آگئی۔ ثمین نے شوخی سے عزّہ سے کہا۔

''یہ نظرِ عنایت بھی کسی کسی پر ہوتی ہے، تم تو خوش قسمت ہو مزے سے کھاؤ۔''

''مجھے یہ نظرِ عنایت یہ اسپیشل اٹینشن نہیں چاہیے، سب کے سامنے میری پوزیشن کتنی آکورڈ ہورہی ہے۔ تمہارے ان حسن بھائی کی حرکتوں سے، نوازشوں سے تمہیں کیا اندازہ تم تو انجوائے کرو بس۔ دوست شرمندہ ہوتی رہے۔''

عزّہ نے اپنی جگہ سے اُٹھ کر ثمین کے پاس بیٹھتے ہوئے مدھم آواز میں کہا۔ مگر اس کی بات حسن کے کانوں تک پہنچ گئی تھی۔ انہیں اندازہ تھا اس کی کیفیت کا مگر وہ اپنے دل کا کیا کرتے جو اسے پا کر اسی پر نثار ہوئے جارہا تھا۔ اور وہ یوں غصے اور بوکھلاہٹ میں انہیں لگ بھی بہت پیاری رہی تھی۔ اور عزیر، ثمین تو ان کے خیال میں ان کے اپنے ہی تھے گھر کے لوگ تھے۔ ان سے بھلا ان کی کون سی بات چھپی تھی جو وہ عزّہ کے لیے اپنی اسپیشل توجہ کو چھپانے کی کوشش کرتے۔

''عزّہ، حسن بھائی تم سے پیار کرتے ہیں، اسی لیے تمہارا اتنا خیال رکھ رہے ہیں۔'' ثمین نے کہا۔

''نمرا بیٹا، آپ میرے پاس آجاؤ، اس پلیٹ میں بہت کچھ ہے میرے ساتھ ہی کھالو۔''

عزّہ نے ثمین کی بات کا کوئی جواب نہیں دیا اور نمرا کو دیکھتے ہوئے کہا تو وہ فوراً اس کے پاس آگئی۔

''ہوں، میں سموسہ لے لوں عزّہ آنٹی۔'' نمرا نے پوچھا۔

''جی بیٹے، جو آپ کا دل چاہے لے لو۔'' عزّہ نے پلیٹ اس کے سامنے کردی۔ نمرا سموسہ اُٹھا کر دوسری پلیٹ میں رکھ کر کھانے لگی۔ عزّہ نے ایک ایک پیس تمام لوازمات کا چکھنے کے بعد

باقی چیزیں پلیٹ میں ویسے ہی رہنے دیں اور پلیٹ میز پر رکھ دی۔

''ارے آپ نے تو کچھ کھایا ہی نہیں۔'' حسن نے اس کی پلیٹ میں لوازمات دیکھ کر کہا۔

''کچھ تو کھالیا ہے، مگر اتنا بہت کچھ میں نہیں کھا سکتی۔ شکریہ۔'' عزّہ نے ٹشو سے ہاتھ صاف کرتے ہوئے کہا تو وہ مسکرا دیئے اور اس کی پلیٹ اُٹھا کر اس میں موجود لوازمات کھانے لگے۔

عزیر نے دیکھا تو پوچھا۔ ''یہ تم کیوں کھانے لگے؟''

''ان کا بچا ہوا ہمارے لیے کسی تبرک سے کم نہیں ہے۔'' حسن نے عزّہ کو شوخ نظروں سے دیکھتے ہوئے کہا تو وہ حیا سے کٹ کر رہ گئی جب کہ ثمین اور عزیر ہنس پڑے۔

''عزیر بھائی، بارش تھم رہی ہے چائے سے فارغ ہو کر گھر چلیں پلیز۔'' عزّہ نے ان سے کہا

''ٹھیک ہے بہنا، چائے ختم ہو جائے تو چلتے ہیں۔'' عزیر نے نرمی سے کہا تو اس کی حالت پرسکون ہو گئی۔ رات تک یہاں رکنے کا تو خیال ہی اسے پریشان کر رہا تھا۔

''یہ کیا بھئی، ڈنر کے بعد جانا ہے تم سب کو۔'' حسن نے فوراً کہا۔

''نہیں یار، عزّہ ٹھیک کہہ رہی ہے ہمیں اب چلنا چاہئے، بارش اگر دوبارہ شروع ہو گئی اور تیز ہو گئی تو ہمارا گھر پہنچنا مشکل ہو جائے گا۔ ابھی تو روشنی بھی ہے کچھ۔ شام اور رات ہونے تک تو اندھیرا اور دُھند چھا جائے گی۔ گاڑی بھی ٹھیک سے ڈرائیو نہیں ہو گی۔ اور پھر ابھی ہم نے اتنا کچھ کھا لیا ہے کہ رات کو ڈنر کی ضرورت نہیں پڑے گی۔ اس پرتکلف مہمان نوازی کا بہت بہت شکریہ۔''

''اچھا بس اب زیادہ تکلفات میں پڑنے کی ضرورت نہیں ہے۔'' حسن نے پیزا کھاتے ہوئے کہا اور پھر ملازمہ کو آواز دی۔ ''جی صاحب جی۔'' ملازمہ فوراً حاضر ہو گئی۔

''ایسا کرو کمو، کہ کھانا ان سب کے لیے ہاٹ پاٹ میں رکھ دو یہ جاتے وقت ساتھ لے جائیں گے۔''

''بہتر صاحب جی۔''

حسن یار، اس کی کیا ضرورت ہے؟'' عزیر نے کہا تو حسن سنجیدگی سے بولے۔

''ضرورت ہے اب میری بھابی اتنی سردی میں گھر جا کر رات کے لیے کھانا تیار کرتی اچھی لگیں گی۔ اور جب تم سب کے لیے کھانا تیار ہے تو ساتھ لے جانے میں کیا حرج ہے۔ اب میں اکیلا تو سارا کھانا نہیں کھا سکتا۔''

''جیسے تمہاری مرضی، مگر کمو، سارا کھانا بھی نہ پیک کر دینا۔ حسن کے لیے ضرور رکھ لینا۔'' عزیر نے ملازمہ کی طرف دیکھ کر کہا۔

''مجھے معلوم ہے صاحب جی۔'' کمو نے مسکراتے ہوئے کہا اور کچن کی طرف بڑھ گئی۔

◆◆◆

''بڑی ذہین ہے تمہاری ملازمہ۔'' عزیر ہنس دیئے۔

''حسن بھائی! رسم دُنیا بھی ہے، موقع بھی ہے، دستور بھی ہے کہ پہلی بار جب کوئی گھر آئے تو اسے خالی ہاتھ نہیں بھیجتے۔ آپ عزّہ کو کیا دے کر بھیج رہے ہیں؟'' ثمین نے شوخ و شریر لہجے میں پوچھا۔

''ثمی، کیا حماقت ہے یہ؟'' عزّہ نے اس کے بازو کر پکڑ کر پیچھے کھینچتے ہوئے غصے سے کہا۔

''تم چپ کرو یہ ہم بھائی بھابی کی آپس کی بات ہے۔'' ثمین بولی

''تو آپس کی بات میں تم مجھے کیوں گھسیٹ رہی ہو؟'' عزّہ کو سخت غصہ آ رہا تھا اس پر۔

''تم کوئی ہم سے الگ تھوڑی ہو۔ جی تو حسن بھائی پھر کیا دیں گے آپ عزّہ کو؟''

''ان کے لیے تو سبھی کچھ حاضر ہے۔ جو چیز ہم ان کے نام کر چکے ہیں وہ انہیں یہاں ہمیشہ کے لیے آنے پر پیش کریں گے کیونکہ ابھی یہ تحفہ ہم سے قبول نہیں کریں گی۔''

حسن نے عزّہ کو دیکھتے ہوئے کہا تو وہ حیا اور غصے سے سرخ چہرہ لیے باہر نکل آئی۔ حسن بھی ان سب کے ساتھ باہر آ گئے۔ کھانے کے برتن ثمین گاڑی میں رکھ رہی تھی۔ عزیر نے ڈرائیونگ سنبھال لی۔ حسن ہاتھ میں تازہ سفید گلاب لیے عزّہ کے قریب آ کر رُکے اور نرمی سے بولے۔ ''یہ تحفہ قبول کر لیجئے شاید یہ آپ کو میرے جذبات کی گہرائی اور پاکیزگی کا یقین دلا سکے۔''

''مجھے نہیں لینا۔'' اس نے نظریں چرا کر کہا تو وہ فوراً بولے۔ ''تحفہ ٹھکرانا تو گناہ ہے دعوت قبول کر لی تھی۔ یہاں آنے کی تو تحفہ قبول کرنے میں کیا قباحت ہے۔ دیکھئے اگر آپ صبح ناشتے کی میز پر ہونے والی میری گفتگو کی وجہ سے ناراض ہیں تو میں آپ سے معذرت چاہتا ہوں۔ میں نے مذاق سے کہا تھا وہ سب۔ آپ پریشان، نروس اور گھبرائی ہوئی بہت اچھی لگ رہی تھیں اس لیے میں بھی شرارت میں آ کر وہ سب کہہ گیا۔''

''یہ نیا طریقہ نکالا ہے آپ جیسے لوگوں نے پہلے جو جی میں آتا ہے کہہ دیتے ہیں۔ پھر اس قسم کے جواز تراشتے ہیں۔ اینی ہاؤ تھینک یو فار دس گلاب۔'' عزّہ نے سنجیدگی سے کہا اور پھول ان

کے ہاتھ سے لے لیا۔ وہ اس کے انگلش جملے میں ''گلاب'' کہنے پر ہنس دیئے۔

''تھینک یو عزّہ جی! میرے گھر تشریف لانے کا بہت بہت شکریہ۔ یقین کیجئے آج کا دن میرے لیے بہت یادگار اور خوشگوار ہے۔ اور اصل تحفہ میں آپ کو اس دن دوں گا جس دن آپ میرے گھر میں دلہن بن کر ہمیشہ کے لیے یہاں میرے پاس آ جائیں گے۔ وہ دن میری زندگی کا اس سے بھی زیادہ یادگار اور خوشگوار دن ہو گا۔''

حسن نے اسے محبت بھری نظروں سے دیکھتے ہوئے کہا تو اس کے چہرے پر دھنک رنگ بکھر گئے۔ اس نے بمشکل خود کو نارمل رکھتے ہوئے ''اللہ حافظ'' کہا اور جلدی سے گاڑی میں جا بیٹھی۔ حسن مسکراتے ہوئے ان سب کو الوداع کہنے کے لیے آگے بڑھے اور ایک خوشگوار دن کی یادوں کے ساتھ وہ سب ''عزیر ہاؤس'' کی جانب روانہ ہو گئے۔

صبح دُھند چھائی ہوئی تھی۔ بارش تو نہیں تھی مگر بادل بتا رہے تھے کہ بارش آج بھی ہو گی۔ چاروں بچوں نے اسکول سے چھٹی کر لی تھی۔ موسم کی وجہ سے آج کل اسکولز میں بچوں کی حاضری کافی کم ہو گئی تھی۔ عزّہ کالج جانے کے لیے تیار ہو گئی تھی۔ کیونکہ وہ یہاں نئی آئی تھی اس لیے چھٹیاں کرنا اسے مناسب نہیں لگتا تھا۔ عزیر نے آفس جانا تھا کیونکہ آج ورکنگ ڈے تھا۔ وہ عزّہ کو کالج ڈراپ کر کے اپنے آفس چلے گئے۔ کالج میں سٹوڈنٹس کی حاضری بہت کم تھی۔ عزّہ نے ٹیچرز کے حاضری کے رجسٹر میں اپنی حاضری لگائی اور پیریڈ لینے چلی گئی۔ پڑھائی کے بعد موسم پر بات چیت ہوتی رہی۔ بارش پھر سے زور و شور سے شروع ہو چکی تھی۔ عزّہ کے تینوں پیریڈ ہو گئے تو وہ کوری ڈور میں کرسی رکھوا کر باہر لان میں برستی بارش کا نظارہ دیکھنے کے لیے وہاں بیٹھ گئی۔ بارش، مٹی، اور پھولوں پودوں کی مہک نے اس کی سانسوں کو ترو تازہ کر دیا۔ اسے کل کے دن کا ایک ایک لمحہ یاد آنے لگا۔ حسن کی شوخ و شریر باتیں۔ ان کی بدلتی پیار لٹاتی آنکھیں اس کے من کو گدگدانے لگیں۔ آج بہت عرصے بعد اسے یہ موسم دل سے اچھا لگ رہا تھا۔ اس کے لب مسکرا رہے تھے۔ ذہن پر کوئی بوجھ نہیں تھا۔ چھٹی کا ٹائم ہو گیا تو اسے واپسی کی فکر لاحق ہوئی۔ بارش اس قدر تیز تھی کہ اسے پیدل گھر کے لیے نکلنا سراسر حماقت ہی لگا۔ بادل پلکیں جھپکے موتی برسائے جا رہا تھا۔ عزّہ پھر سے حسن کو سوچنے لگی۔ عزیر کو وہ فون کرنے سے کترا رہی تھی۔ اور خود عزیر کو اس کی واپسی کا ٹائم بھی ٹھیک سے نہیں معلوم تھا۔ اور وہ آفس جا کر کام میں اس قدر الجھ گئے تھے کہ انہیں عزّہ کو کالج سے پک کرنے کا خیال ہی نہیں آیا۔

''شاید عزیر بھائی مجھے لینے کے لیے آئے ہوں۔ جا کر تو دیکھوں۔'' عزّہ نے دل میں کہا اور اپنا بیگ اور چادر کرسی پر رکھ کر گیٹ کی جانب جانے والی سڑک پر قدم رکھ دیا۔ سڑک کے کنارے کنارے درخت لگے تھے۔ وہ ان کے نیچے ہو کر چل رہی تھی کہ بارش کی تیزی سے بچ سکے۔ ابھی چند قدم ہی چلی تھی کہ گیلی مٹی ہونے کے وجہ سے اس کا پاؤں پھسل گیا۔ اس کے لبوں سے بے اختیار چیخ نکل گئی۔ مگر اس سے پہلے کے وہ نیچے جا گرتی ایک مضبوط ہاتھ نے اس کا بازو پکڑ کر اسے گرنے سے بچالیا۔ ''خود سے اتنی لاپرواہی اچھی نہیں ہوتی۔ یوں بھی اب آپ کسی کی امانت ہیں آپ کو اپنی حفاظت اور پروا کرنی چاہیے۔'' حسن کی آواز نے اس کے رہے سہے اوسان بھی خطا کر دیئے۔ اس نے سٹپٹا کر انہیں دیکھا۔ وہ سیاہ اور سرمئی رنگ کی چھتری دوسرے ہاتھ میں تھامے اپنی روشن آنکھیں، نکھرا چہرہ اور مسکراتی آواز کے ساتھ اس کے سامنے موجود تھے۔

''آپ یہاں کیسے آئے؟'' عزّہ نے بمشکل حلق سے آواز نکالی۔

آپ کو لینے آیا ہوں۔ مجھے معلوم تھا کہ عزیر کو یاد نہیں ہوگا کہ اپنی سسٹر کو کالج سے گھر پہنچانا ہے۔ اور آپ اتنی انا اور خودداری کی شوقین ہیں کہ آپ خود سے انہیں فون کر کے کالج سے پک کرنے کی بات کبھی نہیں کہیں گی۔ سو میں خود ہی یہاں آیا کے آپ کو اس طوفانی بارش میں یہاں چھوڑنا ٹھیک نہیں ہے۔ چلیے۔''

حسن نے تفصیل سے ساری بات بتائی تو وہ حیران رہ گئی۔ وہ کس قدر صحیح اندازہ لگا رہے تھے۔ اس کی سوچ کو کتنا صحیح پڑھا اور سمجھا تھا انہوں نے۔

''میں اپنی چیزیں لے آؤں آپ تھوڑا انتظار کیجیے۔'' عزّہ نے نظریں جھکا کر کہا۔

''ضرور، لیکن یہ انتظار تھوڑا ہی ہونا چاہیے۔'' حسن نے اس کے چہرے پر بارش کی چند بوندوں کو پھسلتے دیکھ کر پُر اعتماد لہجے میں کہا۔ ''کیونکہ میں ان عاشقوں میں سے نہیں ہوں جو اپنی محبوبہ سے یہ کہتے ہیں کہ میں تمہارا انتظار عمر بھر کر سکتا ہوں۔ دراصل وہ اندر سے ڈرے ہوئے، کمزور اور بزدل ہوتے ہیں۔ وہ خود کو حالات کے دھارے پر چھوڑ دیتے ہیں۔ اور میں ایسے لوگوں میں سے نہیں ہوں۔ میں آپ کا عمر بھر انتظار نہیں کروں گا۔ بلکہ بہت جلد آپ کو اپنے ساتھ لے جا کر یہ انتظار ختم کر دوں گا۔ میں یہ عمر یہ زندگی رائیگاں نہیں جانے دوں گا۔ اور نہ ہی آپ کو ایسا کرنے دوں گا۔''

''میرا بازو چھوڑ دیں۔'' اس نے کانپتی آواز میں کہا۔ دل کی دُنیا ان کی باتوں نے تہہ و بالا

کردی تھی۔ وہ آہستہ آہستہ اس کے ہر ارادے کو اپنی محبت سے چکنا چور کرتے جا رہے تھے۔ اور وہ اپنے لٹنے کا، اپنی مات کا تماشا آپ ہی دیکھ رہی تھی۔

''ابھی چھوڑ رہا ہوں۔ آئندہ نہیں چھوڑوں گا۔'' حسن نے مسکراتے ہوئے اس کا بازو چھوڑ کر کہا تو وہ سٹپٹا کر تیزی سے کوری ڈور کی طرف بڑھ گئی۔ اپنی چادر اوڑھ کر شولڈر بیگ کندھے پر لٹکایا اور باہر آ گئی۔ حسن نے اس کے لیے گاڑی کا دروازہ کھول دیا تھا۔ وہ اس موسم میں ''نو لفٹ'' کہہ کر پھنسنا نہیں چاہتی تھی۔ سو خاموشی سے گاڑی میں بیٹھ گئی۔ حسن نے دوسری جانب آ کر چھتری بند کی اور گاڑی کی ڈرائیونگ سیٹ سنبھال لی۔

''ایک بات تو بتائیے عزّہ جی! کہ جن لوگوں سے، جس ماحول سے آپ کو نفرت ہی نفرت ملی۔ جنہوں نے ہمیشہ آپ کو پھولوں کے جواب میں کانٹے دیئے۔ آپ نے ان سے محبت کا رویہ کیوں اپنائے رکھا۔ ان کے لیے اتنی قربانی کیوں دی؟''

حسن نے گاڑی سڑک پر لاتے ہوئے پوچھا۔

حسن صاحب! یہ ضروری تو نہیں ہے کہ نفرت کے جواب میں نفرت ہی دی جائے۔ اس طرح تو ساری کائنات نفرت سے بھر جائے گی۔ نفرت کرنا میری فطرت میں ہی نہیں ہے۔ مجھے اپنے اردگرد کا ماحول بچپن سے ہی برا لگتا تھا۔ دکھ دیتا تھا۔ میں اس ماحول کے خلاف لڑتی تھی، بولتی تھی کڑھتی تھی۔ میں پتا نہیں کیوں ویسی نہیں بن سکی۔ مجھے تو یہ سوچ کر ہی شرم محسوس ہوتی تھی کہ ہم ایک ماں باپ کی اولاد ہو کر، خون کے رشتے ہو کر ایک دوسرے کے ساتھ ہتک آمیز اور نفرت بھرا رویہ رکھتے ہیں۔ اور یہ تو آپ کہہ رہے ہیں ناں کے میں محبت کا رویہ رکھتی ہوں۔ جن سے رکھتی تھی وہ تو آج بھی مجھے غلط ہی سمجھتے ہیں۔ لیکن میرا ضمیر مطمئن ہے میں کیوں نفرت کا پرچار کروں۔ خواجہ نظام الدین اولیاء کا ارشاد ہے کہ ''اگر کسی نے کانٹا رکھا اور جواب میں تم نے بھی کانٹا رکھ دیا تو یہ دُنیا کانٹوں سے بھر جائے گی۔'' نفرت کا علاج تو صرف محبت ہے۔ خیر خواہی ہے، حسن سلوک ہے۔ اور میں نے اس بات پر عمل کرنے کی کوشش ضرور کی ہے۔ عمل ہی سے ہر مسئلے کا حل ممکن ہے۔ عمل کے بغیر تو زندگی ایسے ہی ہے جیسے بغیر چپو کے کشتی۔ میں صرف مثبت سوچنے اور مثبت عمل کرنے پر یقین رکھتی ہوں۔''

''گر یہ نہیں تو بابا پھر سب کہانیاں ہیں۔''

''بہت خوب زبردست آپ جوں جوں مجھ پر کھلتی جا رہی ہیں۔ میرے دل میں اپنی قدر اور

بڑھاتی جارہی ہیں۔عزّہ جی، کہیں ایسا تو نہیں ہے کہ مجھ تک پہنچتے پہنچتے آپ کی محبت تمام ہوگئی ہو آپ تھک گئی ہوں محبت بانٹتے بانٹتے۔''

حسن نے گاڑی کی رفتار کم کرتے ہوئے اس کی باتوں سے دل سے متاثر ہو کر کہا۔

''حسن صاحب! محبت بانٹنے سے ختم نہیں ہوتی بڑھتی ہے۔اور دوسروں سے محبت کرنے کے لیے پہلے اپنوں سے محبت کرنا پڑتی ہے۔ مجھے ان لوگوں پر حیرت ہوتی ہے۔ جو اپنے خون کے رشتوں سے بھی پیار نہیں کرتے۔اور وہ کس سے پیار کریں گے۔ جب وہ اپنے مالک کی مخلوق سے اس کے بندوں سے پیار نہیں کرتے تو وہ مالک کی اور اس کے محبوب کی محبت کا حق کیسے ادا کر سکتے ہیں۔کم از کم مجھ سے یہ منافقت نہیں ہو سکتی۔نفرت بھرے ماحول کا حصہ بن جانا دانشمندی نہیں ہے۔رشتوں کی نفی رشتوں سے نفرت ہم انسانوں کو زیب نہیں دیتی۔لیکن افسوس کہ خون کے رشتے اب خونی رشتے بن رہے ہیں۔ پتا نہیں دُنیا کس نہج پر جارہی ہے؟''عزّہ نے نہایت سنجیدہ اور تاسف بھرے لہجے میں کہا۔

''آپ نے سو فیصد درست فرمایا۔خیر چھوڑیں دُنیا کو ہم اپنی بات کریں ہم تو ایک دوسرے کو پیار دے سکتے ہیں ناں۔'' حسن نے''عزیر ہاؤس'' کے گیٹ کے سامنے گاڑی روک کر اسے دیکھتے ہوئے پوچھا۔

''آپ پھر آگئے اسی موضوع پر۔''

''جی۔''حسن مسکرائے۔

دیکھئے حسن صاحب! اگر آپ مجھے اسی طرح ڈسٹرب کرتے رہے تو میں یہاں سے چلی جاؤں گی۔''عزّہ نے ان کی طرف دیکھتے ہوئے کہا۔

''کون جانے دے گا آپ کو یہاں سے۔اور یہاں سے؟'' حسن نے پہلے عزیر کے گھر کی طرف اشارہ کیا اور پھر اپنے دل پر ہاتھ رکھ کر کہا۔

''او مائی گاڈ!''عزّہ بوکھلا گئی۔دل تو خوشی سے محوِ رقص تھا۔

''قسم سے اگر اتنی منت و فریاد میں نے آپ کی بجائے اللہ میاں کی ہوتی تو انہوں نے اب تک مجھے آپ جیسی ایک درجن''عزّہ''عنایت کر دینی تھیں۔'' حسن نے خفگی سے کہا تو اسے ہنسی آگئی۔

''تو کسی نے روکا ہے آپ کو کیجئے نا اللہ میاں سے منت و فریاد؟''

''یا اللہ! مجھے میری محبوب ترین ہستی عزّہ کا ساتھ اور پیار عنایت کر دے اور اگر اس کا پیار

میرے نصیب میں نہیں ہے۔ عزّہ کا ساتھ میری قسمت میں نہیں ہے تو عزّہ کا پیار عزّہ کا چہرہ اور خیال میرے دل وروح سے میرے دماغ سے ہمیشہ کے لیے مٹا دے آمین۔'' حسن نے باقاعدہ ہاتھ اُٹھا کر آسمان کو دیکھتے ہوئے دُعا مانگی تو عزّہ حیرت زدہ رہ گئی۔ ان کی محبت سے اسے خوف آنے لگا۔ وہ حیرت سے بے بسی سے انہیں دیکھے جا رہی تھی۔ جب حسن نے اسے دیکھا تو بولا۔

''پلیز ایسے مت دیکھیں مجھے، آپ نہیں جانتیں کہ آپ نے مجھے کتنا بے بس کر کے رکھ دیا ہے۔'' حسن نے بے بسی سے اسے دیکھتے ہوئے اپنے جذبات پر بند باندھتے ہوئے کہا تو وہ نادم سی ہو گئی اور نظریں چرا کر گاڑی سے اترتے ہوئے بولی۔

''گھر ڈراپ کرنے کا شکریہ۔''

''عزّہ جی! آپ مجھے یہ اختیار نہیں دے سکتیں کہ میں آپ کو ساری زندگی پک اینڈ ڈراپ کرتا رہوں؟'' حسن نے فوراً پوچھا تو وہ لب بھینچ کر چند سیکنڈ انہیں تکتی رہی پھر خاموشی سے گاڑی سے اتر کر گیٹ سے اندر چلی گئی اور حسن نے سرد آہ بھرتے ہوئے گاڑی کا رخ اپنی فیکٹری کی جانب موڑ دیا۔ عزّہ اپنے کمرے میں پہنچی تو اس کی سانسیں پھولی ہوئی تھیں۔ چہرہ حسن کی باتوں کے احساس سے تپ کر سرخ ہو رہا تھا۔ ہاتھ دھیرے دھیرے کانپ رہے تھے۔ دھڑکنوں میں ہلچل سی مچی تھی۔ اس کی کیفیت بالکل نوخیز دوشیزہ کی سی ہو رہی تھی۔ یہ احساس کہ اسے کوئی دل کی گہرائیوں سے پیار کرتا ہے اس کے لیے حیات بخش ٹانک سے کم نہیں تھا۔ لیکن وہ حسن کا ہاتھ تھامنے سے ڈرتی تھی۔ اسے اپنوں نے اس قدر بے حوصلہ کیا تھا۔ ہر مرحلے پر اس کی اتنی حوصلہ شکنی کی تھی۔ اس کی صلاحیتوں کو نظر انداز کیا تھا۔ طنز اور تنقید کا نشانہ بنایا تھا کہ اب وہ حسن کے بے پناہ اور والہانہ اظہار محبت پر بھی خود بھی وسوسوں میں گھر گئی تھی۔ اس نے ایسی باتوں کو ہمیشہ اپنے مثبت عمل سے غلط ثابت کیا تھا۔ مگر نجانے کیوں اس موڑ پر آ کر وہ کشمکش میں مبتلا ہو گئی تھی۔ کوئی واضح فیصلہ اس کے دل و دماغ ایک ساتھ مل کر نہیں کر پا رہے تھے۔ اسے حسن کی محبت کی سچائی سے انکار نہیں تھا۔ اس لیے وہ انہیں دکھ نہیں دینا چاہتی تھی وہ انکار اور اقرار کے دوراہے پر پریشان کھڑی تھی۔

دوسرے دن جب وہ کالج سے گھر کے لیے نکلی تو چند قدم چلنے کے بعد ہی حسن کی گاڑی کا ہارن اس کے قریب آ کر بجا۔ اس نے گردن گھما کر دائیں جانب دیکھا حسن گاڑی روک کر اس کے لیے دروازہ کھول رہے تھے۔ کالج سے چونکہ چھٹی ہوئی تھی اس وقت اس لیے آنے جانے والوں کا خاصا رش تھا۔ کچھ لوگ اور عزّہ کی چند سٹوڈنٹس کی نظریں بھی اسی کی جانب تھیں۔ مجبوراً

عزّہ کو گاڑی میں بیٹھنا پڑا۔ حسن نے اس کے بیٹھتے ہی گاڑی آگے بڑھا دی۔

حسن صاحب! پلیز آئندہ میرے راستے میں مت آیئے گا کیونکہ مجھے اکیلے سفر کرنے کی عادت ہے۔" گاڑی رش سے نکل کر سیدھی صاف سڑک پر پہنچی تو عزّہ نے سنجیدگی سے انہیں مخاطب کر کے کہا تو انہوں نے اسے دیکھ کر مسکراتے ہوئے کہا۔

"اور میں آپ کے ساتھ سفر کرنے کی عادت ڈالنا چاہتا ہوں۔"

"بعض عادتیں بہت تکلیف اور نقصان کا باعث بنتی ہیں۔" عزّہ نے اسی لہجے میں کہا۔

"درست فرمایا آپ نے۔" وہ گاڑی پارک کی سائیڈ پر روک کر بولے۔ "جیسے آپ کی یہ اکیلے سفر کرنے کی عادت میرے لیے نقصان اور تکلیف کا باعث بن رہی ہے۔"

"آپ تو بات ہی پکڑ لیتے ہیں۔" عزّہ نے خجل ہو کر انہیں دیکھا۔

"میں تو آپ کا ہاتھ بھی پکڑنے کے لیے بے تاب ہوں۔ آپ ہاں تو کیجئے۔ اس ہاتھ کو تھام لیجئے۔ دونوں کا سفر اچھا گزر جائے گا۔ کیا یہ اچھا نہیں ہے عزّہ جی، کہ ہم دونوں ایک دوسرے کی عادت بن جائیں۔ محبت بن جائیں۔ اور زندگی سے اپنے حصے کی خوشیاں کشید کریں؟" حسن نے اپنا دایاں ہاتھ اس کے سامنے پھیلا کر نرم اور دھیمے لہجے میں کہا۔ وہ بولی کچھ نہیں بس ان کی گلابی ہتھیلی پر بچھے لکیروں کے جال کو بغور دیکھتی رہی۔ اسے پامسٹری سے تھوڑی بہت دلچسپی تھی۔ لکیروں کے متعلق کچھ علم تھا اسے۔ اسی لیے ان کے ہاتھ کو غور سے دیکھ رہی تھی۔ حسن کے دل، دماغ اور قسمت کی لکیریں بہت تیز، واضح اور گہری تھیں۔ ان کے ہاتھ میں شادی کی ایک ہی لکیر تھی۔ اولاد تین یا چار بچے تھے لکیروں کے مطابق عزّہ کو تو یہی سمجھ آئی تھی۔ البتہ ان کا دل بہت بڑا تھا۔ بہت مخلص، جذباتی اور زندہ دل انسان ہونے کی نشاندہی کر رہی تھی ان کے دل کی لکیر وہ بہت محبت کرنے والے دل کے مالک تھے۔ عزّہ کو ان کی باتوں پر ہاتھ کی لکیروں کو دیکھنے کے بعد اور بھی یقین آ گیا۔ اور شادی کی لکیر سے تو اسے لگا جیسے ان کی شادی عنقریب ہونے والی ہے۔

"اب تو جواب دے دیجئے۔ آپ نے میرا ہاتھ خوب اچھی طرح جانچ پرکھ لیا ہے۔ اب تو یقین کر لیجئے کہ میرے ہاتھ میں صرف ایک محبت اور ایک ہی شادی کی لکیر ہے۔ جو کہ آپ سے ہوگی۔" حسن نے مسکراتے ہوئے کہا تو وہ سٹپٹا کر بولی۔ "مم...... مجھے تو ہاتھ دیکھنا نہیں آتا۔"

"آپ کو کیا آتا ہے اور کیا نہیں آتا، ہمیں سب معلوم ہے۔ آپ مجھ سے کچھ نہیں چھپا سکتیں۔" حسن نے دھیرے سے ہنس کر کہا اور اپنا ہاتھ کوٹ کی جیب میں ڈال لیا۔

''آپ ہمیشہ یہاں لا کر ہی گاڑی کیوں روک دیتے ہیں؟'' اس نے اپنی بوکھلاہٹ پر قابو پاتے ہوئے پوچھا تو وہ فوراً بولے۔ ''تاکہ آپ سے دل کی بات کر سکوں۔''

''آپ کے دل کی بات تو ساری عمر ختم نہیں ہو گی۔''

''ختم ہونی بھی نہیں چاہئے۔ جن سے دل کا رشتہ ہو ان سے دل کی بات ساری عمر کرتے رہنا چاہئے۔ خیر یہ لیجئے یہ موبائل آپ کے لیے ہے۔'' حسن نے اپنے کوٹ کی جیب میں سے موبائل سیٹ کا ڈبہ نکال کر اس کی طرف بڑھا دیا۔

''میرے لیے کیوں؟'' عزّہ نے ڈبہ پکڑ کر پوچھا۔

''آپ کو ضرورت تھی نا موبائل کی۔'' وہ اس کے چہرے کو بغور دیکھ رہے تھے۔

''ضرورت تو تھی لیکن یہ آپ نے کیوں خریدا؟''

''کوئی اپنوں کے لیے کچھ کیوں خریدتا ہے؟''

''لیکن میں تو۔'' عزّہ نے کچھ کہنے کے لیے لب کھولے ہی تھے کہ انہوں نے اس کی بات کاٹ دی۔

''آپ مانیں یا نہ مانیں، میں تو آپ کا ہوں عزّہ جی، اور آپ کو دل سے اپنا مانتا ہوں، اپنا سمجھتا ہوں۔ آپ مجھے اپنا سمجھیں یا نہ سمجھیں میں تو صرف آپ کا ہوں۔ میں تو آپ کے لیے آپ کی ضرورت، پسند اور استعمال کی ہر شے، ہر چیز خریدنا چاہتا ہوں۔ یہ معمولی سا موبائل کیا چیز ہے؟'' حسن نے اس کی دلکش صورت پر پھیلتی حیا کی لالی کو، حیرت کی روانی کو دلچسپی سے دیکھتے ہوئے نرم اور محبت بھرے لہجے میں کہا تو عزّہ کا دل خوشی سے جھومنے لگا۔ آنکھیں فرطِ مسرت سے بھیگنے لگیں۔ تو اس نے نظریں جھکا لیں۔ حسن کی تیز نگاہوں نے اس کی جھیل کنول سی آنکھوں میں اُترتا پانی دیکھ لیا تھا۔ وہ بے قرار ہو گئے۔

''اس موبائل کی قیمت کیا ہے؟'' عزّہ نے خود کو سنبھالتے ہوئے کانپتی آواز میں پوچھا۔

''یہ میں آپ کو گفٹ کر رہا ہوں، اور گفٹ کی کوئی قیمت نہیں ہوتی وہ تو انمول ہوتا ہے۔ پیار کی طرح۔ آپ اسے تحفہ سمجھ کر رکھ لیجئے۔ یوں بھی آپ مجھے ساری دُنیا کے خزانے دے کر بھی اس تحفے کے پیچھے کار فرما پیار کی قیمت ادا نہیں کر سکتیں۔'' حسن نے پیار سے کہا۔

''لیکن میں یوں تو یہ تحفہ قبول نہیں کر سکتی، آپ اس کی قیمت بتائیے۔''

''بہت پیسہ ہے آپ کے پاس۔'' حسن نے دکھی ہو کر اس کے چہرے کو دیکھا۔

''جی نہیں، مگر اتنا ضرور ہے کہ میں اپنی ضرورت کی چیز خرید سکتی ہوں۔''

''کیا پیار بھی؟''

''پیار جیسے پاکیزہ اور بے ریا جذبے کو میں نے کبھی پیسے کے ترازو میں نہیں تولا۔'' عزّہ نے ان کی گہری چمکدار پیار سے بھری آنکھوں میں دیکھتے ہوئے جواب دیا۔

''(دیٹس گریٹ) تو پھر یہ رکھ لیجئے۔'' وہ خوش ہو کر مسکراتے ہوئے بولے۔

''تو آپ اس کی مارکیٹ پرائس نہیں بتائیں گے۔'' اس بار عزّہ نے لفظ سوچ سمجھ کر استعمال کیے تو حسن کو 'مارکیٹ پرائس' کے الفاظ سن کے بے اختیار ہنسی آ گئی۔

''اب صحیح بات پوچھی ہے آپ نے۔ اس کی مارکیٹ پرائس آٹھ ہزار روپے ہے۔''

''اوکے یہ لیجئے اس کی مارکیٹ پرائس۔'' عزّہ کو آج ہی تنخواہ ملی تھی اس نے شولڈر بیگ میں سے سفید لفافہ نکالا جس میں رقم موجود تھی۔ موبائل کی قیمت کے علاوہ جو نوٹ تھے وہ اس نے لفافے میں سے نکال لیے اور رقم کا لفافہ ان کی جانب بڑھا دیا۔ حسن کو اس کی اس حرکت سے بہت دکھ پہنچا تھا۔ وہ چند لمحوں کو تو گنگ رہ گئے۔ ''میں آپ کے پیار کی پرائس نہیں دے رہی، مارکیٹ پرائس دے رہی ہوں۔ آپ لیتے کیوں نہیں؟'' عزّہ نے ان کے ضبط کی شدت سے سرخ پڑتے چہرے کو پریشانی سے دیکھتے ہوئے کہا تو انہوں نے رقم کے لفافے کی بجائے موبائل کا ڈبہ اس کے ہاتھ سے لے لیا۔ عزّہ نے حیرت سے انہیں دیکھا۔ تو وہ دکھی اور جذباتی لہجے میں بولے۔

''آپ سے پیسے لینے سے بہتر ہے کہ میں موبائل اُٹھا کر باہر پھینک دوں۔ یہی قدر ہے آپ کی نظر میں میرے تحفے کی تو یہ لیجئے۔'' حسن نے ڈبہ کھڑکی سے باہر پھینکنا چاہا۔

''ارے کیا کر رہے ہیں آپ؟'' عزّہ نے جلدی سے ہاتھ بڑھا کر ڈبہ ان کے ہاتھ سے چھین لیا۔ وہ ناراض نظروں سے اسے گھورنے لگے تو وہ شرمندگی سے نظریں چرا کر بولی۔ ''آج ذرا سی بات پر موبائل پھینک رہے ہیں۔ کل مجھے بھی اُٹھا کر باہر پھینک دیجئے گا۔''

''ایسا کرنے کا تو میں تصور بھی نہیں کر سکتا۔'' وہ اس کی بات میں چھپی ہلکی ہلکی رضامندی کو محسوس کر کے خوش ہو کر بولے۔ ''تو اس جذباتی پن اور دیوانگی کا مطلب؟'' عزّہ کا اشارہ موبائل کی طرف تھا جو وہ پھینک رہے تھے۔

''مطلب آپ کو یہ سمجھانا تھا کہ آپ کی اس حرکت نے مجھے ہرٹ کیا ہے۔ شادی کریں گی مجھ سے۔'' وہ تیزی سے بولتے ہوئے اسے شادی کی آفر بھی کر گئے۔

''نہیں۔'' وہ دل سے تو مان چکی تھی مگر ان کی آزمائش پر تلی ہوئی تھی۔ سپاٹ لہجے میں کہا۔
''ٹھیک ہے آپ مجھ سے شادی نہیں کریں گی، تو میں بھی ساری زندگی شادی نہیں کروں گا۔ کنوارہ ہی اس دُنیا سے رخصت ہو جاؤں گا۔ آپ کر لیجئے میرے ارمانوں کا خون۔'' وہ بچوں کی طرح خفا ہوتے ہوئے بولے۔

''دیکھا آپ پھر بلیک میل کر رہے ہیں مجھے۔'' وہ غصے میں آتے ہوئے بولی۔
''میں بلیک میل کر رہا ہوں آپ کو۔'' وہ اپنے سینے پر ہاتھ رکھ کر حیرانگی سے بولے۔
''جی ہاں! آپ بلیک میل کر رہے ہیں مجھے۔'' وہ سنجیدہ لہجے میں بولی۔ ''پہلے اپنے گھر بلانے کے لیے میرے انکار کرنے پر عزیر بھائی اور ثمین وغیرہ کو بھی گھر آنے سے منع فرما دیا۔ پھر مجھے مجبوراً آپ کے گھر جانا پڑا۔ اب یہ موبائل فون نہ لینے پر قیمت ادا کرنے پر اسے غصے میں اُٹھا کر باہر پھینک رہے تھے۔ اور پھر میرے شادی سے انکار پر عمر بھر شادی نہ کرنے کا اعلان فرما رہے ہیں۔ تاکہ میں پھر آپ کی بات ماننے پر مجبور ہو جاؤں۔ حسن صاحب! یہ بلیک میلنگ نہیں ہے تو اور کیا ہے؟''
''آپ اگر اسے بلیک میلنگ سمجھ رہی ہیں تو چلئے یونہی سہی۔ لیکن عزّہ جی! ان سب معاملات کے پیچھے آپ کی محبت کار فرما ہے۔ جو آپ سے مجھے ہے۔ جو یہ چاہتی ہے کہ آپ ہر دم میرے سنگ رہیں۔ میں نے کوئی ناجائز یا غیر اخلاقی مطالبہ تو نہیں کیا آپ سے۔ یا ایسا کیا ہے؟'' وہ سنجیدگی سے اپنی بات کی وضاحت کر کے اسی سے پوچھ رہے تھے۔ وہ سٹپٹا گئی۔ وہ صحیح ہی تو کہہ رہے تھے۔ ان ساری باتوں کے پیچھے ان کی اس سے محبت ہی تو کار فرما تھی۔ ان کا پیار ہی تو تھا اس کے لیے۔
''نہیں۔'' وہ نظریں جھکا کر بولی۔

''تو آپ کیوں ڈرتی ہیں مجھ سے رشتہ جوڑنے پر؟''

''حسن صاحب! رشتہ جڑ جائے تو انسان دوسرے کا پابند ہو جاتا ہے۔ خوبصورت زندگی کے خواب اگر محض خواب ہی رہ جائیں تو بہت مشکل ہو جاتی ہے۔ جو بات دل سے منوانے کی بجائے رعب سے منوائی جائے تو مجھے منظور نہیں ہے۔ لڑکیاں تو ہمیشہ مجبور ہو جاتی ہیں۔ ہر رشتہ نبھانے کے لیے تیار رہتی ہیں۔ جب رشتے دل کی بجائے محض دُنیا دکھاوے کے رہ جائیں تو بھی ہمیں نبھانا پڑتے ہیں۔ کبھی مجبوراً، کبھی مصلحتاً اور کبھی احتراماً۔ اور ہر جائز ناجائز۔ صحیح اور غلط بات ماننا پڑتی ہے۔ محض اس لیے کہ یہ بات یہ مطالبہ اور حکم انہیں ان کی زندگی کے محرم و مختار ان کے شوہر نامدار کی طرف سے سننے کو ملتا ہے۔

حسن صاحب! میاں بیوی کا رشتہ تو محبت اور اعتبار کا رشتہ ہوتا ہے۔ اس میں اگر ایک دوسرے کو برداشت کرنے کا مقام آ جائے تو یہ اس مقدس رشتے کی تذلیل ہے۔ توہین ہے اس بندھن کی جو ہم خدا اور اس کے رسول کو گواہ بنا کر ایک دوسرے سے جوڑتے ہیں۔ بس میں اسی تذلیل اور توہین سے ڈرتی ہوں۔ میں نہیں چاہتی کہ ہمارے بیچ کوئی ایسا مقام آئے اور ہمیں اپنے فیصلے پر افسوس ہونے لگے۔ حسن صاحب! آپ میرے بارے میں سب کچھ جانتے ہیں۔ اس لیے سوچ سمجھ کر فیصلہ کریں۔ اس لیے کہ یہ دو چار دن کی بات نہیں ہے۔ ساری زندگی کا دار و مدار اس ایک فیصلے پر ہے۔''

''اور میں آپ کو اپنا فیصلہ سنا چکا ہوں۔ آپ میری اولین اور آخری محبت اور پسند ہیں۔ اور میں شادی کروں گا تو صرف اور صرف آپ سے۔ اور انشاء اللہ میں آپ کو کبھی اس فیصلے پر پچھتانے یا پشیماں ہونے کا موقع نہیں دوں گا۔ کبھی آپ کو مایوس نہیں کروں گا۔ یہ رشتہ محبت اور اعتبار سے شروع ہوگا اور زندگی کی آخری سانس تک آپ کو میرا پیار، میرا اعتبار میسر رہے گا۔ یہ میرا آپ سے وعدہ ہے۔ ایک مسلمان مرد کا وعدہ ہے۔ پھر کیا جواب ہے آپ کا؟''

حسن نے اسے دیکھتے ہوئے نرم اور پر یقین لہجے میں کہا اور جواب تو اس کے اندر ہاں، ہاں ہی تھا۔ دل ہاں اور اقرار کی گردان کر رہا تھا۔ مگر ان کے سامنے فوراً ہاں کہہ دینا اسے آسان نہیں لگ رہا تھا۔ فطری جھجک اور حیا بھی آڑے آ رہی تھی۔

''مجھے سوچنے کے لیے کچھ وقت دیجیے۔'' عزّہ نے نظریں جھکا کر کہا۔ اس کا اتنا کہنا ہی حسن کو ہواؤں میں اڑانے لگا۔ وہ نیم رضامندی تو ظاہر کر چکی تھی ان پر۔

''ضرور لیجیے یہ وقت لیکن یہ وقت آپ کی اور میری زندگی سے زیادہ نہیں ہونا چاہئے۔'' حسن نے مسکراتے ہوئے کہا تو وہ ہنس پڑی۔

''اُف یہ اک اور ستم اس دل پہ صنم۔'' حسن کا یہ جملہ اس کی مدھر ہنسی کی جانب تھا۔ وہ شرم سے گلنار ہوگئی۔ اور ایک دم سنجیدہ بھی۔

''میں کل کراچی جا رہا ہوں۔'' حسن نے بتایا تو اس نے ایک دم سر اُٹھا کر انکا چہرہ دیکھا

''کراچی۔ کتنے دن کے لیے؟'' عزّہ کی زبان خود بخود پھسل گئی اور پھر اپنی اس حرکت پر شرمندہ ہو کر اس نے لب بھینچ لیے۔ حسن کو اس کی یہ ادا بے حد بھائی۔

''ایک مہینے کے لیے۔ حسن نے جملہ ادھورا چھوڑ کر اس کا چہرہ والہانہ پن سے دیکھا جہاں

ان کے جانے کا اور ایک مہینے کا سن کر تفکر اور اداسی کے سائے لہرا گئے تھے۔ جو حسن کے دل کو خوشی سے مالا مال کر رہے تھے۔

''نہیں۔ ایک دن کے لیے جا رہا ہوں۔'' انہوں نے اس کے چہرے کے تاثرات کو دیکھتے ہوئے جملہ مکمل کیا تو عزّہ کا دل ہی نہیں چہرہ بھی پرسکون ہو گیا۔ اور حسن کو اس سے زیادہ خوشی اور سکون ملا تھا۔ عزّہ کے دل میں ان کے لیے نرم گوشہ موجود ہے۔ یہ احساس حسن کو آنے والی خوشیوں کی نوید سنا رہا تھا۔

''میرے آنے تک اچھی طرح سوچ لیجئے گا اور مجھے ''ہاں'' میں جواب دیجئے گا۔ عزّہ۔'' حسن نے بہت شیریں بہت نرم اور پیار بھرے لہجے میں کہا۔

''جی۔'' اس نے ایک نظر انہیں دیکھا دوسری نظر ڈالنا مشکل ہو گئی۔ کیسا سمندر تھا پیار کا ان کی آنکھوں میں وہ تو خود کو اس پیار کے سمندر میں ڈوبتا ہوا محسوس کر رہی تھی۔

''عزّہ جی! آپ ایک بار صرف ایک بار میرا اعتبار کر کے دیکھیں۔ ساری نہ سہی اپنی آدھی کشتیاں ہی جلا کر میرے پاس چلی آئیں۔ آپ کو چاروں جانب میرے پیار کا سمندر دکھائی دے گا۔ جو آپ کو اپنی پناہوں میں ایسے سمیٹ لے گا۔ جیسے سیپ، موتی کو اپنے اندر سمیٹ لیتی ہے۔ چھپا لیتی ہے۔ بس ایک بار میرا اعتبار کر کے دیکھیں۔'' حسن نے بہت محبت سے اسے دیکھتے ہوئے کہا۔ وہ شرم و سرشاری کی سی کیفیت سے گزر رہی تھی۔ بھلا کون دے سکتا ہے اسے اتنا پیار، اعتبار سوائے حسن کے۔ ایسے انمول پیار کو اتنے نفیس انسان کو ٹھکرانا سراسر حماقت اور پاگل پن تھا۔ اور وہ ایسا نہیں کر سکتی تھی۔ اسے حسن کا پیار اور اعتبار دل و جان سے قبول تھا۔ وہ انہیں ٹھکرانے کی غلطی نہیں کر سکتی تھی ہرگز نہیں۔

''اچھا بابا، ابھی تو مجھے گھر ڈراپ کر دیں۔ اتنی دیر ہو گئی ہے۔'' ثمین پریشان ہو رہی ہو گی۔ اور بادل بھی بارش برسانے کے موڈ میں نظر آ رہے ہیں۔''

''اوکے گھر جا کر میری باتوں پر میرے پرپوزل پر غور ضرور کیجئے گا۔ بھول نہ جائیے گا۔'' وہ ہنستے ہوئے گاڑی اسٹارٹ کرتے ہوئے بولے۔

''آپ بھول سکتے ہیں بھلا، آپ تو میرے اعصاب پر سوار ہو گئے ہیں۔'' عزّہ نے گھبرا کر کہا تو وہ کھلکھلا کر ہنس پڑے۔

''رئیلی۔'' انہوں نے اس کی آنکھوں میں دیکھا۔

''رئیلی۔'' وہ چڑ کر بولی تو انہیں پھر ہنسی آ گئی۔ اور جب وہ ''عزیر ہاؤس'' کے گیٹ کے قریب گاڑی روک چکے تو عزّہ نے موبائل فون کا ڈبہ اُٹھا لیا۔

''تھینک یو فار دِس گفٹ۔'' عزّہ نے گاڑی سے اترتے ہوئے کہا او تھینک یو فار ایکسیپٹنگ دِس گفٹ اینڈ یو آر آل ویز ویلکم مائی ڈیئر۔''

حسن نے خوش ہو کر کہا تو وہ مسکراتی ہوئی گیٹ سے اندر داخل ہو گئی۔ شام کو حسن آفس سے واپسی پر پیزا خرید کر ''عزیر ہاؤس'' چلے آئے۔

''السلام علیکم، عزیر، بھابی اور بچو!'' انہوں نے ڈرائنگ روم میں داخل ہوتے ہی سب کو دیکھ کر مسکراتے ہوئے سلام کیا۔

''وعلیکم السلام۔'' سب نے انہیں دیکھتے ہوئے ایک ساتھ جواب دیا۔

''کیسے ہیں آپ سب؟'' حسن نے پیزا ایک میز پر رکھتے ہوئے پوچھا۔

''ٹھیک ٹھاک۔''

''گڈ، بھابی یہ پیزا سنبھالیں اور ساتھ اچھی سی کافی بنا کر لائیں۔''

''ابھی لائی حسن بھائی، آپ بیٹھیں تو۔'' ثمین نے پیزا ایک اُٹھاتے ہوئے خوش دلی سے کہا۔

''لیجئے بیٹھ گئے ہم، اوہ یار۔'' وہ صوفے پر بیٹھتے ہوئے اپنے کوٹ کی جیبیں ٹٹولتے ہوئے ایک دم منہ بنا کر بولے۔ تو عزیر نے پوچھا۔

''کیا ہوا کہیں جیب تو نہیں کٹ گئی؟''

''ارے نہیں یار، جیب نہیں کٹی۔ میں اپنا موبائل گاڑی میں بھول آیا ہوں۔''

''تو کیا کوئی ضروری کال آنی تھی؟''

''نہیں اس وقت تو میں نے خود فون کرنا تھا۔ کل کراچی جانا ہے۔ فلائیٹ انکوائری فون کر کے معلوم کرنا تھا کہ کل کی فلائٹس موسم کی خرابی کی باعث کینسل تو نہیں ہو گئیں۔ ٹائم کا بھی معلوم کرنا ہے۔'' حسن نے تفصیل سے بتایا۔

''تو تم یہاں سے فون کر لو۔'' عزیر نے کہا۔ ''سامنے تو رکھا ہے فون۔''

''وہ تو میں کر لیتا ہوں۔ موبائل تو پھر بھی لانا پڑے گا۔ ہمارے منیجر صاحب کسی بھی وقت فون کھڑکا دیتے ہیں۔'' حسن نے مسکراتے ہوئے کہا۔

''تو اس میں کیا مسئلہ ہے لاؤ مجھے دو گاڑی کی چابی میں تمہارا موبائل نکال لاتا ہوں گیٹ بھی چیک کرتا آؤں گا۔'' عزیر نے ہاتھ بڑھا کر کہا۔

''تھینک یو یار، یہ لو چابی، ڈیش بورڈ پر رکھا ہو گا موبائل۔''

حسن نے گاڑی کی چابی جیب سے نکال کر انہیں دیدی۔ اور وہ لے کر باہر نکل گئے۔

''انکل، وڈیو گیم کھیلیں گے۔'' سمیہ نے کہا۔

''ابھی نہیں بیٹا، میں ذرا فون کرلوں آپ لوگ کھیلیں۔''

حسن نے نرمی سے کہا اور اس کے لاؤنج کی طرف جانے پر قریب رکھے فون کا ریسیور اُٹھا کر کان سے لگایا تو بری طرح ٹھٹھک گئے۔ فوراً ماؤتھ پیس پر ہاتھ رکھ لیا۔ دوسرے سیٹ پر عزّہ عنیزہ آپی سے بات کر رہی تھی۔

''دیکھو عزّہ، یہ کوئی اچھی بات نہیں ہے کہ تم اپنے گھر سے دور ایک غیر شخص کے گھر میں رہ رہی ہو۔ تم فوراً واپس لاہور آجاؤ۔'' عنیزہ آپی نے سپاٹ لہجے میں کہا۔

''آپی! میں یہاں اپنی دوست کے گھر رہ رہی ہوں کسی اکیلے مرد کے گھر نہیں رہ رہی اور عزیر بھائی مجھے اپنی بہن سمجھتے ہیں۔ اور میں بھی انہیں بڑے بھائی کا درجہ دیتی ہوں۔ برائے مہربانی ان شریف لوگوں کو اپنی شکی گفتگو کا حصہ مت بنائیں اور رہی ''اپنے گھر'' کی بات تو آپی! میرا کوئی گھر نہیں ہے یہ آپ بھی اچھی طرح جانتی ہیں۔ اور آپ لوگوں نے مجھے ابو امی کے گھر سے یہ کہہ کر وداع کیا تھا کہ دوبارہ اس گھر میں آنا تو طلاق لے کر مت آنا۔''

عزّہ نے سنجیدگی سے جواب دیا۔

''ہم مانتے ہیں ہم نے غلط کہا تھا مگر اس کا مطلب یہ تو نہیں ہے کہ تم ہمیں لوگوں کے سامنے شرمندہ کراؤ۔ تنگ آگئے ہیں ہم لوگوں کے سوالوں کے جواب دیتے دیتے۔ جو ملتا ہے یہی پوچھتا ہے کہ عزّہ کہاں ہے۔ اتنی دور کیوں گئی ہے۔ کس کے پاس رہتی ہے؟ اس کی شادی کب کرنی ہے؟ کس سے کرنی ہے؟ عزّہ تم خود تو دس سال کی قربانی دے کر سب کی نظروں میں سرخرو ہو گئی ہو۔ ہیرو بن گئی ہو۔ اور ہمیں شرمندگی اور پریشانی میں مبتلا کر رکھا ہے۔ تم سیدھی طرح واپس آؤ۔ شادی کرو اور اپنا گھر بساؤ۔ چھوڑو یہ نوکری وو کری۔ تمہارے تین چار رشتے تو میری سسرال سے ہی آگئے ہیں۔ ایک رشتہ تو ہمیں سب کو ہی معقول لگا ہے۔ قدیر نام ہے اس شخص کا بیوی مر چکی ہے اور دو بچے ہیں اس کے۔ بہت دولت مند ہے۔ نوکر چاکر ہیں خوب عیش سے رہو گی تم۔''

عنیزہ آپی نان سٹاپ بولے چلی گئیں۔ تو حسن کے پسینے چھوٹ گئے۔ عزیر موبائل لے کر آئے تو انہوں نے اشارے سے انہیں خاموش رہنے کا کہا وہ کندھے اُچکا کر صوفے پر بیٹھ گئے۔

"آپی! دولت اور نوکر چاکر عیش نہیں کراتے۔ اور نہ ہی مجھے ان چیزوں کی خواہش ہے۔ رشتے تو دل سے جڑتے ہیں۔ اوّل تو مجھے شادی کرنی ہی نہیں ہے اور اگر کی بھی تو ابو امی کے خاندانوں میں تو کبھی نہیں کروں گی۔ میں ان دونوں خاندانوں کو اچھی طرح بھگت چکی ہوں۔"

عزّہ نے بہت ضبط سے، تحمل سے جواب دیا۔ حسن اس کے ضبط پر اس کی برداشت پر حیران تھے۔

"تو کیا آسمان سے شہزادہ آئے گا تمہارے لیے؟" وہ چڑ کر بولیں۔

"کیا خبر آ ہی جائے۔" وہ مسکراتے لہجے میں بولی۔

"دیکھو عزّہ، بات مذاق میں مت ٹالو۔ اگر یہ رشتہ پسند نہیں ہے تو ایک اور رشتہ بھی ہے۔ بس لڑکے کی عمر زیادہ ہے۔ اب تم بھی کوئی ننھی بچی تو ہو نہیں۔ اوپر سے طلاق یافتہ ہو۔ تمہارے لیے تو اب ایسے ہی رشتے آئیں گے۔" کنیزہ آپی نے بہت کاٹ دار اور تلخ لہجے میں کہا تو عزّہ کا ہی نہیں حسن کا دل میں بھی چھلنی ہو گیا۔

"آپی! آپ لوگوں کو میرے لیے ایسے، ویسے، کیسے بھی رشتے ڈھونڈنے یا پسند کرنے کی ضرورت نہیں ہے۔ منع کر دیجئے سب کو اور اگر آپ کو شادی کرانے کا اتنا ہی شوق ہے نا تو ان دو بچوں کے ابا جان کی شادی آپ اپنی نند سے کرا دیجئے۔ وہ بھی تو اب تک کنواری بیٹھی ہیں۔ اور مجھ سے عمر میں پانچ چھ برس بڑی بھی ہیں۔" عزّہ نے سنجیدگی سے کہا۔

"تم سے تو بات کرنا ہی فضول ہے، ہمیشہ کی ضدی ہو۔ وہی کرتی ہو جو تمہارے من میں سما جائے۔ لو ندیم سے بات کرو۔" عنیزہ نے جل کر کہا اور ریسیور ندیم بھائی کو تھما دیا۔ ان سے سلام دُعا تو پہلے ہی ہو چکی تھی۔

"عزّہ، تم کیا چاہتی ہو آخر؟" ندیم بھائی کا لہجہ کافی دھیما اور نرم تھا۔

"یہی کہ مجھے میرے حال پر چھوڑ دیں۔"

"کیسے چھوڑ دیں تمہیں تمہارے حال پر۔ تم ہماری بہن ہو ہمیں تمہارے مستقبل کی فکر ہے۔ آخر تم کب تک یوں اکیلی رہو گی۔ جو ہونا تھا وہ تو ہو گیا۔ ہم چاہتے ہیں کہ تمہاری شادی ہو جائے تاکہ ہم بھی اپنی ذمہ داری سے عہدہ برآ۔ ہو سکیں۔" ندیم بھائی نے اسی لہجے میں کہا تو وہ مودب لہجے میں بولی۔

"بھائی، میں نے آپ سے پہلے بھی کہا تھا کہ میں آپ کی ذمہ داری نہیں ہوں۔ آپ

میرے لیے پریشان مت ہوں۔ شادی خاندان میں تو اب بھولے سے بھی نہیں کروں گی۔ میں اتنے اعلیٰ ظرف لوگوں کے معیار پر پوری نہیں اُتر سکتی۔''

''ٹھیک ہے تمہارے ساتھ واقعی بہت زیادتی ہوئی ہے۔ مگر یوں باقی زندگی کو روگ لگا لینا تو ٹھیک نہیں ہے عزّہ۔''

''روگ کیسا روگ بھائی؟'' وہ تلخی سے ہنسی۔ ''میں نے کوئی روگ نہیں لگایا اور جن لوگوں کو رشتوں کی، انسانوں کی قدر ہی نہ ہو۔ میں ان لوگوں کی خاطر خود کو کیوں روگ لگاؤں گی۔ میں اپنی باقی زندگی سکون سے گزارنا چاہتی ہوں۔ اس لیے اس خاندان میں شادی بھی نہیں کروں گی۔''

''چلو خاندان سے باہر ہی سہی کوئی اچھا بر مل جائے تو تم نے شادی کرنی ہے یہ تو طے ہے۔'' ندیم بھائی نے نرمی سے فیصلہ کن لہجے میں کہا۔

''ٹھیک ہے جب وقت آئے گا تب دیکھا جائے گا۔''

''اس سے کہو واپس آئے؟'' عنیزہ آپی کی آواز ائیر پیس پر اُبھر رہی تھی۔

''خود ہی کہہ لو۔'' ندیم بھائی نے دوبارہ رسیور عنیزہ آپی کو تھما دیا۔

''عزّہ، اپنی جاب سے استعفیٰ دو اور لاہور واپس آؤ۔'' عنیزہ آپی نے سختی سے کہا۔

''ایسا تو ناممکن ہے آپی۔''

''کب تک رہو گی یہاں کچھ سوچا ہے تم نے؟''

''اگر آپ لوگ مجھے اسی طرح پریشان کرتے رہے تو میں یہاں سے بھی چلی جاؤں گی۔ اس گھر اور شہر سے ہی نہیں اس ملک سے بھی چلی جاؤں گی۔''

''خودکشی کرو گی کیا؟''

''جی نہیں، میں بزدل اور کمزور نہیں ہوں۔ نہ ہی کم ہمت ہوں۔ آپ لوگوں کے رویوں سے مجھے یہ اندازہ تو بہت پہلے ہو گیا تھا کہ آخر انسان خودکشی کن حالات کے تحت کرنے پر مجبور ہو جاتا ہے۔ لیکن میں نے کبھی اس مکروہ فعل پر عمل کرنے کا نہیں سوچا۔ زندگی تو اللہ کی امانت ہے۔ اس امانت میں خیانت کرنے کا تو میں کبھی سوچ بھی نہیں سکتی۔ اگر لوگ جینا حرام کر دیں تو حرام موت کا راستہ اختیار کر لینا نجات اور شانتی کی ضمانت تو نہیں بن جاتا۔''

''بس ہو گئی تمہاری تقریر شروع یہ لیکچر تم اپنی سٹوڈنٹس کو ہی دینا اور میری طرف سے تو خدا حافظ۔'' عنیزہ آپی نے تیز اور طنزیہ لہجے میں کہا اور کھڑاک سے فون بند کر دیا۔ لائن کٹ گئی تھی۔

حسن نے بھی آہستہ سے ریسیور کریڈل پر رکھ دیا۔ ان کے دل کی حالت بہت عجیب ہو رہی تھی۔

''کس کا فون تھا؟'' عزیر نے پوچھا ثمین ٹرے میز پر رکھ کر بولی۔

''حسن بھائی نے ضرور عزّہ کا فون سنا ہے۔ ان کے آنے سے پہلے ندیم بھائی کا فون آیا تھا لاہور سے۔ عزّہ دوسرے سیٹ پر بات کر رہی تھی ان سے۔''

''کیوں حسن؟'' عزیر نے تصدیق طلب نظروں سے اس کی طرف دیکھا۔

''ثمین بھابی ٹھیک کہہ رہی ہیں۔ عزّہ اپنے بھائی اور بہن سے بات کر رہی تھی۔''

''ایسی کیا بات تھی جسے سن کر تمہارا چہرہ مرجھا گیا ہے؟''

''یار مجھے اب پورا یقین ہو گیا ہے کہ عزّہ کا رشتوں پر اعتبار کیوں باقی نہیں رہا؟ مائی گاڑ! عزیر وہ اس کی سگی بہن ہو کر عزّہ سے ایسے تلخ اور طنزیہ لہجے میں گفتگو کر رہی تھی جیسے کوئی کسی مجرم سے دشمن بات کرتا ہے۔ میں تو حیران ہوں کہ عزّہ اب تک اس قسم کے رویے اور لہجے کیسے برداشت کرتی رہی ہے۔ عزیر میں اسے اس اذیت سے نجات دلانا چاہتا ہوں۔ میں اس سے محبت کرتا ہوں۔ اور اس کے ساتھ میں کسی کا بھی یہ رویہ اور سلوک برداشت نہیں کر سکتا۔'' حسن نے بہت دلگیر اور سنجیدہ لہجے میں کہا۔

''تو تم کچھ کرتے کیوں نہیں ہو، ابھی تک تم عزّہ کو تو منا نہیں سکے۔ اس کے گھر والوں کو کیسے مناؤ گے؟'' عزیر نے سنجیدگی سے کہا۔

''عزّہ تو تقریباً مان ہی چکی ہے۔ اسے مجھ سے صرف پیار اور اعتبار کی گارنٹی چاہئے۔ جو اسے مجھ سے بہتر کوئی نہیں دے سکتا۔ رہی اس کے گھر والوں کو منانے کی بات تو اس کے لیے بھی میرے ذہن میں ایک ترکیب آئی ہے۔ اس طرح عزّہ پر کوئی حرف نہیں آئے گا۔'' حسن نے سنجیدگی سے بتایا۔

''اور وہ ترکیب کیا ہے؟''

''بھابی، آپ بیٹھیں پلیز اس ترکیب پر عمل آپ ہی کریں گی۔ میں آپ کو ساری بات سمجھا دیتا ہوں۔'' حسن نے ثمین کو کھڑا دیکھ کر نرم اور سنجیدہ لہجے میں کہا تو وہ عزیر کے قریب صوفے پر بیٹھ گئی۔ اور حسن نے اسے ساری بات سمجھا دی۔ اب اسے مناسب موقع دیکھ کر ندیم بھائی کو فون کرنا تھا۔ اور صبح عزّہ کے کالج جانے کے بعد ماسی کو کام سمجھا کر بچوں کو سکول بھیج کر ثمین نے عزیر کے سامنے ہی ندیم بھائی کو موبائل پر انہیں فون کیا۔ نمبر تو وہ سی۔ ایل۔ آئی اور عزّہ کی ڈائری سے پہلے

ہی نوٹ کر چکی تھی۔

''خیریت تو ہے سسٹر، آپ نے کیسے فون کیا۔ عزّہ تو ٹھیک ہے نا۔''

ندیم بھائی نے سلام ودُعا کے بعد فکر مندی سے پوچھا تو وہ نرمی سے بولی۔ ''جی ندیم بھائی! عزّہ بالکل ٹھیک ہے اور اس وقت کالج گئی ہوئی ہے۔ میں نے عزّہ کے سلسلے میں آپ سے ایک ضروری بات کرنی تھی۔''

''جی میں سن رہا ہوں۔''

''ندیم بھائی! آپ نے عزّہ کی شادی کے متعلق کیا سوچا ہے؟''

''ہمارے سوچنے سے کیا ہوتا ہے۔ جب عزّہ ہی شادی کے لیے آمادہ نہیں ہوتی۔ آپ اس کی بیسٹ فرینڈ ہیں۔ آپ ہی اسے سمجھائیں۔''

''ندیم بھائی! میں نے عزّہ کو بہت سمجھایا ہے۔ مگر وہ نہیں مانتی اور وہ خاندان میں تو بالکل بھی شادی کرنا نہیں چاہتی۔ ندیم بھائی، میرے ایک کزن ہیں۔ میرے شوہر عزیر کے پھوپھی زاد بھائی ہیں۔ ہم لوگ چاہ رہے تھے کہ عزّہ کی شادی ان سے کر دی جائے تو کتنا اچھا ہو۔ حسن بھائی بہت اچھے اور مخلص انسان ہیں۔ ان کا اپنا بہت بڑا اور کامیاب بزنس ہے۔ والدین کا انتقال ہو چکا ہے۔ ایک چھوٹی بہن ہے۔ جس کی انہوں نے پانچ سال پہلے شادی کر دی تھی۔ وہ اپنے شوہر اور بچوں کے ساتھ کینیڈا میں مقیم ہے۔ حسن بھائی بس اکیلے ہیں۔ اپنا بنگلہ ہے گاڑی ہے بینک بیلنس ہے۔ ہماری عزّہ ان کے ساتھ بہت خوش رہے گی۔ مجھے آپ کی رائے چاہئے تھی۔ کیونکہ حسن بھائی نے اپنی شادی کی ذمہ داری لڑکی کو پسند کرنے کا اختیار ہمیں دیا ہوا ہے۔'' ثمین نے تفصیل سے بتایا۔

''کیا حسن صاحب نے عزّہ کو اور عزّہ نے حسن صاحب کو پسند کیا ہے؟''

''حسن بھائی! ان دونوں کی تو ابھی تک ملاقات بھی نہیں ہوئی۔ دراصل حسن بھائی تو بزنس ٹوُر پر ملک سے باہر ہیں۔ تین مہینے ہو گئے ہیں انہیں لندن اور فرانس گئے۔ میں نے بتایا نا کہ انہوں نے اپنی شادی کا معاملہ میرے اور عزیر کے سپرد کر رکھا ہے۔ اس لیے ہم نے ان کے لیے عزّہ کو پسند کیا ہے۔ آپ حسن بھائی سے ملیں گے تو بہت خوش ہوں گے۔ ہم نے تو ان سے کہہ دیا تھا کہ ہم نے ان کے لیے لڑکی پسند کر لی ہے اور ان کے آتے ہی شادی کر دیں گے ان کی۔ میرا خیال تھا کہ میں حسن بھائی کے واپس آنے تک عزّہ کو منالوں گی۔ مگر میرے بہت سمجھانے کے باوجود بھی وہ شادی کرنے سے مسلسل انکاری ہے۔''

''احمق ہے وہ۔ اتنا اچھا رشتہ تو نصیب والیوں کو ملتا ہے۔ پتا نہیں کیا چاہتی ہے وہ۔ ایک بار جو ہو گیا۔ ضروری تو نہیں ہے کہ دوبارہ بھی ویسا ہی ہو۔ آپ اسے سمجھائیں ناں پلیز۔'' ندیم بھائی نے اس کی بات سُن کر تیز لہجے میں کہا۔

''ندیم بھائی! میں نے تو آج صبح بھی اس سے بات کی تھی۔ کیونکہ حسن بھائی دو تین روز میں اسلام آباد واپس آ رہے ہیں اپنے بزنس ٹور سے۔ وہ ہم سے لڑکی کا پوچھیں گے تو ہم انہیں کیا جواب دیں گے۔ ہمیں ان کے سامنے شرمندگی اُٹھانا پڑے گی۔ اور عزّہ نے مجھے دھمکی دی ہے کہ اگر میں نے اس سے دوبارہ اس موضوع پر کوئی بات کی تو وہ مجھ سے دوستی ختم کر لے گی اور میرے گھر سے بھی چلی جائے گی۔ ندیم بھائی، اس کی اسی دھمکی کے بعد مجھ میں تو اس سے دوبارہ بات کرنے کی ہمت نہیں ہے۔ کیونکہ میں نہیں چاہتی کہ وہ یہاں سے جا کر اکیلی ہو جائے۔'' ثمین نے حسن کی بتائی ہوئی باتیں حرف بہ حرف ان کے گوش گزار کر دیں۔

''اس کے ساتھ جو کچھ ہو چکا ہے اب وہ ہم سب کی محبت آزما کر اس کا بدلہ لینا چاہتی ہے۔ وہ یہ سمجھتی ہی نہیں ہے کہ وہ لڑکی ذات ہے۔ یوں کب تک اکیلی جیئے گی۔ شادی تو بہر حال مجھے اس کی کرنا ہی ہے۔ اگر حسن صاحب کا پرپوزل معقول ہے تو عزّہ کو کوئی اعتراض نہیں ہونا چاہئے۔'' ندیم بھائی نے کہا۔

''تو ندیم بھائی! اس کے لیے تو آپ کو خود اسلام آباد آنا ہوگا۔ آپ حسن بھائی سے بھی مل لیجئے گا اور عزّہ سے بھی بات کر لیجئے گا۔''

''ہاں ایسا ہی کرنا پڑے گا، ٹھیک ہے میں دو ایک روز میں اسلام آباد آنے کی تیاری کرتا ہوں۔ آپ عزّہ سے میرے آنے کا ذکر مت کیجئے گا۔ ایسا نہ ہو کہ وہ آپ کے گھر سے کہیں چلی جائے۔'' ندیم بھائی نے سنجیدگی سے کہا۔

''جی آپ بالکل ٹھیک کہہ رہے ہیں۔ وہ کالج بھی بہت غصے میں گئی ہے۔ ویسے ندیم بھائی آپ کو تو حسن بھائی کے پرپوزل پر کوئی اعتراض نہیں ہے نا۔''

''جو کچھ آپ نے ان کے بارے میں بتایا ہے اگر وہ سچ ہے تو پھر مجھے اعتراض کرنے کی وجہ نظر نہیں آتی۔ میری طرف سے تو ہاں ہی سمجھئے۔ مجھے تو ہر حال میں بڑے بھائی ہونے کی حیثیت سے اپنا فرض ادا کرنا ہے۔''

''ٹھیک ہے ندیم بھائی! ہم آپ کا انتظار کریں گے بہت شکریہ۔ اب ہمیں حسن بھائی کے

سامنے شرمندگی نہیں اُٹھانا پڑے گی۔''ثمین نے خوش ہو کر کہا۔

''انشاء اللہ۔اچھا جی فون کرنے کا عزّہ کے بہتر مستقبل کا سوچنے کا بہت شکریہ۔آپ واقعی اس کی مخلص دوست ہیں۔میں اسلام آباد آؤں گا تو تفصیل سے بات ہوگی۔عزیر صاحب کو میرا سلام کہیئے گا۔''

''جی ضرور،اچھا ندیم بھائی اللہ حافظ۔''

''اللہ حافظ۔''ندیم بھائی نے جواب دیا تو ثمین نے خوش ہو کر ریسیور کریڈل پر رکھ دیا۔

''کیا کہہ رہے تھے؟''عزیر نے بے تابی سے پوچھا۔

''آپ کو سلام کہہ رہے تھے۔''اس نے مسکراتے ہوئے کہا۔

''وعلیکم السلام،سلام کے علاوہ کیا کہہ رہے تھے ندیم صاحب!حسن کا پرپوزل پسند آیا نہیں۔''

''ایسا ویسا،ہمارے حسن بھائی کو تو لوگ بنا دیکھے ہی پسند کر لیتے ہیں۔ندیم بھائی کو اس پرپوزل پر کوئی اعتراض نہیں ہے۔وہ دو چار دن میں اسلام آباد پہنچ رہے ہیں۔حسن بھائی سے ملنے اور عزّہ کو قائل کرنے کے لیے۔''ثمین نے خوشی خوشی پہلی کامیابی کا احوال سنایا۔

''ویری گڈ،ویسے تم ڈرامہ اچھا بول لیتی ہو۔''عزیر نے خوشی اور شوخی سے کہا۔

''آپ کو آج معلوم ہو رہا ہے۔''ثمین شوخی سے بولی۔

''نہیں خیر،معلوم تو شادی کے دن سے ہی ہے۔گیارہ سالہ ڈرامہ بہت کامیابی سے چلا رہی ہو تم۔''عزیر نے شرارت اور مذاق سے کہا۔

''کیا،کیا آپ شادی شدہ زندگی کے ان برسوں کو ڈرامہ کہہ رہے ہیں۔سب سے بڑے ڈرامے باز تو آپ خود ہیں۔آپ ہی نے یہ ڈرامہ شروع کیا تھا۔اور اس ڈرامے کے چار اپی سوڈ بھی آپ کے گھر میں چلتے پھرتے نظر آ رہے ہیں۔''ثمین کا اشارہ چاروں بچوں کی طرف تھا۔ عزیر قہقہہ لگا کر ہنس پڑے۔

''ماشاء اللہ،اللہ انہیں صحت،سلامت رکھے،آپ ہی کے دم سے لگی ہے یہ رونق اس گھر میں۔ اب انشاء اللہ حسن اور عزّہ کی شادی خانہ آبادی بھی ہو جائے گی۔''عزیر مسکراتے ہوئے بولے۔

''میں ان کی شادی پر کون سا لباس پہنوں گی؟''ثمین کو اپنے کپڑوں کی فکر ہوئی۔

''لیجیئے کی ہے نا خالص عورتوں والی بات۔ارے بیگم صاحبہ!آپ تو کچھ بھی پہن لیں تو سج جاتی ہیں۔آپ کو نئے،پرانے یا فیشن زدہ ملبوسات کے جھنجھٹ میں پڑنے کی کیا ضرورت

ہے؟''عزیر نے اس کے چہرے کو دیکھتے ہوئے اس کی ٹھوڑی پکڑ کر شوخ لہجے میں کہا۔

''جناب! صرف تعریف سے کام نہیں چلے گا۔ میں نئے کپڑے سلواؤں گی اور بچوں کو بھی نئے کپڑے خرید کر دوں گی۔ آخر کو ہماری بیسٹ فرینڈ اور کزن کی شادی ہو گی۔'' ثمین نے اس کا ہاتھ شوخی سے پیچھے ہٹا کر کہا۔

''اور میرے کپڑے بھول گئیں تم۔'' عزیر نے یاد دلایا۔

''آپ تو کچھ بھی پہن لیں تو سج جاتے ہیں۔ آپ کو نئے، پرانے یا فیشن زدہ ملبوسات کے جھنجھٹ میں پڑنے کی کیا ضرورت ہے؟'' ثمین نے شرارت سے ہنستے ہوئے ان کی بات انہیں لوٹا دی۔ وہ بے ساختہ ہنس پڑے۔

''ضرورت کی بچی بتاتا ہوں میں تمہیں۔'' دونوں بازو پھیلا کر اس کی طرف بڑھے تو وہ بوکھلا کر پیچھے ہٹی۔

''ہوش میں آئیں، ماسی نے دیکھ لیا تو کیا سوچے گی۔ اور آفس نہیں جانا آپ نے۔''

''میں تو کب کا چلا گیا ہوتا تم ہی روکنے والی حرکتیں کر رہی ہو۔'' وہ شریر لہجے میں بولے۔

''اچھا جائیں اب میں کوئی نہیں روک رہی آپ کو۔'' ثمین نے شرمیلے پن سے مسکراتے ہوئے کہا تو وہ اپنے چہرے پر ہاتھ پھیرتے ہوئے اسے شوخ نظروں سے دیکھتے ہوئے شریر لہجے میں بولے۔ ''خیر واپس تو مجھے گھر ہی آنا ہے نا۔ اب نہ سہی تو شب کو سہی۔''

''عزیر۔'' وہ شرم سے چہرہ ہاتھوں میں چھپا کر اپنے کمرے کی طرف بھاگی۔ عزیر کا شوخ قہقہہ اس کے کانوں کی لویں سرخ کر گیا۔

''چار بچوں کی ماں ہو کر بھی نئی نویلی دلہن کی طرح شرماتی ہے اور دل کو لبھاتی ہے میری جانِ حیات۔'' عزیر نے زیرِ لب مسکراتے ہوئے کہا اور آفس جانے کے لیے باہر چلے گئے۔ ماسی گیٹ بند کرنے کے لیے ان کے پیچھے ہو لی۔

◆◆◆

رات کے نو بج رہے تھے۔ عزّہ عشاء کی نماز ادا کر کے بستر پر لیٹی ہی تھی کہ اس کے (حسن کے دیئے ہوئے) موبائل فون کی گھنٹی بج اُٹھی۔ اور ساتھ ہی عزّہ کے دل میں بھی گھنٹیاں بجنے لگیں۔ اُس نے اُٹھ کر موبائل آن کر کے کان سے لگا کر کہا۔

''جی حسن صاحب! فرمایئے۔''

''آپ کو کیسے پتا چلا کہ یہ میرا فون ہے؟'' دوسری جانب سے حسن کی خوشگوار حیرت میں ڈوبی آواز اس کے کان میں پڑی۔

''یہ کون سا مشکل کام ہے۔ مجھے یہ موبائل آپ ہی نے گفٹ کیا ہے۔ اور اس کا نمبر آپ کے سوا ابھی تک کسی اور کے پاس نہیں ہے۔'' عزّہ نے نرمی سے کہا تو وہ ہنس دیئے۔

''ہاں یہ تو میں بھول ہی گیا تھا۔ اور آپ کیسی ہیں؟''

''اللہ کا شکر ہے، آپ کہئے کراچی سے ہی بول رہے ہیں۔''

''جی ہاں ابھی کام سے فارغ ہو کر کمرے میں آیا تھا۔ سوچا آپ کو فون کر لوں۔''

''آپ واپس کب آئیں گے؟'' اس نے یونہی پوچھ لیا حالانکہ انہوں نے بتایا ہی تھا اسے۔

''بہت انتظار ہے آپ کو میرا۔'' وہ شوخی سے بولے۔

''جی نہیں بہت خوش فہمی ہے آپ کو۔'' عزّہ نے حیا سے لال ہوتے ہوئے مسکرا کر جواب دیا تو وہ بے ساختہ قہقہہ لگا کر ہنس پڑے۔ عزّہ کے اندر خوشی کے شادیانے بجنے لگے تھے۔

''عزّہ، پھر آپ نے کیا سوچا؟'' انہوں نے سنجیدہ ہو کر پوچھا۔

''کس بارے میں؟'' وہ انجان بن گئی۔

''میرے بارے میں۔''

''کچھ بھی نہیں۔''

’’یہ تو ناممکن ہے، آپ نے کچھ نہ کچھ تو سوچا ہی ہوگا پلیز بتایئے نا۔‘‘

’’آپ صبر نہیں کر سکتے۔‘‘

’’آپ کے معاملے میں نہیں کر سکتا۔‘‘ حسن نے محبت اور بے قراری سے کہا۔ ’’آپ نہیں جانتیں عزّہ کہ آپ میرے لیے کتنی اہم کتنی ناگزیر ہو چکی ہیں۔ میری حیات اب آپ کے ساتھ کے بغیر کچھ بھی نہیں ہے۔ یہ ایک دن آپ کو دیکھے بنا آپ سے ملے بغیر گزرا ہے تو مجھے ایسا محسوس ہو رہا ہے جیسے ایک دن نہیں ایک صدی گزر گئی ہے آپ سے ملے، آپ کو دیکھے۔ جدائی کا ایک ایک پل ایک ایک صدی سے زیادہ بھاری محسوس ہو رہا ہے۔ عزّہ، میں آپ کی محبت میں اتنا آگے جا چکا ہوں کہ اب واپسی کا تصور بھی میری موت ہوگا۔ عزّہ، میں آپ کے بغیر نہیں جی سکتا۔ نہیں گزار سکتا میں یہ زندگی آپ کے بغیر۔‘‘ حسن نے اس کے دل و روح میں طوفان اُٹھا دیا تھا۔

’’حسن صاحب! آپ۔‘‘

’’عزّہ، کیا آپ میرے بغیر جی سکیں گی؟‘‘ کیسا مان تھا ان کے سوال اور لہجے میں عزّہ کا دل ’’نہیں، نہیں‘‘ کی گردان کرنے لگا۔ روح بھی ’’انکاری‘‘ ہو گئی۔ مگر مارے حیا کے لب سل گئے۔ اسے سمجھ نہیں آ رہی تھی کہ انہیں کیا جواب دے۔

’’بتایئے نا عزّہ۔‘‘ انہوں نے بے قراری سے پوچھا۔

’’ہاں۔‘‘ عزّہ نے چند لمحوں بعد جواب دیا۔ دل سراپا احتجاج بن گیا تھا۔

’’جھوٹ بول رہی ہیں آپ۔‘‘ وہ بے چین ہو کر بولے۔

’’میں نے جھوٹ بولنا چھوڑ دیا ہے۔‘‘

’’سچ بھی تو نہیں بول رہیں۔ ورنہ جواب دینے میں اتنی دیر نہ لگاتیں۔‘‘

’’حسن صاحب! ہمارے پیارے چلے جاتے ہیں اور ہمیں ان کے بغیر جینا پڑتا ہے۔ ایک دن ایک صدی لگنے کی بات بھی فسانہ ہو جاتی ہے۔ اگر ہم اپنے عزیزوں، پیاروں کے بغیر جی نہ سکتے ہوتے تو۔ آج یہ دُنیا بہت کم آبادی پر مشتمل ہوتی۔‘‘

عزّہ نے سنجیدگی سے جواز تراشتے ہوئے کہا تو وہ نہایت سنجیدہ لہجے میں گویا ہوئے۔ ’’آپ کی بات درست سہی لیکن عزّہ جی، غلط میں بھی نہیں کہہ رہا۔ کم از کم مجھے تو ایسا ہی محسوس ہوتا ہے کہ میں آپ کے بغیر نہیں رہ سکتا نہیں جی سکتا۔ ایک پل بھی نہیں۔ اور جب آپ کو بھی مجھ سے ایسا ہی پیار ہو جائے گا جیسا پیار میں آپ سے کرتا ہوں تو۔ آپ کو خود بخود احساس ہو جائے گا کہ میں صحیح

کہہ رہا تھا۔ خیر یہ بتایئے آپ نے میرے پرپوزل کا کیا سوچا "ہاں یا ناں۔" حسن کی "زندگی یا موت" کیا جواب ہے آپ کا؟"

"پلیز یہ کیسی باتیں کر رہے ہیں آپ۔ خدا نہ کرے کہ میری وجہ سے آپ کی سلامتی پر کوئی آنچ آئے۔ آپ کیا سمجھتے ہیں کہ میں کوئی پتھر دل یا جذبات واحساسات سے عاری لڑکی ہوں۔ میں اپنے ساتھ ہونے والی زیادتی کا بدلہ۔ آپ سے لے رہی ہوں۔ یا آپ کو پریشان کر کے مجھے کوئی خوشی ملتی ہے۔ نہیں حسن صاحب! ایسا نہیں ہے۔ امی کہا کرتی تھیں کہ میرا بچپنا ابھی تک نہیں گیا۔ میں ہر وقت بچی بنی رہتی ہوں۔ انہوں نے ٹھیک کہا تھا۔ میں اندر سے آج بھی بچی ہوں۔ میرے اندر کا بچپنا ابھی تک میرے اندر سسک رہا ہے۔ میں بھی ہر لڑکی کی طرح پرسکون گھر کی تمنا رکھتی تھی۔ مگر میری آنکھوں میں کوئی عکس بنا ہی نہیں کہ میں خوابوں کے سفر پر نکلتی۔ جو رشتہ، جو تعلق، جو خواب، بننے سے پہلے ہی ٹوٹ جائے اس کی طرف دوبارہ پُریقین نظروں سے دیکھنا بہت مشکل ہوتا ہے۔ آپ نے مجھ سے آدھی کشتیاں جلانے کی بات کہی تھی۔ حسن صاحب! جس پل مجھے آپ پر آپ کے جذبے کی صداقت پر اس رشتے پر خوف اور خدشے سے مبرا یقین آ گیا۔ میں اس لمحے اپنی ساری کشتیاں جلا کر آپ کے پاس آ جاؤں گی۔" عزّہ نے بے قرار ہو کر تڑپ کر سنجیدہ لہجے میں کہا۔

"اور وہ لمحہ کب آئے گا عزّہ؟" حسن نے خوشی اور سکون سے مسکراتے ہوئے بے تابی سے پوچھا تو وہ بولی۔ "آپ نے کراچی سے آ کر اس سوال کا جواب مانگا تھا۔ اتنا تو انتظار کریں ناں۔"

"عزّہ پلیز، انکار مت کیجئے گا۔ آپ تھوڑا سا اعتبار کر کے ہی میرے پاس آ جائیں۔ پورا اور مکمل اعتبار میں اپنے عمل سے آپ کو دوں گا۔ مجھے آپ کی دوری کا ڈر ہے۔ میں آپ کو کھونا نہیں چاہتا۔ آئی ریئلی لو یو عزّہ۔" وہ نرمی سے بے خودی سے بولے۔

"میں فون بند کر رہی ہوں، مجھے نیند آ رہی ہے۔" وہ شرما کر بولی۔

"پہلے میری نیند تو واپس کر دیجئے۔"

"صرف نیند۔" وہ اپنی ہنسی نہ چھپا سکی۔ حسن بھی دھیرے سے ہنس دیئے۔

"جی ہاں تاکہ میں نیند میں آپ کے سنگ زندگی بسر کرنے کے سہانے خواب دیکھ سکوں۔"

"بند آنکھوں سے دیکھے جانے والے خواب تو بس خواب ہی ہوتے ہیں۔ البتہ جاگتی آنکھوں سے خواب دیکھے جائیں تو ان کی تعبیر ملنے کی اُمید ہوتی ہے۔" عزّہ نے مسکرا کر کہا۔

''تو چلیئے پھر آج ہم دونوں مل کر جاگتی آنکھوں سے اپنی آنے والی زندگی کے خواب دیکھتے ہیں۔'' حسن نے شوخ وشیریں لہجے میں کہا۔

''شب بخیر۔'' عزّہ نے شرمگیں لہجے میں کہا اور موبائل آف کر کے شرمیلی ہنسی ہنس دی۔

''خواب تو حسن صاحب، آپ نے میری آنکھوں میں سجا ہی دیئے ہیں۔ زندگی سجا دیں تو ہم زندگی لٹا دیں گے آپ پر۔ عزّہ تو کب کی ہار چکی ہے آپ کے جذبوں کے سامنے بس اقرار کی اعتراف کی جھجک باقی ہے۔'' عزّہ نے انہیں اپنے دل میں مخاطب کر کے کہا اور بستر سے نکل کر آئینے کے سامنے آ کھڑی ہوئی۔ ڈھائی ماہ کے اس عرصے میں اس کی صحت پر بہت اچھا اثر پڑا تھا۔ پہلے سے فریش اور بھری بھری سی ہو گئی تھی وہ۔ یہاں کام تو تھا نہیں آرام ہی آرام تھا۔ بس کالج جانا ہوتا تھا۔ باقی کا وقت اپنی مرضی سے سو کر اپنے من پسند مشغلوں میں کھو کر۔ ثمین اور بچوں کے ساتھ گپیں لگانے، کھیلنے بولنے میں گزر جاتا تھا۔ اور اس پر حسن کے پیار اور اظہارِ محبت نے اس کے سوئے من میں اس کی ویران روح میں پھول کھلا دیئے تھے۔ اس کا تن من ان کے پیار بھرے بولوں، پیار لٹاتی نگاہوں کی تپش میں دہکتا رہتا۔ اس سارے ماحول نے اس کی صحت تو اچھی بنانی ہی تھی۔ وہ اس تبدیلی پر حیران بھی ہوئی اور پھر خود ہی شرما کر ہنس پڑی۔

ادھر حسن ہوٹل کے کمرے کے بیڈ پر نیم دراز مسکرا رہے تھے۔ انہیں عزّہ کی باتوں نے پھر سے خوابوں کی دُنیا میں لا کھڑا کیا تھا۔ انہیں یقین ہو چلا تھا کہ ان کے پیار کی منزل قریب ہے۔ بہت قریب۔ عزّہ بہت جلد اپنے جملہ حقوق ان کے نام لکھ دے گی۔ اور وہ۔ وہ اس کی زندگی کو خوشیوں اور محبت سے، چاہتوں سے بھر دیں گے۔ اسے اتنا پیار دیں گے کہ وہ پچھلی زندگی بھلا کر صرف ان کے ساتھ ''حال'' میں جیئے گی۔ اور ان کی آنکھوں سے مستقبل کے سہانے خواب دیکھے گی۔ اپنی محبت سے ان کا بھی تن من سیراب و سرشار کر دے گی۔ انہیں خوشگوار خوابوں، خیالوں میں دھیرے دھیرے رات اپنا سفر طے کرتی چلی گئی۔

اگلے دن دوپہر کو حسن اور عزیر اکٹھے ''عزیر ہاؤس'' آ گئے۔ حسن کو عزیر نے ائیر پورٹ سے پک کیا تھا۔ وہاں سے ان کے آفس گئے اور پھر انہیں اپنے ساتھ گھر لے آئے۔ ثمین نے ندیم بھائی سے ہونے والی اپنی گفتگو کی تفصیل بتائی تو وہ خوش ہوئے۔ یعنی آدھی بازی وہ جیت چکے تھے۔ عزّہ کالج سے آ کر سیدھی انیکسی میں چلی گئی تھی۔ ثمین نے کھانے کے لیے بلایا تو اس نے حسن کی وجہ سے ٹیبل پر آنے سے انکار کر دیا۔ لہٰذا ثمین اس کے لیے کھانا کمرے میں ہی دے گئی تھی۔

''عزّہ، کھانے کے لیے کیوں نہیں آئی؟'' عزیر نے ثمین سے پوچھا۔

''شاید وہ حسن بھائی سے شرما رہی ہے۔'' ثمین نے شوخی سے مسکراتے ہوئے حسن کو دیکھ کر کہا۔

''ہائے کاش! ایسا ہی ہو۔'' حسن نے ہاتھ صاف کرتے ہوئے اس ادا سے کہا کہ ان دونوں کی ہنسی آ گئی۔ بچے کھانا کھاتے ہی باہر لان میں چلے گئے تھے۔

''مما، مما، عزّہ آنٹی رو رہی ہیں۔'' سمیر بھاگتا ہوا اندر آیا اور ہانپتے ہوئے بولا۔

''کیا؟'' وہ تینوں ایک ساتھ بولے۔ ثمین تو اُٹھ کر دروازے کی طرف لپکی تھی۔

''عزّہ رو رہی ہے کیوں ابھی کچھ دیر پہلے تو وہ ٹھیک ٹھاک ہنس بول رہی تھی۔''

''مما، کوئی انکل آئے ہیں عزّہ آنٹی ان سے مل کر بہت رو رہی ہیں۔'' ثمرہ بھی اندر آتے ہوئے پریشان لہجے میں بولی۔

''کہیں ندیم بھائی نہ ہوں میں دیکھتی ہوں۔'' ثمین نے عزیر کی طرف دیکھتے ہوئے قیاس لگایا۔

''نہیں ثمین، ابھی تم مت جاؤ عزّہ کو ان سے ملنے دو۔ دکھ سکھ کہہ لینے دو۔ تم تھوڑی دیر بعد اچھی سی چائے اور کھانے کے لیے اچھا سا انتظام کر لینا۔ ہم ان سے ٹھہر کر ملیں گے۔'' عزیر نے نرمی سے کہا۔ حسن فکرمند سے کھڑکی سے پردہ ہٹا کر لان میں دیکھ رہے تھے۔

''اچھا ٹھیک ہے۔ میں کھڑکی سے دیکھتی ہوں کون ہے؟'' ثمین نے حسن کے برابر آ کر باہر جھانکا تو اسے عزّہ ایک گریس فل شخص کے سینے سے لگی بلکتی ہوئی دکھائی دی۔ اس شخص کا ہاتھ عزّہ کے سر پر تھا۔ اور اس کی آنکھوں سے بھی اشک رواں تھے۔ حسن لب بھینچے یہ منظر دیکھ رہے تھے۔ عزّہ کے آنسو انہیں اپنے دل پر گرتے ہوئے محسوس ہو رہے تھے۔

''یہ ندیم بھائی ہیں کیا؟'' عزیر نے بھی باہر جھانک کر پوچھا۔

''نہیں ندیم بھائی کو تو میں پہنچانتی ہوں۔ عزّہ کے پاس ان کی تصویریں بھی ہیں۔ یہ ندیم بھائی تو نہیں ہیں۔'' ثمین نے اپنے حافظے پر زور دیتے ہوئے سوچتے ہوئے کہا۔

''تو کون ہیں یہ موصوف؟'' وہ تینوں پردہ برابر کر کے وہاں سے ہٹ گئے۔

''میرا خیال ہے کہ یہ نبیل بھائی ہیں۔''

''کون نبیل؟'' عزیر نے ثمین کے چہرے کو دیکھا۔

''عزّہ کے تایازاد، کزن اور بہنوئی شائزہ باجی کے شوہر۔ وہ ہی تو ہیں جو عزّہ کو اپنی بیٹی کی طرح چاہتے ہیں۔ بہت تعریف کرتی ہے عزّہ ان کی۔ اور نبیل بھائی کو ہمیشہ عزّہ کی فکر رہتی تھی۔ انہیں شائزہ باجی نے جب حقیقت بتائی ہو گی تو انہیں کتنا صدمہ پہنچا ہو گا۔ آپ نے دیکھا نہیں عزّہ کے ساتھ وہ بھی رو رہے ہیں۔''

''ہاں یہ تو اچھا ہوا کہ عزّہ کے اندر آنسوؤں کا جو سیلاب برسوں سے ٹھہرا ہوا تھا۔ آج اسے راستہ مل گیا ہے۔ عزّہ کو ایسے ہی کسی اپنے کے دامن کی ضرورت تھی جو اس کے آنسو سمیٹ سکے۔'' حسن نے بڑی دیر بعد زبان کو حرکت دی۔

''ٹھیک کہا دوست لیکن آگے تم اس کے اندر آنسوؤں کا یہ ذخیرہ جمع نہ ہونے دینا۔'' عزیر نے ان کے کندھے پر ہاتھ رکھ کر کہا۔

''میں تمہیں ایسا لگتا ہوں۔'' حسن نے خفگی سے انہیں دیکھا۔

''ارے نہیں میرے یار، تو تو سراپا پیار ہے پیار۔ تیرے پاس آ کر تو نفرت بھی محبت کا روپ دھار لیتی ہے۔ سچ اگر عزّہ میری سگی بہن ہوتی نا تو بھی میرے نزدیک اس کے لیے تم سے بہتر جیون ساتھی ہو ہی نہیں سکتا تھا۔ انشاء اللہ تم اور عزّہ بہت خوش رہو گے۔'' عزیر نے انہیں محبت سے دیکھتے ہوئے کہا۔

''انشاء اللہ۔'' انہوں نے مسکراتے ہوئے دل سے کہا۔

''مما، نبیل انکل آئے ہیں۔ بہاول پور سے عزّہ آنٹی کے دولہا بھائی۔'' عمیر نمرہ کو گود میں لیے اندر داخل ہوا اور بتانے لگا۔

''تو میرا خیال درست تھا وہ نبیل بھائی ہی ہیں۔ حسن بھائی! اب آپ مطمئن ہو جائیں۔ کیونکہ مجھے یقین ہے کہ آپ کی اور عزّہ کی شادی کا مسئلہ اب حل ہو کر ہی رہے گا۔ عزّہ، نبیل بھائی کی بات ماننے سے انکار نہیں کر سکتی اور نبیل بھائی آپ کو رد نہیں کر سکتے۔'' ثمین نے حسن کو دیکھتے ہوئے کہا۔

''اللہ آپ کی زبان مبارک کرے بھابی۔'' وہ خوشی سے مسکراتے ہوئے بولے۔

''حسن، تم ملو گے نبیل بھائی سے۔'' عزیر نے پوچھا تو وہ کچھ سوچتے ہوئے بولے۔

''آج نہیں یا کم از کم ابھی نہیں کیونکہ اس طرح بات بگڑنے کا خدشہ ہے۔ میں ان کے سامنے یہاں سے نہیں جاؤں گا۔ میں نہیں چاہتا کہ وہ یا ندیم صاحب۔ مجھے یہاں دیکھ کر عزّہ کے متعلق کوئی

غلط بات سوچیں۔ وہ چلے جائیں یا باہر نظر نہ آئیں تو مجھے بتا دینا۔ فی الحال میں سٹنگ روم میں جا رہا ہوں۔ لیکن تم اور بھابی ان سے ضرور ملنا اور میرے اور عزّہ کے رشتے کا معاملہ بھی اُٹھانا۔''

''جو حکم جناب آپ جائیں سٹنگ روم میں ہم ذرا اپنی بیگم کے ساتھ چائے کا انتظام کرتے ہیں۔'' عزیر نے مسکراتے ہوئے کہا تو وہ ہنس دیئے۔

''ایک کپ میرے لیے بھی بجھوا دینا۔'' حسن نے جاتے ہوئے کہا۔

''خالی یا بھرا ہوا۔'' عزیر نے مذاق سے کہا۔ ''بھرا ہوا دینا۔ خالی میں کر دوں گا۔''

حسن نے شوخ لہجے میں کہا تو وہ بھی ہنس پڑے اور کچن کی طرف چلے گئے۔ حسن سٹنگ روم میں آ کر ابھی کرسی پر بیٹھے ہی تھے کہ انہیں کھڑکی کے باہر کرسیاں کھسکانے کی آواز نے چونکا دیا۔ انہوں نے کھڑکی کی کھلی اوٹ سے دیکھا عزّہ اور نبیل بھائی وہیں برآمدے میں رکھی کرسیوں پر بیٹھ رہے تھے۔ حسن وہاں سے اُٹھنے لگے۔ لیکن پھر نجانے کیا سوچ کر اپنی جگہ پر دوبارہ بیٹھ گئے اور کان ان کی باتوں کی طرف لگا دیئے۔ عزّہ کا چہرہ انہیں واضح دکھائی دے رہا تھا۔ اس کی روئی روئی سرخ آنکھیں، سرخ ناک، بھیگتی آواز اور دبی دبی سی ہچکیاں انہیں بے کل و بے قرار کر رہی تھیں۔ ان کا بس چلتا تو وہ ابھی اس سے نکاح کر لیتے مگر سوچ کو عملی شکل دینے کے ابھی کئی مرحلے باقی تھے۔

''عزّہ بیٹا، تم نے اچھا نہیں کیا اپنے ساتھ۔ اور ہم سب نے بھی اچھا نہیں کیا تمہارے ساتھ۔ میں نے تم سے کتنی بار پوچھا تھا ایک بار تو میں بطورِ خاص تم سے ملنے تمہاری خیریت پوچھنے راشدہ آپا کے گھر آیا تھا۔ تم نے تب بھی مجھے ہزار بار پوچھنے کے باوجود یہ نہیں بتایا کہ تمہارے ساتھ کیا ہو چکا ہے۔ کم از کم مجھے تو بتایا ہوتا۔ مجھے تو راز داں بنایا ہوتا اپنے غم کا۔ تم نے مجھ سے بھی چھپایا کیوں عزّہ؟'' نبیل بھائی نے سنجیدہ مگر دلگیر لہجے میں پوچھا۔

''وہ اس لیے بھائی کے انسان اپنا راز داں خود ہی ہوتا ہے۔ کوئی دوسرا کسی کے راز کو راز نہیں رکھ سکتا اور مجھے آپ کی حد سے زیادہ جذباتی اور شدت پسندانہ طبیعت کا بھی اندازہ تھا اس لیے بھی نہیں بتایا۔ اور کچھ نہ سہی مگر میں نے اپنی ماں کو تو شرمندہ اور دکھی ہونے سے بچا لیا تھا۔ انہیں تو ان کے شوہر کی نظروں میں سرخرو کر دیا تھا نا۔ ابو آخری وقت تک یہ کہتے رہے کہ تمہارے ماموں کے گھر والے میری توقع کے خلاف بہت اچھے ثابت ہوئے ہیں۔ انہوں نے تمہیں بے اولاد ہونے کے باوجود اپنے گھر میں بسا رکھا ہے۔ بھائی میں واپس میکے آ کر بھی کیا کرتی۔ تمام عمر میرے ماں باپ بہنیں بھائی اسی بات کے طعنے دیتے رہتے کہ میری وجہ سے ان کی زندگیاں خراب ہوئی ہیں۔

بھائی، میں نے تو ہمیشہ ان سب کا بھلا ہی سوچا اور چاہا تھا۔ انہوں نے ہمیشہ مجھے غلط ہی سمجھا۔'' وہ پرنم آواز میں بولی تو حسن کا دل کٹ کر رہ گیا۔

''میں نے تم سے ایک بار کہا تھا کہ تم ان لوگوں کو اپنا خون بھی پلا دو گی تب بھی یہ لوگ تمہاری قدر نہیں کریں گے۔ یاد ہے نا تمہیں۔'' نبیل بھائی نے جوشیلے لہجے میں کہا۔

''یاد ہے، مجھے سب کچھ یاد ہے بھائی، یادِ ماضی عذاب ہے یا رب، چھین لے مجھ سے حافظہ میرا۔ بھائی میں اگر شادی کی پہلی رات طلاق کا کاغذ لے کر ماں باپ کی دہلیز پر چلی جاتی۔ تو خون تو تب بھی خشک کر دیتے وہ لوگ میرا۔'' وہ گہرا سانس لے کر خود کو سنبھال کر سنجیدگی سے بولی۔

''اگر میں اس روز وہاں موجود ہوتا نا جس روز تمہارے اور شعیب کے اس ٹوٹے ہوئے رشتے کا انکشاف ہوا تھا تو۔ میں اس سالے کو گولی مار دیتا۔''

''شکر تھا کہ آپ وہاں نہیں تھے اس طرح تو میری ریاضت رائیگاں چلی جاتی۔'' عزہ نے دھیرے سے ہنس کر کہا۔ نبیل بھائی نے غصے سے کہا۔

''اور تم نے اس خبیث کو معاف کر دیا۔''

''اس لیے کہ میرے اسے معاف نہ کرنے سے میری زندگی میں تو کوئی تبدیلی نہیں آ سکتی تھی۔ میری اذیت تو کم نہیں ہو سکتی تھی۔ لیکن میں تو اس کی اذیت، اس کا پچھتاوا کم کر سکتی تھی نا۔ سو میں نے اسے معاف کر دیا۔'' وہ اسی لہجے میں بولی تو حسن کو وہ آسمان کی بلندیوں پر کھڑی ہوئی محسوس ہوئی عظمت کے مینار کی مانند۔

''بہر حال، جو ہوا سو ہوا، اب تم اکیلی نہیں رہو گی۔ دکھ نہیں سہو گی تم واپس لاہور چلی جاؤ۔ ندیم بھی یہی چاہتا ہے۔ وہ تمہاری شادی کرنا چاہتا ہے۔'' نبیل بھائی نے نرم لہجے میں کہا۔

''بھائی! میں یہاں سے واپس نہیں جاؤں گی اور ندیم بھائی نے دو بہنوں اور ایک بھائی کی شادی کے اخراجات اُٹھائے ہیں۔ نعیم کی تعلیم کے اخراجات وہ ہی اُٹھا رہے ہیں۔ ان کے اپنے بھی بیوی، بچے ہیں۔ ان کے بھی سو طرح کے اخراجات ہیں۔ اوپر سے اب میں بھی ان پر بوجھ بن جاؤں۔ انہوں نے کوئی ٹھیکہ لے رکھا ہے سب کو بھرنے کا۔ میرا ضمیر یہ گوارہ نہیں کرتا کہ میں بھائی کے در پر جا کر پڑی رہوں۔'' عزہ نے سنجیدگی سے کہا تو وہ نہایت سنجیدگی سے بولے۔

''تم ہمیشہ دوسروں کے لیے ہی سوچتی ہو، کبھی اپنے لیے بھی سوچ لیا کرو۔ ندیم بھائی ہے تمہارا۔ اس کا فرض ہے ذمہ داری ہے کہ وہ تمہیں بیاہے، تم پر خرچ کرے۔ تم یہ جاب چھوڑو اور چلو

واپس۔ ندیم تمہارا خرچ اُٹھا سکتا ہے۔‘‘

’’نہ دولہا بھائی جی نہ، میں جاب تو کبھی کسی کے کہنے پر نہیں چھوڑوں گی۔ اس جاب کی وجہ سے ہی آج تک مجھے کسی کے آگے ہاتھ نہیں پھیلانا پڑا۔ میں نے کبھی امی ابو سے اپنی ضرورت کے لیے پیسے نہیں مانگے تھے۔ تو میں بھائی بھابی کی دستِ نگر کیوں بن کر جیوں۔ یہ جاب میری عزت ہے بھائی۔ اللہ نے مجھے اپنے سوا کبھی کسی کے سامنے ہاتھ پھیلانے کے حالات سے دوچار نہیں کیا۔ کرم ہے اس کا اور میں اللہ کے سوا کسی اور کے سامنے اپنی چھوٹی چھوٹی ضرورتوں کے لیے ہاتھ نہیں پھیلانا چاہتی۔ اور بھائی یہ رشتے کیا ایسے ہیں کہ میں مانگوں گی ہاتھ پھیلاؤں گی تو تب میرے ہاتھوں پر ہمدردی کی بھیک رکھی جائے گی۔ بھائی مانگ کر ملا تو کیا ملا۔ جب اپنوں کے سامنے بھی ہاتھ پھیلانے کی نوبت آجائے۔ زبان سے کہہ کر مانگنے کی نوبت آجائے تو کیا فائدہ ان رشتوں کا۔ کیا فائدہ ایسے دینے کا ایسے لینے کا۔ میری نظر میں تو یہ رشتوں کی توہین ہے۔ مجھے کوئی جتا کر دے۔ پوچھ کر دے یہ میرے لئے شرم کا مقام ہوگا۔ میری ہتک ہوگی۔ بھائی رشتہ تو وہ ہوتا ہے جس میں نہ پیار مانگنے کی ضرورت پیش آئے اور نہ پیسہ مانگنے کے لیے زبان کو زحمت دینا پڑے۔ یہ رشتے تو مان ہوتے ہیں۔ فخر ہوتے ہیں ایک دوسرے کا۔ مگر افسوس ہم نے تو غیروں سے بھی بدتر رویے اپنا کر یہ خون کے رشتے تک بھلا دیئے۔ ان کا تقدس تک پامال کر دیا۔‘‘ وہ سنجیدہ اور اٹل لہجے میں بولی۔

’’تو تم جاب کبھی نہیں چھوڑو گی۔‘‘ نبیل بھائی نے اس کی بھیگی آنکھوں کو بغور دیکھا۔

’’شاید کبھی چھوڑ ہی دوں۔‘‘ اس نے سنجیدگی سے کہا۔ ’’جب مجھے رشتے کا احترام اور مان دینے والا مجھے اپنا سمجھ کر سب کچھ دان کر دینے والا ملے گا تو میں یہ جاب چھوڑ دوں گی۔ بھائی کوئی تو ایسا ہونا چاہئے نا کہ جو بنا مانگے آپ کو سب کچھ دے دے۔ آپ کی ضرورتوں کا خود خیال رکھے۔ نہ کہ اس انتظار میں رہے کہ دوسرا خود آپ سے کچھ مانگے تو آپ اسے دیں۔ پیار، پناہ اور پیسہ ہر رشتے کا تقاضا ہوتے ہیں۔ کوئی مجھے یہ سب بنا جتائے دے تو میں اس پر اپنی زندگی بھی نثار کر سکتی ہوں۔ مجھے رشتوں کا احترام کرنے والوں کا احترام کرنا آتا ہے بھائی۔‘‘

’’اللہ کرے کہ تمہیں ایسا ہی ہم سفر مل جائے جیسا تم نے سوچا ہے۔ اس وقت تک تو تم میرے گھر چلو۔ وہاں آرام سے رہنا۔‘‘ نبیل بھائی نے دل سے اسے دُعا دے کر کہا۔

’’نہیں بھائی، وہ گھر میری بہن کا سسرال بھی تو ہے۔ میں وہاں رہوں گی تو لوگ پھر باتیں

بنائیں گے۔ میکے والوں کی عزت پر بن آئے گی۔ سب مجھے برا بھلا کہیں گے کہ بھائی کے گھر کے ہوتے ہوئے میں بہن بہنوئی کے گھر جا ٹھہری۔ سینکڑوں قصے کہانیاں گھڑی جائیں گی۔ اور میں نہیں چاہتی کہ اب میری ذات کو موضوعِ بحث بنایا جائے۔" عزّہ نے معقول طریقے سے انکار کر دیا۔

"تو عزّہ بیٹا، تم ایسے کب تک رہو گی؟"

"پتا نہیں۔" اس نے بے بسی سے اپنے ہاتھوں کی لکیروں کو دیکھا۔

"عزّہ تم شادی کیوں نہیں کر لیتی بہت سے رشتے ہیں تمہارے لیے۔"

"رشتے۔" وہ تلخی سے مسکرا کر بولی۔ "بھائی جیسے رشتے مجھے اب تک ملے ہیں ویسے رشتے مجھے نہیں چاہئیں۔ بھائی، رشتے تو دل سے بنتے ہیں۔ احترام، عزت اور احساس سے بنتے ہیں۔ محبت سے بنتے ہیں۔ مجھے دُنیا دکھاوے کے، نام نہاد اور کاغذی رشتے نہیں چاہئیں۔"

"عزّہ، پہلے تم ناقدروں میں بیاہی گئی تھیں۔ ہو سکتا ہے کہ اب تمہیں دل سے چاہنے والا، تمہاری دل سے عزت اور قدر کرنے والا مل جائے۔" نبیل بھائی نے کہا۔

"مل جائے گا تو میں شادی کر لوں گی۔ مگر خاندان میں تو کبھی نہیں کروں گی۔"

"عزّہ بیٹا، مجھے معاف کر دو میں خود کو تمہارا مجرم تصور کرتا ہوں۔ میں نے ہی ٹھنڈے معاملے کو پھر سے گرم کیا تھا۔ راشدہ آپا کو تمہارے رشتے کے لیے چچا کے پاس بھیجا تھا۔ میں نے تو یہ سوچ کر ایسا کیا تھا کہ دونوں خاندان مل جائیں گے۔ رشتے مضبوط ہو جائیں گے۔ مجھے کیا معلوم تھا کہ وہ شعیب اس قدر گھٹیا اور کم ظرف نکلے گا۔" نبیل بھائی نے دکھ اور کرب سے کہا۔

"چھوڑیں بھائی، جو ہونا تھا ہو گیا۔ وٹے سٹے کی شادیاں کم ہی کامیاب ہوتی ہیں۔ ایک دوسرے سے دکھ سکھ منسوب و مشروط ہو جاتے ہیں دونوں طرف۔ اور مجھے کچھ کچھ اندازہ تھا۔ میری چھٹی حس خطرے کی گھنٹی بجا رہی تھی۔ پتا نہیں بھائی، میرے اپنے بارے میں تکلیف دہ اندازے ہمیشہ درست کیوں نکلتے ہیں۔ میں وہ سب کچھ بھولنا چاہتی ہوں۔ اور آپ لوگ مجھے بار بار وہ سب یاد دلاتے رہتے ہیں۔ میں آگے جانا چاہتی ہوں۔ پیچھے مڑ کر نہیں دیکھنا چاہتی۔ میں ماضی میں نہیں جینا چاہتی۔ میں گزشتہ دس برس کو اپنی آج اور کل کی زندگی پر حاوی نہیں کرنا چاہتی بھائی۔ اس لیے پلیز مجھے میرے حال پر چھوڑ دیں۔ مجھ سے وہ باتیں نہ کریں۔ جو اگر اب بھی یاد آتی ہیں تو میں رات رات بھر اذیت اور بے چینی کی آگ میں جھلستی رہتی ہوں۔ کاش! میں اپنی گزشتہ زندگی کی تلخیوں کو اپنے ذہن سے کھرچ کر پھینک سکتی۔"

''عزّہ، ہم سب کو اپنی زیادتیوں کا احساس ہے۔ ہم سب تم سے نادم ہیں۔ ہمیں معاف کر دو بہنا۔'' ندیم بھائی کی آواز پر اس نے حیران ہو کر سر اوپر اُٹھایا۔

''ندیم بھائی، آپ۔'' وہ حیرت سے انہیں دیکھتی کھڑی ہو گئی۔ حسن کھڑکی کی درز سے ندیم کا آدھا چہرہ ہی دیکھ سکے۔ انہوں نے دیکھا سگے بھائی کے انداز میں وہ اپنائیت اور والہانہ پن نہیں تھا۔ جو بہنوئی اور تایا زاد بھائی کے اندازِ ملاقات میں تھا۔ سچ ہے انسان کے رویے ہی ہمیں اپنا اور غیر بناتے ہیں۔

''کیسی ہو عزّہ؟'' ندیم بھائی نے اس کے سر پر ہاتھ رکھ کر پوچھا۔

''ٹھیک ہوں۔ آ۔ آپ بیٹھیں بھائی۔'' اس نے جھجکتی آواز میں کہا تو وہ قریب رکھی کرسی پر بیٹھ گئے۔

''کیا حال ہے بھائی، آپ دونوں اکٹھے آئے ہیں کیا؟''

''ہاں ہم ڈیڑھ گھنٹہ پہلے ہی یہاں پہنچے ہیں۔ بائے ائیر آئے ہیں۔'' ندیم بھائی نے بتایا۔

''بھابی بچے اور باقی سب گھر والے کیسے ہیں؟''

''سب ٹھیک ہیں اور سب چاہتے ہیں کہ تم واپس گھر آ جاؤ۔''

''میں واپس جا کر کیا کروں گی بھائی، آپ سب لوگ اپنی اپنی زندگیوں میں سیٹ ہیں۔ میں خواہ مخواہ آپ لوگوں کی لائف اپ سیٹ کرنے چلی آؤں۔ نہیں بھائی میں یہاں خوش ہوں۔ یہاں جاب ہے میری۔ میں کسی پر بوجھ تو نہیں ہوں۔''

''بوجھ نہیں ہو۔ لیکن ذمہ داری تو ہو تم ہم سب کی خاص کر میری۔ آخر بڑا بھائی ہوں میں تمہارا۔ تمہارے مستقبل کے بارے میں سوچنا اور عمل کرنا میرا ہی فرض بنتا ہے۔'' ندیم بھائی نے نرم اور سنجیدہ لہجے میں کہا تو وہ دل سے نرمی سے بولی۔

''اللہ آپ کو ہمیشہ صحت مند اور خوش رکھے۔ بھائی، آپ نے اپنا فرض اور ذمہ داری احسن طریقے سے نبھائی ہے۔ اپنے بیوی بچوں کے ساتھ ساتھ اپنے ماں باپ بھائی بہنوں کو بھی سپورٹ کیا ہے۔ بھائی اب آپ صرف اپنے بیوی بچوں کے لیے محنت کریں۔ اپنی زندگی کو آسان بنائیں۔ بہت قربانی دے چکے آپ۔ آخر آپ کا بھی تو کچھ حق ہے اپنی زندگی کی خوشیاں انجوائے کرنے کا۔ بس بھائی، آپ میری فکر چھوڑ دیں۔ مجھے صرف آپ کی دُعائیں چاہئیں۔''

''مجھے معلوم ہے عزّہ، کہ تمہیں ہم سے دُعاؤں کے سوا کبھی کسی چیز کی طلب یا خواہش نہیں

رہی۔تم بہت زیادہ حساس اور خوددار ہو۔تم کسی کا بھی احسان نہیں لینا چاہتی۔حتیٰ کہ بھائی بہنوں کا بھی نہیں۔وجہ میں جانتا ہوں۔ہم سب کے رویے ہمیشہ غیروں کے سے رہے ہیں تمہارے ساتھ اور شاید آپس میں ایک دوسرے کے ساتھ بھی لیکن تم چونکہ سب سے زیادہ حساس اور جذباتی واقع ہوئی تھیں۔اس لیے تم نے زیادہ محسوس کیا۔تمہیں ہم سے وہ اپنا پن وہ پیار وہ مان ملا ہی نہیں کہ تم ہم سے کسی چیز کی فرمائش کرتیں۔اپنے اخراجات کے لیے اپنے کسی کام کے لیے ہمارے پاس دوڑی چلی آتیں۔ہم ذرا ذرا سی بات جتانے اور شرمندہ کرنے کے عادی تھے۔عزّہ، میں مانتا ہوں کہ میں نے بھی تمہیں اپنے رویے اور اپنی باتوں سے بہت ہرٹ کیا ہے۔لیکن تمہیں معلوم ہے کہ میں ایسا کیوں کرتا تھا؟''

''کیوں کرتے تھے؟''عزّہ کا لہجہ اور آنکھیں بھیگنے لگیں۔حسن کی بے کلی بڑھ گئی تھی۔

''کیونکہ مجھے معلوم تھا کہ تم بہت زیادہ حساس اور جذباتی ہو۔تم ہر تصویر، ہر منظر کا مثبت پہلو اور رُخ دیکھنے کی عادی ہو۔اور ہمارا ماحول ہمارے خاندان کا ماحول بہت منفی رویوں کا حامل تھا۔میں تمہیں اس لیے تمہیں ٹیز (تنگ) کرتا رہتا تھا تا کہ تم ان رویوں کی عادی ہو جاؤ اندر سے مضبوط ہو جاؤ اور آئندہ زندگی میں تمہیں یہ رویے دوسروں سے ملیں۔تو تمہیں دکھ نہ ہو۔بلکہ تم دکھوں پر ہنسنا سیکھ لو۔دُنیا تو رلا کر خوش ہوتی ہے۔کسی کی ہنسی میں یہاں کوئی خوش نہیں ہوتا۔حتیٰ کہ سگے رشتے دار بھی خوش نہیں ہوتے۔تم سب پر اعتبار کرتی تھیں۔''

''ٹھیک کہا بھائی آپ نے، میں سب پر اعتبار کرتی تھی۔اور سب نے اعتبار چھین لیا۔''وہ ان کی بات کاٹ کر بھرائی آواز میں بولی۔''مجھے یہ بتایئے بھائی، کہ آج تک میں نے اپنے مثبت رویے، سوچ اور عمل کے باعث نقصان اُٹھایا۔اپنے اعتبار کے باعث نقصان اُٹھایا۔یا آپ لوگوں کے فیصلوں اور رویوں کے باعث۔جواب دیجئے مجھے۔میری وجہ سے آپ لوگوں کو کب کوئی نقصان پہنچا تھا یا پہنچا ہے اب تک۔مجھے نہیں معلوم تھا کہ پیار، اعتبار اور حسنِ عمل، خوش خلقی اتنے بڑے جرم ہیں کہ میرے اپنے ہی مجھے عمر بھر سزا اور ایذاء دیتے رہے۔بھائی یہ کہاں کا انصاف ہے کہ آپ اپنی بہن، بیٹی کو میکے میں اس لیے دکھ اور نفرت دیتے ہیں تا کہ وہ سسرال جانے تک ان رویوں کی عادی ہو جائے۔بھائی، سسرال کے خیال اور خوف سے بہن، بیٹی سے اس کے میکے کا مان اور پیار، تحفظ اور اعتبار چھین لینا کہاں کا انصاف ہے۔ایسا میرے ساتھ ہی نہیں ہوا۔نجانے میرے جیسی اور کتنی لڑکیاں ہوں گی۔جو میکے سے سسرال تک نفرت اور بے حسی کی بھٹی میں جلتی

رہی ہوں گی اور جل رہی ہوں گی۔ بہت افسوس کا مقام ہے بھائی۔ لڑکی کو اگر سسرال اچھی نہ ملے تو اس کے پاس میکے کی کوئی اچھی یاد تو ہو کے جو اسے جینے کے لیے توانائی دیتی رہے۔ ورنہ کیا ہے لڑکی کی زندگی۔ میکے سے سسرال اور موت تک نفرت ہی نفرت، ذلت ہی ذلت۔ آپ کو میری باتیں ہمیشہ کی طرح اس وقت بھی بری لگ رہی ہوں گی۔ میں آج بھی وہی عزّہ ہوں بھائی۔ اتنی ہی حساس اور اتنی ہی جذباتی بلکہ پہلے سے زیادہ شدت آ گئی ہے اب میرے جذبات اور احساسات میں کیونکہ میں یہ سب کچھ سہہ کر یہاں تک پہنچی ہوں۔ روح کے گھاؤ اتنی جلدی نہیں بھرتے بھائی۔ اس لیے آپ کا یہاں آنا مجھے سمجھانا سب فضول ہے۔ میں آج بھی وہی عزّہ ہوں۔'' وہ اپنے آنسو اپنے اندر اتار کر بہت سنجیدہ اور سپاٹ لہجے میں بولی۔ ندیم بھائی اور نبیل بھائی کتنی دیر کچھ نہ بول سکے۔ حسن پر بھی نئے نئے انکشافات ہو رہے تھے، عزّہ کی ذات، اس کی سوچ اور مزاج کے حوالے سے اور وہ سوچ رہے تھے کہ انہیں عزّہ کے ساتھ زندگی بسر کرنے میں اب زیادہ مشکل نہیں ہوگی۔ وہ ہر اس بات سے اجتناب برتیں گے جو عزّہ کو ناپسند ہے یا جو اس کے لیے دکھ کا، اذیت کا باعث بن سکتی ہے۔ وہ اس حساس اور جذباتی لڑکی کو پھولوں سے بھی زیادہ احتیاط سے رکھیں گے۔ اسے ذرا سی بھی خراش نہیں آنے دیں گے۔

''عزّہ، پلیز ہم سب کو معاف کر دو۔'' کافی دیر بعد ندیم بھائی نے کہا۔

''بھائی پلیز، مجھے شرمندہ نہ کریں۔ مجھے آپ لوگوں کی معافی کی نہیں محبت کی ضرورت رہی ہے ہمیشہ۔ اور اب تو اس کی بھی طلب نہیں رہی۔ زندگی کے تیس برس تو گزر ہی گئے آپ لوگوں کی محبت کے بغیر۔ اتنے طویل عرصے میں تو طلب، تمنا، خواہش، آرزو اور آس، اُمید سبھی کچھ دم توڑ دیتی ہیں۔ مجھے ساری زندگی اس بات کا دکھ رہے گا کہ آپ لوگوں نے میرے سگے خون کے رشتوں نے مجھے غلط سمجھا۔ میرے خلوص اور پیار کا مذاق اڑایا۔ میرے احساس کو بے حسی کا نام دیا۔ آپ لوگ تو میرے اپنے تھے۔ کیا میں آپ لوگوں سے بھی پیار نہ کرتی۔ اگر یہ رشتے بھی پیار، محبت کے لیے نہیں بنے تو بتائیے بھائی، پھر وہ کون سے رشتے ہیں جس سے انسان پیار اور محبت کے ناطے جوڑتا ہے؟''

''عزّہ، تم ٹھیک کہتی ہو، اصل میں تم اس گھر اور اس ماحول کے لیے بنی ہی نہیں تھیں۔ تم اس ماحول اور ان لوگوں کے لیے ''مس فٹ'' تھیں۔ تم ان جیسی نہ بن سکیں۔ اور اللہ کا شکر ہے کہ تم ان جیسی نہیں بنیں۔ کسی کو تو اس ماحول سے نفرت اور بغاوت کا علم بلند کرنا چاہئے تھا۔ اور تم نے ایسا

کر دکھایا۔تم تو اس اندھیرے میں روشنی کی کرن تھیں عزّہ۔تم بہت بہادر لڑکی ہو۔ہمیں تم پر فخر ہے بیٹا۔'' نبیل بھائی نے اسے محبت سے دیکھتے ہوئے کہا۔

''تھینک یو بھائی، آپ کی دُعائیں ہمیشہ میرے ساتھ رہی ہیں۔'' اس نے مسکرا کر کہا۔

''اور انشاء اللہ ہمیشہ ساتھ رہیں گی۔'' انہوں نے اس کا سر تھپکا۔

''عزّہ، تم جاب چھوڑ کر میرے ساتھ لاہور واپس چلو۔'' ندیم بھائی نے کہا۔

''سوری بھائی، یہ میں نہیں کر سکتی۔'' اس نے نظریں جھکا کر کہا۔

''تو پھر شادی کر لو اور اپنے گھر کی ہو جاؤ۔ ثمین بہن نے اپنے کزن حسن کا ذکر کیا تھا۔ یہ لوگ خود بہت اچھے ہیں۔تم ثمین کو عزیر بھائی کو جانتی ہو۔یقیناً ان کے کزن حسن بھی اچھے انسان ہوں گے۔''

''آپ سے ثمین کی ملاقات کب ہوئی؟'' اس نے حیران ہو کر پوچھا۔

''ملاقات نہیں ہوئی۔انہوں نے مجھے فون کر کے اس رشتے کے بارے میں بتایا تھا۔وہ بتا رہی تھیں کہ ان کے کزن ''حسن'' ملک سے باہر ہیں۔آج کل میں آنے والے ہیں۔وہ حسن صاحب کو تمہارے بارے بتا چکی ہیں۔اور تم نے اتنے اچھے رشتے سے انکار کر دیا۔''

''بھائی میں۔''

''دیکھو عزّہ، اگر ''حسن صاحب'' کا پرپوزل معقول ہے تو تمہارے انکار کا کوئی جواز نہیں بنتا۔خاندان میں تم شادی کرنا نہیں چاہتی تو اس رشتے کو ٹھکرانے کی کوئی ضرورت نہیں ہے۔میں حسن صاحب سے ملوں گا۔اگر مجھے بھی وہ تمہارے لیے بہتر لگے تو میں تمہاری شادی ان سے طے کر کے ہی یہاں سے جاؤں گا۔'' وہ سنجیدہ اور فیصلہ کن لہجے میں بولے۔حسن کا دل عزّہ کے جواب میں اٹکا ہوا تھا۔

''ثمین کو کیا ضرورت تھی آپ سے ذکر کرنے کی۔'' وہ الجھن آمیز لہجے میں بولی۔

''وہ تمہاری دوست ہے اور اچھی دوست ہے اسی لیے تمہارا گھر بسا ہوا دیکھنا چاہتی ہے۔ تمہیں اندازہ ہے کہ خاندان والے ہم سے کیا کیا سوال کرتے ہیں۔ہم سے زیادہ خاندان والوں کو تمہارے مستقبل کی تمہاری شادی کی فکر ہے۔اور دو مہینے نہیں ہوئے تمہاری طلاق کو دس برس اور دو ماہ گزر چکے ہیں اس واقعے کو۔بہت وقت برباد ہو چکا ہے۔مزید کی اجازت میں تمہیں نہیں دوں گا۔تم جاب چھوڑ کر لاہور نہیں جانا چاہتیں تو تمہیں حسن سے شادی کر کے یہاں رہنا ہو گا۔''

ندیم نے بہت سنجیدہ اور سپاٹ لہجے میں کہا۔

''کیا یہ آپ کا حکم ہے؟''

''حکم ہی سمجھ لو، بڑا ہوں تمہارا تمہیں حکم دے سکتا ہوں۔ عزّہ تم نے پہلے ہم سب کی عزت کے لیے اتنی بڑی قربانی دی ہے۔ کیا اب تم ہم سب کی خاطر ہماری عزت کی خاطر یہ شادی نہیں کر سکتیں۔ اس طرح لوگوں کے منہ بھی بند ہو جائیں گے اور ہمیں بھی تمہاری طرف سے اطمینان ہو جائے گا۔'' ندیم بھائی نے اب کی بار قدرے نرم لہجے میں کہا۔

''ٹھیک ہے بھائی، میں ''حسن صاحب'' سے شادی کے لیے تیار ہوں۔ لیکن اس کے لیے میری ایک شرط ہے۔'' عزّہ نے چند لمحے کی خاموشی کے بعد سنجیدہ لہجے میں کہا تو انہوں نے فوراً کہا۔ ''مجھے تمہاری ہر شرط منظور ہے بولو۔''

''بھائی، میں اسی گھر سے رخصت ہونا چاہتی ہوں۔ لاہور نہیں جاؤں گی میں اور جہیز کے نام پر میں اپنے ساتھ ایک چیز بھی نہیں لے کر جاؤں گی۔ میں جو ہوں، جیسی ہوں۔ اور جس ساز و سامان کے ساتھ یہاں مقیم ہوں۔ اگر حسن صاحب کو قبول ہوں تو مجھے اس شادی سے کوئی انکار نہیں ہے۔'' عزّہ نے سنجیدگی سے کہا تو حسن مسکرا دیئے۔ اور دل میں اسے مخاطب کر کے بولے۔

''عزّہ ڈیئر، میں تو خود آپ کو تین کپڑوں میں بیاہ کر لے جانا چاہتا ہوں۔ میرے پاس اللہ کا دیا سب کچھ ہے۔ مجھے تو صرف آپ کی ضرورت ہے۔ میرے پاس تو صرف آپ کی کمی ہے۔ جو آپ کے آنے سے دور ہو جائے گی۔''

''عزّہ، عزّہ، تم آئیڈیل ازم کی باتیں کر رہی ہو۔ آج کل بغیر جہیز کے کون بیاہتا ہے لڑکی کو۔ لوگ تو جہیز کے ساتھ لڑکی کو قبول کرتے ہیں۔ اور یہ ہماری تمہاری عزت کا بھی سوال ہے۔ خالی ہاتھ جاؤ گی تو سسرال میں کون عزت کرے گا تمہاری؟'' ندیم بھائی نے سنجیدہ لہجے میں کہا۔

''بھائی، یہی تو میں دیکھنا چاہتی ہوں کہ کون میری عزت کرتا ہے۔ جو میری عزت کرے گا۔ وہ مجھے خالی ہاتھ بھی عزت سے قبول کرے گا۔ میں یہ رشتہ دولت سے نہیں عزت سے جوڑنا چاہتی ہوں۔ اگر حسن صاحب کو صرف میری ذات سے دلچسپی ہوگی۔ میری ضرورت ہوگی تو وہ خود جہیز لینے سے انکار کر دیں گے۔ اگر نہیں کرتے تو آپ ان تک میری یہ بات پہنچا دیجئے گا۔ اور ویسے بھی جہیز سے زندگی نہیں گزرتی۔ شادی کے لیے اصل چیز قبول و ایجاب کی رسم ہے۔ باقی سب رسمیں ہماری اپنی رائج کردہ ہیں۔ اس لیے میں چاہوں گی کہ میری شادی پر آپ ایک پیسہ بھی خرچ

نہ کریں۔ سادگی سے نکاح کرا کے اسی گھر سے رخصت کر دیں۔ اگر آپ کو اور حسن صاحب کو میری شرائط قبول ہیں تو بے شک آج ہی نکاح پڑھوا دیں۔ اگر نہیں تو میری طرف سے انکار سمجھیں۔''

عزّہ نے فیصلہ کن لہجے میں کہا تو ندیم بھائی نے نبیل بھائی کی طرف سوالیہ نظروں سے دیکھا انہوں نے اثبات میں سر ہلا کر اس کی شرائط مان لینے کا اشارہ دیا۔

''ٹھیک ہے لیکن شادی کے لیے عروسی جوڑے اور زیور کا تو انتظام کرنا ہوگا کہ اب تم اس سے بھی انکار کرو گی۔ اب ہم تمہیں بالکل یتیموں کی طرح تو رخصت نہیں کر سکتے۔'' ندیم بھائی نے سپاٹ لہجے میں کہا تو وہ سنجیدگی سے بولی۔

''ٹھیک ہے ویڈنگ ڈریس اور جیولری تو حسن صاحب کی طرف سے آنی چاہئے۔''

''اوہو، عزّہ یہ اوروں کے ہاں ہوتا ہوگا۔ لیکن ہمارے ہاں یہ رسم نہیں ہے۔ لڑکی کی شادی کا جوڑا لڑکی والے ہی بناتے ہیں۔'' ندیم بھائی جھلا کر بولے۔

''میں نے کہا نا بھائی، کہ میں اپنے علاوہ اپنے ساتھ کچھ نہیں لے جاؤں گی۔ میں تو یہی لباس پہن کر جاؤں گی۔ برائیڈل ڈریس اور جیولری اگر ضروری ہے تو لڑکے والوں کو اس کا انتظام کرنا ہوگا۔''

''تم سے کوئی نہیں جیت سکتا۔ ٹھیک ہے جیسا تم چاہو گی ویسا ہی ہوگا مگر خدا کے لیے اب شادی سے انکار مت کر دینا۔ اور چلو۔ مجھے اپنی دوست سے ملواؤ میں اس سے ہی یہ بات کہوں گا۔ اب خود حسن سے یہ بات کہتے ہوئے اچھا لگوں گا۔ تمہاری تو منطق ہی نرالی ہے۔'' ندیم بھائی نے دائیں ہاتھ کی انگلیوں سے اپنے ماتھے کو رگڑتے ہوئے سپاٹ اور الجھے ہوئے لہجے میں کہا۔

''انکل، آپ دونوں اندر ڈرائنگ روم میں آ جائیں۔ مما نے چائے کے لیے بلایا ہے۔'' عمیر نے اسی وقت ان کے پاس آ کر کہا تو وہ عمیر سے اس کے مشاغل کے بارے میں پوچھنے لگے اور اتنی دیر میں حسن نے چپکے سے جا کر ثمین اور عزیر کو ساری بات سمجھا دی۔ وہ ندیم اور نبیل سے ابھی ہی ملنا چاہتے تھے۔ بس ان پر ظاہر یہ کرنا تھا کہ وہ ''عزیر ہاؤس'' ان کے آنے کے بعد پہنچے ہیں۔ اور فارن ٹوئر سے آج صبح ہی اسلام آباد پہنچے ہیں۔ ثمین اور عزیر نے انہیں او کے کا سگنل دیا تو وہ واپس سٹنگ روم میں آ گئے۔ عزّہ ان تینوں کے ساتھ ڈرائنگ روم میں آ گئی۔ جہاں ثمین نے ان کے لیے پرتکلف چائے کا اہتمام کر رکھا تھا۔ عزیر بھائی ان دونوں سے بہت تپاک سے ملے۔ اور نبیل بھائی نے ثمین کے سر پر بڑی شفقت سے ہاتھ پھیرا تو ندیم نے بھی ان کی پیروی کی۔

تعارف کے بعد عزیر اور ثمین انہیں حسن کے بارے میں جس طرح معلومات فراہم کر رہے تھے۔ عزّہ سمجھ گئی تھی کہ یہ ضرور حسن کی حکمت عملی ہے۔ انہوں نے ندیم بھائی اور نبیل بھائی پر یہی ظاہر کیا تھا کہ حسن نے عزّہ کو اب تک نہیں دیکھا اور یہ کہ وہ تین ماہ کے بزنس ٹور کے بعد آج صبح ہی اسلام آباد پہنچے ہیں۔ ان دونوں کو یہ رشتہ ہر لحاظ سے مناسب لگ رہا تھا۔ اور وہ دونوں حسن سے ملنے کے لیے بے چین تھے۔

''السلام علیکم ایوری باڈی۔'' حسن پلاننگ کے مطابق ڈرائنگ روم کے اندر داخل ہوتے ہوئے بولے تو سب نے ان کی طرف دیکھا۔

''وعلیکم السلام، حسن یار بڑی لمبی عمر ہے تمہاری، ابھی ہم تمہارا ہی ذکر کر رہے تھے۔'' عزیر نے اُٹھ کر ان سے بغل گیر ہوتے ہوئے کہا۔

''خیریت تو ہے نا۔'' حسن نے پوچھا۔

''بالکل خیریت ہے، تم سناؤ کیسا رہا تمہارا بزنس ٹور؟''

''اے ون۔ اور بھابی آپ کیسی ہیں؟'' حسن نے ثمین کی طرف دیکھتے ہوئے پوچھا۔

''میں بالکل ٹھیک ہوں۔'' ثمین نے مسکراتے ہوئے جواب دیا تو عزّہ وہاں سے اُٹھ کر چلی گئی۔ حسن نے اسے جاتا دیکھ کر ثمین کو دیکھتے ہوئے کہا۔

''ارے بھابی یہ خاتون کیوں چلی گئیں۔ لگتا ہے میں غلط وقت پر آ گیا۔ انہیں بلا لیں۔ میں عزیر کو لے کر باہر لان میں بیٹھ جاتا ہوں۔''

''ارے نہیں حسن بھائی، وہ یہیں ہے۔ آپ ان سے ملیں یہ لڑکی کے بھائی اور بہنوئی ہیں۔'' ثمین نے ندیم بھائی اور نبیل بھائی کی طرف اشارہ کر کے کہا۔

''کس لڑکی کے؟'' حسن نے حیران ہونے کی خوب ایکٹنگ کی۔

''اس لڑکی کے جس سے ہم نے آپ کے رشتے کی بات چلائی ہے۔''

''او آئی سی السلام علیکم کیسے ہیں آپ لوگ؟'' حسن نے خوشگوار حیرت کا اظہار کرتے ہوئے باری باری دونوں سے بڑی گرم جوشی سے مصافحہ کیا۔

''اللہ کا شکر ہے۔ بہت تعریف سنی تھی آپ کی سوچا آپ سے ملاقات بھی ہو جائے۔'' ندیم بھائی نے مسکراتے ہوئے کہا۔

''بہت شکریہ، ویسے آپ نے بالکل صحیح وقت کا انتخاب کیا ہے یہاں آنے کے لیے۔ میں تو

آج صبح ہی لندن سے یہاں پہنچا ہوں۔'' حسن نے مسکراتے ہوئے بتایا۔

''یار، اپنا حلیہ تو درست کر لینا تھا۔ لگتا ہے لندن سے پیدل مارچ کرتے ہوئے یہاں پہنچے ہو۔'' عزیر نے ان کے اچھے بھلے حلیے کو مذاق کا نشانہ بنایا تو ان تینوں کو ہنسی آ گئی۔ وہ سیاہ پینٹ کوٹ اور سفید شرٹ میں ملبوس تھے۔ اور بے حد وجیہہ لگ رہے تھے۔

''آپ کی اطلاع کے لیے عرض ہے کہ میں ائیر پورٹ سے سیدھا اپنے آفس گیا تھا۔ وہاں کام میں مصروف رہا اور پھر وہاں سے یہاں چلا آیا۔ اب اگر مجھے یہ معلوم ہوتا کہ مجھے بر دکھوے کے لیے جانا ہے تو میں ڈھنگ سے تیار ہو کر آتا۔ تم ہی مجھے فون کر کے بتا دیتے۔'' حسن نے مسکراتے ہوئے کہا۔

''یہ باتیں تو ہوتی رہیں گی پہلے کام کی بات کر لیں حسن بھائی!'' ثمین نے انہیں مکسڈ فروٹ کیک کا ٹکڑا پلیٹ میں رکھ کر دیتے ہوئے کہا۔

''جی ضرور بھابی۔'' حسن نے پلیٹ پکڑ کر کہا۔

''ندیم بھائی آپ کو حسن بھائی کے بارے میں جو بھی معلومات کرنی ہیں۔ آپ اپنی تسلی کر لیں۔ تاکہ بعد میں آپ کو فکر نہ ہو۔ ویسے عزّہ اگر ہماری سگی بہن ہوتی نا تو بھی ہمیں اس کے لیے حسن بھائی سے بہتر بر نہیں مل سکتا تھا۔'' ثمین نے ندیم کو دیکھتے ہوئے کہا۔

''کیا آپ نے انہیں عزّہ کے بارے میں سب کچھ بتا دیا ہے؟'' ندیم بھائی نے پوچھا۔

''جی ہاں اور حسن بھائی کو عزّہ کے ماضی سے نہیں اس کے حال سے غرض ہے۔''

''ٹھیک ہے پھر ہمیں تو کوئی اعتراض نہیں ہے۔ آپ باقی معاملات ان سے ڈس کس کر لیں۔'' ندیم نے چائے کا سپ لے کر کہا۔

''شکریہ ندیم بھائی۔'' ثمین نے خوش ہو کر کہا اور پھر حسن کی طرف دیکھتے ہوئے پوچھا۔

''حسن بھائی! ابھی جو لڑکی یہاں سے گئی تھی۔ وہی عزّہ ہے جس سے ہم نے آپ کی بات طے کی ہے۔ پسند آئی آپ کو عزّہ؟''

''بھابی، آپ کی پسند پر مجھے مکمل بھروسہ ہے۔ میں نے تو لڑکی کو دیکھے بنا آپ کی پسند کو قبول کر لیا تھا۔ اب آپ یہ بتائیے کہ میں کب بارات لے کر آؤں؟'' حسن نے مسکراتے ہوئے کہا تو عزیر نے رائے دی۔

''دو دن بعد جمعہ ہے مبارک دن ہے میرے خیال سے یہی مناسب رہے گا۔''

''میرا بھی یہی خیال ہے کیوں ندیم؟'' نبیل بھائی نے کہا۔

''ہاں جمعہ مناسب رہے گا۔'' ندیم بھائی نے سنجیدگی سے کہا۔ ''یوں بھی عزّہ نے سادگی سے نکاح کرنے کا کہا ہے۔''

''حسن بھائی، آپ کی کوئی ڈیمانڈ تو نہیں ہے۔'' ثمین نے اپنی ہنسی چھپاتے ہوئے پوچھا۔

''بھابی جان! کیسی باتیں کر رہی ہیں آپ، کیا آپ مجھے جانتی نہیں ہیں۔ میں نے آپ کو پہلے ہی کہہ دیا تھا کہ مجھے جہیز وغیرہ کی قطعاً ضرورت نہیں ہے۔ اللہ کا کرم ہے اس کا دیا سب کچھ ہے میرے پاس۔ مجھے تو صرف ایک مخلص شریکِ حیات کی ضرورت ہے۔ اور میرا خیال ہے کہ جو لوگ اپنی بہن، بیٹی کسی کے نکاح میں دے دیتے ہیں۔ تو وہ اپنا سب کچھ دے دیتے ہیں۔ اور ان کی بہن ان کی عزت ہے۔ جسے وہ مجھ سے منسوب کر کے میری عزت افزائی کر رہے ہیں۔ میرے لیے تو یہ بہت عزت اور اعزاز کی بات ہوگی۔ مجھے عزّہ صاحبہ کے علاوہ کچھ نہیں چاہیے۔ بلکہ ہمارے ہاں تو شادی کا لباس اور جیولری وغیرہ بھی لڑکے والوں کی طرف سے بھیجی جاتی ہے۔ اور انشاء اللہ تعالیٰ میں بھی اپنی ہونے والی دلہن کے لیے یہ سامان آرائش خود بھجواؤں گا۔ اور ثمین بھابی آپ کو اس سلسلے میں میری راہنمائی اور مدد کرنی ہے۔ کیونکہ مجھے خواتین کی شاپنگ کا کوئی تجربہ نہیں ہے۔'' حسن نے بہت نرم اور دھیمے لہجے میں کہا تو وہ دونوں ان کی سوچ اور خیالات جان کر بہت مسرور اور مطمئن ہو رہے تھے۔

''فکر نہ کیجیے حسن بھائی، میں آپ کی دلہن کی ساری شاپنگ کرا دوں گی۔ اب نکاح کا وقت اور حق مہر بھی مقرر کر لیا جائے تو بہتر ہے۔'' ثمین نے خوشی سے کہا۔

''آپ بتایئے ندیم! آپ عزّہ کے بھائی ہیں آپ جو وقت اور مہر مناسب سمجھیں۔ وہ بتا دیں۔'' عزیر نے ندیم بھائی کو دیکھتے ہوئے کہا۔

''وقت میرے خیال میں نمازِ جمعہ سے پہلے نکاح ہو جائے۔ رخصتی آرام سے تین چار بجے شام تک کر دیں گے۔ کیوں نبیل بھائی آپ کی کیا رائے ہے؟'' ندیم بھائی نے اپنا خیال بتا کر نبیل بھائی سے پوچھا۔

''میری بھی یہی رائے ہے اور حق مہر شرعی ہونا چاہیے۔'' نبیل بھائی نے کہا۔

''نبیل بھائی، مجھے علم ہے کہ زیادہ حق مہر لکھوانے سے رشتے زیادہ مضبوط، یا پائیدار نہیں ہوتے۔ رشتے تو انڈر سٹینڈنگ سے محبت سے مضبوط بنتے ہیں۔ اس لیے میں محض رشتے کی

پائیداری کی ضمانت کے طور پر بھاری حق مہر رکھنے یا رکھوانے کے خلاف ہوں۔ مگر چونکہ میں اللہ کے کرم سے معاشی طور پر مضبوط اور خوشحال ہوں۔ اس لیے میں اپنی مرضی اور خوشی سے اپنی بیوی کو پچاس لاکھ روپے حق مہر ادا کروں گا۔ اور یہ محض کاغذی کارروائی نہیں ہوگی۔ میں باقاعدہ یہ رقم نکاح کے بعد اپنی بیوی کو ادا کروں گا۔ کیونکہ یہ میری بیوی کا حق بھی ہوگا اور اسے احساسِ تحفظ بھی ملے گا۔ باقی آپ میرے بارے میں مزید معلومات کرنا چاہیں۔ تو میرا کارڈ رکھ لیجئے۔''

حسن نے اپنے کوٹ کی جیب میں سے اپنا والٹ نکال کر اس میں سے دو وزٹنگ کارڈ نکالے اور ایک ایک ان دونوں کو دیدیا۔

''آپ میرے آفس اور گھر دونوں جگہ جا کر اپنی تسلی کر سکتے ہیں۔'' حسن نے کہا۔

''ہماری تسلی کے لیے اتنا ہی کافی ہے کہ آپ عزّہ کی سہیلی کے کزن ہیں۔ بہر حال ہمیں آپ سے مل کر بہت خوشی ہوئی ہے۔ اور انشاء اللہ آپ سے رشتہ جوڑ کر اور بھی زیادہ خوشی ہوگی۔'' ندیم بھائی نے ایمانداری سے کہا۔

''بڑی نوازش، بہت شکریہ، اچھا تو پھر مجھے اجازت دیجئے۔''

حسن نے چائے کا کپ خالی کر کے میز پر رکھتے ہوئے بہت مودب لہجے میں کہا اور عزّہ جو دروازے کے پیچھے کھڑی سب کچھ سن چکی تھی۔ ان کی اجازت والی بات سن کر اپنے کمرے کی طرف بڑھ گئی۔

''ہیں، ہیں یہ تم کہاں چل دیئے؟'' عزیر نے تیزی سے کہا۔ ''تین ماہ بعد شکل دکھائی ہے۔ بیٹھو آرام سے اور کھانا کھا کر جانا اور آپ دونوں بھی کہیں نہیں جائیں گے۔ یہیں رہیں گے۔ انیکسی میں کمرہ خالی ہے۔''

''نہیں عزیر صاحب! اچھا نہیں لگتا بہن کے گھر ٹھہرنا۔ ہم ہوٹل میں ٹھہریں گے۔''

ندیم بھائی نے کھڑے ہو کر کہا نبیل بھائی بھی ساتھ ہی کھڑے ہو گئے۔

''نہ بہن کے گھر نہ ہوٹل۔ آپ دونوں میرے گھر ٹھہریں گے۔'' حسن نے کہا۔

لیکن۔ وہ دونوں ایک ساتھ بولے۔

نو، نو، نو ایکسکیوز۔ آپ میرے ساتھ میرے گھر چلیں گے۔ اسی بہانے آپ اپنی بہن کا ہونے والا گھر بھی دیکھ لیں گے۔ صبح میں آپ کو اپنے ساتھ فیکٹری اور آفس لے جاؤں گا۔ تا کہ آپ میرے متعلق سب کچھ جان لیں۔ تو پھر چلیں۔ دیکھیں انکار نہیں سنوں گا میں۔'' حسن نے

بہت خلوص اور اصرار سے کہا۔

''آپ اتنے اصرار سے اتنے خلوص سے کہہ رہے ہیں تو ہم انکار کی جرأت کیسے کر سکتے ہیں۔'' نبیل بھائی نے کہا تو سب ہنس دیئے۔

''تو پھر چلیں۔''

''آں، نہیں پہلے ہم مارکیٹ تک ہو آئیں۔ ایک ضروری کام کرنا ہے۔ پھر آپ کے ساتھ چلیں گے۔ تب تک آپ ہمارا یہاں بیٹھ کر انتظار کریں۔'' نبیل بھائی نے کہا۔

''او کے، باہر میرا ڈرائیور گاڑی لے کر موجود ہوگا۔ آپ اس کے ساتھ گاڑی میں چلے جائیں۔ شاپنگ کے بعد مجھے یہاں سے پک کر لیجئے گا۔'' حسن نے مسکرا کر کہا۔

''ٹھیک ہے چلیں نبیل بھائی ہم عزّہ سے ملتے جائیں اسے بتا بھی دیں گے۔'' ندیم نے ان سے کہا۔

''چلو، اچھا بیٹا، مہمان نوازی کا بے حد شکریہ۔ آپ نے عزّہ سے دوستی کا حق ادا کر دیا ہے۔ جیتی رہیئے۔'' نبیل بھائی نے ثمین کے سر پر ہاتھ رکھ کر کہا اور ہزار کا ایک نوٹ اس کے ہاتھ پر رکھ دیا۔''

''نبیل بھائی یہ کس لیے؟''

''پہلی بار آئے ہیں کچھ لانے کا خیال ہی نہیں رہا۔ اس لیے یہ رکھ لو۔'' وہ اس کا سر تھپک کر بولے۔

''شکریہ نبیل بھائی!'' اس نے مسکراتے ہوئے کہا اور وہ دونوں عزّہ سے ملنے اس کی راہنمائی میں انیکسی کی طرف چلے گئے۔ تو عزیر نے حسن سے کہا۔

''اپنے ڈرائیور کو تو تم نے فون کر دیا تھا۔ وہ پہنچ چکا ہے۔ اب اسے جا کر سمجھا بھی دو۔ ایسا نہ ہو کہ ان کے سامنے سارا بھانڈا پھوڑ دے۔''

''نہیں وہ سمجھدار آدمی ہے۔ اپنے کام سے کام رکھتا ہے۔ اور میری تو ہر کسی سے تعریف ہی کرتا ہے۔ خیر تم کہتے ہو تو میں احتیاطاً اُسے سمجھا دیتا ہوں۔''

حسن نے دھیمی آواز میں کہا۔ ''یہی بہتر ہے۔'' عزیر مسکراتے ہوئے ان کے ساتھ ہی باہر آ گئے۔ نبیل بھائی اور ندیم بھائی کے جانے کے بعد وہ دونوں اندر آ گئے اور شادی کی تقریب سے متعلق گفتگو کرنے لگے۔ ادھر ثمین اور عزّہ اسی موضوع پر محو گفتگو تھیں۔

''ثمین، تم لوگ یا ندیم بھائی اس شادی پر کچھ خرچ نہیں کریں گے۔ یہ دس ہزار روپے ہیں۔ ان میں مہمانوں کے کھانے کا انتظام کر لینا اور بھی جو تیاری کرنی ہو تو میرے پیسوں سے کرنا۔ پیسے اور لے لینا مجھ سے۔'' عزّہ نے ثمین کو دس ہزار روپے دیتے ہوئے کہا تو ثمین نے غصیلے لہجے میں کہا۔

''عزّہ، یہ کیا بکواس ہے۔ کیا ہم تمہاری اور حسن بھائی کی شادی کے تھوڑے سے مہمانوں کو کھانا بھی نہیں کھلا سکتے۔ عزیر کو پتا چلے گا تو کتنا دکھ ہوگا انہیں۔ وہ تمہیں اپنی بہن سمجھتے ہیں۔ اور کتنے خوش ہیں تمہاری شادی طے ہونے سے۔''

مجھے معلوم ہے ثمین، لیکن یہ کیا کم ہے کہ تم اور عزیر بھائی مجھے اپنے گھر سے رخصت کرو گے۔ میں تم لوگوں پر معاشی بوجھ کیوں ڈالوں؟''

''عزّہ، میں تمہاری یہ فضول دلیل نہیں مانتی۔ تم ہماری خوشی خراب کر رہی ہو۔''

''ٹھیک ہے کھانے کا خرچہ تمہارا اور ندیم بھائی کا ہیڈک ہے جو چاہے آپس میں طے کر لینا۔ لیکن باقی اخراجات انہیں پیسوں سے ہوں گے۔ ورنہ میں یہ شادی نہیں کروں گی۔'' عزّہ نے سنجیدہ اور سپاٹ لہجے میں کہا۔

'تم تو حسن بھائی کو بلیک میلر کہہ رہی تھیں۔ اب تم بھی تو بلیک میل کر رہی ہو ہمیں۔''

''ظاہر ہے تمہارے حسن بھائی کی محبت کا کچھ تو اثر ہونا ہی تھا۔'' وہ شرارت سے ہنسی۔

''اچھا کل کالج سے چھٹی لے لینا ایک ماہ۔ کی یہ حسن بھائی کا پیغام ہے تمہارے لیے۔ وہ شادی کے فوراً بعد ہنی مون کے لیے جائیں گے۔''

''لے لوں گی چھٹی۔''

''عزّہ، تم خوش تو ہونا۔'' ثمین نے اس کا ہاتھ پکڑ کر پوچھا۔

''پتا نہیں ثمی، جب سے میں نے شادی کے لیے ہاں کہی ہے۔ میرا دل عجیب سے وسوسوں میں گِھر گیا ہے۔ خوف اور اندیشے مجھے خوشی کے احساس سے دُور رکھے ہوئے ہیں۔'' عزّہ نے بے بسی سے کہا۔

''ڈونٹ وری عزّہ! انشاءاللہ تم حسن بھائی کے ساتھ بہت خوش رہو گی۔ اپنے دل سے پچھلے تجربے کا خوف نکال دو۔ اب ایسا کچھ نہیں ہوگا۔ حسن بھائی بہت نفیس بہت پیار کرنے والے انسان ہیں۔ اور تم سے تو وہ بہت پیار کرتے ہیں۔ اور اسی کا برملا اظہار بھی کرتے ہیں۔ پریشان مت ہو۔ خوش ہو جاؤ تا کہ چہرے پر تازگی آئے۔ کل میں تمہیں بیوٹی پارلر بھی لے جاؤں گی۔

تمہیں دُلہن بنانے کی تیاری بھی تو کرنی ہے۔‘‘ثمین نے اس کی ٹھوڑی پکڑ کر کہا تو وہ شرمیلے پن سے مسکرادی۔ حسن گھر جانے کے لیے باہر نکلے تو ان کی نظر پھولوں کے کنج میں بیٹھی عزّہ پر پڑی۔ پہلے تو وہ اس سے ملے بغیر ہی جانے لگے مگر پھر اسے دیکھے بنا جانے کو دل نہ چاہا۔ سو وہ اسکے قریب چلے آئے۔ وہ سر جھکائے فرش کو تک رہی تھی۔ سبز رنگ کے سادہ سے شلوار قمیض میں بغیر گرم شال اور جرسی کے وہ اتنی ٹھنڈ میں بیٹھی تھی۔ مغرب کی اذان ہو چکی تھی۔ اندھیرا اور خنکی بڑھ چکی تھی۔

’’عزّہ۔‘‘ حسن نے اسے پکارا تو اس نے چونک کر سر اُٹھا کر انہیں دیکھا۔

’’آپ اتنی ٹھنڈ میں یہاں کیوں بیٹھی ہیں؟‘‘

’’ایسے ہی۔‘‘ وہ کھڑی ہوگئی۔

’’آپ کی شال، جرسی اور کوٹ کہاں ہے؟‘‘

’’اندر کمرے میں ہے۔‘‘

’’تو آپ باہر کیا کر رہی ہیں۔ چلیں جائیں اور جا کر پہنیں۔ اور آئندہ میں آپ کو اتنی سردی اور ٹھنڈ میں بغیر گرم لباس کے باہر بیٹھے ہوئے نہ دیکھوں۔‘‘

حسن نے دھیمے، نرم مگر حاکمانہ انداز میں کہا تو اس نے ایک لمحے کو انہیں بغور دیکھا اور پھر بے تاثر چہرہ لیے اندر جانے کے لیے مڑ گئی۔

’’اور سنیئے، میں رات کو دس بجے آپ کو فون کروں گا۔‘‘ انہوں نے پیچھے سے کہا۔

’’نہیں پلیز، مجھے بہت نیند آرہی ہے۔ میں نماز پڑھ کر سوؤں گی بس۔‘‘ اس نے تھکے تھکے لہجے میں کہا تو وہ مسکرا کر نرمی سے بولے۔ ’’او کے شب بخیر۔‘‘

’’شب بخیر۔‘‘ عزّہ نے جواباً کہا اور اندر چلی گئی۔ گاڑی کا ہارن بج رہا تھا۔ وہ بھی گیٹ کی طرف بڑھ گئے۔ انہیں عزّہ کے چہرے اور رویے سے شادی طے ہونے کی خوشی کا احساس نہیں نظر آیا تھا۔ اور اس کی اس اداسی اور پریشانی کا سبب اچھی طرح جانتے تھے۔ بس انہیں عزّہ کے ’’عزّہ حسن‘‘ بننے کا انتظار تھا۔ پھر وہ اس کے سارے خوف سارے خدشے اور اندیشے دور کر دیتے۔ یہ انہوں نے خود سے عہد کیا تھا۔ وہ اپنے پیار کی طاقت سے عزّہ کو اس رشتے کا اعتبار دینے کا تہیہ کر چکے تھے۔ اور انہیں اپنی کامیابی کا مکمل یقین تھا۔

نبیل بھائی اور ندیم بھائی بازار سے مٹھائی کی دو ٹوکری اور ایک کیک خرید کر لائے تھے۔ مٹھائی کی ایک ٹوکری انہوں نے عزیر اور ثمین کو پیش کی اور دوسری ٹوکری اور کیک انہوں نے حسن

کے گھر لے جانے کے لیے خریدا تھا۔ جو وہ ان کے ساتھ ہی ان کے گھر لے گئے۔ ان دونوں کو ''حسن ولا'' دیکھ کر بہت اطمینان ہوا۔ رشک آ رہا تھا انہیں عزّہ کی قسمت پر۔

''یہ ہے اصل جگہ جہاں میری پھولوں جیسی بہن کی قدر ہوگی۔ یہی جگہ دراصل عزّہ کے شایانِ شان تھی۔ انشاء اللہ وہ یہاں بہت خوش رہے گی۔ حسن بہت اچھے اور ملنسار انسان ہیں۔ میں تو دل سے اس رشتے سے خوش ہوں۔'' نبیل بھائی نے رات کو کمرے میں سونے کے لیے لیٹنے سے پہلے ندیم بھائی سے کہا۔

''میں بھی بہت خوش ہوں۔ عزّہ کو اس کی قربانیوں اور اس کے صبر کا ثمر مل جائے گا۔ اللہ کرے کہ وہ حسن کے ساتھ ہمیشہ خوش اور آباد رہے۔'' ندیم بھائی نے بھی دل سے کہا۔ ''آمین!'' نبیل بھائی دل سے بولے۔

اور ہاں فون کر دیا ہے نا سب کو لاہور۔ کل وہ لوگ وہاں سے روانہ ہوں گے تو پرسوں یہاں تیاریوں میں آرام کر کے ہاتھ بھی بٹا سکیں گے۔'' نبیل بھائی نے کہا۔

''فون تو میں نے کر دیا ہے۔ سب پہنچ جائیں گے۔ سب حیران ہو رہے تھے کہ عزّہ شادی کے لیے تیار کیسے ہو گئی۔'' ندیم بھائی نے بتایا۔

''بس تم ان سب کو سمجھا دینا۔ کبھی ایسی ویسی بات کر دیں عزّہ کے سامنے اور وہ پھر شادی سے انکار کر دے۔ پہلے ہی بڑی مشکل سے مانی ہے۔'' نبیل بھائی نے کہا۔

''ہاں یہ تو ہے۔ لیکن عزّہ کی قربانی کی قدر ہم سب کے دلوں میں ہے۔ اس لیے مجھے یقین ہے کہ کوئی بھی ایسی بات نہیں کرے گا۔'' ندیم بھائی نے سنجیدگی سے کہا۔

''چلو سو جاؤ پھر صبح اُٹھنا بھی ہے۔'' نبیل بھائی نے یہ کہہ کر کمبل سر تک تان لیا۔ ندیم بھائی بھی لائیٹ آف کر کے سونے کے لیے لیٹ گئے۔

صبح ناشتے کے بعد وہ تیار ہو کر حسن کے ساتھ اُن کی منرل واٹر اور لیدر گڈز کی فیکٹری اور آفس گئے۔ دوپہر تک وہ اُن کے ساتھ رہے۔ پھر ہوٹل چلے گئے۔ عزّہ صبح کالج گئی تھی اور ایک ماہ کی چھٹی کی درخواست دے کر گھر آ گئی تھی۔ ثمین اسے مارکیٹ لے گئی۔ ضروری شاپنگ کی۔ اس کا فیشل کرایا۔ بیوٹی ٹپس لیں۔ بیوٹیشن سے اسے دلہن بنانے کا ٹائم لیا۔ اور گھر آ گئیں۔ حسن نے عزّہ کے ناپ کے کپڑے اور جوتے منگوا کر اس کے لیے ایمرجنسی بیسز پر برائیڈل ڈریس تیار کرایا۔ میچنگ سونے کے عروسی زیورات خریدے اور جمعرات کی شام کو ثمین کے ہاتھ بھجوا دیئے۔

حسن تو بے حد خوش تھے۔ ان کی محبت ان کی ہونے والی تھی۔ انہوں نے عزّہ کے استقبال کی شاندار تیاری کی تھی۔ کینڈا اپنی بہن روبی کو بھی اپنی شادی میں آنے کی دعوت کا فون کر دیا تھا۔ مگر روبی اتنی جلدی نہیں آسکتی تھی۔ البتہ ان کی شادی کا سن کر اس کی خوشی کی انتہا نہ رہی۔ ڈاکٹر نبیلہ انجم اور ڈاکٹر انجم صدیقی جو حسن کے بہت قریبی عزیز تھے۔ بڑی خالہ کے بیٹی اور داماد تھے۔ انہیں حسن نے اپنی شادی میں مدعو کیا تھا۔ اور چند اور قریبی رشتے داروں اور دوستوں کو جو اس شہر میں تھے۔ اور ایک دن کے نوٹس پر ان کی شادی میں شرکت کے لیے آسکتے تھے۔ ویسے کی دعوت میں حسن کا ارادہ تھا کہ وہ سب کو انوائیٹ کریں گے۔ اس کے لیے انہوں نے دعوت نامے بھی چھپنے کے لیے دے دیئے تھے۔ مہندی کی دوپہر تک لاہور سے حمیرا عظیم اس کی بیوی، نعیم، عائزہ، عنیزہ اس کے شوہر منیزہ، شائزہ باجی اور ان کے بچے بھی ''عزیر ہاؤس'' پہنچ گئے تھے۔ اور خوب رونق کا سماں بندھ گیا تھا۔ ثمین نے ڈھولک رکھوا دی تھی۔ اور سب کے ساتھ مل کر مہندی اور شادی کے گیت گا رہی تھی۔ عزّہ کو سات سہاگنوں نے مہندی لگائی۔ مٹھائی کھلائی۔ یوں رات گئے یہ تقریب ہنسی خوشی اختتام کو پہنچی۔ عزّہ کی بہنوں اور بھابیوں کو حسن سے ملنے کا بہت اشتیاق تھا۔ مگر عزیر نے ان سے کہہ دیا تھا کہ دولہا کو تو وہ شادی کے دن ہی دیکھ سکیں گی۔ سب عزّہ کی شادی ہونے پر خوش نظر آ رہے تھے۔ شادی کا دن بھی پلک جھپکتے آ گیا۔ عزّہ کو بیوٹیشن نے بہت مہارت سے سجایا سنوارا تھا۔ اس کا حُسن دیکھنے والوں کو خیرہ کر رہا تھا۔ انگوری اور سنہری رنگ کا بھاری کامدار شرارہ سوٹ پہنے۔ عروسی جیولری اور میک اپ میں وہ اتنی دلکش اور من موہنی لگ رہی تھی کہ جس نے بھی اسے دیکھا اس کے منہ سے بے اختیار ''ماشاء اللہ'' کا کلمہ ادا ہوا۔ نبیل بھائی اور شائزہ باجی نے عزّہ کی نظر اتاری۔ حسن دولہا کے روپ میں پندرہ افراد پر مشتمل مختصر مگر باوقار بارات لے کر آئے تو ان کا شاندار استقبال کیا گیا۔ مووی بھی بن رہی تھی۔ اور تصاویر بھی کھینچی جا رہی تھیں۔ عزّہ کی بہنیں اور بھابیاں تو حسن کے حُسن کو دیکھ کر حیران رہ گئیں۔

''واقعی بھابی، عزّہ کی جوڑی تو حسن بھائی کے ساتھ ہی بجتی اچھی لگے گی۔'' عائزہ نے کہا۔

''ہاں سچ ہے نیکی کا صلہ تو ملتا ہی ہے۔'' عظیم کی بیوی کو آخر کہنا پڑا قبول و ایجاب کی رسم ادا کر دی گئی۔ تو جہاں سب خوشی سے ایک دوسرے کو حسن کو مبارکباد دے رہے تھے۔ وہاں عزّہ کے مارے پریشانی اور گھبراہٹ کے ہاتھ پاؤں پھول رہے تھے۔ دل اتنی زور زور سے دھڑک رہا تھا۔ جیسے ابھی سینے سے پنجرہ توڑ کر باہر نکل جائے گا۔ ثمین اس کی ہمت بندھا رہی تھی۔ اسے جوس پلا رہی

تھی۔عزّہ نے تو ٹینشن اور پریشانی کی وجہ سے کھانا بھی نہیں کھایا تھا۔حسن تو نکاح کے فوراً بعد دو رکعت نفل نمازِ شکرانہ ادا کرنے کے چلے گئے۔ثمین نے عزّہ کو بتایا تو اس کی دھڑکنیں قابو میں آنے لگیں۔حسن پر اسے یقین تھا۔اعتبار تھا۔مگر پھر نجانے کیوں اسے خوف نے پریشانی نے گھیر رکھا تھا کہ کہیں ''آج بھی اس کے ساتھ دس برس پہلے والا سلوک نہ ہو۔'' بس یہی سوچ اسے خوش نہیں ہونے دے رہی تھی۔لان میں اسٹیج بنایا گیا تھا۔عزیر کے قریبی تین چار پڑوس کے افراد بھی اس تقریب میں شریک تھے۔ہمدانی انکل کی اماں جان بھی ان میں شامل تھیں۔انہوں نے جب حسن کے ساتھ عزّہ کو دلہن کے روپ میں بیٹھتے دیکھا تو ان کے دل پر ہاتھ پڑا۔وہ تو انہیں پہلی ہی نظر میں بھا گئی تھی۔مگر اس کے شادی شدہ اور دس بچوں کی ماں ہونے کا سن کر چپ ہو رہی تھیں۔یہاں تو معاملہ ہی الٹا نکلا تھا۔عزّہ دلہن بنی حسن کے برابر بیٹھی تھی۔اور حسن اسے بہت پیار بھری نظروں سے دیکھ رہے تھے۔آج تو ان کے دل کی بے تابیاں بھی عروج پر تھیں۔انہیں ان کے خوابوں کی تعبیر مل گئی تھی۔ان کی محبت تمام حقوق و اختیارات کے ساتھ ان کی ہو گئی تھی۔ان کی روح تک آج محوِ رقص تھی۔خوشی ان کے چہرے پر مسکرا رہی تھی۔سفید شلوار اور سیاہ شیروانی جس پر سنہری کام کیا ہوا تھا۔ان پر بہت جچ رہی تھی۔پاؤں میں کھسہ پہنے وہ کسی شہزادے کی سی آن بان کے ساتھ اپنی من چاہی دلہن کے ساتھ بیٹھے تھے۔عزیر نے سب کے ساتھ ان دونوں کا فوٹو سیشن کرایا۔

''یہ چاند تو اسی آسمان کے لیے تھا۔آج یہ اپنے اصل مقام پر پہنچ گیا ہے۔اللہ آپ دونوں کو ہمیشہ خوش اور آباد رکھے۔'' شائزہ باجی نے عزّہ کو پیار کرکے اسے اور حسن کو دیکھتے ہوئے کہا تو وہ دل سے بولے۔''آمین۔''

''عزّہ، تم بہت لکی ہو، ہمیں خوشی ہے کہ اللہ نے تمہیں تمہارے صبر اور نیکی کا صلہ دُنیا میں ہی دیدیا۔ہمارا کہا سنا معاف کر دینا۔اور ہنسی خوشی اپنی نئی زندگی کا آغاز کرنا۔'' عنیزہ نے عزّہ کے سر پر ہاتھ پھیر کر دل سے کہا۔عزّہ بس چپ چاپ نظریں جھکائے ان کی باتیں سنتی رہی۔

''اے ثمین بیٹی! تم نے تو کہا تھا کہ اس بچی کی شادی دس سال پہلے ہو گئی تھی۔اور اس کے دس بچے بھی ہیں۔ہیں تو پھر یہ اب کیوں ہو رہی ہے اس کی شادی؟'' ہمدانی انکل کی اماں جان بھی موقع ملتے ہی اسٹیج پر وارد ہو گئیں اور سنگل صوفے پر بیٹھ کر عزّہ اور حسن کو دیکھ کر عزّہ کے برابر بیٹھی ثمین سے شکوہ کناں ہوئیں تو ثمین اور حسن کو ہنسی آ گئی۔جب کہ عزّہ نے ذرا سی نظریں اُٹھا کر اماں جان کا حیران پریشان چہرہ دیکھا اور پھر سے نگاہ جھکا لی۔

''آنٹی، وہ تو میں نے مذاق کیا تھا۔'' ثمین نے ہنستے ہوئے کہا۔

''اچھا مذاق کیا تھا بھئی تم نے۔ میں نے تو اس بچی کو اپنے پوتے کے لیے پسند کر لیا تھا۔'' اماں جان نے صاف گوئی سے ارشاد فرمایا حسن نے ہنسی دبائی۔

''لیکن میں اسے اپنے بھائی کے لیے پسند کر چکی تھی۔ بات بھی طے ہوگئی تھی۔'' ثمین نے بہانہ بنایا۔

''اے تو بات ہی طے ہوئی تھی کوئی نکاح تو نہیں ہو گیا تھا۔ تمہارے مذاق نے تو اچھا اُلو بنایا مجھے۔ میں تو دیکھتے ہی سمجھ گئی تھی کہ لڑکی کنواری ہے۔ مجھے تو پہلے ہی شبہ تھا کہ جو لڑکی خود دس بیس کی دکھے وہ دس بچوں کی ماں کس طرح ہو سکتی ہے۔ لو آج ثابت بھی ہو گیا۔ ہائے قسم سے ثمین۔ اتنی اچھی بچی ہاتھ سے نکل گئی۔'' اماں جان بولے چلی گئیں۔

''آنٹی، تو کیا آپ اتنی اچھی بچی کو خوشیوں بھری زندگی کی دُعا نہیں دیں گی۔ جوڑے تو آسمانوں پر بنتے ہیں ناں۔ عزّہ اور حسن بھائی کی جوڑی بھی اُوپر آسمانوں پر ہی بن گئی تھی۔'' ثمین نے مسکراتے ہوئے کہا۔

''ہاں بچی کہتی تو تم بھی ٹھیک ہو۔'' اماں جان نے کہا اور پھر اپنی جگہ سے اُٹھ کر عزّہ اور حسن کے پاس آئیں۔ عزّہ کے سر پر ہاتھ پھیرا بوسہ دیا۔

''اللہ تمہیں خوش رکھے بچی عزّہ، عزت سے رہو۔ سدا سہاگن رہو دودوں نہاؤ پوتوں پھلو۔ جگ جگ جیو۔'' اماں جان نے دل سے اسے دُعائیں دیں۔

''شکریہ آنٹی۔'' عزّہ نے آہستہ سے کہا تو حسن نے بہت محبت سے اسے دیکھا۔

''آنٹی جی، میرے سر پہ بھی ہاتھ پھیر دیں۔ مجھے دُعا نہیں دیں گی کیا؟'' حسن نے کہا۔

''اے کیوں نہیں بچے، جیتے رہو تم تو سہاگ ہو عزّہ کا۔ تمہاری سلامتی کی دُعا ہی تو دی ہے میں نے۔ اللہ تم دونوں کو تندرستی دے۔ شاد اور سکھی رکھے۔ ایک نصیحت ضرور کروں گی اور وہ یہ کے۔ میاں بیوی کو ایک دوسرے کی خامیوں کی بجائے ایک دوسرے کی خوبیوں پر نظر رکھنی چاہیے۔ اس طرح زندگی بہت خوشگوار گزرتی ہے۔ درگزر اور خلوص سے نبھتا ہے یہ رشتہ۔ محبت سے نسلیں پروان چڑھتی ہیں اور خوشیوں کی پھلواری سجتی ہے سمجھ گئے نا۔''

''جی آنٹی، ہم آپ کی یہ نصیحت ہمیشہ یاد رکھیں گے اور آپ کا بھی بہت بہت شکریہ اتنی اچھی اور پُرخلوص دُعاؤں کا۔'' حسن نے مسکراتے ہوئے کہا۔

''جیتے رہو۔'' اماں جان ان کے سر پر ہاتھ پھیر کر اسٹیج سے اُتر گئیں اور رخصتی کا وقت آیا تو عزّہ اور حسن دونوں ہی کو اپنے مرحوم والدین یاد آنے لگے۔ خوشی کے اس لمحے میں اپنے پیاروں کو انسان کیسے بھول سکتا ہے۔ شائزہ باجی اور ثمین عزّہ کو اسٹیج سے نیچے لائیں۔ عنیزہ اس کے سر پر قرآن کا سایہ کیے ان کے پیچھے تھیں۔ حسن ذرا فاصلے پر عزیر کا ہاتھ تھامے آگے بڑھ رہے تھے۔ حسن کی گاڑی جو خود بھی دلہن کی طرح سجی ہوئی تھی۔ حسن کی دلہن کے استقبال کے لیے موجود تھی۔ گاڑی کے قریب پہنچ کر عزّہ رک گئی۔ شائزہ باجی نے اسے گلے لگا کر پیار کیا۔ ان میں کچھ بولنے کی سکت نہیں تھی۔ لیکن ان کا دل اس کی خوشیوں کی دُعائیں مانگ رہا تھا۔ ثمین نے بھی اسے گرم جوشی سے گلے لگا کر پیار کیا۔ اور آہستہ سے اس کے کان میں کہا۔

''عزّہ، مجھے یقین ہے کہ تم حسن بھائی کے پیار میں کھو کر ہم سب کو بھول جاؤ گی۔ ان کے پیار پر یقین رکھنا۔ وِش یو آل دی بیسٹ۔''

''عزّہ بہن، اس گھر کو اپنے بھائی کا گھر اپنا میکہ ہی سمجھنا۔ اور جب دل چاہے یہاں آجایا کرنا۔ اللہ تعالیٰ تمہیں اور حسن کو ہمیشہ ایک ساتھ شاد اور آباد رکھے بیسٹ آف لک مائی سسٹر۔'' عزیر نے عزّہ کے سر پر ہاتھ رکھ کر کہا تو اس کا دل خوشی اور تشکر سے بھر آیا۔ آنکھیں اشک بہا رہی تھیں۔ حسن بہت ضبط سے یہ منظر دیکھ رہے تھے۔ ثمین اور منیزہ، عزّہ کے اصرار پر اس کے ساتھ جا رہی تھیں۔ اسے ''حسن ولا'' پہنچا کر انہوں نے واپس آجانا تھا۔ نبیلہ آپا اور انجم بھائی بھی ان کے ہمراہ تھے۔

''عزّہ، میں تمہیں کوئی نصیحت نہیں کروں گا۔ کیونکہ مجھے یقین ہے کہ تم رشتے نبھانا جانتی ہو۔ میرا دل ہمیشہ تمہاری خوشیوں کے لیے دُعا گو رہے گا۔ اللہ تمہیں اور حسن کو دائمی خوشیاں عطا کرے۔ تمہیں اتنی خوشیاں اور چاہتیں ملیں کہ تمہارے پچھلے سارے دکھوں کا مداوا ہو جائے۔ جاؤ میری بہن اللہ کے حوالے۔'' ندیم بھائی نے اس کے سر پر ہاتھ رکھ کر کہا تو وہ سسکیوں سے رو دی۔ پھر نبیل بھائی نے آگے بڑھ کر اسے اپنے سینے سے لگایا تو وہ زور و شور سے رونے لگی۔ نبیل بھائی کو یوں لگا جیسے وہ اپنی سگی بہن کو رخصت کر رہے ہوں۔ ان کی آنکھیں بھی اشک بہا رہی تھیں۔

''عزّہ بیٹا! میری دُعا ہے کہ اللہ تعالیٰ تمہیں زندگی کا ہر سکھ ہر خوشی دیکھنا نصیب کرے۔ تم پر اب آزمائش کی کوئی گھڑی نہ آئے۔ بس میری بہنا! آنسو پونچھ لو اور مسکرا کر نئی زندگی کا آغاز کرو۔ خود کو کبھی اکیلا مت سمجھنا۔ ہم سب تمہارے اپنے ہیں اور تمہارے ساتھ ہیں۔ اللہ نگہبان۔'' نبیل بھائی نے اس سے بھیگی آواز میں کہا اور اس کے سر پر بوسہ دیا۔ پھر اسے ثمین کے ساتھ مل کر گاڑی

کی پچھلی سیٹ پر بیٹھا دیا۔ ثمین بھی اس کے برابر پچھلی سیٹ پر آ بیٹھی۔ چاروں بچے بھی کھڑے رو رہے تھے۔ عزّہ نے دیکھا تو گاڑی سے اتر آئی۔ سب کو اس کے گاڑی سے اترنے پر حیرت ہوئی مگر جب اس نے بچوں کی جانب اپنی بانہیں پھیلائیں اور چاروں بچے اس کے بازوؤں میں آ سمائے۔ تو سب کو اس کے گاڑی سے اترنے کا سبب سمجھ میں آیا۔ وہ چاروں اس سے لپٹ کر رو رہے تھے۔ عزّہ نے چاروں کو پیار کیا۔

''عزّہ آنٹی، آپ ہم سے ملنے آیا کریں گی ناں۔'' سمیر نے روتے ہوئے پوچھا۔

''ہاں۔ میں ضرور آؤں گی۔'' عزّہ نے بمشکل خود کو سنبھال کر جواب دیا۔

''بچو! بھئی آپ کی عزّہ آنٹی کوئی شہر سے دور تھوڑی جا رہی ہیں۔ یہ اسی شہر میں رہیں گی۔ آپ کے حسن انکل کے گھر میں ان کے ساتھ۔ اور ہر روز آپ سے ملاقات بھی ہوا کرے۔ چلیں سب خاموش ہو جائیں۔ اور دُعا کریں کہ عزّہ آنٹی اور حسن انکل ہمیشہ خوش اور تندرست رہیں۔'' عزیر نے آگے بڑھ کر بچوں کے سر پر ہاتھ پھیرتے ہوئے کہا۔ ''آمین!'' سب نے ایک ساتھ کہا اور پھر عزّہ کو دوبارہ گاڑی میں بیٹھا دیا۔ حسن باری باری عزّہ کے بھائیوں اور بہنوئیوں سے گلے ملے۔

''حسن بیٹا! ہماری بہن کا خیال رکھنا، عزّہ ہمیں بہت عزیز ہے۔ بہت دکھ جھیلے ہیں اس نے۔ کوشش کرنا کے اسے کوئی دکھ نہ پہنچے۔ میری بہن بہت اچھی ہے۔ یہ اپنی محبت سے تمہارے گھر کو جنت بنا دے گی۔ اس کی قدر کرنا میرے بھائی۔'' نبیل بھائی نے حسن سے گلے مل کر کہا۔

''نبیل بھائی، آپ مطمئن رہیں۔ انشاء اللہ میری ذات یا رویے سے عزّہ کو کبھی کوئی دکھ نہیں پہنچے گا۔ عزّہ مجھے بھی بہت زیادہ بلکہ سب سے زیادہ عزیز ہے۔ بس آپ ہمیں اپنی دُعاؤں میں یاد رکھئے گا۔ میں عزّہ کو ہر خوشی ہر سکھ دینے کی کوشش کروں گا۔'' حسن نے ان کے ہاتھ تھام کر نرم لہجے میں انہیں یقین دلایا۔ عزّہ کے کانوں تک ان کی آواز پہنچ رہی تھی۔ اس کے دل کو کسی حد تک اطمینان ہو گیا تھا۔

''جیتے رہو، ہمیں یقین ہے کہ تم ایسا ہی کرو گے۔'' نبیل بھائی نے ان کا ماتھا چوم لیا۔ اور انہیں گاڑی تک چھوڑ کر گاڑی ''عزیر ہاؤس'' سے باہر نکلنے تک وہیں کھڑے رہے۔ عزّہ دُعاؤں کے سایے میں قرآن کی امان میں رخصت ہو گئی تھی۔ ''حسن ولا'' پہنچنے پر نبیلہ آپا اور دیگر رشتے دار خواتین نے عزّہ پر پھولوں کی بارش کر دی۔ اسے بہت اعزاز کے ساتھ اندر ڈرائنگ روم میں لایا گیا۔ مووی اور تصویریں بھی ساتھ ساتھ بن رہی تھیں۔ نبیلہ آپا اور ثمین نے دولہا کی طرف سے

ہونے والی رسمیں ادا کیں۔ عزّہ نے رخصتی سے پہلے ہونے والی رسمیں جوتا چھپائی اور دودھ پلائی ادا کرنے سے پہلے ہی منع کر دیا تھا۔ اس لیے وہاں تو یہ رسمیں نہیں ہوئی تھیں۔ البتہ نبیل بھائی نے حسن اور عزّہ دونوں کو گھڑیاں پہنائی تھیں۔ ایک ایک ہزار روپیہ نقد دیا تھا۔ ندیم بھائی نے حسن کو انگوٹھی پہنائی تھی۔ سوٹ اور پرفیوم گفٹ کیا تھا۔ ساتھ ایک ہزار روپیہ بھی دیا تھا۔ اور عزّہ کو بھی انہوں نے انگوٹھی اور ایک ہزار روپیہ گفٹ کیا تھا۔ باقی سب نے بھی سلامی کے طور پر نقد رقم ادا کی تھی۔ جو عزّہ کو بہر حال لینی پڑی تھی۔ عزّہ کو ثمین اور نبیلہ آپا نے حجلہ عروسی میں پہنچا دیا تھا۔ عزّہ کمرے کی سج دھج دیکھ کر حیران ہی نہیں خوش بھی ہوئی تھی۔ پھولوں سے چہار جانب لڑیاں پروئی گئی تھیں۔ پھولوں کی چار دیواری، پھلواری بنی ہوئی تھی۔ دلہن کی سیج خوشبو سے پورا کمرہ مہک رہا تھا۔ اپنے استقبال سے حسن کی باتوں سے اسے ان کی محبت پر یقین تو آ گیا تھا۔ مگر وہ جس مرحلے سے خوفزدہ تھی وہ مرحلہ بھی آرام سے گزر جائے تو اس کی مکمل تسلی ہو جاتی۔ بس یہی خوف اور اندیشہ اسے بے چین کیے ہوئے تھا۔

''حسن بھائی، میں چلتی ہوں گھر اب مجھے تو اجازت دیجئے۔ آپ کی دلہن کو آپ کی خواب گاہ میں پہنچا دیا ہے۔'' ثمین اپنی ساڑھی کا پلو سنبھالتی ہوئی ان کے پاس آ کر بولی وہ جو انجم بھائی کو خدا حافظ کہہ رہے تھے۔ انہیں رخصت کر کے اس کی طرف مڑے۔ اور تشکر آمیز لہجے میں کہا۔

''بہت بہت شکریہ بھابی جان! آپ نے بھابی ہونے کا حق ادا کیا ہے اور عزیر نے دوست اور بھائی ہونے کا۔ آئی۔ ایم رئیلی گریٹ فل ٹو بوتھ آف یو۔''

''بس بس زیادہ احسان مند ہونے کی ضرورت نہیں ہے۔ شکریہ غیروں کا ادا کیا جاتا ہے اپنوں کا نہیں۔ اور ہاں ایک بات تو میں آپ سے کہنا بھول ہی گئی۔''

''یہی نا کہ میں آپ کی دوست عزّہ کا بہت خیال رکھوں۔'' حسن نے اس کی بات کاٹ کر کہا۔

''نہیں کیونکہ مجھے یقین ہے کہ آپ ہم سب کی توقعات سے بڑھ کر عزّہ کا خیال رکھیں گے۔'' ثمین نے بہت مان اور یقین سے کہا تو وہ خوش ہو کر بولے۔

''انشاءاللہ''

''میں نے تو آپ سے یہ کہنا تھا کہ عزّہ نے آج پریشانی اور ٹینشن کے باعث کھانا بھی نہیں کھایا۔ لہٰذا آپ اس کے کھانے کا ضرور خیال رکھئے گا۔''

''ضرور کیوں نہیں بلکہ میں انہیں اپنے ہاتھ سے کھانا کھلاؤں گا۔'' حسن نے مسکراتے

ہوئے شوخ لہجے میں کہا تو وہ بے ساختہ کھلکھلا کر ہنس پڑی۔

''اچھا تو پھر میں گھر جاتی ہوں۔ آپ اپنی دلہن کے پاس جایئے۔''

''اپنی دلہن کے پاس تو میں سب مہمانوں کو رخصت کر کے فارغ ہو کر تسلی سے جاؤں گا۔ آپ آیئے میں آپ کو گاڑی تک چھوڑ آؤں۔''

وہ مسرور لہجے میں بولے تو وہ آگے بڑھ گئی۔ حسن نے چلتے چلتے بوا کو آواز دے کر کہا۔

''بوا، میرے اور دلہن کے لیے کھانا کمرے میں پہنچا دیں۔''

''اچھا بیٹا، ابھی پہنچائے دیتی ہوں۔'' بوا نے انہیں محبت سے دیکھتے ہوئے کہا تو وہ مسکراتے ہوئے ثمین کے ساتھ باہر نکل گئے۔ بوا ان کے گھر کی پرانی خادمہ تھیں۔ روبی کی شادی کے بعد وہ گاؤں اپنے بھائی کے پاس چلی گئی تھیں۔ جوانی ہی میں بیوہ ہو گئی تھیں۔ اولاد تھی نہیں۔ دوباری شادی کرنے سے انہوں نے انکار کر دیا تھا۔ روبی اور حسن کو انہوں نے اپنے بچوں کی طرح پالا اور پیار دیا تھا۔ حسن کی شادی کا انہیں بھی بہت ارمان تھا۔ اب کل ہی وہ حسن کی طرف سے شادی کا پیغام سن کر خوشی خوشی اپنا سامان سمیٹ کر ان کے ڈرائیور کے ساتھ دوڑی چلی آئی تھیں۔ اور اب انہوں نے یہیں رہنا تھا۔ گھر میں دلہن جو آ گئی تھی حسن کی۔ وہ بہت خوش تھیں حسن کی ایسی پیاری دلہن کو دیکھ کر۔ اور سارے کام بھاگ بھاگ کر رہی تھیں۔ اور کروا رہی تھیں۔ صحت ان کی ماشاء اللہ آج بھی بہت اچھی تھی۔ کچھ گاؤں میں رہ کر اور زیادہ اچھی ہو گئی تھی۔ کام سے انہوں نے کبھی جی نہیں چرایا تھا۔ اور حسن کے کام تو وہ ایسے کرتیں جیسے کوئی ماں اپنے بیٹے کے کام کیا کرتی ہے۔ یہی وجہ تھی کہ حسن کے دل میں بھی ان کی محبت اور عزت بہت زیادہ تھی۔ اور انہوں نے بوا کو واپس اپنے پاس بلا لیا تھا۔

حسن مہمانوں کو رخصت کر کے گھر کے گیٹ بند کرا کے بوا سے دُعا لے کر حجلۂ عروسی میں داخل ہوئے تو خوشی ان کے دلکش چہرے پر رقص کر رہی تھی۔ عزّہ نے کن اکھیوں سے دروازے کی سمت دیکھا تھا۔ وہ دروازہ لاک کر کے آگے بڑھے تو عزّہ کا دل خوفزدہ ہو کر بہت زور سے دھڑکا۔ اسے اپنا وجود سن ہوتا ہوا محسوس ہوا۔ شعیب ظفر کی دلہن بننے والی سہاگ رات کا یہ مرحلہ یہ منظر اسے خود بخود یاد آتا جا رہا تھا۔ اور ہراساں کرتا جا رہا تھا۔ جو ہونا ہے جلدی ہو جائے ورنہ خوف اور انتظار سے ہی اس کا دم نکل جائے گا۔ وہ سوچ رہی تھی۔ اور حسن پھولوں کے گھر میں بیٹھی اس پھول سی لڑکی کو بہت محبت اور وارفتگی سے دیکھتے ہوئے مسکراتے ہوئے بولے۔

''السلام علیکم عزّہ جی! میں ذرا اس شیروانی سے نجات حاصل کرلوں۔ پھر آپ سے آرام سے بات ہوگی۔'' وہ یہ کہہ کر اپنی شیروانی کے بٹن کھولتے ہوئے وارڈروب کی طرف بڑھے۔ اس میں سے اپنا مون لائیٹ رنگ کا شلوار قمیض نکال کر شیروانی ہینگر میں لٹکا کر وارڈروب میں لگی ہک پر لگائی اور کپڑے لے کر واش روم میں چلے گئے۔ عزّہ دونوں ہاتھوں کو آپس میں ملائے مہندی کے رنگ کو دیکھنے لگی۔ جو بہت سرخ اور گہرا تھا۔ مہندی کی مہک اس کی سانسوں میں اترنے لگی۔ اس کا دل بہت پریشان اور بےکل ہو رہا تھا۔ انتظار اس کے لیے کسی امتحان سے پل صراط سے گزرنے سے کم نہیں تھا۔

سہاگ شب میں عذاب لمحوں سے دور رکھنا
میرے خدایا! مجھے گزشتہ تمام لمحوں سے دور رکھنا
مجھے محبت کے چاند، تارے عطا ہوں یارب
عمر رفتہ سے ستم گزیدہ، خراب لمحوں سے دور رکھنا

عزّہ نے دل میں اشعار کی صورت اپنے رب سے دُعا مانگی۔

حسن نہا کر کپڑے تبدیل کر کے آئے تو اسی وقت دروازے پر دستک ہوئی۔ انہوں نے بڑھ کر دروازہ کھول دیا۔ بوا ان دونوں کے لیے گرم پانی کے برتنوں میں کھانا لے کر آئی تھیں۔ تاکہ سردی کی وجہ سے کھانا ٹھنڈا نہ ہو جائے اور وہ گھنٹے بعد بھی گرم گرم کھانا کھا سکیں۔ بوا نے ٹرالی گھسیٹ کر میز کے قریب کردی۔

''بیٹا، کچھ اور چاہیئے ہو تو بتاؤ۔'' بوا نے جاتے وقت پوچھا۔

''نہیں بوا، بہت شکریہ بس اب آپ آرام کریں جا کر۔'' حسن نے نرمی سے کہا۔

''اچھا بیٹا، خوش رہو۔ شب بخیر۔'' بوا دُعائیں دیتی واپس چلی گئیں۔ حسن دراوزہ لاک کر کے ڈریسنگ ٹیبل کے سامنے آکر بالوں میں برش کرنے لگے۔ عزّہ کا دل کانپ رہا تھا اور ہاتھ بھی۔ حسن برش واپس رکھ کر دراز میں سے کچھ نکالنے لگے۔ تو عزّہ خوف سے سرد پڑنے لگی۔ شعیب ظفر نے بھی تو دراز میں سے اس کی طلاق کا کاغذ نکالا تھا۔ حسن واپس پلٹے تو اس ان کے ہاتھ میں ایک سفید لفافہ نظر آیا اور بس پھر کیا تھا۔ اسے اپنا آپ ایک بار پھر تہمتوں اور ذلتوں کی زد پر اڑتا ہوا دکھائی دینے لگا۔ اس نے خوف سے آنکھیں بند کرلیں۔ حسن نے اس کی حالت دیکھی تو انہیں یکایک اپنی غلطی کا احساس ہوا۔ انہیں سب کچھ معلوم تھا۔ اس لیے وہ اپنی اس حرکت پر عزّہ

کے کانپتے ہاتھوں اور بند آنکھوں کا مفہوم سمجھ گئے تھے۔ انجانے میں وہ اسے پریشان اور خوفزدہ کرنے کا سبب بن گئے تھے۔ انہیں خود پر غصہ آیا کہ انہیں یاد کیوں نہیں رہا۔ وہ آگے بڑھے اور عزّہ کے پاس بیٹھ گئے۔ لفافہ اور مخملی ڈبہ ان کے ہاتھ میں تھا۔ عزّہ کو ان کے قرب کا احساس ہوگیا تھا۔ مگر پھر بھی اس نے آنکھیں کھول کر انہیں نہیں دیکھا۔

''عزّہ میری جان! مجھ سے آپ کو ڈرنے کی ضرورت نہیں ہے۔ شاباش آنکھیں کھولیں اور یہ دیکھیں اپنی رونمائی کا تحفہ۔'' حسن نے مخملی ڈبہ کھول کر اس کے سامنے کرتے ہوئے پیار سے کہا مگر اس نے آنکھیں نہیں کھولیں۔

''عزّہ۔ دیکھیں تو۔ آپ کی گزشتہ زندگی کے کسی پل کا سایہ بھی نہیں پڑنے دوں گا میں آپ کے آج اور کل پر۔ یہ میری محبتوں کا تحفہ ہے۔ دیکھیں ناں عزّہ۔''

حسن نے بہت محبت سے یقین دلاتے لہجے میں کہا تو اس نے آنکھیں کھول دیں۔ نگاہوں کے سامنے کندن کا بہت ہی خوبصورت سیٹ جگمگا رہا تھا۔ اس نے ایک لمحے کو آنکھیں بند کر کے دوبارہ کھولیں۔ اور خود کو یقین دلایا کہ وہ جو دیکھ رہی ہے وہی سچ ہے۔

''پسند آیا آپ کو۔'' حسن نے مسکراتے ہوئے پوچھا تو اس نے پلکیں اُٹھا کر ان کا نکھرا نکھرا وجیہہ چہرہ دیکھا جہاں محبت اور مسکان سجی تھی۔

''میں اپنی نہیں اس تحفے کی بات کر رہا ہوں۔ کیونکہ میں تو آپ کو پسند ہوں ہی۔ ہے ناں۔'' حسن نے شوخ و شریر لہجے میں کہا تو اس کے اندر اطمینان اترنے لگا اور پلکیں خود بخود حیا سے جھک گئیں۔ لبوں پر آپ ہی آپ شرمیلی مسکان اُمڈ آئی۔

''اس سے خوبصورت جواب کوئی دلہن نہیں دے سکتی۔'' حسن کا اشارہ اس کی جھکی نظروں اور شرمیلی مسکراہٹ کی طرف تھا۔

''یہ لیجئے یہ آپ کا حق مہر ہے۔ پچاس لاکھ روپے کا چیک ہے۔ یہ آپ کسی بھی وقت بینک سے کیش کرا سکتی ہیں۔'' حسن نے سفید لفافے میں سے چیک نکال کر اسے دیتے ہوئے کہا۔ تو عزّہ کی روح شانت ہوگئی۔ وہ کیا سمجھی تھی اور کیا نکلا تھا۔ چیک اس نے دیکھا اور پھر ان کی طرف دیکھا تو ان کی پیار لٹاتی آنکھوں نے اس کے خوف، خدشے اور اندیشوں کے سارے مینار ملیا میٹ کر دیئے۔ وہ ایک دم سے بہت ہلکی پھلکی ہوگئی اور نظریں جھکا کر آہستہ سے بولی۔ ''یہ چیک میں نہیں لوں گی۔''

''تو کیا کیش لیں گی؟'' وہ شوخی سے مسکراتے ہوئے بولے چیک واپس کرنے کا مطلب

وہ سمجھ تو رہے تھے۔ غالباً وہ اپنا حق مہر معاف کر رہی تھی۔

''نہیں۔ میں لوں گی ہی نہیں۔ آپ کا چیک دینا ہی کافی ہے۔ یہ رکھ لیں۔'' اس نے چیک ان کی طرف بڑھا دیا۔

''گویا آپ حق مہر معاف کر رہی ہیں۔'' وہ چیک واپس لفافے میں رکھتے ہوئے بولے۔

''جی۔''

''لیکن میں یہ چیک واپس تو نہیں لوں گا۔ یہ رقم آپ ہی کے بینک اکاؤنٹ میں جائے گی۔ یہ میرے مہر و محبت کا تقاضا ہے اور آپ کا شرعی حق بھی ہے۔ یہ دونوں چیزیں آپ کے سرہانے رکھی ہیں۔ سنبھال لیجئے گا۔'' انہوں نے لفافہ اور مخملی ڈبہ ایک طرف رکھ دیا۔ 'یا اللہ! تیرا شکر ہے مالک تو نے مجھے اتنا چاہنے اور قدر کرنے والا ہم سفر نوازا ہے۔' عزّہ نے دل میں اللہ کا شکر ادا کیا۔ خوشی اور تشکر سے اس کی آنکھیں آنسوؤں کے خزانے لٹانے لگیں۔ حسن نے اس کے آنسو دیکھے تو بے قراری سے اس کے ہاتھ تھام کر پوچھا۔

''عزّہ، آپ رونے کیوں لگیں، کیا میری کوئی بات بری لگی ہے؟''

''نہیں تو۔ آپ تو۔ بہت اچھے ہیں۔'' عزّہ نے روتے ہوئے کہا۔

'تو کیا مجھے برا ہونا چاہئے تھا؟'' وہ ساری بات سمجھ گئے اور ہنس کر پوچھنے لگے۔

''اچھے لوگ۔ برے کیسے ہوسکتے ہیں؟''

''آپ کو پتا ہے آج میں کتنا خوش ہوں؟'' حسن نے پوچھا تو اس نے ان کا چہرہ دیکھا۔

''ایسے نہیں پہلے رونا بند کریں پھر بتاؤں گا۔ دیکھیں تو رونے سے آپ کی آنکھوں کا کاجل پھیل گیا ہے۔ اور کتنی کیوٹ لگ رہی ہیں آپ۔'' وہ اسے محبت سے دیکھتے ہوئے مسکراتے ہوئے بولے۔

''کیوٹ یا کارٹون؟'' عزّہ نے فوراً اپنے آنسو صاف کرتے ہوئے کہا تو وہ بے ساختہ ہنس پڑے۔

''میں آپ کو کارٹون تو ہرگز نہیں کہوں گا۔ آپ تو میری بہت کیوٹ اور سوئیٹ سی بیوی ہیں۔ کتنی خوبصورت پلکیں ہیں آپ کی، کیا اصلی ہیں؟'' وہ اس کی گھنی گھنی چمکیلی پلکوں کو دیکھتے ہوئے ہمیشہ شک میں پڑ جاتے تھے کہ جانے اصلی ہیں کہ نقلی آج پوچھ ہی لیا۔

''جی ہاں میری پلکیں بھی اصلی ہیں اور میں بھی اصلی ہوں۔'' اس نے مسکراتے ہوئے جواب دیا۔

''اس کا تو مجھے یقین ہے کہ آپ پوری کی پوری اصلی ہیں۔ اصلی اور خالص ہیں۔'' حسن نے اسے اپنے رشتے کا حق استعمال کرتے ہوئے اپنی بانہوں کے حلقے میں لے کر کہا تو اس کے پورے وجود میں بجلی سی دوڑنے لگی۔ دل کی دھڑکنیں بے ترتیب اور تیز ہو گئیں۔ کسی مرد کا محبوب مرد کا پہلا پہلا لمس کیا ہوتا ہے۔ کیا احساس جگاتا ہے یہ عزّہ کو آج معلوم ہو رہا تھا۔ محسوس ہو رہا تھا۔ اس کی پیاسی، بے کل اور اجڑی روح سیراب و سرشار ہونے لگی۔ اسے لگا جیسے زندگی تو اب شروع ہو رہی تھی۔ اس کا جنم تو آج ہوا ہے۔ اس کے دل میں سانسوں اور دھڑکنوں کے سر تال تو آج چھڑے تھے۔

''میں نے جب آپ کو پہلی بار دیکھا تھا نا عزّہ، تو میرے دل نے مجھ سے کہا تھا کہ ''حسن صدیقی'' تم ملکوں ملکوں گھومتے پھرتے رہے۔ نگر نگر کی خاک چھانتے رہے۔ حالانکہ تمہارے دل کی تباہی کے سارے سامان تو یہاں اپنے ملک میں تمہارے اپنے شہر اور گھر میں موجود تھے۔ عزّہ جانو! مجھے تو اپنے خوابوں پر بھی پیار آنے لگا تھا جو شب کو نیند اپنے مہربان ہاتھوں سے میری آنکھوں کے دریچوں میں وا کرتی ہے، وہ خواب جو آپ کی ذات سے وابستہ تھے۔ عزّہ، آپ کا میری بے کیف اور ساکت زندگی میں آنا ایسے ہی ہے جیسے اک کرن ٹھہرے ہوئے پانی پہ گرتی ہے تو اس کے اندر تک ارتعاش، طلاطم اور ہلچل مچا دیتی ہے۔ آپ کی محبت نے بھی ایسا ہی ارتعاش پیدا کر دیا تھا میرے اندر ایسا ہی طلاطم بپا کیا اور ہلچل مچائی تھی۔ آپ کو پا کر آپ کے قرب کے ان لمحوں میں۔ میں کتنا سرخوش، دلشاد، مطمئن اور مسرور ہوں آپ اس کا اندازہ نہیں لگا سکتیں۔ آپ کا پیار میرے دل پہ یوں اترے جس طرح بند دریچوں پہ گرے اَبر بہار۔ میرے لیے اب آپ ہی سب کچھ ہیں۔ میری زندگی کے خورشید کا کندن، مہتاب کی چاندنی، راتوں کی آسودگی اور صبحوں کی ہنسی صرف آپ ہیں عزّہ جان! صرف آپ۔''

''مجھے اندازہ نہیں تھا کہ آپ عاشق اور دیوانے ہونے کے ساتھ ساتھ شاعر بھی ہیں۔'' عزّہ ان کی محبت میں ڈوبے زیست افروز اظہار سن کر حیا اور خوشی سے مسکراتے ہوئے بولی تو انہوں نے ہنس کر کہا۔ ''شاعر تو میں نہیں ہوں۔ یہ تو دل کی آواز ہے۔ آپ کو یہ شاعری لگ رہی ہے۔''

''ہوں۔ بزنس مین کی شاعری۔'' وہ شرمگیں لہجے میں بولی۔

''بزنس مین نہیں جاناں! پیور لونگ مین۔'' حسن نے اس کے چہرے کو چوم کر کہا تو حیا کے دھنک رنگوں اور ہنسی سے اس کا چہرہ اور بھی حسین ہو گیا۔

''میں سمجھتا تھا کہ آپ سادگی میں ہی قیامت ڈھاتی ہیں۔ مگر اس ہار سنگھار میں آپ کو دیکھ کر احساس ہو رہا ہے آپ کو دیکھنے کے لیے تو ایک ایکسٹرا ایمان کی ضرورت ہے۔ آپ کے موڈ کا

انداز ہ نہیں ہے ورنہ جانے میں اب تک کیا سے کیا کر چکا ہوتا۔"

دیکھنے کی تو کسے تاب ہے تیرا حُسن میری جان!
دیکھے بنا تجھ کر ہم رہ بھی نہیں سکتے!!!

حسن نے اس کے چہرے کو ہاتھوں میں لے کر اس کے نقوش کو نرمی سے چھوتے ہوئے محبت سے دیکھتے ہوئے کہا۔ عزّہ کا تو شرم سے برا حال ہو رہا تھا۔ یہ لمحات یہ احساسات پہلی بار اس کی زندگی میں آئے تھے۔ اور اسے بے خود کیے جا رہے تھے۔

"اُف حسن۔" وہ شرم سے اتنا ہی کہہ سکی۔

"کہو جانِ من، مجھ سے نہ کبھی کچھ چھپانا۔ عاشق ہوں تیرا، پریمی ہوں تیرا، تیرا ہوں میں تیرا دیوانہ!"

حسن نے بہت بے خودی کے عالم میں گا کر اپنے جذبات کا اظہار کیا۔ تو وہ شرما کر ہنس پڑی۔ ان کے یہ جوہر تو اس پر آج کھل رہے تھے۔ ان کی دیوانگی کا اندازہ تو اسے آج ہو رہا تھا۔ اور وہ خوش تھی کہ اس نے ان کی سچی محبت کو ٹھکرایا نہیں تھا۔ اس نے اپنی تمام تر محبتیں ان کے نام کر دی تھیں آج سے ابھی سے ہمیشہ کے لیے۔

"باتیں تو جناب رات بھر ہوں گی آپ ایسا کیجئے کہ پہلے چینج کر لیں۔ تھک گئی ہوں گی ناں یہ بھاری لباس پہنے رہنے سے۔ چینج کر کے ایزی ہو جائیں۔ پھر ہم اکٹھے کھانا کھائیں گے۔ مجھے معلوم ہے کہ آپ نے آج لنچ بھی نہیں کیا ٹینشن کے باعث۔" حسن نے مسکراتے ہوئے کہا۔

"آپ کو کیسے معلوم؟" عزّہ نے حیران ہو کر ان کا چہرہ دیکھا۔

"مجھے ثمین بھابی نے جاتے وقت بتایا تھا۔"

"ثمین کو پتا نہیں کیا ہے میری ہر بات آپ کو بتا دیتی ہے۔" وہ مسکراتے ہوئے بولی۔

"اچھا کرتی ہیں ناں، اس طرح مجھے آپ کو آپ کے مزاج کو سمجھنے میں آسانی ہو گی۔ بلکہ میں تو تقریباً تقریباً آپ کو سمجھ ہی چکا ہوں۔" وہ ہنس کر بولے۔

"لیکن مجھے تو وقت لگے گا آپ کو سمجھنے میں۔"

"مجھے سمجھنا تو ذرا بھی مشکل نہیں ہے۔ میں تو خلوص اور پیار کا بندہ ہوں۔ اور آپ سے اسی کا متمنی ہوں۔ اور مجھے یقین ہے کہ اس معاملے میں آپ بہت خود کفیل بلکہ مالا مال ہیں۔ اب یہ الگ بات ہے کہ اس میں میرا حصہ کتنا ہے؟"

حسن نے اس کا ہاتھ اپنے ہاتھوں میں تھام کر مسکراتے ہوئے کہا تو اس نے بے حد پیار سے دیکھا اور شرمیلے لہجے میں بولی۔ ''اتنا ضرور ہے کہ آپ کو مجھ سے کبھی شکایت نہیں ہوگی۔''

''رئیلی۔'' وہ خوش ہو گئے۔ عزّہ نے شرمیلے پن سے مسکراتے ہوئے سر جھکا لیا۔

''چلیں پھر جلدی سے چینج کرلیں، بہت زوروں کی بھوک لگ رہی ہے۔ آپ کی ٹینشن تو دور ہوگئی نا عزّہ۔'' حسن نے خوشی سے مسکراتے ہوئے کہا تو وہ جواب میں خوشدلی سے ہنس پڑی۔

''تھینکس گاڈ! میں آپ کو اسی طرح خوش اور ہنستا مسکراتا دیکھنا چاہتا ہوں۔ عزّہ! انشاءاللہ میری ذات سے میرے رویے یا عمل سے آپ کو کبھی کوئی دکھ کوئی تکلیف نہیں پہنچے گی۔ اگر انجانے میں ایسا کر بیٹھوں تو مجھے معاف کر دیجیے گا یہ سوچ کر یہ بندہ بشر ہوں۔ غلطی کر سکتا ہوں۔ مجھ سے کچھ چھپایئے گا نہیں۔ اور میری محبت کا یقین رکھیئے گا۔'' حسن نے اس کے ہاتھ کو ہلکے سے دباتے ہوئے دل سے کہا۔

''اچھا دیکھیں گے۔'' عزّہ نے شریر لہجے میں کہا۔ ''عزّہ'' حسن نے معصومیت سے اسے دیکھا تو اسے ہنسی آگئی۔ حسن بھی اس کی شرارت جان کر ہنس پڑے۔ اور پھر انہوں نے اس کے دوپٹے میں لگی پنیں اور جیولری اُتارنے میں اس کی مدد کی وہ چینج کر کے منہ ہاتھ دھو کر آگئی۔ دھلے دھلے چہرے پر میک اپ کے اثرات نے اور زیادہ دلکشی پیدا کر دی تھی۔ ہلکے گلابی شلوار قمیض دوپٹے میں اس کی جاذبیت اور بھی نکھر گئی تھی۔ حسن اس کے رنگ روپ کو دیکھ کر دنگ رہ گئے۔ ''مجھے دیکھ چکے ہوں تو کھانا شروع کریں۔'' عزّہ نے مسکراتے ہوئے کہا تو وہ قہقہہ لگا کر ہنس پڑے۔ ''کھانا تو شروع کریں مگر دیکھ کہاں چکے ہم۔ ابھی تو جی بھر کے دیکھیں گے اور عمر بھر دیکھیں گے۔'' حسن نے اس کے سامنے سالن کی پلیٹ رکھتے ہوئے شوخ لہجے میں کہا تو وہ شرما گئی۔ اور پھر خاموشی سے دونوں کھانا کھانے لگے۔ بریانی، کوفتے، چپاتیاں، سلاد اور رائتہ تھا۔ دونوں نے خوب سیر ہو کر کھایا۔ عزّہ کی ٹینشن ختم ہوگئی تھی۔ تو بھوک بھی چمک اُٹھی تھی۔ کھانے سے فارغ ہو کر حسن برتن ٹرالی میں رکھ کر ٹرالی کمرے سے باہر کچن میں پہنچانے کے لیے باہر لے گئے۔ عزّہ نے اُٹھ کر ان کا دیا تحفہ کندن کا سیٹ اور پچاس لاکھ روپے کا چیک اُٹھا کر دیکھا اور زیور کا ڈبہ دراز میں رکھ دیا۔ چیک اپنے شولڈر بیگ میں رکھی ڈائری میں رکھ دیا۔ اور بستر پر آ بیٹھی اور پھولوں کی لڑیوں سے بے فکر ہو کر کھیلنے لگی۔ حسن بہت خاموشی سے کمرے میں داخل ہوئے تھے۔ اسے پھولوں سے کھیلتے دیکھ کر پہلے تو مسکرا دیئے اور پھر سائیڈ ٹیبل پر رکھے کیمرے پر نظر پڑی تو بہت خاموشی سے کیمرہ اُٹھایا اور عزّہ کی اسی پوز میں تصویر کھینچ لی۔ وہ کیمرے کی فلیش لائیٹ پڑنے پر بوکھلا گئی۔

''بہت نیچرل تصویر ہو گی یہ آپ کی۔'' حسن نے اسے دیکھتے ہوئے ہنس کر کہا تو اس نے شرما کر نظریں جھکائیں اور اپنا دوپٹہ درست کرنے لگی تو حسن نے ایک اور تصویر کھینچ لی۔ عزّہ ہنس دی اور انہیں دیکھتے ہوئے بولی۔

''یہ آپ کو رات کے دس بجے فوٹو گرافی کا شوق چرایا ہے۔''

''اتنا حسین چہرہ سامنے ہو تو یہ شوق کسی بھی وقت جاگ سکتا ہے۔ لیجئے کیمرہ ہم نے رکھ دیا۔ اب ہم اپنی آنکھوں کے کیمرے میں یہ حسین چہرہ جذب کریں گے۔'' حسن نے کیمرہ واپس رکھ دیا اور مسکراتے ہوئے اسے دیکھنے لگے۔ عزّہ شرمائے جا رہی تھی۔

''ایک منٹ۔'' حسن نے انگلی اُٹھا کر کہا اور پہلے وارڈ روب میں سے ایک پیکٹ اور لفافہ نکالا۔ پھر دراز میں سے ایک فائل نکال کر اس کی طرف بڑھے۔ وہ ایک دم سنجیدہ ہو گئی تھی۔ حسن نے اس کے پاس بیٹھتے ہوئے سنجیدگی سے کہا۔

''یہ دراز اور وارڈ روب ٹائپ کی چیزیں ایسی ہی اشیاء سنبھالنے کے لیے بنائی گئی ہیں۔ ہم انہیں باہر تو نہیں رکھ سکتے نا۔''

''جی۔'' وہ خجل سی ہو گئی۔ وہ اس کا ہر تاثر پڑھ رہے تھے سمجھ رہے تھے۔ محسوس کر رہے تھے۔ اس سے زیادہ ان کی محبت کی سچائی اور کیا ہو سکتی تھی۔

''تو جانو! اپنے دل میں کسی خوف اور اندیشے کو جگہ مت دیں۔ صرف مجھے جگہ دیں۔'' حسن نے چیزیں سامنے رکھیں اور اس کی کمر کے گرد اپنا بازو حمائل کر کے شوخی سے کہا تو وہ شرمائے ہوئے اپنے دل میں بولی۔

'وہ تو میں کب کی دے چکی ہوں ساری کی ساری جگہ دے چکی ہوں آپ کو۔'

یہ رُخِ زیبا ہے تمہارا یا کہ مہتاب کا رنگ
یہ رسیلے ہونٹ، معصوم پیشانی، حسین آنکھیں
یہ محبت سے بھرا دل جو، تمہارے سینے میں دھڑکتا ہے
تمہاری ہر ادا جس سے وفا کا رس ٹپکتا ہے
میں اپنا سارا جیون اس ادا کے نام کرتا ہوں

''تمہارے نام کرتا ہوں۔'' حسن نے اس کے رخسار پر اپنے ہاتھ کا لمس رکھتے ہوئے دل سے والہانہ پن سے کہا تو وہ بس خاموشی سے شرمیلے پن سے مسکرائے گی۔ حسن نے دل کھول کر

اس کو اپنی محبتوں سے نوازا۔ یہاں تک کہ خوشی سے اس کی پلکیں بھیگنے لگیں۔

''عزّہ، جس دن بھی میں آپ سے ملتا تھا نا، اس دن میں آپ کے لیے ایک تحفہ ضرور خریدتا تھا۔ اور یہ سارے تحائف ان ملاقاتوں کی یادگار ہیں۔ جو آج میں آپ کو اپنے ہاتھوں سے پیش کروں گا اور کچھ پہناؤں گا بھی۔ سب سے پہلے یہ گولڈ کا سیٹ ہے۔'' حسن نے اس کے چہرے کو دیکھتے ہوئے کہا تو وہ حیرانی سے انہیں اور تحائف کو تکنے لگی۔ انہوں نے چھوٹا سا مخملی ڈبہ کھولا۔ اس میں لاکٹ، چھوٹی سی بالیاں، بریسلیٹ اور انگوٹھی جگمگا رہی تھی۔ حسن نے پہلے اس کے ہاتھ کی انگلی میں انگوٹھی پہنائی۔ پھر بریسلیٹ پہنایا۔ اس کے بعد لاکٹ اس کی گوری گردن میں پہنا کر اس کی روشن پیشانی پر لب رکھ دیے۔ عزّہ کو اپنے دل پر ان کے ہونٹوں کا نرم گرم لمس محسوس ہو رہا تھا۔ اس کی رگ رگ سے زندگی کی تروتازہ حرارت پھوٹنے لگی۔ روح میں گلابوں کی مہک اترنے لگی۔ بدن کی ساری رعنائی اپنے محبوب شوہر کے پیار کے حصار میں دمکنے لگی۔ اس کی خوشی کی انتہا نہیں تھی۔ کاش! یہ وقت یہ لمحات یہیں تھم جاتیں۔ اس سے یہ احساس کوئی نہ چھینے'' عزّہ نے دل میں آرزو کی۔

''اور یہ سینٹ'' ''رائل میرج نائیٹ'' اور ''ڈیلشیا'' یہ آپ سے تیسری ملاقات کے بعد خریدے تھے۔'' حسن نے دوسرے خاکی لفافے میں سے دو پرفیومز نکال کر بتایا۔ ''یہ ساڑھی اس روز خریدی تھی۔ جب بارش میں کالج سے میں نے آپ کو پک کیا تھا۔ یہ آپ ضرور پہنیے گا۔ آپ پر بہت سجے گی۔ پہننی آتی ہے ساڑھی۔'' حسن نے بڑا پیکٹ کھولا تو اس میں ہلکے آسمانی رنگ سفید بارڈر والی بہت خوبصورت جارجٹ نیٹ کی ساڑھی موجود تھی جو انہوں نے اسے دکھاتے ہوئے کہا تو اس نے نفی میں سر ہلا دیا۔

''ثمین بھابی سے سیکھ لیجئے گا۔ وہ اکثر فنکشنز میں ساڑھی میں ڈریس اپ ہوتی ہیں۔ آج بھی ساڑھی پہنی تھی انہوں نے اور جانو! یہ ہے ریسٹ واچ جو میں آپ کے لیے کراچی سے لایا ہوں۔'' حسن نے مسکراتے ہوئے کہا اور دوسری خوبصورت پیکنگ کھول کر اسے لیڈی واچ دکھاتے ہوئے بولے۔

''آپ نے کیوں اتنی زحمت کی؟'' عزّہ خوشی سے پاگل ہونے کو تھی۔ وہ آج کی شب ہی سارے انکشافات کرنے پر آمادہ دکھائی دے رہے تھے اور عزّہ کو اتنی ڈھیروں خوشیوں اور محبتوں کے سامنے اپنا دامن تنگ پڑتا ہوا محسوس ہو رہا تھا۔ حسن تو سر سے پاؤں تک محبت ہی محبت بنے بیٹھے تھے۔ ''یہ پوچھئے کہ ہم نے کیوں اتنی محبت کی؟'' وہ گھڑی اس کی کلائی پر باندھتے ہوئے بولے۔

''کیوں کی مجھ سے اتنی محبت؟'' وہ ان کی صورت کو محبت سے دیکھتے ہوئے پوچھ رہی تھی۔

''کیونکہ آپ ہیں ہی محبت کے لائق۔'' حسن نے یہ کہہ کر اس کی کلائی چوم لی۔

''موبائل تو آپ کو میں گفٹ کر چکا ہوں یہ سب سے اہم تحفہ ہے۔ جو میں نے اس روز آپ کے نام کیا تھا۔ جس روز آپ میرے اس گھر میں تشریف لائی تھیں۔'' حسن نے فائل اُٹھا کر اس کے حیران پریشان دلکش چہرے کو دیکھتے ہوئے بتایا۔

''یہ کیا ہے؟''

''یہ اس گھر کی رجسٹری ہے۔ اس گھر کے کاغذات ہیں جو میں نے اس روز ہی آپ کے نام کر دیا تھا۔ عزّہ، یقین جانیں آپ کے آنے سے پہلے یہ گھر نہیں تھا یہ تو محض ایک چار دیواری تھی۔ گھر تو یہ اب بنا ہے۔ آپ کے یہاں آ جانے سے یہ چار دیواری یہ مکان مجھے گھر محسوس ہو رہا ہے۔ اور یہ گھر میں نے قانونی طریقے سے آپ کے نام کر دیا ہے۔ ان کاغذات پر صرف آپ کے دستخط ہونا باقی ہیں۔ آپ کو اگر میری بات کا اعتبار نہ ہو تو۔ یہ فائل رکھ لیں۔ اسے فرصت سے اچھی طرح پڑھیں۔ اپنی ہر طرح سے تسلی اور اطمینان کر لیں اس کے بعد دستخط کریں۔'' حسن نے فائل اس کے ہاتھ میں دے کر بہت نرمی اور محبت سے کہا۔

''حسن۔'' وہ خوشی، حیرت اور بے یقینی کی سی کیفیت سے دوچار تھی۔

''جی جانِ من۔'' حسن نے اس کے چہرے پر پھسلتے بالوں کو ہاتھ سے پیچھے کرتے ہوئے پیار سے کہا۔

''آپ نے یہ کیوں کیا؟''

''کیونکہ میں آپ سے محبت کرتا ہوں، عشق کرتا ہوں، پیار کرتا ہوں آپ سے۔''

''لیکن یہ اتنا کچھ۔''

''یہ تو کچھ بھی نہیں ہے عزّہ، یہ تو صرف وہ کچھ ہے جو میں آپ کو دے سکتا ہوں۔ جو میرے اختیار میں ہے۔ انسان جس سے پیار کرتا ہے۔ اسے دُنیا کی ہر خوبصورت اور قیمتی شے پیش کرنا چاہتا ہے۔ مگر وہ وہی پیش کر سکتا ہے جو اس کی دسترس میں ہوتی ہے۔ سو عزّہ جانو! میری دسترس میں جو تھا وہ میں نے آپ کے نام کر دیا۔ یہ گھر اب آپ کا ہے۔ یہاں سے آپ کو کوئی نہیں نکال سکتا۔ میں بھی نہیں۔''

''تو کیا آپ مجھے یہاں سے؟''

''ارے نہیں میری زندگی! میں تو ایک بات کر رہا ہوں۔ کہ آپ اس گھر کی مالکن ہیں۔ آپ چاہیں تو مجھے اس گھر سے نکال سکتی ہیں۔'' وہ مسکراتے ہوئے بولے۔

''اللہ نہ کرے، میں آپ کو یہاں سے کیوں نکالوں گی۔ آپ کے بغیر اس گھر کا اچار ڈالنا ہے میں نے۔'' عزّہ نے فوراً تڑپ کر کہا تو وہ خوشدلی سے ہنس دیئے۔

عزّہ کی بے قراری اس کے لہجے کی تڑپ اور اس کی ''آپ کے بغیر'' کہنا حسن کو دُنیا جہان کی خوشیاں دے گیا۔ وہ اس کے دل میں موجود ہیں۔ یہ انکشاف ان کے لیے بہت روح افزاء تھا۔ زیست افروز اور حیات بخش تھا۔ وہ بہت مسرور تھے۔ ''عزّہ جان! یہ مت سمجھیئے گا کہ میں نے آپ کو اپنی دولت سے متاثر و مرعوب کرنے کے لیے یہ سب کیا ہے۔ یقین جانیے ایسا نہیں ہے۔ دولت، روپیہ پیسہ تو اللہ کی دین ہے۔ اس میں میرا کوئی کمال نہیں ہے۔ سوائے اس کے کہ میں نے محنت ضرور کی ہے۔ ایمانداری سے کاروبار کیا ہے۔ تو اللہ نے اپنا کرم، اپنی رحمت مجھ پر سایے کی طرح رکھی ہے۔ بس یہ اس مالک کی دین ہے۔ اور جو کچھ میرا ہے، وہ سب کچھ آج سے آپ کا بھی ہے۔'' حسن نے اس کے حنائی ہاتھ کو تھام کر محبت سے کہا وہ تو رونے والی ہو رہی تھی۔ ان کے پیار پر، اتنی محبتیں اتنی عنایتیں کہاں دیکھیں تھیں اس نے۔

''اگر میری آپ سے شادی نہ ہوتی تو کیا پھر بھی آپ یہ سب کچھ اور یہ گھر مجھے ہی دیتے؟'' عزّہ نے پُرنم لہجے میں پوچھا۔

''ظاہر ہے جو چیز میں نے آپ کے نام کر دی تھی۔ وہ میں کسی اور کو کیسے دے سکتا تھا۔ اول تو ایسا ناممکن تھا کہ آپ کی شادی مجھ نہ ہوتی۔ فرض کریں کہ ایسا ہو جاتا تو میں یہ مکان یہ گھر آپ کو گفٹ کر دیتا۔ کیوں محبت تحفظ کا دوسرا نام ہے۔ میں آپ کو در بدر ہوتے نہیں دیکھ سکتا تھا۔ آپ کو محبت کی چھت تحفظ اور پیار کی چار دیواری دینا چاہتا تھا۔

◆◆◆

عزّہ جانو! جو محبت، جو پیار، انسان کو تحفظ، نہ دے سکے اس کا کوئی فائدہ نہیں ہوتا۔ میں آپ کو عزت اور حفاظت سے اس گھر میں آباد دیکھنا چاہتا تھا۔ آپ مجھے قبول نہ بھی کرتیں تو بھی میں یہ گھر آپ کو دے کر رہتا۔" حسن اس کے دل و روح میں اپنی سوچ سے گھر کرتے چلے گئے۔

"میں لیتی تب ناں۔" وہ مسکرائی۔

"لیتی کیسے ناں، میں دینا چاہتا ہوں، اور جو کام کرنے کی ٹھان لوں وہ کر کے ہی رہتا ہوں۔ اگر آپ ضدی اور ارادے کی پکی ہیں تو ڈیئر، میں بھی پیچھے ہٹنے والوں میں سے نہیں ہوں۔ اور اس کا ثبوت آپ کا یہاں موجود ہونا بھی ہے۔ اب تو یقین آ گیا آپ کو میری باتوں پر، میری محبت کی سچائی پر۔" وہ بڑے پیار بھرے رعب سے بولے تو وہ دھیرے سے ہنس کر بولی۔ "اُف آپ تو دیوانے ہیں۔"

"اس میں کیا شک ہے۔ دیوانے تو ہم ہیں آپ کے۔" وہ اس کے چہرے کو چھو کر پیار سے بولے۔

"لیکن میں اتنی زیادہ عنایات کے قابل......"

"ہیں آپ اتنی زیادہ بلکہ اس سے بھی بہت زیادہ عنایات کے قابل، پیار کے قابل۔" وہ اس کی بات کاٹ کر محبت سے اسے دیکھتے ہوئے بولے۔ "عزّہ جانو! کسی نے آج تک آپ کی قدر ہی نہیں کی۔ آپ اپنی قدر میرے دل سے پوچھیں۔ آپ کس قدر قابلِ قدر ہیں۔ یہ میں جانتا ہوں۔ کاش! آپ مجھے پہلے ملی ہوتیں تو میں آپ کو ذرہ برابر بھی تکلیف یا اذیت نہ پہنچنے دیتا۔ آپ پیار ہی کے نہیں پرستش کے لائق بھی ہیں۔"

"نہیں حسن پلیز۔" وہ اپنا ضبط چھوڑ بیٹھی اور ایک دم بے اختیاری میں ان کے سینے میں چہرہ چھپا کر بلکنے لگی۔ "مجھ سے اتنی خوشیاں، اتنی محبتیں سنبھالی نہیں جائیں گی۔ مجھے اتنا مت نوازیں کہ

میرا دامن تنگ پڑ جائے۔"

"عزّہ میری جان! ان خوشیوں اور محبتوں پر آپ کا پورا حق ہے۔ پلیز اس طرح مت روئیں۔ یہ رونے کی رات تو نہیں ہے۔ یہ تو خوش ہونے کی رات ہے۔ ہمارے ایک ہونے کی رات ہے۔ آپ کو یقیناً ایسے دامن کی ضرورت تھی جو آپ کے اشکوں کے سیلاب کو اپنے اندر جذب کر سکے۔ کچھ آنسو نبیل بھائی کے حصے میں آئے تھے۔ اور باقی آنسو میرے حصے میں آئے ہیں۔ چلیں آج دل کھول کر سارے اشک بہا دیں۔ گزشتہ لمحوں اور سالوں کے سارے دکھ ان آنسوؤں میں دھو ڈالیں۔ تاکہ پھر ہم نئی زندگی کا مسکراتے ہوئے استقبال کر سکیں۔"

حسن نے اس کے بالوں میں ہاتھ پھیرتے ہوئے کہا وہ روتی رہی اس کی ہچکی بندھ گئی تھی روتے روتے۔ حسن اسے پیار کرتے، بہلاتے رہے۔ جب اس کے آنسو تھمے تو انہوں نے اس کا چہرہ صاف کیا۔ اس کے ماتھے پہ بوسہ دیا۔ اور اسے سونے کا کہہ کر خود سامان سمیٹ کر واپس رکھنے لگے۔ عزّہ ہلکی پھلکی اور پرسکون ہو کر لیٹ گئی۔ حسن کے وجود کی مہک، ان کے لمس کی حدت اس کے پورے وجود کو اپنے حصار میں لیے ہوئے تھی۔ حسن نے لیمپ جلا کر ٹیوب لائیٹ آف کر دی۔ اور الماری سے کمبل نکال کر اس پر پھیلا دیا۔ اور خود بھی اس کے برابر میں آ کر لیٹ گئے۔ عزّہ نے ان کی طرف مسکرا کر دیکھا اور سکون سے آنکھیں موند لیں۔ حسن بھی اس کے ریشمی بالوں میں انگلیاں پھیرتے پھیرتے نیند کی آغوش میں چلے گئے۔

دُکھ کے موسم بیت گئے — سکھ کے موسم بیت گئے
پیار کے نغمے پھوٹ پڑے اور — غم کے نوحے، گیت گئے
دُکھوں سے نہ ڈرنے والے — پیار کی بازی جیت گئے

صبح کے سورج نے آنکھ کھولی تو ہر طرف روشنی سی بکھر گئی۔ زندگی کی نئی صبح ہو چکی تھی۔ عزّہ بہت گہری اور پرسکون نیند سے بیدار ہوئی تو اپنے برابر بستر کی خالی جگہ دیکھ کر چونک سی گئی۔ وہ شاید نیند اور خواب کے سے عالم میں تھی۔ چاروں جانب پھولوں کی چادر تنی تھی۔ خوشبو اور روشنی پھیلی تھی۔ اسے سہاگ شب کا لمحہ لمحہ یاد آ رہا تھا۔ اور خالی بستر دیکھ کر حسن کو موجود نہ پا کر اسے لگا جیسے وہ سب خواب تھا جو آنکھ کھلتے ہی ٹوٹ گیا ہے۔ اس نے بے اختیار پریشانی اور بے قراری میں بستر سے اترتے ہوئے حسن کو پکارا۔

"حسن۔ حسن کہاں ہیں آپ؟"

''حسن۔''

''جی جانِ من۔'' حسن کی آواز پر وہ ہڑبڑا کر پلٹی وہ واش روم سے شاور لے کر باہر نکلے تھے۔ اسے یوں خود کو پکارتا دیکھ کر فکر اور محبت سے جواب دیا۔

''حسن آپ کہاں چلے گئے تھے؟'' وہ انہیں بے قراری سے دیکھتے ہوئے بولی۔

'میں یہیں تھا، شاور لیے رہا تھا۔ میں کہاں جا سکتا ہوں بھلا آپ کو چھوڑ کر۔ ہاں کیا ہوا کیا نیند میں ڈر گئیں۔'' حسن نے آگے بڑھ کر اسے اپنی بانہوں میں سمیٹ لیا۔ ان کے لمس کو محسوس کرتے ہوئے اسے ہوش آ گیا کہ وہ یہیں ہیں اس کے پاس۔

''نہیں تو۔ میں۔ میں سمجھی آپ مجھے چھوڑ کر چلے گئے۔ مجھے لگا جیسے وہ سب خواب تھا۔ پتا نہیں حسن! وہ خواب تھا یا یہ خواب ہے۔'' وہ روہانسی ہو کر بولی تو وہ اس کی پریشانی اور بے قراری کا سبب جان کر خوشی سے مسکرا دیئے۔ اور اس کے رخسار پر ہاتھ رکھ کر اس کے چہرے کو پیار بھری نظروں سے دیکھتے ہوئے نرمی سے بولے۔

''عزّہ میری جان! جب آپ نے دکھ حقیقت میں سہے ہیں تو یہ سکھ خواب کیسے ہو سکتے ہیں۔ آپ کی زندگی میں اب پیار کی بہار نے قدم رکھ دیا ہے۔ اب کوئی آپ سے یہ خوشیاں نہیں چھین سکتا۔ کیا آپ میری موجودگی کو میرے قرب کو محسوس نہیں کر رہیں۔'' حسن نے اس کے چہرے کو بہت محبت سے اپنے ہاتھوں میں تھام لیا تو اس نے ان کے سینے پر ہاتھ رکھ کر آنکھیں بند کر لیں۔ اس کے ہاتھوں کا لمس حسن کو تازگی اور زندگی بخش رہا تھا۔ انہوں نے اس کی گلاب صورت پر اپنی محبت کے ڈھیروں گلاب سجا دیئے۔ وہ گلزار ہو گئی۔ سرشار ہو گئی۔ اور شرمیلے پن سے مسکرانے لگی۔ خواب حقیقت اور جھوٹ اور سچ کا احساس اس کی روح کی گہرائیوں میں اتر گیا تھا۔

''چلیں آپ بھی شاور لے کر تیار ہو جائیں۔ میں نے آپ کے لیے بلیک سوٹ نکالا ہے۔ تاکہ آپ کو کسی کی نظر نہ لگ سکے۔ ڈریسنگ روم میں آپ کا ڈریس موجود ہے۔ شاباش تیار ہو کر آئیں۔ پھر اکٹھے ناشتہ کریں گے۔'' حسن نے پیار سے اس کا گال تھپتھپا کر نرمی سے کہا۔

''اچھا۔'' اس نے آہستہ سے کہا اور پاؤں میں جوتے پہن کر واش روم میں چلی گئی۔ نہا کر اس نے سیاہ ویلوٹ کا وہ سوٹ زیب تن کیا جو حسن نے اس کے لیے نکالا تھا۔ قمیض پر کٹ ورک اور سفید نگوں کا دیدہ زیب کام کیا ہوا تھا۔ دوپٹے کے کناروں پر سلور کلر کی باریک سی موتیوں والی لیس لگی تھی۔ ساتھ اسی رنگ کی میچنگ جیولری بھی موجود تھی۔ اس نے جیولری پہن کر بالوں کو برش

کر کے کھلا چھوڑ دیا۔ اور دو پنیں دائیں بائیں لگالیں۔ میک اپ کرنے کے بعد اس نے حسن کی گفٹ کردہ سیاہ ڈائل اور سلور رنگ کے اسٹریپ والی گھڑی اپنی کلائی پر باندھی۔ ''رائل میرج نائٹ'' کی خوشبو چھڑکی۔ بلیک اسٹریپ والے جوتے پہنے اور خود کو آئینے میں دیکھ کر مسکرا دی اور دوپٹہ سنبھالتی ہوئی کمرے میں آگئی۔ حسن فون پر کسی سے بات کر رہے تھے۔ اس پر نظر پڑی تو مبہوت ہو کر رہ گئے۔ یہ بھی بھول گئے کہ وہ فون پر کسی سے بات کر رہے تھے۔

''ہوں۔ ہاں ٹھیک ہے دیکھیں دیر نہیں ہونی چاہئے اس کام میں۔ منیجر صاحب ایک ڈیڑھ گھنٹے تک آپ کے پاس آئیں گے، اوکے! تھینک یو ویری مچ، اللہ حافظ!'' دوسری جانب سے انہیں پکارا گیا تو انہوں نے ہوش میں آتے ہوئے بات مکمل کی اور فون بند کر دیا۔

چاند نکلا کہ تیرا چاند سا چہرہ نکلا
تجھ کو دیکھا تو کچھ اور نہ دیکھا گیا پھر

''چشمِ بددور، یہ حور کس کی ہے بھئی؟'' حسن شعر پڑھتے بات کہتے ہوئے اس کے پاس چلے آئے تو اس نے شرمیلے پن سے مسکراتے ہوئے کہا۔ ''آپ کی۔''

'تو کیا ہم جنت الفردوس میں ہیں؟'' حسن نے بے ساختہ پوچھا تو وہ بے ساختہ ہنس پڑی۔

''مجھے تو اپنی ہی نظر سے خوف آرہا ہے۔ کہیں میری ہی نظر نہ لگ جائے آپ کو۔ ٹھہریں پہلے میں آپ کی نظر اتارلوں۔ پھر پیار کروں گا۔'' حسن نے اسے وارفتہ اور پیار لٹاتی نظروں سے دیکھتے ہوئے شوخی سے کہا۔ وہ حیا سے سمٹ سمٹ گئی۔

''لیجئے اپنا ہاتھ لگا دیجئے۔'' حسن نے اپنے والٹ سے ہزار ہزار کے دو نوٹ نکال کر اس کی طرف بڑھا کر کہا تو اس نے نوٹ پکڑ کر واپس کر دیئے۔ حسن نے وہ نوٹ اس کے سر سے بھی وارے۔ اسی وقت بوا دروازہ کھٹکا کر اجازت ملنے پر اندر داخل ہوئیں ان کے ساتھ ناشتے کے لوازمات سے بھری ٹرالی بھی تھی۔ جو وہ میز کے قریب کھینچتی ہوئی لے آئیں۔

''دیکھیں تو بوا، میری دُلہن کیسی لگ رہی ہے؟'' حسن نے عزّہ کے شرمائے شرمائے سراپے کو دیکھتے ہوئے بوا سے پوچھا تو عزّہ مزید حیا کے لبادے میں لپٹ گئی۔

''ماشاءاللہ، اللہ نظرِ بد سے بچائے۔ چاند کا ٹکڑا ہے ہماری دلہن۔ اللہ صحت و تندرستی دے۔ خوشیاں دکھائے۔ اے بچے تم نے نظر بھی اتاری ہے دلہن کی کہ نہیں۔'' بوا نے عزّہ کی بلائیں لیتے ہوئے دُعائیں دے کر حسن سے پوچھا۔

''بالکل اُتاری ہے بوا، لیں یہ پیسے کسی حاجت مند کو دے دیجئے گا۔'' حسن نے دونوں نوٹ ان کی جانب بڑھا کر کہا تو بوا نے نوٹ لے کر کہا۔

''تم نے اپنی نظر بھی اتاری تھی۔ بچے تم بھی تو شہزادے لگ رہے ہو۔''

'ارے بوا، عزّہ صحت منداور سلامت رہیں گی تو بھلا مجھے کیسے کچھ ہو سکتا ہے؟''

''جیتے رہو، اللہ تمہاری اپنی دلہن سے محبت اسی طرح قائم رکھے۔ تم دونوں کو بہت ساری خوشیاں ملیں۔'' بوا نے حسن کے سر پر دستِ شفقت پھیرتے ہوئے پیار سے کہا۔

''آمین۔'' دونوں نے دل سے کہا۔

''مگر بیٹا! شادی کے دوسرے دن کالا رنگ پہننا کوئی اچھا شگن نہیں ہے۔ دُلہن تو لال، ہرے شوخ رنگوں میں بھلی لگتی ہے۔ ہمارے وقتوں میں تو کالا رنگ سوگواری اور نحوست کی علامت سمجھا جاتا تھا۔''

اوہو بوا، آپ بھی کن وقتوں کی باتیں لے بیٹھیں۔ آج کل یہ رنگ بہت زیادہ ان ہے۔ فیشن ہے۔ اور میں نے تو اس لیے ان کے لیے پسند کیا تھا تا کہ انہیں کسی کی نظر نہ لگ سکے۔'' حسن نے عزّہ کو بوکھلاتے دیکھ کر جلدی سے کہا۔

''بیٹا، میں نے تو یونہی کہہ دیا تھا۔ آج کل تو اُلٹے ہی فیشن اور رواج ہو گئے ہیں۔ خیر دلہن بیٹی۔ دوپہر کو تم کوئی شوخ سا رنگ پہن لینا۔ ابھی یہ یونہی پہن لیا تم نے۔'' بوا نے عزّہ سے براہ راست مخاطب ہو کر کہا۔

''میں نے تو نہیں پہنا، انہوں نے پہنایا تھا۔'' عزّہ نے سارا مدعا حسن کے سر ڈال دیا۔ مارے گھبراہٹ کے اسے اپنے جملے کی گہرائی اور نزاکت کا بھی خیال نہیں رہا۔

''کیا کہا میں نے پہنایا تھا آپ کو یہ ڈریس؟'' حسن نے فوراً اس کا جملہ پکڑ لیا اور شوخ نظروں سے اسے دیکھتے ہوئے شرارت سے کہا تو عزّہ کی شکل دیکھنے والی تھی۔ اپنے لفظوں پر غور کیا تو شرم سے اُنگلی دانتوں تلے دبالی۔ جب کہ بوا اپنے دھیان میں اس سے کہہ رہی تھیں۔ ''چلو کوئی نہیں، شوہر کی پسند کا خیال بھی رکھنا چاہیے۔ تم دونوں ناشتہ کر لو۔ اور ہاں حسن بیٹا! عزیر بیٹے کا فون آیا تھا۔ ناشتے کا پوچھ رہا تھا۔ میں نے منع کر دیا۔''

''اچھا کیا بوا آپ نے۔ یہ تو خواہ مخواہ کی رسمیں ہیں، رواج ہیں۔ بوا آپ دوپہر کی دعوت کے انتظامات دیکھ لیجئے گا۔ اور منیجر صاحب آجائیں تو انہیں بٹھا کر مجھے بتا دیجئے گا۔'' حسن نے

اخبار پر نظر ڈالتے ہوئے کہا۔

''اچھا بیٹا، بتا دوں گی۔ دلہن کے میکے والے آ رہے ہیں۔ انتظام انشاء اللہ بہترین ہو گا۔ تمہاری حیثیت اور شان کے مطابق اور ان کی عزت کے لائق۔ تم بے فکر رہو۔ ولیمہ تو ہوٹل میں کر رہے ہونا۔'' بوا نے انہیں دیکھتے ہوئے کہا۔

''جی بوا! اتنی جلدی میں ہوٹل میں ہی مناسب ہے۔ ہوٹل والے خود سارا بندوبست کر لیں گے۔ واقفیت کی بنا پر آج رات کے لیے ہوٹل بک بھی ہو گیا ہے۔ بس آپ عزّہ کے میکے والوں کا خاص خیال رکھئے گا۔ باقی سب کو بھی سمجھا دیجئے۔ کسی قسم کی کوئی کمی، کوئی کوتاہی نہیں ہونی چاہئے۔'' حسن نے انہیں دیکھتے ہوئے کہا۔ عزّہ صوفے پر بیٹھی اپنی چوڑیوں سے کھیل رہی تھی۔ اور ان کی باتیں سن رہی تھی۔

''بے فکر رہو، انشاء اللہ کوئی کمی نہیں ہو گی۔ تم ناشتہ کرو ٹھنڈا ہو رہا ہے۔'' بوا نے مسکراتے ہوئے کہا اور کمرے سے باہر چلی گئیں۔ حسن نے اخبار میز پر رکھا اور عزّہ کو دیکھا جو کلائی میں پہنی چوڑیوں کو انگلی سے چھیڑ رہی تھی۔ کتنی معصوم، دلکش اور حسین لگ رہی تھی۔ حسن مسکراتے ہوئے اس کے پاس آ بیٹھے۔ اس نے گھبرا کر سر اُٹھایا۔

''جی تو کیا کہہ رہی تھیں آپ بوا سے کہ یہ ڈریس میں نے آپ کو پہنایا ہے؟'' حسن نے اس کی چوڑیوں پر انگلی پھیرتے ہوئے شریر لہجے میں کہا تو وہ حیا سے کٹ کر رہ گئی۔

''حسن پلیز۔'' وہ حیا سے رخ پھیر کر بولی۔ ''آپ تو بات ہی پکڑ لیتے ہیں۔''

''بات کیا جانو! اب تو ہم آپ کو بھی پکڑ سکتے ہیں۔'' حسن نے ہنس کر اس کے گرد اپنا بازو حمائل کیا اور اسے اپنے ساتھ لگاتے ہوئے کہا۔ وہ شرمیلی ہنسی ہنس دی۔ حسن نے محبت سے اس کی زلفوں کو چھیڑتے ہوئے کہا۔ ''آپ کے بال بہت خوبصورت ہیں۔''

''شکریہ، اب یہ مت پوچھئے گا کہ یہ اصلی ہیں یا نقلی۔'' عزّہ نے مسکراتے ہوئے کہا تو حسن بے اختیار قہقہہ لگا کر ہنس پڑے۔

''بات تو آپ بھی پکڑ لیتی ہیں عزّہ جانو۔''

''آخر بیوی ہوں آپ کی۔'' عزّہ ہنس پڑی۔

''شکر الحمد للہ کہ اس نے میرے بھاگ جگا دیئے۔ پلیز ناشتہ کیجئے۔'' وہ خوش ہو کر تشکر بھرے لہجے میں بولے۔ تو وہ ناشتے کی طرف متوجہ ہو گئی۔ ناشتے سے فارغ ہوتے ہی حسن نے

اس سے پوچھا۔

''عزّہ، آپ کا آئی۔ڈی (شناختی کارڈ) کارڈ ہے آپ کے پاس؟'

''جی ہے تو۔'' عزّہ نے برتن ٹرالی میں رکھتے ہوئے بتایا۔

''مجھے دیجیے پلیز۔''

''خیریت۔''

''جی دراصل میں آپ کی اصل عمر معلوم کرنا چاہتا ہوں۔'' انہوں نے مسکراتے ہوئے مذاق سے کہا۔ ''کیوں، میں تیس کی بجائے تیرہ کی لگتی ہوں کیا؟'' وہ شرارت سے پوچھنے لگی۔ تو انہیں ہنسی آ گئی۔ ''آپ تیس کی ہوں یا تیرہ کی ہمیں تو صرف اپنی لگتی ہیں۔ اپنی جان، اپنی زندگی، اپنی ہر خوشی لگتی ہیں آپ۔'' حسن نے اس کا ہاتھ تھام کر محبت سے اسے دیکھتے ہوئے کہا تو وہ خوشی اور حیا سے پر لہجے میں بولی۔ ''آپ کی دیوانگی سے تو مجھے ڈر لگ رہا ہے۔ اگر میں آپ کا اس حد تک ساتھ نہ دے پائی تو۔''

''کیا ایسا ممکن ہے عزّہ، نہیں ایسا ہو ہی نہیں سکتا میری جان! آپ تو مجھ سے بھی زیادہ میرا ساتھ دینے کا کمال اور حوصلہ رکھتی ہیں۔ میری دیوانگی آپ کی دیوانگی کے سامنے کچھ بھی نہیں ہوگی۔ ایک دن ایسا آپ کو خود محسوس ہوگا۔ اب لائیے اپنا شناختی کارڈ مجھے دیجیے۔'' وہ اس کا ہاتھ ہونٹوں سے لگا کر یقین اور محبت سے بھرے لہجے میں بولے تو وہ ان کے یقین اور اعتماد پر حیرت سے انہیں دیکھے گئی۔

''عزّہ!'' انہوں نے اس کے چہرے کو چاہت سے دیکھتے ہوئے پکارا۔

''جی۔'' وہ چونک کر نظریں چرا گئی۔

''آئی ڈی کارڈ۔'' حسن نے اس کی آنکھوں میں دیکھتے ہوئے مسکرا کر کہا تو وہ بھی مسکرا دی اور اپنے شولڈر بیگ کی جیب میں سے اپنا شناختی کارڈ نکال کر انہیں لا کر دے دیا۔

''تھینک یو عزّہ ڈارلنگ، ایکچولی آپ کا پاسپورٹ بنوانا اور ویزا لگوانا ہے۔ اسی لیے مجھے آپ کا شناختی کارڈ درکار تھا۔'' حسن نے کارڈ دیکھتے ہوئے بتایا۔

''ویزا اور پاسپورٹ کس لیے؟''

''وہ اس لیے کہ میں اور آپ ہم دونوں میاں بیوی عمرے کی سعادت حاصل کرنے جائیں گے۔''

''سچ۔'' عزّہ کے چہرے پر حیرت کی جگہ خوشی نے لے لی۔

''بالکل سچ۔'' حسن نے اس کے شانوں پر ہاتھ رکھ کر مسکراتے ہوئے کہا اس کی خوشی انہیں اس کے چہرے پر دکھائی دے رہی تھی۔

''یا اللہ! تیرا شکر ہے مالک! پتا ہے حسن میری دلی خواہش تھی کہ میں عمرے اور حج کی سعادت حاصل کروں۔ میں نے تو پیسے بھی جمع کر لیے تھے۔ مگر مجھے سمجھ ہی نہیں آتی تھی کہ میں کس کے ساتھ اس مقدس سرزمین پر جاؤں؟'' وہ خوشی سے بھیگتی آواز میں بولی۔

''اب آپ کو پریشان ہونے کی بالکل ضرورت نہیں ہے۔ انشاء اللہ آپ میرے ساتھ اپنے محرم اور شوہر کے ساتھ اس مقدس سرزمین پر قدم رکھیں گی۔ ابھی تو ہم عمرے کی سعادت حاصل کرنے جا رہے ہیں۔ انشاء اللہ اگر اللہ نے چاہا تو ہم حج کی سعادت بھی ضرور حاصل کریں گے۔ بس آپ جانے کی تیاری کریں۔'' حسن نے اسے شانوں سے تھامے اس کے چہرے کو دیکھتے ہوئے محبت سے مسکراتے ہوئے کہا تو عزّہ کو ان پر ٹوٹ کر پیار آنے لگا۔ ان کی سوچ اور عمل کتنا خوبصورت اور روح پرور، زیست افروز اور خوش کن تھا۔ اسے اپنی قسمت پر رشک آنے لگا۔ دل رب ذوالجلال کے حضور سجدۂ شکر بجا لایا۔

''تھینک یو حسن! آپ کی وجہ سے میری برسوں کی خواہش پوری ہو جائے گی۔'' عزّہ نے دل سے کہا۔

''نہیں عزّو جانو! میرا نہیں اللہ تعالیٰ کا شکر ادا کیجیے۔ کیونکہ دلوں میں یہ عظیم خواہش بھی وہی پیدا کرتا ہے اور اس کی تکمیل کے وسیلے اور ذرائع بھی وہی پیدا کرتا ہے۔ ہفتے دس دن کی بات ہے آپ کا پاسپورٹ بھی بن جائے گا اور ویزا بھی لگ جائے گا۔ میرے دوست ہیں ان ڈیپارٹمنٹس میں۔ میرا آنا جانا تو لگا رہتا ہے۔ بیرون ملک اس لیے سب سے اچھی دُعا سلام ہے۔ میں بھی ان کے کام آتا ہو تو اس لیے وہ بھی میرے ایک فون پر کام کر دیتے ہیں، انکار نہیں کرتے۔ اس لیے آپ مطمئن رہیں۔ عمرہ تو ہم بہت جلد ادا کریں گے۔ انشاء اللہ حج کے لیے اللہ تعالیٰ نے بلایا تو وہ بھی اس کے کرم سے ادا ہو جائے گا۔''

''انشاء اللہ۔'' عزّہ نے دل سے مسکراتے ہوئے کہا۔

''اوکے تو میں یہ کام نبٹا آؤں۔'' وہ اس کا چہرہ دیکھتے ہوئے بولے۔

''آپ خود آفس جا رہے ہیں ابھی۔'' عزّہ نے بے اختیار پوچھا تو وہ خوشدلی سے ہنسے۔

''ہرگز نہیں، ہم اپنی پیاری سی ایک رات کی دلہن کو چھوڑ کر آفس بھلا کیسے جا سکتے ہیں۔ ہمارا تو ایک لمحے کو بھی آپ کے سامنے سے ہٹنے کو جی نہیں چاہ رہا۔''

''تو پھر۔'' اس نے حیا سے نظریں جھکا کر مسکراتے ہوئے کہا۔

''تو پھر یہ جانو! کہ یہ کام ہمارے منیجر صاحب کرانے کے ماہر ہیں۔ ویزا اور پاسپورٹ آفس تو میں نے فون کر دیا ہے۔ منیجر صاحب یہ کارڈ لے کر وہاں جائیں گے۔ میں انہیں یہ کام سمجھا دوں۔ وہ ڈرائنگ روم میں بیٹھے میرا انتظار کر رہے ہیں۔ ٹھیک۔''

''ٹھیک ہے۔'' وہ مسکرا کر انہیں دیکھتے ہوئے بولی تو وہ اس کے چہرے کو اپنی محبت کے کنول سے سجا کے اسے حیا کے رنگ میں رنگ کے کمرے سے باہر چلے گئے۔ اور عزّہ اپنے تیز تیز دھڑکتے دل اور چہرے پر مچلتے ان کے لمس کی نرماہٹ میں کھو سی گئی۔ وہ تھوڑی دیر بعد واپس آئے تو عزّہ کو بیڈ پر بیٹھے سوچوں میں گم دیکھا۔ ان کے ہاتھوں میں اس کے لیے سات جدید، نئے اور بہت ہی خوبصورت ملبوسات ہینگر کیے ہوئے موجود تھے۔

''ہیلو۔'' حسن نے اس کے چہرے کے سامنے آ کر چٹکی بجائی تو وہ مسکرا کر انہیں دیکھنے لگی۔

''کہاں گم تھیں؟'' وہ ملبوسات اس کے سامنے رکھتے ہوئے پوچھنے لگے۔

''کہیں نہیں، یہ سب کس کے لیے ہیں؟'' اس نے ملبوسات کو دیکھتے ہوئے پوچھا۔

''یہ سب آپ کے لیے ہیں۔ ایک دن کے آرڈر پر تیار ہو کر آئے ہیں۔ باقی آپ اپنی پسند کے مطابق سلوا لیجئے گا۔ مجھے خواتین کی شاپنگ کا تجربہ نہیں ہے۔ اس لئے مجھے جو آپ کی شخصیت کے لحاظ سے مناسب لگا وہ میں نے پسند کر کے سلنے دے دیا۔ اگر پسند نہ آئیں تو معذرت۔'' وہ بیڈ پر کہنی کے بل نیم دراز ہو کر اسے دیکھتے ہوئے کہہ رہے تھے۔

''آپ کی پسند تو لاجواب ہے۔'' عزّہ نے ملبوسات اُٹھا کر دیکھتے ہوئے ایمانداری سے کہا۔

''وہ تو میں بھی دیکھ رہا ہوں۔'' حسن نے اس کے چہرے کو والہانہ پن سے دیکھتے ہوئے معنی خیز بات کہی تو عزّہ نے فوراً ان کے چہرے کو دیکھا اور شرما کر ہنس پڑی۔ حسن بھی خوشی سے ہنس دیئے۔ دوپہر کو ثمین، عزیر ان کے چاروں بچوں سمیت عزّہ کے سب میکے والوں کی دعوت تھی۔

''حسن ولا'' میں وہ سب خوشی خوشی آئے اور ایک بہت شاندار اور پرتکلف دعوت سے لطف

اندوز ہونے کے بعد عزّہ اور حسن کو خوشیوں کی دُعائیں دیتے ان کا شکریہ ادا کرتے واپس "عزیز ہاؤس" لوٹ گئے۔ رات کو ان کا ولیمہ تھا۔ حسن کے رشتے دار بھی اس میں شریک ہوئے اور عزیر اور ثمین کے علاوہ عزّہ کے میکے والے بھی۔ عزّہ میرون اور کہیں کہیں سیاہ شیڈ سے تیار کردہ عروسی لباس میں ایک بار پھر حسن کے دل پر بجلیاں گرا رہی تھی۔ ہوٹل میں بھی اس دعوت ولیمہ کی فلم بندی کی گئی۔ فوٹو گرافی کی گئی۔ عزّہ کے میکے والے اس تقریب سے فارغ ہوتے ہی حسن اور عزّہ سے مل کر واپس رات کی فلائیٹ سے لاہور کے لیے روانہ ہو گئے۔ عزّہ کا دل ایک دم سے اُداس ہو گیا۔ جو مثبت اور محبت بھرا رویہ انہوں نے اس کی شادی کے موقع پر اپنایا تھا۔ وہ سوچ رہی تھی کہ کاش! انہوں نے ہمیشہ اس کے ساتھ ایسا ہی رویہ اپنایا ہوتا۔ وہ سب تو عزّہ کے اتنے اعلیٰ اور امیر گھر میں بیاہے جانے پر حیران اور ششدر تھے۔ خوش بھی تھے کہ عزّہ کو اس کی قربانیوں کا صلہ مل گیا۔ خاندان بھر میں جس نے بھی عزّہ کی شادی کا سنا حیرت سے دانتوں میں انگلی داب لی۔ عزّہ سے اظہار ہمدردی کرنے والوں، اسے ترس بھری نگاہوں سے دیکھنے والوں، اسے بے چاری اور مظلوم، منحوس اور بانجھ کہنے والوں کے منہ بند ہو گئے تھے۔

"عزّہ، کل ہم لاہور جا رہے ہیں اور اس کے بعد بہاول پور جائیں گے۔" حسن نے شام کے وقت اس کے سامنے ہوائی جہاز کے ٹکٹ رکھتے ہوئے بتایا۔ "یہ ہمارے ٹکٹ ہیں۔ آپ تیاری کر لیجئے گا۔ تین چار روز تو لگ ہی جائیں گے۔"

"لاہور کیوں جانا ہے؟" عزّہ نے ٹکٹ اُٹھاتے ہوئے حیرانی سے پوچھا۔

"کیونکہ میں نے ندیم بھائی اور نبیل بھائی سے وعدہ کیا تھا کہ میں آپ کو لے کر ان کے گھر بہت جلد آؤں گا۔ میں نے انہیں فون کر دیا ہے۔ وہ نئے گھر میں شفٹ ہو گئے ہیں۔ اس گھر میں جانے سے تو آپ کو کسی نے نہیں روکا۔ بلکہ ان سب کی خواہش ہے کہ آپ وہاں آئیں۔ اور پھر یہ رسم دُنیا بھی ہے۔ جن لوگوں کو آپ کی شادی کے فیئر ہونے کا یقین نہیں ہے۔ انہیں بھی آپ کے وہاں جانے سے یقین آ جائے گا۔ اور واپسی پر انشاء اللہ آپ کا پاسپورٹ اور ویزا تیار ملے گا۔ پھر ہم عمرے کے لیے روانہ ہو جائیں گے۔" حسن نے نرمی سے تفصیل سے کہا تو اس نے خاموشی سے اثبات میں سر ہلا دیا۔ اور جب وہ "ندیم لاج" پہنچے تو انہیں ہاتھوں ہاتھ لیا گیا۔ راشدہ مامی بھی اس کے آنے کا سن کر وہاں آ گئی تھیں۔ سب نے انہیں بہت خوشی سے ویلکم کیا۔ دوپہر کے کھانے کے بعد حمیرا اور لبنیٰ عظیم کی بیوی نے عزّہ کو "ندیم لاج" مکمل دکھایا۔ ندیم بھائی نے بہت اچھا گھر

بنا لیا تھا۔ پرانا گھر ''سجاد ہاؤس'' کرایے پر دے دیا تھا۔ وہ لوگ نئے گھر کی وجہ سے حسن کے سامنے فخر سے سر اُٹھا کر بات کر رہے تھے۔ ورنہ یہی فکر کھائے جا رہی تھی کہ حسن کے شایان شان ان کا پرانا گھر تو نہ تھا۔ وہ بروقت نئے گھر میں منتقل ہو گئے تھے۔ شام کی چائے پینے کے لیے وہ سب ڈرائنگ روم میں موجود تھے۔ عزّہ اور حسن ایک ہی صوفے پر بیٹھے تھے۔ اچانک شاہ زیب اور زوہیب ان کے پیچھے سے اندر داخل ہوئے۔ حمیرا اور ندیم بھائی نے انہیں دیکھا تو انہوں نے فوراً انہیں خاموش رہنے کا اشارہ کرایا۔ وہ مسکرا کر چائے پینے لگے۔ شاہ زیب نے آگے بڑھ کر عزّہ کی آنکھوں پر ہاتھ رکھ دیئے۔ حسن کی نظر فوراً اس خوبصورت نوجوان پر پڑی تھی۔ جو اتنی بے تکلفی سے ان کے ہی نہیں سب کے سامنے عزّہ کی آنکھوں پر ہاتھ رکھے شرارت سے مسکرا رہا تھا۔ اس کے برابر زوہیب کھڑا مسکرا رہا تھا۔ حسن دونوں کو ایک ساتھ دیکھ کر سمجھ گئے کہ یہ دونوں بھائی شاہ زیب اور زوہیب ہی ہیں۔ کیونکہ عزّہ نے ان کا ذکر کئی بار کیا تھا آنے سے پہلے اور بہت اچھے لفظوں میں کیا تھا۔

''کون ہے؟'' عزّہ نے چائے کا کپ حسن کی طرف بڑھا کر پوچھا۔

''بوجھو تو جانیں۔'' ندیم بھائی نے مسکراتے ہوئے کہا۔

''میرا خیال ہے کہ میں جان گیا ہوں کہ یہ کون ہیں؟'' حسن نے عزّہ کے ہاتھ سے چائے کا کپ لے کر میز پر رکھتے ہوئے کہا تو زوہیب نے نفی میں سر ہلا کر انہیں بھی نہ بتانے کا اشارہ کیا۔ وہ ہنس دیئے۔

''عزّہ، پہچانو تو بات ہے۔'' حمیرا نے مسکراتے ہوئے کہا۔

''اور عزّہ، پہچان چکی ہے۔ اپنے کیوٹ سے بھائی شاہ زیب کو۔ چلو اب اچھے بچوں کی طرح سامنے آجاؤ۔'' عزّہ نے اپنی آنکھوں پر رکھے اس کے ہاتھوں کو پکڑ کر مسکراتے ہوئے کہا تو اس سمیت سب کو ہنسی آگئی۔

''اور بھابی ماں، السلام علیکم۔'' وہ ہاتھ ہٹا کر اس کے سامنے آتے ہوئے بولا۔

''وعلیکم السلام کیسے ہو زیب؟'' عزّہ نے اس کے سر پر ہاتھ پھیرتے ہوئے پوچھا۔

''فائن، آپ نے کیسے پہچانا کہ یہ میں ہوں؟'' وہ اس کے قدموں میں نیچے کارپٹ پر بیٹھتے ہوئے پوچھ رہا تھا۔ حسن بہت دلچسپی سے ان دونوں کو دیکھ رہے تھے۔

''زوہیب بیٹا، تم کیوں پیچھے کھڑے ہو ادھر آؤ میرے پاس۔'' عزّہ نے اس کے سوال کا

جواب دینے کی بجائے زوہیب کو بنا دیکھے مخاطب کر کے کہا تو وہ بھی ہنستا ہوا سامنے آ گیا۔ اور اسے دیکھتے ہوئے سر جھکا کر بولا۔

''یو آر گریٹ بھابی ماں، میں تو سمجھا تھا کہ آپ مجھے بھول گئی ہیں۔''

''میں زیب کو نہیں بھولی تو تمہیں کیسے بھول سکتی ہوں؟'' عزّہ نے اس کے سر پر ہاتھ پھیرا۔

''لیکن آپ نے ہمیں پہچانا کیسے؟''

''جی بھابی ماں، ہم نے تو سب کو اشارہ کر دیا تھا کہ آپ کو نہ بتائیں۔'' شاہ زیب نے کہا۔

''ماں کہتے ہو نا تم دونوں مجھے تو بیٹا، مائیں تو اپنے بچوں کو ان کی خوشبو سے پہچان لیتی ہیں۔ میں کیسے نہ پہچانتی؟'' عزّہ نے دونوں کو محبت سے دیکھتے ہوئے کہا۔ حسن حیران تھے کہ یہ لڑکے جو اس سے عمر میں تین چار سال چھوٹے اور دیکھنے میں پانچ سات برس بڑے لگتے ہیں۔ ان دونوں کے بیچ یہ کیسا انوکھا رشتہ قائم ہے۔ اور انہیں یقین تھا کہ یہ عزّہ کی خوش اخلاقی اور محبت کا نتیجہ ہے۔

''ہوں۔ ویل سیڈ۔'' وہ دونوں بولے اور پھر شاہ زیب کھڑا ہو گیا اور حسن کی طرف بڑھتے ہوئے بولا۔ ''آپ یقیناً ہمارے دولہا بھائی ہیں السلام علیکم۔''

''وعلیکم السلام کیسے مزاج ہیں؟'' حسن نے اُٹھ کر اس سے گلے ملتے ہوئے پوچھا۔

''بہت اچھے اور آپ سے مل کر تو اور بھی اچھے ہو گئے ہیں۔'' شاہ زیب نے خوشی سے کہا۔

''اچھا تھینک یو۔'' حسن اس کے جواب پر ہنس پڑے۔

''اور زوہب میاں آپ کیسے ہیں؟'' حسن نے زوہیب سے معانقہ کرتے ہوئے پوچھا۔

''شکر الحمدللہ میں بہت خوش ہوں کہ آپ ہماری بھابی ماں کے شریکِ حیات ہیں۔ یہ یقیناً آپ جیسے انسان ہی کا مقدر تھیں۔ آئی ایم سو ہیپی۔'' اس نے خوشدلی سے کہا تو وہ دونوں مسکرا دیئے۔

''بھابی ماں، میں آپ سے ناراض ہوں۔ آپ نے مجھے اپنی شادی میں نہیں بلایا۔'' شاہ زیب کارپٹ پر بیٹھ کر بچوں کی سی خفگی سے بولا۔

اور مجھے بھی۔'' زوہیب نے بھی کہا تو وہ ہنس پڑی۔

''تم دونوں سے میرا رشتہ ایسا تو نہیں ہے کہ میں تم دونوں کو بلاتی تو ہی تم میری شادی میں شریک ہوتے۔ اور بلانے کا کام تو تمہاری بہن اور بہنوئی کے ذمے تھا۔ مجھ سے نہیں ان سے ناراض ہو۔'' عزّہ نے اسے دیکھتے ہوئے کہا۔

''ہم کسی سے ناراض نہیں ہوتے۔ ہم تو ایسے ہی کہہ رہے تھے۔ ہمیں تو اس بات کی بہت خوشی ہے کہ آپ کا گھر بس گیا ہے۔ ہم نے بہت دُعائیں کی تھیں۔ آپ کی شادی کی۔ اچھی اور خوشگوار شادی شدہ زندگی کی۔'' زوہیب نے کہا۔

''مجھے معلوم ہے۔ اینڈ تھینک یو ویری مچ فار اے وری تھنگ۔'' عزّہ نے مسکراتے ہوئے خوش ہو کر کہا تو شاہ زیب نے یاد آنے پر بتایا۔

''ہاں بھابی ماں، آپ سے ہم تو نہیں البتہ آپ کے کالج والے ضرور ناراض تھے۔ آپ کے جانے کے بعد آپ کی پرنسپل صاحبہ کا فون آیا تھا۔ وہ اور کالج کی سٹوڈنٹس آپ کے اعزاز میں 'فیئر ویل پارٹی'' ارینج کرنا چاہ رہی تھیں۔ اور آپ ان لوگوں سے ملے بغیر ہی اسلام آباد چلی گئیں۔ اب انہیں فون کر لیجئے گا۔''

''ہاں فون کروں گی میں، اس وقت 'فیئر ویل پارٹی'' اٹینڈ کرنے کا ہوش ہی کہاں تھا۔ اور تم سناؤ جاب کیسی جا رہی ہے۔ مدیحہ، مریم اور بچے کیسے ہیں۔ انہیں ساتھ کیوں نہیں لائے؟'' عزّہ نے سنجیدگی سے پوچھا۔

''ہم تو آپ کو اور دولہا بھائی کو ساتھ لے کر جائیں گے۔ آج رات ''ہالیڈے ان'' میں ہماری طرف سے آپ دونوں کے اعزاز میں ڈنر ہے۔'' شاہ زیب نے کہا۔

''آپ چلیں گے ناں حسن بھائی۔'' زوہیب نے حسن کو دیکھتے ہوئے پوچھا۔

''ضرور چلیں گے، کیوں عزّہ ہم چل رہے ہیں ناں ان کے ساتھ۔'' حسن نے عزّہ کی طرف دیکھا۔

''جی ہاں ہم ضرور جائیں گے۔'' عزّہ نے مسکراتے ہوئے جواب دیا۔

''لیجئے جناب تصدیق بھی ہو گئی۔'' حسن نے زوہیب کو دیکھتے ہوئے کہا تو وہ دونوں ہنس پڑے۔

''کتنے خوش ہیں حسن بھائی اور عزّہ بھابی شاید شعیب بھائی کے نصیب میں یہ خوشیاں تھیں ہی نہیں۔ انہوں نے اپنے ہاتھوں سے ان خوشیوں کو ٹھکرایا تھا۔ اللہ کرے کہ حسن بھائی اور عزّہ بھابی کا یہ رشتہ مرتے دم تک محبت کے ساتھ قائم رہے۔'' شاہ زیب نے دل سے کہا اور پھر وہ دونوں کافی دیر تک حسن سے باتیں کرتے رہے۔ عزّہ کی تعریف میں زمین آسمان ایک کر دیئے تھے انہوں نے۔ راشدہ مامی سے اسے معلوم ہوا تھا کہ شعیب ایک ہفتے بعد اپنی بیوی اور بچیوں کو

لے کر پاکستان آ رہا ہے۔ وہ عزّہ کا شکریہ ادا کر رہی تھیں کہ انہوں نے شاہ زیب اور زوہیب کو سمجھا دیا تھا۔ وہ بھی نئے گھر میں شفٹ ہو رہے تھے شعیب کے آنے پر۔ رات کو شاہ زیب اور زوہیب اپنی اپنی بیوی اور بچوں کے ساتھ ''ہالیڈے ان'' میں ان دونوں کے استقبال کے لیے موجود تھے۔ انہوں نے دو میزیں بک کرائی تھیں۔ ایک میز بچوں کے لیے بک تھی اور دوسری میز بڑوں کے لیے سب نے بہت خوشگوار ماحول میں کھانا کھایا۔ زوہیب نے کھانے کا بل ادا کیا۔ مریم اور مدیحہ نے عزّہ اور حسن کو بکے اور گفٹ پیش کیے۔ اور حسن نے ان کے بچوں کو ایک ایک ہزار روپیہ اپنی خوشی سے دیا۔ عزّہ کا سر خوشی اور فخر سے بلند ہو گیا۔ حسن کو کتنا خیال تھا اس کے رشتے داروں کے سامنے بھی وہ اس کی عزت میں اضافہ کر رہے تھے۔ اچھے رواج پر عمل کر رہے تھے۔ وہ دل سے خوش تھی۔ اگلے دن اس نے کالج فون کیا تو پرنسپل نے اسے کالج آنے کی دعوت دیدی۔ جو اسے بہر حال قبول کرنا پڑی۔ ایک دن کے نوٹس پر اس کے اعزاز میں کالج کی طالبات نے ''فیئر ویل پارٹی'' کا اہتمام کر لیا تھا۔ وہ بہت نک سک سے تیار ہو گئی۔ طالبات نے جس طرح ''ہال'' میں اس کی آمد پر دیر تلک تالیاں بجا کر ''مس عزّہ زندہ باد'' کے نعرے لگا کر اس کا استقبال کیا۔ فرطِ مسرت اور تشکر سے اس کی آنکھیں بھیگ گئیں۔ اساتذہ اور طالبات نے اس کے طریقہ تدریس اور حسن اخلاق سے متعلق ڈائس پر آ کر اپنے دلی خیالات کا اظہار کیا۔ کچھ طالبات تو اظہار خیال کرتے ہوئے اپنی محبوب ٹیچر کے یہاں سے چلے جانے کا ذکر کرتے ہوئے رو ہی پڑیں۔ عزّہ نے بہت ضبط سے خود کو رونے سے روکے رکھا۔ گیت، نغمے اور اساتذہ کے خطاب کے آخر میں عزّہ مائیک پر تقریر کرنے کے لیے آئی تو طالبات سے بھرا ہال تالیوں سے گونج اُٹھا۔ تمام طالبات کھڑی ہو گئیں۔ تالیاں بجتی رہیں۔ عزّہ کا دل پھر بھر آیا۔ مگر اسے بہت ضبط کا مظاہرہ کرتے ہوئے خود کو نارمل رکھنا پڑا۔

''میری عزیز طالبات اور محترم اساتذہ کرام اور شفیق پرنسپل صاحبہ! السلام علیکم۔'' عزّہ نے مائیک کے سامنے زبان کو جنبش دی تو سلام کے جواب سے پورا ہال گونج اُٹھا۔ ''وعلیکم السلام۔''

''شاید انسان کی زندگی میں ایسا ہی کوئی لمحہ آتا ہے۔ جب الفاظ اسے اپنے جذبات اور احساسات کے اظہار کے لیے موزوں نہیں ملتے۔ میں بھی اس لمحے ایسی ہی کیفیت سے دوچار ہوں۔ آپ نے جس خلوص اور محبت سے مجھے یاد رکھا۔ میرے اعزاز میں اس پروقار تقریب کا انعقاد کیا۔ اس کے لیے میں آپ سب کی تہہ دل سے ممنون ہوں۔ میں نے آپ لوگوں کی اس

محبت سے جو بات اخذ کی ہے وہ ہے حسن عمل، خوش اخلاق ہونا اور اپنے کام سے اپنے پروفیشن سے ایمانداری برتنا۔ یہ ایسے عمل ہیں جو آپ کو دوسروں کے دلوں میں ہمیشہ زندہ رکھتے ہیں۔ یہ تینوں چیزیں یہ تینوں عمل آپ کو کامیابی، عزت اور مقام عطا کر سکتے ہیں۔ میری ایک استاد کی حیثیت سے آپ طالبات سے صرف اتنی نصیحت ہے کہ آپ اپنے احساس کو زندہ رکھیں۔ انسانیت سے پیار کریں۔ رشتوں کو وہ مقام وہ عزت اور اہمیت دیں جو کہ ان کا حق ہے۔ پھر دیکھیں کہ زندگی خود بخود کتنی خوبصورت ہوتی چلی جائے گی۔ اگر دوسرے آپ کے حسن عمل سے ناخوش ہوں۔ تب بھی آپ اپنے ضمیر کے سامنے تو سرخرو ہو کر نکلیں گی۔ بے حسی، نفسی نفسی اور ناشناسی کے اس دور میں ضمیر کو زندہ رکھنا ہی بہت اہم کام ہے۔ سونے کی غار میں رہ کر پاؤں کی مٹی بچا لینے سے بڑا کارنامہ کوئی نہیں ہو سکتا۔ اور آپ کو ایسا ہی کرنا ہے۔ میری اللہ تعالیٰ سے دُعا ہے کہ آپ سب کے سارے اچھے خواب پایۂ تکمیل کو پہنچیں۔ آپ دوسروں کے لیے اپنوں کے لیے راحت اور مسرت کا باعث بنیں۔ اور آپ کی ذات سے وابستہ لوگ آپ کو ہمیشہ اچھے لفظوں میں یاد رکھیں۔ بہت شکریہ آپ سب کی محبتوں کا۔ اللہ حافظ۔"

عزّہ نے اپنی بات ختم کی تو سب نے ایک بار پھر کھڑے ہو کر پرزور تالیوں کی گونج میں اسے اسٹیج پر مہمانِ خصوصی کی نشست تک پہنچایا۔ آخر میں پرنسپل صاحبہ نے اظہار خیال کیا۔ اور عزّہ کو اپنی طرف سے اسٹاف کی طرف سے اور چاروں کلاسز کی سٹوڈنٹس کی طرف سے تحائف پیش کیے۔ طالبات کی طرف سے ہر جماعت کی ہیڈ گرل نے آ کر عزّہ کو تحفہ پیش کیا۔ عزّہ نے ایک بار پھر مائیک پر آ کر ان تحائف کے لیے سب کا شکریہ ادا کیا۔ یوں یہ تقریب اپنے اختتام کو پہنچی۔ آخر میں چائے اور دیگر لوازمات کے ساتھ اسٹاف روم میں عزّہ اور حمیرا کی جو اس کے ساتھ تقریب کی تصاویر لینے کے لیے حسن کے کہنے پر آئی تھی۔ تواضع کی۔ وہ وہاں سے باہر نکلیں تو حسن اور شاہ زیب کو پہلے سے موجود پایا۔

"واہ بیگم صاحبہ! آپ تو کمال کی ٹیچر ہیں بھئی۔ ایسا لگ رہا تھا جیسے کوئی ٹیچر نہیں بلکہ سیاسی لیڈر جلسے میں شرکت اور خطاب کے لیے تشریف لایا ہو۔" حسن نے اسے تحائف سے لدا دیکھ کر کہا تو وہ ہنس کر بولی۔

جناب! ٹیچر ہی اصل لیڈر رہتا ہے اگر کوئی سمجھے تو۔ اور آپ یہاں کب اور کیسے تشریف لائے؟"

"ہم تقریباً گھنٹہ پہلے یہاں تشریف لائے تھے۔ ہال کمرے کے برابر والے کمرے میں

پیون (چپڑاسی) نے ہمیں آپ کا شوہر ہونے کے ناطے بہت عزت سے لے جا کر بٹھا دیا تھا۔ وہیں ساری کاروائی سنی ہے۔ آہا مزا آ گیا۔ میری بیوی اتنی عظیم ٹیچر ہے مجھے تو آج پتا چلا ہے۔ کاش! میں ہال میں بیٹھ کر اس تقریب کو دیکھ بھی سکتا۔'' حسن نے جلدی سے تفصیل بتاتے ہوئے کہا تو وہ ہنس دی۔

''فوٹو گراف میں نے کھینچ لی ہیں۔ دیکھ لیجئے گا۔ یہ لیں اپنا کیمرہ اور موبائل۔'' حمیرا نے کیمرہ ان کی جانب بڑھاتے ہوئے کہا۔ ''اور موبائل میں تقریب کی مووی بھی بن چکی ہے۔''

''تھینک یو بھابی۔'' وہ کیمرہ اور موبائل لے کر مسکراتے ہوئے بولے۔

''تواضع بھی زبردست تھی ہے نا دولہا بھائی۔'' شاہ زیب نے مسکراتے ہوئے کہا۔

''ہاں واقعی۔'' حسن ہنسے۔

''کیا مطلب کون سی تواضع؟'' عزّہ نے دونوں کو دیکھا۔

''جو آپ کھا پی کر آ رہی ہیں وہ ہمیں بھی پیش کیا گیا تھا۔ پرنسپل صاحبہ کے آرڈر پر۔'' شاہ زیب نے مسکراتے ہوئے بتایا۔ ''او۔'' وہ دونوں ہنس پڑیں۔

''ہم تو سمجھے تھے کہ صرف ہم ہیں تیری چاہت کے اسیر لیکن اس شہر میں کتنے ہیں تیرے چاہنے والے۔'' حسن نے اسے دیکھتے ہوئے یہ شعر پڑھا تو وہ شرمیلے پن سے ہنس کر تصحیح کرتے ہوئے بولی۔ ''والے نہیں والیاں۔''

''والے بھی ہوں تو کیا حرج ہے۔ اب تو آپ صرف میری ہیں۔''

حسن نے ان دونوں کی موجودگی کی پروا کیے بغیر اسے دیکھتے ہوئے دل سے کہا تو وہ شرما کر ہنس پڑی۔ اور پھر وہ تینوں بھی ہنستے ہوئے اس کے ساتھ گاڑی کی طرف بڑھ گئے۔ دوسری صبح وہ ناشتے سے فارغ ہو کر تیار ہوئے اور بہاول پور روانہ ہو گئے۔ نبیل بھائی اور شائزہ باجی کو ندیم بھائی نے ان کے آنے کی فون پر اطلاع کر دی تھی۔ اور وہ ان کے لیے سراپا انتظار بنے بیٹھے تھے۔ دوپہر کے کھانے پر انہوں نے خوب انتظام کر رکھا تھا۔ وہ دونوں پہنچے تو نبیل بھائی اور شائزہ نے ان کے بچوں نے بڑی گرم جوشی سے ان کا استقبال کیا۔ کھانے کے بعد چائے کا دور چل نکلا۔ شائزہ باجی کے بچے حسن کے گرد بیٹھے اپنے مشاغل بتا رہے تھے۔ عزّہ دوسرے صوفے پر بیٹھی چائے کے سپ لے رہی تھی۔ تب نبیل بھائی بھی چائے کا کپ لے کر اس کے برابر آ بیٹھے اور اسے دیکھتے ہوئے پوچھنے لگے۔

''عزّہ بیٹا، تم خوش تو ہونا؟''

''جی بھائی میں بہت خوش ہوں۔'' اس نے چائے کا کپ میز پر رکھتے ہوئے جواب دیا۔ حسن کے کان ان کی باتوں کی طرف لگ گئے تھے۔

''سچ کہہ رہی ہو۔''

''تو کیا میں جھوٹ بولتی ہوں؟''

''ہاں پہلے بہت جھوٹ بولتی رہی ہو تم۔'' نبیل بھائی نے کہا تو وہ ہنس پڑی۔

''تب بھی اسی طرح ہنستی تھیں تم دکھ سہتی رہیں اور ہنستی رہیں۔''

''تب نہ ہنستی تو بھائی، میں اب کیسے ہنستی؟ آپ میری فکر نہ کریں۔ میں بہت مطمئن ہوں۔ حسن از اے گریٹ مین اینڈ لونگ ہزبینڈ۔'' اس نے ایمانداری سے کہا۔

''ہاں وہ تو مجھے بھی لگ رہا ہے کہ اگر تمہیں حسن کی گریٹنیس (عظمت) کا یقین نہ ہوتا تو تم اس رشتے کے لیے ہاں کرنے والی نہیں تھیں۔'' نبیل بھائی نے سنجیدگی سے کہا۔

''بس تو پھر پریشانی کی کیا بات ہے۔ جب یقین ہے تو سمجھیں کے سب صحیح ہے۔'' عزّہ نے ہنس کر کہا۔ تو وہ اس کے سر پر ہاتھ رکھ کر دُعائیہ لہجے میں بولے۔

''اللہ تمہیں اور حسن کو ہمیشہ شاد آباد اور ایک ساتھ رکھے۔''

''آمین ثم آمین۔'' حسن نے جواباً کہا تو وہ دونوں انہیں دیکھ کر ہنس پڑے۔ اور اگلے دن وہ وہاں سے اسلام آباد روانہ ہو گئے۔ حسن کو ندیم بھائی، شاہ زیب، زوہیب اور نبیل بھائی اور شائزہ باجی سے ان کی فیملیز سے مل کر بے حد خوشی ہوئی تھی۔ وہ خوش تھے کہ دیر سے سہی عزّہ کے میکے والوں کو سب کو اس کی اہمیت کا احساس تو ہوا۔ اور عزّہ میکے والوں کی ان محبتوں سے جہاں خوش تھی۔ وہاں خوفزدہ بھی ہو گئی تھی۔ اسے ڈر تھا کہ کہیں یہ خوشیاں، خواب نہ بن جائیں اور وہ پھر سے اکیلی نہ ہو جائے۔ بس اسی خوف نے اسے چپ سی لگا دی تھی۔ وہ اسلام آباد پہنچے تو عزّہ کا پاسپورٹ تیار تھا۔ ویزا لگ چکا تھا۔ دو دن بعد وہ عمرے کی ادائیگی کے لیے سعودی عرب روانہ ہو گئے۔ اور عمرے کی ادائیگی کے وقت۔ روضۂ رسولؐ پر حاضری دیتے وقت عزّہ اور حسن دونوں پر کپکپی اور رقت طاری ہو گئی۔ عزّہ نے اللہ کے حضور اپنے گناہوں کی خطاؤں کی معافی مانگی۔ سب اپنوں کے لیے عالم اسلام کے لیے دُعا مانگی اور آخر میں اپنے اور حسن کے شادی کے اس بندھن کی مضبوطی کی محبت بھری پُرسکون اور خوشگوار ازدواجی زندگی کی۔ زندگی کی آخری سانس تک حسن کے

ساتھ کی ان کی محبت وسلامتی کی گڑگڑا کر دُعا مانگی۔ حسن کی حالت بھی اس سے مختلف نہ تھی۔ انہوں نے بھی یہی دُعا دل وروح کی گہرائیوں سے مانگی تھی۔ ان دونوں کے ہونٹوں سے زیادہ دلوں کی بات آنسوؤں سے حبیبِ خداؐ کے حضور رب کے دربار میں پیش کی تھی۔ انہوں نے نفل نماز اور ظہر کی نماز بھی وہیں ادا کی۔ اور وہاں سے واپس جاتے ہوئے ان کا دل نہ چاہا کے اس پاک سرزمین کو چھوڑ کر جائیں۔ وہ بار بار پلٹ کر پیچھے دیکھتے ان کے آنسوؤں میں شدت آنے لگتی۔ رب اور حبیبِ ربؐ کے گھر آ کر اپنے دل کا حال کہہ کر انہیں بہت سکون ملا تھا۔ اگلے کئی دن تک وہ اس روح پرور اور ایمان افروز زیارت کی سعادت کے زیر اثر رہے۔ عزّہ تو خاموش سی ہوگئی تھی۔ اب تو کوئی خوف بھی نہیں رہا تھا۔ پھر بھی اسے چپ سی لگ گئی تھی۔ حسن ہنی مون کے لیے اسے نیپال اور مالدیپ لے گئے۔ خوبصورت مناظر کی سرزمین دیکھ کر دل بے اختیار اللہ کی قدرت پر سبحان اللہ کہہ اُٹھے۔ ان دونوں نے بہت لطف اُٹھایا۔ خوب سیر کی۔ تصاویر اتاریں۔ حسن ایک بات نوٹ کر رہے تھے۔ کہ عزّہ جب سے اپنے میکے والوں سے مل کر آئی تھی۔ تب سے اب تک بہت چپ چپ سی تھی۔ بس قدرت کے شاہکار دیکھ کر داد وتحسین کے کلمات اس کی زبان سے ادا ہو جاتے یا وہ خود اس سے کوئی بات کرتے تو وہ جواب دے دیتی ورنہ ہوٹل کے کمرے میں وہ دونوں کتنی دیر تک خاموش بیٹھے ادھر ادھر نظریں دوڑاتے رہتے۔ حسن کو یہ خیال بے چین کر رہا تھا کہ کہیں عزّہ اس رشتے سے ناخوش تو نہیں ہے۔ اس کی ندیم اور نبیل بھائی سے ہونے والی گفتگو انہیں یاد آ رہی تھی۔ جس سے صاف ظاہر تھا کہ اگر عزّہ کی شادی ان سے نہ ہوتی تو بھی اسے کوئی فرق نہیں پڑتا تھا۔ اس نے تو اپنی شرائط ماننے کی صورت میں حسن سے شادی کرنے کی حامی بھری تھی۔ اگر اس کی شرائط نہ مانی جاتیں تو اس نے انکار کر دینا تھا۔

''کیا واقعی عزّہ نے مجبوراً شادی کی ہے مجھ سے۔ اپنے میکے والوں کی عزت کی خاطر؟'' حسن نے بے کل ہو کر سوچا اور پھر انہیں رات بھر اسی سوچ نے سونے نہ دیا۔ صبح ان کی روانگی تھی۔ وہ لوگ اسلام آباد سے سیدھے بھوربن گئے۔ پھر مری اور سوات۔ بظاہر سب کچھ بہت اچھا لگ رہا تھا۔ مگر اندر ہی اندر وہ دونوں کھوئے کھوئے سے تھے۔ وہ اس وقت سوات کے ایک ہوٹل میں ٹھہرے ہوئے تھے۔ سارا دن وادی کی سیر میں گزرا تھا۔ رات کو جب وہ تھک کر سونے کے لیے بستر پر آئے تو حسن نے عزّہ کو دیکھا جو اپنے ہاتھوں پر لوشن لگا رہی تھی۔ اور ساتھ ساتھ ٹی۔ وی بھی دیکھ رہی تھی۔

''عزّہ۔'' حسن نے نرمی سے اسے پکارا۔ ''جی۔'' عزّہ نے ان کی طرف مسکرا کر دیکھا۔

''آپ اتنی چپ چپ کیوں رہنے لگی ہیں۔ شادی سے پہلے تو آپ بہت بولتی تھیں۔''
حسن نے نرمی سے پوچھا تو اس نے مسکراتے ہوئے جواب دیا۔

''ہم لڑکیاں تو شادی سے پہلے ہی بولتی ہیں۔ شادی کے بعد تو شوہر بولتے ہیں اور لڑکیاں سنتی ہیں۔''

''لیکن میں ان شوہروں میں سے نہیں ہوں۔ جو بیوی کو بولنے کا موقع نہیں دیتے اور ہر وقت اپنی ہی سنائے جاتے ہیں۔ میں تو آپ کی باتیں سننا چاہتا ہوں۔ میرا دل چاہتا ہے کہ آپ بولیں۔ بہت بولیں۔''

''اتنا بولیں کہ آخر آپ میرے بولنے سے بیزار ہو جائیں، تنگ آ جائیں ہے ناں۔'' عزّہ نے ان کی بات کاٹ کر مسکراتے ہوئے کہا۔

''نہیں کم از کم میں آپ کے بولنے سے تو تنگ نہیں آ سکتا۔ کیا انسان اپنے آپ سے بھی تنگ آ جاتا ہے۔ بیزار ہو سکتا ہے اپنے آپ سے کوئی انسان؟''

''جی ہاں کبھی کبھی انسان اپنے آپ سے بھی بیزار ہو جاتا ہے۔ تنگ آ جاتا ہے۔''

''ہر سوال کا جواب ہوتا ہے آپ کے پاس۔'' حسن نے اس کے سر پر ہلکی سی چپت لگا کر مسکراتے کہا تو وہ دھیرے سے ہنس دی۔ اور وہ دل پر بوجھ سا لے کر لیٹ گئے۔

'تو کیا عزّہ مجھ سے بیزار ہو گئی ہیں تنگ آ گئی ہیں؟' اس کے دماغ نے سوال اُٹھایا۔ 'نہیں عزّہ ایسی لڑکی تو نہیں ہے۔ عزّہ کے قول و فعل میں تضاد نہیں ہو سکتا۔ وہ رشتوں کی نزاکت کو گہرائی اور اہمیت کو سمجھتی ہے محسوس کرتی ہے۔' دل نے دماغ کی بات فوراً رد کرتے ہوئے دلیل پیش کی۔

''لائیٹ آف کر دوں۔'' عزّہ نے پوچھا۔ ''کر دیں۔'' حسن نے آہستہ سے جواب دیا اور کمبل تان کر کروٹ بدل کر لیٹ گئے اور سونے کی کوشش کرنے لگے۔ رات بہت دیر سے انہیں نیند آئی تھی۔ صبح فجر کی نماز کی ادائیگی کے لیے اُٹھے اور نماز ادا کر کے پھر سے بستر میں گھس گئے۔ اور نیند نے ان پر غلبہ پا لیا۔ عزّہ نے ان کی روٹین کے خلاف ان کے سونے پر فکرمندی سے انہیں دیکھا تھا۔ احساس تو اسے ہو رہا تھا کہ شاید وہ اس کی خاموشی کی وجہ سے الجھے ہوئے ہیں۔ رات بھر کروٹیں بدلتے، جاگتے تو وہ بھی انہیں دیکھتی رہی تھی۔

''مجھے ایسا نہیں کرنا چاہیے۔ ناحق خود کو بھی الجھا رہی ہوں۔ اور حسن کو بھی پریشان کیے ہوئے ہوں۔ ہاں میں اب حسن کو کوئی پریشانی نہیں ہونے دوں گی۔ ویسی بن جاؤں گی جیسی میں

ہوں۔اور جیسا حسن مجھے دیکھنا چاہتے ہیں۔‘‘

عزّہ نے دل میں عہد کیا اور خود بھی اپنی جگہ پر آکر لیٹ گئی۔نرم گرم بستر میں اسے بھی فوراً نیند آگئی۔صبح کے پونے دس بجے اس کی آنکھ کھلی۔حسن ابھی تک سو رہے تھے یا شاید خود کو سوتا ظاہر کر رہے تھے۔عزّہ کو تو ایسا ہی لگا۔وہ اُٹھ کر واش روم میں چلی گئی۔منہ ہاتھ دھو کر آئی۔اپنے کپڑے نکالے اور واش روم میں دوبارہ گھس گئی۔گرم پانی سے شاور لے کر کپڑے پہنے،بال تولیے سے خشک کیے،اور کمرے میں آگئی۔وہ بالوں میں برش پھیر رہی تھی۔جب حسن خاموشی سے بستر سے نکل کر واش روم میں چلے گئے۔اسے روزانہ کی طرح نہ سلام کیا نہ صبح بخیر کہا۔عزّہ کا دل پریشان ہو گیا۔اس نے بال سنورانے کے بعد انٹر کام پر روم سروس طلب کی اور ناشتے کا آرڈر دیا۔ناشتہ آنے تک حسن بھی شاور لے کر آگئے۔عزّہ نے ہیٹر آن کر دیا۔حسن نے خاموشی سے پہلے اخبار کا رول اُٹھایا اور کھول کر دیکھنے لگے۔عزّہ نے دیکھا ان کی آنکھیں سرخ ہو رہی تھیں۔اور دیر تک جاگنے اور پھر سونے کے باعث سوجھی ہوئی بھی تھیں۔وہ بے کل ہو رہی تھی۔

’’حسن،ناشتہ کر لیجیے۔‘‘عزّہ نے ان کے سامنے آملیٹ اور پراٹھا پلیٹ میں رکھتے ہوئے کہا۔’’میں بس ایک کپ چائے پیوں گا۔‘‘حسن نے اخبار دیکھتے ہوئے جواب دیا۔’’صرف چائے،آپ کی طبیعت تو ٹھیک ہے نا۔‘‘اس نے فکر مند ہو کر پوچھا۔

’’جی،شکر الحمد اللہ۔‘‘اس کے فکر مند لہجے پر انہوں نے چونک کر اس کا چہرہ دیکھا۔

’’تو پھر ناشتہ کیجیے نا،رات آپ نے کھانا بھی ٹھیک سے نہیں کھایا۔تھا۔‘‘

’’تو آپ رات سے مجھ پر نظر رکھے ہوئے ہیں۔‘‘حسن نے مسکراتے ہوئے کہا۔

’’جی ہاں،اب ناشتہ کریں گے نہیں۔‘‘

’’نہیں صرف چائے دے دیں۔‘‘

’’خود ہی لے لیں۔‘‘وہ یہ کہہ کر وہاں سے اُٹھ گئی۔حسن کو اس کے اس انداز پر ہنسی آگئی۔

’’آپ ناشتہ نہیں کریں گی۔‘‘

’’نہیں۔‘‘وہ ڈریسنگ ٹیبل کے سامنے بیٹھتے ہوئے خفگی سے بولی تو انہوں نے پوچھا۔

’’کیوں؟‘‘

’’پتا نہیں۔‘‘

’’اچھا آجائیے میں بھی آپ کے ساتھ ناشتہ کروں گا آیئے پلیز۔‘‘وہ اس کے ناشتہ نہ

کرنے کا سبب سمجھتے ہوئے نرمی سے بولے۔

''آپ میری وجہ سے زبردستی ناشتہ کریں گے۔'' اس نے آئینے میں دور بیٹھے حسن کا عکس دیکھتے ہوئے کہا تو وہ مسکراتے ہوئے بولے۔

''آپ کی وجہ سے تو میں کچھ بھی کر سکتا ہوں یہ تو پھر ناشتہ ہے۔''

''لیکن میں ایسا نہیں چاہتی۔ آپ میری وجہ سے صرف وہ کچھ کریں جو صحیح ہو اور جسے کرنے کو آپ کا دل کہے۔'' عزّہ نے کلائی میں چوڑیاں پہنتے ہوئے کہا۔

دل تو کہتا ہے کہ جیون بھی لٹا دوں تجھ پہ
گر تیرے پیار کا اک پل بھی میسر ہو مجھے

حسن نے اس کے پاس آتے ہوئے یہ شعر پڑھا تو اس کے چہرے پر حیا اور خوشی کی لالی دوڑ گئی۔ اس نے حسن کی طرف دیکھا تو انہوں نے ہاتھ بڑھا کر اس کی کلائی تھام لی۔ ''چلیں اُٹھیں ناشتہ کریں مجھے بھی بھوک لگ رہی ہے۔''

''تو جناب! نخرے کیوں دکھا رہے تھے؟'' عزّہ نے مسکراتے ہوئے کھڑے ہو کر پوچھا۔

''غلطی ہو گئی مادام! بندہ معافی کا خواستگار ہے۔'' حسن نے بہت مؤدب انداز میں سینے پر ہاتھ رکھ کر سر کو ذرا سا خم کر کے کہا تو اسے ہنسی آ گئی۔

''چلیں آپ بھی کیا یاد کریں گے کہ دن کے گیارہ بجے ناشتہ ہو رہا ہے آپ کی خاطر۔''

''بہت شکریہ، آیئے۔'' حسن نے مسکراتے ہوئے کہا تو وہ بھی بلا تامل ناشتے کے لیے آ گئی۔ ناشتے سے فارغ ہو کر عزّہ اپنے اور حسن کے کپڑے سمیٹ کر رکھنے لگی کیونکہ کل انہیں یہاں سے مری جانا تھا اور وہاں سے اپنے گھر اسلام آباد جانا تھا۔ حسن ٹی۔ وی آن کر کے اخبار کھول کے بیڈ پر بیٹھ گئے۔ عزّہ ان کی خاموشی اور پریشانی کا سبب سمجھ گئی تھی۔ انہیں اس پریشانی سے نکالنا چاہتی تھی لیکن وہ اس سے بات ہی نہیں کر رہے تھے اور آج تو انہوں نے وادی کی سیر کے لیے جانے کا بھی نہیں کہا تھا۔ ورنہ جب سے یہاں آئے تھے۔ روز صبح ناشتے سے فارغ ہوتے ہی حسن اسے تیار ہونے کا کہہ کر باہر چلنے کے لیے مچلنے لگتے وہ شام تک وادی کی سیر کرتے۔ فوٹو گرافی کرتے باہر ہی کسی ہوٹل سے کھانا کھا کر واپس ہوٹل آ جاتے۔ مگر آج تو سب کچھ خلاف معمول ہو رہا تھا۔ وہ اپنے کام سے فارغ ہو کر ٹی۔ وی دیکھنے لگی۔ حسن اخبار پڑھ کر ٹی۔ وی دیکھتے دیکھتے پھر سے سو گئے۔ عزّہ پریشانی سے لب کاٹنے لگی۔ ظہر کی اذان کان میں پڑی تو اس نے ٹی وی آف کر دیا اور وضو

کر کے نماز ادا کی۔ پھر بالکونی میں آ کر کھڑی ہوگئی۔ شام سے پہلے ہی شام وادی میں اتر رہی تھی۔ سیاہ بادلوں کے ٹکڑے چاروں جانب سے اُمنڈے چلے آ رہے تھے۔ فضا میں برف کی سی ٹھنڈک تھی۔ وہ گرم کوٹ میں ہاتھ ڈالے کافی دیر تک وادی کا نظارہ کرتی رہی۔ اور اندر ہی اندر حسن کو اپنی محبت کا یقین دلانے کا سوچتی رہی۔ کمرے میں آ کر اس نے فلاسک میں سے کافی مگ میں اُنڈیلی اور ہیٹر کے سامنے کرسی پر بیٹھ کر کافی کے سیپ لینے لگی۔ کافی ختم ہوگئی۔ اخبار اُٹھا کر پڑھا وہ بھی مکمل ختم کر لیا۔ حسن اب تک سو رہے تھے۔ اسے ان کے آج اتنا زیادہ سونے سے تشویش ہونے لگی۔ وہ اُٹھ کر ان کے بیڈ کے قریب آئی اور ان کے شانے پر ہاتھ رکھ کر انہیں پکار کر کہا۔ ''حسن، حسن پلیز اُٹھیے نا۔''

''کیا ہوا؟'' حسن نے ذرا سی آنکھیں کھول کر اسے خود پر جھکا دیکھ کر نیند میں ڈوبی آواز میں پوچھا تو وہ پریشان لہجے میں بولی۔ ''آپ بتایئے نا کیا ہوا ہے آپ کو جو صبح سے سوئے ہی جا رہے ہیں۔''

''کچھ نہیں ہوا۔'' وہ اس کے پریشان لہجے اور ہاتھ کے لمس پر حیرت میں غوطہ زن تھے۔ عزّہ نے پہلی بار خود سے انہیں چھوا تھا۔ انہیں یقین نہیں آ رہا تھا۔

''تو پلیز اُٹھ جایئے نا، میرا دل گھبرا رہا ہے۔'' وہ ان کے قریب بیٹھ کر ان کے بالوں میں ہاتھ پھیرتے ہوئے فکرمند لہجے میں بولی۔ حسن تو اس کے ہاتھ کا لمس اس کے قرب کا احساس پا کر بےخود ہونے لگے۔ ان کا دل چاہا کہ اس کے ہاتھوں کی انگلیاں اسی طرح ان کے بالوں میں اپنے لمس کا جادو جگاتی رہیں اور انہیں سرشار کرتی رہیں۔ ''مجھے نیند آ رہی ہے آپ بھی سو جائیں۔'' حسن نے آنکھیں موند کر کہا۔

''نیند آپ کو آ رہی ہے تو میں کیسے سو جاؤں؟'' وہ بدستور ان کے بالوں میں انگلیاں پھیرتے ہوئے بولی تو انہوں نے کہا۔ ''تو جانو! مجھے تو سونے دیں ناں۔''

''اچھا سو جائیں لیکن اتنا تو بتا دیں کہ آپ کی طبیعت تو ٹھیک ہے نا۔''

''ٹھیک ہے، میری طبیعت کو کیا ہونا ہے؟'' وہ اس کی پریشانی پر خوش ہو کر بولے۔

''اللہ نہ کرے کہ کچھ ہو آپ کو۔ آپ اتنا زیادہ کبھی سوئے نہیں ہیں۔ میں اسی لیے پریشان ہوگئی تھی۔ خیر آپ سو جائیں۔'' اس نے بےاختیار تڑپ کر کہا تو حسن کے دل میں اطمینان اور روح میں خوشی کر لہر دوڑ گئی۔

◆◆◆

وہ ان کے لئے پریشان ہو رہی تھی۔ فکرمند تھی ان کے لیے۔ اور فکرمند اور پریشان انسان ان کے لیے ہوتا ہے۔ جن کے لیے دل میں اپنائیت، محبت اور خلوص کا جذبہ موجزن ہو۔ بس اس خوش کن احساس نے حسن کی نیند اُڑا دی تھی۔ عزّہ ان پر کمبل ٹھیک سے ڈھک کر اپنا کوٹ اتار کر خود بھی اپنی جگہ پر لیٹ گئی۔ اکیلی کب تک بیٹھی بور ہوتی سو آرام ہی بہتر تھا۔ حسن کچھ دیر بعد اُٹھ گئے۔ وضو کر کے ظہر کی نماز ادا کی کہ وقت نکلا جا رہا تھا۔ ذرا دیر میں عصر کی اذان بھی ہو گئی۔ وہ عصر کی نماز کی نیت کر کے کھڑے ہوئے عزّہ بھی بستر سے نکل آئی اور وضو کر کے نماز ادا کرنے لگی۔ نماز سے فارغ ہوئی تو حسن پر نظر پڑی جو بیڈ پر نیم دراز تھے اور اسی کو دیکھ رہے تھے۔ اس نے نماز والا دوپٹہ اتار کر تہہ لگا کر رکھ دیا۔ دوسرا دوپٹہ شانوں پر پھیلا کر ہاتھوں میں پہنی چوڑیاں اتار اتار کر ڈبے میں رکھنے لگی۔ حسن کی نظریں اسی پر تھیں وہ دیکھ رہے تھے۔ اس نے چوڑیاں تو اتار دی تھیں۔ لیکن ان کا پہنایا ہوا بریسلیٹ نہیں اتارا تھا۔ جس سے انہیں خوشی کا احساس ہوا۔

''حسن، آپ ایسے کیا دیکھ رہے ہیں مجھے؟'' عزّہ نے ان کی طرف دیکھتے ہوئے پوچھا تو وہ فوراً نظریں چرا کر بولے۔ ''میں بھلا ایسے کیوں دیکھوں گا آپ کو؟''

''آپ نہیں دیکھیں گے تو پھر اور کون دیکھے گا مجھے؟'' خاصا شوخ جملہ تھا۔ اس کا حسن نے چونک کر اسے دیکھا وہ مسکرا رہی تھی۔ اور ان کے دل میں ہلچل مچا رہی تھی۔ وہ بس اسے دیکھے گئے بولے نہیں۔ عزّہ ڈبہ بند کر کے بیڈ کے قریب آ کر انہیں دیکھتے ہوئے بولی۔ ''حسن، آپ وہ بات کہہ کیوں نہیں دیتے جو آپ کو پریشان کر رہی ہے۔ وہ سوال پوچھ کیوں نہیں لیتے جو آپ کو الجھائے ہوئے ہے؟''

''اگر آپ کو یقین ہے کہ ایسا ہی کچھ ہے تو عزّہ آپ اس سوال کا جواب کیوں نہیں دے دیتیں؟'' وہ حیرانی سے اسے دیکھتے ہوئے بولے۔ ''آپ جانتی ہیں کہ میں آپ سے کیا پوچھنا چاہ رہا ہوں۔''

''ہوں۔ شاید۔''

''تو بتایئے نا۔''

''آپ وضاحت سے اپنا سوال پوچھیں۔ ہو سکتا ہے میرا اندازہ مکمل صحیح نہ ہو۔''

''عزّہ، کیا آپ اس رشتے سے، مجھ سے خوش ہیں؟'' وہ اُٹھ کر اس کے سامنے آ گئے۔

''آپ کا دل کیا کہتا ہے؟'' عزّہ نے ان کے الجھے ہوئے چہرے کو دیکھا۔

''دل کے کہنے پر جاؤں تو اس سوال کی کوئی تک ہی نہیں بنتی۔ لیکن آپ نے ہی تو کہا تھا کہ دل تو خوش فہم ہوتا ہے۔'' وہ الجھی ہوئی نظروں سے اسے دیکھ رہے تھے۔ ''اور دماغ کیا کہتا ہے؟''

''ایک بے یقینی سی ہے۔'' وہ بیڈ کے کنارے پر بیٹھ کر بالوں میں ہاتھ پھیرتے ہوئے دھیمے مگر الجھے ہوئے لہجے میں بولے۔ ''کیونکہ آپ دوسروں کی خاطر اپنی خوشی اور مرضی تج دینے والی لڑکی ہیں۔ کہیں ایسا تو نہیں ہے کہ آپ نے اپنے میکے والوں کی خاطر اس رشتے کو قبول کیا ہو۔ یا آپ نے مجھے میری خاطر اپنایا ہو۔ میری دلی خوشی کی خاطر؟''

''اگر میں نے ایسا کیا ہے تو کیا برائی ہے اس میں۔ دوسروں کی خاطر اپنی خوشی تج دینا بھی تو اچھا عمل ہے۔'' عزّہ نے سنجیدگی سے مگر ان کا ردعمل دیکھنے کے لیے ایسا کہا۔

''عزّہ۔'' وہ بے کل اور بے چین ہو کر کھڑے ہو گئے اور اسے شانوں سے تھام کر تھکے ہوئے لہجے میں بولے۔ ''میں تو آپ کو زندگی کی حقیقی خوشی دینا چاہتا ہوں۔ اس لیے میں چاہتا تھا کہ آپ مجھے اپنی خاطر اپنی خوشی اور مرضی سے اپنائیں۔ عزّہ آپ نے مجبوراً اور احتراماً یہ رشتہ جوڑا ہے مجھ سے۔''

''ہاں میں نے مجبوراً اور احتراماً آپ سے رشتہ جوڑا ہے۔'' عزّہ نے سنجیدگی سے کہا۔ تو ان کے ارمانوں پر بجلیاں گر گئیں۔ وہ دکھ سے اسے دیکھتے ہوئے بے دم ہو گئے۔ ان کے ہاتھ خود بخود اس کے شانوں سے پھسل کر پہلو میں آ گرے۔ عزّہ ان کی اس کیفیت سے دل ہی دل میں محظوظ ہو رہی تھی۔ ان کی خود سے اس درجہ محبت پر خوش ہو رہی تھی۔

''کہاں جا رہے ہیں آپ؟'' حسن ایک دم دروازے کی طرف بڑھے تو اس نے فوراً آگے آ کر پوچھا۔ ''میرا دم گھٹ رہا ہے یہاں۔ کچھ دیر کے لیے باہر رہنا چاہتا ہوں۔'' حسن نے ٹوٹتے لہجے میں کہا تو عزّہ کو ان پر بے انتہا پیار آیا۔

''اور آپ کے باہر جانے سے میرا دم گھٹ جائے گا۔'' عزّہ نے آگے بڑھ کر ان کے بالوں کو انگلیوں سے سنوارتے ہوئے اسی لہجے میں کہا کہ حسن کا دل تیزی سے دھڑکنے لگا۔ وہ پھر سے انہیں زندگی کی نوید سنا رہی تھی۔ ان کے چہرے پر خوشی اور تازگی لا رہی تھی۔

''عزّہ۔'' حسن نے اس کے شانوں پر ہاتھ رکھے۔

''عزّہ کے دل کی بات سن لیں۔ پھر بے شک باہر چلے جایئے گا۔ آئیں ادھر بیٹھیں۔'' وہ ان کا بازو پکڑ کر انہیں صوفے پر بٹھانے کے بعد خود نیچے گھٹنوں کے بل بیٹھ گئی۔ حسن اس کے اس

اپنائیت بھرے انداز پر حیرت اور مسرت سے اسے دیکھ رہے تھے۔

''حسن، میں نے بے شمار جھوٹ بولے ہیں اپنوں سے غیروں سے۔ لیکن میرے جھوٹ سے کسی کو کوئی نقصان نہیں پہنچا۔ فائدہ ہی پہنچا ہے۔ ثمین میرے بارے میں آپ کو سب کچھ بتا چکی ہے۔ آپ میرے جھوٹ کے سبب اور نوعیت سے یقیناً آگاہ ہیں۔''

''جی ہاں مجھے معلوم ہے سب۔'' حسن نے سر ہلا کر نرمی سے کہا۔

''لیکن حسن، میں نے آپ سے اب تک کوئی جھوٹ نہیں بولا اور میں آپ سے جھوٹ بول بھی نہیں سکتی۔ کیونکہ آپ سے یہ رشتہ میں نے کسی جھوٹ یا مجبوری کے تحت نہیں جوڑا۔ بلکہ دل سے جوڑا ہے۔ میں اس رشتے سے آپ سے بہت زیادہ خوش ہوں۔ مجھے تو پتا ہی اب چلا ہے کہ خوشی کیا ہوتی ہے۔ اپنائیت کا احساس کسے کہتے ہیں۔ آپ کی بے لوث محبت نے میرے دل کو مجبور کر دیا تھا کہ میں آپ کی محبت کا احترام کروں اسے رَد نہ کروں۔ اسی لیے میں نے مجبوراً اور احتراماً کا لفظ استعمال کیا تھا۔ میرا دل اگر مجھے آپ کی محبت پر یقین کرنے کو نہ کہتا تو مجھے کوئی بھی آپ سے شادی کرنے پر مجبور نہیں کر سکتا تھا۔ ندیم بھائی اور نبیل بھائی بھی نہیں۔ میں چاہتی تھی کہ یہ رشتہ اس کا احترام ہمیشہ ہمارے دلوں میں رہے اور مجھے لگا کہ آپ رشتوں کا احترام کرنا جانتے ہیں۔ آپ نے کراچی سے واپسی پر میرا جواب مانگا تھا ناں۔ میرا جواب ''ہاں'' میں ہی تھا۔ ندیم اور نبیل بھائی اگر نہ بھی آتے تو بھی میرا دل آپ کے حق میں فیصلہ کر چکا تھا۔''

''سچ عزہ۔'' وہ اسے اپنی بانہوں میں بھر کر کھڑے ہو گئے۔

''سو فیصد سچ، میں آپ جیسے اچھے انسان سے جھوٹا رشتہ جوڑنے کا سوچ بھی نہیں سکتی۔ اور حسن! اگر میں دل سے اس رشتے کے لیے راضی نہ ہوتی آپ کو اپنا نہ سمجھتی تو بھی۔ آپ کا محبت بھرا برتاؤ۔ مجھے ایسا سمجھنے پر مجبور کر دیتا۔ یہ سچ ہے کہ میں نے ندیم اور نبیل بھائی کو آپ کے پرپوزل سے انکار کیا تھا۔ جہیز نہ لے جانے اور لاہور کی بجائے عزیر بھائی کے گھر سے رخصت ہونے کی شرائط رکھی تھیں۔ اس لیے کہ مجھے یقین تھا کہ میری یہ شرائط مان لی جائیں گی اور اگر میں ان کے سامنے فوراً آپ کا پرپوزل قبول کر لیتی تو انہیں مجھ پر شک ہو جاتا۔ اور آپ نے اس ''شک'' سے ہی مجھے بچانے کے لیے ساری پلاننگ کی تھی۔ میں اگر ایسا نہ کرتی تو آپ کی وہ پلاننگ جو آپ نے ثمین اور عزیر بھائی کے ساتھ مل کر تیار کی تھی وہ فیل ہو جاتی۔ اور شاید میں زندگی بھر پھر کبھی شادی کے لیے نہ سوچتی۔ آپ جیسا پر خلوص انسان مجھے کہاں ملتا دوبارہ۔ سو میں نے آپ کی محبت کے

سامنے دل سے سر جھکا دیا۔ اور میں انشاء اللہ اپنی زندگی کی آخری سانس تک یہ رشتہ دل سے نبھاؤں گی۔ دوسروں کی خاطر نہیں اپنی اور آپ کی خاطر نبھاؤں گی۔'' عزّہ نے انہیں دیکھتے ہوئے دل سے کہا۔ وہ اس کا چہرہ ہاتھوں میں بھر کر خوشی سے بولے۔

''عزّہ، میری جان! تھینک یو ویری مچ آپ نے تو میرے دل کا بوجھ اُتار دیا۔ میری الجھن دور کردی۔ میرا دل سچ کہتا تھا۔ خوش فہم نہیں تھا میرا دل ہے ناں عزّہ۔''

''ہاں، اینڈ آئی۔ ایم سوری حسن۔ میں نے آپ کو بہت پریشان کیا نا۔'' اس کا لہجہ بھیگ گیا۔

''نہیں میری جان! آپ نے تو مجھے حیران اور شادمان کیا ہے۔ آئی ایم سو ہیپی۔'' وہ اس کی پیشانی محبت سے چوم کر بولے۔

''یقین آگیا آپ کو میری باتوں پر۔'' وہ انکے سینے پر ہاتھ رکھے پوچھ رہی تھی۔

''ایسا ویسا، آپ نے تو میرے اندر نئی روح پھونک دی ہے۔'' وہ خوشی سے مسکراتے ہوئے بولے۔

''اچھا تو پھر اپنا موڈ ٹھیک کرلیں اب۔ صبح سے منہ پھلا کر بیٹھے تھے۔''

''منہ نہ پھلاتا تو یہ سب کچھ کیسے جان پاتا۔ چلیں تیار ہو جائیں ہم دونوں باہر چلیں گے۔'' وہ اسے اپنے ساتھ لپٹا کر ہنس کر شوخ اور خوشگوار لہجے میں بولے۔

''میں تو تیار ہوں۔ آپ تیار ہو جائیں۔ صبح سے شیو تک نہیں کی جناب نے ناکام عاشقوں کا سا حلیہ بنا رکھا ہے۔'' عزّہ نے ان کے چہرے کو دیکھتے ہوئے مسکراتے ہوئے کہا۔

''ناکام نہیں جان من، کامیاب عاشق ہیں ہم تو۔ ہماری محبوب ترین ہستی ہماری ہو کر ہمارے پاس موجود ہے۔ ہم تو کامیاب عاشق ہیں۔'' وہ اس کے بالوں کو چھیڑتے ہوئے بولے تو اسے ہنسی آگئی۔

''میں آپ کے ہونٹوں پر یہ زندگی سے بھرپور ہنسی ہی دیکھنا چاہتا ہوں عزّو کین آئی کال یو عزّو؟''

''پیار سے پکارنے کے لیے اجازت کی ضرورت تو نہیں ہوتی۔'' عزّہ نے شرمگیں لہجے میں کہا

''بجا فرمایا آپ نے اور پیار کرنے کے لیے بھی اجازت کی ضرورت نہیں ہوتی ہے نا

عزّ ہ۔" وہ شوخ وشریر لہجے میں بولے اور اسے اپنے پیار کی بارش میں پور پور بھگو ڈالا۔

"اب باہر نہیں جانا کیا؟" وہ ان کی محبتوں کے اظہار پر بوکھلا کر بولی۔

"اب باہر جا کر کیا کریں گے۔ اب تو سارے منظر، سارے موسم اندر موجود ہیں۔ میری آنکھوں کے سامنے میری بانہوں کے حصار میں۔ میرے ہونٹوں کی دسترس میں۔"

وہ وارفتگی سے دیوانگی سے اس پر نثار ہوتے ہوئے نرم، مدھم شیریں لہجے میں بولے تو عزّ ہ کے روم روم میں بے خودی سی سرایت کر گئی۔ دل کی دھڑکنیں محبت کی تال پر رقص کرنے لگیں۔ روح میں دف بجنے لگے۔ سانسوں میں خوشبو پھیلنے لگی۔

"اُف حسن، ہوش میں آئیں۔" عزّ ہ نے سٹپٹا کر شرما کر کہا۔

"ہم ہوش میں کیسے آئیں۔ اے ہوش اڑانے والی۔

تجھ کو کیسے سمجھائیں۔ اے مست بنانے والی۔" وہ بے خودی کے عالم میں اشعار پڑھتے ہوئے اس پر دیوانہ وار نثار ہوئے تو عزّ ہ شرم وحیا سے بے حال ہو گئی۔

"اف میں نے بڑی غلطی کی دل کی بات بتا کر۔" عزّ ہ نے شرمیلے پن سے مسکراتے ہوئے کہا۔

"اچھا! غلطی کی۔ تو جانو! غلطی کی سزا تو آپ کو ملنی چاہئے نا۔" وہ مزید شرارت پر آمادہ ہوئے تو اس نے اپنے دونوں ہاتھوں سے چہرہ چھپا لیا۔

"حسن پلیز، میں ایک ساتھ اتنی زیادہ محبتیں نہیں سمیٹ سکتی۔ میرا دل قابو میں نہیں آ رہا۔" اس نے ملتجی لہجے میں کہا تو وہ ہنس پڑے۔

"ہمیں تو پورے کا پورا قابو میں کر رکھا ہے آپ نے۔ میری اس چھوٹی موئی نرم و نازک کلی نے۔" انہوں نے اس کی حالت پر رحم کھاتے ہوئے اسے چھوڑتے ہوئے کہا تو وہ ہنس دی۔

"میں چینج کر لوں، شیو تو اس وقت نہیں کر سکتا۔" وہ چہرے پر ہاتھ پھیرتے ہوئے بولے۔

"تو نہ کریں، آپ تو ایسے بھی اچھے لگ رہے ہیں۔"

"سچ۔" وہ خوشی سے بے قابو ہو کر پھر بانہیں پھیلائے اس کی طرف بڑھے۔

"ہاں۔ نہیں۔" وہ ہنستی ہوئی ایک دم سے پیچھے ہٹ گئی۔ تو وہ بے ساختہ قہقہہ لگا کر ہنس پڑے۔

اے بہارو! گواہ رہنا، اے نظارو! گواہ رہنا

دودلوں نے زندگی بھر ساتھ رہنے کی قسم کھائی ہے

حسن اس کا ہاتھ تھامے وادی کے خوبصورت نظاروں کو دیکھتے ہوئے گانے لگے۔ عزّہ کو جو ہنسی آئی تو بس دیر تک ہنستی ہی چلی گئی۔

''آپ یہاں سیر کے لیے آئے ہیں یا کسی فلم کا گانا شوٹ کرنے آئے ہیں؟'' عزّہ نے ہنسی روک کر پوچھا۔

''عزّہ ڈیئر، یہ ہماری حقیقی زندگی کا شوٹ ہے۔ آپ اندازہ نہیں لگا سکتیں کہ میں آج کتنا خوش ہوں؟'' حسن نے اونچے لمبے چیڑ کے درخت کے قریب رک کر کہا۔

''میرا خیال ہے کہ میں اندازہ لگا سکتی ہوں۔'' عزّہ نے ان کی خوشی سے دمکتی صورت دیکھتے ہوئے کہا تو وہ ہنس پڑے اور آگے بڑھ کر اس کی پیشانی پر اپنی محبت کی مہر ثبت کر دی وہ سرعام ان کے اس اظہار پر بہت بری طرح ٹپٹا کر درخت سے جا لگی۔

''حسن، کیا کرتے ہیں؟'' اس کی زبان سے نکلا تو وہ شرارت سے بولے۔ ''پیار۔''

''یہ کوئی جگہ ہے پیار کرنے کی۔ کسی نے دیکھ لیا نا تو پولیس کو خبر کر دے گا۔'' وہ شرم سے دبی دبی آواز میں بولی۔

''کوئی خبر نہیں کرے گا سب کو معلوم ہے کہ یہ جگہ نئے شادی شدہ جوڑوں کی ان خوبصورت جسارتوں کے مناظر دیکھتی رہتی ہے۔ یہاں تو یہ معمول کی بات ہے۔ اس لیے کوئی نوٹس بھی نہیں لیتا۔ اور یہاں کون ہے۔ آپ کے اور میرے سوا دور دور تک کوئی نہیں ہے۔ سوائے ان بلند قامت درختوں کے۔ اور یہ آپ درخت کے نیچے کیوں کھڑی ہیں سرِشام۔ ہٹیں یہاں سے اگر خدانخواستہ آپ پر کوئی جن عاشق ہو گیا تو میں کیا کروں گا؟'' حسن نے اسے دیکھتے ہوئے مسکراتے ہوئے کہا اور اسے درخت کے نیچے سے سائیڈ پر کر لیا۔ وہ شرارت سے مسکراتے ہوئے بولی۔ ''آپ ایک فلم بنائیے گا جس کا نام ہوگا۔ ''ایک جن اور سہی۔''

''ایک جن اور سہی۔ اور سہی کیا۔ کیا؟'' حسن نے اس کے جملے پر غور کیا تو اس کی شرارت سمجھ میں آئی۔ اور وہ ان کے خطرناک تیور دیکھ کر تیزی سے آگے بھاگی تھی۔

''عزّہ، آپ نے مجھے جن کہا۔'' انہوں نے تیزی سے اس کا تعاقب کر کے پل بھر میں اسے پکڑ لیا۔

''میں نے تو صرف کہا ہی ہے۔ آپ تو۔'' وہ جملہ ادھورہ چھوڑ کر شرارت سے ان کی سیاہ

چمکدار شرارت اور محبت سے بھری آنکھوں میں دیکھنے لگی۔
''عزّہ۔'' حسن نے اسے اپنے ساتھ لگالیا اور پھر دونوں ہنس پڑے۔
''بہت شریر ہوتی جارہی ہیں آپ اور میری دیوانگی میں مزید اضافہ فرمارہی ہیں آپ۔''
''یہ کچھ شعر شعر سانہیں کہہ دیا آپ نے۔'' عزّہ نے خوشی سے ہنستے ہوئے بولی۔
''اچھا تو پھر آداب عرض ہے۔'' حسن نے دایاں ہاتھ پیشانی تک لے جاکر کہا۔ وہ ہنسنے لگی۔
''آئیں اس آخری پیڑ تک راؤنڈ لگا کر آتے ہیں۔'' حسن نے دونوں جانب درختوں کی قطاروں کے بیچ پکی سڑک پر رُک کر کہا۔
''نہ بابا نہ، میں نہیں جاؤں گی اس آخری پیڑ تک پہنچتے پہنچتے صبح ہو جائے گی۔ اور موسم دیکھا ہے آپ نے لگتا ہے اچانک برفباری شروع ہو جائے گی۔ کیسا اندھیرا چھا رہا ہے ہر طرف۔'' عزّہ نے فوراً انکار کر دیا۔
''لیکن میرے پاس تو روشنی ہے، سویرا ہے۔'' وہ اس کی پیشانی سے اپنی پیشانی مس کرتے ہوئے بے خودی سے بولے تو وہ تپ کر سرخ ہوگئی۔
''حسن! آپ کو باہر بھی چین نہیں۔ بس چلیں، ہوٹل واپس چلیں۔ بارش ہوگئی تو جانا مشکل ہو جائے گا۔ کوئی بھی نہیں ہے اس وقت یہاں۔ ہم ہی پاگلوں کی طرح نکل پڑے ہیں۔''
''کم آن سویٹ ہارٹ، یہ مواقع روز روز تھوڑی ملتے ہیں۔ ان لمحوں کو غنیمت جانیں اور لائف انجوائے کریں۔ چلیں پورا نہیں تو آدھا راؤنڈ تو لگالیں ناں۔ کم آن۔'''' حسن نے بہت محبت سے کہا تو ناچار اسے ان کے ساتھ چلنا پڑا۔ سردی سے اس کی ناک سرخ ہو رہی تھی اور برف کی طرح ٹھنڈی بھی۔ وہ سڑک پر چل رہے تھے حسن پھر سے گانے لگے۔

ہم چلیں تو ہمارے سنگ سنگ نظارے چلیں
کیسا یہ سماں ہے بے خودی ہے دل جواں ہے
کون چاہے ایسا موسم ڈھلے، ڈھلے، ڈھلے، ہم چلے۔ اوہ نو۔''

''حسن!'' عزّہ کی چیخ نکلی تھی۔ حسن کا پاؤں کچی پگڈنڈی پر پڑا تو پاؤں کے دباؤ سے مٹی نیچے ڈھے گئی اور ساتھ ہی حسن لڑکھڑا گئے۔ مگر عزّہ نے سمجھداری سے کام لیا اور ان کا بازو پکڑ کر انہیں اپنی طرف کھینچ کر نیچے گرنے سے بچالیا۔
''او تھینکس گاڈ!'' حسن نے عزّہ کو بانہوں میں تھام کر آسمان کی جانب نظر اُٹھا کر کہا۔

''تھینک یوعزّ ہ، آپ نے مجھے گرنے سے بچالیا۔'' وہ اسکے سر پر بوسہ دے کر بولے۔
''اور اللہ نے مجھے مرنے سے بچالیا۔'' وہ بولتے بولتے رو پڑی۔
''عزّ ہ۔'' حسن نے بہت حیرت سے اسے دیکھا وہ اتنی شدت سے انہیں چاہنے لگی تھی۔ کیسا جان فزا انکشاف ہوا تھا ان پر۔ ان کی روح میں ہر سو گلاب کھل گئے۔
''کہا تھا نا واپس چلیں۔ اب اگر خدانخواستہ کچھ ہو جاتا تو۔ مجھے تو بہت کہتے تھے کہ لاپرواہی مت برتیں اپنے آپ سے۔ اور خود۔'' وہ روتے ہوئے بولی۔
''عزّ ہ، آئی ایم سوسوری ہنی، چلیں اس طرح مجھے اپنے لیے آپ کی محبت کا اندازہ تو ہو گیا نا۔'' وہ اسے اپنے ساتھ لپٹائے نرمی سے تھپکتے ہوئے بولے۔
''کون سی محبت، کوئی محبت نہیں ہے مجھے آپ جیسے ضدی بچے سے۔ خود ہی جائیں اس آخری پیڑ تک۔ میں نہیں جارہی۔'' وہ بچوں کی طرح روتے اور خفا ہوتے ہوئے ان کے حصار سے نکل کر بولی تو انہیں اس پر بے انتہا پیار آنے لگا۔
''تو میں بھی نہیں جارہا، آئیں واپس ہوٹل چلتے ہیں۔'' وہ اس کا ہاتھ تھام کر چوم کر بولے۔
''پہلے نہیں چل سکتے تھے۔ میرا دل دہلا کر رکھ دیا۔'' اس نے خفگی سے انہیں دیکھا۔
''ارے میں قربان جاؤں آپ کے اس دل پر، جس نے آج مجھے اتنی بڑی خوشی دی ہے کہ مجھے ڈر ہے کہ کہیں میں خوشی سے.....''
''حسن پلیز، آگے آپ کچھ نہیں کہیں گے۔'' اس نے تڑپ کر بے اختیار ان کی بات کاٹ کر ان کے منہ پر ہاتھ رکھ دیا۔ وہ تو نہال ہوئے جارہے تھے۔ اس کا ہاتھ تھام کر چوم لیا۔
''اتنا تو کہوں گا عزّ ہ آئی لو یو ویری ویری مچ آئی رئیلی لو یو۔'' حسن نے اس کے رخسار پر ہاتھ رکھ کر اسکے چہرے کو محبت سے دیکھتے ہوئے کہا تو وہ خود بخود ان کے ساتھ آ لگی۔ حسن نے اس کے بالوں پر پیار کیا اور پھر اس کا ہاتھ تھامے ہوٹل کی جانب چل دیئے۔
دوسرے دن وہ مری واپس آ گئے۔ برفباری ہو رہی تھی۔ اور عزّ ہ کھڑکی کھولے اس حسین موسم کا نظارہ کر رہی تھی۔ حسن فون پر روبی سے بات کر رہے تھے۔ عزّ ہ تک بھی ان کی آواز آ رہی تھی۔ ''روبی ڈیئر، اب تو تمہیں ہی پاکستان آنا ہوگا۔ نہ نہ میں عزّ ہ کو لے کر تمہارے پاس نہیں آؤں گا۔ تمہیں اپنی بھابی سے ملنا ہے تو خود یہاں آ کر ملو۔ بالکل نہیں۔ شادی کے بعد تم نے پلٹ کر بھائی کے گھر جھانکا تک نہیں ہے۔ دو تین مہینے تو لازمی تمہیں یہاں رکنا پڑے گا۔ اپنے شوہر

نامدار کو اور بچوں کو بھی لے آؤ۔ چھٹیاں تو یہاں گزار لینا اب کی بار۔ عزّہ میری نظروں کے سامنے ہیں۔'' حسن نے یہ کہتے ہوئے عزّہ کو مسکراتے ہوئے دیکھا۔ وہ بھی انہیں دیکھ کر مسکرا دی اور اشارے سے روبی سے بات کرانے کا کہا۔

''روبی جان! میں بات بھی نہیں کراؤں گا تمہاری بھابی سے۔ تمہاری سزا ہے یہ سسٹر تم نے بھابی کے بغیر اپنے گھر نہ آنے کی دھمکی دی تھی نا مجھے۔ تو گڑیا رانی! اب یہ اس دھمکی کا جواب ہے۔ تمہیں عزّہ سے ملنے اور بات کرنے کے لیے یہاں آنا ہوگا۔ نو بلیک میلنگ یہ تمہارے یہاں آنے کا، تمہیں یہاں بلانے کا نسخہ ہے اچھا۔ او میری جان میری بہنا۔ بھائی کی محبت میں تم بھائی کے گھر آؤ گی تو مزا آئے گا۔ ویسے عزّہ تمہیں دُعا سلام اور پیار دے رہی ہیں۔ تم سے بات کرنا چاہ رہی ہیں۔ نہیں میں بات نہیں کراؤں گا۔ تم یہ بتاؤ میرے پاس کب آ رہی ہو۔ ٹھیک ہے پروگرام سیٹ کر کے مجھے انفارم کر دینا۔ ہاہاہا (قہقہہ) او کے ٹیک کیئر۔ سب کو سلام دُعا دینا اور بچوں کو پیار کرنا ہم دونوں کی طرف سے۔ او کے اللہ نگہبان۔'' حسن نے بات ختم کر کے فون بند کر دیا۔

''کیوں تنگ کر رہے ہیں اس معصوم کو۔ میری بات تو کرا دیتے روبی سے؟'' عزّہ نے ان کی طرف دیکھ کر کہا۔

''اوں ہوں، میں آپ کو اس سے فل چارم کے ساتھ ملوانا چاہتا ہوں۔ بات کرنے سے وہ آپ کے عجیب عجیب خاکے اپنے ذہن میں بنائے گی۔ میں اسے دکھانا چاہتا ہوں کہ اس کی بھابی جان اس کے تصور سے کہیں زیادہ حسین اور نفیس خاتون ہیں۔''

''اچھا جی۔'' عزّہ نے مسکراتے ہوئے ان کا چہرہ دیکھا۔ ''ہاں جی۔'' انہوں نے کہا۔ اور دونوں ہنس پڑے۔ پھر وہ کھڑکی سے باہر دیکھتے ہوئے بولی۔

''کتنا خوبصورت منظر ہے۔''

''کہاں؟ باہر یا اندر؟'' حسن نے معنی خیز سوال کیا۔

''باہر بھی اور۔'' وہ کھڑکی بند کر کے واپس پلٹی اور انہیں دیکھتے ہوئے مسکراتے ہوئے بولی۔

''اندر بھی۔''

''آں ہاں۔ ادھر آیئے۔ ارے کیا ہوا؟'' حسن نے خوش ہو کر بازو پھیلا کر کہا تو اسے ایک دم سے چکر آ گیا۔ حسن نے فوراً آگے بڑھ کر اسے بازو کے حلقے میں لے لیا۔

''عزّو، کیا ہوا جانو؟'' حسن اسے تھامے تھامے بیڈ کے قریب لے آئے۔

''چکرآ گیا تھا۔'' وہ بیڈ پر بیٹھتے ہوئے بولی تو حسن نے فکر مند ہو کر کہا۔''میں کسی ڈاکٹر کو بلا کرلاتا ہوں آپ آرام سے لیٹ جائیں۔''

''نہیں میں ٹھیک ہوں۔شاید سفر کی وجہ سے ایسا ہوا ہے۔میں نے کبھی ٹریول کیا ہی نہیں تھا۔اور تقریباً ڈیڑھ ماہ سے ہم مسلسل سفر میں ہیں۔شاید اسی لیے تھکن کے باعث ایسا ہو گیا۔'' عزّہ نے ان کا ہاتھ پکڑ کر روکتے ہوئے کہا۔

''ہو سکتا ہے، خیر جناب! ہمارے ساتھ تو آپ کو اسی طرح سفر کرنا ہو گا۔آہستہ آہستہ عادی ہو جائیں گی آپ۔ابھی تو آپ آرام کریں۔اتنی برف جیسی ٹھنڈک میں بھی آپ کھڑکی کھولے مناظر سے محظوظ ہو رہی تھیں۔سردی کا بھی اثر ہے۔خدانخواستہ اگر آپ کو بخار ہو گیا تو میں کیا کروں گا؟' اس پر کمبل پھیلاتے ہوئے اس کے پاس بیٹھ کر بولے۔''میری تیمارداری۔'' وہ مسکراتے ہوئے بولی۔

''آپ جی جان سے ہمیں اپنی خدمت کے لیے تیار پائیں گی۔لیکن بیماری کا مسئلہ مت پیدا کیجئے گا۔میں آپ کو بیمار ہوتے نہیں دیکھ سکوں گا۔'' وہ اس کے شانوں کے گرد بازو پھیلا کر اسے اپنے ساتھ لگا کر محبت سے بولے تو اسے ان کی محبت پر رشک آنے لگا۔

''اچھا جناب! نہیں ہوتی بیمار آپ تو ابھی سے فکر مند ہونے لگے۔لیجئے ایک اور فون آ گیا۔' عزّہ نے مسکراتے ہوئے کہا اور ان کے موبائل کی بیل بجنے پر موبائل اُٹھا کر ان کی طرف بڑھا دیا۔''یہ تو اپنے منیجر صاحب کا نمبر ہے۔'' حسن نے موبائل کی اسکرین پر نمبر دیکھتے ہوئے کہا اور فون آن کر کے کان سے لگا لیا۔''ہیلو السلام علیکم منیجر صاحب! کیا حال ہے؟''

''میں ٹھیک ہوں اللہ کا شکر ہے۔جی عمرے کی سعادت بھی حاصل کر چکے ہیں کرم ہے اللہ کا بہت شکریہ۔کام کا کیا حال ہے؟ اچھا۔ہوں۔ہوں۔ٹھیک ہے۔کوئی اور مسئلہ تو نہیں ہے۔آپ ایسا کریں کہ منڈے کا دن رکھ لیں۔صبح دس بجے کا وقت دے دیں انہیں۔جی انشاء اللہ ہم سنڈے کو واپس آ جائیں گے۔اور سب خیریت ہے۔وہ میں آ کر دیکھ لوں گا۔ڈیل کینسل نہیں کرانی۔ڈونٹ وری ہو جائے گا سب۔ہاں ہاں ٹھیک ہے پھر انشاء اللہ منڈے کو ملاقات ہو گی۔او کے اللہ حافظ۔'' حسن نے بات ختم کر کے موبائل آف کر دیا۔

''کیا کہہ رہے تھے۔منیجر صاحب؟'' عزّہ نے ان کی خوشبو کو اپنی سانسوں میں اتارتے ہوئے پوچھا۔

''سنگار پور کی ایک کمپنی ہماری لیدر گڈز کی خریداری میں انٹرسٹڈ ہے۔ ان کا ایک گروپ یہاں آیا ہے آج صبح وہ لوگ مجھ سے ملنا چاہتے ہیں۔ اس لیے میں نے میٹنگ کے لیے منڈے کا ٹائم دیدیا ہے۔ اور دو ایک ڈیلز ہیں۔'' وہ موبائل سائیڈ ٹیبل پر رکھ کر بتانے لگے۔ ''تو ہم کل واپس گھر چلیں۔''

''کل نہیں پرسوں چلیں گے۔''

''پرسوں نہیں حسن، کل ہی چلیں ناں، پرسوں آپ ریسٹ کر لیجئے گا۔ اگلے دن آفس جائیے گا۔ ثمین کے گھر بھی چلیں گے پرسوں۔'' اس نے کمبل اپنے اوپر اچھی طرح پھیلا کر کہا۔

''ٹھیک ہے لیکن پرسوں صبح چلیں گے۔ مری سے اسلام آباد کا راستہ ہی کتنا ہے۔ کل کا دن تو میں آپ کے ساتھ یہاں انجوائے کرنا چاہتا ہوں۔''

''تو حسن جان! میں آپ کو کل اکیلے جانے کے لیے تھوڑی کہہ رہی ہوں۔ میں بھی آپ کے ساتھ ہی جاؤں گی۔'' عزّہ نے انہیں دیکھتے ہوئے بہت مان اور محبت بھرے لہجے میں کہا۔ وہ تو خوشی۔ سے باغ باغ ہو گئے۔ اور اسے پیار کرتے ہوئے بولے۔

''قسم سے دل خوش کر دیا آپ کی اس بات نے، جیئو میری شہزادی، میں اپنی عزّہ ڈارلنگ کے بغیر اب کہیں جا بھی نہیں سکوں گا۔ آپ کا کہا سر آنکھوں پر ہم انشاء اللہ کل ہی اپنے گھر کے لیے روانہ ہوں گے۔ اور جب آپ میرے ساتھ ہوں گی تو زندگی کا ہر دن ہر لمحہ 'ہنی مون'' بن جائے گا۔''

''ٹھیک یو حسن، پلیز دوسرا کمبل الماری سے نکال دیں۔ ایک دم سے بہت ٹھنڈ لگ رہی ہے۔''

''دوسرا کمبل لینے کی کیا ضرورت ہے۔ میں جو موجود ہوں۔'' وہ بے حد شرارت سے اس پر جھکتے ہوئے بولے۔ ''گندے بچے۔'' عزّہ نے شرم سے سرخ ہوتے ہوئے ان کے سینے پر ہلکا سا مکہ رسید کر دیا۔ اور وہ بے ساختہ قہقہہ لگا کر ہنس پڑے۔

اگلی صبح موسم صاف تھا۔ وہ لوگ ناشتے سے فارغ ہوتے ہی اسلام آباد روانہ ہو گئے اس دن تو آرام کرتے رہے۔ اتوار کو دس بجے تک نیند سے بیدار ہو کر تیار ہوئے ناشتہ کیا۔ اور ثمین، عزیر اور ان کے بچوں کے لیے نیپال، مری اور سوات سے جو شاپنگ کی تھی وہ تمام چیزیں شاپنگ بیگز میں رکھیں اور ''عزیر ہاؤس'' چلے آئے۔ وہ سب ان دونوں کو دیکھ کر بے حد خوش ہوئے۔ ثمین نے تو کئی بار عزّہ کو گلے لگا کر پیار کیا۔ چاروں بچوں سے وہ گلے ملی۔ انہیں پیار کیا۔ عزیر نے اس کے

سر پر ہاتھ پھیرا۔ حال احوال پوچھنے اور چائے پینے کے ساتھ ساتھ ان دونوں نے انہیں ان کے تحائف دکھائے تو سب کی خوشی دوچند ہو گئی۔

''حسن بھائی! بہت بہت شکریہ لیکن آپ ہمیشہ اتنا کچھ لے آتے ہیں۔ آپ کی اور عزّہ کی عادت اس معاملے تو ایک سی ہے۔'' ثمین نے انہیں دیکھتے ہوئے کہا۔

''بھابی، اب تو ہماری عادت ہر معاملے میں ایک سی ہی سمجھیں۔ آپ لوگ میرے اپنے ہیں۔ میں اپنے لئے کچھ خریدتا ہوں تو آپ لوگوں کے لیے بھی کچھ نہ کچھ پسند آ جاتا ہے۔ اور میں خرید لاتا ہوں۔'' حسن نے مسکراتے ہوئے کہا۔

''کچھ نہ کچھ نہیں بھائی، یہ تو بہت کچھ ہے۔'' عزیر نے ہنس کر کہا تو وہ ہنس پڑے۔

''اچھا آپ سچ سچ بتائیں کہ آپ دونوں خوش تو ہیں ناں۔'' ثمین نے عزّہ اور حسن کو دیکھتے ہوئے پوچھا تو دونوں نے ایک زباں ہو کر کہا۔ ''شکر الحمدللہ۔''

''ہوں، اور آپ دونوں میں سے زیادہ خوش اور خوش نصیب کون ہے؟''

''میں۔'' اب کی بار بھی وہ دونوں بے ساختہ ایک زبان ہو کر بولے تو نہ صرف وہ دونوں ایک دوسرے کو دیکھ کر ہنس پڑے بلکہ ان سب کو بھی ہنسی آ گئی۔

''بھئی سچ پوچھو تو مجھے تم دونوں کو خوش دیکھ کر بہت خوشی ہو رہی ہے۔ اللہ تم دونوں کو ہمیشہ خوش رکھے۔ اور اتنا ہی ہم خیال رکھے۔'' عزیر نے خوش دلی سے مسکراتے ہوئے کہا۔

''آمین۔'' ان دونوں نے مسکراتے ہوئے دل سے کہا تو ثمین عزّہ سے کہنے لگی۔

''عزّہ، تم تو پہلے سے بھی زیادہ حسین ہو گئی ہو۔ ماشاءاللہ صحت بھی بہت اچھی ہو گئی ہے۔''

''بھابی، نظر نہ لگا دیجئے گا۔'' حسن نے فوراً کہا تو عزّہ شرما کر ہنس پڑی۔

''اوہو، تو اتنی فکر ہے آپ کو ان کی۔'' ثمین نے شوخی سے مسکراتے ہوئے کہا۔

''اس سے بھی زیادہ فکر ہے ہمیں ان کی۔'' حسن نے عزّہ کو پیار بھری نظروں سے دیکھتے ہوئے کہا تو ثمین نے ان کی عزّہ سے اس قدر محبت دیکھ کر خوش ہو کر کہا۔

''ہونی بھی چاہیے کیونکہ عزّہ سے اچھی شریک حیات آپ کو ساری دُنیا میں نہیں مل سکتی تھی۔ مجھے خوشی ہے کہ میری دوست ایک اچھے اور قدر دان شخص کی بیوی بنی ہے۔ انشاءاللہ آپ دونوں ایک مثالی زندگی بسر کریں گے۔''

''انشاءاللہ۔'' حسن نے یقین سے دل سے کہا عزّہ بس شرمائے، مسکرائے گئی۔

آج سوموار تھا ورکنگ ڈے کا آغاز تھا۔ حسن آفس جانے کے لیے اور عزّہ کالج جانے کے لیے تیار ہوگئی تھی۔ مگر اچانک عزّہ کو اس بری طرح سے چکر آیا کہ اسے کالج جانے کا ارادہ ترک کرنا پڑا۔ حسن اپنی ضروری فائلیں دیکھنے میں مگن تھے۔ اس لیے انہیں عزّہ کی حالت کا علم نہیں ہوسکا۔ جب وہ فارغ ہو کر فائلیں بریف کیس میں رکھ کر آئے تو اسے بہت آرام سے بیڈ کی بیک سے ٹیک لگائے بیٹھے دیکھ کر حیران ہو کر پوچھنے لگے۔

''آپ تو اتنے آرام سے بیٹھی ہیں۔ کیا کالج نہیں جانا؟''

''نہیں۔'' وہ مسکرادی۔ ''کیوں؟'' انہوں نے فوراً پوچھا۔

''میری مرضی۔'' وہ مسکراتے ہوئے بولی۔ ''مرضی کی بچی پھر میرا کیا قصور ہے۔ مجھے کیوں آفس بھیجا جارہا ہے؟'' وہ کمر پر ہاتھ رکھے اس کے سر پر آن کھڑے ہوئے۔

''کیونکہ آپ کا آفس جانا بہت ضروری ہے۔ پہلے ہی آپ بہت چھٹیاں کر چکے ہیں۔''

''تو کیا ہوا ایک چھٹی اور سہی۔'' وہ آرام سے بیڈ کے کنارے پر بیٹھ گئے۔

''جی نہیں آپ آفس جایئے۔ آپ نے سنگاپور والے بزنس گروپ کو دس بجے کا ٹائم دے رکھا ہے۔ اپنی بزنس ڈیلز خراب مت کیجئے۔ چلیں اُٹھیں اور آفس جائیں۔ آفس کے لوگ کیا کہیں گے کہ حسن صاحب شادی کر کے بیوی کے ہی ہو کر رہ گئے ہیں۔'' عزّہ نے بستر سے اتر کر ان کا ہاتھ پکڑ کر انہیں اُٹھاتے ہوئے کہا۔

''ہاں تو کہتے رہیں اس میں کیا برائی ہے۔ ایک اچھے اور محبت کرنے والے شوہر کو اپنی بیوی کا ہی ہو کر رہنا چاہیے۔'' وہ اس کی کاجل سے سجی آنکھوں میں دیکھتے ہوئے بولے۔

''درست۔ لیکن بیوی کی محبت میں بزنس کو نہیں بھولنا چاہیے۔ جو آپ نے اتنی محنت سے اسٹیبلش (قائم) کیا ہے۔ شاباش اچھے بچوں کی طرح آفس جائیں۔'' وہ ان کی ٹائی درست کرتے ہوئے بہت محبت سے بولی۔

''اور آپ کیا کریں گی گھر پہ؟''

''میں آرام کروں گی۔ طبیعت کچھ سست ہو رہی ہے۔ تھکن محسوس ہو رہی ہے۔ آرام کے بعد آپ کا انتظار کروں گی۔ آپ واپس کب تک آئیں گے؟''

''آپ جانے دیں گی تو۔ واپس آنے کا سوچوں گا نا۔'' حسن نے معنی خیز جملہ کہا۔

''حسن۔'' وہ شرما کر ہنس دی۔ ''اچھا بابا جارہا ہوں لیکن بارہ بجے تک واپس آجاؤں گا۔''

وہ اس کا چہرہ ہاتھوں میں لے کر نرم لہجے میں بولے۔

''ٹھیک ہے۔ آفس پہنچ کر مجھے فون کر دیجیے گا۔ اور گاڑی دھیان سے چلایئے گا۔''

''دھیان تو پہلے ہی سارا آپ میں چلا گیا ہے۔ گاڑی چلانے کے لیے دھیان کہاں سے لاؤں؟ ڈرائیور کو لے جا رہا ہوں ساتھ۔ کیونکہ میں آپ کے خیالوں میں کھو کر ٹریفک کے ہجوم میں کھونا نہیں چاہتا۔'' وہ بریف کیس اُٹھا کر اسے چاہت سے دیکھتے ہوئے بولے۔

''خاصا مناسب خیال ہے۔ چلیے میں آپ کو گاڑی تک چھوڑ آؤں۔'' وہ ہنس کر بولی۔

''بڑی ظالم ہیں آپ یعنی اعتبار نہیں ہے میرا خود گھر سے نکال کر ہی آئیں گی۔'' وہ پیار بھری خفگی سے بولے تو وہ ان کی دیوانگی اور بے بسی پر ہنستی چلی گئی۔

''کوئی بات نہیں ہنس لیں۔ خوب ہنسیں۔ واپس آ کر پوچھوں گا آپ سے۔'' حسن نے اپنے بے لگام ہوتے جذبوں کو لگام ڈالتے ہوئے اس کے رخسار پر ہلکی سی چپت لگا کر کہا۔ عزّہ کے لیے اپنی ہنسی روکنا مشکل ہو رہا تھا۔ وہ بمشکل انہیں گاڑی تک الوداع کہنے آئی۔ حسن کے آفس سے فون آنے تک عزّہ نے گھر میں کام کاج کا جائزہ لیا۔ بوا ملازمین سے کام کروا رہی تھیں۔ وہ اپنی تسلی کر کے حسن کے فون سے ان کے خیریت سے آفس پہنچنے کی تسلی کر کے وہ بیڈ روم میں آ کر سو گئی۔ اور جب اس کی آنکھ کھلی تو گھڑی دن کے ساڑھے بارہ بجا رہی تھی۔ وہ کمبل ہٹا کر بستر سے باہر نکل آئی۔ ''حسن نے بارہ بجے آنے کے لئے کہا تھا۔ اب تو ساڑھے بارہ بج رہے ہیں وہ آئے نہیں اب تک۔'' عزّہ نے خود کلامی کرتے ہوئے کہا اور واش روم میں چلی گئی۔ منہ ہاتھ دھو کر کمرے میں آئی اور اپنے موبائل سے حسن کے موبائل کا نمبر ملایا اور بیڈ پر بیٹھ گئی۔ ''جی عزّہ ڈارلنگ، کیسی طبیعت ہے اب؟'' حسن نے موبائل آن کرتے ہی پوچھا تو وہ مسکرا کر بولی۔ ''ٹھیک ہے آپ کیا کر رہے ہیں؟''

''میں فیکٹری کا راؤنڈ لگا کر آفس کی طرف جا رہا ہوں۔''

''گھر نہیں آ رہے کیا آپ نے تو بارہ بجے آنے کا کہا تھا پونے ایک کا وقت ہو گیا ہے۔''

''کام کا برڈن (دباؤ) اتنا زیادہ ہے کہ ایک کے بعد ایک نیا بائر، کلائنٹ اور کسٹمر چلا آ رہا ہے۔ اور بھی کئی کام دیکھنے ہیں۔ سوا مہینے بعد آیا ہوں آفس تو یوں لگ رہا ہے۔ جیسے سارا کام بند پڑا تھا۔ یقین کیجیے سر کھجانے کی بھی فرصت نہیں ملی اب تک۔'' حسن نے اپنے آفس کی جانب چلتے ہوئے بتایا۔

''چلیں آپ گھر آئیں گے تو میں آپ کا سر کھجادوں گی۔''عزّہ نے مذاق سے کہا تو وہ بے ساختہ ہنس دیئے۔

حاضر جوابی میں آپ کا جواب نہیں ہے۔''حسن نے اپنے آفس میں داخل ہوتے ہوئے کہا۔

''شکریہ، پھر کب آرہے ہیں گھر؟''

''چار ساڑھے چار تو بج ہی جائیں گے۔''وہ اپنی مخصوص کرسی پر بیٹھ گئے۔

''واہ کہاں تو جناب بارہ بجے گھر تشریف لا رہے تھے اور کہاں چار ساڑھے چار بجے آمد ہوگی۔''عزّہ نے شوخی سے کہا اور ہنسنے لگی۔

''ہنسیں کیوں؟''

''یونہی۔''

''میں سب سمجھتا ہوں۔ یونہی۔ ہنس لیں میری دیوانگی اور مجبوری پر گھر آکر بتاؤں گا۔''

''ضرور ضرور، لیکن اس وقت تک میں کیا کروں گی؟''

''آپ میرا انتظار کریں گی۔ جیسے آپ نے مجھے انتظار کرایا تھا۔ میرے گھر آنے کے سلسلے میں۔''حسن نے مسکراتے ہوئے کہا۔

''اوہو......تو بدلہ لینے کا موڈ ہے جناب کا۔''

''ہرگز نہیں، آپ ایسا سوچیے گا بھی نہیں، میں ایسے معاملات میں بدلہ لینے کا قائل نہیں ہوں۔ میں تو صرف پیار کا بدلہ پیار سے دینا جانتا ہوں۔ میں انشاء اللہ شام چار بجے تک آجاؤں گا۔''حسن نے بہت دھیمے اور نرم لہجے میں کہا تو وہ بھی اپنائیت سے بولی۔

''چلیں آپ کام کریں لیکن کام کی زیادتی کے باعث کوئی ٹینشن مت لیجئے گا۔''

''ارے نہیں عزّو جی، جس شخص کو آپ کی بھرپور اٹینشن (توجہ) مل رہی ہو اسے ٹینشن لینے کی کیا ضرورت ہے۔ آپ کی اٹینشن تو میری یہ ہر ٹینشن دور کر دیتی ہے۔''حسن نے بے حد پیار سے کہا تو وہ خوش ہو کر بولی۔

''باتیں تو آپ بھی خوب بناتے ہیں مکھن میں ڈبو ڈبو کر۔''

''میں دل سے کہہ رہا ہوں عزّو۔''

''مجھے دل سے یقین ہے حسن!''

''رئیلی؟''

''یس او کے اللہ حافظ!'' عزّہ نے بہت پیار سے کہا اور مسکراتے ہوئے فون بند کر دیا۔ شام کو چار بجے تک وہ تیار ہو کر لان میں چلی آئی۔ سبز رنگ کے خوبصورت شلوار قمیض دوپٹے میں سجی سنوری میچنگ چوڑیاں اور جیولری پہنے۔ بالوں کی چوٹی بنائے وہ بے حد نکھری نکھری لگ رہی تھی۔ سوا چار بجے حسن کی گاڑی ''حسن ولا'' میں داخل ہوئی تو اس کے بے قرار دل کو قرار آ گیا۔ حسن نے بھی اسے دیکھ لیا تھا۔ اور اپنے انتظار میں اسے باہر ٹہلتا دیکھ کر ان کا دل خوشی سے کھل اُٹھا تھا۔ وہ گاڑی سے اپنا بریف کیس لے کر اس کی طرف بڑھے۔ اور وہ ان کی جانب قدم اُٹھاتی، مسکراتی چلی آئی۔ ''السلام علیکم۔'' دونوں نے ایک ساتھ کہا اور پھر دونوں ہنس پڑے۔

''جی تو عزّہ جانو! چار بجے تک آپ نے کیا کیا؟'' وہ محبت سے اس کا چہرہ دیکھتے ہوئے پوچھ رہے تھے۔ اس نے مسکراتے ہوئے جواب دیا۔ ''چار بجے کا انتظار۔''

''تو کیسا لگا؟''

''بہت بورنگ اور برا۔ چار تو اتنی دیر سے بجتے ہیں۔'' عزّہ نے معصومیت سے کہا تو وہ خوشدلی سے ہنس پڑے۔ عزّہ نے ان کا بریف کیس ان سے لے لیا۔

''جی جناب! اور ہمیں آپ نے کتنا انتظار کرایا تھا۔ اس سے آپ ہماری کیفیت کا اندازہ لگا سکتی ہیں۔'' حسن نے اس کے شانوں کے گرد اپنا بازو رکھتے ہوئے اس کے ساتھ چلتے ہوئے کہا تو وہ بھی ہنس دی۔ اور وہ دونوں ڈرائنگ روم میں آ گئے۔

''یہاں بیٹھیے۔'' حسن نے اسے شانوں سے پکڑ کر صوفے پر بٹھایا اور پھر خود بھی اس کے قریب بیٹھ گئے۔ اور اپنے کوٹ کی جیب میں سے لفافہ نکال کر کھولا۔ اس میں سے گجرے نکال کر مسکراتے ہوئے بولے۔ ''یہ گجرے آپ کے خوبصورت ہاتھوں کے لیے ہیں۔''

''مجھے بہت پسند ہیں گجرے۔'' وہ خوشی سے مسکراتے ہوئے بولی۔

''اسی لیے تو لایا ہوں، لائیے ہاتھ پہنا دوں۔'' حسن نے محبت سے کہا اور اس کے دونوں ہاتھوں میں گجرے پہنا کر اس کی دونوں کلائیوں کو باری باری چوم لیا۔

''تھینک یو۔'' عزّہ نے شرمیلے پن سے مسکراتے ہوئے کہا۔

''کس بات کا؟ گجروں کا یا......؟'' حسن نے شرارت سے جملہ ادھورا چھوڑ دیا۔

''حسن!'' اس نے شرما کر دونوں ہاتھ اپنے چہرے پر رکھ لیے وہ خوشی سے ہنس پڑے۔

''چہرے سے ہاتھ ہٹائیں، اتنے گھنٹے یہ چہرہ نظروں کے سامنے نہیں تھا تو خیالی پیکر سے

کام چلاتے رہے۔ ہماری آنکھوں کو نہ ترسائیں عزّہ جان!" حسن نے اس کے ہاتھ چہرے سے ہٹاتے ہوئے کہا۔ وہ حیا کے دلنشین رنگوں سے سجے چہرے کے ساتھ ان کے دل و روح میں اترتی چلی گئی۔

"عزّہ، آپ اتنی راحت افروز ہستی ہیں میرے لیے کہ آپ کو دیکھ کر آپ کے پاس آ کر میری دن بھر کی تھکن جاتی رہی ہے۔ محبت، راحت اور اپنائیت کا یہ احساس مجھے تازہ دم کر رہا ہے۔" حسن نے اس کے رخسار کو چومتی بالوں کی لٹ کو انگلی پر لپیٹتے ہوئے دل سے کہا۔

"یہ تو میری خوش نصیبی ہے حسن کہ میں آپ کے لیے راحت کا باعث ہوں۔" وہ شرمگیں لہجے میں بولی انہوں نے اس کی ٹھوڑی پکڑ کر پیار سے اس کے چہرے کو دیکھتے ہوئے کہا۔

"کہیں میں آپ کے لیے زحمت کا باعث تو نہیں ہوں۔"

"حسن! کیسی باتیں کر رہے ہیں آپ، آئندہ ایسا سوچئے گا بھی نہیں۔ میرا احساس بھی آپ سے مختلف تو نہیں ہے۔" اس نے تڑپ کر کہا تو انہوں نے جھک کر اسے پیار کر لیا۔

"سوری، میں نے تو مذاق سے کہا تھا۔"

"اچھا آپ چینج کر لیں۔ میں آپ کے لیے کافی بنا کر لاتی ہوں۔"

"ناراض تو نہیں ہیں۔"

"نہیں۔" وہ ان کی پریشانی دیکھ کر کھلکھلا کر ہنس پڑی۔

"تھینکس گاڈ!" وہ سکون سے مسکرا دیئے اور اپنے کمرے کی طرف چل دیئے۔

رات کو خبرنامہ دیکھتے ہوئے عزّہ سو گئی۔ حسن نے دیکھا تو مسکرا دیئے۔

"لگتا ہے ابھی تک سفر کی تھکن نہیں اتری۔ نیند پوری نہیں ہوئی میری عزّہ کی۔"

انہوں نے اس کے معصوم، صبیح، حسین چہرے کو دیکھتے ہوئے آہستگی سے زیر لب کہا اور ٹی۔ وی آف کر کے اپنی فائلیں لے کر بستر میں ہی بیٹھ کر کام کرنے لگے۔ تھوڑی دیر بعد انہیں محسوس ہوا کہ عزّہ بار بار بے چینی کے عالم میں کروٹیں بدل رہی ہے۔ وہ فائل سے نظریں ہٹا کر اپنے برابر میں محوِ خواب عزّہ کو دیکھنے لگے۔ اس کے انداز سے بے چینی عیاں تھی۔ پھر اس نے کمبل اتار دیا اور چند لمحوں بعد آنکھیں کھول دیں۔

"عزّہ، کیا ہوا جان؟" حسن نے پیار سے پوچھا تو اس نے چونک کر ان کی طرف دیکھا۔

"کچھ نہیں۔" وہ اُٹھ کر بیٹھ گئی اور چہرے اور سر پر ہاتھ پھیرنے لگی۔

''آپ کی طبیعت ٹھیک ہے عزّ ہ؟'' حسن نے اس کے شانے پر ہاتھ رکھ کر فکرمندی سے پوچھا۔

''ہاں نہیں ٹھیک ہوں۔'' وہ بے ربط بولتے ہوئے ادھرادھر دیکھنے لگی جیسے کچھ تلاش کر رہی ہو۔

''عزّ ہ کیا چاہیے آپ کو مجھے بتائیں؟'' حسن نے فائل بند کرتے ہوئے پیار سے پوچھا۔

''پانی۔''

''پانی۔ یہ لیں۔'' حسن نے سائیڈ ٹیبل پر رکھے پانی کے گلاس سے میٹ ہٹا کر بھرا ہوا گلاس اس کی طرف بڑھا دیا۔ اس نے گلاس لے کر منہ سے لگایا اور آدھا گلاس پانی پی گئی۔ حسن نے گلاس واپس رکھ دیا۔ اور وہ پھر سے لیٹ گئی۔ مگر کمبل نہیں اوڑھا۔

''کمبل کیوں نہیں اوڑھا؟'' حسن نے پوچھا۔

''مجھے گرمی لگ رہی ہے۔''

''گرمی۔ جنوری کا مڈ چل رہا ہے اور آپ کو گرمی لگ رہی ہے۔ صبح بھی آپ کی طبیعت ٹھیک نہیں تھی۔ مری میں بھی آپ کو چکر آ گیا تھا۔ لگتا ہے زیادہ ٹریول نے آپ کو تھکا دیا ہے۔ آپ صبح تیار ہو جایئے گا۔ میں آپ کو ڈاکٹر کے پاس لے چلوں گا۔''

''نہیں میں ٹھیک ہوں اور صبح تو مجھے کالج جانا ہے۔'' اس نے کروٹ لے کر کہا۔

''کالج سے چھٹی کر لیجئے گا۔''

''نہیں نا پہلے ہی تین ایکسٹرا چھٹیاں کر چکی ہوں اور میں ٹھیک ہوں آپ پریشان مت ہوں۔'' عزّ ہ نے انہیں یقین دلانے کی کوشش کی۔

''عزّ ہ، چیک اپ کرانے میں کیا حرج ہے؟''

''اگر پھر طبیعت خراب ہوئی تو چیک اپ کرالوں گی کل نہیں۔''

''اچھا آپ سو جائیں، مجھے بھی نیند آ رہی ہے۔'' وہ فائلیں سمیٹتے ہوئے بولے۔

''اسی لیے فائلیں لے کر بیٹھے تھے۔'' عزّ ہ نے مسکراتے ہوئے کہا تو وہ ہنس دیئے۔

''آپ تو سو گئی تھیں، اس لیے موقع کا فائدہ اُٹھا رہا تھا۔ دراصل مجھے آفس کا کام گھر پر کرنے کی عادت نہیں ہے اور نہ ہی اچھا لگتا ہے۔ آپ کے آنے کے بعد تو بالکل بھی اچھا نہیں لگتا۔ بس یہ کام کچھ بڑھ گیا تھا۔ میں نے سوچا گھر جا کر دیکھ لوں گا۔ سو دیکھ لیا۔'' حسن نے پوری

وضاحت سے بتایا تو اس نے مسکراتے ہوئے کہا۔

"چلیں آپ بھی سو جائیں۔صبح پھر آفس بھی جانا ہوگا۔"

"ہاں جانو! آفس تو اب ہر صبح جانا ہوگا۔" وہ بستر سے نکل کر فائلیں بریف کیس میں رکھتے ہوئے بولے اور پھر لائیٹ آف کر کے اپنی جگہ پر آکر لیٹ گئے۔اگلے دن سے معمول کی مصروفیات شروع ہو گئیں۔حسن آفس جاتے وقت عزّہ کو اس کے کالج ڈراپ کرتے جاتے۔چھٹی کے وقت ڈرائیور اس کو کالج سے لے کر گھر ڈراپ کر جاتا۔حسن،عزّہ سے موبائل پر فارغ وقت ملتے ہی بات ضرور کرتے تھے۔چاہے وہ آفس میں ہوں یا فیکٹری ایریا میں۔دن میں ایک آدھ بار فون لازمی کرتے۔اور شام کو واپسی پر اس کے لیے گجرے لانا اور اسے اپنے ہاتھوں سے پہلے دن کی طرح پہنانا نہ بھولتے۔آج صبح سے ہی عزّہ کی طبعیت بوجھل ہو رہی تھی۔ناشتہ بھی ٹھیک طرح نہیں کیا تھا۔کالج میں پہلا پیریڈ لینے کے بعد اس کی حالت مزید خراب ہو گئی۔اس کے دو پیریڈ باقی تھے۔جو اس میں لینے کی ہمت نہیں تھی۔لہٰذا اس نے آدھے دن کی لیو (درخواست) لکھ کر پرنسپل کو دیدی۔جو فوراً منظور بھی کر لی گئی۔ڈرائیور کو گھر فون کر کے بلا لیا تھا۔اور اسی کے ساتھ وہ گھر آ گئی تھی۔گھر آکر اسے دو بار الٹی آئی۔اسے بخار بھی ہو رہا تھا۔ایک دم ہی وہ نڈھال ہو کر بستر پر لیٹ گئی۔ذرا دیر بعد طبیعت کچھ بہتر ہوئی تو بھوک نے ستایا۔اُٹھ کر کچن میں چلی آئی۔بوا اور ملازمہ کمو دوپہر کے لیے کھانا پکا رہی تھیں۔کھانے کی خوشبو سے اس کا جی متلانے لگا۔مگر بھوک بھی زوروں کی لگ رہی تھی۔

"بوا کچھ کھانے کو تو دیں مجھے بہت بھوک لگ رہی ہے۔" اس نے کرسی پر بیٹھ کر کہا۔

"کیا کھاؤ گی دوپہر کے لیے سالن پکنے میں تو ابھی دیر ہے۔تمہارا تو صبح کا ناشتہ بھی جوں کا توں دھرا ہے۔کہو تو تازہ انڈہ پراٹھا بنا دوں۔" بوا نے ہاتھ دھوتے ہوئے کہا۔

"نہیں بوا! جو رکھا ہے وہی دے دیں۔پیٹ میں آگ سی لگی ہے۔الٹی آنے سے سب کھایا پیا باہر نکل گیا۔" عزّہ نے تھکی تھکی آواز میں کہا۔

"اُلٹی آئی ہے تو کوئی ہلکی چیز کھاؤ۔لو کیک اور پیزا کھاؤ میں چائے بنا دیتی ہوں۔" بوا نے اوون سے تازہ پیزا اور کیبنٹ میں رکھے کیک کا ڈبہ نکال کر دونوں چیزیں اس کے سامنے پلیٹ میں رکھ دیں۔اس نے کیک کا ٹکڑا تو کھا لیا۔مگر پیزا تھوڑا سا ہی کھایا تھا کہ اسے پھر سب کچھ باہر نکلتا ہوا محسوس ہوا۔وہ منہ پر ہاتھ رکھ کر تیزی سے باہر بھاگی۔"ہیں اسے کیا ہو گیا۔کہیں پیزا

خراب تو نہیں بنا؟'' بوا نے ٹھوڑی پر انگلی رکھ کر حیرانی سے کہا تو کمو ہنس کر بولی۔

''بوا، تم بھی بس یونہی ہو۔ اتنی سی بات تمہاری سمجھ میں نہیں آتی۔''

''اچھا تو تو سمجھا دے مجھے۔ بڑی آئی سمجھدار کہیں کی۔ چپکی ہو کے کام کر اپنا۔'' بوا نے اسے ڈپٹ کر کہا تو وہ ہنستے ہوئے سالن کا مصالحہ بھُوننے لگی۔ تیسری بار قے کرنے کے بعد تو اس کی حالت ابتر ہو گئی تھی۔ لیٹ کر بھی چین نہیں مل رہا تھا۔ وہ اپنی اور حسن کی شادی اور ہنی مون کی تصاویر کے البم لے کر دیکھنے بیٹھ گئی۔ شادی اور ہنی مون کی ساری تصویریں ہی بہت زبردست آئی تھیں۔ حسن نے شادی کی اور اپنی اور عزّہ کی علیحدہ سے چار پانچ تصویریں بڑی کرا کے (انلارج) کمرے کی دیواروں پر آویزاں کرا دی تھیں۔ دونوں کی جوڑی بہت ہی گریس فل اور حسین تھی۔ عزّہ کو تصویریں دیکھ کر بہت خوشی ہو رہی تھی۔ اور وہ دل میں اللہ کا شکر ادا کر رہی تھی کہ جس نے اسے حسن جیسے خوبصورت اور خوب سیرت انسان کی شریکِ حیات بنایا تھا۔ جو ہر پل اس کا خیال رکھتے تھے۔ وہ تصویروں اور سوچوں میں گم بیٹھی تھی۔ اچانک اس کے موبائل کی بیل بجنے لگی۔ اسے یقین تھا کہ حسن کا فون ہے۔ اس نے موبائل اُٹھا کر دیکھا، انہی کا موبائل کا نمبر تھا۔ اس نے مسکراتے ہوئے موبائل آن کر کے کان سے لگا کر کہا۔ ''ہیلو حسن۔''

''جی جانِ من! کیا کر رہی ہیں آپ؟'' دوسری جانب سے حسن کی محبت میں ڈوبی آواز آئی۔

''آپ کی اور اپنی شادی اور ہنی مون ٹرپ کی تصاویر دیکھ رہی ہوں۔''

''تصاویر کالج لے گئی تھیں کیا؟''

''نہیں تو، میں تو اپنے پیارے سے گھر کے پیارے سے بیڈروم میں اپنے راحت بخش بستر پر براجمان یہ تصاویر دیکھ رہی ہوں۔'' اس نے مسکراتے ہوئے بتایا۔

''کیا؟..... آپ کالج سے کب واپس آئیں؟'' انہوں نے چونک کر حیران ہو کر پوچھا۔

''تقریباً گھنٹہ ہونے کو ہے، اب آپ پوچھیں گے کہ اتنی جلدی کیوں گھر آئی ہوں۔''

''جی بالکل بتایئے۔''

''کچھ خاص سبب نہیں تھا۔ بس آج کل سٹوڈنٹس کی حاضری بھی کم ہے۔ میرا بھی پڑھانے کا موڈ نہیں بنا۔ سو ایک پیریڈ لے کر گھر آ گئی۔ آپ بتایئے آپ کیا کر رہے تھے؟''

''میں پروڈکشن یونٹ کا راؤنڈ لگا کر آ رہا ہوں۔''

''راؤنڈ آپ لگا رہے ہیں۔ چکر مجھے آ رہے ہیں۔ ویسے آپ گھر کب تشریف لائیں گے؟''

''آپ کہیں گی تو ابھی آ جائیں گے۔'' وہ محبت سے بولے تو وہ خوشی سے مسکراتے ہوئے بولی۔

''نہیں کام ختم کر کے آیئے گا۔''

''جانو! کام تو ساری زندگی ختم نہیں ہوتے۔'' وہی پیار لٹاتا لہجہ تھا۔

''پھر بھی آج کا کام آج ہی ختم کر کے آیئے گا۔ تا کہ کل کام کا پریشر نہ ہو۔'' اس نے اپنائیت سے کہا۔

''لوگوں کی بیویاں گھر جلدی آنے پر، فوراً آنے پر اصرار کرتی ہیں۔ ایک آپ ہیں۔ کہ یہاں بندہ سر کے بل چل کے آنے کے لیے تیار ہے اور آپ روک رہی ہیں۔ منع فرما رہی ہیں۔'' حسن نے شوخ لہجے میں پیار بھرا گلہ کیا تو وہ ہنس کر بولی۔

''میں منع تو نہیں کر رہی۔ صرف کام چھوڑ کر آنے سے روک رہی ہوں۔ کام کے بعد آپ سیدھے گھر آیئے گا۔''

''اور اگر کام کے بعد ''عزیز'' جیسے کسی مہربان دوست نے ہائی جیک کر لیا تو؟''

''تو ہم آپ کو بازیاب کرا لیں گے۔ آپ بے فکر رہیں اور حسن۔ وہ اتنا کہہ کر سر پکڑ کر رہ گئی۔

''جی جان من۔'' حسن نے اسی پیار سے کہا مگر اسے کچھ کہنے کی ہمت نہ ہوئی اسے پھر سے الٹی آنے کو ہو رہی تھی وہ موبائل بیڈ پر چھوڑ کر واش روم کی طرف بھاگی اور الٹی کرنے کے بعد اچھی طرح منہ ہاتھ دھو کر واپس کمرے میں آ کر اپنے ہینڈ بیگ میں سے الائچی نکال کر اس کے دانے منہ میں رکھ لیے۔ اس نے کسی رسالے میں یہ ٹوٹکہ پڑھا تھا کہ متلی یا قے کی صورت میں الائچی کھانے سے افاقہ ہوتا ہے۔ اور الائچی تو وہ یوں بھی روز ایک آدھ کھاتی ہی تھی۔ اس لیے فوراً کھا لی۔ بیڈ پر بیٹھتے ہی موبائل پر نظر پڑی تو بوکھلا گئی۔ ''او نو، حسن پریشان ہو رہے ہوں گے۔'' اس نے آہستہ سے کہا اور موبائل اُٹھا کر کان سے لگا یا۔ لائن کٹی نہیں تھی۔ اس نے اپنی ہانپتی سانس کو قابو میں لاتے ہوئے پکارا۔ ''حسن!''

''جی جان من! کہاں چلی گئیں تھیں آپ؟'' حسن کا بے قرار اور پیار بھرا لہجہ اس کی سماعتوں

میں رس گھولنے لگا۔ ''کہیں نہیں گئی تھی۔شاید لائن خراب ہوگئی تھی۔''اس نے بہانہ بنایا۔

''لائن خراب ہوگئی تھی یا آپ کی طبیعت، سچ بتائیے؟''حسن کو اس کے لہجے کی تھکن سے الجھن ہو رہی تھی۔اسی لیے متفکر ہو کر پوچھا تو وہ ان کے اس حد تک صحیح اندازے پر حیرت اور مسرت سے ہنس پڑی۔'وہ مجھ سے اتنی محبت جتانے لگتا ہے۔کبھی کبھی تو مجھے خوف آنے لگتا ہے!!!'

''حسن میرا اتنا خیال مت کیا کیجئے۔میں سچ مچ ڈر جاتی ہوں کہ کہیں مجھ سے ایسی کوئی بات کوئی حرکت نہ سرزد ہو جائے جو آپ کے دل میں میرا مقام کم کردے۔کسی کو جب اتنا زیادہ چاہا جاتا ہے نا تو اسے عظمت کے بلند ترین مقام پر جگہ دے دی جاتی ہے۔اور اگر وہ ہمارے معیار اور توقعات سے ذرا سا بھی کم ثابت ہو جائے تو ہم اسے ایک دم سے بلندی سے پستی میں لے آتے ہیں۔اور پستی میں آنے والے کی جو حالت ہوتی ہے وہ ایسے شخص کی سی ہوتی ہے جسے نظروں سے گرادیا جائے۔دل سے مٹا دیا جائے۔حسن، مجھ سے بھی غلطیاں ہوسکتی ہیں۔میں آپ کی توقع اور خواہش کے برعکس بھی انجانے میں ہی سہی کوئی غلط کام کرتو سکتی ہوں ناں اس لیے پلیز مجھے عام لڑکی ہی سمجھیں۔''عزّہ نے سنجیدگی سے ٹھہرے ہوئے لہجے میں کہا تو وہ بہت محبت سے گویا ہوئے۔

''کیوں سمجھوں میں آپ کو عام لڑکی، آپ تو میرے لیے خاص الخاص ہستی ہیں۔اور آپ مجھے ایسا سمجھتی ہیں کہ میں آپ کو اپنی نظروں سے اپنے دل سے مٹا سکتا ہوں۔نہیں عزّہ ایسا کبھی ہو ہی نہیں۔میں بھی یہ حقیقت جانتا اور سمجھتا ہوں۔آپ اس خوف کو اپنے دل سے نکال دیں۔میں آپ کے اس خوف کے سبب اپنے پیار پر تو بند نہیں باندھ سکتا۔اور جان حسن، آج آپ نے کالج کا لیکچر ہمیں دے کر کسر پوری کرلی ہے۔''

''آئی۔ایم سوری میں واقعی بولنے پر آتی ہوں تو بولتی ہی چلی جاتی ہوں۔اگین سوری۔''

اس نے ہنس کر کہا تو انہیں بہت عجیب سا لگا۔اس کا سوری کہنا۔معذرت کرنا۔

''نو سوری سمجھیں آپ۔''

''حسن۔''وہ پریشان ہو کر بولی۔

''جان من، میں آپ سے معذرت کے کلمات ہرگز نہیں سننا چاہتا۔آپ کا بولنا مجھے اچھا لگتا ہے۔آپ کے خیالات سے مجھے آگاہی حاصل ہوتی ہے۔اور میں نے تو یونہی کہہ دیا تھا۔آپ کو شرمندہ کرنے کے لیے تو نہیں کہا تھا۔اگر آپ کو شرمندگی محسوس ہوئی ہے میرے ایسا کہنے سے تو۔

''نو سوری سمجھے آپ۔'' عزّہ نے ان کی بات کاٹ کر کہا تو وہ ہنس پڑے۔

''اچھا آپ کام کیجئے۔ اللہ حافظ۔'' عزّہ کا سر چکرا رہا تھا اس نے یہ کہہ کر فون بند کر دیا۔

''ہیں یہ کیا۔ ضرور کوئی گڑ بڑ ہے۔ لائن تو خراب نہیں ہوئی تھی۔ کہیں عزّہ کی طبیعت نہ خراب ہوگئی ہو۔ وہ مجھے بتائیں گی تھوڑی اور کالج سے چھٹی کرنے کا تو ان کا کوئی ارادہ بھی نہیں تھا۔ مجھے گھر جا کر دیکھنا چاہیے۔ انہوں نے یہ بھی تو کہا تھا کہ چکر مجھے آرہے ہیں۔ یہ چکر اللہ جانے کیوں آرہے ہیں عزّہ کو۔ آئی تھنک مجھے گھر جانا چاہیے۔'' حسن نے موبائل کو دیکھتے ہوئے کہا اور پھر انٹر کام پر منیجر کو ہدایت دینے لگے۔

''قریشی صاحب! میں ایک دو گھنٹے کے لیے ضروری کام سے باہر جا رہا ہوں کوئی اہم بات ہو تو مجھے میرے موبائل پر کانٹیکٹ کر لیجئے گا۔ اوکے آفس کا خیال رکھئے گا۔'' حسن نے رسیور واپس رکھا اور اپنا موبائل اور گاڑی کی چابی لے کر آفس سے باہر نکل آئے۔ گھر پہنچے تو بوا انھیں دیکھ کر ٹھٹکیں۔ ''بیٹا تم اتنی جلدی آگئے۔''

''بوا، مجھے لگتا ہے عزّہ کی طبیعت ٹھیک نہیں ہے۔ آپ نے پوچھا نہیں ان سے۔''

''بتا رہی تو رہی تھی کہ طبیعت خراب ہے صبح سے الٹیاں آرہی ہیں۔ نہ ناشتہ ڈھنگ سے کیا اور نہ گھر آ کے کچھ کھایا۔'' بوا نے سنجیدگی سے بتایا۔

''افوہ بوا، آپ بھی کبھی کبھی بہت غفلت برتتی ہیں۔ اچھا ان کے کھانے کے لیے لائیں۔ میں دیکھتا ہوں جا کر۔'' حسن نے پریشان لہجے میں کہا اور بیڈ روم کی طرف بڑھ گئے۔ بوا بھی پریشان ہو کر کچن کی طرف چل دیں۔

''عزّہ، عزّہ۔'' وہ کمرے میں داخل ہو کر ادھر ادھر نظر دوڑاتے ہوئے اسے پکار رہے تھے۔ بیڈ پر نظر پڑی تو وہ گھبرا کر دوڑے۔ وہ بیڈ کے کنارے پر اوندھے منہ لیٹی تھی۔ البم اور موبائل اس کے قریب ہی پڑا تھا۔

''عزّہ، عزّہ اُٹھیے، کیا ہوا ہے آپ کو؟'' حسن نے اسے شانوں سے پکڑ کر اُٹھاتے ہوئے کہا۔

''آپ۔ آ۔ گئے۔'' عزّہ نے مندی مندی آنکھوں سے انہیں دیکھتے ہوئے تھکی تھکی آواز میں کہا۔ ''جی مجھے تو آنا ہی تھا۔ مائی گاڈ! اتنا تیز بخار ہو رہا ہے آپ کو اور آپ نے مجھے بتایا تک نہیں۔'' حسن نے اس کے چہرے پر آئے بالوں کو پیچھے ہٹاتے ہوئے اس کے رخسار کو چھوتے

ہوئے پریشانی سے کہا تو وہ بولی۔ ”میں نے سوچا آپ۔ خواہ مخواہ پریشان ہوں گے۔“

”پریشان کی بچی، اب کیا میں آپ کو اس حالت میں دیکھ کر خوش ہو رہا ہوں۔ خواہ مخواہ کیوں کہا آپ نے۔ آپ بخار میں جل رہی ہیں اور میں خواہ مخواہ پریشان ہوتا ہے نا۔ میرا اندازہ درست نکلا نا آپ کی طبیعت خراب تھی۔ لائن خراب نہیں ہوئی تھی۔ شکر ہوا کہ میں اپنی تسلی کرنے کی غرض سے چلا آیا۔ ورنہ آپ تو یونہی پڑی رہتیں۔ اور شام تک نجانے آپ کی کیا حالت ہو جاتی۔ چلیں اُٹھیں فوراً اور میرے ساتھ ڈاکٹر کے پاس چلیں۔“ حسن نے اسے پیار سے ڈانٹ پلاتے ہوئے کہا۔

”میں نے نہیں جانا ڈاکٹر دو دو گھنٹے انتظار کراتے ہیں اور طبیعت ٹھیک بھی ہو تو خراب ہو جاتی ہے۔“ اس نے سستی سے کہا تو وہ اسے کھڑا کرتے ہوئے بولے۔

”کوئی ایکسکیوز نہیں چلے گا۔ شاباش تیار ہو جایئے۔ نبیلہ آپا یاد ہیں آپ کو۔“

”جی۔“

”وہ اسی شہر کی معروف گائنا کالوجسٹ ہیں۔ ان کے شوہر انجم بھائی بھی ہومیو پیتھک اور ایلو پیتھک ڈاکٹر ہیں۔ میں آپ کو ان کے کلینک لے کر جاؤں گا۔ نبیلہ آپا سے میں ابھی فون پر بات کرتا ہوں۔ ہمیں انتظار نہیں کرنا پڑے گا۔ آپ یہاں سے سیدھی ان کے پاس جائیں گی۔“ حسن نے نرمی سے تیزی سے کہا اور موبائل پر ڈاکٹر نبیلہ کا نمبر ملانے لگے۔ بوا اُس کے کھانے کے لیے سیب، کیلے اور دودھ کا بھرا گلاس لے آئیں۔

”کھایئے فوراً۔“ حسن نے کیلا اُٹھا کر اس کی طرف بڑھا دیا۔ جو اسے مجبوراً کھانا پڑا۔ بھوک تو لگ ہی رہی تھی۔ تین قاشیں سیب کی کھا کر وہ رک گئی۔ اور آرام سے بیٹھ گئی۔

”یہ دودھ بھی پئیں۔“ حسن نے نبیلہ آپا سے بات کر لی تھی۔ فون بند کر کے اسے دیکھتے ہوئے دودھ کا گلاس اُٹھا کر اس کی طرف بڑھا کر بولے۔

”نہیں مجھے وومٹنگ (قے) ہو جائے گی۔“

”نو ایکسکیوز ڈیئر، ڈرنک اٹ۔“ حسن نے رعب سے کہا تو اس نے گلاس ان کے ہاتھ سے لے لیا اور تین چار گھونٹ بھر کر ہی اسکی حالت قابل رحم ہو گئی۔ وہ گلاس رکھ کر تیزی سے واش روم کی طرف بھاگی۔ واش روم بیسن کی ٹونٹی کھول دی۔ کھایا پیا سب باہر آ گیا۔

”اونو۔“ حسن نے واش روم کے دروازے پر کھڑے ہو کر اس کی حالت دیکھ کر کہا عزّ د،

بہت لا پرواہیں آپ اتنے دن سے آپ کی طبیعت خراب ہے۔ چکر آ رہے ہیں۔ مگر آپ کو کوئی احساس ہی نہیں ہے اپنا۔ نہ میرا۔''

'ایسے تو نہ کہیں۔'' وہ منہ دھو کر بولی۔ واش بیسن پر اچھا طرح پانی بہادیا تھا۔

''جانتی ہیں کتنی تکلیف اور پریشانی ہو رہی ہے مجھے آپ کی یہ حالت دیکھ کر۔ میں آپ کو ذرا سی بھی تکلیف میں نہیں دیکھنا چاہتا۔ آیئے۔'' حسن اس کا ہاتھ پکڑ کر اسے کمرے سے لے آئے۔ اور اسے شانوں سے پکڑ کر اس کی آنکھوں میں دیکھتے ہوئے بولے۔ ''کیسی روئی روئی لگ رہی ہیں آپ کی آنکھیں، چلیں ان میں کاجل لگائیں جو یقیناً بنا ہی ان آنکھوں کے لیے ہے۔''

''اچھا۔'' عزّہ کو ہنسی آ گئی۔ ان کو قدرے سکون ملا تھا اسکی ہنسی دیکھ کر۔

''یہ ہنسی ہی دیکھنا چاہتا ہوں میں آپ کے ہونٹوں پر۔ وعدہ کیجئے آئندہ آپ خود سے لا پرواہی نہیں برتیں گی۔'' وہ اسے محبت سے دیکھتے ہوئے نرمی سے بولے۔

''وعدہ۔'' وہ مسکرا دی۔

''عزّہ، میری خوشی اور زندگی کا مرکز و محور ہیں آپ۔ جوں جوں آپ کا ساتھ بڑھ رہا ہے۔ آپ کے لیے میری محبت بھی بڑھتی جا رہی ہے۔ اس لیے پلیز مجھ سے خود کو دور کرنے کی کوئی غلطی مت کیجئے گا۔ میں سہہ نہیں سکوں گا۔'' وہ جذباتی پن سے بولے۔

''حسن، کچھ نہیں ہوا ہے مجھے معمولی سا بخار ہے ٹھیک ہو جائے گا۔''

''اس بخار کو ٹھیک ہو ہی جانا چاہیے ورنہ۔ وہ جملہ ادھورا چھوڑ کر اسے دیکھنے لگے۔

''حسن۔'' اس نے ان کے سینے پر ہاتھ رکھے ان کے انداز سے وہ گھبرا گئی تھی۔

''جی جانِ من۔'' حسن نے اس کی پیشانی پر محبت کی مہر ثبت کر دی۔ ''چلیں کاجل لگائیں اور میرے ساتھ آئیں۔''

''چلیں۔'' وہ کاجل لگا کر الا ئچی منہ میں رکھ کر چادر اوڑھتی ہوئی ان کے ساتھ باہر آ گئی۔

ڈاکٹر نبیلہ نے عزّہ کا معائنہ کرنے کے بعد حسن کو اپنے کمرے میں بلوایا۔ وہ کافی پریشان دکھائی دے رہے تھے۔ ڈاکٹر نبیلہ نے نسخہ لکھ کر حسن کی طرف بڑھا دیا۔

''یہ دوائیں عزّہ کو دینی ہیں۔ ٹائم میں نے لکھ دیا ہے۔''

''آپا! یہ تو ہومیوپیتھک میڈیسن ہیں۔'' حسن نے نسخہ پڑھ کر کہا۔

''ہاں ایسی حالت میں مریضہ کو ہائی پوٹینسی کی دوا دینا مناسب نہیں ہوتا۔ اسی لیے یہ دوا میں

نے انجم سے مشورہ کر کے لکھی ہے۔'' ڈاکٹر نبیلہ نے بتایا۔

'' آپا! کیا ہوا ہے عزّہ کو؟ ان کی حالت ایسی کیوں ہو رہی ہے؟'' وہ دائیں جانب کرسی پر بیٹھی عزّہ کو دیکھ کر پوچھ رہے تھے۔

'' بھئی تمہاری حرکتیں ہی ایسی ہیں۔'' ڈاکٹر نبیلہ نے شریر معنی خیز لہجے میں کہا تو عزّہ کو ہنسی آ گئی۔

'' میری حرکتیں میں نے کیا کیا ہے؟ آپا! پلیز بتائیں عزّہ کو کیا ہوا ہے؟'' وہ پریشان تھے۔

'' پریشان کیوں ہو یہ تو ہونا ہی تھا۔'' ڈاکٹر نبیلہ بھی انہیں اچھی طرح ستا رہی تھیں۔

'' کمال کرتی ہیں آپ ان کی حالت خراب ہے۔ اور آپ پوچھ رہی ہیں کہ پریشان کیوں ہو؟'' حسن واقعی بہت پریشان ہو رہے تھے عزّہ کی حالت کے بارے میں۔ عزّہ بہت محبت سے انہیں مسکراتے ہوئے دیکھ رہی تھی۔

'' ہاں تو اس میں پریشان ہونے والی کیا بات ہے۔ یہ تو خوشی کی بات ہے کہ عزّہ کی طبیعت خراب ہوئی ہے تو اسی خوشی میں تمہیں مٹھائی کھلانی چاہیے۔'' ڈاکٹر نبیلہ نے مسکراتے ہوئے شریر اور معنی خیز لہجے میں کہا۔

◆ ◆ ◆

''خدا کے لیے آپا! میرا امتحان مت لیں۔ اصل سبب بتائیں ان کی طبیعت خراب ہونے کا۔'' حسن نے ان کے آگے ہاتھ جوڑ کر کہا تو وہ دونوں ہنس پڑیں۔

''میرے بھولے اور بیوقوف کزن! تم باپ بننے والے ہو۔'' ڈاکٹر نبیلہ نے بڑا خوبصورت انکشاف کیا تھا۔ عزّہ خوشی اور حیا سے شرمانے مسکرانے لگی۔ جب کہ حسن نے حیرت سے پہلے اسے اور پھر ڈاکٹر نبیلہ کو دیکھا۔ ''کیا، کیا کہا آپ نے پھر سے کہیے؟''

''حسن! میرے بھائی! تم باپ بننے والے ہو، عزّہ تمہارے بچے کی ماں بننے والی ہے۔ اور اسی وجہ سے عزّہ کی حالت خراب ہو رہی ہے۔''

''کیا؟ سچ آپا! میں باپ بننے والا ہوں۔'' حسن کی حیرت اور خوشی قابل دید تھی۔

''ہاں مبارک ہو تم دونوں کو مبارک ہو۔''

او تھینک یو آپا! یا اللہ تیرا لاکھ لاکھ شکر ہے۔ عزّو، ہم ماما پاپا بننے والے ہیں۔ آئی۔ ایم سو ہیپی۔'' حسن خوشی سے اپنی جگہ سے اُٹھ کر عزّہ کے پاس آ کر بولے تو وہ ہنس کر حیا سے سر جھکا گئی۔ حسن کو اس کا یہ انداز بے حد بھایا۔

''یہ کچھ معلوماتی کتابیں ہیں یہ تم ساتھ لے جاؤ۔ چونکہ عزّہ کا خیال تمہیں رکھنا ہے اس لیے یہ تمہارے پڑھنے کے لیے ہیں۔ ان میں حاملہ عورت کی دیکھ بھال اور اس کا خیال رکھنے، اس کی خوراک وغیرہ کے متعلق سب تفصیل موجود ہے۔'' ڈاکٹر نبیلہ نے اپنی میز کی دراز میں سے محکمہ صحت کی جانب سے شائع شدہ مواد کی کتب اُٹھا کر حسن کو دیتے ہوئے بتایا۔

''ٹھیک ہے یہ تو میں پڑھ لوں گا۔ اور کوئی ہدایت۔'' حسن نے کتب لے کر کہا۔

''ہدایت یہی ہے کہ عزّہ کو خوش رکھو، اس کی خوراک کا خاص خیال رکھو۔ ڈبل خوراک کی ضرورت ہے اب اسے اور۔ کوئی پریشانی یا ٹینشن لینے کی ضرورت نہیں ہے عزّہ۔ اور نہ تم نے زیادہ جسمانی مشقت کرنی ہے اور نہ ہی وزنی شے اُٹھانی ہے۔'' ڈاکٹر نبیلہ نے ان دونوں کو باری باری

دیکھتے ہوئے تاکید کی۔

''اس کی تو آپ فکر نہ کریں۔ کام تو میں انہیں کرنے ہی نہیں دوں گا۔'' حسن نے کہا۔

''بالکل فارغ بٹھانا بھی ٹھیک نہیں ہوگا۔ واک ضروری ہے۔ دودھ، پھل، جوس، گوشت وغیرہ کا استعمال کرانا۔ اور ہر ماہ باقاعدگی سے چیک اپ کرانا عزّہ کا۔ اور ٹیکوں کا کورس یاد سے مکمل کرانا ہے۔ اس دوا سے انشاءاللہ عزّہ کا بخار اتر جائے گا۔ اگر خدانخواستہ طبیعت زیادہ خراب ہو جائے تو تم مجھے کسی بھی وقت کال کر سکتے ہو۔'' ڈاکٹر نبیلہ نے پیشہ ورانہ ڈاکٹر کی طرح ہدایات دیں۔

''شکریہ آپا! آپ کی گفتگو سن کر لگا جیسے ٹی۔ وی پر فیملی پلاننگ والوں کا اشتہار دیکھ رہا ہوں۔'' حسن نے مسکراتے ہوئے کہا تو انہیں ہنسی آ گئی۔ اور پھر وہ دونوں وہاں سے رخصت ہو کر گاڑی میں آ بیٹھے۔ دونوں ہی بہت خوش تھے اور ایک دوسرے کو دیکھ دیکھ کر مسکرا رہے تھے۔ حسن نے راستے میں سے اسے سرخ مہکتے گلابوں کا بکے خرید کر دیا اور مٹھائی بھی خریدی۔ اور گھر آتے ہی بوا کو آوازیں دینے لگے۔ بوا بوکھلا کر بھاگی چلی آئیں۔ کمو بھی ان کے پیچھے تھی۔

''اللہ خیر کرے بیٹا کیا ہوا۔ عزّہ کو کیا بتایا ڈاکٹر نے؟'' بوا نے دونوں کو دیکھ کر پوچھا۔

''بوا، میں باپ بننے والا ہوں۔'' وہ بوا کو شانوں سے پکڑ کر خوشی سے بولے۔

''ہیں۔ یا اللہ تیرا شکر ہے میرے مولا تو نے میرے بچے کا گھر آباد کر دیا۔'' بوا نے دونوں ہاتھ اُٹھا کر خوشی سے بھرپور آواز میں کہا پھر حسن اور عزّہ دونوں کو پیار کیا مبارکباد دی۔

'بوا، آپ عزّہ کے لیے یخنی اور دلیہ بنائیں۔ ان کی دیکھ بھال اب آپ کو بھی کرنی ہے۔'' حسن نے عزّہ کی طرف دیکھ کر کہا۔ وہ شرماتے ہوئے بیڈروم کی طرف بڑھ گئی۔ ''لو بھلا یہ کوئی کہنے کی بات ہے۔ میری بیٹی ہے عزّہ۔ پھولوں کی طرح رکھوں گی اسے۔ آئے ہائے میری تو مت ہی ماری گئی تھی۔ جب عزّہ نے کہا کہ الٹی آئی ہے۔ میں تب ہی سمجھ جاتی مگر نہیں۔ اس بڑھاپے نے کہیں کا نہیں رکھا۔'' بوا نے اپنی عقل پر ماتم کرتے ہوئے کہا تو کمو ہنسنے لگی۔ بوا نے اسے گھورتے ہوئے کہا۔ ''تو پھر ہنسی۔''

''اب تو میری ہنسی کی وجہ سمجھ میں آ گئی نا بوا۔'' کمو نے کہا۔ ''میں تو اس وقت سمجھ گئی تھی کہ عزّہ بی بی امید سے ہیں۔''

''سمجھ گئی تھی تو مجھے بھی سمجھا دیتی۔'' بوا نے جزبز ہو کر غصے میں آ کر کہا حسن ہنس دیئے۔

''خود ہی تو مجھے چپ کرا دیا تھا۔'' کمو نے پٹ سے جواب دیا۔

''چل باورچی خانے میں اور عزّہ بیٹی کے واسطے سوپ بنا۔'' بوا نے ہاتھ اُٹھا کر تیز لہجے میں کہا۔

''اور تم کیا صرف باتیں ہی بناتی رہو گی۔ حکم چلاتی رہتی ہو۔ خود بھی کچھ کر لیا کرو۔'' کمو نے چڑ کر کہا تو حسن نے سنجیدگی اور رعب سے کہا۔

''کمو بری بات ہے۔ بوا بڑی ہیں تم سے اور یہ نگران ہیں تم سب کی یہاں۔ ان کا حکم ماننا چاہیے تمہیں۔''

''صاحب جی! بوا کو تنگ کرنے میں بڑا مزا آتا ہے۔ اور ہم کوئی دل سے تھوڑی لڑتے ہیں ان سے۔ ان کی ڈانٹ ہمیں اچھی لگتی ہے۔'' کمو نے مسکرا کر کہا۔

''اے لو۔ یہ نیا طریقہ نکالا ہے غلطی پہ پردہ ڈالنے کا۔'' بوا نے حیرت سے ناک پہ انگلی رکھ کر کہا تو حسن ہنستے ہوئے اپنے بیڈ روم کی طرف چلے گئے اور کمو اور بوا کچن کی طرف۔

عزّہ بیڈ کے کنارے پر سر جھکائے بیٹھی تھی۔ اس کا دل اللہ کے حضور سجدۂ شکر ادا کر رہا تھا۔ آنکھیں اشک بہا رہی تھیں۔ اسے لوگوں کی کہی باتیں خود بخود یاد آتی چلی جا رہی تھیں۔ بے اولاد، بانجھ، بنجر زمین، کوکھ جلی۔ جیسے الفاظ اس کی سماعتوں میں گونج رہے تھے۔ اسے بری طرح تڑپا رہے تھے۔ آج یہ سارے الزام اپنی موت آپ مر گئے تھے۔ اس کے رب نے اسے اولاد کی نعمت عطا کرنے کی نوید سنا دی تھی۔

''یہ رہیں آپ کی دوائیں۔ پہلی خوراک تو ابھی پی لیجئے۔'' حسن دواؤں کا لفافہ سائیڈ ٹیبل پر رکھتے ہوئے بولے اور نسخے کے مطابق ایک شیشی نکال کر کھولنے لگے۔ اس کی خاموشی نے انہیں چونکا دیا۔ وہ شیشی رکھ کر اس کے پاس آئے اور اس کے جھکے سر کو دیکھتے ہوئے نرمی سے پوچھا۔

''عزّو! کیا بات ہے آپ اتنی چپ چپ کیوں ہیں؟''

''کچھ نہیں۔'' اس نے بھیگتی آواز میں جواب دیا۔ اس کی آواز نے اس کے آنسوؤں کا بھید کھول دیا۔ حسن اس کے پاس بیٹھے اور ہاتھ سے اس کا چہرہ اوپر اُٹھایا تو آنسوؤں سے تر چاند سے مکھڑے کو دیکھ کر ان کا دل تڑپ گیا۔ وہ چند لمحے اس کے چہرے کو دیکھتے رہے پھر جیسے اس کے آنسوؤں کا مفہوم سمجھ گئے۔ اور بہت نرمی اور محبت سے اسے سمجھاتے ہوئے بولے۔

''عزّو! نہیں میری جان! یہ اشک اتنے بے مول نہیں ہیں کہ انہیں ان لوگوں کی تلخ، طنزیہ

اور طعنوں بھری باتیں یاد کر کے بہایا جائے۔ جس جس نے بھی آپ پر بانجھ ہونے کا الزام لگایا تھا۔ آج اللہ کے کرم سے ان سب کے الزام غلط ثابت ہو گئے ہیں۔ وہ سب جھوٹے پڑ گئے ہیں۔ اور جھوٹوں کو اللہ اسی طرح اپنے ہونے کا یقین دلاتا ہے۔ ان سب کے منہ بند ہو جائیں گے یہ خبر سن کر بلکہ الٹا وہ اپنے کہے پر شرمسار بھی ہوں گے۔ بلکہ وہ تو پہلے سے ہی شرمسار ہوں گے۔"

"حسن!" وہ ان کے اس تجزیے پر حیران تھی وہ کیسے اس کی ہر بات، ہر سوچ، ہر خیال پڑھ لیتے تھے۔ اس کے چہرے کے تاثرات سے اس کے آنسوؤں سے بات کی تہہ تک پہنچ جاتے تھے۔ وہی تو تھے اس کے سچے خیر خواہ، عاشق اور ہمسفر۔ وہ حیرت، مسرت اور کرب کے ملے جلے احساسات سے دوچار ہو کر ان کے سینے میں چہرہ چھپا کر بلکنے لگی۔

"عزّ و، میری جان! نہیں روتے نہیں ہیں۔ دوسروں کی باتوں پر تو رونا ہی نہیں چاہیے۔ آپ تو پہلے بھی کبھی نہیں روئیں۔ پھر اب کیوں رو رہی ہیں۔ آنسو اللہ کی بارگاہ میں بہائے جائیں تو اچھا ہوتا ہے۔ ان لوگوں کی باتوں پر دکھ کے طور پر نہیں عزّ و! بلکہ اللہ کے حضور شکر کے طور پر یہ اشک لٹائیں کہ جس نے آپ کو اولاد جیسی نعمت عطا کرنے کا اہتمام فرمایا ہے۔ کیا آپ خوش نہیں ہیں اس خبر سے؟"

"ہوں۔" وہ روتے روتے بولی وہ اسے پیار کرتے ہوئے اس کے سر اور کمر کو سہلاتے ہوئے بہت محبت سے اسے چپ کرا رہے تھے۔

"تو بس ان آنسوؤں کو خوشی کے آنسو بنا لیں۔ اور پلیز روئیں نہیں۔ رونے سے آپ کی طبیعت اور زیادہ خراب ہو جائے گی۔ عزّ و۔ بس میری جان! بس۔ شاباش چپ ہو جائیں۔ ایسے نہیں روتے پگلی، ایسے نہیں روتے۔ بس چپ عزّ و۔"

حسن نے پیار بھرے انداز سے اس کے آنسوؤں پر بند باندھ دیا۔ اور وہ ان کی پرخلوص رفاقت کے خیال سے پرسکون ہو کر اپنے آنسو صاف کرتی ان سے الگ ہو گئی۔ حسن نے اپنے کوٹ کی جیب سے رومال نکال کر اس کا بھیگا چہرہ صاف کیا اور اسے دوا پلا کر بیڈ پر لٹا دیا۔

"حسن۔" عزّہ نے دھیمی آواز میں انہیں پکارا۔ "جی جانِ من۔" حسن نے اس کا ہاتھ پکڑ کر پیار سے کیا۔

"آپ ابھی آفس جائیں گے کیا؟"

"جانا تو تھا لیکن آپ کو اس حالت میں چھوڑ کر نہیں جاؤں گا۔"

''میں ٹھیک ہوں، آپ جائیں آفس پہلے ہی کام کا بہت حرج ہو چکا ہے۔ ابھی ہفتہ تو ہوا ہے آپ کو آفس جوائن کیے۔ آپ بے فکر ہو کر جائیں۔ میں ٹھیک ہوں۔''

''اسے ٹھیک ہونا کہتے ہیں، 103 ہے آپ کا بخار اور۔''

''اور اب میں نے دوا پی لی ہے۔ میں سوؤں گی اب اتنی دیر آپ آفس کا کام نبٹا آئیں۔'' عزّہ نے ان کی بات کاٹ کر کہا۔

''یہاں بیٹھا کیا برا لگ رہا ہوں؟'' وہ خفگی سے اسے دیکھنے لگے۔

''برا وہ لگتا ہے جو برا ہوتا ہے۔ آپ تو بہت اچھے ہیں۔ اور اچھا انسان تو یہاں، وہاں ہر جگہ بیٹھا ہوا اچھا لگتا ہے۔ ابھی آگے وقت آئے گا تب چھٹی کر لیجئے گا آفس سے بلکہ تب میں خود آپ کو آفس سے چھٹی کرنے کے لیے اصرار کروں گی۔ ابھی تو کام کیجئے نا۔'' عزّہ نے ان کا ہاتھ پکڑ کر پیار سے انہیں دیکھتے ہوئے کہا۔

''اچھا بیگم صاحبہ! جو آپ کا حکم، آپ کا کہا کیسے ٹال سکتے ہیں ہم۔ جا رہے ہیں لیکن جلدی آ جائیں گے۔'' وہ مسکراتے ہوئے اس کا ہاتھ نرمی سے دبا کر بولے تو اس نے فوراً کہا۔

''جلدی نہیں حسن! آرام اور احتیاط سے آیئے گا۔ اور ڈرائیور کو ساتھ لے جایئے۔''

''او کے جانو! میرے کہنے کا مطلب تھا کہ میں آفس کا کام جلدی ختم کرنے کی کوشش کروں گا۔ آپ اپنا خیال رکھیئے گا۔ اللہ حافظ۔'' حسن نے اس کی فکر پر مسکراتے ہوئے کہا اور اس کا ہاتھ ہونٹوں سے لگا کر چھوڑ دیا۔ اور کمرے سے باہر چلے گئے۔ عزّہ نے مسکراتے ہوئے آنکھیں موند لیں۔

عزّہ کا بخار اگلے دن ہی اُتر گیا تھا۔ مگر حسن نے اسے پورا ہفتہ کالج نہیں جانے دیا۔ وہ ان کی محبت اور سچائی پر خوش ہوتی اور اللہ تعالیٰ کا شکر ادا کرتی رہتی۔ عزّہ نے کالج کی جاب سے استعفیٰ دینے کا فیصلہ کر لیا تھا۔ گھر کے کام کاج کے لیے ملازم موجود تھے۔ فارغ بیٹھ کر وہ بوریت محسوس کرتی۔ اس خیال سے فی الحال اس نے استعفیٰ دینے کا ارادہ ترک کر دیا تھا۔ وہ موسم گرما کی تعطیلات سے پہلے ملازمت سے استعفیٰ دینے کا فیصلہ کر چکی تھی۔ وہ اب اپنا سارا وقت اپنے گھر اپنے شوہر اور اپنے ہونے والے بچے کو دینا چاہتی تھی۔ حسن نے اسے جو مان اور اعتبار دیا تھا۔ اس نے اسے اپنی یہ آخری اور سب سے مضبوط کشتی جلانے کا مشورہ دیا تھا۔ حسن نے اسے بنا مانگے بیس ہزار روپے اس کی ضرورت اور استعمال کے لیے دیئے تھے۔ اور گھر کے اخراجات کے

لیے علیحدہ سے رقم دی تھی۔ وہ بنا مانگے دینا جانتے تھے۔ اور اسے اس کا حق سمجھ کر دیتے تھے۔ عزّہ ان کے اس عمل سے اپنی نظروں میں بھی معتبر ہو گئی تھی۔ اتنی عزت، محبت، چاہت اور اہمیت اسے کون دے سکتا تھا حسن کے سوا۔ کوئی بھی نہیں۔ صرف حسن کی ہستی تھی جو اسے دل و جان سے بے ریا اور بے غرض پیار کرتی تھی۔ اعتبار دیتی تھی۔ وقار سے اسے رکھتی تھی۔ اور وہ اپنی روح کی گہرائیوں تک سے اس محبت، عزت اور وقار کو پیار کو اعتبار کو محسوس کرتی اور خوشی سے کھلی کھلی رہتی۔ اور یہ خوشی اس کی صحت پر بھی بہت خوشگوار اثر ڈال رہی تھی۔

رات کا ڈیڑھ بجا تھا۔ عزّہ کو اچانک بھوک لگی اور وہ اُٹھ کر بیٹھ گئی۔ حسن سو رہے تھے۔ اس نے بلا جھجک انہیں جگا دیا۔ ''حسن پلیز اُٹھیے، مجھے بھوک لگ رہی ہے۔ آپ میرے ساتھ کچن میں چلیں مجھے اکیلے جاتے ہوئے ڈر لگے گا۔''

''عزو، رات کے ڈیڑھ بجے آپ کو بھوک لگ رہی ہے۔'' حسن نے آنکھیں کھول کر پہلے اسے پھر وال کلاک پر ڈیڑھ بجاتی سوئیوں کو دیکھ کر کہا۔

''جی مجھے بہت بھوک لگ رہی ہے۔ میرے ساتھ کچن میں چلیں۔''

''آپ بستر میں بیٹھی رہیں۔ میں خود ہی آپ کے لیے کھانا لے آتا ہوں۔ کیا کھائیں گی۔ بریڈ اور انڈہ لے آؤں۔ یا چپاتی اور سالن؟'' وہ اُٹھ کر بالوں میں ہاتھ پھیرتے ہوئے پوچھنے لگے۔ ''چپاتی اور سالن لے آئیں۔ سالن فریج میں رکھا ہے۔ اور چپاتی ہاٹ پاٹ میں ہو گی۔''

''اچھا میں ابھی لے آتا ہوں۔'' وہ بستر سے نکلتے ہوئے بولے اور پاؤں میں جوتے پہن کر کچن کی طرف آ گئے۔ فریج میں سے رات کا سالن نکالا۔ رات قیمہ مٹر پکایا تھا بوا نے۔ حسن نے سالن گرم کر کے پلیٹ میں نکالا۔ ہاٹ پاٹ میں سے دستر خوان نکالا۔ جس میں روٹیاں رکھی تھیں۔ دونوں چیزیں ٹرے میں رکھ کر وہ کمرے میں واپس آ گئے۔ اور ٹرے عزّہ کے سامنے بستر پر جگہ بنا کر رکھ دی۔

''لیجیے بیگم جان! کھانا کھائیے۔ پانی سائیڈ ٹیبل پر رکھا ہے۔ کسی اور چیز کی ضرورت ہو تو بتائیے۔'' حسن نے فرمانبردار شوہروں کی طرح کہا۔

''نہیں بہت شکریہ حسن، میں نے اتنی رات کو آپ کو نیند سے جگا دیا۔''

''کم آن ہنی، غیروں جیسی باتیں نہیں کرتے۔ آپ کھانا کھائیں۔ میں برتن کچن میں رکھ آؤں گا۔'' حسن نے اس کے سر پر ہلکی چپت لگا کر کہا تو عزّہ نے مسکرا کر انہیں دیکھتے ہوئے کہا۔

''نہیں برتن میں ادھر میز پر رکھ دوں گی۔ صبح رکھ دیں گے کچن میں آپ کھائیں گے کھانا۔''

''نہیں بھئی آپ کھائیں، آپ کو ایسی حالت میں کسی بھی وقت بھوک لگ سکتی ہے۔ یہ مجھے معلوم ہے۔ میں ابھی کھالوں گا تو پھر نیند نہیں آئے گی۔'' حسن نے اپنی جگہ پر لیٹتے ہوئے کہا۔

''ہوں۔ یہ تو ہے۔ آپ سو جایئے۔'' عزّہ نے نوالہ توڑتے ہوئے کہا۔

''گڈ نائیٹ۔'' حسن نے نیند میں ڈوبی آواز میں کہا اور کمبل سر تک تان لیا۔ عزّہ کھانا کھانے لگی۔

آج کل وہ با قاعدگی سے کالج جا رہی تھی۔ اس کی طبیعت بھی سنبھل گئی تھی۔ حسن بھی آفس جا رہے تھے۔ وہ اس کا بہت زیادہ خیال رکھتے تھے۔ شام کو وہ روز اول کی طرح اس کے لیے ہر روز گجرے لے کر آتے اس کی کلائیوں میں سجاتے اور اپنے پیار کی مہر لگاتے تھے۔ آج وہ کافی دیر سے گھر آئے تھے۔ عزّہ عصر کی نماز پڑھ کر فارغ ہوئی تو انہیں صوفے پر بیٹھے دیکھ کر مسکراتے ہوئے بولی۔ ''بہت دیر کر دی آج آپ نے لگتا ہے کام میں بہت مصروف رہے سارا دن۔''

''جی ہاں مصروف تو رہا ہوں۔'' حسن نے کوٹ اتار کر اپنے قریب رکھے شاپر پر رکھتے ہوئے کہا۔

''اور اسی مصروفیت میں آج آپ میرے لیے گجرے لانا بھی بھول گئے۔'' اس نے پیار بھرا شکوہ کیا تو انہیں بہت اچھا لگا اس کا یہ شکوہ بھرا انداز۔ وہ مسکراتے ہوئے اُٹھ کر اس کے پاس چلے آئے۔ ''مصروفیت کتنی ہی کیوں نہ ہو، میں آپ کو آپ کے گجروں کو نہیں بھول سکتا۔ ادھر آ کر بیٹھیں اور یہ دیکھیں۔'' حسن نے اسے پکڑ کر صوفے پر بٹھایا اور کوٹ ہٹا کر شاپر اُٹھاتے ہوئے اس کے پاس بیٹھ کر پیار سے بولے۔ ''آج تو ہم آپ کے لیے ہفتے بھر کے گجرے لے آئے ہیں اور ساتھ میں ہار بھی ہیں۔''

''یہ اتنے سارے ہار اور گجرے کیوں لے آئے؟'' عزّہ نے گجرے اور کلیوں کے ہار دیکھ کر حیرانگی سے انہیں دیکھتے ہوئے پوچھا۔ تو وہ سنجیدگی سے بولے۔

''دراصل وہ بارہ تیرہ برس کا بچہ جس سے میں ہر روز گجرے خریدا کرتا ہوں۔ آج جب میں اس سے گجرے خریدنے لگا تو وہ ملتجی لہجے میں کہنے لگا کہ صاحب جی آپ میرے سارے گجرے اور ہار خرید لیں۔ آج مجھے جلدی گھر جانا ہے۔ میری ماں بیمار ہے اسے ڈاکٹر کے پاس لے جانا ہے۔ مجھے پیسوں کی بہت ضرورت ہے۔''

''پھر۔''

''پھر میں نے بچے کو ہزار روپے کا نوٹ تھما دیا اور یہ سارے گجرے اور ہار خرید لیے۔ اس کے پاس کھلے پیسے نہیں تھے دینے کے لیے مگر میں نے اس سے کہا کہ یہ سارے پیسے تم رکھ لو۔ وہ حیران ہو کر مجھے دیکھنے لگا۔ میں نے اسے اپنی گاڑی میں بٹھایا اس کے گھر لے گیا۔ وہاں سے اس کی بیمار ماں کو لے کر ہسپتال پہنچایا۔ چیک اپ کرایا۔ دوائیں اور کچھ گھر کا راشن وغیرہ خرید کر دیا۔ ان دونوں ماں بیٹے کو ان کے گھر ڈراپ کیا اور پھر میں اپنے گھر اپنی عزہ جان کے پاس آ گیا۔ یہ ہے میرے گھر دیر سے آنے کا سبب۔'' حسن نے اسے دیکھتے ہوئے مسکراتے ہوئے بتایا تو وہ نادم سی ہو گئی۔

حسن، آپ بہت اچھے، بہت عظیم انسان ہیں۔'' عزّہ نے ان کے ہاتھ پر اپنا ہاتھ رکھ کر دل سے کہا۔

''اچھا! کیا واقعی؟'' وہ ہنس دیے۔

''جی ہاں، اور حسن، آئی۔ ایم سوری میں نے ناحق آپ سے گلہ کیا۔'' عزّہ نے ان کے سامنے دونوں ہاتھ جوڑ دیے۔

''عزّو! بری بات ہے یوں نہیں کرتے۔ مجھے تو آپ کا گلہ کرنا بہت اچھا لگا ہے۔'' اس کے دونوں ہاتھوں کو کھول کر تھام کر پیار سے بولے۔

''اسی لیے کہ آپ خود بہت اچھے ہیں۔ آپ کو تو میری ہر بات ہی اچھی لگتی ہے۔''

''اچھی بیوی کی ہر اچھی بات اچھی ہی لگنی چاہیے۔''

''ایک بات کہوں۔''

''ہوں، کہیے۔'' حسن نے اس کے بالوں کو چھیڑا۔

''آپ اب میرے لیے روزانہ گجرے مت لایا کریں۔ میں عادی ہو گئی ہوں۔ اور یہ اچھی بات تو نہیں ہے نا۔''

''یہ ایسی بری بات بھی نہیں ہے۔ گجرے مجھے بھی آپ کے ہاتھوں میں اچھے لگتے ہیں۔ میں اسی لیے لے کر آتا ہوں۔'' وہ شاپر میں سے گجرے نکالتے ہوئے بولے۔

''لیکن ایک بات آپ کا ماننا ہو گی، اگر کسی روز آپ کو گجرے والا نظر نہ آئے یا گجرے نہ ملیں یا آپ کام کی زیادتی اور تھکن کے باعث گجرے خریدنا بھول جائیں تو یاد آنے پر دوبارہ لینے کے

لئے نہیں جائیں گے۔ اور نہ ہی کسی اور جگہ ڈھونڈنے نکلیں گے۔'' عزّہ نے سنجیدگی سے کہا۔

''وہ کیوں؟'' انہوں نے محبت سے اس کے چہرے کو دیکھا۔

''کیونکہ میرے لیے آپ کا خیریت سے گھر آنا بہت ضروری ہے۔ گجروں کا آنا ضروری نہیں ہے۔'' عزّہ نے انہیں دیکھتے ہوئے کہا وہ خوشی سے مسکرانے لگے۔

''خوش کردیا آپ کی بات نے ہمیں۔ اسی خوشی میں ہم آپ کو گجرے پہناتے ہیں۔'' حسن نے مسکراتے ہوئے کہا اور اسکی دونوں کلائیوں میں گجرے پہنا کر اس کے چہرے کو دیکھتے ہوئے پوچھا۔ ''ٹھیک ہیں۔''

''نہیں۔''

''کیوں؟'' انہوں نے حیران ہو کر پوچھا۔

''آپ نے آج پیار تو کیا ہی نہیں۔'' اس نے بہت معصومیت سے کہا تو حسن روح کی گہرائیوں تک سرشار وشاد ہو گئے۔ اور اس کی دونوں کلائیوں کو باری باری بوسہ دیا۔ اور پھر اس کے سر پر پیار کر کے بولے۔ ''اب ٹھیک ہے۔''

جواب میں عزّہ نے شرمیلے پن سے مسکراتے ہوئے سر ہلایا تو وہ خوش دلی سے ہنس دیئے۔

''عزّو، یہ لیجئے آپ کی پاکٹ منی۔'' صبح آفس جانے سے پہلے انہوں نے ایک لفافہ اس کے ہاتھ میں دیتے ہوئے کہا۔ تو وہ مسکرا کر بولی۔ ''مگر مجھے تو ان کی ضرورت نہیں ہے۔ آپ نے جو پیسے پہلے دیئے تھے وہ بھی یونہی رکھے ہیں۔''

''یہ تو آپ کی نااہلی اور سستی ہے بیگم صاحبہ! آپ کی جگہ اگر کوئی اور خاتون ہوتیں تو اب تک وہ پیسے کسی دکاندار کی جیب میں جا چکے ہوتے۔ ارے بابا خرچ کیا کریں۔ آپ کے اپنے پیسے ہیں یہ۔ اور مجھ سے جتنے چاہے پیسے آپ لے سکتی ہیں۔ میرے والٹ سے بھی ضرورت پڑنے پر نکال سکتیں ہیں۔ مجھ سے پوچھنے کی ضرورت نہیں ہے آپ کو۔ اور عزّو ڈیئر، خدا اور مجازی پر بڑا حق ہوتا ہے۔ ان سے مانگنے میں شرمانا یا جھجکنا نہیں چاہیے۔ آپ بیوی ہیں میری، آپ کا مجھ پر حق ہے کہ جب چاہیں اور جتنے چاہیں پیسے مجھ سے لے لیں۔ مانگ لیں۔ آپ کے اور میرے رشتے میں۔ مانگ کر لینا کوئی قابل شرم بات نہیں ہے۔ ہمارا ایک دوسرے پر حق ہے۔ ہمارا رشتہ مان اور محبت کا، احساس کا، دل کا رشتہ ہے۔ اور اس رشتے میں تو 'میں' کچھ نہیں ہوتا۔ صرف ہم ہوتا ہے۔ ''ہم دونوں'' ہمارا، ہمارے، ہم ایک ہیں۔ الگ الگ نہیں ہیں۔ اس لیے مجھ سے مانگنے یا فرمائش کرنے

میں آپ کوئی جھجک یا شرم محسوس نہیں کریں گی اوکے۔‘‘ حسن نے اس کے چہرے کو دیکھتے ہوئے نرمی سے سمجھایا۔ ’’اوکے تھینک یو حسن، تھینک یو ویری مچ۔ آپ میری سوچ سے خیال سے بھی کہیں زیادہ عظیم انسان ہیں۔ آپ نے میرا اس رشتے پر اعتبار ہی نہیں قائم کیا بلکہ مجھے مان اور فخر بھی بخشا ہے۔‘‘ عزّہ نے خوشی سے دل سے کہا۔

’’شکر ہے اللہ کا کہ میں آپ کی سوچ اور خیال کا امتحان پاس کر گیا ہوں۔ اب مجھے اجازت ہے؟‘‘ حسن نے گاڑی کی چابی اُٹھا کر اس کے چہرے کو دیکھتے ہوئے کہا۔

’’جی، لیکن پلیز کام کم کیا کریں۔ اتنا زیادہ کام بھی صحت کے لیے اچھا نہیں ہوتا۔‘‘

’’ارے بیگم صاحبہ! آپ کے خیال میں ہمیں کسی کام کا خیال رہتا ہی کب ہے؟‘‘ وہ شوخی سے بولے۔

’’جی جی، میں سب سمجھتی ہوں آپ مجھے مکھن لگانے کی زحمت نہ کریں۔ گرمی آ رہی ہے سارا پگھل جائے گا۔ کام کا خیال نہیں رہتا تو جناب آفس اور فیکٹری کیا کرنے جاتے ہیں؟‘‘ عزّہ نے ان کی ٹائی کی ناٹ کو چھیڑتے ہوئے مسکراتے لہجے میں کہا تو وہ ہنس پڑے۔ ’’ہائے آپ سے باتوں میں کون جیت سکتا ہے لیکن ایک بات سن لیجئے۔ مجھے آفس سے آنے میں دیر ہو جائے تو کھانے پر میرا انتظار مت کیجئے گا۔ آپ کو جس وقت بھی بھوک لگے۔ کھانا کھا لیجئے گا۔ میرے انتظار میں خود کو اور اس معصوم کو بھوکا مت رکھئے گا۔ اپنا خیال رکھئے گا ورنہ۔‘‘

’’ورنہ کیا؟‘‘ عزّہ نے ان کی صورت کو پیار سے دیکھتے ہوئے پوچھا۔

’’ورنہ میری آپ سے لڑائی ہو جائے گی۔‘‘

’’اچھا! تو لڑنا آتا ہے آپ کو۔‘‘ وہ دھیرے سے ہنسی۔

’’اوں۔ یہ تو لڑیں گے تو پتا چلے گا نا۔‘‘ وہ ہنستے ہوئے بولے۔

’’لڑیں گے۔ تو ناں۔‘‘ عزّہ نے ایک ایک لفظ زور دے کر معنی خیز لہجے میں کہا۔

’’جی ہاں گڈ ویری گڈ، مجھے آپ سے اسی جواب کی توقع تھی۔ اچھی اور فرمانبردار بیوی اپنے شوہر کو لڑنے کا موقع ہی نہیں دیتی۔ چلئے آپ کو کالج بھی تو ڈراپ کرنا ہے۔‘‘ حسن نے ہنس کر مسکراتے ہوئے کہا اور وہ ہنستی ہوئے ان کے ہمراہ ہو لی۔

آج کالج میں موسم گرما کی تعطیلات ہو رہی تھیں۔ عزّہ نے اپنا استعفیٰ پرنسپل کو پیش کر دیا۔ پرنسپل نے اسے پھر سے اپنے فیصلے پر نظر ثانی کے لیے کہا۔ استعفیٰ کی بجائے چھٹی لینے کا مشورہ

دیا۔ مگر چونکہ وہ فیصلہ کر چکی تھی۔ لہٰذا اس نے بہت مؤدب اور مدلل انداز میں انکار کر دیا۔ اس کی سٹوڈنٹس بھی اس کے استعفیٰ کا سن کر بہت افسردہ ہو رہی تھیں۔ اس سے آٹو گراف لے رہی تھیں۔ آج عزّہ نے پڑھایا کچھ نہیں۔ بس سب سے باتیں کیں۔ انہیں اپنی تعلیم پر توجہ دینے کی تاکید کی۔ اسے سب نے دُعاؤں اور پُرنم آنکھوں سے الوداع کہا۔ عزّہ خود بھی کالج کو ہمیشہ کے لیے چھوڑتے ہوئے بہت افسردہ ہو رہی تھی۔ اس نے اپنی زندگی کے سات برس کالج میں طلبہ کے فکر و عمل اور کردار کی تعلیم و تربیت میں گزارے تھے۔ ان سے جدائی کا دکھ تو فطری بات تھی۔ وہ کالج کی عمارت پر الوداعی نگاہ ڈالتے ہوئے اپنے آنسوؤں کو نہ روک سکی۔ سن گلاسز لگا کر اس نے دوسروں سے اپنے آنسو چھپائے تھے۔ اور ڈرائیور کے آنے پر گاڑی میں بیٹھ کر گھر آ گئی۔ دوپہر کو اسے نیند بھی نہ آسکی۔ اپنے تدریسی دور کا ایک ایک لمحہ اسے شروع سے آخر تک یاد آتا رہا۔ اس کی آنکھوں کو دریا بناتا رہا۔ حسن کے آنے سے پہلے اس نے خود کو سنبھال لیا تھا۔ مگر آنکھیں اس کے رونے کی گواہی دے رہی تھیں۔ جن میں کاجل لگا کر اس نے ان کا بھید چھپانا چاہا تھا۔ مگر حسن کی گہری اور عقابی نظروں سے کچھ بھی چھپانا مشکل تھا۔ وہ جو شاپنگ بیگز اُٹھائے بیڈ روم میں آئے تھے۔ اس کی آنکھوں کو دیکھتے ہی پوچھا۔

''عزّہ، آپ روئی ہیں کیا؟ آپ کی آنکھیں سرخ اور سوجھی ہوئی کیوں ہیں؟''

''کیونکہ میں سوئی نہیں ہوں آج۔ اور روئی بھی نہیں ہوں۔ نہ سونے کی وجہ سے آنکھیں ایسی ہو رہی ہیں۔'' عزّہ نے مسکراتے ہوئے جواب دیا۔

''سوئی کیوں نہیں؟'' وہ شاپنگ بیگز میز پر رکھتے ہوئے پوچھ رہے تھے۔

''نیند نہیں آئی، اور آپ یہ کیا لائے ہیں؟'' عزّہ نے صوفے پر بیٹھتے ہوئے شاپنگ بیگز کی طرف دیکھ کر پوچھا تو وہ بھی ٹائی کی ناٹ ڈھیلی کرتے ہوئے صوفے پر بیٹھ گئے۔ اتنی دیر میں کمو چائے اور پیزا ٹرے میں سجا کر لے آئی۔ اس کے جانے کے بعد حسن نے عزّہ کو دیکھا جو بہت خاموشی سے اپنی انگلی میں پہنی انگوٹھی کو گھمانے میں مگن تھی۔

''عزّہ، خیریت تو ہے آپ بہت چپ چپ اور اُداس لگ رہی ہیں۔ کیا بات ہے؟'' انہوں نے پیار سے پوچھا تو اس نے مسکراتے ہوئے ان کی صورت دیکھ کر کہا۔ ''کچھ بھی نہیں۔''

''کچھ تو ہے جس کی پردہ داری ہے۔'' حسن نے اس کے چہرے کو بغور دیکھتے ہوئے کہا۔

''نہیں ایسی تو کوئی بات نہیں ہے۔ آج کالج میں سمر ویکیشن ہو گئی ہیں۔''

''اوہ! تو آپ اس لیے اداس ہیں۔ اتنے مہینے گھر میں اکیلے بور ہونے کے خیال سے افسردہ ہورہی ہیں ناں۔'' وہ مسکراتے ہوئے بولے۔

''شاید۔''

''تو میری جان! آپ کو افسردہ اور اداس ہونے کی قطعاً ضرورت نہیں ہے۔ کیونکہ روبی اپنے شوہر اور بچوں کے ساتھ کینڈا سے پاکستان ہمارے پاس آرہی ہے۔''

''سچ حسن!'' وہ خوشی سے کھل اُٹھی اسے اپنی اکلوتی نند سے ملنے کا بہت شوق تھا۔

''جی بیگم صاحبہ! بالکل سچ وہ لوگ اگلے ہفتے اسلام آباد پہنچ رہے ہیں۔ اور دو ماہ تک وہ ہمارے مہمان رہیں گے۔'' حسن نے مزید تفصیل بتائی۔

''یہ تو آپ نے بہت خوشی کی خبر سنائی مجھے ان سب سے خاص کر روبی سے ملنے کا بے حد اشتیاق تھا۔ تھینکس گاڈ! کہ وہ آرہی ہے۔ کتنا مزا آئے گا نا۔'' عزّہ واقعی بہت خوش تھی۔ ''نند سے لڑنے کا نا۔'' حسن نے شرارت سے کہا۔ تو وہ فوراً پوچھ بیٹھی۔

''میں کیا لڑاکا ہوں؟''

''ہوں۔ کچھ کچھ۔'' حسن شرارت سے مسکراتے ہوئے بولے۔

''حسن۔'' عزّہ نے کشن اُٹھا کر ان کے دے مارا اور وہ ہنس پڑے اور پھر وہ خود بھی ہنس دی۔

''کیوں ثابت کردیا نا آپ نے؟'' وہ کشن پکڑ کر اسے دیکھتے ہوئے بولے۔

''جی نہیں میں کوئی لڑاکا نہیں ہوں۔ آپ دیکھ لیجئے گا میں روبی کو ایک دوست اور بہن کی طرح ملوں گی۔ ہاں اب اگر آپ کی بہن لڑاکا ہو تو۔ میں کچھ کہہ نہیں سکتی۔''

''عزّ ہ، ناٹی گرل جوابی کارروائی فوراً کرتی ہیں آپ۔'' حسن نے ہنستے ہوئے اس کا ہاتھ پکڑ کر دباتے ہوئے کہا تو وہ ہنس دی۔ اور پھر انہیں پیزے کی پلیٹ پیش کر دی۔

''عزّ ہ، لیں پیزا کھالیں۔'' حسن نے پیزے کا ایک ٹکڑا اُٹھا کر اس کے منہ کی طرف کیا۔

''خود ہی کھالیں۔'' وہ پلیٹ واپس رکھتے ہوئے ہنستے ہوئے بولی تو وہ ہنس پڑے۔

'خوب کھایا پیا کریں یہ آپ کی صحت کے لیے بہت ضروری ہے۔'' حسن نے سنجیدگی سے کہا۔

''کھاتی تو ہوں، آپ نے مجھے کھلا کھلا کر موٹا کر دیا ہے۔''

''موٹا ہونا آپ کی ضرورت ہے۔''

''جی نہیں میں ضرورت سے زیادہ ہی موٹی ہو گئی ہوں۔'' وہ اپنے پھیلتے ہوئے وجود کو دوپٹے میں چھپاتے ہوئے نظریں جھکا کر بولی تو وہ اسے گہری پیار بھری نظروں سے دیکھتے ہوئے بولے۔ ''کوئی نہیں، اب تو آپ اور بھی زیادہ دلنشین ہو گئی ہیں۔ اور آپ کو کیا پتا کے آپ کو کتنا موٹا ہونے کی ضرورت ہے جو ضرورت سے زیادہ کہہ رہی ہیں۔''

''آپ کو بڑا پتا ہے۔'' عزّہ نے حیا آلود لہجے میں کہا تو وہ قہقہہ لگا کر ہنس پڑے۔

''دلیں شاباش کھائیں۔'' حسن نے پیزے کا ٹکڑا زبردستی اس کے منہ میں دیدیا۔

''لگتا ہے آپ مجھے سومو پہلوان بنا کر رہیں گے۔'' عزّہ نے پیزا کھاتے ہوئے کہا تو حسن کا زوردار قہقہہ کمرے کی فضا میں گونج اُٹھا۔ عزّہ اُٹھ کر مسکراتی ہوئی ان کا بریف کیس اس کی جگہ پر رکھنے کے لیے بڑھ گئی۔

''کہتے ہیں کہ ماں صحت مند ہو تو بچے صحت مند۔'' حسن نے شاپنگ بیگز اُٹھا کر بیڈ پر رکھتے ہوئے کہا تو وہ مسکراتے ہوئے بولی۔

''صرف صحت مند نہیں سومو پہلوان۔ ہائے حسن! میں روبی سے پہلی بار ملوں گی۔ وہ بھی اس کنڈیشن میں عجیب سا نہیں لگے گا۔''

''عجیب تو آپ کو لگے گا نا ذرا ہم سے پوچھئے کہ کیا قیامت ڈھا رہی ہیں آپ اس رنگ روپ میں۔ ہم تو آپ کو ایک نظر دیکھ کر ہی بہکنے لگتے ہیں۔'' حسن کا لہجہ اور انداز اسے حیا سے گلنار بنا گیا۔

''اچھا جی۔ لیکن فی الحال آپ کا بہکنا منع ہے سمجھے۔'' عزّہ نے بیڈ کے کنارے پر بیٹھ کر حیا آلود لہجے میں کہا تو وہ شرارت سے ہنس کر بولے۔ ''فی الحال۔ ہوں۔ یعنی بعد میں بہکنے پر تو کوئی پابندی نہیں ہے۔''

''حسن!'' وہ شرما گئی۔ ''جی جان من۔'' وہ ہنستے ہوئے اس کے پاس بیٹھ گئے۔

''دکھائیں ناں اس میں کیا ہے؟'' اس نے خود کو سنبھالتے ہوئے شاپنگ بیگ کی طرف اشارہ کیا۔

''اس میں آپ کے دس عدد ڈریسز ہیں۔ گرمیاں شروع ہو چکی ہیں۔ اسی سیزن کے مطابق میں نے آپ کے لیے ملبوسات سلوائے ہیں۔ دیکھیں آپ کو پسند آتے ہیں کہ نہیں۔''

حسن نے یہ کہتے ہوئے دونوں شاپنگ بیگ کھڑے ہو کر اس کے سامنے بیڈ پر خالی

دیئے۔اس میں سے لان اور کاٹن سوتی کے ہلکے اور شوخ رنگوں کے بہت خوبصورت ملبوسات نکلے تھے۔عزّہ کو حسن کی پسند بہت اچھی لگی تھی۔کپڑے تو وہ بھی سلوانا چاہ رہی تھی۔اپنی حالت کے پیش نظر ڈھیلے ڈھالے سے تاکہ پہننے میں آسانی رہے۔بوا نے دو چار ملبوسات اس کے خود سی کر دیئے تھے۔جو وہ آج کل پہن رہی تھی۔

''اونو۔'' عزّہ کی زبان سے نکلا۔''کیا ہوا کیا پسند نہیں آئے ڈریسز؟'' حسن نے پوچھا۔

''یہ بات نہیں ہے ڈریسز تو بہت شاندار ہیں۔آپ کی چوائس زبردست ہے۔''

''تو پھر۔''

''پھر یہ کہ میری کنڈیشن تو آپ کے سامنے ہے۔میں نے لوز ڈریسز سلوانے تھے۔پرانے سارے ڈریسز تنگ ہو گئے ہیں۔یہ بھی تو اسی سائز کے ہوں گے تو پہنوں گی کیسے؟''

''عزّہ جان! ہم آپ کے شوہر ہیں۔ہم نے آپ کی موجودہ حالت کو دیکھتے ہوئے ہی یہ ڈریسز آپ کی موجودہ کنڈیشن کے مطابق لوز سلوائے ہیں۔اور بہت تاکید اور ہدایت کے ساتھ سلوائے ہیں۔ناپ ہم نے بوا سے لے لیا تھا آپ کا۔آپ یہ چیک کر سکتی ہیں۔آپ کو یہ ڈریسز پہننے میں انشاءاللہ کوئی دقت نہیں ہوگی۔'' حسن نے ملبوسات اس کے سامنے کھول کر رکھتے ہوئے کہا۔

''ہاں یہ تو صحیح سلے ہیں۔'' عزّہ نے قمیض کی فٹنگ دیکھتے ہوئے کہا۔

''چلیں شکر ہے، اور ہاں معذرت چاہوں گا عزّہ، آج میں آپ کے لیے گجرے نہیں لا سکا۔دراصل وہ بچہ آج نہیں ملا۔پھر یہ ڈریسز بوتیک سے لینے کے چکر میں مجھے کہیں اور جانے کا خیال بھی نہیں رہا۔'' حسن نے اس کے پاس بیٹھ کر مسکرا کر کہا۔

''کوئی بات نہیں حسن! آپ خود خیریت سے میرے پاس گھر آگئے میرے لیے یہی سب کچھ ہے۔اور حسن، میں کس زبان سے آپ کا شکریہ ادا کروں۔آپ تو میرا اتنا خیال رکھتے ہیں کہ کبھی کسی نے نہیں رکھا۔خود میں نے بھی کبھی اپنا اتنا خیال نہیں رکھا۔آپ میری توقعات، امیدوں، سوچوں اور خیالوں سے لاکھ درجہ عظیم اور اچھے انسان ہیں۔دُنیا میں شاید ہی کوئی اور شوہر ایسا ہو جو آپ کی طرح اپنی بیوی کا اتنا زیادہ خیال رکھتا ہو۔پتا نہیں میں نے ایسی کون سی نیکی کی تھی۔جس کے انعام کے طور پر اللہ تعالیٰ نے مجھے آپ کے ساتھ سے نوازا ہے۔میں اللہ تعالیٰ کا جتنا بھی شکر ادا کروں وہ کم ہے۔نہ میں اپنے رب کا شکر ادا کر سکتی ہوں اور نہ ہی آپ کو شکریہ کہہ کر

آپ کی محبتوں اور عنایتوں کا حق ادا کرسکتی ہوں۔"

عزّہ نے بہت محبت، عقیدت اور تشکر سے خوشی سے بھیگے لہجے میں انہیں دیکھتے ہوئے کہا۔

"بس عزّہ جانو! یا کچھ اور بھی کہنا ہے۔" حسن نے اس کے شانوں کے گرد بازو حمائل کر کے پیار سے کہا۔ تو وہ ان کے سینے سے لگ کر فرطِ مسرت سے آبدیدہ ہوگئی۔

"پاگل لڑکی! میں جو کرتا ہوں وہ میری بیوی ہونے کی حیثیت سے حق ہے آپ کا۔"

"آپ مجھے تم کیوں نہیں کہتے ہمیشہ آپ کیوں کہتے ہیں؟"

"کیونکہ "آپ" سے زیادہ معتبر طرز تخاطب مجھے کوئی اور ابھی تک نہیں مل سکا۔ ورنہ میں اس لفظ کا سہارا لیتا آپ کو مخاطب کرنے کے لیے۔ آپ میرے لیے بہت معتبر، معزز اور محترم ہیں۔ اس لیے مخاطب کرنے کے لیے میں "تم" کیوں کہوں جب "آپ" جیسا قابل احترام لفظ موجود ہے تو۔" وہ اس کے سر پر ٹھوڑی رکھے نرمی سے بولے۔

"آپ سچ مچ میرے لئے اللہ کا انعام اور تحفہ ہیں۔" عزّہ نے ان کے دل کی دھڑکن کو بہت قریب سے سنتے ہوئے خوشی سے دل سے کہا تو وہ مسرور ہو کر ہنس دیئے۔ "ہم دونوں کے خیالات ایک سے ہیں ایک دوسرے کے بارے میں۔" حسن نے مسکراتے ہوئے کہا تو وہ دل میں بولی۔ 'صرف خیالات نہیں حسن، احساسات اور جذبات بھی ایک سے ہیں۔'

"جی۔" وہ زبان سے بس یہی کہہ پائی۔ اور حسن کی محبتوں کے خزانے سمیٹنے لگی۔

اگلے دن حسن آفس جاتے وقت عزّہ کو ثمین کے گھر چھوڑ گئے اور شام کو واپسی پر اسے وہاں سے لیتے ہوئے گھر آ گئے۔ پہلا دن تو گزر گیا دوسرے دن عزّہ نے سارے گھر میں گھوم پھر کر جائزہ لیا۔ اور روبی کے آنے سے پہلے گھر کو نئے سرے سے چمکانے کا پروگرام بنایا۔ ملازموں کو بھی ان کے کام سمجھا دیئے۔ ہفتے بھر کے کھانوں کا مینیو بھی تیار کر کے کمو اور بوا کو دے دیا، لان کی صفائی کرائی، ڈرائنگ روم کی سیٹنگ تبدیل کرائی، نئے پردے لگوائے۔ حالانکہ پہلے لگے پردے بھی نئے ہی تھے۔ مگر عزّہ کو روبی کے استقبال کے لیے سب کچھ نیا اور پہلے سے زیادہ اچھا چاہیے تھا۔ ڈرائنگ روم کی نئی سیٹنگ اور نئے پردوں نے بہت خوشگوار تاثر پیدا کر دیا تھا۔ چار دن میں یہ سارے کام ہو گئے تھے۔ شام کو حسن گھر آئے تو ڈرائنگ روم کا بدلہ ہوا نقشہ دیکھ کر بولے۔

"لگتا ہے میں کسی غلط جگہ پر آ گیا ہوں۔"

"جی نہیں جس انسان کا اپنا اتنا خوبصورت گھر ہو۔ وہ کسی غلط جگہ پر آ جا ہی نہیں سکتا۔" عزّہ

نے مسکراتے ہوئے کہا تو وہ مسکراتے ہوئے بولے۔

"ٹھیک کہا آپ نے ایکچولی میں "گھر" کہنا چاہ رہا تھا۔ زبان سے "جگہ" پھسل گیا۔"

"کوئی بات نہیں جگہ ہو یا گھر آپ آئے تو ہمارے پاس ہی ہیں ناں۔"

"جی ہاں اور ہم کہاں جائیں گے بھلا۔" وہ اس کے چہرے کو چاہت سے دیکھتے ہوئے بولے۔ "ہاں آپ کہاں جائیں گے بھلا۔" وہ ایک ایک لفظ پر زور دیتے ہوئے معنی خیز لہجے میں بولی۔

"شریر بیگم صاحبہ! گھر تو آپ نے بہت شاندار سجایا ہے۔ یہ بتایئے کہ ڈاکٹر کی ہدایت اور میری تاکید کے مطابق آپ نے۔ وقت پر کھایا پیا اور ریسٹ کیا تھا کہ نہیں؟" حسن نے اس کے ساتھ بیڈروم میں آتے ہوئے پوچھا۔

"کیا تھا بھئی، آپ نے تو آتے ہی انکوائری شروع کر دی ہے۔ چلیے چینج کر لیں۔ میں آپ کے لیے جوس لے کر آتی ہوں۔" عزّہ نے نرم اور شیریں لہجے میں مسکراتے ہوئے کہا۔

"آپ کیوں لائیں گی۔ کسی ملازم سے کہہ دیجیے۔"

"کیوں جی، میں خود لے کر آؤں گی۔ آپ نے تو مجھے کام چور بنانے کا تہیہ کر رکھا ہے۔ اپنے چھوٹے چھوٹے کام تو مجھے کرنے دیا کریں۔ مجھے خوشی ہوتی ہے آپ کا کام کر کے۔ آپ مجھ سے یہ خوشی چھیننا چاہتے ہیں۔" عزّہ نے خفگی سے انہیں دیکھتے ہوئے کہا۔ "ارے نہیں عزّہ جان! میں آپ سے کوئی خوشی نہیں چھیننا چاہتا بلکہ میں تو آپ کو ہر خوشی دینا چاہتا ہوں۔ بس میں تو آپ کی صحت کی وجہ سے کہہ رہا تھا۔" حسن نے اس کا گال تھپتھپا کر پیار سے کہا۔

"میری صحت ماشاء اللہ بہت اچھی ہے۔ آپ نے کوئی کسر نہیں چھوڑی مجھے "موٹی بیگم" بنانے میں۔" عزّہ نے مسکراتے ہوئے کہا تو وہ ہنسنے لگے۔

"میں جوس لاتی ہوں۔" وہ بھی ہنستی ہوئی ان کے لیے جوس لینے چلی گئی۔ تھوڑی دیر بعد وہ تازہ سیب کا جوس لے کر آئی تو حسن کو بیڈ پر لیٹے دیکھا وہ چینج کر چکے تھے۔ آنکھوں پر بازو رکھے وہ بہت آرام سے لیٹے ہوئے تھے۔ عزّہ نے گلاس سائیڈ ٹیبل پر رکھ دیا۔ اور ان کے پیروں کے قریب بیڈ کے کنارے پر بیٹھ گئی۔

"حسن، آج بہت تھکے ہوئے لگ رہے ہیں آپ۔"

"ہاں بس کچھ تھکاوٹ ہو ہی گئی ہے آج سارا دن کھڑے کھڑے کام دیکھتے ہوئے گزر

گیا۔'' حسن نے آنکھوں سے بازو ہٹا کر اس کے چہرے کو لیٹے لیٹے ہی دیکھتے ہوئے کہا۔'' آپ بھی تو اپنے کام کے معاملے میں بہت جنونی ہیں۔''

''صرف کام کے معاملے میں۔'' حسن نے اس کے چہرے کو دیکھتے ہوئے معنی خیز لہجے میں کہا تو وہ شرمیلے پن سے مسکراتے ہوئے بولی۔''نہیں۔ میرے معاملے میں بھی۔''

''کافی سمجھدار ہیں آپ۔'' وہ اپنی بات اس کے سمجھ جانے پر ہنس کر بولے۔

''وہ تو میں ہوں۔'' عزّہ نے اترا کر کہا وہ ہنس دیئے تو وہ اس کی ٹانگیں دبانے لگی۔

''ارے یہ کیا کر رہی ہیں آپ؟'' حسن نے ایک دم سے ٹانگیں سمیٹ لیں اور بیٹھتے ہوئے پوچھا۔'' ٹانگیں دبا رہی تھی آپ کی۔ کوئی گلا نہیں دبا رہی تھی جو اس طرح اچھل کر بیٹھ گئے ہیں۔'' عزّہ نے معصوم اور خفا لہجے میں کہا۔ انہیں ہنسی آ گئی۔

''مجھے معلوم ہے گلا تو آپ دبانے کا سوچ بھی نہیں سکتیں اور ٹانگیں آپ میری تھکن کے خیال سے دبا رہی تھیں۔ جس کی مجھے عادت نہیں ہے۔''

''ہر کام کی عادت ہونا ضروری نہیں ہوتا، کچھ کام راحت، ضرورت اور احساس کے تحت بھی کیے جاتے ہیں۔'' عزّہ نے خفگی سے انہیں دیکھتے ہوئے کہا۔

''درست فرمایا آپ نے لیکن مجھے اچھا نہیں لگتا کہ آپ میری اس طرح سے خدمت کریں۔''

''آپ بی ہیو (برتاؤ) تو ایسے کر رہے ہیں جیسے ''خدمت نہیں بلکہ آپ کی ''مرمت'' کرنے کی جسارت کی ہو میں نے۔'' وہ ان کے پاس سے اُٹھ کر صوفے پر جا بیٹھی اور خفگی سے بولی تو بے اختیار ہنس پڑے۔''عزّ و میری زندگی، خفا نہیں ہوتے۔ اچھا ادھر آئیں میری بات تو سنیں۔''

''مجھے نہیں سننی آپ کی بات اور آپ بھی مجھ سے بات مت کریں۔'' وہ ناراض لہجے میں بولی۔''خفا ہو گئیں۔''

''ہو گئی۔''

''میری بات نہیں سنیں گی۔''

''نہیں۔''

''میرے پاس بھی نہیں آئیں گی؟''

''نہیں۔'' وہ بدستور خفا تھی۔''تو ٹھیک ہے اگر آپ مجھ سے بات نہیں کریں گی میری بات

نہیں سنیں گی تو میں بھی آپ سے بات نہیں کروں گا۔ میں بھی آپ سے ناراض ہو رہا ہوں۔'' وہ مسکراتے ہوئے نرم لہجے میں بولے۔

''اچھا! تو اتنی ہمت پیدا ہوگئی ہے جناب میں۔'' عزّہ نے بڑے مان، فخر اور شریر انداز میں کہا اور اس کا یہ مان و یقین بھرا فخر سے پُر لہجہ اور انداز حسن کو نہال کر گیا۔ 'اسے کتنا یقین تھا کہ وہ اس سے کبھی ناراض ہو ہی نہیں سکتے اور ٹھیک ہی تو تھا اس کا یقین۔ وہ بھلا کب ناراض ہو سکتے تھے اس سے۔' وہ اس خیال سے سرشار ہو کر اُٹھے اور اس کے پاس آ کر اسے بازوؤں سے پکڑ کر اُٹھایا اور اپنے قریب کرتے ہوئے بولے۔ ''کس میں اتنی ہمت اور جرأت پیدا ہو سکتی ہے کہ آپ سے ناراض ہو یا آپ کو خود سے خفا کر سکے۔ عزّہ جان! ہم تو سراپا آپ کی خوشنودی، رضامندی اور اپنائیت کے خواہش مند ہیں۔ آپ کے احساس نے اپنائیت بھرے لمس نے ہماری ساری تھکن دور کر دی ہے۔ چلیں اب ناراضگی جانے دیں۔ آپ خیر سے فارغ ہو جائیں پھر میں آپ سے یہ خدمت بھی کروالوں گا۔ آپ کی شکایت دور کر دوں گا۔''

''جی نہیں کوئی ضرورت نہیں ہے اس کی بعد میں تو میں ننھے منے بے بی کی خدمت کروں گی اور آپ دیکھ دیکھ کر جیلس ہوا کریں گے۔'' عزّہ نے بڑی ادا سے مسکراتے ہوئے کہا۔ ''گویا آپ ہمیں نظر انداز کرنے کا پروگرام مرتب دے رہی ہیں۔ ہوں مگر ہم اپنے پیارے بے بی سے جیلس ہو ہی نہیں سکتے۔ آخر وہ ہمارے وجود کا حصہ ہوگا۔ اور آپ اس کے آنے سے ہمارے حصے کا پیار اسے تو نہیں دے سکتیں ناں۔'' حسن نے اسے پکڑے پکڑے لا کر بیڈ پر بیٹھا دیا۔ وہ شوخی سے بولی۔ ''دے بھی سکتی ہوں۔''

''دے کر دکھایئے گا پھر میں بھی بچہ بن کر دکھاؤں گا اور اسی ننھے منے کی طرح آپ کی محبت بھری آغوش میں سما جاؤں گا۔'' وہ خطرناک اور شوخ لہجے میں بولے۔ ''توبہ حسن! بہت گندے بچے ہیں آپ چلیں یہ جوس پئیں اور ریسٹ کریں۔''

وہ حیا سے کٹ کر بولی وہ ہنس کر سائیڈ ٹیبل پر رکھے گجرے اُٹھاتے ہوئے بولے۔ ''پہلے آپ کو یہ گجرے تو پہنا دیں۔'' حسن نے گجرے حسبِ سابق اس کی کلائیوں میں پہنا کر ان پر اپنے پیار کے پھول بھی سجا دیئے۔ عزّہ حیا اور خوشی سے مسکرانے لگی۔ اور وہ اسے چاہت بھری نظروں سے دیکھتے ہوئے جوس پینے لگے۔

☆☆☆

''حسن! آج آفس میں کوئی خاص کام تو نہیں ہے آپ کو؟'' صبح جب وہ آفس جانے کی تیاری کر رہے تھے۔ عزّہ نے ان سے پوچھا وہ اس کے چہرے کو دیکھتے ہوئے نرم لہجے میں بولے۔ ''نہیں کوئی خاص کام تو نہیں ہے۔ وہی روٹین کے کام ہیں۔ کیوں خیریت؟''

''جی آج آپ مجھے مارکیٹ لے چلیں مجھے کچھ شاپنگ کرنی ہے۔''

''ننھے مہمان کے لیے۔'' حسن نے شرارت سے اسے دیکھتے ہوئے کہا۔

''جی نہیں، وہ تو آپ پہلے ہی بہت زیادہ کر چکے ہیں۔'' عزّہ نے شرماتے ہوئے جواب دیا۔ ''تو آپ نے اپنے لیے شاپنگ کرنی ہے۔'' وہ اس کی شرمیلی ادا پر نثار ہو رہے تھے۔ ''جی نہیں، وہ تو آپ پہلے ہی بہت زیادہ کر چکے ہیں۔''

''پھر وہی جواب تو بیگم جان! آخر آپ کو کس کے لیے شاپنگ کرنی ہے؟''

''روبی اور اس کی فیملی کے لیے۔ کیا سمجھے؟''

''سمجھ گئے بالکل سمجھ گئے۔ بہت نیک خیال ہے آپ کا۔'' وہ خوش ہو کر بولے۔ ''تو پھر کب تک آجائیں گے آفس سے؟''

''جب آپ کہیں گی غلام حاضر ہو جائے گا بیگم صاحبہ!'' وہ مسکراتے ہوئے بولے۔

''غلام نہیں، آپ تو اللہ کا انعام ہیں ہمارے لیے۔'' عزّہ نے ان کے کف کے بٹن بند کرتے ہوئے کہا۔ ''حیات افروز باتیں کرتی ہیں آپ۔ لیکن ایک بات آپ نے ابھی تک نہیں کہی۔''

''کون سی بات؟'' عزّہ نے ان کی آنکھوں میں دیکھا۔

''آئی لو یو۔'' حسن نے اس چہرے کو نرمی سے اپنے ہاتھوں کے حلقے میں لے کر کہا تو وہ ہنس کر بولی۔ ''''زبان سے کہنا ضروری ہے کیا ویسے یقین نہیں ہے آپ کو؟''

''ہے بہت زیادہ یقین ہے آپ کا ہر انداز، ہر عمل آپ کی محبت کا مظہر ہے لیکن وہ کیا ہے کہ۔ سننے کی آرزو تو ہر کسی کو ہوتی ہے نا۔''

''تو پھر سنا دیں، ہم آپ کو کھری کھری۔'' وہ شوخی سے بولی تو وہ ہنس پڑے۔

''جو جی چاہے سنا دیں، ہم برا نہیں مانیں گے۔''

''لیکن ہم آپ کی شان میں کوئی گستاخی، کوئی بدتمیزی کرنے کا سوچ بھی نہیں سکتے۔ ہاں اگر انجانے میں غصے میں ایسا کچھ کہہ دیا کریں تو ہمیں معاف کر دیجئے گا۔''

''عزّہ، یہ کیا گستاخی، اور معافی کی باتیں شروع کر دیں آپ نے۔ آپ خود پر اور مجھ پر مکمل بھروسہ اور یقین رکھیں۔ غلطی ہم دونوں سے سرزد ہو سکتی ہے۔ دل کے رشتوں میں اگر کبھی ایسا ہو بھی جائے تو درگزر سے کام لینا چاہئے اور محبت کرنے والوں کے دل تو بہت کشادہ، بہت وسیع اور بہت فراخ ہوتے ہیں۔ وہاں ایسے خدشے جنم لیتے ہی دم توڑ جاتے ہیں۔ خیر چھوڑیں یہ سب باتیں۔ کہیے کس وقت آفس سے آجاؤں۔ ٹھنڈے موسم میں شاپنگ کرنا بہتر ہوگا۔ دوپہر کو تو بہت گرمی ہوگی۔ اور آپ کو اس حالت میں گرمی لگتی بھی بہت ہے۔'' حسن نے نرمی سے پیار سے کہا

''جی یہ تو ہے۔ پھر آپ ایک گھنٹے تک آجایئے گا۔ تب تک مارکیٹ بھی کھل جائے گی۔''

''ٹھیک ہے میں آجاؤں گا۔ آپ نے شاپنگ لسٹ تیار کی ہے۔''

''جی تیار تو کی ہے۔ اب دیکھیں کیا ملتا ہے کیا نہیں؟''

''اپنے لیے بھی کچھ خرید لیجیئے گا۔ پہلی بار آپ مجھ سے فرمائش کر کے مارکیٹ جا رہی ہیں۔ مجھے بہت خوشی ہو رہی ہے۔'' حسن نے گاڑی کی چابی سائیڈ ٹیبل سے اُٹھاتے ہوئے کہا۔

''اپنے لیے مجھے کچھ نہیں چاہیے۔ سب کچھ تو لا دیتے ہیں آپ پھر فضول خرچی کس لیے؟''

''فضول خرچی نہیں۔ دل کی خوشی کے لیے، میرے دل کی خوشی کے لیے آپ کو کچھ نہ کچھ تو خریدنا ہوگا۔''

''چلیں دیکھیں گے۔ جو چیز مجھے آپ کے شایانِ شان لگی وہ خرید لیں گے ابھی تو مجھے اجازت دیجئے۔ ٹھیک دس بجے میں آپ کو لینے آجاؤں گا۔''

''ٹھیک ہے اللہ حافظ۔''

''اللہ حافظ۔'' حسن آفس چلے گئے اور ٹھیک ایک گھنٹے بعد آکر اسے مارکیٹ لے گئے۔ وہ سر سے پاؤں تک بڑی سی چادر میں لپٹی رہی۔ انہوں نے مل کر روبی، اس کے شوہر اور بچوں کے لیے ڈھیر ساری شاپنگ کی۔ حسن نے عزّہ کو بھی جارجٹ کے بہت خوبصورت دو سوٹ خرید کر دیئے۔ عزّہ نے حسن کے لیے کچھ خریدنا چاہا مگر اسے کچھ ایسا نظر ہی نہ آیا جو وہ ان کے لیے خریدتی۔ کچھ شرمندہ سی بھی تھی کہ وہ تو اس کے لیے ہمیشہ ڈھیروں چیزیں خرید لاتے ہیں۔ اب بھی اسے شاپنگ کرائی ہے۔ لیکن اس نے ان کے لیے کچھ نہیں خریدا۔ اسے خود پر بڑا غصہ آرہا تھا۔ لہٰذا گھر آکر شاپنگ بیگز میز پر رکھ کر جھلاتے ہوئے انداز میں بولی۔ ''اتنی بڑی مارکیٹ میں ایک بھی ایسی چیز نہیں ملی جو میں خرید لیتی۔ کوئی ڈھنگ کی چیز تھی ہی نہیں۔''

''ہیں تو عزّ ہ ڈیئر، یہ سب آپ کیا خرید لائی ہیں اور آپ خریدنا کیا چاہ رہی تھیں؟'' حسن نے بہت حیران ہو کر اسے دیکھتے ہوئے پوچھا۔

''پتا نہیں میں کیا خریدنا چاہ رہی تھی۔ بس مجھے ساری مارکیٹ میں کوئی ایسی چیز ملی ہی نہیں جو میں آپ کے لیے خرید لیتی۔'' وہ خاصی جھنجھلاہٹ میں مبتلا ہو رہی تھی۔

''آپ کا یہ احساس ہی میرے لیے سب کچھ ہے عزّ ہ، ہاؤ لکی آئی ایم۔ آپ نے یہ کہہ کر ہی میرے لیے سب کچھ خرید لیا ہے۔ مجھے سب کچھ مل گیا عزّ ہ سب کچھ۔'' وہ خوشی سے اس کا ہاتھ تھام کر بولے تو اس نے نظریں جھکا کر کہا۔ ''حسن، میرا بہت دل چاہ رہا تھا کہ آپ کے لیے کچھ خریدوں مگر وہاں ایسا کچھ تھا ہی نہیں۔ یا شاید مجھے ہی آپ کے لیے کچھ پسند نہیں آیا۔ میری نظر کو ہی نہیں بھایا۔''

''آپ مجھے آسمانوں پر پہنچا رہی ہیں۔ اتنی محبت اور سنگتی بھی بندے کو پاگل بنا دیتی ہے۔ آپ تو ایک جملے میں پوری کائنات کی محبت سمو دیتی ہیں۔'' حسن نے خوشی اور سرشاری کے عالم میں کہا تو اس نے انہیں دیکھتے ہوئے مسکراتے ہوئے پوچھا۔ ''آپ نے برا تو نہیں منایا نا؟''

''اگر یہ بات آپ دوبارہ ارشاد فرمائیں گی تو برا منا بھی سکتا ہوں۔''

''جی نہیں۔'' عزّ ہ نے فوراً کہا اور ان کے شانے پر سر رکھ دیا۔ وہ خوشدلی سے ہنس پڑے۔

☆☆☆

آج روبی اپنے شوہر اور بچوں کے ساتھ آ رہی تھی۔ ''حسن ولا'' کے در و دیوار اور مکین ان کے استقبال کے لیے سراپا انتظار تھے۔ حسن اور عزّ ہ گھر پر ہی تھے۔ ڈرائیور ان سب کو لینے کے لیے ائیر پورٹ گیا ہوا تھا۔ حسن نے سفید کرتا شلوار زیب تن کیا تھا۔ اور بہت اجلے اجلے اور تازہ دم نظر آ رہے تھے۔ عزّ ہ نے روز پنک کلر کا سلور کام والا لباس پہنا تھا۔ ہاتھوں میں میچنگ چوڑیاں اور گجرے بھی پہنے تھے بالوں میں کلیوں کے ہار بھی سجائے تھے۔ دوپٹہ بہت بھاری کام والا تھا جارجٹ کا۔ دلکش میک اپ اور نازک سے وائٹ پرل کے سیٹ میں وہ دلہن کی طرح دل کو موہ رہی تھی۔ دلکش اور دلنشین لگ رہی تھی۔ حسن نے تو اسے دیکھتے ہی اس کی نظر اتاری تھی اور عزّ ہ نے دل ہی دل میں ان کی نظر اتاری تھی۔ آیت الکرسی پڑھ کر ان پر پھونکی تھی۔ ''حسن، میں ٹھیک لگ رہی ہوں ناں۔'' عزّ ہ نے پانچویں بار پوچھا تھا۔ حسن کا دل انہیں شرارت پر آمادہ کر رہا تھا۔ مگر مہمانوں کے آنے کے خیال سے خود پر جبر کر رہے تھے۔

''جی نہیں۔'' حسن نے اس کے بھرے بھرے دلکش وجود کو گہری اور وارفتہ نظروں سے دیکھتے ہوئے مذاق سے کہا تو اس نے الجھ کر پوچھا۔ ''کیا مطلب ہے حسن بتایئے نا میں کیسی لگ رہی ہوں؟''

''گل گلاب لگ رہی ہیں، بلکہ پورا گلدستہ لگ رہی ہیں۔'' حسن نے اس کی حالت کو دیکھتے ہوئے شرارت سے مسکراتے ہوئے ''گلدستہ'' کہا تو حیا کی دھنک اس کے چہرے کو اور بھی حسین بنا گئی۔

''حسن، بہت خراب ہیں آپ۔ جایئے میں نہیں بولتی آپ سے۔'' وہ خفگی سے بولی۔ تو وہ بے ساختہ ہنس پڑے اور پھر اس کے چہرے کو دیکھتے ہوئے بولے۔ ''آپ نہیں بولیں گی تو ساری کائنات خاموش ہو جائے گی۔''

کبھی کبھی تو مجھے ساری کائنات کا رنگ
تیرے وجود کا سایہ دکھائی دیتا ہے

''اچھا!'' عزّہ نے ہنستے ہوئے کہا۔

''ہاں'' وہ بھی ہنس پڑے۔

''کب آئیں گے وہ لوگ اتنی تو۔ حسن۔'' عزّہ بولتے بولتے ایک دم سے چکرا گئی اور حسن کی طرف ہاتھ بڑھایا ان کا بازو اس کے ہاتھ کی گرفت میں آ گیا تھا۔

''عزّہ، آر یو آل رائیٹ۔'' حسن نے اسے تھام لیا اور فکرمند ہو کر پوچھا۔

''چکر کیوں آ گیا مجھے؟'' وہ اپنے سر کو ایک ہاتھ سے پکڑتے ہوئے بولی۔

''چکر تو آنا ہی تھا عزّہ ڈیئر بیٹھئے ادھر۔'' حسن نے اسے صوفے پر بٹھاتے ہوئے نرم لہجے میں کہا۔ ''روبی کے آنے کا سن کر آپ آرام سے کب بیٹھی ہیں۔ ہفتے بھر سے خود کو گھر کے کاموں میں الجھا رکھا ہے۔ اور اب صبح سے آپ ایک منٹ کے لیے بھی آرام سے نہیں بیٹھیں۔ گھر کی حالت سے زیادہ آپ کو اپنی حالت کی فکر ہونی چاہیے۔ روبی کے آنے کے بعد اگر آپ نے اپنی روٹین خراب کی نا تو۔''

''تو کیا؟'' وہ ان کے ادھورے جملے پر انہیں دیکھتے ہوئے بولی۔

''تو میں آپ سے خفا ہو جاؤں گا۔'' انہوں نے اسے ڈرانے کے لیے اپنی بات منوانے کے لیے مذاق سے کہا تو وہ معصومیت سے بولی۔

''ہاں ہو جائیے گا خفا، تا کہ میری طبیعت اچھی طرح خراب ہو جائے۔''

''عزّہ میری جان! میں تو مذاق سے یہ دھمکی دے رہا ہوں تا کہ آپ اپنا خیال رکھیں۔ میں بھلا آپ سے کیسے خفا ہو سکتا ہوں۔ لیں پانی پئیں۔'' وہ اسے پیار کر کے محبت سے بولے یقین تو اسے بھی تھا کہ وہ اس سے خفا نہیں ہو سکتے۔ اسی لیے مسکرا دی اور پانی کا گلاس ان کے ہاتھ سے لے کر اپنے ہونٹوں سے لگا لیا، اسی وقت گاڑی کا ہارن بجا تو وہ دونوں ایک دوسرے کو دیکھ کر مسکرا دیئے۔ حسن نے گلاس اس کے ہاتھ سے لے کر واپس رکھ دیا۔

''طبیعت سیٹ ہے نا آپ کی؟'' حسن نے اس کے چہرے کو پیار سے دیکھا۔

''جی! اب چلیں باہر، وہ لوگ آ چکے ہیں۔''

''جی! لیکن اپنی طبیعت اور صحت کو آپ نے اس دوران سیٹ ہی رکھنا ہے ورنہ میں اَپ سیٹ رہوں گا۔ اُٹھیں آرام سے کوئی جلدی نہیں ہے۔'' حسن نے نرمی سے کہا اور اسے سہارا دے کر اُٹھایا۔

''حسن میں......'' وہ اپنا بڑا سا دوپٹہ اچھی طرح سے آگے پھیلاتے ہوئے ان کی آنکھوں کا رنگ دیکھ کر بولتے بولتے ہنس پڑی۔

''آپ جتنی قیامت آج ڈھا رہی ہیں، مجھے لگتا ہے کہ شادی کی رات بھی اتنی قیامت نہیں ڈھائی تھی آپ نے ہم دل والوں پر۔ آیئے! آپ سے تو فرصت میں اس شرارت اور قیامت کا حساب لیں گے۔'' حسن نے اسے والہانہ دیکھتے ہوئے شوخ لہجے میں کہا تو وہ شرما کر ہنس پڑی۔ حسن اس کا ہاتھ تھامے باہر آ گئے۔

روبی اپنے شوہر وقاص اور دنوں بچوں زین اور طوبیٰ کے ہمراہ گاڑی سے برآمد ہو چکی تھی۔ اور گھر کے لان اور چار دیواری کا جائزہ لے رہی تھی۔

''خوش آمدید خواتین و حضرات اور السلام علیکم!'' حسن نے روش پر عزّہ کے ساتھ قدم رکھتے ہوئے ان چاروں کو دیکھتے ہوئے با آواز بلند کہا تو ان چاروں نے جھٹ سے ان کی جانب رخ کیا۔ ''بھائی جان! بھابی جان! السلام علیکم۔'' روبی ان دونوں کو دیکھ کر خوشی سے بولتی ان کی طرف دوڑی۔ دونوں بچے اور وقاص اس کے پیچھے تھے۔

''وعلیکم السلام تو آخر کار تمہیں اپنے بھائی سے ملنے کی فرصت مل ہی گئی، ہوں۔'' ان دونوں نے اس کے سلام کا جواب دیا۔ حسن نے روبی کو اپنی بانہوں میں سمیٹ لیا اور اس کی پیشانی چوم کر

پیار بھرا گلہ کیا تو ہنس پڑی۔ عزّہ نے محسوس کیا اسکی ہنسی میں وہی کھنک تھی جو کسی شوخ و شریر لڑکی کی ہنسی میں ہوا کرتی ہے۔ روبی کی شکل حسن سے کچھ کچھ مل رہی تھی۔ بے بی کٹ بالوں کا اسٹائل اسے اس کی عمر سے کم ظاہر کر رہا تھا۔ دراز قامت صحت مند ہنستی مسکراتی روبی عزّہ کو بہت پیاری لگی۔ حسن اس سے مل کر فارغ ہوئے ہی تھے کہ دونوں بچے ماموں، ماموں کہتے ہوئے ان سے لپٹ گئے۔ وقاص پیچھے کھڑا یہ ملن منظر دیکھ رہا تھا مسکرا رہا تھا۔ وہ بہت لمبا چوڑا ہینڈسم مرد تھا۔ روبی اور وقاص کی جوڑی بہت اچھی تھی۔ دونوں بچے بھی بہت پیارے اور تیز نظر آرہے تھے۔

''عزّہ بھابی، اللہ آپ نے اتنا ترسایا ہے مجھے اپنی ایک تصویر بھی نہیں بھیجی آپ نے۔'' روبی عزّہ سے گلے ملتے ہوئے خوشی سے شکوہ کر رہی تھی۔

''اس کا شکوہ تو تم اپنے بھائی جان سے کرو۔ یہ ان کی مرضی تھی۔'' عزّہ نے اسے پیار کر کے مسکراتے ہوئے کہا۔ حسن وقاص سے بغل گیر ہو چکے تھے۔ ان کی بات سن کر ہنس پڑے۔ ''جی روبی سسٹر اور ہماری مرضی کے خلاف ہماری بیگم جان کچھ بھی نہیں کرتیں۔''

''کچھ بھی نہیں کرتیں یا آپ انہیں کچھ کرنے ہی نہیں دیتے۔'' روبی نے کہا تو وہ ہنس پڑے۔ اور پھر عزّہ کی طرف دیکھ کر بولے۔ ''ہاں آج کل تو میں کچھ کرنے ہی نہیں دیتا۔'' ''سچ بھائی جان! مجھے بہت خوشی ہو رہی ہے۔ پہلے تو یہاں کوئی نہیں ہوتا تھا جو ہم لوگ آتے۔ اب بھابی بھی آ گئی ہیں۔ پھر ہمارے بھتیجے بھتیجیاں ہوں گے۔ روبی نے عزّہ کے گلے میں بانہیں ڈال کر خوشی سے مسکراتے ہوئے کہا تو وہ شرمیلے پن سے مسکرانے لگی۔ تو حسن نے مسکراتے ہوئے عزّہ کو دیکھا اور پھر وقاص کو پکڑ کر آگے کیا۔

''وقاص یار تم کہاں کھڑے ہو ادھر آؤ اپنی بھابی سے ملو۔''

''شکر ہے میرے تعارف کا بھی کسی کو خیال آیا۔'' وقاص نے کہا تو سب ہنس پڑے۔

''یار تجھے کسی تعارف کی کیا ضرورت ہے۔ تیرے بیوی بچے ہیں ناں تیرا تعارف۔'' حسن نے کہا۔ جی بھائی جان! مگر یہ آپ کی ہمشیرہ محترمہ جو ہیں ناں یہ میکے والوں کو یاد کرتے ہوئے مجھے بھول جاتی ہیں۔ اب تو خیر سے یہاں تشریف لائی ہیں۔ میرا تو اللہ ہی حافظ ہے۔'' وقاص نے اپنی مظلومیت کا رونا رویا۔ سب ہنس پڑے۔

''تو آپ یہاں شکوے، گلے کرنے میری شکایت لگانے آئے ہیں بھائی جان سے۔'' روبی نے وقاص کو آڑے ہاتھوں لیا۔

''جی نہیں میں تو اپنی بھابی سے ملنے آیا ہوں۔تم سدھرنے والی نہیں ہو یہ مجھے پتا ہے۔اس لیے شکایت کرنے کا کوئی فائدہ نہیں ہے سمجھیں۔'' وقاص اس سے دو سال بڑا تھا لٰہذا ان کی نوک جھونک بھی برابر کی لگتی تھی۔اس کا یہ کہنا تھا کہ اس نے اس کے مُکا رسید کر دیا۔

''بھابی کے سامنے تم میری ریپوٹیشن خراب مت کرو اچھا۔'' روبی نے کہا تو عزّہ نے ہنستے ہوئے حسن کی طرف دیکھا وہ ان کی نگاہوں کا مطلب سمجھ گئے۔جبھی قہقہہ لگا کر ہنس پڑے۔

''اچھا بھئی میں کون ہوتا ہوں گناہ گار بننے والا تم دو ماہ یہاں رہو گی۔بھابی کو خود ہی تمہاری طبیعت اور مزاج کا اندازہ ہو جائے گا۔خیر یہ بحث پھر سہی میں ذرا بھابی سے سلام دُعا کر لوں۔'' وہ روبی سے کہتے ہوئے عزّہ کی طرف مڑا۔

''السلام علیکم بھابی میں ہوں آپ کا برادرِان لا وقاص۔''

''وعلیکم السلام۔جیتے رہیئے۔'' عزّہ نے اس کے اپنے آگے جھکے ہوئے سر پر دست شفقت پھیرا۔تو روبی نے وقاص سے پوچھا۔''یہ آپ کس خوشی میں بھابی سے سر پر ہاتھ پھیروا رہے ہیں؟''

''تم کیوں جل رہی ہو، بڑے بھائی کی بیوی ہیں یہ ہماری بڑی بھابی ہیں اور مجھے اپنے بچے کھچے دماغ کو بھی تو محفوظ رکھنا ہے تمہارے ہاتھوں۔اسی لیے بھابی کا دستِ شفقت اپنے سر پر پھیروایا ہے۔کیا سمجھیں؟'' وہ شریر لہجے میں بولا۔

''خوب سمجھتی ہوں میں تمہیں۔تم بھابی کے سامنے میری پوزیشن آکورڈ کر رہے ہو۔'' روبی نے مسکین صورت بنا کر کہا تو سب کو ہنسی آ گئی۔

◆◆◆

''میرا خیال ہے کہ ہمارا وقت بہت اچھا گزرے گا آپ لوگوں کے ساتھ۔ کیا خیال ہے اندر نہ چلا جائے یہ وار (جنگ) اندر جا کر لڑی جائے تو کیسا ہے؟'' عزّہ نے مسکراتے ہوئے کہا۔

''بالکل بھابی جان، چلیئے ان کی جنگ تو کبھی ختم نہیں ہوگی۔'' روبی نے عزّہ کا بازو پکڑ کر کہا تو وقاص نے فی الوقت اسے گھورنے پر ہی اکتفا کیا اور پھر وہ سب اندر ڈرائنگ روم میں آ گئے۔ بوا سے ملنے کے بعد وہ سب بیٹھنے لگے تو روبی فوراً عزّہ کے پاس آ گئی۔

''میں بھابی کے پاس بیٹھوں گی۔''

''چلو اچھا ہے کچھ دیر میں بھی سکون سے بیٹھوں گا۔'' وقاص نے پھر شرارت سے جملہ پھینکا عزّہ اور حسن کو ہنسی آ گئی۔ دونوں بچے طوبیٰ اور زین سب کو دیکھ اور سن رہے تھے۔

''وکی۔'' روبی نے اسے گھورا تو وہ شرارت سے ہنس پڑا۔

''اللہ بھابی جان! آپ کتنی پیاری ہیں۔ آپ واقعی اتنی پیاری اتنی خوبصورت ہیں کہ ہمیں ہی آپ کے پاس آپ سے ملنے کے لیے آنا چاہئے تھا۔ بھائی جان نے تو ہمیں آپ کی ایک تصویر تک نہ بھیجی۔ سچ بھابی آپ اور بھائی کی جوڑی بہت شاندار ہے۔ ہائے کاش! میں آپ کی شادی میں شریک ہو سکتی۔ یہ جو وکی ہے نا۔ اسے ہر وقت کام کی پڑی رہتی ہے۔ اب میں ہر سال چھٹیاں گزارنے آپ کے پاس آیا کروں گی۔''

روبی عزّہ کے پاس بیٹھی اس کے ہاتھ کو اپنے ہاتھوں میں تھام کر اسے دیکھتے ہوئے خوشی سے بولی۔ ''شکر ہے شادی کرنے کا مجھے یہ فائدہ تو ہوا کہ میری بہن کو بھی مجھ سے ملنے کا خیال آیا۔'' حسن نے مسکراتے ہوئے کہا۔

بھائی جان، آپ اپنی بات کر رہے ہیں۔ انہیں تو ہم سے ملنے کا خیال بھی کبھی کبھی ہی آتا ہے۔'' وقاص نے پھر اسے چڑانے کے لیے جملہ پھینکا تھا۔ دونوں بچے بڑی خاموشی اور بے چینی سے اپنے ممی ڈیڈی کو لڑتے دیکھ رہے تھے۔

''اُف وکی، یہاں آتے ہی تمہیں زبان لگ گئی ہے۔ جھوٹے سارا وقت تمہاری چاکری ہی تو کرتی ہوں میں اور کیا کرتی ہوں وہاں۔'' روبی نے اسے گھورتے ہوئے کہا۔ ''مجھے کیا پتا؟'' اس نے مزید چڑایا۔ حسن اور روبی ہنس رہے تھے ان کی باتوں پر۔

''چلنا واپس پھر بتاؤں گی تمہیں۔ جناب کو لگ پتا جائے گا۔'' روبی نے دھمکایا۔

''اللہ میری توبہ کیسی لڑاکا بیوی سے پالا پڑا ہے اچھا بابا کچھ نہیں کہتا اب۔'' وقاص نے ہنستے ہوئے دونوں کانوں کو ہاتھ لگا کر کہا۔ اس نے منہ بسور کر اسے دیکھا اور پھر عزّہ کو دیکھا جو ہنس رہی تھی۔ بوا ان سب کے لیے کولڈ ڈرنک لے کر آ گئیں اور سرو کرنے لگیں۔ ''بھابی! آپ تو پنک روز لگ رہی ہیں۔ آپ اتنی حسین ہیں اسی لیے بھائی جان نے آپ کو ہم سے بھی چھپائے رکھا۔ شکریہ آپ مل گئیں ورنہ بھائی جان تو اب تک کنوارے ہی ہوتے۔ اللہ کیسا ہیرا ڈھونڈا ہے بھائی جان نے اپنے لیے۔'' روبی، عزّہ کے کھلے کھلے حُسن کو دیکھ کر خوشی سے چہک رہی تھی۔ عزّہ شرما رہی تھی۔ ''اے اے ذرا دھیان سے کہیں نظر نہ لگا دینا میری جنت کی اس ''حور'' کو۔''

حسن نے اسے فوراً پیار سے ٹوک کر کہا تو وہ اور وقاص ہنس پڑے اور عزّہ کے چہرے پر حیا کے رنگ اور گہرے ہو گئے۔ مسکراہٹ میں شرم و حیا کا رنگ نمایاں ہو گیا۔ ''قسم سے بھابی جان! اگر جنت میں عزّہ بھابی جیسی ''حور'' ہو گی تو میں تو جنت میں ہی جاؤں گی۔'' روبی نے بچوں کی طرح مچلتے ہوئے کہا وہ ہنس پڑے۔

''جنت میں جانے کے لیے اعمال کا نیک ہونا بے حد ضروری ہوتا ہے بیگم صاحبہ!'' وقاص کی زبان پر پھر کھجلی ہوئی۔ عزّہ اور حسن ہنسنے لگے۔

''جی جی اور آپ کے اعمال تو جیسے بڑے نیک ہیں۔ سیدھے جنت ہی میں تو جائیں گے ناں۔'' روبی نے اسے گھورتے ہوئے چڑ کر کہا۔

''ہاں تو اور کیا، بس خدا کرے وہاں تم سے پالا نہ پڑے۔'' وہ کولڈ ڈرنک کا گلاس لے کر بولا۔

''سن رہے ہیں بھائی جان اپنے بہنوئی کی جلی کٹی باتیں۔'' روبی نے حسن کی طرف دیکھا۔

''سن رہا ہوں اور سوچ رہا ہوں کہ وہاں تم دونوں اگر اسی طرح جھگڑتے ہو تو تمہارا گھر تو ہر وقت میدان کارزار بنا رہتا ہوگا۔ ہر وقت ہی طبلِ جنگ بجتے ہوں گے۔ ایک دو بار تو میں نے بھی تمہاری جھڑپیں دیکھی ہیں۔ اپنے قیام کے دوران۔ تم دونوں تو بچوں کی طرح لڑتے ہو۔'' حسن

نے مسکراتے ہوئے کہا۔

''اور ہم بچے شرمندہ ہوتے ہیں۔'' زین نے پہلی بار زبان کھول کر کہا۔ ''ممی ڈیڈی آپ دونوں نے یہاں بھی آتے ہی جھگڑنا شروع کر دیا۔ ماموں اور ممانی جان کیا سوچ رہے ہوں گے ہمارے بارے میں کہ۔ ہمارے ممی ڈیڈی اتنے لڑاکا اور جھگڑالو ہیں۔''

''اور کیا آپ نے تو ہمیں شرمندہ ہی کرا دیا ہے۔ پہلی بار ماموں کے گھر آئے ہیں اور ممانی جان سے پہلی بار مل رہے ہیں اور آپ دونوں نے آتے ہی لڑنا شروع کر دیا۔ کتنی بری بات ہے نا۔'' طوبیٰ نے معصومیت سے کہا تو دونوں شرمندہ سی ہنسی ہنسنے لگے اور عزّہ اور حسن تو محظوظ ہو کر ہنس پڑے۔

''واقعی بیٹا، بری بات تو ہے، سن رہی ہو لڑاکا۔'' وقاص نے طوبیٰ سے کہہ کر روبی کو دیکھا تو وہ فٹ سے بولی۔ ''کیا آپ کے خیال میں، میں لڑتی ہوں۔ آپ خود لڑتے ہیں۔''

''جی نہیں تم لڑائی شروع کرتی ہو۔''

تم کرتے ہو۔''

''آپ پھر لڑنے لگے۔'' زین اور طوبیٰ نے ایک ساتھ بلند آواز میں کہا۔

''او سوری بیٹا۔'' دونوں نے اپنے ہونٹوں پر انگلی رکھ لی۔ وہ چاروں خوشدلی سے ہنس پڑے۔

ان کے آنے سے گھر میں خوب رونق ہو گئی تھی۔ عزّہ تو سب سے فرینک ہو گئی تھی۔ سب کو اس کے حسنِ سلوک نے اپنا گرویدہ بنا لیا تھا۔ بچے عزّہ سے بہت مانوس ہو گئے۔ روبی تو اسے بھابی بھابی کہتے نہ تھکتی۔ وقاص بھی اس کا بہت احترام کرتا۔ روبی اور وقاص کی نوک جھونک چلتی رہتی۔ ان دونوں میں دوستی اور پیار بھی بہت تھا۔ اسی لیے ان کی لڑائیاں سنجیدہ نوعیت اختیار نہیں کرتی تھیں۔ عزّہ اور حسن ان دونوں کو سمجھ گئے تھے۔ وہ جتنا لڑتے تھے۔ اس سے کہیں زیادہ ایک دوسرے پر جان چھڑکتے تھے۔ بچوں میں تو ان کی جان تھی۔ وہ بہت خوشگوار گھرانہ تھا۔ حسن اور عزّہ دونوں نے ان کی دائمی خوشیوں کی دُعا مانگی۔ روبی اور وقاص سمیت سب کو عزیر اور ثمین نے اپنے گھر دعوت پر مدعو کیا۔ سب لوگ گئے۔ روبی اور وقاص بچوں کو لے کر مری اور بھوربن بھی گئے۔ حسن اور عزّہ ان کے ساتھ نہیں گئے۔ حسن کو بزنس اور عزّہ کو اپنی حالت کی وجہ سے رکنا پڑا تھا۔ اب تو دن بھی تھوڑے ہی رہ گئے تھے۔ حسن نے عزّہ کے چیک اپ میں کوئی کوتاہی نہیں کی۔

با قاعدگی سے اس کا چیک اپ کراتے رہے۔ اس کی خوراک اور آرام کا خیال رکھا۔ بوا نے بھی اسے خوب ایسی غذائیں کھلانے کی کوشش کی۔ وہ اچھی خاصی صحت مند اور بھری بھری ہو گئی تھی۔ بلکہ آئینہ دیکھنے پر تو اسے اپنا آپ موٹا دکھائی دیتا اور پھر وہ مسکرا دیتی۔ عزّہ کی طبیعت رات سے ہی خراب ہو رہی تھی۔ ہلکا ہلکا درد جسم و جان میں اُٹھ رہا تھا۔ حسن نے اسے ہوسپٹل لے جانا چاہا تو اس نے بعد میں جانے کا کہہ دیا۔ کیونکہ آج پورے دو ماہ اور دس دن بعد روبی، وقاص اور دونوں بچے واپس کینیڈا جا رہے تھے۔ عزّہ نے پین کلر بھی کھائی تھی مگر درد میں کمی نہ آئی تو اسے لگا جیسے وہ وقت قریب آ گیا ہے جس کا انتظار نو ماہ سے تھا اسے اور حسن کو۔ روبی، وغیرہ کے جانے سے وہ بھی افسردہ ہو رہی تھی اور حسن بھی۔ خود روبی اور بچے تو ایئر پورٹ جاتے وقت عزّہ اور حسن سے ملتے ہوئے باقاعدہ رو پڑے۔ انہوں نے یہ دن بہت خوشگوار گزارے تھے۔ عزّہ سے انہیں بہت محبت اور اپنائیت ملی تھی۔ عزّہ اور حسن نے ان چاروں کے لیے جو تحائف خریدے تھے وہ بھی ان کے سامان میں رکھوا دیئے۔ عزّہ انہیں ایئر پورٹ چھوڑنے نہیں جا رہی تھی۔ اس کی طبیعت کے باعث حسن نے خود ہی اسے منع کر دیا تھا۔ وہ خود ان چاروں کو ایئر پورٹ چھوڑنے جا رہے تھے۔

''حسن! انہیں ایئر پورٹ چھوڑ کر آپ پلیز گھر آ جایئے گا۔ درد بڑھتا جا رہا ہے۔ مجھے ہوسپٹل لے چلیں حسن۔'' عزّہ نے ان کا ہاتھ تھام کر بہت تکلیف دہ لہجے میں کہا تو ان کا دل بے چین ہو گیا۔ ''عزّ و، روبی وغیرہ کو ڈرائیور ایئر پورٹ چھوڑ آئے گا۔ آپ کو میں ہوسپٹل لے جاؤں گا ابھی دوسری گاڑی میں، بوا کہاں ہیں آپ جلدی سے آئیں۔'' حسن نے اس کا ہاتھ نرمی سے سہلاتے ہوئے نرمی سے کہا اور پھر بوا کو آوازیں دینے لگے۔ بوا دوڑی چلی آئیں۔ ''کیا ہو گیا بیٹا؟''

''بوا، عزّہ کو ہسپتال لے جانا ہے۔ آپ ضروری سامان رکھیں اور عزّہ کو سنبھالیں میں ابھی آتا ہوں۔ عزّ و گھبرانا نہیں ہاں۔ میں آتا ہوں ابھی۔''

حسن نے بوا کو ہدایت دینے کے بعد عزّہ کو حوصلہ دیتے ہوئے نرمی سے کہا اور تیزی سے باہر بھاگے۔ روبی اور وقاص کو صورتحال سے آگاہ کیا تو وہ بھی فکر مند ہو گئے۔ ہائے کاش! ہم رک سکتے وکی دو چار دن کے لیے ہم۔'' روبی نے کہا ''نہیں روبی مشکل ہے۔ انشاء اللہ ہم اگلی بار چھٹیوں میں ضرور آئیں گے۔ دُعا کرو بھابی اور بچہ خیریت سے رہیں۔'' وقاص نے نرمی اور سنجیدگی سے کہا۔

"آمین۔" روبی نے دل سے کہا۔

"پلیز تم لوگ ناراض مت ہونا کہ میں تمہیں ایئرپورٹ چھوڑنے نہیں جا رہا۔" حسن نے کہا۔

"اللہ بھائی جان! ایسے تو نہ کہیں۔ آپ بھابی کے پاس جائیں اللہ آپ کو اولاد کی خوشی بیوی کے سنگ دیکھنا نصیب کرے۔ ہم ڈرائیور کے ساتھ چلے جائیں گے۔" روبی نے روتے ہوئے کہا تو انہوں نے اسے سینے سے لگا کر پیار کیا۔ "جیتی رہو۔"

"او کے بھائی جان، ہم سے کوئی گستاخی ہوگئی ہو تو ہمیں معاف کر دیجئے گا۔ ہم آپ کا اور بھابی کا پیار کبھی نہیں بھولیں گے۔ انشاء اللہ اب تو ہم بھی آپ سے ملنے آتے رہیں گے۔ آپ بھابی کو لے کر ہوسپٹل جائیں۔ ہم صورتحال کو سمجھتے ہیں۔ ناراض نہیں ہو سکتے ہیں ہم آپ سے مگر ہمیں افسوس ہے کہ اس موقع پر رک بھی نہیں سکتے مجبوری ہے ہماری۔" وقاص نے ان کے گلے لگ کر دل سے کہا۔

"تھینک یو وقاص۔ اللہ تم سب کو خوش رکھے۔ گھر پہنچتے ہی۔ مجھے فون ضرور کر دینا۔ حسن نے اس کا ماتھا چوم کر پرنم لہجے میں کہا تو وقاص نے کہا۔" وہ تو ہم کریں گے ہی عزہ بھابی کی خیریت بھی تو جاننے کی بے چینی ہوگی ہمیں۔"

"اچھا بچو! اللہ حافظ!" حسن نے بچوں کو بھی دوبارہ کہا اور ڈرائیور کے ہمراہ انہیں گاڑی میں رخصت کر کے فوراً اندر چلے آئے۔ بوا ضروری سامان کا بیگ کمو کو دے چکی تھیں۔ عزہ کو چادر اوڑھا چکی تھیں اور ساتھ ساتھ اس پر قرآن کا سایہ کیے۔ قرآنی آیات اس پر پڑھ پڑھ کر پھونک رہی تھیں۔ حسن نے عزہ کا چہرہ دیکھا تو پریشان ہو گئے۔ وہ تکلیف سے نڈھال اور زرد ہو رہی تھی۔ اس کے ہاتھ یخ ہو رہے تھے۔ حسن نے ڈاکٹر نبیلہ کو فون کر کے صورتحال سے آگاہ کیا اور بوا کی مدد سے عزہ کو سہارا دے کر گاڑی میں لا کر بٹھایا۔ کمو اور بوا عزہ کے ساتھ پچھلی سیٹ پر بیٹھی تھیں۔ حسن نے ڈرائیونگ سیٹ سنبھالتے ہوئے اسٹارٹ کر دی۔

عزہ کو فوراً ہوسپٹل کے ایمرجنسی روم میں پہنچا دیا گیا۔ نرسیں اور لیڈی ڈاکٹر کوثر عزہ کو دیکھنے کے لیے کمرے میں موجود تھیں۔ حسن باہر کوری ڈور میں بے چینی سے ٹہل رہے تھے۔ عزہ اور بچے کی سلامتی کی دُعائیں مانگ رہے تھے۔ بوا اندر ہی تھیں عزہ کے پاس کمو بھی کوری ڈور میں بینچ پر بیٹھی کچھ پڑھ رہی تھی۔ ڈاکٹر کوثر وارڈ سے باہر نکلیں تو حسن نے بے تابی سے پوچھا۔ "ڈاکٹر صاحبہ!

سب ٹھیک ہے نا۔'' ''جی ہاں سب ٹھیک ہے، آپ پریشان مت ہوں۔ اللہ سے دُعا کریں۔'' ڈاکٹر کوثر نے نرم اور مودٔب لہجے میں جواب دیا۔

''ڈاکٹر نبیلہ کہاں ہیں میں نے انہیں فون بھی کر دیا تھا۔'' انہوں نے بے چینی سے پوچھا

''وہ ایک کیس ڈیل کر رہی ہیں۔ ابھی آتی ہی ہوں گی۔ انہوں نے ہی مجھے آپ کی مسز کے چیک اپ کے لیے بھیجا ہے۔ آپ کزن ہیں ناں ڈاکٹر نبیلہ کے۔''

''جی۔''

''پریشان مت ہوں۔ سب کچھ نارمل ہے انشاء اللہ ڈلیوری اپنے وقت پر ہو جائے گی۔'' ڈاکٹر کوثر نے انہیں تسلی دیتے ہوئے کہا اور آگے بڑھ گئیں۔ حسن فوراً کمرے میں داخل ہوئے۔ عزّہ سفید بستر پر لیٹی تکلیف سے بے حال ہو رہی تھی۔ اس کی اپنی رنگت بھی سفید ہو رہی تھی۔ حسن کا دل ڈوبا جا رہا تھا۔ جس طرح عزّہ تکلیف سے تڑپ رہی تھی۔ انہیں بھی تکلیف ہو رہی تھی۔ انہیں نہیں معلوم تھا کہ اولاد کو جنم دینے کا یہ عمل عورت کے لے اس قدر تکلیف دہ ہوتا ہے۔ ''ہائے اللہ جی، ہائے امی، امی، امی جی۔'' عزّہ تکلیف کے مارے بے اختیار اللہ اور امی کو پکار رہی تھی۔ اس کی پکار نے حسن کا کلیجہ چھلنی کر دیا۔ وہ لب کاٹنے لگے۔ ''بوا، یہ کیا ہو رہا ہے، مجھ سے عزّہ کی تکلیف نہیں دیکھی جا رہی۔'' وہ بھیگتی آواز میں بولتے بوا کے پاس صوفے پر بیٹھ گئے۔

''بیٹا، یہ تو ماں بننے والی عورت کے ساتھ ہوتا ہے۔ یہ تکلیف تو سہنا ہی پڑتی ہے۔ تم حوصلہ رکھو اور اُٹھو عزّہ کو بھی حوصلہ اور اس کی ہمت بندھاؤ اس وقت اسے تمہاری پہلے سے کہیں زیادہ ضرورت ہے۔ اُٹھو شاباش۔''

بوا نے ان کے کندھے پر ہاتھ رکھ کر بہت نرم اور شفیق لہجے میں کہا تو وہ چند سیکنڈ تو عزّہ کو دیکھتے رہے۔ پھر اُٹھ کر اس کے قریب بیڈ کے کنارے پر بیٹھ گئے اور اس کا ہاتھ اپنے ہاتھوں میں تھام لیا۔ وہ جو تکلیف سے سر دائیں بائیں پٹخ رہی تھی۔ ان کے لمس کا احساس پا کر انہیں دیکھنے لگی۔

''حسن!''

''جی جان من۔'' حسن نے اس کے چہرے کو چاہت سے دیکھتے ہوئے پیار سے کہا۔

''حسن، ڈاکٹر کو بلائیں بہت تکلیف ہو رہی ہے۔ ہائے اللہ جی۔'' وہ تکلیف سے بھیگی آواز میں بولی تو حسن کو لگا کہ وہ رو پڑیں گے۔ انہوں نے بمشکل خود کو سنبھالا ''عزّہ، حوصلہ کریں، آپ تو بہت بہادر ہیں، انشاء اللہ تھوڑی دیر میں آپ کی تکلیف دور ہو جائے گی۔'' حسن نے اسے نرمی

سے کہا تو درد کی شدید لہر نے عزّہ کے ہاتھ پاؤں ٹھنڈے کر دیئے۔ وہ تکلیف سے بلبلا اُٹھی۔ ہلکی سی چیخ بھی خود بخود اس کے حلق سے نکل گئی۔ حسن سے مزید ضبط کرنا محال ہو گیا۔ وہ اُٹھ گئے۔ ڈاکٹر کو بلانے کا ارادہ تھا۔ مگر ڈاکٹر کوثر خود ہی اندر چلی آئیں۔

''ڈاکٹر صاحبہ! یہ اس قدر تکلیف میں ہیں۔ آپ کچھ کرتی کیوں نہیں ہیں؟''

حسن نے ڈاکٹر کوثر کو دیکھتے ہی کہا تو وہ مسکراتے ہوئے عزّہ کی طرف آتے ہوئے بولیں۔

''ہمیں وقت آنے پر ہی کچھ کرنا ہے۔ آپ غالباً پہلی بار اس صورتحال سے دوچار ہوئے ہیں اسی لیے اتنے اپ سیٹ ہو رہے ہیں۔ درد کی شدت ہی ڈلیوری میں آسانی لاتی ہے۔ آپ پریشان مت ہوں۔''

'کیسی بے حس ڈاکٹر ہے یہ، میری جان پہ بنی ہے اور یہ کہہ رہی ہے کہ پریشان مت ہوں۔' حسن نے دل میں کہا۔

''حسن!...... حسن!'' عزّہ نے بے اختیار انہیں پکارا۔

''جی عزّہ، سب ٹھیک ہو جائے گا۔ آپ ہمت اور برداشت سے کام لیں۔'' حسن نے اس کا ہاتھ تھام کر کہا اسی وقت ڈاکٹر نبیلہ کمرے میں داخل ہوئیں آپا! اب آ رہی ہیں آپ۔'' حسن نے انہیں دیکھتے ہی شکوہ کیا۔

''ناراض مت ہونا، میں ایسا ہی ایک کیس نبٹا کر آ رہی ہوں۔ وہ بھی ضروری تھا۔ اور ڈاکٹر کوثر تو یہاں موجود تھیں اور ہیں عزّہ کو اٹینڈ کرنے کے لیے۔ تم اب باہر جاؤ۔ مجھے عزّہ کا چیک اپ کرنا ہے۔'' انہوں نے تیزی سے کہا۔

''حسن، حسن۔'' عزّہ نے ان کی شرٹ کا کف مٹھی میں بھینچ لیا تھا۔ حسن کا دل تڑپ کر رہ گیا۔ ''عزّہ، میں یہیں ہوں آپ کے پاس ڈونٹ وری۔'' انہوں نے نرمی سے اپنا کف اس کے ہاتھ سے چھڑایا اور کمرے سے باہر آ کر بے اختیار دیوار کی جانب رُخ کر کے رو پڑے۔ ''یا اللہ! میری بیوی اور بچے کو اپنی امان میں رکھنا۔ سلامت رکھنا، میری زندگی کی ساتھی کو سلامت رکھنا میرے اللہ، میری اولاد کو تندرست اور حیات رکھنا۔'' حسن کا دل اللہ کے حضور گڑگڑا کر دُعا مانگ رہا تھا۔ عزّہ کو آپریشن تھیٹر لے جایا گیا تو حسن کی دلی کیفیت بہت ابتر ہونے لگی۔ انہوں نے پریشان ہو کر عزیر کو فون کر دیا۔ اور صورتحال سے آگاہ کرتے ہوئے کہا۔ ''عزیر یار! میں بہت پریشان ہوں۔ تم پلیز بھابی کو لے کر فوراً یہاں آ جاؤ۔''

''گھبراؤ نہیں ہم آرہے ہیں۔ڈونٹ وری یار اللہ اپنا کرم کرے گا۔'' عزیر نے انہیں حوصلہ دیتے ہوئے کہا اور فون بند کر دیا۔ثمین کی والدہ اور بہن آج کل اس سے ملنے آئی ہوئی تھیں۔ثمین بچوں کو ان کے پاس چھوڑ کر عزّہ کے لیے دُعا کرنے کا کہہ کر عزیر کے ساتھ ہوسپٹل چلی آئی۔عزیر کے آنے سے حسن کو کچھ ڈھارس ہوئی تھی۔

''عزیر یار، میں سمجھتا تھا کہ بچے پیدا کرنا بہت آسان ہوتا ہے۔لیکن آج عزّہ کی حالت دیکھ کر مجھے اندازہ ہوا ہے کہ یہ کتنا تکلیف دہ عمل ہے۔او گاڑ! میرا تو دل بند ہوا جارہا تھا عزّہ کی حالت دیکھ کر۔اتنی تکلیف اف۔'' وہ جھرجھری لے کر بولے۔

''ایسے ہی تو اللہ میاں نے ماں کے پیروں تلے جنت نہیں رکھ دی۔اتنی تکلیف سہنے کا انعام اور مقام دیا ہے اللہ نے ماں کو۔'' عزیر نے مسکرا کر کہا۔

''واقعی،اللہ میری عزّہ کو اولاد کو صحت منداور سلامت رکھے۔'' حسن نے دل سے دُعا مانگی تو سب نے دل سے آمین کہا۔

''وقت کاٹے نہیں کٹ رہا تھا۔حسن بے چینی کے عالم مس آپریشن تھیٹر کے باہر چکر پہ چکر لگا رہے تھے۔رات کے ساڑھے گیارہ بج رہے تھے۔ہسپتال میں خاموشی چھائی تھی۔مریض اور ان کے تیماردار بھی سو چکے تھے۔اور وہ آپریشن تھیٹر کے باہر ٹہل رہے تھے۔دُعائیں ان کے دل و زبان سے جاری تھیں۔عزیر اور ثمین کے علاوہ بوا اور کمو بھی وہیں موجود تھیں۔بوا تو ایک طرف کونے میں چادر بچھائے نماز اور دُعا میں مصروف تھیں۔باقی تینوں صوفے پر بیٹھے تھے۔ثمین بھی درود پاک پڑھ رہی تھی۔

''حسن! بیٹھ جا میرے یار۔اللہ اپنا کرم کرے گا۔انشاء اللہ اچھی خبر ہی سننے کو ملے گی۔'' عزیر نے اُٹھ کر ان کے کندھے پر ہاتھ رکھ کر نرمی سے کہا۔

''انشاء اللہ،مگر یار اتنی دیر کیوں ہو رہی ہے۔ڈھائی گھنٹے ہونے کو ہیں ہمیں یہاں عزّہ کو لائے ہوئے۔'' حسن نے پریشان لہجے میں کہا۔

''ڈھائی گھنٹے میں گھبرا گئے۔مائی ڈیئر ہم نے تو دس گھنٹے ہوسپٹل میں پریشانی کے عالم میں گزارے تھے پہلے بچے کی پیدائش کے وقت۔حوصلہ رکھو۔صبر کرو۔بس دُعا کرو عورت کے لیے یہ مرحلہ بہت تکلیف دہ اور نازک ہوتا ہے۔وہ ایک نئی زندگی کو تخلیق کرنے کے اس عمل میں موت کو بہت قریب سے دیکھتی اور محسوس کرتی ہے۔یہ مرحلہ زندگی اور موت کا ہوتا ہے۔'' عزیر نے سنجیدگی

سے کہا۔

''یار خدا کے واسطے مجھ سے ایسی باتیں مت کرو، پہلے ہی میری جان پہ بنی ہے۔اوپر سے تم موت کا ذکر لے بیٹھے۔ مجھے اپنی بیوی اور بچے دونوں کی زندگی بہت عزیز ہے۔'' حسن نے ان کے آگے ہاتھ جوڑ کر پریشان لہجے میں کہا۔

''جانتا ہوں میں عزّہ میری بھی بہن ہے اور۔لو نبیلہ آپا آگئیں۔'' عزیر نے آپریشن تھیٹر کا دروازہ کھلتے دیکھ کر ڈاکٹر نبیلہ کو آتا دیکھ کر ان کے شانے پر ہاتھ رکھ کر کہا۔

''آپا!'' حسن، ڈاکٹر نبیلہ کے پاس آتے ہوئے صرف اتنا ہی کہہ سکے۔ سوال ان کی آنکھوں اور چہرے پر رقم تھے۔ڈاکٹر نبیلہ ان کی صورت دیکھ کر مسکرا دیں۔ ''بہت پریشان ہے میرا بھائی، ہے نا۔'' ڈاکٹر نبیلہ نے محبت سے کہا۔

''تو آپ اس کی پریشانی دور کردیجئے نا۔اچھی سی خبر سنا کر۔'' عزیر نے کہا۔

''ہاں بات تو معقول کی ہے تم نے۔تو حسن میرے کزن میرے چھوٹے سے پیارے سے بھائی! تمہیں بہت بہت مبارک ہو۔ ماشاء اللہ بہت صحت مند ٹوئنز (جڑواں) بچوں سے نوازا ہے۔اللہ تعالیٰ نے تمہیں۔ایک بیٹا ہے اور ایک بیٹی ہے پیاری سی۔''

''کیا سچ آپا! ٹوئنز یعنی جڑواں بچوں کا باپ بنا ہوں میں۔ یا اللہ تیرا لاکھ لاکھ شکر ہے۔آپا! میری عزّہ کیسی ہے؟'' حسن کی خوشی اور حیرت قابل دید تھی۔ عزیر اور ثمین بوا۔ کمو سبھی خوشی سے ہنس دیئے۔ بوا تو سجدے میں گر گئیں۔

''وہ بھی ٹھیک ہے۔تم نے جس طرح عزّہ کا خیال رکھا ہے۔اس کی وجہ سے نارمل ڈلیوری ہوئی ہے۔ ورنہ آج کل تو ہر چوتھا کیس سیزرین ہو رہا ہے۔اب آئندہ بھی تم عزّہ کا اسی طرح خیال رکھنا۔ کیونکہ اب اسے بچوں کو فیڈ بھی کرنا ہوگا۔'' ڈاکٹر نبیلہ نے مسکراتے ہوئے ہدایت دی۔

''آپا! خیال تو میں ان کا رکھوں گا ہی۔ میں عزّہ سے مل لوں؟'' وہ بے تابی سے بولے۔

''بہت بے صبرے ہو رہے ہو۔'' انہوں نے ہنس کر کہا۔ ''عزّہ کو روم میں تو شفٹ کرنے دو دس پندرہ منٹ بعد مل لینا او کے۔'' ڈاکٹر نبیلہ نے انہیں زیست افروز خبر سنائی تھی۔ وہ ان کے جاتے ہی خوشی سے آبدیدہ ہوگئے۔عزیر نے انہیں گلے سے لگالیا۔

''حسن یار! بہت بہت مبارک ہو، اللہ نے تمہارے دیر سے شادی کرنے کی کسر پوری کردی ہے۔ٹو ان ون۔ٹوئنز بچوں کی پیدائش بہت بہت مبارک ہو۔'' عزیر نے انہیں خوشدلی سے

مبارک باد دی۔

''تھینک یو عزیر۔'' حسن نے اپنی آنکھیں صاف کرتے ہوئے ہنستے ہوئے کہا۔

''حسن بھائی! آپ کو بہت بہت مبارک ہو۔'' ثمین نے خوشی سے مسکراتے ہوئے کہا۔

بھابی، آپ کو بھی بہت بہت مبارک ہو۔ شکر ہے اللہ کا۔ وہ رحمٰن ہے وہاب ہے۔ بہت بڑی نعمتوں سے نوازا ہے اس نے آج ہمیں الحمد اللہ۔'' حسن نے تشکر میں بھیگے لہجے میں کہا۔ تو بوا اور کمو نے بھی انہیں مبارک باد دی۔ بوا نے تو انہیں گلے سے لگا کر پیار بھی کیا۔ وہ بہت خوش دکھائی دے رہی تھیں۔

''بھائی جان!'' روبی کی آواز پر سب نے چونک کر دیکھا۔ وہ وقاص اور دونوں بچے چلے آ رہے تھے۔ سبھی انہیں دیکھ کر حیران ہو رہے تھے۔

''روبی، وکی خیر تو ہے تم واپس کیوں آ گئے؟'' حسن نے ان کی جانب بڑھتے ہوئے پوچھا۔

''بھائی جان! ہم تو دُعا کر رہے تھے کہ ہماری فلائٹ لیٹ ہو جائے یا کینسل ہو جائے۔ تاکہ ہم آپ کے اور بھابی کے پاس اس مشکل وقت میں موجود رہیں۔'' وقاص نے کہا۔

''تو کیا تم لوگوں کی فلائٹ کینسل ہو گئی ہے؟''

''نہیں بھائی جان! بس اللہ نے ہماری دُعا قبول کر لی۔ ہمیں آپ کو اور بھابی کو اس پریشانی میں چھوڑ کر جانا اچھا نہیں لگ رہا تھا۔ دراصل ایک فیملی کو ایمرجنسی میں کینیڈا جانا تھا۔ ان کی پرسوں کی سیٹیں بک تھیں۔ اور وہ آج جانے کی کوشش کر رہے تھے۔ سو ہم نے ان کی سیٹوں سے اپنی سیٹیں چینج کرا لیں۔ معاملہ طے ہو گیا اور ہم سیدھے یہاں چلے آئے آپ بتائیں۔ بھابی کیسی ہیں کیا ہوا ہے؟''

روبی کو بہت زیادہ بولنے کی عادت تھی۔ اپنی بات مکمل کر کے رکی تو حسن نے ہنس کر بتایا۔

''بھتیجی اور بھتیجا ہوا ہے تمہارا مبارک ہو تم پھپھو بن گئی ہو۔''

''سچ۔'' وہ خوشی سے چلائی۔'' اللہ بھائی جان! مجھے بہت خوشی ہو رہی ہے۔ آپ کو بہت بہت مبارک ہو۔ وکی سنا آپ نے میں پھپھو اور آپ پھوپھا بن گئے ہیں۔''

''شکر ہے اللہ کا کہ اس نے ہمیں اتنی بڑی خوشی عطا کی ہے۔ بھائی جان آپ کو مبارک ہو بہت بہت۔'' وقاص نے حسن کے گلے لگ کر کہا۔

''خیر مبارک، اچھا ہوا کہ تم لوگ آ گئے اب بچوں کو دیکھ کر ہی جانا۔'' حسن نے مسکراتے

ہوئے اس سے معانقہ کرتے ہوئے کہا۔ عزّہ کو روم میں شفٹ کر دیا گیا۔ حسن کو ڈاکٹر نبیلہ نے دونوں بچوں سے ملوایا۔ حسن انہیں دیکھ کر بہت جذباتی ہو گئے۔ دونوں بچے بہت صحت منداور سرخ وسفید تھے۔ اور آنکھیں کھولے اس نئی دُنیا کے نئے منظر دیکھ رہے تھے۔ حسن نے دونوں کو باری باری پیار کیا۔ اللہ سے ان کی صحت وسلامتی اور نیکی کی دُعا مانگی۔

''بھائی جان! انہوں نے تو پیدا ہوتے ہی آنکھیں کھول لیں۔ بڑے تیز ہیں بھئی۔'' روبی نے بچوں کو دیکھتے ہوئے کہا تو وہ ہنس کر فخر سے بولے۔

''آخر ہمارے بچے ہیں۔''

''بیٹا تو آپ کی کاپی ہے اور بیٹی میری۔'' روبی نے کہا۔

''جی نہیں بیٹی، میری عزّہ کی شباہت رکھتی ہے۔'' حسن نے مسکراتے ہوئے کہا۔

''اوہو، میری عزّہ۔'' روبی نے شرارت سے انہیں دیکھتے ہوئے کہا تو انہوں نے اس کے سر پر چپت لگادی۔ ''چل شریر۔'' وہ ہنس پڑے تو باقی سب بھی ان کے ساتھ ہنس دیئے۔

حسن سب سے پہلے عزّہ سے ملنے کے لیے کمرے میں آئے۔ تو وہ بیڈ پر بے سدھ آنکھیں بند کیے لیٹی تھی۔ حسن کا دل بے قابو ہونے لگا وہ بیڈ کی پٹی پر اس کے قریب بیٹھ کر اس کا چہرہ دیکھنے لگے۔ اس کی رنگت سفید ہو رہی تھی۔ جیسے سارا خون جسم سے نچوڑ لیا گیا ہو۔ صبح والی عزّہ اور اس عزّہ میں کتنا فرق نظر آ رہا تھا۔ تکلیف کے اثرات اس کے چہرے کی تازگی پر حاوی آ گئے تھے۔ حسن کا دل تڑپ اُٹھا اس کی یہ حالت دیکھ کر۔ وہ ان کی محبت کی تکمیل کرتے ہوئے یہاں تک پہنچی تھی۔ اور ان کے دل میں اس کی محبت اور عزت اور زیادہ بڑھ گئی تھی۔ سمندر میں ایک اور سمندر شامل ہو گیا تھا۔ پیار کا عشق کا سمندر۔ حسن نے ہاتھ سے نرمی سے اس کے بالوں کو چھیڑا تو اس کے لبوں میں جنبش ہوئی۔ حسن۔ حسن۔''

''جی حسن کی جان! عزّو آنکھیں کھولیں۔'' حسن نے بہت محبت سے کہا تو اس نے دھیرے سے آنکھیں کھول دیں۔ نظر کے سامنے ان کا چہرہ تھا۔ حسن کی آنکھوں میں خوشی اور تشکر کے آنسو تیر رہے تھے۔ اس کے دیکھنے پر وہ مسکرادیئے اور جھک کر اس کی پیشانی پر اپنی محبت کی مہر ثبت کر دی۔ عزّہ کو لگا جیسے اس کے رگ وپے میں درد کی جگہ اب راحت کے قافلے اترنے لگے ہیں۔ وہ اس کا ہاتھ اپنے ہاتھوں میں لے کر بے قراری اور محبت سے پوچھ رہے تھے۔ ''عزّو، کیسی طبیعت ہے آپ کی؟''

''بہت بہتر ہے۔'' اس نے کمزور سی آواز میں جواب دیا۔ ''حسن آپ نے دیکھا اپنے بچوں کو۔ پیارے ہیں ناں۔ ہمارے بچے۔''

''بہت بہت زیادہ پیارے ہیں۔ اللہ نظر بد سے بچائے انہیں اور ہمیں بھی۔'' وہ خوش ہو کر بولے تو اس کے لبوں پر زندگی سے بھرپور مسکراہٹ پھیل گئی۔

پھر وہ سب عزّہ سے ملے۔ روبی اور وقاص کو دیکھ کر عزّہ بھی حیران ہوئی تھی۔ ان کے بچوں نے عزّہ اور حسن کے بچوں کو دیکھ کر بہت حیرت اور خوشی کا اظہار کیا تھا۔ حسن نے ان تینوں ماں بچوں کا صدقہ بھی اتارا۔ احتیاطاً وہ ایک روز عزّہ اور بچوں کو ہوسپٹل رکھنے کے بعد اگلے روز گھر لے آئے۔ روبی اور وقاص کینڈا سے تو ان کے لیے تحائف لائے ہی تھے۔ اب بچوں اور عزّہ کے لیے انہوں نے دوبارہ شاپنگ کی تھی۔ سبھی بہت خوش تھے۔ ''حسن ولا'' میں حقیقی معنوں میں خوشیوں نے ڈیرا جمایا تھا۔ روبی، وقاص بچوں کے ساتھ واپس چلے گئے۔ حسن انہیں ایئرپورٹ چھوڑنے گئے تھے۔ حسن نے لاہور ندیم بھائی کو فون کر کے یہ خوش خبری سنائی تھی۔ وہ بھی بہت خوش ہوئے تھے۔ پھر سب میکے والوں نے گھر فون کر کے انہیں مبارک باد دی۔ حسن دو دن اور راتوں سے مسلسل جاگ رہے تھے۔ عزّہ نے دیکھا انہیں اپنے آرام کی کوئی فکر نہیں تھی۔ وہ تو بس اسے اور بچوں کو آرام پہنچانے کے لیے مصروف تھے۔ براؤن شلوار قمیض پہنے وہ اس کے سامنے کرسی پر بیٹھے گہری سوچ میں گم تھے۔ روبی وغیرہ کو چھوڑ کر آئے تھے۔ شاید اس لیے اداس تھے۔ عزّہ کو بھی ان کے جانے کا دکھ تھا۔ مگر بچوں کے آنے کی خوشی میں یہ دکھ زیادہ محسوس نہیں ہو رہا تھا۔ وہ بیڈ پر تکیے سے ٹیک لگا کر بیٹھی تھی۔ بیٹی کو سلا دیا تھا۔ بیٹے کو بھی دودھ پلایا تو وہ بھی سو گیا تھا۔ حسن نے بیٹے کا نام ''علی حسن'' اور بیٹی کا نام ''انعم حسن'' رکھا تھا۔ جو عزّہ سمیت سب کو بہت پسند آیا تھا۔ عزّہ نے علی کو پیار کر کے اپنے پہلو میں لٹا دیا۔ اور حسن کی طرف دیکھا جو ہنوز کسی گہری سوچ میں گم تھے۔ ان کی آنکھیں نیند سے بوجھل اور سُوجی سُوجی لگ رہی تھیں۔ سرخ ہو رہی تھی۔ ہلکی ہلکی شیو بھی بڑھی ہوئی تھی۔ قمیض کی آستینوں کو فولڈ کر رکھا تھا انہوں نے اور بہت ریلکس بیٹھے تھے۔ ان کا یہ رنگ یہ انداز سیدھا عزّہ کے دل میں اتر گیا۔

''حسن۔'' اس نے پیار سے انہیں پکارا۔

''جی جانِ حسن!'' حسن نے اس کی طرف دیکھتے ہوئے مسکراتے ہوئے کہا اور اُٹھ کر اس کے پاس آبیٹھے۔ ''کیا سوچ رہے تھے؟'' عزّہ نے ان کے چہرے کو دیکھا۔

''یہی کے ہم لوگ تو ہوسپٹل جانا افورڈ کر سکتے ہیں۔ وہ لوگ جن کے گاؤں دیہات میں طبی سہولتیں میسر نہیں ہوتیں انہیں کتنی دشواری ہوتی ہوگی۔ بوا کے گاؤں میں میری تین مربعے زمین ہے۔ بیکار پڑی ہے۔ اور آج تک سوچا کرتا تھا کہ آخر میں اس زمین کا کیا کروں۔ اس کا کیا مصرف ہونا چاہئے؟ لیکن اب مجھے اپنے اس سوال کا جواب مل گیا ہے۔''

''وہ کیا؟''

''وہ یہ کہ میں اس زمین پر ایک ہوسپٹل بنواؤں گا۔ جہاں گاؤں کی عورتوں کو مفت طبی سہولتیں فراہم کی جائیں گی۔ اس گاؤں میں کوئی ڈسپنسری تک نہیں ہے۔ زچہ و بچہ کی صحت کا کوئی مرکز نہیں ہے۔ لوگوں کو علاج کے لیے شہر جانا پڑتا ہے۔ جو ان کے لیے بہت مہنگا اور تکلیف دہ عمل ہے۔ لہٰذا میں انشاء اللہ اس زمین پر ایک ہسپتال بنواؤں گا۔ آپ کی حالت دیکھ کر مجھے احساس ہوا ہے کہ یہ عمل کتنا اہم اور تکلیف دہ ہوتا ہے۔ میں اس ہسپتال کا نام ''عزّہ ہوسپٹل'' رکھوں گا۔'' حسن نے نہایت سنجیدہ اور پرعزم لہجے میں کہا تو عزّہ کو وہ بہت عظیم اور بہت پیارے لگے پہلے سے بھی زیادہ۔ وہ پیار سے بولی۔

''عزّہ ہوسپٹل نہیں ''عزّہ حسن ہسپتال'' کیونکہ حسن کے بغیر عزّہ کا نام بھی ادھورا ہے۔ اور عزّہ کی زندگی بھی ادھوری ہے۔''

''سچ۔'' وہ خوش ہو کر بولے۔ ''مچ'' اس نے فوراً کہا تو وہ ہنس پڑے۔

''اسی خوشی میں، میں آپ کو آئس کریم کھلاتا ہوں۔''

''آئس کریم تو فی الحال میں نہیں کھا سکوں گی۔''

''اوہاں۔ تو ایسا کرتے ہیں کہ ''سوپ'' پیتے ہیں کیسا ہے؟''

''اچھا ہے لیکن ابھی نہیں پھر کبھی۔ ابھی تو آپ گھر میں بنا سوپ پئیں اور۔

''اور کیا؟''

''اور یہ کہ آپ برابر والے بیڈ روم میں جا کر سو جائیں۔ دو دن اور دو راتوں سے آپ مسلسل جاگ رہے ہیں۔ بلکہ آج تیسرا دن شروع ہو چکا ہے۔ پلیز اپنا بھی خیال رکھیں۔ اس طرح تو آپ بیمار پڑ جائیں گے۔'' عزّہ نے ان کا ہاتھ تھام کر اپنائیت اور تفکر بھرے لہجے میں کہا تو وہ خوشی سے مسکرانے لگے۔

''نہیں پڑتے ہم بیمار، آپ کا یہ خیال یہ پروا کرنے کا انداز اور اظہار ہماری ساری تھکن پر

حاوی آ گیا ہے۔"

"پھر بھی بس آپ جائیے اور جا کر سو جائیں۔ نیند پوری کر کے جاگئے گا۔"

"اوکے لیکن برابر والے بیڈ روم میں کیوں سوئیں ہم یہاں کیوں نہ سوئیں؟" حسن نے مسکراتے ہوئے پوچھا تو اس نے جواب دیا۔

"یہاں تو آنا جانا لگا رہے گا۔ پھر بچے بھی وقت بے وقت جاگ جاتے ہیں۔ روتے ہیں۔ آپ کو ٹھیک سے نیند نہیں آئے گی۔"

"کوئی بات نہیں یہ بچے میری ذمہ داری بھی تو ہیں ناں۔" وہ جھک کر علی کو پیار کر کے بولے۔

"حسن!" اس نے منت بھرے انداز میں کہا تو وہ بھی اسی کے انداز میں بولے۔

"عزّہ۔" اور وہ ہنس پڑی۔ وہ محبت سے اسے دیکھتے ہوئے بولے۔

"نبیلہ آپا کو اور آپ کو معلوم تھا کہ ہمارے ہاں ٹوئنز بے بی ہوں گے۔ لیکن آپ نے مجھے نہیں بتایا، کیوں نہیں بتایا؟"

"سرپرائز دینے کے لیے اور اس لیے بھی کہ آپ پہلے ہی میرا بہت خیال رکھ رہے تھے۔ ٹوئنز کا سن کر آپ اور زیادہ خیال رکھنے لگتے۔ اور میں نہیں چاہتی تھی کہ آپ میرا خیال رکھنے کے خیال میں اپنا خیال ہی نہ رکھیں۔"

"تو کیا آپ اور میں الگ الگ ہیں؟"

"نہیں ہم تو یک جان دو قالب ہیں۔ اسی لیے اگر آپ میرے لیے اتنے فکر مند رہتے ہیں تو مجھے بھی آپ کا خیال رہتا ہے۔" عزّہ نے مسکراتے ہوئے کہا۔

"تھینک یو عزّہ، اچھا ہاں آپ کالج میڈیکل لیو بھجوا دیجئے گا۔ کالج کل سے کھل رہے ہیں ناں۔" انہوں نے یاد آنے پر کہا۔ "اس حالت میں تو آپ کالج نہیں جا سکتیں۔"

"جی اور جاؤں گی بھی نہیں آپ بے فکر رہیں۔ اور اُٹھیں یہاں سے۔" اس نے نرمی سے کہا۔

"کیوں اُٹھا رہی ہیں ہمیں اپنے پاس سے؟"

"حسن، مجھ میں اتنا حوصلہ نہیں ہے کہ میں آپ کو اپنے پاس سے اُٹھا دوں۔ لیکن میں آپ کو یوں بے آرام بھی نہیں دیکھ سکتی۔ پلیز سو کر اپنی نیند پوری کر لیجئے۔ تیسرا دن آ گیا آپ کو جاگتے

ہوئے۔ مجھے بہت فکر ہو رہی ہے آپ کی پلیز۔'' عزّہ نے بہت تفکر، منت اور محبت بھرے لہجے میں کہتے ہوئے ان کے دائیں رخسار پر اپنا ہاتھ رکھ دیا۔ حسن کو تو کل جہان کی دولت مل گئی۔ انہوں نے اپنے رخسار پر رکھے اس کے ہاتھ پر اپنا ہاتھ رکھ دیا۔

''آپ کا ذرا سا التفات میری رگ رگ میں زندگی بھر دیتا ہے اور اس وقت تو آپ محبتوں کے خزانے لٹا رہی ہیں مجھ پر۔'' وہ خوشی سے بھیگتی آواز میں بولے۔

''نہیں حسن! جتنی محبت آپ نے آج تک مجھے دی ہے۔ میں تو اس کا ایک حصہ بھی نہیں ادا کر سکی اب تک۔ محبتوں کو ماپنے کا اگر کوئی پیمانہ ہوتا تو شاید میں آپ کو بتا سکتی کہ میں آپ سے کتنی محبت کرتی ہوں۔ حسن آئی ریئلی لو یو۔'' عزّہ نے دل سے آج پہلی بار لفظوں کا سہارا لے کر اپنی محبت کا اظہار کیا تھا۔ حسن کو تو جیسے قارون کا خزانہ مل گیا۔ وہ تو پہلے ہی بہت جذباتی ہو رہے تھے۔ اس کے اظہارِ محبت پر ان کی آنکھوں کے ساگر خود بخود چھلک پڑے۔ ''آج اعتراف کیا ہے آپ نے ہوں۔''

''زبان سے آج کیا ہے لیکن دل سے تو بہت پہلے یہ اعتراف کر لیا تھا میں نے۔'' وہ ان کے آنسوؤں کو اپنے ہاتھوں سے جذب کرتے ہوئے محبت سے انہیں دیکھتے ہوئے بولی۔

''بہت پہلے کب؟''

''یہ آپ اپنے دل سے پوچھیں۔''

''آپ نے ہی تو کہا تھا کہ دل تو خوش فہم ہوتا ہے۔''

''ہاں لیکن آپ کا اور میرا دل ایک دوسرے کے لیے خوش فہم نہیں ہے۔ ہمارے دل جو سوچتے ہیں۔ صحیح سوچتے ہیں۔'' عزّہ نے نظریں جھکا کر کہا۔

''عزّہ۔'' حسن نے خوشی سے بے قابو ہو کر اسے شانوں سے تھام لیا وہ ہنس پڑی۔

''چلیں جا کر سو جائیں۔''

''اب کہاں سونے دیں گی آپ کی یہ پیار بھری باتیں، مجھے اتنی خوشی ہو رہی ہے۔ جیسے پہلی بار میں نے پیار کو محسوس کیا ہو۔ جیسے میرا پیار میری ہی نظروں میں معتبر ہو گیا ہو۔ جیسے زندگی نے میرے اندر پھر سے نیا جنم لے لیا ہو۔'' حسن جذبات اور جوش میں خوشی سے مسکراتے ہوئے بولے۔

''مجھے نہیں معلوم تھا کہ آپ ذرا سے پیار اور محبت کے اظہار پر اس قدر سرشار اور شاد ہو سکتے

ہیں۔ ورنہ میں بہت پہلے آپ کو اس خوشی سے نہال کر دیتی۔'' عزّہ نے انہیں حیرت اور محبت سے دیکھتے ہوئے پرنم لہجے میں کہا تو وہ نرم اور محبت بھرے لہجے میں گویا ہوئے۔

''خوشیاں آہستہ آہستہ تھوڑی تھوڑی کر کے ملتی رہیں تو اور زیادہ لطف دیتی ہیں۔ اور میں نے تو آپ سے پہلے ہی کہہ دیا تھا کہ میں تو پیار کا بندہ ہوں۔ مجھے آپ سے پیار کے سوا کچھ نہیں چاہئے۔ آپ ایک قدم آگے بڑھیں گی تو مجھے دس قدم آگے پائیں گی۔ میرے اندر جو محبتوں کے سمندر موجزن ہیں۔ وہ اور کس کے لیے ہیں۔ آپ ہی تو میری کل کائنات، میرا سرمایۂ حیات ہیں۔ اور آپ کی ذات سے وابستہ یہ ننھی منی خوشیاں بھی تو ہیں میرے پیار کے حق دار۔''

''حسن، میں رو پڑوں گی۔ آپ کی محبتوں کے سامنے تو مجھے اپنا دامن بھی ناکافی لگنے لگتا ہے۔ میں کب تھی اتنا چاہے جانے کے لائق؟'' وہ بھرائی آواز میں بولی آنسو پلکوں کی سرحد عبور کرنے کے لیے بے تاب نظر آ رہے تھے۔

''ہمیشہ سے تھیں اور آپ ہمیشہ چاہے جانے کے لائق رہیں گی۔ بس رونا نہیں ہے ورنہ میں بھی رو دوں گا۔ اور آپ سے چپ بھی نہیں ہوں گا۔'' حسن نے اس کا گال تھپک کر پیار سے کہا تو اس نے کہا۔ ''اچھا نہیں روتی آپ جا کر سو جائیں پلیز۔''

''اچھا جا رہا ہوں آپ بھی لیٹ جائیں۔ بچے جاگ جائیں گے تو پھر آپ کو بھی ان کے ساتھ جاگنا پڑے گا۔ اپنی نیند ان کی نیند کے دوران ہی پوری کرنے کی کوشش کیا کریں اب آپ۔'' حسن نے اُٹھ کر اسے بستر پر لٹاتے ہوئے پیار سے کہا۔

''آپ ٹھیک کہہ رہے ہیں، بچوں کی نیند کا کوئی ٹائم مقرر نہیں ہوتا۔''

''میں برابر والے بیڈروم میں سونے جا رہا ہوں۔ اگر میری ضرورت محسوس ہو تو مجھے آواز دے لیجئے گا۔ بلا لیجئے گا۔''

''ضرورت تو ہر وقت محسوس ہوتی ہے آپ کی۔'' عزّہ نے بہت محبت سے انہیں دیکھا۔

''عزّہ۔'' حسن نے شرارت اور محبت سے اسے دیکھا تو وہ ہنس پڑی۔ وہ بھی ہنستے ہوئے دوسرے بیڈروم میں چلے گئے۔

''عزّہ کے بچے بھی اس کی طرح منہ پھٹ اور تیز طرار ہوں گے۔'' وہ اپنے بیٹے کو گود میں لیے بیٹھی تھی۔ اس کے ذہن میں ماضی کی کتاب کا ایک ورق کھل کر سامنے آ گیا۔ یہ عنیزہ کی آواز تھی۔ شعیب سے شادی سے پہلے انہوں نے کہا تھا۔

''اور اس کی طرح بحث کرنے اور ہر وقت لڑنے، بولنے پر تیار رہا کریں گے۔'' فائزہ نے لقمہ دیا تھا تو عائزہ بولی تھی۔ ''اور عزّہ انہیں بھی چیخ چلا کر رعب میں رکھنے کی کوشش کیا کرے گی۔ مگر وہ اس کے ہاتھ نہیں آئیں گے۔ ظاہر ہے بھئی اس کے بچے اس سے دس ہاتھ آگے ہی ہوں گے ناں۔''

''پھر تو عزّہ پیچھے ہوگی اور بچے آگے آگے۔'' منیزہ نے بھی اپنی رائے کا اظہار کرنا ضروری سمجھا تھا۔ اور کمرے میں صابرہ بیگم سمیت ان سب کا قہقہہ گونجا تھا۔ ''اس سے تو اپنا آپ نہیں سنبھلتا، بچوں کو کیا خاک سنبھالے گی۔ یہ تو دور دور کی محبت ہے جو بچوں پر لٹاتی ہے۔ جب اس کے اپنے بچے ہوں گے تو پتا چلے گا کہ بچوں کو پالنا آسان کام نہیں ہے۔ عقل ٹھکانے آجائے گی رانی جی کی۔'' صابرہ بیگم نے کہا تھا۔ ''نہیں ایسا کچھ نہیں ہوگا۔ وہ سب غلط کہتے تھے۔ نہ میں ویسی ہوں اور نہ ہی میرے بچے ان کی باتوں اور سوچوں جیسے ہوں گے۔ میں اپنے بچوں کو بہت محبت سے سمجھداری سے پروان چڑھاؤں گی۔ ان کی تربیت اتنی اعلیٰ کروں گی کہ وہ سب دیکھتے رہ جائیں گے۔'' عزّہ نے پرنم لہجے میں کہا۔ آنسو بے اختیار اس کی آنکھوں سے جاری ہو گئے۔ حسن تھوڑی دیر کے لیے آفس گئے تھے۔ واپسی پر اس کے لیے گجرے لے کر آئے۔ مگر اسے روتا دیکھ کر پریشان ہو گئے۔ وہ علی کو پیار کر رہی تھی۔ انعم بستر پر لیٹی سو رہی تھی۔ حسن بیڈ کے قریب چلے آئے۔

''عزّہ، کیا بات ہے؟''

''کوئی بات نہیں ہے۔'' اس نے نظریں علی کے چہرے سے ہٹا کر ان کے چہرے پر مرکوز کیں۔ ''تو آپ رو کیوں رہی ہیں؟'' وہ اس کے پاس بیٹھ کر اس کا چہرہ دیکھنے لگے۔

''نہیں تو، میں تو نہیں رو رہی۔'' وہ ذرا سا مسکرا کر بولی۔

''آپ رو نہیں رہیں تو یہ آنسو آپ کی آنکھوں سے کیوں بہے چلے جا رہے ہیں؟'' انہوں نے ہاتھ سے اس کے رخساروں پر پھیلتے آنسوؤں کو صاف کرتے ہوئے پوچھا۔

''آنسو۔ پتا نہیں کیسے؟'' وہ اپنے ہی آنسوؤں کی نمی محسوس کر کے ٹھٹھک گئی۔

''یعنی آپ غم میں اس قدر ڈوبی ہوئی تھیں کہ آپ کو یہ بھی نہیں پتا چلا کہ آپ کی آنکھیں اشک بہا رہی ہیں۔ کیا پھر کوئی پرانی بات یاد آگئی ہے؟'' حسن نے نرمی سے پوچھا تو اس نے سر اور نظر دونوں جھکا لیں۔ حسن بے قرار ہو کر بولے۔

''عزّہ، کیوں یاد کرتی ہیں آپ ساری دکھی کر دینے والی پرانی باتیں۔ آپ جب روتی ہیں تو

مجھے اپنے آپ پر بہت غصہ آتا ہے۔ میں خود کو ایک ناکام اور نااہل شخص سمجھنے لگتا ہوں۔ مجھے لگتا ہے جیسے مجھ میں اتنی بھی اہلیت نہیں ہے میری محبت میں اتنی طاقت اور قوت بھی نہیں ہے کہ جو آپ کو آپ کے ماضی کے دکھوں سے نجات دلا سکے۔''

''حسن پلیز ایسا مت کہیے، یادیں اور وہ بھی اپنوں کی پیچھا کب چھوڑتی ہیں؟ مجھے تو بس وہ سب لوگ یاد آ رہے تھے۔ میں نے اپنی بہنوں بھائیوں کے بچوں کو کھلایا ہے۔ ان کی دیکھ بھال کی ہے۔ بہنوں، بھابیوں کی۔ ایسی صورتحال میں تیمارداری کی ہے مگر۔ آج جب میں اس حالت کو پہنچی ہوں تو۔ میرے پاس کوئی بھی نہیں ہے۔ امی تو اس دُنیا میں ہی نہیں رہیں۔ اور۔ بہنیں وہ سب۔ اپنی اپنی گھریلو زندگی میں مصروف ہیں۔ ایسے موقع پر تو ماں اور بہنیں ہی یاد آتی ہیں ناں۔ ان سے ہر مسئلہ، ہر پریشانی بلا جھجک شیئر کی جاسکتی ہے۔ کچھ باتیں تو صرف ماں اور بہن سے ہی کہی جاسکتی ہیں مگر۔'' وہ بولتے بولتے رونے لگی۔ حسن نے علی کو اس کی گود سے لے کر اسے پیار کیا اور کاٹ میں لٹا دیا۔ اور پھر اس کے سامنے اس کی قریب بیٹھ کر اس کے چہرے کو ہاتھوں میں بھر کر محبت سے اسے دیکھتے ہوئے بولے۔ ''ٹھیک کہہ رہی ہیں آپ لیکن۔ ماں اور بہن کے علاوہ شوہر سے بھی ہر مسئلہ، ہر پریشانی ہر خاص بات شیئر کی جاسکتی ہے۔ وہ سب اپنی زندگیوں میں مصروف ہیں۔ جب تک ماں باپ زندہ ہوتے ہیں۔ بیٹیوں کے ناز نخرے اُٹھائے جاسکتے ہیں۔ لیکن بعد میں کسی کو فرصت نہیں ہوتی۔ اور میں جو ہوں آپ کے پاس۔ مجھ سے کہیئے۔ ہر وہ بات کہیئے جو آپ اپنی ماں اور بہن سے کہنے کی متمنی ہیں۔ پگلی! شوہر سے زیادہ قریب اور راز دان کوئی نہیں ہوتا بیوی کا۔ کتابیں پڑھ کر بہت سی باتیں میں نے سمجھ لی ہیں۔ آپ مجھ سے بلا جھجک کہیں جو کہنا ہے۔ اچھا ہے نا کہ آپ نے کسی اور کی خدمت اور تیمارداری کا احسان نہیں لیا اور نہ ہی کسی کو مشکل میں ڈالا ہے۔ آپ کا تیماردار، غم خوار، تابعدار اور وفادار شوہر ''حسن صدیقی'' ہے نا آپ کے پاس پھر آپ کیوں فکر کرتی ہیں۔ میں آپ کا ہر کام جی جان سے کرنے کے لیے تیار ہوں۔ آپ بلا جھجک حکم کیجیئے۔ کہیئے جو کہنا ہے۔ اپنی تکلیف مجھ سے ہرگز مت چھپایئے گا۔''

''حسن، آئی ایم سوری۔ میں آپ کو بہت پریشان کرتی ہوں۔'' وہ ان کے سینے میں چہرہ چھپا کر روتے ہوئے بولی تو انہوں نے اس کے سر پر ہاتھ پھیرتے ہوئے پیار سے کہا۔

''بس روتے نہیں ہیں عزّہ، بس چپ ورنہ میں سمجھوں گا کہ میرا پیار بیکار ہے آپ کے لیے۔''

''نہیں حسن! آپ کا پیار ہی تو سب کچھ ہے میرے لیے۔'' وہ تڑپ کر بولی۔

''تو رونا بند کر کے اس بات کا ثبوت پیش کیجئے۔''

''بس میں نہیں رو رہی۔'' وہ ایک دم سے ان سے الگ ہو کر اپنے آنسو پونچھتے ہوئے بچوں کی سی معصومیت سے بولی تو انہیں اس کے اس انداز پر بے ساختہ ہنسی آ گئی۔

''میری جان!'' حسن نے اس کے سر پر پیار کیا اور پھر گجرے اس کی کلائیوں میں پہنا کر محبت کی مہر ثبت کی۔ تو اس نے حیا سے مسکراتے ہوئے اپنا سر ان کے کندھے پر رکھ دیا۔ علی اور انعم کی رسم عقیقہ کی تقریب میں شرکت کے لیے عزّہ کے میکے سے ندیم بھائی، حمیرا، شاہ زیب، زوہیب، شائزہ باجی، نبیل بھائی اور عظیم آئے تھے۔ سب ایک دن ٹھہر کر اسے اور بچوں کو دُعائیں اور تحائف دے کر واپس چلے گئے۔ ثمین اور عزیز بچوں کے ساتھ آئے ہوئے تھے۔ ثمین نے انعم کو گود میں لے کر پیار کرتے ہوئے حسن اور عزّہ کی طرف دیکھ کر کہا۔ ''عزّہ، اور حسن بھائی انعم کو میں اپنے سمیر کی دلہن بناؤں گی۔ بس یہ میری بہو بنے گی۔ آپ کے پاس انعم میری امانت ہے یاد رکھئے گا۔ وقت آنے پر میں اپنی امانت آپ سے لے جاؤں گی۔''

''لیجئے بیگم صاحبہ! یہاں تو ہماری بیٹی کا بر بھی آ گیا۔'' حسن نے ہنستے ہوئے عزّہ کو دیکھتے ہوئے کہا تو وہ بھی دھیرے سے ہنس دی۔

''بھابی، آپ کا کہا سر آنکھوں پر لیکن بچے بڑے ہو جائیں تو ان کی پسند اور ناپسند بھی بدلتی رہتی ہے۔ میرے خیال میں بچپن میں بچوں کی نسبت طے کر دینا مناسب نہیں ہے۔ بعد میں بچوں اور بڑوں دونوں کے لیے مسائل پیدا ہو جاتے ہیں۔ پسند اور ترجیحات بدل جاتی ہیں۔ سوچ کے انداز بدل جاتے ہیں۔ اس لیے یہ فیصلے بچوں کے بڑے ہونے پر مناسب وقت پر کرنا ہی بہتر ہوتے ہیں۔ سمیر ہو یا عمیر ہمیں دونوں بہت عزیز ہیں۔ اگر انعم کی قسمت میں آپ کی بہو بننا لکھا ہو گا تو ہمیں کیا اعتراض ہو گا بھلا۔ بس فی الحال آپ یہ بات بچوں کے ذہن میں مت ڈالیے گا۔ ورنہ وہ ڈسٹرب بھی ہو جائیں گے، جو کہ ٹھیک نہیں ہے۔'' حسن نے سنجیدگی، نرمی اور خوش اخلاقی سے اسے سمجھایا۔

''آپ ٹھیک کہہ رہے ہیں حسن بھائی، چلیں جو مقدر میں ہو گا۔ ہو جائے گا لیکن آپ میرے بیٹوں کو مت بھولئے گا۔'' ثمین نے ان کی بات سمجھ کر مسکراتے ہوئے کہا۔

''ہرگز نہیں کیسی باتیں کر رہی ہیں بھابی آپ۔'' حسن نے مسکرا کر کہا۔

''بیٹوں کی مائیں ایسی ہی باتیں کیا کرتی ہیں۔ بیٹوں نے ذرا سا قد نکالا اور ماؤں کو ان کے سر پہ سہرا سجانے کا شوق بے چین کرنے لگتا ہے۔ ارے بھاگیوان، جہاں نصیب ہو گا ہمارے بچوں کی شادیاں ہو جائیں گی۔ ابھی بہت وقت ہے۔ تم کیوں ابھی سے اس فکر میں گھل رہی ہو۔ انشاء اللہ سب اچھا ہی ہو گا۔'' عزیر نے مسکراتے ہوئے کہا تو وہ ہنس دی اور انعم کو عزّہ کی گود میں دے دیا۔

آج سوا مہینہ پورا ہو گیا تھا۔ عزّہ نے غسل صحت کیا۔ نیا لباس پہنا۔ جو حسن نے اس کے لیے آج کے دن کے لیے خاص طور پر بنوایا تھا۔ سلور رنگ کا پاجامہ نیلے رنگ کی قمیض اور دوپٹہ جس پر سلور کا بہت خوبصورت کام کیا ہوا تھا۔ سلور جیولری۔ میچنگ چوڑیاں، پاؤں میں نازک سی سیاہ اسٹریپ والی سینڈل پہنے۔ میک اپ اور خوشبو سے مزین وہ بہت حسین، بہت دلنشین لگ رہی تھی۔ پہلے سے بھی زیادہ حسین اور دلنشین۔ اس نے اپنے لمبے بالوں کو کھلا رہنے دیا تھا۔ اور دائیں بائیں تتلی نما نیلی اور سلور رنگ کی لٹیں لگا کر بالوں کو خوبصورت اسٹائل دیا تھا۔ وہ بہت خوش تھی۔ اس نے دونوں بچوں کو محبت سے دیکھا اور جھک کر پیار کر لیا۔ علی اور انعم دونوں ہی عزّہ اور حسن کے ہم شکل تھے۔ بہت چست اور چاق و چوبند بہت شریر اور پھرتیلے تھے۔ عزّہ و حسن کی تو جان تھی ان دونوں میں۔ اور بوا تو انہیں ایسے پیار کرتی تھیں جیسے وہ ان کے سگے پوتا پوتی ہوں۔ حسن نے ان دنوں عزّہ کا اتنا خیال رکھا تھا کہ اسے اپنی قسمت پر رشک آنے لگا تھا۔ حسن ایک دو گھنٹے کے لیے آفس جاتے اور پھر گھر اس کے پاس بچوں کے پاس آجاتے۔ دس دن تک تو ان کی یہی روٹین رہی۔ پھر عزّہ کے اصرار پر انہوں نے باقاعدہ آفس جانا شروع کر دیا۔ مگر کئی بار فون کر کے اس سے اس کی اور بچوں کی خیریت پوچھتے رہتے۔ اور عزّہ کو ان کے پیار پر بے حد پیار آنے لگتا۔ حسن تو اس کی رگ رگ میں نس نس میں سما گئے تھے۔ پیار کا بادل بن کر اس پر چھا گئے تھے۔ اور ان کے پیار کی بارش اور چھاؤں دونوں ہی عزّہ کی زندگی تھیں۔ عزّہ نے پلیٹ میں سے الائچی اُٹھائی اور اس کے دانے نکال کر منہ میں ڈال لئے۔ حسن بازار گئے تھے۔ اور اسے انہیں کا انتظار تھا۔ اور یہ انتظار اسے بہت بے کل اور بے قرار کر رہا تھا۔ اس کا بس چلتا تو حسن کو ایک پل کے لیے بھی نظروں سے دور نہ ہونے دے۔ حسن نے اپنی محبتوں سے اس کی زندگی کے سارے دکھ، سارے غم، ساری محرومیاں اور سارے درد، صدمے، ساری تلخیاں دھو دیں تھیں۔ مٹا دی تھیں۔ اور پیار ہی پیار اس کی زندگی میں چار سو بچھا دیا تھا۔ سچا بے ریا اور خالص پیار۔

''السلام علیکم!'' حسن نے بیڈروم میں داخل ہو کر اسے دیکھتے ہوئے بہت خوشگوار لہجے میں سلام کیا۔ وہ بچوں کو پیار کر رہی تھی۔ انہیں دیکھ کر کھل اُٹھی۔

''وعلیکم السلام، اتنی دیر لگا دی آپ نے، جایئے میں نہیں بول رہی آپ سے۔'' اس نے پیار بھرا شکوہ کیا اور کھڑے ہو کر اپنی چوڑیوں سے کھیلنے لگی۔ حسن تو پہلے ہی اس کے رنگ روپ پر نثار ہو رہے تھے۔ اس پر اس کا یہ معصوم انداز انہیں اور بھی بے خود کرنے لگا۔ وہ اس کے لیے سرخ گلابوں کا بکے اور گجرے لے کر آئے تھے۔

''ارے ارے آج کے دن تو یہ ستم مت کریں۔ آج تو بہت خوشی کا دن ہے۔''

''اسی لیے اتنا انتظار کرایا ہے نا۔'' اس نے پیار سے ان کی وجیہہ صورت کو دیکھ کر کہا۔

''تو کیا نہ کرایا کروں آپ کو انتظار؟'' وہ اس کے قریب آ کر محبت سے اسے دیکھتے ہوئے بولے۔ ''نہیں بس آپ مجھے انتظار مت کرایا کریں۔ مجھے الجھن ہی نہیں ہوتی میں پریشان بھی ہو جاتی ہوں۔'' عزّہ نے انہیں دیکھتے ہوئے نرمی سے کہا تو وہ ہنس پڑے۔

''اچھا میری زندگی، میں کوشش کروں گا کہ آئندہ آپ کو انتظار نہ کرنا پڑے۔ خوش۔''

''خفا تو میں پہلے بھی نہیں تھی۔'' اس نے مسکراتے ہوئے کہا۔

''عزّہ۔'' انہوں نے پیار سے اسے گھورا تو وہ کھلکھلا کر ہنس پڑی۔

''آپ کی ہنسی میں تو میری خوشی بسی ہے عزّہ جان! خدا کرے کہ آپ اسی طرح ہنستی مسکراتی رہیں۔ میری عزّہ جان کو غسل صحت مبارک ہو۔''

حسن نے اسے بہت والہانہ پن سے محبت پاش نظروں سے دیکھتے ہوئے کہا اور ہاتھوں میں پکڑا بکے اس کے سامنے کر دیا۔

''شکریہ حسن۔'' عزّہ نے بکے لے کر سونگھ کر انہیں دیکھتے ہوئے مسکراتے لہجے میں کہا۔

''اٹس مائی پلیژر جانِ من۔'' حسن نے مسکراتے ہوئے کہا تو وہ شرما گئی۔

''چشم بدور، اللہ نظر بد سے بچائے اپنی نظر اُتار لیں۔'' حسن نے واسکٹ میں سے ہزار ہزار کے دو نوٹ نکال کر اس کے سر سے وارے اس کا ہاتھ لگوایا اور پھر بچوں پر سے وار کر اس کے ہاتھ میں تھما دیئے۔ ''یہ پیسے اپنے ہاتھ سے کسی حاجت مند کو دے دیجئے گا۔''

''اچھا۔'' عزّہ نے آہستہ سے کہا ان کی محبت پر اس کی آنکھیں بھیگنے لگیں۔ اس نے پیسے دراز میں اور بکے اپنے سرہانے رکھ دیا۔ حسن نے اسے دیکھتے ہوئے گجرے نکال کر کہا۔ ''اپنے

ہاتھ آگے لائیے آپ کو گجرے تو پہنادیں۔"

عزّہ نے ہاتھ اُن کے سامنے کر دیئے۔ باری باری انہوں نے اس کے دونوں ہاتھوں میں گجرے سجا کر انہیں چوم لیا۔ عزّہ کی روح میں تازگی اور زندگی کی نئی لہر دوڑ گئی۔

"حسن!"

"جی جانِ من!"

"کچھ نہیں!" وہ ان کے اس پیار بھرے طرزِ تخاطب پر شرماتے ہوئے مسکراتے ہوئے بولی۔

"یہ تیرے چہرے پہ چاند کی جو چاندنی ہے
حیا کے رنگوں میں لحہ لحہ جو ڈھل رہی ہے
تجھے خبر ہے اے معصوم لڑکی!
یہ میرے دل میں محبتوں کے نئے جزیرے بنا رہی ہے
جھکی جھکی یہ نگاہ تیری مجھے دیوانہ بنا رہی ہے
تیری حیا کے، تیری محبت کے یہ رنگ سارے یہ ڈھنگ سارے
میرے جسم و جاں میں کیف و مستی جگا رہے ہیں
اگر اجازت ہو اے میری جان!
میں تجھ کو اپنی محبتوں کا یہ کثیر تحفہ پیش کر دوں۔"

حسن نے اس کے چہرے کو پیار سے دیکھتے ہوئے بڑے جذب سے یہ نظم پڑھی تو وہ شرمیلے پن سے مسکراتے ہوئے خوش دلی اور شوخی سے بولی۔ "اجازت ہے۔"

"ہوں۔ تو ادھر آیئے۔" حسن نے اس کے انداز پر نہال ہو کر بازو پھیلا کر مسکراتے ہوئے کہا۔

"جایئے، جایئے۔" عزّہ نے شرارت اور شوخی سے مسکراتے ہوئے کہا اور ایک دم پیچھے ہٹ گئی۔ اس کا یہ شوخ و شریر انداز ان کے دل میں اس کی محبتوں کے سمندر میں طوفان اُٹھا رہا تھا۔ ان کا دل چاہا کہ اسے اپنے اندر جذب کر لیں سمو لیں۔

"عزّہ، شرارتی، بے ایمان لڑکی ادھر آیئے۔" حسن نے ہنستے ہوئے آگے بڑھ کر اسے بازو سے پکڑ کر اپنے قریب کر لیا وہ شرمیلی ہنسی ہنس پڑی۔ الائچی کی خوشبو اس کے دہن سے نکل کر حسن

کی سانسوں کو بھی معطر بنا گئی۔

''ہم تو پہلے ہی مرمٹے ہیں آپ پر، آج کیا سانسیں بھی قبض کرنے کا ارادہ ہے؟'' حسن نے اس کے جھکے جھکے چہرے اور جھکی جھکی پلکوں کو دیکھتے ہوئے کہا۔ ''ہائے اللہ نہ کرے۔ ایسا مت کہا کریں۔'' اس نے تڑپ کر سر اُٹھا کر انہیں دیکھتے ہوئے بے قراری سے کہا تو وہ اس کے تڑپنے پر خوشی سے جھوم اُٹھے۔

''ہم تو آپ کے حسن وسیرت کی ادا و ناز کی تعریف کر رہے تھے عزّ و جان!''

''مجھے نہیں چاہئے ایسی جان لیوا تعریف۔'' اس نے اس کے سینے پر دونوں ہاتھ رکھ کر کہا گجروں کی مہک دونوں کی سانسوں میں اترنے لگی۔ محبت اور مہک کا سنگم ہو گیا تھا۔ جو دلوں میں جذبات جگا رہا تھا۔ ان میں طلاطم بپا کر رہا تھا۔

''اچھا ایک بات کہوں آپ سے، مانیں گی۔'' انہوں نے اسی پیار بھرے نرم میٹھے لہجے میں کہا۔ ''جی کیجئے۔'' عزّہ نے ان کے روشن چہرے کو محبت اور عقیدت سے دیکھا۔ آپ کالج سے تین چار ماہ کی مزید چھٹی لے لیجئے۔ کیونکہ بچے ابھی بہت چھوٹے ہیں۔ آپ انہیں خود فیڈ کرتی ہیں۔ اس لیے انہیں آپ کی توجہ اور محبت کی بہت ضرورت ہوگی۔ آپ کالج جائیں گی تو انہیں کون سنبھالے گا اور کیسے رہیں گے یہ آپ کے بغیر روزانہ اتنی دیر۔ اس عمر میں بچوں کے لیے آپ کی موجودگی بے حد ضروری ہے۔'' حسن نے نرمی مگر سنجیدگی سے کہا۔

''آپ صحیح کہہ رہے ہیں۔ میں بھی اپنے بچوں کو اپنے سے دور نہیں کرنا چاہتی اور نہ ہی دور کروں گی۔ میں ہر وقت ان کے پاس رہوں گی۔ انہیں اپنی توجہ اور ممتا سے محروم نہیں ہونے دوں گی مگر۔''

''مگر کیا؟''

''مگر میں کالج سے تین چار ماہ کی تو کیا اب ایک دن کی چھٹی بھی نہیں لے سکتی۔''

''لیکن عزّہ، ٹیچرز کو ایسی کنڈیشن میں سال، چھ مہینے کی رخصت دی جا سکتی ہے اگر وہ لینا چاہیں تو۔ یہ سہولت تو آپ کو حاصل ہے۔ اور آپ کہہ رہی ہیں کہ آپ مزید ایک دن کی چھٹی بھی نہیں لے سکتیں۔ اور یہ بھی کہ بچے ہر وقت آپ کے پاس رہیں گے۔ تو کیا کالج میں بچوں کے لیے نرسری موجود ہے۔''

''جی ہاں ہے اور بچے اپنی آیاؤں اور ملازماؤں کے ساتھ وہاں رہتے ہیں۔ ٹیچرز فارغ

پیریڈ میں نرسری جا کر اپنے بچوں کی خیریت معلوم کرتی رہتی ہیں۔"

عزّہ نے سنجیدگی سے بتایا اسے ان کا بچوں کی دیکھ بھال کے لیے اس قدر فکرمند ہونا بہت اچھا لگ رہا تھا۔ استعفیٰ بھی اب تک سسپنس میں رکھا ہوا تھا اس نے۔ "تو ہمارے بچے بھی سکول سے پہلے کالج جائیں گے۔ عزّہ، بچوں کا روز آپ کے ساتھ کالج جانا اور آنا اور نرسری میں رہنا کیا مناسب رہے گا؟" وہ بے حد سنجیدہ ہو گئے۔

"نہیں، میں نے آپ سے کہا نا کہ میں بچوں کو اکیلا نہیں چھوڑوں گی۔ پورا وقت دوں گی۔" وہ جان بوجھ کر ان کے صبر و فکر کو آزما رہی تھی۔ "عزّو کیسے ہوگا یہ سب جب کہ آپ کالج سے ایک دن کی چھٹی بھی نہیں لیں گی۔ ہاؤ کین اٹس پاسبل؟ (یہ کیسے ممکن ہے)؟" وہ حیران اور الجھے ہوئے لہجے میں پوچھ رہے تھے۔ وہ دھیرے سے ہنسی اور پھر ان کے گریبان کے بٹن سے کھیلتے ہوئے بولی۔

"حسن جان! کالج سے چھٹی وہ لیکچرز لے سکتی ہیں جو کالج میں جاب کر رہی ہوں۔ جب کہ میں تو کالج کی لیکچررشپ سے استعفیٰ دے چکی ہوں۔"

"کیا؟" حسن کو حیرت کا زوردار جھٹکا لگا تھا۔ "کیا کہا آپ نے، استعفیٰ؟"

"جی استعفیٰ، اب آپ ہی بتائیے کہ میں جاب سے ریزائن دینے کے بعد چھٹی کیسے لے سکتی ہوں۔ میں نے تو مکمل اور پکی، مستقل چھٹی لے لی ہے کالج سے۔"

عزّہ نے بہت دلنشین انداز میں مسکراتے ہوئے ان کی حیرت سے محظوظ ہوتے ہوئے کہا۔

"لیکن کب عزّو، کب ریزائن دیا آپ نے؟" حسن کی حیرت دیدنی تھی۔

"سمر وکیشن (موسم گرما کی تعطیلات) سے پہلے۔"

"واٹ؟ عزّو، اتنے مہینے ہو گئے اور آپ مجھے آج بتا رہی ہیں۔" حسن نے حیرت، مسرت اور خفگی سے کہا تو وہ ہنس پڑی اور حسن کے دل و روح میں جلترنگ سے بجنے لگے۔ وہ ان کے جذبوں میں ہلچل مچا رہی تھی۔ انہیں شرارت اور شوخی و جسارت پر اکسا رہی تھی۔

"ریزائن کیوں دیا آپ نے اور مجھے کیوں نہیں بتایا؟" حسن نے اس کے بازوؤں کو تھام کر نرمی سے پوچھا تو وہ ان کے لمس کی حرارت میں سرشار ہوتے ہوئے مسکراتے ہوئے بولی

"ریزائن اس لیے دیا تھا کہ کیونکہ اب میں اپنا سارا وقت اپنے گھر، شوہر اور بچوں کو دینا چاہتی ہوں۔ اور آپ کو پہلے اس لیے نہیں بتایا تھا کہ چھٹیاں آ گئی تھیں پھر میں نے سوچا کیوں نہ آپ کو

سرپرائز دیا جائے۔تو کیسا لگا سرپرائز؟''

''بتاؤں کیسا لگا؟''حسن نے خوشی کو چھپاتے ہوئے جان بوجھ کر سنجیدہ صورت اور لہجے میں پوچھا۔تو وہ ان کی سنجیدگی پر سراسیمہ سی ہو کر سوالیہ نظروں سے انہیں دیکھنے لگی۔''اتنا اچھا کہ اس سے بہتر جواب میں آپ کو نہیں دے سکتا۔''حسن نے جھک کر اس کے گلابی نرم ملائم لبوں پر پیار بھرے جواب کی مہر ثبت کر کے اس کے حیا سے گلنار اور حیابار ہوئے چاند چہرے کو دیکھتے ہوئے نرم شیریں لہجے میں کہا۔عزّہ کو ان کے لبوں کا لمس اپنے دل و روح کے ذرّے ذرّے میں اترتا ہوا محسوس ہو رہا تھا۔شرمیلی مسکان اس کے لبوں اور چہرے کو انوکھا حسن بخش رہی تھی۔اس پر اس کی جھکی جھکی گھنی پلکوں کی جھالر۔حسن کو ضبط کی ساری حدیں عبور کرنے پر مائل کر رہی تھیں۔

''میں بہت زیادہ خوش ہوں بہت خوش عزّہ،آپ کو میرا اعتبار میرا یقین آ گیا ہے۔بالآخر آپ نے اپنی ساری کشتیاں جلا کر اپنی سب سے اہم کشتی بھی جلا کر میری محبت کو معتبر کر دیا ہے۔شکریہ عزّہ۔''وہ خوشی سے کہہ رہے تھے۔

''حسن،شکریہ تو مجھے آپ کا ادا کرنا چاہیے۔آپ نے اس رشتے پر،محبت پر میرا یقین اور اعتبار،اعتماد بحال کیا ہے۔مجھے اس رشتے کا محبت کا مان بخشا ہے۔اور رہی بات ساری کشتیاں جلا کر آپ کے پاس آنے کی تو میں نے اپنی یہ کشتیاں اسی روز جلا دی تھیں۔جس روز میں نے آپ کی محبت کو آپ کو دل سے قبول کرنے کا فیصلہ کیا تھا۔فوراً ریزائن اس لیے نہیں دیا تھا کہ گھر میں فارغ بیٹھ کر میں بور نہیں ہونا چاہتی تھی۔پھر جب اللہ تعالیٰ نے مجھے ان بچوں کی صورت میں اتنی خوبصورت مصروفیت عطا کرنے کا اہتمام فرما دیا تو میں نے جاب چھوڑ دی۔کیونکہ بچے پالنا تو فل ٹائم جاب ہے نا۔''اس نے نرم مسکراتے لہجے میں کہا۔

''ٹھیک کہا آپ نے عزّہ!مجھے آپ کے اس فیصلے سے دلی خوشی ہوئی ہے۔میں آپ کے جاب کرنے پر پابندی نہیں لگانا چاہتا تھا۔میں تو صرف یہ چاہتا تھا کہ بچوں کو آپ کی بھرپور توجہ اور محبت میسر رہے۔ہم اپنے بچوں کو کسی محرومی کا احساس کمتری کا شکار نہیں ہونے دیں گے۔ان کی تربیت بہت اچھی کریں گے۔''

''انشاءاللہ۔''عزّہ نے مسکراتے ہوئے دل سے کہا۔

عزّہ میری جان!آپ میری توقعات اور امیدوں سے بڑھ کر سمجھدار اور حساس ہیں۔ذمہ دار اور کیئرنگ ہیں۔مجھے آپ سے شادی کے فیصلے پر بہت فخر محسوس ہو رہا ہے۔اس روئے زمین

پر مجھ سے زیادہ خوش نصیب کون ہوگا بھلا جسے آپ سی شریک حیات نصیب ہوئی ہے۔ ہاؤ لکی آئی ایم۔ الحمدللہ، شکر ہے اللہ کا جس کا مجھ پر خاص کرم ہے۔" حسن نے اس کے رخِ زیبا کو ہاتھوں کی رحل میں سجا کر محبت سے اسے دیکھتے ہوئے کہا۔

"مجھ پر بھی تو۔" عزّہ نے ان کی سینے پر دونوں ہاتھ رکھ کر ان کے چہرے کو محبت اور عقیدت سے دیکھتے ہوئے مان اور فخر بھرے لہجے میں کہا تو انہوں نے خوش ہو کر مسکراتے ہوئے اس کے گلاب چہرے کو گلابوں سے مہکا دیا۔ پیار، محبت، چاہت، عشق کے سچے اور انمول گلابوں سے۔ جن کی خوشبو عزّہ کے رگ و پے میں رچ بس گئی۔ اور وہ ان کی پناہوں میں سما گئی۔ خوشی اور بے خودی کے احساسات کے ساتھ۔ عزّہ نے اپنی شاعری سے سب سے اچھا کلام منتخب کر لیا تھا۔ وہ کلام جو اس نے حسن سے شادی کے بعد ان کے عشق میں لکھا تھا۔ وہ بھی اور جو شادی سے پہلے شاعری کی تھی وہ بھی۔ خاص کلام کا انتخاب کرنے کے بعد اس نے وہ مسودہ عزیر کو دیدیا تھا۔ دراصل وہ اپنی شاعری کی کتاب شائع کرانا چاہ رہی تھی۔ یہ کتاب، یہ کلام وہ حسن کے نام منسوب کر رہی تھی۔ انتساب حسن کے نام تھا۔ اور وہ انہیں یہ تحفہ ان کی چونتیسویں سالگرہ کے موقع پر دینے کا ارادہ رکھتی تھی۔ عزیر نے بہت ذمہ داری سے اس کی خواہش اور ہدایت کے مطابق اس کی شاعری کی کتاب کی پانچ کاپیاں شائع کرائی تھیں۔ عزّہ اس کتاب کی زیادہ اشاعت نہیں چاہتی تھی۔ کیونکہ اس نے یہ شاعری صرف حسن کے لیے کی تھی۔ ان کے نام کی تھی اس لیے صرف اپنے جذبات اور احساسات کو وہ ان تک ہی محدود رکھنا چاہتی تھی۔ اور چند دنوں میں کتاب چھپ کر آ گئی۔ جو اس نے عذیز کے شکریے کے ساتھ حسن سے چھپا کر رکھ لی۔ ایک کتاب کو اس نے خوبصورت گفٹ پیپر میں پیک کر دیا۔ باقی چار کاپیاں سنبھال کر رکھ دیں۔ آج حسن کی سالگرہ تھی۔ عزّہ انہیں آفس دوپہر کا کھانا گھر سے پکا کر بھجوایا کرتی تھی۔ لیکن آج اس نے کھانا نہیں بھیجا۔ اس نے خود ان کی پسند کی ڈشز فرنی، چکن بریانی، شامی کباب اور سپائسی فرائیڈ فش تیار کی تھیں۔ جس محبت اور مسرت سے اس نے ان کے لیے کھانے کا اہتمام کیا تھا۔ اسے ذرا سی بھی تھکن محسوس نہیں ہوئی۔ اس کے لبوں پر خوشی میں ڈوبی مسکان سجی رہی۔ بچوں کو بوا اور کمو نے سنبھالا۔ اس نے انہیں دودھ پلانے کے بعد سلا دیا تھا۔ اور ظہر کی نماز ادا کر کے خود بھی تیار ہو گئی۔ حسن نے اسے شادی کی پہلی رات جو ہلکے آسمانی اور سفید رنگ کی خوبصورت ساڑھی تحفے میں دی تھی۔ آج اس نے وہی ساڑھی نکال کر پہنی تھی۔ اور ساڑھی اس کے خوبصورت وجود میں مزید

نکھار پیدا کر رہی تھی۔ اس کا رنگ روپ سادگی میں بھی اپنی بہار دکھار ہا تھا۔ اس نے بالوں کو بہت خوبصورت انداز میں بنا کر کھلا چھوڑ دیا تھا۔ دائیں بائیں لمبے بال بہت اچھی لک دے رہے تھے۔ بیک کومب کے بعد بالوں کی چند لٹیں اس کے چہرے کو چومنے کے لیے رخساروں پر اٹکھیلیاں کر رہی تھیں۔ ہلکے میک اپ اور ہلکی پھلکی معمول کی جیولری کے ساتھ لباس سے ہم آہنگ چوڑیاں پہنے خوشبوؤں سے مہکتی عزّہ اپنا آپ آئینے میں دیکھ کر خود بھی شرما کر مسکرا دی۔ کھانے کی میز پر ہاٹ پاٹ میں چپاتیاں اور گرم پانی کے برتنوں میں دوسرے پکوان سج چکے تھے۔ کیک اس نے بیکری سے منگوایا تھا۔ اور اس پر ''ہیپی برتھ ڈے ٹو یو ڈیئر حسن'' خود کریم سے لکھا تھا۔ حسن کے لیے اس نے دو پینٹ شرٹ، جوتے، پرفیومز، گرم شال، جرسی اور کوٹ بھی اپنی ذاتی کمائی کے پیسوں سے خریدے تھے۔ تمام اہتمام ہو چکا تھا۔ صرف مہمانِ خصوصی یعنی حسن صدیقی کی کمی تھی۔ عزّہ نے وال کلاک پر نگاہ ڈالی گھڑی کی سوئیاں پونے تین بجا رہی تھیں۔ وہ لاؤنج میں آ گئی۔ اور ٹیلی فون سیٹ اُٹھا کر کرسی پر بیٹھتے ہی حسن کے موبائل کا نمبر ملایا۔ دوسری بیل پر حسن نے موبائل آن کر لیا۔

''السلام علیکم بیگم صاحبہ!'' حسن کی دلکش محبت بھری آواز اس کی سماعتوں میں رس گھول گئی۔ اس نے مسکراتے ہوئے جواب دیا۔ ''وعلیکم السلام۔''

''خیریت تو ہے ناعزّ و جان! آج آپ نے ہمارے لیے کھانا نہیں بھجوایا۔''

''آپ کو بھوک لگ رہی ہے تو گھر آ جایئے۔ کھانا تو آج نہیں بھجواؤں گی میں۔'' عزّہ نے مسکراتے ہوئے شوخ لہجے میں کہا۔

''خیریت تو ہے ناعزّ و۔''

''جی ہاں خیریت ہے۔ یہ بتایئے کہ آپ مصروف تو نہیں ہیں۔''

''کچھ خاص نہیں کیوں؟''

''خاص مصروفیت ہو تو بھی آپ اس وقت گھر آ جایئے۔''

''زہے نصیب، آپ نے پہلی بار مجھے فون کر کے گھر آنے کے لیے کہا ہے۔'' وہ خوشی سے بولے۔

''تو اگر آپ مصروف نہیں ہیں تو ابھی گھر آ جائیں۔''

''آپ کے لیے ہم اپنی ہر مصروفیت ترک کر کے آسکتے ہیں۔ اگر کی تو آپ بات ہی نہ کیجئے

بس اتنا بتا دیجیے کہ کیا کوئی خاص بات ہے؟''

''میرے لیے تو بہت خاص اور اہم بات ہے۔''

''وہ کیا؟''

''گھر تشریف لے آیئے آپ کو خود ہی پتا چل جائے گا۔''

''اوکے میں دس منٹ میں گھر پہنچ رہا ہوں۔'' حسن نے ریسٹ واچ پر نگاہ ڈال کر کہا۔

''آپ دس منٹ کی بجائے بے شک بیس (20) منٹ میں گھر آ جائیں۔ لیکن جلدی اور تیزی کی کوئی ضرورت نہیں ہے۔ آرام اور احتیاط سے گاڑی ڈرائیو کیجیے گا۔ یہاں سب خیریت ہے۔ آپ پریشان مت ہوں۔ بلکہ ایسا کریں کہ ڈرائیور کے ساتھ گھر آئیں۔ مجھے ڈر ہی رہے گا کہ کہیں آپ جلدی اور پریشانی میں گاڑی تیز چلانے کی کوشش نہ کریں۔'' عزّہ نے پیار بھرے انداز میں ہدایات دیں تو وہ ہنس دیئے۔

''اچھا بابا، میں ڈرائیور کو گاڑی کی چابی دیدوں گا۔ وہی چلائے گا گاڑی اوکے میں پہنچتا ہوں گھر اللہ حافظ۔''

''اللہ حافظ۔'' عزّہ نے مسکراتے ہوئے کہا اور فون بند کر دیا۔

'ایسی کون سی خاص بات ہے جو عزّہ نے مجھے گھر آنے کے لیے کہا ہے۔ پہلے تو کبھی نہیں کہا۔ اللہ خیر کرے۔ عزّو، مجھ سے پریشانی کی بات تو ویسے ہی چھپاتی ہیں۔ ایک دم سے کچھ بتائیں گی بھی نہیں کہ میں پریشان نہ ہو جاؤں۔ ڈرائیونگ کرتے ہوئے ایکسیڈنٹ نہ کر ابیٹھوں۔ کتنا خیال رہتا ہے عزّو کو میرا، ہر پہلو پر نظر ہوتی ہے ان کی۔ ہر طرح سے میرا خیال رکھنے کی کوشش کرتی ہیں وہ۔'

حسن نے اپنی چیزیں سمیٹتے ہوئے فکر مندی سے دل میں سوچا اور آفس بند کر کے باہر آ گئے۔ ڈرائیور کے ساتھ وہ گھر پہنچے تو ان کا دل پریشان ہو کر دھڑکنے لگا۔ وہ تیزی سے اندر آئے۔ گھر میں مکمل خاموشی چھائی ہوئی تھی۔ عزّہ بھی نظر نہیں آ رہی تھی۔ حسن کا دل ڈر سا گیا۔ چہرے پر پریشانی رقص کرنے لگی۔ انھوں نے پریشانی اور بے قراری سے چاروں جانب دیکھا اور پھر عزّہ کو آوازیں دینے لگے۔ عزّہ، عزّو کہاں ہیں آپ۔ عزّو۔ میری آواز سن رہی ہیں آپ۔''

''جی ہاں میں آپ کی دلکش مگر پریشانی میں ڈوبی آواز اچھی طرح سن رہی ہوں۔'' عزّہ پردہ ہٹا کر مسکراتی ہوئی ڈرائنگ روم میں داخل ہوتے ہوئے بولی تو حسن نے چونک کر اس کی سمت

دیکھا۔اس کے سجے سنورے روپ کو دیکھ کر مسکراتے لبوں کو دیکھ کر ان کی جان میں جان آئی۔ انہوں نے سکون سے آنکھیں موند کر لبوں سے طویل سانس خارج کیا۔اور پھر آنکھیں کھول کر اسے دیکھتے ہوئے پیار بھری خفگی سے بولے۔

''عزّہ، آپ نے تو میری جان ہی نکال دی تھی۔''

''تو اب تو آپ کی جان میں جان ڈال دی نہ واپس۔'' وہ ہنستی، بولتی ان کے پاس آکر انہیں پیار سے دیکھتے ہوئے بولی تو وہ دھیرے سے ہنسے اور اس کے دلکش سراپے کو نگاہوں سے دل میں اتارتے ہوئے مسکراتے ہوئے بولے۔''ہاں آپ کا یہ سجا سنورا روپ دیکھ کر میری جان میں جان آئی ہے۔اللہ کا شکر ہے کہ خیریت ہے یہاں۔''

''وہ تو میں نے آپ کو پہلے ہی بتا دیا تھا پھر بھی آپ پریشان ہوگئے۔''

''اس لیے کہ آپ نے خود فون کر کے مجھے پہلی بار گھر بلایا ہے۔اور اس لیے بھی کہ مجھے معلوم ہے کہ آپ بڑی سے بڑی پریشانی بھی مجھے اس انداز سے بتائیں گی کہ میں کم سے کم پریشان ہوں۔شکر ہے اللہ کا کہ ابھی تک تو ایسی کوئی بات نہیں ہوئی۔''

''انشاءاللہ کبھی ہوگی بھی نہیں۔''عزّہ نے پر یقین لہجے میں مسکراتے ہوئے کہا۔

''اچھا اب مجھے جلدی سے بتائیے کہ مجھے فون کر کے کیوں بلایا ہے؟''

''کیوں کیا میں آپ کو نہیں بلا سکتی؟'' وہ اپنی ساڑھی کا پلو دونوں ہاتھوں میں پکڑے بڑی ادا سے پوچھتی ہوئی حسن کے دل وروح میں محبتوں کے نئے شگوفے کھلا رہی تھی۔''یہ میں نے کب کہا؟'' وہ اس کے قریب آکر اس کے چہرے کو پیار سے دیکھتے ہوئے مسکراتے نرم محبت بھرے لہجے میں بولے۔''آپ کو تو مجھ پر مکمل اختیار ہے،حق ہے آپ کا۔آپ مجھے کسی بھی وقت کسی بھی جگہ کسی بھی کام کے لیے بلا سکتی ہیں۔''

''لیکن میں نے آپ کو کسی کام کے لیے تو نہیں بلایا۔'' وہ بچوں کی سی خفگی سے بولی۔

''سوری جان! کام سے میری مراد تھی کہ اگر آپ کا دل چاہے مجھے گھر بلانے کو تو آپ مجھے بلا سکتی ہیں آفس سے اور اگر دل نہ چاہے۔''

''کیوں نہ چاہے دل؟''عزّہ نے ان کی بات کاٹ کر اسی لہجے میں کہا تو حسن کی نگاہوں میں زمانے بھر کی محبتیں اُمڈ آئیں۔دل کی پریشانی اب خوشی اور شادمانی میں بدل گئی تھی۔ہونٹوں پر بڑی مسرور اور دلکش مسکراہٹ سج گئی۔عزّہ کے لبوں پر بھی شرمیلی مسکان اور آنکھوں میں پیار کا

جہان مزین تھا۔ وہ دونوں ایک دوسرے کو دیکھ رہے تھے۔ پیار، محبت اور چاہت سے۔

''چشمِ بددور، چشم ماروشن دلِ ماشاءاللہ ہمابارک الیہ۔ آج تو آپ نے میرے اس تحفے کی قدر و قیمت میں اضافہ کر دیا ہے۔ آپ کے پہننے سے ساڑھی بھی بہت قیمتی ہو گئی ہے۔'' حسن نے اس کے شانوں پر ہاتھ رکھ کر محبت سے اسے دیکھ کر کہا۔

''بھی۔'' وہ مسکرائی۔

''ہوں، آپ تو پہلے ہی بہت بیش قیمت اور انمول ہیں۔'' وہ محبت کی انتہا پر تھے۔

''اللہ...... حسن! میں تو کچھ بھی نہیں ہوں۔ اگر آپ کی محبت نہ ہو تو میں......''

''تو میں کچھ بھی نہیں ہوں آپ کی محبت کے بغیر عزّہ۔'' حسن نے اس کی بات کاٹ کر وہی بات کہی جو وہ کہہ رہی تھی۔ خوشی سے عزّہ کی آنکھیں بھیگنے لگیں۔

''آپ نے تو میری بات کہہ دی۔'' وہ مسکراتے ہوئے بولی۔

''میری اور آپ کی بات اب الگ ہو سکتی ہے کیا؟'' حسن نے محبت پاش نظروں سے اسے دیکھتے ہوئے نرمی سے پوچھا تو اس نے شرماتے، مسکراتے ہوئے نفی میں سر ہلا دیا۔ ''اچھا وہ خاص بات بتا دیجئے۔ جس کے لیے آپ اتنی منفرد اور حسین لگ رہی ہیں آج اس لباس میں۔ کیا پھر کوئی سرپرائز ہے؟''

''جی۔'' وہ ہنس پڑی۔ حسن اس پر دل و جان سے نثار ہو گئے۔

''کیا سرپرائز ہے؟''

''کیوں بتاؤں؟'' وہ شوخی سے مسکراتے ہوئے اپنی چوڑیوں کو چھیڑتے ہوئے بولی۔

''کیوں آزما رہی ہیں میرے صبر کو، پہلے کیا کم قیامت ڈھاتی ہیں جو آج اس منفرد ملبوس میں سج سنور کر اور اس پر شوخی اور شرارت پر آمادہ ہیں۔ ایمان سے طوفان بپا ہو گیا ہے میرے اندر آپ کے پیار کے سمندر میں اظہار کی خواہش کا طوفان۔''

''تو میں کیا کروں؟'' وہ ان کی دلی کیفیت جان کر خوشی سے شرماتے ہوئے بے نیازی سے ادا سے بولی۔

''کروں گا تو اب میں بیگم صاحبہ! ذرا ادھر آیئے۔'' وہ اس کے شرارت بھرے سوال پر جذبات کے ہاتھوں بے قابو ہوتے ہوئے مسکراتے ہوئے بولے اور اس کے بازو کو تھام لیا۔ وہ اسے اتنی نرمی اور ملائمت سے چھوتے تھے۔ جیسے وہ کوئی نازک سی کلی ہو، چھوئی موئی کا پودا ہو۔ جو

ذرا سی سختی سے مرجھا جائے گا۔ ان کا لمس اس کے رگ و ریشے میں زندگی بن کر دوڑنے لگا۔ اس نے ان کے چہرے کو مسکراتے ہوئے دیکھا جہاں محبتوں کا جہان آباد تھا۔

''ادھر نہیں ادھر آیئے ڈرائنگ روم میں آج میں نے آپ کی پسندیدہ ڈشز بنائی ہیں۔'' عزّہ نے ان کی کسی پیش قدمی سے پہلے ہی کہہ دیا۔

''اسی لیے آج آپ نے کھانا آفس نہیں بھجوایا۔''

''جی آج آپ لنچ میرے ساتھ کریں گے۔ چلیں ناں دوپہر کی جگہ شام کا کھانا ہو گیا ہے اب تو۔'' اس نے ساڑھے تین بجاتی ان کی کلائی پر بندھی گھڑی پر ٹائم دیکھ کر کہا۔

''یہ تو ہے، اچھا ہمارے پیارے پیارے جگر گوشے اس وقت کہاں ہیں؟''

''وہ دونوں سو رہے ہیں۔ بوا ہیں ان کے پاس آپ تو آیئے نا۔'' اس نے ان کا ہاتھ پکڑ کر ڈائننگ روم کی جانب رُخ کر کے کہا۔

''چلیے مگر سنیئے۔''

''جی۔'' اس نے رک کر ان کے چہرے کو بغور دیکھا۔

''آپ نے اپنی نظر اتاری ہے کیا؟'' وہ محبت سے اسے دیکھتے ہوئے پوچھ رہے تھے۔

''وہ تو آپ اتاریں گے۔'' اس نے بہت مان اور یقین سے مسکراتے شوخ لہجے میں کہا۔

''عزّہ، میری جان!'' حسن نے خوشی اور محبت سے بے قابو ہو کر اس کے چہرے کو ہاتھوں کے ہالے میں سمو کر اس پر اپنے پیار کے چاند، ستارے روشن کر دیئے۔ عزّہ کا دل اور روح سیراب و سرشار ہو گئی۔ انہوں نے اس کے حیا سے مسکراتے لبوں کو چھوا تو وہ شرما کر شوخی سے بولی۔

''میں نے آپ کو نظر اتارنے کو کہا ہے لپ اسٹک اتارنے کو نہیں کہا۔''

اور حسن کا بے ساختہ شوخ اور زندگی سے بھرپور قہقہہ فضا میں بکھر گیا۔ عزّہ کو ہنسی آ گئی۔ حیا کے ساتوں رنگوں نے، خوشی کی قوسِ قزح نے، سرشاری کی دھنک نے اس کے رُخِ زیبا کو انوکھا حُسن، تازگی اور دلکشی عطا کر دی تھی۔ پھر بھلا اپنی اس حسین صبح محبت سے کیسے دور رہ سکتے تھے۔ اپنے جذبات پر کیسے قابو پا سکتے تھے۔ ان کا بس نہیں چل رہا تھا کہ اس پر دُنیا جہان کی محبتیں نچھاور کر دیں۔ انہیں تو اس کے لیے اپنا پیار بے کراں، بے بہا ہو کر بھی بہت کم محسوس ہوتا تھا اور یہی تو ان کی عزّہ سے محبت کی انتہا تھی۔

''اچھا میری شریر اور حاضر جواب بیگم جان! میرے کوٹ کی جیب میں سے میرا والٹ

نکالیں۔''انہوں نے اپنی ہنسی پر قابو پا کر محبت سے کہا۔
''نکال لیا۔''عزّہ نے ان کے کوٹ کی بائیں جانب کی اندرونی جیب میں ہاتھ ڈال کر والٹ نکالا تو ساتھ ہی ایک سفید رنگ کا ڈاک لفافہ بھی اس کے ہاتھ میں آ گیا۔
''اس والٹ میں جتنے بھی نوٹ ہیں وہ آپ نکال لیے اور اپنے دستِ مبارک سے چھو کر ہمیں واپس کر دیجئے تاکہ ہم بعد میں کسی ضرورت مند کو دے سکیں۔''حسن نے نرمی سے کہا۔''اور اگر اس میں ایک بھی نوٹ نہ ہوا تو؟''عزّہ نے والٹ کھولے بغیر انہیں دیکھتے ہوئے پوچھا تو وہ اس کے گال پر نرمی اور محبت سے اپنا دایاں ہاتھ رکھ کر پیار سے بولے۔
''تو آپ کے لیے تو ہماری جان بھی حاضر ہے۔ آپ کی جان کا صدقہ تو ہم اپنی جان دیکر۔''
''اللہ نہ کرے پلیز ایسا مت کہئے۔''عزّہ نے تڑپ کر خوفزدہ ہو کر ان کے لبوں پر ہاتھ رکھ دیا اور ان کی بات کاٹ کر بولی۔''آپ کی جان سے تو میری خوشیوں کا جہان آباد ہے۔''
''سچ عزّو۔''حسن نے اسے اپنی بانہوں کے حلقے میں لے کر خوشی سے کہا۔
''آپ کو شک ہے کیا؟''اس نے معصومیت سے پلکیں جھپکتے ہوئے ان کے دل پر بجلیاں گراتے ہوئے پوچھا تو انہوں نے اسے پیار بھری والہانہ نظروں سے دیکھتے ہوئے نرم لہجے میں کہا۔
''ہرگز نہیں، یقین سے بڑھ کر یقین ہے مجھے۔ لیکن آج آپ کی زبان سے یہ سب سننا مجھے بہت اچھا لگ رہا ہے۔ آپ کا تو ہر عمل محبت کا مظہر ہوتا ہے۔ لیکن زبان سے کہنا اور سننا جو اثر رکھتا ہے۔ اس کی خواہش دل کو ہمیشہ رہتی ہے۔ اور آج آپ نے زبان سے کہہ کر میری دلی خواہش پوری کر دی ہے۔ آئی رئیلی لو یو عزّو۔ آئی لو یو۔''
''آئی لو یو حسن، آئی رئیلی لو یو۔''عزّہ کی زبان بھی بےخودی میں بےاختیار دل کی سچائی کو دل کے جذبے کو ان پر عیاں کر گئی۔ حسن نے بے حد مسرور ہو کر اس کے پیار کا اظہار کرتے محبت کا پیغام سناتے، کوثر و تسنیم کے چشموں کی طرح حیات بخشتے لبوں کو بےاختیار خراجِ تحسین، خراجِ محبت پیش کر دیا۔ یہ اظہار عزّہ کے دل کو چھوتا ہوا اس کی روح کے گلشن میں اپنی بہار دکھلانے لگا۔
''شرارتی بچے نہ ہوں تو، میری ساری لپ اسٹک صاف کر دی ہے آپ نے۔''اس نے شرماتے ہوئے ان کے لبوں پر اپنی لپ اسٹک کا رنگ دیکھ کر کہا تو وہ خوشدلی سے قہقہہ لگا کر ہنس

پڑے۔اس کا روم روم ان کی محبتوں کے حصار اور اظہار سے اس سرد موسم میں گرم ہو گیا تھا۔گلنار اور پر بہار ہو گیا تھا۔

''اس مصنوعی رنگ کی جگہ حقیقی رنگ سجے ہیں آپ کے لب و رخسار پر ذرا آئینے میں دیکھیے کہ میرے پیار کے رنگوں نے کیسا حسین میک اپ کیا ہے آپ کے چاند چہرے پر۔ایک رنگ ہٹا کر سات رنگ سجا دیئے ہیں۔'' حسن نے اس کی ٹھوڑی پکڑ کر اس کے چہرے پر پھیلی خوشی، حیا اور مسکان کو معصومیت کو دیکھتے ہوئے کہا تو وہ شرمیلی ہنسی ہنستی ہوئی ڈائننگ روم کی طرف بھاگ گئی۔ حسن بھی ہنستے ہوئے اس کے پیچھے ہی چلے آئے۔میز پر پکوان اور کیک دیکھ کر انہوں نے اس کی جانب دیکھا جو پلیٹ میں رکھی پھولوں کی پتیوں سے کھیل رہی تھی۔

''عزو جانی! ہماری ویڈنگ اینی ورسری (شادی کی سالگرہ) تو پرسوں ہے۔پھر یہ کیک کس خوشی میں یہاں موجود ہے؟''

''آپ کی سالگرہ کی خوشی میں۔'' عزہ نے انہیں دیکھتے ہوئے مسکراتے ہوئے کہا اور پھولوں کی پتیاں دونوں ہاتھوں میں بھر کر ان پر نچھاور کر دیں۔

''ہیپی برتھ ڈے ٹو یو، ہیپی برتھ ڈے ڈیئر حسن، ہیپی برتھ ڈے ٹو یو۔''

''او مائی گاڈ! واٹ اے پلیشنٹ Pleasant سرپرائز۔عزو آپ تو ہمیشہ مجھے حیران کر دیتی ہیں۔'' حسن نے پھولوں کی پتیوں کی مہک کو محسوس کرتے ہوئے اسے دیکھتے ہوئے حیرت آمیز مسکراہٹ سے کہا۔

''پسند آیا آپ کو یہ سرپرائز؟'' عزہ وشنگ کارڈ اور سرخ تازہ گلاب کا پھول ہاتھ میں لیے ان کے قریب آ گئی۔

''پسند، عزو جان! میری سمجھ میں نہیں آ رہا کہ میں اپنی فیلنگز (احساسات) کا اظہار کیسے کروں۔شکریے کے کونسے الفاظ آپ کے روبرو پیش کروں۔'' وہ واقعی بہت خوش تھے۔اس سرپرائز کے کھلنے پر۔انہوں نے کبھی اپنی سالگرہ نہیں منائی تھی، اس لئے زیادہ خوش تھے۔

''کوئی سے بھی نہیں، آپ کی خوشی سے بڑھ کر شکریہ اور کیا ہو گا۔آپ کو یہ اہتمام اچھا لگا۔ اور مجھے میری محنت اور محبت وصول ہو گئی۔آیئے کیک کاٹیں۔'' عزہ نے پیار سے انہیں دیکھتے ہوئے کارڈ اور پھول انہیں دے کر کہا۔

''پہلے کارڈ پڑھ لوں۔''

''پڑھ لیں۔'' وہ مسکرائے گئی۔

حسن نے اجازت ملنے پر کارڈ کھول کر دیکھا۔ عزّہ نے لکھا تھا:

''میرے جنم جنم کے ساتھی

میرے سجن، میرے حسن کو

جنم دن بہت بہت مبارک ہو۔

دُعاؤں اور محبتوں کے ساتھ صرف آپ کی۔ عزّہ۔''

''عزّہ! تھینک یو سوئیٹ ہارٹ۔'' خوشی سے حسن کی آنکھوں میں آنسو آ گئے۔ انہوں نے اس کے گرد اپنا بازو حمائل کر کے اس کی پیشانی چوم لی۔

''اس گلاب کی کیا ضرورت تھی، اس گلاب کے ہوتے ہوئے؟'' حسن نے اس کا دیا ہوا گلاب کا پھول دیکھا اور پھر اس کے گلاب چہرے کو دیکھتے ہوئے محبت پاش لہجے میں کہا تو اس نے شرماتے مسکراتے ہوئے نظریں جھکا لیں۔ حسن نے اس کی جھکی ہوئی نگاہوں کو شرف محبت بخشا اور پھر پیار سے پوچھا۔ ''یہ لباس نئے جوتے اور خوشبو جو آج صبح آپ نے مجھے پہننے کے لیے دیے تھے یہ سب آپ نے ہی خریدے ہیں میری سالگرہ کے تحفے کے طور پر ہے نا؟''

''ہاں لیکن یہ تو روٹین کی چیزیں ہیں اور میں تو آپ کو کوئی منفرد تحفہ دینا چاہتی تھی۔'' عزّہ نے ان کے اندازے کی تصدیق کرتے ہوئے ان کے سینے پر ہاتھ رکھ کر کہا۔

''آپ سب کچھ دے چکی ہیں مجھے۔ میرے لئے آپ کسی قیمتی تحفے سے کم تو نہیں ہیں۔ آپ کا ساتھ مجھے نصیب ہے میں بھلا کسی اور تحفے کی تمنا کیوں کروں گا؟''

''پھر بھی میں نے آپ کے لئے ایک منفرد تحفہ سنبھال رکھا ہے جو یقیناً آپ کو پسند آئے گا۔'' عزّہ نے خوشی سے بے خودی سے مسکراتے ہوئے بتایا۔

''ہوں، تو کہاں ہے وہ منفرد تحفہ؟''

''پہلے کیک کاٹیں ناں۔''

''اوکے۔'' انہوں نے کارڈ اور پھول میز پر رکھتے ہوئے کہا۔ ''آپ بھی میرا ساتھ دیں؟''

''وہ تو ہم دیں گے ہی۔'' عزّہ کے ذومعنی جملے پر انہیں ہنسی آ گئی اور پھر عزّہ نے ان کے ہاتھ پر اپنا ہاتھ رکھ کر کیک پر چھری چلائی۔ حسن نے اسے اپنے ہاتھ سے کیک کھلایا۔ ان کی پسند کا کیک تھا۔ بلیک فورسٹ انہوں نے اس کے ہاتھ سے کیک کا ٹکڑا کھایا اور میز پر والٹ کے ساتھ

رکھا سفید لفافہ اُٹھایا۔

''یہ لیٹر کیسا ہے؟'' عزّہ نے دیکھتے ہی پوچھا۔

''یہ انوی ٹیشن لیٹر ہے اٹلی میں لیدر اور کاٹن گڈز کی ایگزیبیشن (نمائش) ہو رہی ہے۔ اس کے علاوہ وہاں کی بزنس کمیونٹی سے ہماری ڈیل بھی چل رہی ہے۔ ایک آدھ نیا کانٹریکٹ سائن کرانا ہے انہوں نے اس سلسلے میں ایک میٹنگ بھی ہے۔ جس کے لئے مجھے دس دن بعد ایک ماہ کے لئے اٹلی جانا ہوگا۔ آپ میرا ضروری سامان پیک کر دیجئے گا پلیز۔'' حسن نے ساری تفصیل بتانے کے بعد آخر میں اسی پیار دلار بھرے لہجے میں کہا۔

''جی نہیں، میں کوئی سامان پیک نہیں کروں گی آپ کا اور نہ ہی آپ ایک ماہ کے لئے اٹلی جائیں گے۔'' اس نے ان کے جانے کا سن کر پریشان اور افسردہ ہو کر رعب سے کہا۔

''کیوں نہیں جاؤں گا؟'' وہ مسکرا دیئے۔ اس کے چہرے کے بدلتے رنگوں سے کچھ کچھ بات سمجھ بھی گئے تھے۔

''بس میں نے کہہ دیا نا نہیں جائیں گے آپ۔'' اس نے لیٹر ان کے ہاتھ سے لے کر ایک طرف رکھ دیا۔

''عزو، جانا ضروری ہے، ایک ماہ کی تو بات ہے۔'' انہوں نے پیار سے سمجھایا۔

''آپ تو ایسے کہہ رہے ہیں جیسے ایک ماہ کی نہیں ایک ہفتے کی بات ہو۔''

''اچھا باقی معاملات میرے مارکیٹنگ سپروائزر اور منیجر دیکھ لیں گے۔ پھر بھی ہفتے کے لئے ہی سہی مجھے جانا تو ہوگا نا۔''

''نہیں ایک دن کے لئے بھی نہیں۔'' عزّہ نے بچوں کی طرح ضدی لہجے میں کہا۔

''کیوں نہیں؟'' حسن نے خوشی سے مسکراتے ہوئے اس کے بالوں کو چھیڑا۔

''کیونکہ میں آپ کے بغیر نہیں رہ سکتی، ایک پل بھی نہیں۔'' اس نے بے اختیار اپنی بے کلی اور بے قراری کا اظہار اور اقرار کرتے ہوئے ان کی طرف دیکھا تو انہیں اس پر اس کی محبت اور معصومیت پر بے پناہ پیار آنے لگا۔ ان کے لب مسکرا رہے تھے۔

''ذرا پھر سے کہیے۔'' انہوں نے مسکراتے ہوئے کہا۔

''نہیں کہتی۔'' بالکل بچوں کی سی ادا تھی اس کی وہ دل و جان سے اس پر نثار ہو گئے۔ اور ہنستے ہوئے اسے اپنے اندر سمو لیا۔

''کہہ دیجیے نا دوبارہ ورنہ میں ضرور جاؤں گا۔''

''حسن!'' اس نے روہانسی ہو کر انہیں دیکھا۔

''جی جان حسن! دیکھیے میرا آنا جانا تو بیرون ملک لگا رہتا ہے۔ اس بار نہ بھی جاؤں تو بھی بعد میں کسی اور بزنس ٹور پر جانا پڑ جائے گا۔''

''بعد کی بعد میں دیکھی جائے گی۔ بس ابھی آپ نہیں جائیں گے۔ اور اب آپ اکیلے نہیں ہیں کہ جب دل چاہا مہینوں، ہفتوں ملک اور شہر سے دور چلے گئے۔'' عزہ نے نظریں جھکائے معصومیت سے کہا۔ انہیں اس کا یہ انداز یہ بے قرار اظہار یہ ان کے لئے بے چینی اور تڑپ بہت خوشی کا احساس دلا رہی تھی۔ وہ جو اس کی زبان سے اپنے لیے پیار کے الفاظ سننے کے لئے بے تاب اور آرزو مند رہتے تھے۔ آج اس نے ان کے دل کی آرزو پوری کر دی تھی۔ ان کی بے تاب ساعتوں اور دھڑکنوں کو قرار بخش دیا تھا۔ وہ ایک ٹور تو کیا ہر ٹور اس کے پیارے پر قربان کرنے کے لیے تیار تھے۔ بس اسے ستانے میں چھیڑنے میں انہیں لطف آ رہا تھا۔ اسی لئے اپنی بات پر اڑے ہوئے تھے۔

''ملک اور شہر سے دور جاؤں گا۔ آپ سے تو دور نہیں جاؤں گا ناں۔''

''مجھ سے آپ دور جا کر تو دیکھیں۔ بڑے آئے جانے والے۔'' عزّہ کی آواز بھرا گئی۔ اس نے آنسو چھپانے کے لئے پلکیں جھپکتے ہوئے رخ پھیر لیا۔ حسن کو ہنسی آ گئی۔

''ارے رے عزّہ! میری جان! میری معصوم سی زندگی، آں ہاں رونا نہیں ہے۔ عزو آپ کا کہنا ہی میرے لئے کافی ہے۔ آپ اتنے پیار سے مجھے جانے سے روکیں اور میں انکار کر دوں۔ ایسا ہو ہی نہیں سکتا۔ آپ کی محبتوں کے بھید تو مجھ پر آہستہ آہستہ کھل رہے ہیں۔ آپ کے پیار کی گہرائی اور سچائی تو میرے پیار کا مان ہے۔ چلیں میں یہ بزنس ٹور آپ کے پیار کے نام کرتا ہوں۔ میں کہیں نہیں جاؤں گا اپنی عزو کو چھوڑ کر۔'' وہ اس کے بازوؤں کو تھام کر اسے پیار سے دیکھتے ہوئے محبت سے بولے۔

''سچ حسن؟'' اس نے خوش ہو کر انہیں دیکھا۔

''جی جان من؟'' انہوں نے اپنے مخصوص پیار بھرے طرز تخاطب میں جواب دیا تو وہ فراخدلی سے ہنس پڑی۔ انہوں نے مسکراتے ہوئے کہا۔

''مجھے آپ کے ہونٹوں پر یہ ہنسی ہی چاہیے۔ آنکھوں میں آنسوؤں کی لڑی نہیں چاہیے

سمجھیں؟"

"جی ہاں، اگر آپ اسی طرح فرمانبرداری کا مظاہرہ کرتے رہیں گے تو ہم بھی ہنستے مسکراتے رہیں گے۔" اس نے خوشی اور شوخی سے مسکراتے ہوئے کہا۔

"یوناٹی گرل۔" حسن نے ہنستے ہوئے سر پر ہلکی سی چپت لگائی تو وہ کھلکھلا کر ہنس پڑی۔

"اچھا اب جلدی سے مجھے وہ منفرد تحفہ دکھائیے۔"

"وہ تحفہ تو میں ہوں۔" اس نے بڑی شوخ ادا سے کہا ان کا رواں رواں شرارت پر آمادہ ہو رہا تھا۔ وہ اس ایک شریر سی ٹین ایجر لڑکی کی طرح لگ رہی تھی انہیں جوان کے جذبات میں ہلچل مچا رہی تھی۔

"عزو، میرا خیال ہے کہ کھانا ہم رات کو ہی کھالیں گے۔ ابھی آپ میرے ساتھ بیڈروم میں چلیں۔ میں اچھی طرح آپ کی خبر لیتا ہوں۔" وہ معنی خیز اور شریر لہجے میں بولے۔

"کیوں میں نے کیا کیا ہے؟" اس نے حیا سے اور شرارت اور معصومیت سے پوچھا۔

"آپ چلیں تو جانو! میں آپ کو بتاتا ہوں کہ آپ نے کیا کیا ہے، شرارتی روح مسلسل میرا امتحان بنی ہوئی ہیں آپ۔" حسن نے اسے پیار سے دیکھتے ہوئے کہا تو وہ ہنستی ہوئی ان کے حصار سے نکل کر بیڈروم کی طرف بھاگی۔

"کمو، یہ برتن سمیٹ لو۔" حسن نے کچن کی طرف جا کر کمو کو آواز دے کر کہا اور بوا کو آتا دیکھ کر انہیں سلام کیا اور ان کی دُعائیں لیتے ہوئے سیدھے اپنے بیڈروم میں چلے آئے۔ عزّہ ہاتھ میں اپنی شاعری کی کتاب لیے کھڑی تھی۔ جو بہت خوبصورت پیکنگ میں تھی۔ حسن کو دیکھ کر وہ مسکرانے لگی۔ حسن نے مسکراتے ہوئے اسے دیکھا اور اپنا کوٹ اتار کر اپنے سرہانے رکھ دیا اور پھر انعم اور علی کو پیار بھری نظروں سے دیکھا جو بیڈ کے درمیان میں سو رہے تھے۔ انہوں نے جھک کر باری باری دونوں کو پیار کیا اور پھر عزّہ کی طرف دیکھ کر مسکراتے ہوئے کہا۔

"عزو! ادھر آیئے میرے پاس۔"

"جی۔" وہ کتاب ہاتھ میں لیے ان کے پاس آ گئی۔ انہوں نے اس کا ہاتھ پکڑ کر اسے اپنے قریب بیڈ پر بٹھایا اور اپنے کوٹ کی جیب میں سے ایک ڈبیہ نکال کر کھولی اس میں سفید اور نیلے رنگ کے نگوں سے مزین خوبصورت بازوبند جگمگا رہا تھا۔ یہ تحفہ انہوں نے اس کے لئے شادی کی پہلی سالگرہ کے تحفے کے طور پر خریدا تھا۔ مگر اس کے اس محبت بھرے اہتمام پر ان کا دل چاہا کہ وہ

یہ تحفہ اسے ابھی پیش کر دیں۔

''یہ آرم لیٹ (بازو بند) میں نے آج ہی جیولر سے خریدا تھا۔آپ کو ویڈنگ اینی ورسری پر گفٹ کرنے کے لئے۔لیکن اب مجھ سے پرسوں تک کا انتظار نہیں ہوگا اس لئے یہ تحفہ آج ہی قبول کیجئے۔پرسوں انشاء اللہ کوئی اور تحفہ خرید لیں گے آپ کے لئے۔''حسن نے اس کے دائیں بازو پر ساڑھی کی آدھی آستین کے نیچے وہ بازو بند مقید کر دیا۔اس کا گورا سڈول بازو اس زیور سے اور حسین لگنے لگا تھا۔

''جی نہیں!اب کوئی اور تحفہ خریدنے کی ضرورت نہیں ہے اور اس قیمتی اور خوبصورت تحفے کا بے حد شکریہ۔''عزّہ نے بازو بند کو اور پھر انہیں دیکھتے ہوئے کہا۔

''قیمتی اور خوبصورت تو یہ آپ کے بازو پر سج کر ہوا ہے۔''حسن نے پیار بھری نظروں سے اسے دیکھتے ہوئے کہا۔

''پیار کرنے والے کی نگاہ اتنی حسین،دل اتنا خالص ہوتا ہے۔یہ حقیقت مجھے آپ کے پیار نے سمجھائی ہے۔میرے پاس تو وہ لفظ وہ زبان بھی نہیں ہے کہ جس سے میں اپنے رب کا شکریہ ادا کرسکوں کہ جس نے مجھے آپ سا جیون ساتھی عطا کیا ہے۔''عزّہ نے ان کا ہاتھ تھام کر محبت سے انہیں دیکھتے ہوئے خوشی سے پرُ و پرُنم لہجے میں کہا تو حسن نے بھی اسی کی بات دہرا دی کہ یہی ان کے دل کی بات تھی۔

''میرے پاس بھی تو وہ لفظ وہ زبان نہیں ہے کہ جس سے میں اپنے رب کا شکر ادا کرسکوں کہ جس نے مجھے آپ سا جیون ساتھی عطا کیا ہے۔''

''خدا ہمارے گھر کو ہمیں،ہمارے بچوں کو نظرِ بد سے بچائے رکھے۔''

''آمین!''عزّہ کی دُعا پر حسن نے دل سے آمین کہی۔

''حسن،یہ آپ کی سالگرہ کا تحفہ ہے۔آپ نے میرے جذبات کی بات کی تھی تو جذبات کا اس سے بہتر اظہار اور اقرار شاید میں نہیں کرسکتی تھی۔یہ تحفہ منفرد شاید نہ ہو لیکن محبت بھرا ضرور ہے۔''عزّہ نے کتاب ان کے ہاتھ میں دیتے ہوئے دھیمے لہجے میں کہا۔

''ظاہر ہے محبت کا تحفہ تو محبت بھرا ہی ہوگا نا۔''حسن نے محبت سے اسے دیکھتے ہوئے کہا تو وہ ہنستی ہوئی اُٹھ کر ان کے سامنے اپنی ساڑھی کا پلو پکڑ کر کھڑی ہوگئی۔وہ ان کا ردِ عمل دیکھنے کے لئے بے تاب تھی۔حسن نے ریپر اتارتے ہوئے کہا۔''آپ گفٹ اتنا خوبصورت پیک کرتی ہیں

کہ کھولنے کو جی نہیں چاہتا۔ بہت مہارت ہے آپ کے ہاتھوں میں۔"

"نوازش، کرم، شکریہ، مہربانی۔" عزّہ نے خوشی سے مسکراتے ہوئے کہا۔

"میرے پاس آ کر بیٹھیے عزّہ جانی!" حسن نے ہنس کر پیار سے کہا تو وہ ہنس دی مگر ان کے پاس نہیں بیٹھی۔ انہوں نے ریپر اتارا تو ان کی نظریں کتاب کے خوبصورت سرورق اور عنوان پر پڑیں۔ کتاب کے سرورق پر ایک لڑکی کا آدھا جسم، سرخ گلاب، اور آدھا چاند بہت خوبصورت فن مصوری کا ثبوت پیش کر رہا تھا۔ کتاب پر جلی حروف میں لکھا تھا۔

"تمھارے بن اُدھورے ہیں"

اور نیچے "عزّہ حسن" لکھا تھا۔ حسن نے عزّہ کا نام پڑھا تو حیرت اور مسرت سے ان کی آنکھیں پھیل گئیں۔

"واؤ! واٹ اے پلے زنٹ سرپرائز، عزہ، اٹس یورز پوئٹری بک۔ کونگریچولیشن سویٹ ہارٹ۔" حسن نے خوشی سے اسے دیکھتے ہوئے دل سے خوش ہو کر کہا۔

"تھینک یو۔" وہ ان کی خوشی دیکھ کر خود بھی بہت خوش ہو رہی تھی۔

"آپ کی بک تو بہت پہلے شائع ہو جانی چاہیے تھی۔ ماشاء اللہ آپ میں اچھا شعر کہنے کی صلاحیت ہے۔ اس شاعری کو منظر عام پر ضرور آنا چاہیے تھا۔ یقین کیجیے عزہ، مجھے آپ کی یہ کتاب دیکھ کر بے حد خوشی ہو رہی ہے۔" انہوں نے دل سے کہا۔

"کتاب کھول کر دیکھیے انشاء اللہ آپ کو مزید خوشی ہو گی۔"

"ہوں، ابھی دیکھتے ہیں ارے واہ۔" انہوں نے کتاب کا پہلا صفحہ پلٹا پھر دوسرا جس پر انتساب لکھا تھا اور یہ انتساب حسن کے نام ہی تو تھا۔ ایک نظم کی صورت میں:

"محبتوں کے سفیر ہیں جو
چاہتوں کی نظیر ہیں جو
خیال رکھتے ہیں جو جاں سے بڑھ کر
وفا کی انمول تصویر ہیں جو
عزّہ کے سارے اچھے
خیال، جذبے
اسی مہربان سجن کے نام

محبتوں کے گلاب لمحے

میرے ہمسفر ''حسن'' کے نام''

''عزو۔'' حسن نے یہ نظم پڑھ کر بے حد محبت اور مسرت سے اس کی صورت کو دیکھا وہ مسکرا رہی تھی۔ محبتوں سے انہیں دیکھے جا رہی تھی۔

حسن نے ورق الٹ دیا ایک اور پیار بھرا اظہار ان کے سامنے تھا۔

''محبتوں کا یہ باب ان کے نام

چاہتوں کا نصاب ان کے نام

وہ جو ہیں

میری حیات، میرے ہمسفر، میرے ہمدم

کتاب، الفت کا انتساب ان کے نام

محبتوں کو بھی خود جن سے پیار ہو جائے

میرے سخن کے، میرے من کے

خیال ان کے نام۔''

حسن نے نظم پڑھی اور فرط مسرت سے ان کی آنکھیں بھیگنے لگیں۔ عزّہ کی محبتوں کے ان رگوں کا شدتوں کا، سچائیوں کا تو انہیں اندازہ ہی نہیں تھا۔ کتنی گہرائی اور سچائی تھی ان کی محبت میں۔ وہ خوشی سے رونے کو ہو گئے۔ دل رب کے حضور اس پیار بھری شریک حیات کے ساتھ پر شکر کے سجدے ادا کرنے لگا۔

''عزو، کیا میں اتنے زیادہ پیار کے لائق ہوں؟'' وہ اس کے سامنے کھڑے ہو کر بھیگتی آنکھوں سے اسے دیکھتے ہوئے پوچھ رہے تھے۔

''نہیں۔''

''پھر؟'' حسن نے حیرت اور بے تابی سے اس کا چہرہ دیکھا۔

''پھر یہ کہ میرے بس میں تو بس اتنا ہی پیار ہے۔ جتنا بھی پیار ہے سارا آپ کے لئے ہے۔ آپ تو اس سے بھی کہیں زیادہ پیار کے لائق ہیں۔ چاہے جانے کے لائق ہیں۔ میں شاید اتنا پیار آپ کو دے نہیں سکتی جتنا آپ کو ملنا چاہیے۔''

اس نے محبت سے انہیں دیکھتے ہوئے ان کی اہمیت کو اور بھی انمول کر دیا۔

''نہیں عزّ ہ! آپ نے مجھے میرے حق سے زیادہ بہت زیادہ پیار دیا ہے۔ میں نے تو کبھی خواب میں بھی نہیں سوچا تھا۔ کبھی خیال بھی نہیں گزرا تھا مجھے کہ آپ مجھے اتنی شدتوں سے، سچائیوں سے دل وروح کی گہرائیوں سے چاہیں گی۔ میرے سوا بھی کوئی خوش نصیب ہوگا اس دُنیا میں۔'' وہ واقعی بہت زیادہ خوش تھے۔ سرشار اور شاد تھے۔ اسے پیار سے دیکھتے ہوئے ایمانداری سے اپنے جذبات کو زبان دیتے ہوئے بولے۔

''ہاں، کیوں نہیں، میں ہوں ناں وہ خوش نصیب۔'' عزّ ہ نے معنی خیز اور مان بھرے لہجے میں مسکراتے ہوئے کہا تو حسن کا ضبط جاتا رہا۔ انہوں نے آگے بڑھ کر اس کے چہرے کو ہاتھوں میں تھاما چوما اور پھر اسے اپنے وجود میں سمو کر خوشی سے رو پڑے۔

عزّ ہ کی خوشی اور حیرت بھی دیدنی تھی۔ حیرت اس لئے کہ وہ حسن کو پیار میں اس طرح خوش ہوتے، روتے دیکھ کر ان کے دل کی نرمی اور محبت پر پھر سے ایمان لے آئی تھی۔ انہوں نے صحیح ہی تو کہا تھا۔ وہ تو پیار کے بندے تھے۔ پیار کے بدلے پیار دینے والے۔ پل پل اس پر پیار لٹانے والے، اس کا ذرا سا پیار ملنے پر خوشی سے ہنسنے، رونے اور سجدۂ شکر ادا کرنے والے۔ وہ تو سرتاپا پیار ہی پیار تھے اور عزّ ہ کو ان کی پیار بھری پناہوں میں جو تحفظ جو خوشی اور طمانیت ملی تھی۔ وہ اس دُنیا کی کسی اور چیز میں نہیں مل سکتی تھی۔ خوش تو وہ بھی بہت تھی۔ ان کے ساتھ رہ کر بھلا کوئی ناخوش رہ سکتا تھا؟

''مجھے نہیں معلوم عزّ ہ کہ آپ میری کس نیکی کا صلہ ہیں؟'' وہ اس کے چہرے کو پھر سے ہاتھوں کی نرم آغوش میں لے کر بھیگتی آواز میں بولے تو وہ مسکراتے ہوئے بولی۔

''اسی نیکی کا جو آپ نے مجھے سچے دل سے اپنا کر کی ہے؟''

''آپ مجھے سرپرائز دے کر حیران اور شادمان کر دیتی ہیں۔ میں آپ کو کیا دوں؟''

''سب کچھ تو دیا ہے آپ نے مجھے، کیا اب بھی کچھ دینے کو باقی ہے؟'' عزّ ہ کے لہجے میں انکساری اور خلوص تھا۔ سچائی کی رمق تھی۔ وہ اپنی اسی معصوم محبت پر دیوانہ وار نثار ہو رہے تھے۔

''ہاں کیوں نہیں اچھا یہ بتائیے کہ یہ کتاب کتنی تعداد میں شائع کرائی ہے آپ نے؟''

''صرف پانچ کاپیاں کرائی ہیں۔''

''صرف پانچ کیوں، پانچ ہزار کیوں نہیں؟''

''کیونکہ یہ شاعری یہ جذبات اور احساسات صرف آپ کے لئے ہیں۔ پھر کوئی دوسرا انہیں

کیوں پڑھے؟"

"آپ کی محبت کا کوئی جواب نہیں ہے۔ لیکن جانو! اس صلاحیت کو لوگوں کے سامنے آنا چاہیے نا۔" وہ اس کی محبت پر مسرور ہو کر بولے۔

"صلاحیت کو نا، محبت کو نہیں، میرا دوسرا کلام بے شک آپ منظر عام پر لے آئیں مگر یہ نہیں۔ یہ تو صرف آپ کے نام ہے۔ آپ کے لئے ہے۔" وہ ان کے آنسو اپنے ہاتھوں میں جذب کرتے ہوئے پیار بھرے لہجے میں بولی تو وہ بس اسے پیار سے دیکھے گئے۔ زبان سے کچھ کہنے کا یارا نہیں تھا۔ ان کے جذبات اور احساسات کو، دلی کیفیت کو عزّہ بخوبی سمجھ رہی تھی محسوس کر رہی تھی۔

"میرا سب کچھ لے لینا
بس اپنا آپ مجھے دینا۔"

حسن نے کتاب میں لکھا یہ شعر پڑھا تو انہیں اپنے اس سوال کا جواب مل گیا جو کچھ دیر پہلے انہوں نے اس سے پوچھا تھا۔

"حسن اور حسن کا سب کچھ آپ ہی کا ہے عزو۔" حسن نے دل سے کہا۔

"مجھے معلوم ہے۔" وہ خوشی سے اترا کر بولی وہ ہنس دیئے۔

ایک اور نظم ان کے سامنے تھی۔ کتاب کے عنوان کی نظم "تمہارے بن اُدھورے ہیں۔"

"تمہارے بن ادھورے ہیں
میری آنکھوں کے سارے خواب
میرے جیون کے سارے رنگ
میرے جینے کے سارے ڈھنگ
تمہارے بن اُدھورے ہیں
یہ میری مانگ میں افشاں
یہ میرے ہاتھ میں حنا
یہ میری روح کا سرشار اور شاداب سا رہنا
تمہارے دم سے ہے جاناں!
میری ہستی کا سارا مان

میرے سب عہد، سب پیمان
تمہارے بن اُدھورے ہیں
تمہارے بن اُدھورے ہیں۔''

''واہ! واہ! بہت خوب۔'' حسن نے نظم پڑھتے ہی خوشی سے اس کے لب و رخسار پر، ہاتھ پر دادو تحسین کے باب رقم کر دیئے۔ وہ بوکھلا گئی۔ ان کی اس منفرد داد پر۔ دل کی حالت پہلے پیار کے لمس کے احساس کو پانے جیسی بے خود ہو رہی تھی۔

''یہ کیا کر رہے ہیں آپ؟''

''داد دے رہے ہیں۔'' وہ اس کے شانوں کے گرد اپنا بازو حمائل کر کے اسے اپنے ساتھ لگا کر بولے تو اس نے شرماتے ہوئے کہا۔ ''ایسے دیتے ہیں داد؟''

''ہاں، آپ کو پسند آئی؟'' وہ شرارت بھرے لہجے میں بولے۔

''جی بہت۔'' اس نے حیا سے مسکراتے ہوئے کہا۔

''تو اور دیں۔ یہ داد۔'' وہ شرارت سے اس کے رُخِ پُرنور پر جھکتے ہوئے بولے۔

''حسن۔'' اس نے ان کے سینے پر ہلکا سا مکہ رسید کیا۔

''جی جانِ من۔'' وہ بے ساختہ ہنس پڑے۔

''آئندہ تو میں ایسا کوئی اظہار و اقرار نہیں کروں گی۔ آپ سے تو جان چھڑانا مشکل ہو جاتی ہے۔'' عزّہ نے مسکراتے ہوئے مذاق سے کہا۔

''کیا کہا، آپ مجھ سے جان چھڑانا چاہتی ہیں۔'' حسن نے چیخ کر کہا۔

''جی نہیں مر کر بھی نہیں چھوڑوں گی میں آپ کی جان۔'' اس نے دل سے کہا۔

''یہ ہوئی نا بات بھلا ہمارے اور آپ کے احساسات اور خیالات ایک دوسرے سے مختلف کیسے ہو سکتے ہیں۔ ادھر دیکھیے۔'' انہوں نے اس کی ٹھوڑی پکڑ کر چہرہ ذرا سا اوپر کیا اس نے نظریں اُٹھا کر اس کے خوشی اور حیا سے شرارت سے گلنار ہوتے چہرے کو دیکھتے ہوئے کہا۔ ''آپ کے مذاق اور شرارت سے میں بخوبی واقف ہوں۔''

''اچھا تو پھر چیخے کیوں؟'' وہ ہنسی۔

''یونہی۔'' وہ بھی ہنس دیئے۔ پھر کتاب کی بیک سائیڈ دیکھ کر کتاب سرہانے رکھ کر پوچھا۔ ''آپ نے اوروں کی طرح کتاب کی پچھلی سائیڈ پر اپنی تصویر کیوں نہیں شائع کرائی؟''

''اس لئے کہ یہ کتاب میں نے جس عظیم ہستی کے نام کی ہے۔ میری تصویر تو اس کے دل میں نقش ہے۔ دل کے آئینے میں ہے تصویر یار جب چاہا گردن جھکائی دیکھ لی۔ ہے نا۔ سچ ہے نا اس دل میں میری تصویر۔'' عزہ نے بڑے مان اور یقین سے کہا اور ان کے دل پر ہاتھ رکھ دیا۔

''ہاں یہ تصویر تو میرے دل میں، میری روح میں نقش ہے۔ خدا آپ کا یہ مان، یہ یقین اور اعتبار، یہ پیار ہمیشہ سلامت رکھے۔'' حسن نے اس کے چہرے کو دیکھتے ہوئے اس کے ہاتھ کو تھام کر مسکراتے ہوئے دل سے کہا۔

''آمین!'' اس نے دل سے کہا۔

''کلامِ شاعر بہ زبان شاعر ہو جائے تو بندہ ممنون ہو گا آپ کا۔'' حسن نے مسکرا کر کہا اور اسے شانوں سے تھام کر بیڈ پر بٹھا دیا اور خود بھی اس کے پاس بیٹھ گئے۔

''ضرور، شاعری میں تم کا استعمال مجبوری ہے اس لئے ''آپ'' مائنڈ نہ کیجیے گا۔ آپ کا احترام ''تم'' کہنے سے کم نہیں ہو سکتا۔'' اس نے وضاحت کرنا ضروری سمجھا۔

''عزو، آئی نو سویٹ ہارٹ، آپ مجھے ''تم'' بھی کہیں گی تو مجھے اچھا لگے گا۔ یہ تو پیار کی بات ہے۔ وہ آپ کے کہنے سے بھی کم نہیں ہوتی اور ''تم'' کہنے سے بھی اس کی سچائی میں کوئی کمی نہیں آتی۔ چلیں اب اپنی دلنشین آواز میں کوئی اچھی سی نظم سنائیں جو اس کتاب میں بھی ہو۔'' انہوں نے اس کا ہاتھ تھام کر محبت سے کہا۔

''اچھا تو سنیے۔'' اس نے مسکراتے ہوئے کہا اور ان کی صورت کو پیار بھری نظروں سے دیکھتے ہوئے اپنے دلکش لہجے میں یہ نظم ان کی سماعتوں کی نذر کرنے لگی۔

''جیون کا کوئی لمحہ
تمہارے بن گزر جائے
تو مجھ کو ایسا لگتا ہے
کہ جیسے
میری دھڑکنیں تھم سی گئی ہوں
جیسے میری سانسوں میں، آکسیجن ختم ہو گئی ہو
مجھے محسوس ہوتا ہے کہ
میں تم سے محبت میں اتنی آگے جا چکی ہوں کہ اب واپسی